项目支持

中共广州市委宣传部与广州大学共建新闻学院

广州大学课程思政示范学院

一流本科专业建设点（广播电视学、广播电视编导、播音与主持艺术、网络与新媒体）

广东省本科高校课程思政示范团队：马克思主义新闻观教育课程思政教学团队

广东省本科高校教学质量工程项目（现代产业学院）：广州大学南方传媒学院

用红色信仰

照亮青春之路

主 编◎田秋生 李 雁

副主编◎张爱凤 方建平

广州大学新闻与传播学院

挑战杯"红色专项"作品集（上册）

暨南大学出版社
JINAN UNIVERSITY PRESS

中国·广州

图书在版编目（CIP）数据

用红色信仰照亮青春之路：广州大学新闻与传播学院挑战杯"红色专项"作品集 . 上册 / 田秋生，李雁主编；张爱凤，方建平副主编 .—广州：暨南大学出版社，2023.4

ISBN 978-7-5668-3565-9

Ⅰ．①用… Ⅱ．①田…②李…③张…④方… Ⅲ．①新闻—作品集—中国—当代 Ⅳ．① I253

中国版本图书馆 CIP 数据核字（2022）第 240636 号

用红色信仰照亮青春之路：广州大学新闻与传播学院挑战杯"红色专项"作品集（上册）

YONG HONGSE XINYANG ZHAOLIANG QINGCHUN ZHI LU：GUANGZHOU DAXUE XINWEN YU CHUANBO XUEYUAN TIAOZHANBEI "HONGSE ZHUANXIANG" ZUOPINJI （SHANGCE）

主　编：田秋生　李　雁　　副主编：张爱凤　方建平

出 版 人：张晋升
策划编辑：冯　琳　颜　彦
责任编辑：林　琼　詹建林
责任校对：刘舜怡　陈皓琳　王燕丽
责任印制：周一丹　郑玉婷

出版发行：暨南大学出版社（511443）
电　　话：总编室（8620）37332601
　　　　　营销部（8620）37332680　37332681　37332682　37332683
传　　真：（8620）37332660（办公室）　37332684（营销部）
网　　址：http://www.jnupress.com
排　　版：广州市广知园教育科技有限公司
印　　刷：广州市友盛彩印有限公司
开　　本：787mm×1092mm　1/16
印　　张：32
字　　数：573 千
版　　次：2023 年 4 月第 1 版
印　　次：2023 年 4 月第 1 次
总 定 价：128.00 元（全二册）

目 录
CONTENTS

上 册

下　册

青春热血洒红土　红色血脉传今朝

——广东省汕头市革命烈士陵园采访纪实

陈佳玲　谢丹娜　康　莹　余佳星　刘慧琳 [①]

摘　要：在建党百年之际，调研团队走进汕头市革命烈士陵园，探访守墓人的故事。报告通过"访守护者""峥嵘往昔""当代振兴""守护信仰"四大板块，呈现老一辈守墓人的"老黄牛"精神与新一辈90后守墓人陈晓惠的传承，追寻红色足迹，挖掘红色基因，传承红色血脉。同时，视频以小见大，通过平凡人物陈晓惠的默默奉献，将"守墓人"的定义升华，并以实际行动传播红色精神，让革命精神代代相传。

关键词：90后守墓人；红色基因；传承

在我们的社会中，有这样一群人：他们在城市的某个角落，忍受着极其简陋的工作环境，日复一日地默默履行自己的职责，用奉献与付出孤独地守护着崇高和美好。尽管很难为大众所关注和熟知，但他们安贫乐道。他们，就是常年守卫在革命烈士陵园中的"守墓人"。他们说："这是我们的责任，无论环境如何艰苦，我们都要守好这块烈士英灵的安息地。"

2021年，适逢中国共产党诞生一百周年。2月6日，本调研团队专程来到汕头市革命烈士陵园，探访这些可敬的"英魂守护人"。据汕头市革命烈士陵园管理处的陈蔚聪主任介绍，在这群守墓人中，既有兢兢业业的八十岁老者，也有如

① 陈佳玲，广州大学新闻与传播学院2020级戏剧与影视学专业硕士研究生；谢丹娜、康莹，广州大学新闻与传播学院2020级广播电视学专业硕士研究生；余佳星，广州大学新闻与传播学院2019级广播电视学专业硕士研究生；刘慧琳，广州大学新闻与传播学院2018级播音与主持艺术专业本科生。

詹晓云一般勤勤恳恳的骨干，他们甘守寂寞，默默奉献。陈主任还特别提到，"老黄牛"守墓人的精神如今也在"新青年"身上得以传承和发展。

在守墓人的队伍中，有一个 90 后女孩陈晓惠。作为陵园管理处的第一个 90 后，陈晓惠朝气蓬勃的精神状态和积极的工作态度，为陵园守墓人队伍注入新的力量。陈晓惠说："人不能忘本，没有英烈的牺牲，哪有今天的生活？能为革命烈士以及祭扫者服务，我感到很光荣！"

清苦的守墓工作，认真的工作态度，陈晓惠将自己无悔的青春奉献给了这项特殊的事业。作为新时代的青年大学生，我们有责任、有义务担起中国红色历史的传承者与书写者，将红色精神代代相传。

一、访守护者，传承世代革命的红色精神

在汕头市革命烈士陵园，有这样一群可敬的守墓人，他们风雨无阻、不辞辛苦地打扫墓园、守夜，守护着一座座烈士墓、一个个烈士遗灰盒。

说到"守墓人"，大家的第一印象可能会是白发苍苍的孤独老者，但我们采访的这几位"守墓人"却并非如此。其中，詹晓云是陵园管理处目前资历最深的"元老"级人物，从 1997 年起便在革命烈士陵园工作，度过了二十余年，把青春都献给了这项特殊的事业。但当提到自己的这份工作时，詹晓云仍然充满热情与骄傲。"这就是我们的工作，我们必须守护在这里！"詹晓云的这份信仰与精神，影响着一批又一批"守墓人"。

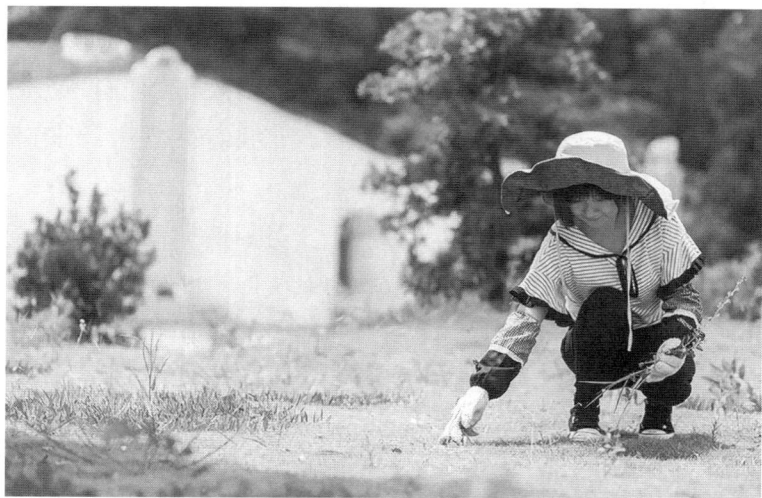

图 1　守墓人陈晓惠的日常工作

（来源：汕头市革命烈士陵园）

　　陈晓惠是陵园管理处的第一个90后，她撕掉90后身上"自私""娇气""懒惰"等标签，义无反顾地来到革命烈士陵园，从一个文弱女子成长为能肩担大任的新时代青年。

　　我们见到陈晓惠时她正蹲在园中拔除杂草，一顶白色的宽檐帽和一副厚实的手套就是她的"装备"。

　　陈主任告诉我们，即使在炎炎夏日，陈晓惠也依旧在烈日下满头大汗地捡拾垃圾。到了秋日，陈晓惠又会拿着扫帚扫落叶。这些工作看似简单，却极为烦琐。山间通信信号弱、夏热冬冷、水电供应不稳定……但陈晓惠却从未抱怨。作为新时代的青年，她勇敢地接过前辈的火炬，将革命精神传承与发扬下去。

　　陈晓惠说："回忆起第一次上陵园，山上优美的环境、清新的空气都让我感到兴奋。当时，革命烈士陵园纪念广场的修缮接近完工。不同于老照片上的荒芜破旧，修缮后的纪念广场非常敞阔大气，令我油然而生一股自豪感。但是这股兴奋劲维持的时间很短，山上清苦乏味的工作环境并非所有人都能适应，对于我而言更是一种考验。在陵园工作的种种不便接踵而来，所幸我通过考验，留了下来。"

　　除了打扫革命烈士陵园、守护革命烈士陵墓以外，每年的清明节、建军节、建党纪念日、国庆节等重大节庆日，陈晓惠都会承担起接待参观陵园和祭扫先烈的群众的工作。此时她除了要完成日常的清洁工作，还要布置接待场地、打印签到表、采购接待物资、整理红色文创产品等。每当企事业单位、机关团体与学校师生组织前来革命烈士陵园参观，陈晓惠也会承担起讲解的工作。

　　"这份工作给了我很强烈的使命感，在无数次讲解革命英雄故事的过程中，他们的革命精神一直鼓舞着我、影响着我。"陈晓惠表示，对革命英雄的事迹了解得越多，心中对他们的感恩与崇敬之情也就越强烈，比如红军阿姆李梨英、中共汕头特别支部第一任支部书记杨石魂等。"我认为，革命精神应该代代相传。我也希望自己不仅能守护烈士的英魂，还能传承他们的精神，让更多市民了解先烈的事迹，让这种精神影响一代又一代的人。"

　　陈晓惠不仅守护着陵园，还一直在挖掘与传承革命先烈精神，为大众讲好红色故事，让革命精神、党的精神永世流传。陈晓惠说："我认为自己不符合'烈士守墓人'的定义，老一辈同事会在墓包里日夜守护烈士的遗灰盒，他们才够得上'守墓人'的称谓。我只是一名陵园管理处的年轻职员，尽自己所能对先烈的光荣事迹、革命精神进行传承和传播。"

　　时间的流逝没有让历史记忆褪色，岁月的沉淀为英雄的丰碑加冕。正是因为有"守墓人"的默默守候，以及一代接一代的传承，这些红色记忆才永远鲜活，永远有让人热泪盈眶的力量。

二、峥嵘往昔，追寻红军阿姆的革命故事

在这次探访中，陈晓惠主要为大家讲述了汕头市革命烈士陵园中的一位革命母亲——红军阿姆李梨英的故事。

时间的年轮带领我们驻足在历史上光辉的潮汕时刻。那是 1932 年的冬天，夜深人静，潮州市潮安铁铺镇大坑村（今属湘桥区）的一户人家却一直燃着烛火，屋内的母亲李梨英正含着泪默默地为即将远征的儿子收拾行李。

原来，中国共产党在秋溪区西坑成立了中国工农红军东江独立师第二团第三连，并要求扩军。就在那天，李梨英的三儿子林松才响应党的号召，积极报名加入红军。第二天一早，李梨英便送他去往红军营地。

"1925 年前后，轰轰烈烈大革命的风暴席卷全国。策源地之一的潮汕地区，工农运动更是蓬勃发展……潮汕人民在周恩来、彭湃、杨石魂等领导下，建立与发展了党团组织，成立了工会、农会、妇协等群众组织，掀起了革命运动的高潮。"[①] 正当革命运动如火如荼地进行时，蒋介石叛变，导致这场革命以失败告终。但是，潮汕人民却在中国共产党的领导下，在逆境中砥砺前行，与国民党的恐怖行动进行了可歌可泣的革命斗争。

1933 年的春天，南方的革命形势恶化。身为大坑村组织农会、妇女会的积极分子，李梨英不但全力支持孩子加入革命战斗，自己也义无反顾地加入中国共产党。她深知只有农民站起来积极参加革命，才能真正做到翻身农奴把歌唱。可不幸的是，就是在这一年，她的大女婿刘金城以身殉国，大女儿林松花被捕入狱，外孙流离失散，大儿子林松泉和三儿子林松才也在保卫根据地的战斗中相继牺牲。

"散伙是万万不能的！"

"没有党的命令，我梨英半步也不离开乌山！"

"我就是死，也要死在革命的队伍里！"

当我们听到陈晓惠激动地说出这几句话时，仿佛看到了革命母亲李梨英站在面前，以铿锵有力的语言和坚定的意志将革命坚持到底。失去亲人的痛苦不但没有让这位母亲一蹶不振，她反而以嘶哑的喉咙高唱"愿以此身长报国"的革命赞

---

① 邱松庆. 平凡而伟大的女英杰：李梨英［J］. 福建党史月刊，1987（A2）:58-63.

歌。我们热泪盈眶，在梨英母亲像前深深鞠躬，致敬革命烈士！

梨英母亲把十四岁的小女儿林美花托付给远亲照顾，带着十二岁的小儿子林松森追随着革命红军游击队上了凤凰山、乌山。林松森在执行革命任务时英勇牺牲，年仅十六岁。这位失去亲生儿女的革命母亲，成为潮汕红军革命战士的阿姆。

1935 年的冬天，闽粤两省的国民党军队联合地方反动武装，进犯乌山革命根据地。敌人在发动"围剿"的同时，还进行了残酷的经济封锁。梨英母亲为解决战士们粮食紧张、药材短缺的棘手问题，组织妇女跋山涉水，冒着被敌人抓捕的危险，为战士们采草药、挖野菜。战区闹天花病时，她又为感染化脓的战士们擦药喂药，把战士们换下来的沾满脏血的衣服拿到寒冷的山洞去搓洗。为了防止敌人的突然袭击，她带着年轻小伙子守住洞口放哨。就是这样，在之后革命的那几年里，梨英母亲为战士们煮饭、采药、洗衣、站岗放哨，为受伤战士做思想政治工作，等等。她送走了一批批伤愈的战士，战士们在惜别之际都感动地唤她一声"阿姆"。

陈晓惠的生动讲述，让红军阿姆的英雄故事再一次浮现在我们眼前。陈晓惠说，梨英母亲的故事还被广东潮剧院匠心打造为新编现代潮剧《红军阿姆》。这部剧在全中国人民齐心协力抗疫的时刻，再次登上央视戏曲频道。当哀婉凄美的主题曲《送儿当红军》响起时，红军越过"群山遍野"，一幅幅荡气回肠的画面勾起了人们那段关于革命英雄的红色记忆。

从陈晓惠的讲解中，我们感受到历史没有忘记任何一位为祖国奉献的英雄，他们的精神影响着每一代中华儿女。在潮汕地区，人们以丰富的形式传承红色记忆、传播红色文化，真诚地向革命英雄致敬。

三、当代振兴，守护革命老区的红色记忆

与陈晓惠对话后，我们知道汕头市革命烈士陵园只是汕头市的红色一角，汕头市人民还以多样的形式守护革命老区的红色记忆。汕头市位于广东省东部、韩江三角洲南端，是近代中国最早对外开放的城市之一，也是一座具有光荣革命传统、传承红色基因的城市，全市有革命老区镇（街道）14 个、革命老区村（行政村）268 个、自然村 348 个。

"不忘老区，全心全意为老区建设服务，为老区人民谋利益；在省委、省政府的领导下，推动老区建设加快发展，沿着中国特色社会主义道路全面建成小康

社会。"① 这是广东省老区建设促进会的立会宗旨，立足该宗旨，广东省倾尽全力推进汕头市革命老区全面振兴。

历史是最好的教科书。近年来，为贯彻落实习近平总书记"要把红色资源利用好、把红色传统发扬好、把红色基因传承好"的重要指示精神，汕头市的红色文化建设发展亮彩纷呈。比如通过开发利用红色事迹、发展红色文旅产业、打造红色教育示范基地，实现红色文化资源保护与革命老区乡村振兴双向互补、良性循环。乘着脱贫攻坚与乡村振兴的东风，汕头市致力于讲好革命故事，走出一条独具岭南文化特色的红色旅游路。八一南昌起义南下部队总指挥部旧址、大南山革命历史纪念馆、红场革命烈士纪念碑、红军亭等多处红色景点，每到重要节庆日都吸引着全国各地的游客前来参观与瞻仰。汕头市的红色文旅产业不仅提升了潮汕人民的红色文化精神，更是依托红色旅游为乡村振兴赋能，探索出一条红色文旅融合发展之路。

汕头市革命烈士陵园位于汕头市濠江区。2018 年以来，濠江区扎实推进"乡村振兴、七彩濠江"建设，始终坚持以人民为中心的发展理念，以精神文明建设为引领，大力弘扬红色文化，为濠江区振兴发展提供源源不断的精神文化动力。

我们一路走来，听到濠江区的村民纷纷表示："从来没有想到会亲眼见证一个小小的乡村中的一物一景发生改变，每一处都巧妙地嵌入了红色文化元素，让我们在日常休闲、劳作中都能潜移默化地受到红色文化的熏陶，感受到红色教育。"

通过打造红色旅游，汕头市革命烈士陵园成为濠江区革命老区建设及红色培训与红色旅游业的主要拓展项目。据陈主任介绍，汕头市革命烈士陵园位于濠江区的礐石红澳山麓，于 1959 年 11 月动工兴建；1961 年，墓包、休息室、拱桥、道池落成，完成首期工程。革命烈士墓朝向汕头港大海，三面环山，依山傍水。墓包内存放着包括曾任中共汕头市委书记的陈国威、东江特别委员会委员陈振韬、汕头地委妇委书记吴文兰等在内的各个历史时期为国捐躯的 72 位革命烈士的遗灰，陵园里还有安葬了包括革命母亲李梨英在内的 4 座烈士墓。

"每一年都会有单位、学校组织前来瞻仰献花，也有烈士亲属前来祭扫。"陈主任介绍道。近年来，随着不断修建与完善，汕头市革命烈士陵园积极充实红

---

① 广东省老区建设促进会简介 [EB/OL].（2014-06-10）[2022-04-26].http://www.gdlqw.com/shqcjh/content/post_551274.html.

色教育资源，深入挖掘红色文化内涵，丰富红色教育活动，在传承红色基因、传播红色文化方面发挥了极其重要的作用。机关企事业单位和学校也积极响应国家号召，来到汕头市革命烈士陵园开展"缅怀革命先烈、传承红色基因"等主题党日活动和红色教育活动。

前来纪念的各界人士通过重温入党誓词、听取革命先烈的英雄事迹、敬献花篮、扫墓、现场上党课等形式缅怀革命先烈，真诚表达对革命先烈的敬仰之情。陈主任表示，尤其是在清明节、建党纪念日、建军节、国家公祭日等重要日子前后，会有数十家单位、近千人次到汕头市革命烈士陵园参加爱国主义主题教育活动。

图2　陵园开展爱国主义主题教育活动

（来源：汕头市革命烈士陵园）

我们翻开一张张各界人士参加纪念活动的照片，看到了他们认真听党课、记笔记，看到了他们在烈士纪念碑前高唱国歌，随后脱帽肃立，向烈士默哀；看到了学生们在烈士墓前庄严宣誓，向先烈敬献鲜花，誓当新时代社会主义接班人。汕头市革命烈士陵园的红色教育活动以丰富的形式走进千家万户，走进人们的生活，使潮汕人民耳濡目染地理解革命先烈的精神，弘扬爱国主义精神，深入推进爱国主义教育走深走实。

我们走在陵园的路上，抚摸着一砖一瓦，一遍遍仔细阅读着革命故事，深刻地感受到：这座红色城市正在打响红色文化旅游品牌。一代代建设者通过红色文化带动革命老区脱贫致富，走向小康，让革命老区人民过上更幸福美好的生活。

在革命老区这片神圣的土地上形成的老区精神，凝聚着革命先辈的历史功绩和老区人民的巨大历史贡献。习近平总书记在纪念红军长征胜利80周年大会上强调："每一代人有每一代人的长征路，每一代人都要走好自己的长征路。"① 作为新时代青年大学生，我们这一代人的长征，就是要实现第二个百年奋斗目标、实现中华民族伟大复兴的中国梦，这就需要我们继承和发扬老区精神，坚定理想信念，筑牢信仰之魂，凝聚起奋勇前进的强大精神力量。

四、守护信仰，强化青年学生的文化认同

"文化认同，就是指对人们之间或个人同群体之间的共同文化的确认。使用相同的文化符号、遵循共同的文化理念、秉承共有的思维模式和行为规范，是文化认同的依据。"② 无论是老一辈守墓人还是新一辈90后守墓人，他们都在用青春守护墓园，守护信仰，延续红色血脉，传承红色精神。在庆祝中国共产党成立100周年大会上，习近平总书记寄语青年："新时代的中国青年要以实现中华民族伟大复兴为己任，增强做中国人的志气、骨气、底气，不负时代，不负韶华，不负党和人民的殷切期望！"③ 新时代的青年大学生亦有责任、有义务讲好中国故事，传播红色文化，提升红色文化传播力，从而成为时代记忆的见证者、传播者和书写者。

（一）新时代大学生传播红色文化的重要性

"所谓红色文化，一般认为，是中国共产党领导人民在新民主主义革命过程中，党与人民群众共同创造的一种革命的文化。它是马克思主义理论、中国传统优秀文化与中国新民主主义革命实践相结合的产物，是社会主义先进文化的基石，是培育社会主义核心价值观的沃土。"④ 红色文化是从一个个鲜活的中国故事中体现出的红色文化内涵与情感精神，是中华儿女实现中华民族伟大复兴的崇

① 央广网.「每日一习话」每一代人都要走好自己的长征路 [EB/OL].（2020−10−22）. https://baijiahao.baidu.com/s?id=1681205639684398479&wfr=spider&for=pc.

② 崔新建.文化认同及其根源 [J].北京师范大学学报（社会科学版），2004（4）:102−104，107.

③ 赓续红色血脉　投身复兴伟业——习近平总书记"七一"重要讲话激励广大青少年担当时代责任 [EB/OL].（2021−07−06）[2022−04−26].https://baijiahao.baidu.com/s?id=17045103 69703650032&wfr=spider&for=pc.

④ 李德刚，庞金晶.新时代大学生红色文化传播策略分析 [J].山东农业工程学院学报，2020，37（10）：126−131.

高理想，也是不惧凶险、不畏艰难、不怕牺牲的坚韧信仰，更是包含红船精神、延安精神、井冈山精神等在内的各种红色精神。

如今，在中国共产党的领导下，中华民族不断向世界强国前进，人民的生活也发生了翻天覆地的变化。在这一历史进程中，中华民族从落后走向进步、从软弱走向复兴，无法避免地会遇到各种困难与挑战，但在党的引领和鼓舞下，中华儿女勇敢自信地找准方向，克服困难。社会主义现代化建设是需要一代又一代的中华儿女接续努力的伟大事业，需要培养好作为社会主义现代化建设接班人的青年大学生，培养他们坚定信心、肩负使命、担当大任。青年大学生有责任、有义务做好红色文化传播，通过红色教育传承红色基因，践行初心使命。

图 3　调研组成员在革命烈士纪念碑前致敬

（来源：调研团队实地拍摄）

此次在汕头市革命烈士陵园的红色文化调研，使我们深刻感受到红色文化教育的重要性。革命英烈的历史故事鼓舞着我们学习红色文化和精神，接过建设社会主义现代化的时代火炬，做不辱时代使命的接班人。

首先，红色文化传播有利于培养大学生的爱国情怀。革命母亲李梨英省吃俭用上交党费、投身革命事业、不怕牺牲的爱国情怀深深感染着我们。大量的中国共产党人为了国家和民族的利益，赴汤蹈火，献身革命。没有国就没有家，作为新时代的青年大学生，更应该高举爱国主义旗帜，为国家的建设与发展献出自己的力量。

其次，红色文化传播有利于坚定大学生的理想。从陈国威、陈振韬这样老一辈的共产党革命建设者的身上，我们可以体会到中华儿女实现中华民族伟大复兴的坚定理想；从 90 后守墓人陈晓惠这样新一代红色基因传承者的身上，我们可以感受到中华民族的红色基因代代相传。红色文化的传播有利于大学生向革命前辈与优秀同辈学习，坚定理想信念。

最后，红色文化传播有利于培养大学生奋发图强的精神，引领其迎接挑战，积极投身祖国的建设中。"天地英雄气，千秋尚凛然。"习近平总书记深刻指出："一个有希望的民族不能没有英雄，一个有前途的国家不能没有先锋。"[①] 在调研过程中，我们从先烈的事迹中汲取到坚韧不拔、顽强拼搏的革命精神，从一代代守墓人身上感受到勇于担当、甘于奉献的精神力量。红色文化传播，让英烈精神浸润人心，让榜样力量久久激荡，有助于青年大学生赓续红色基因，发扬革命精神，在千千万万英雄模范用生命和鲜血开辟的道路上不懈奋斗。

（二）新时代大学生提升红色文化传播力的路径

作为青年大学生，在深刻感受与学习红色文化后，应肩负起传播红色文化的重任，并结合自身的专业技能，发挥主观能动性，提升红色文化的传播力，从而帮助每一位中华儿女学习和传承红色文化，信任党的政策，拥护党的领导，建设中国特色社会主义。

第一，利用时代新科技，传播红色文化。随着现代科学技术的发展，新媒体成为人们当代生活中不可缺少的一项重要工具。利用好互联网与新媒体小屏传播，能够有效吸引用户，传播红色文化。青年大学生作为科技"原住民"，应充分发挥技术优势，在红色文化的传播内容与传播渠道上不断创新，使红色文化深入百姓生活。例如，创建红色文化网站，将党的历史、文件、著作等分门别类，制作图文并茂、内容充实的融媒体产品。同时，利用好微博、抖音、快手、知乎等新媒体社交网络平台，组织丰富有趣的红色文化活动，拍摄具有故事性的红色文化短视频，实现红色文化的广泛传播。

第二，参加红色活动，积极投身社会实践。青年大学生只有将所学的理论和精神与实践活动相结合，才能更充分地理解红色文化，将蕴含的精神价值内化于心、外化于行。例如，组织参观历史博物馆、英雄纪念馆、烈士陵园等红色基地，寻访红色足迹、追溯红色记忆，并将心得体会形成文章、报告等多种形式，让红色文化在更广泛的人群中传播开来。大学生应利用寒暑假期，组织家庭式的红色

---

① 新华网.习近平：在颁发"中国人民抗日战争胜利70周年"纪念章仪式上的讲话[EB/OL].（2015-09-02）. http://www.xinhuanet.com/politics/2015-09/02/c_1116454204.htm.

旅游、观看红色电影、参加红色教育志愿活动等，将自己的所见所闻分享给身边的人。

传播红色文化，传承红色基因，培养家国情怀，既符合大学生成长需求，也符合社会发展需要。作为大学生的我们，应该充分认同红色文化、自主学习红色文化，有效提升红色文化的传播力。我们将传承红色文化中"老黄牛"的精神，以不怕苦、能吃苦的"牛劲""牛力"，继续为中华民族的伟大复兴辛勤耕耘、勇往直前，在新时代创造新的历史辉煌。

此次探访结束后，我们热血沸腾！百年的风雨洗礼，一代代优秀的共产党员披荆斩棘、前仆后继地为中华民族的伟大复兴奉献自身。在历史的岁月长河中，他们是不可或缺的一部分。不管时代怎样变迁，先烈们舍生忘死、艰苦奋斗的崇高品格不会被遗忘，这种无私奉献的精神值得我们新一代青年人继承与发扬！

青山埋忠骨，革命烈士的英雄事迹永垂不朽！

功勋载史册，革命烈士的爱国精神万古长青！

我们学习，我们传承，我们弘扬！

继往开来，生生不息！

致　谢

感谢汕头市革命烈士陵园管理处在寒假期间给予团队这次格外珍贵的学习机会，感谢陵园管理处陈蔚聪主任和本次采访对象陈晓惠的积极配合和耐心指导。本次实践于团队而言是一次深刻而难忘的党性教育，使成员们更为珍惜如今这来之不易的美好生活。

文以载道，以文化人，艺术养心，我们需要像陈晓惠这样的故事讲述人，带领人们了解红色历史岁月，也更需要将这样的故事以可视化的形式呈现给当代青年大学生，以更好地传承革命先辈的精神！

（指导老师：张爱凤，广州大学新闻与传播学院副院长、教授、硕士生导师；王童辰，广州大学新闻与传播学院讲师）

点评

发挥党史艺术化传播中的青春力量

1939 年 5 月，正值五四运动二十周年之际，毛泽东作了一次题为"青年运动的方向"的演讲。他说："'五四'以来，中国青年们起了什么作用呢？起了某种先锋队的作用，这是全国除开顽固分子以外，一切的人都承认的。什么叫做先锋队的作用？就是带头作用，就是站在革命队伍的前头。"

五四运动是中国青年运动的起点，掀开了百年征程中波澜壮阔的青春奋斗华章。一百年来，中国的青年，既是陈独秀笔下"如初春，如朝日，如百卉之萌动，如利刃之新发于硎"的朝气蓬勃的新青年，也是鲁迅先生倡导的"摆脱冷气，只是向上走""有一分热，发一分光"的热血报国的爱国青年，更是李大钊先生深情寄语的"进前而勿顾后，背黑暗而向光明，为世界进文明，为人类造幸福"的觉醒青年。中国青年的奋斗、奉献、创新、爱国的精神，经过一代代的传承，既体现在本报告的主人公 90 后守墓人陈晓惠身上，也体现在调研团队的每一位青年身上。

90 后青年，通常和强盛的生命力、火热的理想和沸腾的生活相关联；守墓人，一般和垂垂老矣、清冷寂寞和神秘孤独等词语相联系。本报告的最大亮点就在于选题本身就具有极强的冲突性，隐含着诸多悬念。90 后青年，为何选择去陵园工作？她如何看待自己的职业？她是否需要面对社会的偏见？在此过程中，她的人生经历了怎样的成长？这些问题，都在本报告中逐一解答。

本报告的第二大亮点，便是在"历史与当代""生者与逝者""青年与国家"之间形成了深刻的对话。意大利历史学家、哲学家、文艺批评家贝奈戴托·克罗齐主张把历史和现实紧密地结合在一起，认为历史不是写给过去的人看的，而是写给当代和未来的人看的，因此提出"当代性乃是一切历史的内在特征"这一观点。毛泽东在《改造我们的学习》一文中提出，"不注重研究现状""不注重研究历史"都是极坏的作风，我们"不要割断历史"，"不但要懂得中国的今天，还要懂得中国的昨天和前天"。

2021 年，正值全党开展党史学习教育之际，习近平总书记说："党的历史是最生动、最有说服力的教科书。……了解历史才能看得远，理解历史才能走得远。"本调研报告既呈现了守墓人与长眠的烈士之间的精神对话，也表现了老一辈守墓人与新一辈90后守墓人陈晓惠之间的精神传承，更展现了红军阿姆李梨英满门忠烈的牺牲精神对陈晓惠以及团队成员的精神感召。

在调研过程中，团队成员有了触及灵魂的思考，那就是，作为当代新闻传媒学子，如何用自己的专业知识和能力守护好革命老区的红色记忆？如何更好地传播英雄故事和红色文化？如何让这些精神和基因在当代青少年的血脉中流淌？青年在中华民族复兴的伟业中应承担怎样的责任？

这些问题，需要我们每一个人去思考，去回答！

（点评人：张爱凤）

相机和麦克风的使命

——走近"战地"记者陈朝荣和黄嘉莉

张楚辉　李锦仪　李芊颖　何淑慧　陈　泽　萧子祺　刘馥珍

刘帅珍　陈　彦①

摘　要： 本调研报告讲述了两代新闻记者的真实故事，一位是曾获得"塔山之星"荣誉称号的"战地"记者陈朝荣，另一位是在 2019 年新冠肺炎疫情暴发初期时逆行武汉的战"疫"记者黄嘉莉。两位记者虽然身处不同的时空，承担着不同的使命，但是他们却有着相同的理想信念。"铁肩担道义，妙手著文章"是陈朝荣与黄嘉莉始终坚持不变的信仰，正是在这种精神力量的不断鼓舞下，他们在各自的"战场"圆满完成了任务，为人民群众传达了来自一线的声音。纵使时代变迁，但新闻记者的理想与职业担当却永远不会改变，报告通过深度访谈详细记录了陈朝荣与黄嘉莉的亲身经历、所见所闻，以期通过他们的事迹鼓励新一代新闻人始终不忘初心、牢记使命，并不断与时俱进，守正创新。

关键词： 记者；传承；使命

"攻不下锦州，军委要我的脑袋；守不住塔山，我要你的脑袋！"这是 1948 年东北野战军司令员林彪给第四纵队司令员吴克华的一通电话。

塔山阻击战是国共两党历史上一场非常重要的战役，关乎整个辽沈战役的发

---

① 张楚辉，广州大学新闻与传播学院 2019 级播音与主持艺术专业本科生；李锦仪、李芊颖，广州大学新闻与传播学院 2017 级广播电视学专业本科生；何淑慧，广州大学新闻与传播学院 2018 级广播电视学专业本科生；陈泽，广州大学新闻与传播学院 2019 级广播电视学专业本科生；萧子祺、刘馥珍，广州大学新闻与传播学院 2018 级播音与主持艺术专业本科生；刘帅珍，广州大学新闻与传播学院 2017 级播音与主持艺术专业本科生；陈彦，广州大学新闻与传播学院 2018 级广播电视编导专业本科生。

展乃至结局，并且在相当程度上影响了解放战争的进程。这场战役发生在一个小小的平原，打了整整 6 天，最终人民解放军凭借顽强拼搏的精神大获全胜。

塔山英雄的精神从此代表着一种赴汤蹈火、视死如归的军人精神。第四纵队第 12 师第 34 团被称为"塔山英雄团"，这是一支骁勇善战的英雄部队，不怕牺牲、敢打敢拼、浴血奋战、载誉归来。

1969 年 9 月，123 师政治部领导把一台 120 双镜头相机交给了陈朝荣，需要他用相机报道宣传这支英雄部队。从此他和"塔山英雄团"结下了不解之缘。

2016 年 3 月，陈朝荣被第 42 集团军授予"塔山之星"荣誉勋章，成为五位"塔山老英雄"之一。

图 1 "塔山之星"称号授荣大会现场（右一陈朝荣）

（来源：陈朝荣）

塔山之下星光熠熠，因为有共产党老战士们的精神将它照耀。

时代更迭变换，祖国另一方土地也一样迸发着顽强的生命力，它就是"火神山"。在这个充满奇迹的抗疫最前线，80 后记者黄嘉莉以塔山英雄般勇敢坚强的精神，为百姓记录中国速度、讲述中国故事。

她，是广东广播电视台的一名出镜记者，永远奔跑在报道的第一线。

或许有过害怕和恐惧，但黄嘉莉不曾退缩，火神山医院这个抗疫的最前线，一次次传来她的声音。近几年来，广东省各类突发、灾害新闻的第一现场也都常有她的身影。

图2　黄嘉莉（右一）在武汉火神山医院工地采访

（来源：黄嘉莉）

无论时代如何更替，有一种精神和态度，传承了几代从未改变。这就是来自记者的职业担当和新闻理想，是一种记者的使命。

一、把军人的魂注入相机

1962年6月，来自广东揭西的陈朝荣，高中尚未读完就选择了参军入伍。他从来没有想过，自己会成为一名军队记者。1965年，陈朝荣还在连队接受训练，当时他已经是警卫连的下士副班长。一天，他给广州军区的《战士报》投了三篇稿子，不久后被连续两期刊登，这种录用率比师政治部的新闻干事还要高，马上引起了师政治部领导们的注意。"那时我还是个兵，是个战士，自然就轰动一时了，后来我被调到机关开始当报道员。"几天后，师政治部派来调令，安排他任师政治部报道员。几个月后，他成为新闻干事，军营记者之旅就此拉开帷幕。

"从事新闻工作的时候，一开始是写作，1969年摄影职工（马上）就要离开部队了，就叫我来接管相机。"1969年，当一台120双镜头相机被交到他手上时，陈朝荣开启了摄影生涯——白天下部队采访，夜晚除了冲洗胶卷、放大照片、撰写图片说明和做发稿前的准备以外，还要花大量时间研究用光、构图以及报道内容的创新。

20世纪70年代，在记者行业里，相机相当匮乏。当陈朝荣接到第一台相机时，没有人能教他如何使用，也没有人能告诉他怎么拍摄和报道。正是凭着钻研精神，他把上级交给他的相机研究通透，同时自学拍摄知识。他知道，自己随时要带着这个"武器"冲上战场。也正是因为接受过军队的训练、担任过班长，所以他有一股敢为人先的精神。这让他在拿起相机奔赴前线记录军队作战情况、报道战争新闻的时候，更添了一份无畏炮火的从容和担当。

在塔山英雄团的军队里，陈朝荣经常和侦察连的官兵一起吃饭，一起训练，观察战士们的训练细节。1976年，记录塔山英雄团士兵们训练时的英姿的摄影作品《飞渡》，入选全国影视艺术作品展览，入选总政治部编印、作为向解放军建军50周年献礼的大型历史画册《中国人民解放军摄影作品选集》，底片被收录为军史资料。短短几年，陈朝荣的数百幅新闻图片被报道和采用，"塔山英雄团"在新的历史时期的新贡献为全国人民所传颂。

图3　陈朝荣摄影作品之《飞渡》和《乘胜前进》

（来源：陈朝荣）

1978年，正当陈朝荣准备离开部队进入广州一个省直属单位工作时，部队突然接到了通报，边境进入一级戒备状态，准备打仗了。"领导就觉得没有我不行，一定要我留下来搞摄影，抢拍这些历史资料。"陈朝荣回忆到。他表示当时自己作为一个正在服役的战地记者，觉得能够亲上前线是一个历练自己的绝好机会。于是，他没有半分犹豫，立即推掉了省直属单位的工作，开始积极做好作战前的准备，以相机为武器，时刻整装待发。

"陈干事！太危险了！别靠得太近！"战场上，旁边专门被派来保护他的警卫战士大声呼喊。120双镜头相机配备的标准镜头对焦距离有限，这就要求他离目标非常近才能拍出清晰的画面。从200米到100米到50米再到最后距离目标20米，他为了完成战地一线的拍摄任务几近执着和疯狂。忽然，不远处的汽油桶爆炸，漫天汽油，烈焰四处散落，他终于意识到了危险并立刻退回到 50 米处的巨石旁掩护自己。正当他为拍到满意的照片松口气准备离开时，突然脚下一软。"天呐，距离右脚 15 公分的土里，居然埋着两颗地雷！"他心头一紧，恐惧油然而生。陈朝荣躲过了枪林弹雨，却差点因为这 15 公分再次陷入险境。幸运的是，他以军人过硬的心理素质克服了恐惧，谨慎地离开了地雷圈，又以过人的拍照技术收获了许多满意的战地照片。

战场上，相机是他的武器，胶卷是他的弹药，一卷 120 胶卷能拍 12 张，他只带了 30 多个。拍过的胶卷在战场上无法冲洗，他只能用一个装防毒面具的小外套包装着，紧紧绑在腰上，连夜晚睡觉都不取下，生怕丢失。

陈朝荣一次次出色地完成了任务，其胆识和能力多次受到认可和赞赏。作为一名军人，战场上要保护好自己；作为一名战地记者，要在前线讲好军队的故事，宣扬军队威风和国家士气。这两个任务，他都交出了完美的答卷。"自己可以冒着生命危险去拍这些照片，为我们的国家积累这么多资料，我感到非常自豪。"陈朝荣在采访时说道。

记者，就是要有勇有谋。在那战火纷飞的年代，陈朝荣不但拍出了许多构图、角度、光线、景深精美的照片，也创作了很多报道军队光荣事迹的优秀新闻稿，是一位充满智慧和勇气的战地记者。军人，就是要坚忍不拔，在不太平的时代里，他翻山越岭、跋山涉水，跟随部队捣毁敌窝、夺取高地、保疆卫土，是当之无愧的拥有"塔山英雄团"精神的战士。

二、共产党人善于谋略，敢于担当

"舆论实在是太重要了。"老前辈记者陈朝荣用亲身经历告诉了我们这个道理。作为 123 师政治部的一员，他深知，无论是在战争舆论上，还是在国家的新闻工作中，记者、媒体作为党的喉舌都发挥着重要作用。

"一个人要善于研究，不可以贪玩，搞摄影要搞出点名堂来，一定要专心研究业务。"由于意识到舆论和报道对于一个国家的重要性，他潜心开展业务研究，克服了很多当时技术上的困难，努力成为一名能力出众的记者。"例如怎么用土办法上彩色、没碘怎么洗照片、特殊的照片怎么洗……"

一步步地，陈朝荣踏踏实实地解决问题、做好报道、讲好中国故事；一步步地，他践行着共产党人不怕困难的精神，克服时代的条件限制、引导舆论，履行党员和记者的职责。

陈朝荣的不少业务研究和发现被《解放军画报·通讯》刊载，给全国的记者同行许多业务上的启发，这也是一个党员的先锋作用所在。

"当兵的第二年就加入了党，这是一个人精神上的追求。对于我来说，业务上的追求就是写文章、拍摄和洗照片，党是我的精神追求。作为记者就要写好文章，做摄影就要搞出点名堂来。很多人都觉得我的人生十分传奇，中国共产党对我影响很大，要报答党。"他说道。

三、传承：党员记者冲锋前线

"时势造英雄"，这是一句由来已久的谚语。

战火纷飞的年代已经过去，生活在和平年代里，那些毫无征兆却一触即发的危险，才最容易让人惊醒，让人猝不及防。

2020年1月，新冠肺炎疫情作为突发公共卫生事件又一次掀起了全国的紧张气氛。无独有偶，战争年代的陈朝荣，因为能有亲赴战场的机会而感到光荣；到了战"疫"时期，广东广播电视台记者黄嘉莉因为可以前往武汉疫区最前线进行报道而倍感兴奋。这是作为媒体人的一种新闻理想和初心，也是作为党员的一种先锋意识和果敢态度。

"大年三十那天在台里接到任务，回家的路上很纠结，不知道怎么跟家里人开口。"虽然黄嘉莉知道，吃完这顿团圆饭，马上就要出发了，可是为了让家里人安心吃好年夜饭，她等到大家都吃完后，放下筷子，才公布了这则消息。"整个饭桌上静悄悄的，没人说话，我当时心里面真的很害怕，因为不知道家人会是什么反应。"黄嘉莉说道。

任务容不得半点迟缓。几个小时前，她还在和家人团圆的饭桌前，第二天天亮，她已经跟随广东省第一批支援武汉的医疗队伍出征。从接到电视台的通告到抵达武汉，整个过程不足一天。

实际上，这么短的时间里，黄嘉莉还没完全做好心理建设，比如没有意识到疫情的严峻、防护物资的极度紧缺、医疗床位的不足和医院人手紧缺……甚至出发时仅仅塞了两个口罩在行李箱，拿起相机和笔记本电脑就匆匆离家。

重重困难依然不能阻碍黄嘉莉的前线报道工作。坚持了两个月，她见到过太多这样的场面：随时有可能呼吸不畅按铃急救的新冠肺炎病人、忙到崩溃和不幸感染的医护人员、焦头烂额计算着物资的护士……这对她的心理承受能力是一种考验。黄嘉莉克服了恐惧和焦虑，保持每日高强度采访和写稿、报道，做到了一个记者被派遣抗疫前线的最初使命。把采集和记录到的前方信息报道给全国人民，这既是本职工作也是战斗。保护好自己的同时，黄嘉莉不畏险阻，孜孜不倦地书写着那段历史。在武汉参加抗疫工作报道期间，黄嘉莉发回的电视新闻稿、记者Vlog手记、新媒体视频过百条，其中多条内容被央视《新闻联播》《焦点访谈》等节目采用，疫情防控宣传报道工作表现突出。

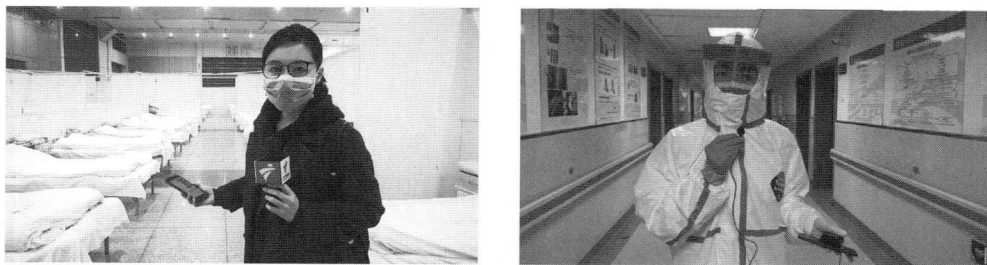

图4　黄嘉莉在武汉方舱医院、汉口医院隔离病区进行报道
（来源：黄嘉莉）

黄嘉莉是在抗疫前线火速入党的，这一点，像极了当年入伍的陈朝荣老先生。或许就是在这样危急的情况下，他们体会到作为党员的担当——一种临危受命的凛然。"这次执行的任务，给我一个很大的感触就是，最重要的不是够不够格做，而是愿不愿意做，在面对危机的时候愿意承担这份责任，像其他党员一样永远承担最重最危险的任务，那么你就够格了；如果连承担这个任务的第一步都无法迈出，那我觉得其他的事情就没法谈论了。所以我当时做出这个决定很重要的一个原因就是，我希望自己更有担当，能够像党员前辈一样担起这个责任。不只是在武汉的报道上，而且希望在日后的工作中也能够像他们一样，以一位党员的标准来要求自己，做好我的工作。"黄嘉莉说。

四、一场关于麦克风的相遇

从广州大学新闻与传播学院毕业后，黄嘉莉前往香港传媒院校攻读硕士学位一年，便进入了广东广播电视台当记者。近几十年过去了，现今的她已经成为电视新闻中心的出镜记者、广东珠江频道《珠江新闻眼》节目主编。

在近十年的记者职业生涯里，黄嘉莉曾几番动过换工作的念头，但又无法掩盖自己内心深处对这份工作的喜爱，用她的话来说就是"媒体工作有让人无法抗拒的魅力"。"我自己的性格就是喜欢挑战，事事都很好奇，媒体工作总是能给我惊喜。每隔一段时间，我就可以在这个行业里面学到新的知识，接受新的挑战。"

或许，不能用"一年跑烂三双运动鞋"来衡量她作为记者的付出，但是，持麦上班的光鲜亮丽背后却正是对脚力、眼力、脑力、笔力的一次次考验。比如，每年台风天的跟进报道里，天气实时信息的跟进和现场播报都是一场顽强的体力战；两会期间高强度、快节奏、长时间的现场报道极其考验逻辑思维和耐力；许多突发自然灾害的报道甚至有可能需要记者冒着生命危险完成。

今天的黄嘉莉已经是一位能担当突发、调查、专访任务的出镜记者。在这些年的记者生涯中锻炼到的应变能力、抗压能力、表达能力以及逻辑思维能力，都让她在面对今后的新闻事件时，有了更多的信心和把握。

出镜记者这支麦克风，她拿起来了，便不想再放下。"我不相信这个世界上有哪一项工作是'蜻蜓点水'就可以完成的，坚持对任何一项工作来说都是最重要的。"虽然黄嘉莉也想过拥有坐在办公室的安稳优雅的日常和固定的上班时间，但她舍不得手上那支麦克风，因为她总认为，她还能把记者这个职业做得更好，还能有更多的提升空间，这种精益求精的精神促使她坚持了下来。"在广州当记者的过程中，我接触到的人和事情依然会震撼我，我的眼光还是太狭隘了，应该多听多看，多去了解。因为许多人经历的故事也许看起来很平凡，但是当你深入思考的时候，还是会产生很多有关生活和人生的感悟。可能就是这些故事在不断地鼓励着我，让我一直留在这个行业，直到今天。"

五、追光者在播种太阳

2020 年在抗击新冠肺炎疫情的战斗中，有一支 63 人的非医护队伍，他们是随广东医疗队出征湖北的"新闻粤军"。这批记者里面，80 后、90 后各占了四成，最年轻的只有 22 岁，分别代表报纸、网络新媒体、广播电视的记者前去采访报道。其中前往武汉地区的有 40 人，武汉以外地区的有 23 人，涉及包括《南方日报》、《羊城晚报》、《广州日报》、《南方周末》、《南方都市报》、《佛山日报》、《珠江时报》、广东广播电视台、广州广播电视台、深圳新闻网、南方财经全媒体集团在内的众多媒体。他们前往的地方覆盖从武汉街头到各医院隔离病区和重症病房，再到华南海鲜市场；他们运用直播、图片、H5、文字稿件、短视频从现场发回信息，打造了一张高效的疫情信息传播网，为引导舆论、稳定民心、传播疫情知识、控制疫情扩散做出了巨大贡献。

共63人

"80后" 27人　43%

"90后" 28人　44%

"70后" 6人　10%

"60后" 2人　3%

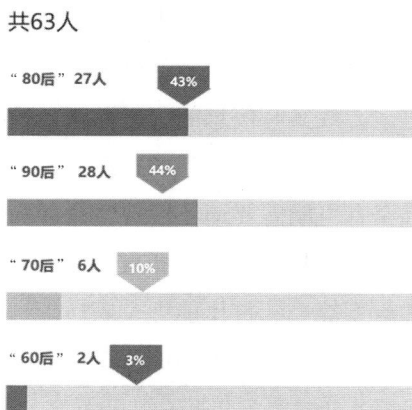

图5 "新闻粤军"年龄分布

（来源：南方日报）

74.6%
报纸

20.6%
广播电视

www.

4.8%
网络新媒体

图6 "新闻粤军"不同媒体类型人员分布

［来源：王聪．一线战场：新闻粤军记录生死之疫 [N]．南方日报,2020-03-13（A10）．］

　　记者们冒着失去生命的风险换来公众对世界每个角落的知情权。截至2016年底，国家新闻出版广电总局为全国223 925名记者发放了新闻记者证，其中包括报纸、期刊、通讯社、电台、电视台、新闻电影制片厂和新闻网站的记者。郑一晗、徐德智、杨臻、王薇薇、焦翔，这些过去和现在一直坚守在世界各地战争前线的中国战地记者们，都是值得我们敬佩的英雄。

　　追光者在播种太阳。记者心中的职业担当和新闻理想促使他们向着那个有真相、有光明的地方去，用亲身经历为大众带来光和温暖。就像黄嘉莉在采访中反复提到的这句话："没有什么从天而降的英雄，只有挺身而出的凡人。"记者是追光者，记者也是凡人，只不过，他们始终热爱赶路。

致　谢

　　感谢国家一级艺术家、"塔山之星"勋章荣获者、中国摄影家协会会员、广东摄影家协会高级会员陈朝荣和广东广播电视台记者黄嘉莉对本调研报告的大力支持，他们为实践团队提供了翔实的视频、图片资料，并配合团队参与访谈，给予了青年学子向他们学习的机会。这是一次令团队成员受益终身的实践经历，同时我们也希冀通过调研报告让更多人了解记者的使命与担当。

在红色基因传承的道路上，我们从未停歇。我们会带着像陈朝荣、黄嘉莉等前辈传媒人的信仰与精神，收拾好行囊，再度出发，讲好中国故事、传播中国声音！

（指导老师：李雁，广州大学科学研究院副院长、党支部书记、期刊中心主任、高级政工师[1]；张爱凤，广州大学新闻与传播学院副院长、教授、硕士生导师；张丽芬，广州大学发展规划处教师）

点评

传媒人党魂的代际传承与弘扬

"铁肩担道义，妙手著文章。"这句对联最早出自明代谏臣杨继盛的名句"铁肩担道义，辣手著文章"。后来中国共产党主要创始人之一的李大钊将"辣"字改为"妙"字，并作为自己的座右铭，力求唤醒广大民众，积极投身革命事业，救亡图存。时过境迁，百年后的新中国已经焕然一新，中国特色社会主义进入了新时代，中华民族迎来了从站起来、富起来到强起来的伟大飞跃，迎来了实现伟大复兴的光明前景。但"铁肩担道义，妙手著文章"的精神仍然焕发着无限的生机，传承于一代又一代的共产党人，镌刻在每一位传媒人的内心。

本调研报告聚焦两位处在不同时代的"战地"新闻记者——陈朝荣与黄嘉莉，通过对他们的深度访谈，讲述不同时代背景下新闻记者的使命与担当。陈朝荣在塔山阻击战经历过枪林弹雨、刀光剑影，是一名真正的战地记者；而黄嘉莉则在新冠肺炎疫情暴发初期，逆行武汉，在抗疫战场上为人民群众带来一线的声音，

---

[1] 李雁，2016年12月—2023年3月担任广州大学新闻与传播学院党委书记。

是一名战"疫"记者。战场虽不相同,但"铁肩担道义,妙手著文章"的精神在新老两代记者的身上都得到了体现。报告详细记录了陈朝荣、黄嘉莉两位"战地"记者的亲身经历、所见所闻,以及他们对新闻记者职业的理解与诠释,使读者深刻体会到无论时代如何更替,新闻记者的职业担当和新闻理想从未改变。

本调研报告的一大特点是具有时代性。陈朝荣是 20 世纪 70 年代真正上过前线,记录过战场刀光剑影的战地记者,然而对于今天生活在和平年代的人们而言,战争的记忆似乎逐渐淡去,战地记者似乎与我们也非常遥远,难以想象。对于新时代的记者黄嘉莉而言,她的战场是抗击新冠肺炎疫情的最前线,这个战场虽没有硝烟,但无情的新型冠状病毒却会无声无息地夺走人的生命——这是一场没有硝烟的战争。新老两代"战地"记者代表了两个时空。他们的任务该如何开展?"战场"上的新闻工作会陷入什么样的困境,又会有怎样的收获?相信每一位读者都会有这样的疑问,这些疑问的解答都会在本报告中一一展现,使得读者可以短暂"穿越时空",沉浸式领略两代"战地"记者的工作与使命担当。

传承与接续是本调研报告的主题与意义所在。无论是陈朝荣还是黄嘉莉都是优秀的共产党人。共产党人勇于担当,哪里的人民有需要,哪里就有他们的身影。这种始终把人民与国家放在第一位的精神体现在陈朝荣与黄嘉莉的身上,也传承在一代又一代共产党人的心里。通过调研报告的创作,这种使命与担当也深深镌刻了主创团队的心里,团队成员希望借此作品,号召更多的青年学子、传媒人,传承红色基因、讲好中国故事,不断将"铁肩担道义,妙手著文章"的精神内化于心,将一个立体、全面的中国展现给世界!

(点评人:李雁)

木棉争高枝　奋斗正当时

——从一楼一人一村解密党员精神的传承

陈梓茵　叶欣琳　周鸿婷　蔡小丽　郑铮敏 [①]

摘　要： 征途漫漫，唯有奋斗。习近平总书记在 2021 年新年贺词中深情回顾中国共产党百年光辉历程，中国共产党通过奋斗，披荆斩棘，乘风破浪，攻克了一个个难关，取得不凡的成就！为了发掘身边党员精神的传承，调研团队从"一楼一人一村"的角度呈现了党员的奋斗精神。团队走访了革命楼涵碧楼，穿越时空感受革命先烈们的英勇；访问了聂桂清警官，从他身上看到了无数躬耕一线党员的缩影；走进红色旅游村火炬村，解开村民们脱贫致富的密码。

关键词： 奋斗；传承；基层

对于中共党员而言，奋斗是生命的底色。2021 年，中国共产党诞生百年之际，习近平总书记在新年贺词中对"奋斗"的精神加以肯定，这是我党百年来摆脱一穷二白，克服重重困难，实现伟大复兴的重要精神支柱。

为了深刻理解党员的奋斗精神以及其为何能生生不息，本调研团队考察潮州涵碧楼、造访德庆"平安之星"聂桂清警官以及探索揭西火炬村，力求找到答案。

涵碧楼现在每天接待着来自全国各地的游客，展示先烈们在潮州奋斗的遗迹；聂桂清警官每天在德庆的大街小巷中穿梭，保卫一方安定；火炬村村民们对美好生活的向往引领着他们不断奋斗。这些奋斗的故事每天都在全国各地上演，小故事里有大能量，只有各方不懈努力，才能实现中华民族伟大复兴。

---

① 陈梓茵、叶欣琳、周鸿婷、蔡小丽、郑铮敏，广州大学新闻与传播学院 2019 级网络与新媒体专业本科生。

一、木棉花开红艳艳——观涵碧楼

（一）木棉花开——涵碧楼往昔

党员的奋斗精神究竟是什么呢？浮现在我们脑海中的第一个画面是一棵屹立300年、至今仍开得红艳的木棉树。而这棵木棉树身后的两层小洋楼，与周恩来等同志奋斗的故事息息相关。

图 1　潮州市涵碧楼

（来源：调研团队实地拍摄）

抚摸树干，革命先辈们为中华崛起而挥洒汗水、奋力拼搏的精神透过它蔓延着、传承着、盛开着。

在依山傍水的潮州市西湖公园，坐落着一座革命楼——涵碧楼。从 1922 年创建至今，苍山翠掩中的涵碧楼在西湖畔见证了众多伟人的奋斗历程，也见证了中国的百年历史。涵碧楼里展示的图片、革命文物和陈列的大量史料带领我们回到了那段峥嵘岁月……

1927 年 8 月 1 日，南昌起义军入粤，周恩来、贺龙、叶挺、刘伯承等共产党员于 9 月 23 日到达潮州，转战于潮汕各地。而在潮州期间，周恩来便在这涵碧楼部署革命工作，办公、演讲。

在涵碧楼里的每时每刻，周恩来都在为我党的强大而奋斗，为人民的幸福生活而奋斗，为中国的崛起而奋斗。这些日夜在涵碧楼里重复，而门前那棵木棉树始终是最忠诚的观众，默默无言地陪伴着。

至 9 月 30 日，700 人的起义军以微薄力量抵抗 9 000 人的国民党强敌。在敌强我弱的情况下，起义军被迫撤出潮州，红色政权也随之失去。虽仅存七日，但红色政权点燃了潮汕地区革命的烈火，这番红色启蒙也被称为"潮州七日红"。在这七天里，起义军们英勇顽强、前仆后继，为中国美好的未来而奋斗，为和平的梦想而奋斗，谱写了一首壮烈的革命英雄主义诗篇。

七日红色政权所带来的革命火种，在接下来的岁月里点燃了潮州人民抗击反动统治的熊熊烈火，成为战争年代潮州人民同敌人作斗争、克服一切艰难险阻、为夺取革命胜利不懈奋斗的精神支柱。

1963 年，贺龙元帅视察潮州时，涵碧楼已在抗日战争时期被日军毁为一片废墟。贺老感慨万千，建议重修涵碧楼。

1964 年 7 月，涵碧楼重建竣工，辟为"潮安县革命历史文物陈列馆"，1977 年又改为"潮安县革命纪念馆"，陈列着"潮州七日红"和"潮州新民主主义革命史"等文物资料，成为潮州人民纪念先烈、继承革命先辈遗志、开展革命教育之圣地。涵碧楼现被列为潮州市重点文物保护单位，同时也被列为省、市两级爱国主义教育基地。

楼前的木棉花开了又谢，谢了又开，一年又一年。奋斗的共产党人缅怀历史，不忘初心，负重前行，继承着革命精神，一代又一代，就如同奋力盛开的木棉。

（二）木棉绽放——涵碧楼现今

涵碧楼让我们看见先辈为新中国奋斗的痕迹，让新时代的我们铭记奋斗的历史，传承奋斗精神。潮州的中小学每年都会举行"潮州七日红"主题演讲或者参观涵碧楼的红色活动，旨在将红色精神的传承融入青少年的日常学习生活中。

涵碧楼在 2019—2020 年又翻新了一遍，变得更加漂亮，更加引人驻足了。走入涵碧楼，虽是寒假，还是有不少穿着校服的青少年正在参观学习。一进门，映入眼帘的便是"潮州七日红"这五个大字，装修偏中式复古风格，增设了现代化电子屏等设备，游客可以直接点击屏幕阅读，翻看自己感兴趣的内容。电子屏上还不间断地播放着讲述当时革命经过的动画，将历史变活了，更加吸引青少年去了解、学习先辈们的奋斗精神。一些遗留下来的革命文物陈列在展览柜中，游客只需扫描旁边的二维码，便能用 VR 视角全方位立体地观察，仿佛将文物拿在手中一般，将历史与现代化科技巧妙结合。

"潮州七日红"虽然过去将近百年，却在潮州人民中代代相传，几乎每个生长在潮州的小孩都从上一辈的口中听到过这段关于周恩来等共产党员们的奋斗史，这也是一段属于潮州的革命史。

二、奋斗在基层一线——访聂桂清警官

（一）扎根基层——"平安之星"聂桂清

距离德庆县 36 千米的偏远农村——沙旁，腹地狭长，群山环抱，进出只有一条公路，人们戏称其为"德庆西伯利亚"。二十年来，沙旁的农田水利设施不断完善升级；聚众赌博、买六合彩等非法行为销声匿迹；黄泥瓦房被钢筋水泥楼取代；山区留守儿童的教育得到保障；文明村进程不断推进；村落风貌焕然一新……

这些变化离不开那些躬耕一线、尽职尽责的基层党员。他们是忙于帮助村民脱贫致富、建设文明村的基层干部、乡村书记，是选择"逆行"、扎根沙旁山区教育的乡村教师，是维护社区安定和谐的人民警察。"领着群众干，围着群众转，群众大小事，事事用心办。"这是基层干部的工作写照。对于他们而言，奋斗并不是挂在嘴边的口号，而是默默地在自己的岗位上切实为人民谋福祉。当关于奋斗精神的调研被提出时，我们脑海里第一个闪现出来的，是沙旁社区聂桂清警官的身影。

聂桂清生于 1966 年，现任德庆县公安局官圩派出所沙旁社区民警。2004 年，聂桂清本可以选择去县城工作，他却毅然决然地留在了沙旁，与群山为伍，与泥泞同行，这一驻守便是二十几年。他已成为沙旁社区家喻户晓的人物，毫不夸张地说：聂桂清的电话号码就是沙旁的"110"。

2010 年，聂桂清被评为"全国公安机关爱民模范"；2011 年，被评为广东省优秀党员，并被中央政法委授予"全国政法委系统优秀党员干警"称号；2012年 5 月，被评为"广东省先进工作者"；2020 年，被评为"全国先进工作者"……从警二十多年，他获得数不清的荣誉，这些都是他扎根群众、为一方安定而奋斗的印证。奋斗是聂桂清生命的底色。

（二）记忆中的聂桂清——"全能阿 sir"

偏僻的沙旁社区有过一段治安恶劣的时期，买六合彩、聚众赌博、打架斗殴、盗窃摩托车、开黑网吧等违法活动层出不穷，而聂桂清一直活跃在与违法分子斗争的第一线。

当时沙旁村民们遇事第一时间就会想到聂警官。只要接到报警电话，聂桂清都会在几分钟后到场取证、询问目击者。据了解，当时相邻的封开县杏花镇也发生了多起摩托车盗窃案，聂桂清与邻镇警察联手研究作案手法和寻找踪迹，在夜里巡查蹲点，一个星期左右便成功抓获犯罪嫌疑人，严厉打击了偷盗行为。

从那时起，聂桂清正气凛然、办案神速的形象便深深地印在了村民的脑海里。

在沙旁每十天一次的赶集日上，常常看到聂桂清巡逻。他在巡逻的同时也会把新办好的身份证或者代领的残疾证分发给社区居民。下班后，在路上看到行动不便的老人赶集回家，他也会主动停车捎上一段路。村民们都感受到了聂警官生活中对社区人民的点滴关怀，聂桂清也切切实实做到了从群众中来、到群众中去。

从前在地处偏僻、村落分散的沙旁，人们的法律意识并不强。一些未成年人偷卖家里的稻谷去黑网吧；村巷里也隐藏着六合彩窝点；受封建迷信风气影响，被假药、"假和尚"骗走钱财的事情也常发生。因此，每个学期聂桂清都会抽出时间到中小学开展一次法制教育，给学生以及家长普法，让法制意识逐渐深入山区人民的思想。从小学到初中，聂桂清会在学校开讲无数次大大小小的法制课。毫不夸张地说，这几乎就是沙旁山区所有孩子的法律启蒙。随着打击力度的提升和村民们法律意识的增强，这些违法现象销声匿迹。

为了深入了解聂桂清二十几年来奋斗在一线的事迹，我们拜访了这间特殊的警务室……

（三）平凡而特殊的警务室——桂清警务室

二十几年来，聂桂清一直奋斗在这间看似平平无奇的桂清警务室，做着平凡的工作，却闪耀着不平凡的光。

图2　桂清警务室
（来源：调研团队实地拍摄）

2021 年 2 月 8 日，屋外下着小雨，我们来到桂清警务室，但不巧聂警官去上山巡逻了。征得值班人员同意后，我们便走进参观。经过接待室，迎面而来的是满墙的锦旗，这给我们带来极大的震撼。

图 3　桂清警务室里摆满荣誉

（来源：调研团队实地拍摄）

看着墙上的照片和大大小小的荣誉证书，我们深切敬佩聂桂清多年的坚守和取得的成就。

据悉，从警之后，聂桂清花费了 18 个月的时间走访了辖区 68 个自然村，把每一间房子的门牌号码、家庭信息、房屋陈列，甚至每户村民的经济来源、社会关系都一一登记在五本人口基本情况登记簿上。二十几年来，聂桂清将辖区内几乎所有村民的联系方式整理成册，凡有变化，就用红笔标出。村里 9 000 多位村民，他能够叫出近八成的名字，被称为辖区"活字典"。他曾开玩笑道："说出来怕你们不信，68 个村每个家庭的床摆在房间哪个位置，我都一清二楚。"

聂桂清身材微胖，留着板寸头，说话嘴角带笑，戴上老花镜时，更是和蔼可亲。但如果出现在调解现场，他又必定是铁面无私、毫不含糊的。村民最钦佩他的"四不"调解工作法：不辱使命、不辞辛苦、不和稀泥、不留手尾。他出面调解的民事纠纷，有九成能解决。乡亲们都说："有聂桂清，我们很安心。"

18 年来，聂桂清每天坚持深夜 3 点夜巡，风雨无阻。他的手机 24 小时开机，村民在任何时候都能够联系到他。在 2020 年新冠肺炎疫情暴发之初，即使沙旁社区地理位置偏远，天气寒冷，50 多岁的聂桂清依旧毫不松懈，与警务室的年轻干警并肩站岗，严守沙旁社区的外来入口，认真盘问外来人员行程。舍小家，为大家，正是他的坚守，换来了沙旁的宁静。

"事实孤儿困难多，热心民警来帮忙""寻回失车，破案神速""娘家夫家无户口，热心民警来帮忙"……满墙的锦旗既是聂桂清数不清的荣光，也是他二十几年奋斗历程的见证。

警务室里，翻开桌上那本《平凡的聂桂清》——"'白头霜'夜擒偷橘贼""夜奔百里护送精神病人""辨脚印、巧布控、擒惯偷"……一个个鲜活的故事呈现在了我们眼前。

我们正看得入迷之时，"突突突……"警务室门口的摩托车上下来了一个熟悉的身影，黑色的警盔下是湿漉漉的雨衣和满是黄泥的雨靴。巡逻回来的聂桂清看到我们，露出了亲切的笑容，招呼着我们喝茶。他的脸上挂着水珠，分不清那是汗水还是雨水。几句寒暄过后，电话再次响起，他又骑上摩托车出门执勤了。

或许对他而言，奋斗不是简简单单的一句口号喊出来的，而是在平凡岗位上为人民做实事、为社会做贡献，用一滴滴汗水汇聚起来，用一个个脚印走出来的。

作为共青团员，我们由衷地敬佩这位老党员干警。他让我们明白，奋斗的人生也可以是平凡而朴实的，甘于在平凡的岗位上闪耀出不平凡的光芒，也是奋斗原本的模样。

三、革命圣火代代相传——探火炬村

（一）社会主义新农村，革命圣火仍留存

揭阳市揭西县，这是我们调研的最后一站，村民说："你们不知道嘞，我们这里的变化比起几年前那是太大了。"

村民神采奕奕的表情引起我们对揭西这几年变化的好奇，我们在网页上对这个发生大变化的地方进行了搜索，搜索结果蹦出几个词条——揭西县南山镇火炬村、红色旅游、乡村振兴、"红色＋绿色"等。

我们点开其中一篇报道，发现过去几年，随着中国城市化的发展，和许多农村一样，火炬村面临青壮年多外出打工、留守在村里的村民不足千人、老龄化、土地闲置、村干部人才青黄不接、大病致贫等日渐突出的问题。2015年，火炬村集体经济收入几乎为零；然而到了2019年，该村集体经济收入为12.5万元人民币，实际减贫成效显著，同时村居环境获得极大改善。到底是什么样的力量使得一个村落在短短几年之间发生翻天覆地的变化呢？报道里提到的当地"红色＋绿色"的特色发展道路指的又是什么呢？纸上得来终觉浅，绝知此事要躬行。怀

着这些疑问和对社会主义新农村的期待，我们决定亲身走进这个既熟悉又陌生的地方。

（二）星星之火可燎原，奋斗精神永不变

清晨，调研团队满怀期待地踏上了火炬村探访之旅，阳光洒落在村口屹立着的红色火炬雕塑上。熊熊燃烧的火炬象征党员的奋斗精神，不断激励着当地村民奋发向上，这让我们不禁肃然起敬，迫不及待地想触摸其背后的故事。

七十多年前，火炬村名为"龙跃坑村"，火炬旁边就是以"龙跃"二字命名的龙跃学校，学校里设有红色研学基地。

回顾峥嵘岁月，20世纪40年代末，国民党反动派在我党势如破竹的攻势下不断南下。为了征集更多的兵力和资源，国民党反动派推行了"三征"（征

图4　火炬村村口的火炬雕塑

（来源：调研团队实地拍摄）

兵、征粮、征税）政策。于是，在1947年6月，为了反抗国民党的反动政策，敢于抗争奋斗的潮汕人民在龙跃坑村天宝堂组成了抗征队。龙跃坑村背靠大北山，进可攻退可守，其战略位置之优异，群众基础之广泛，使潮汕人民抗征队的斗争获得了巨大的优势，为潮汕地区的解放事业做出了重大贡献。

转眼间七十多年过去了，青山绿水容颜未改。当时的火炬村同周边的许多农村一样遭遇着发展的瓶颈期，一批又一批年轻劳动力往外流出，如何利用好村里的优质资源提高火炬村脱贫致富的速度，成了火炬村村委干部们的心头大石。

风风雨雨七十年，奋斗精神永不变！挑战往往也是机遇，经过仔细的考察和科学的规划，驻村书记何刚与火炬村其他村委干部们决定接过熊熊燃烧的革命火炬，秉持着生命不息，奋斗不止的信念，走一条"红色＋绿色"的特色发展道路。

红色即火炬村的红色旅游资源。火炬村是潮汕人民抗征队的根据地，至今还完好地保留着抗征队司令部、后勤部、兵工厂、弹药库、军政法庭、后方医院等众多意义重大的革命遗迹。绿色即火炬村优秀的生态资源。火炬村位于莲花山脉南麓大北山下，属于亚热地季风气候，植物类型丰富。火炬村将红色教育资源与绿色生态资源有机融合，开始焕发社会主义新农村的活力。

如此看来，火炬村能取得显著成绩不是没有道理的，谜底才刚刚揭晓，一个

新的疑问又涌上我们的心头：经济基础决定上层建筑，火炬村发展的启动资金从哪里来呢？

习近平总书记指出，"依托丰富的红色文化资源和绿色生态资源发展乡村旅游，搞活了农村经济，是振兴乡村的好做法"。中国革命与乡村密不可分，乡村承载了革命奋斗的红色记忆。具体而言，火炬村具备"红色＋绿色"发展模式的天然基础，近几年火炬村获得东莞对口帮扶资金共320万元。县镇领导也多次来到火炬村调研和指导精准扶贫工作。而党的十九届五中全会中指出，要推动文化和旅游融合发展，发展红色旅游和乡村旅游。政策的支持为火炬村的持续发展提供了动力。

"想致富先修路"，火炬村引入资金40多万元建设本村连接省道的龙莞大道，打通交通运输道路，方便火炬村后续的基建建设以及发展。

就这样，在一线党员干部的带头牵引下，村民们将红色教育资源与自然生态资源进行有机融合。在发掘红色旅游资源的同时，时刻不忘保护这天赐的绿水青山，将"红色＋绿色"的发展道路贯彻到底。火炬村的党员同志们传承了先辈们不懈奋斗的精神，用星星之火为新农村注入新的活力，使火炬村勇往直前并取得了卓著的成效——2020年1月，火炬村被评为"揭阳十大美丽乡村"，2020年被评为第二批"国家森林乡村"。

（三）继承发展焕新生，火炬精神代代传

到此火炬村的探访之旅就要告一段落了，通过了解火炬村的历史与发展，我们心中的迷雾也一层层拨开。在战火纷飞的革命年代，龙跃坑村的村民们没有停止奋斗的步伐，时代的洪流也没有冲垮火炬村党员们奋斗的意志。

在社会主义新时代，火炬村村民们不忘初心、艰苦奋斗，在党员领导小组的带领下，勤勤恳恳，一步一个脚印建设美丽新农村。时代的洪流滚滚向前，作为年青一代，说到底世界是属于我们的。这次的探访让我们深切地感受到：幸福都是奋斗出来的，正处于韶华的我们有什么理由不奋斗呢？作为当代青年，我们肩负着中华民族伟大复兴的历史使命，在和平年代里我们仍需居安思危，脚踏实地，不忘初心，传承火炬精神。

卡莱尔曾经说过"停止奋斗，生命也就停止了"。中国共产党从来没有放弃过奋斗，也从来没有放弃过继承奋斗精神。奋斗，活跃在每一名党员同志的基因中，是中国共产党永远不变的生命底色。

致　谢

　　感谢潮州市涵碧楼景区对本次调研的支持与景区工作人员的耐心配合；感谢聂桂清警官协助拍摄、提供拍摄场地及资料；感谢广州大学池泽宇与北京理工大学珠海学院邓志超在视频拍摄过程中的协助。本次调研活动的顺利进行离不开上述各方的共同努力。

（指导老师：刘雪梅，广州大学新闻与传播学院副教授、硕士生导师）

点评

奋斗正当时

　　习近平总书记指出："一切向前走，都不能忘记走过的路；走得再远、走到再光辉的未来，也不能忘记走过的过去，不能忘记为什么出发。"在中共百年历程中，"传承"与"奋斗"在前进的路上一直被牢记于心。

　　在本报告中，调研团队提出问题：什么是党员的奋斗精神？为了解答这个问题，团队成员们从身边的人、事、物取材，这也体现了奋斗精神无处不在。团队实践出真知，在探索中寻找答案，最终分别从三个视角回答了这个问题，一部用血与红、泪水与汗水书写的奋斗史在我们眼前徐徐展开。无论是涵碧楼对先烈们奋斗精神的传承，还是基层民警聂桂清对沙旁社区的坚守，抑或是火炬村村民为美好生活不懈奋斗的故事，都证明了中国人可以用勤劳的双手创造美好的生活，而奋斗精神就是这一切的源泉。这种精神力量是人民实现美好生活的催化剂，是国家前进的引擎。最重要的是，这次活动也成为团队成员奋斗精神的呈现。

（点评人：刘雪梅）

竹韵椰风——人民公仆许士杰

廖勉钰　陈欣欣　杨丽容　李浩婷[①]

摘　要：本报告以海南省首任省委书记许士杰同志的生平为主线，通过亲友的讲述、历史音像资料以及故居遗迹等，真实而立体地呈现许士杰的形象。报告以后辈追寻许士杰的革命经历、奋斗故事与"竹韵椰风"精神的视角，从秘书眼中勤奋的书记、妹妹眼中正直的长兄、儿子眼中严厉的父亲、人民眼中无私的公仆等多个维度展现，以此丰满人物，并体现其对家族、家乡、后世的积极影响。此外，报告包含了未曾公开报道的人物事迹，能够让人们更全面地了解许老先生，并为以后的学术研究或文物资料整理提供素材，具有一定的史实文化价值。

关键词：许士杰；人民公仆；红色文化

　　许士杰，1920 年 11 月 29 日出生于广东省澄海县隆都区樟籍村。1938 年 2 月参加革命，同年 11 月加入中国共产党。革命期间，许士杰团结村里进步青年，以"寿春堂"为活动地点，学习进步书籍报刊，完成潮汕青年抗敌同志会布置的抗日救国宣传任务，建立党支部并担任支部书记。1948 年至 1949 年 10 月，他任中共潮澄饶平原县委书记、地方武装部队团政委，积极发展武工队 10 多支，发展地下民兵 1 000 多名，使潮澄饶三县平原形成多片游击区。

　　中华人民共和国成立后，许士杰历任澄海县委书记、潮汕地委常委、肇庆地委书记、海南行政区党委副书记、广东省委办公厅副主任、广州市委书记、海南省委书记等。

---

① 廖勉钰，广州大学新闻与传播学院 2019 级广播电视学专业本科生；陈欣欣、杨丽容，广州大学新闻与传播学院 2018 级广播电视学专业本科生；李浩婷，广州大学新闻与传播学院 2020 级播音与主持艺术专业本科生。

改革开放之初，许士杰是广东领导干部到香港考察第一批人员。他凡事亲力亲为，从不纸上谈兵。1986年，许士杰被媒体、群众组织和市民评选为"广州市十大杰出公仆"之首。1987年9月后，其相继任海南建省筹备组组长、省委书记、省人大常委会主任、海南省军区党委第一书记等职。

许士杰生活十分简朴。其常年工作的地方只有几把藤制的沙发、一排书架、一张书桌。海南常年天气炎热，但他的房间里却没有安装空调，批阅文章时手里挥动着大蒲扇是常态。

图1　许士杰在海口的办公室（1989年6月）

（来源：许士杰家人）

同时，许士杰又是一名诗人学者，《光明日报》曾发表他的《登高峰　颂椰树》，其中有一篇《椰颂》写道：

玉立凌云飘秀发，临风飒爽更多姿。甘供琼露滋宾客，愿献碧衣作幄帷。香骨精雕倍眷恋，柔丝织梦更相思。挺身抗暴卫村落，殷切频歌改革词。

回望许书记的一生，像他的诗中写的，他犹如一棵坚强的椰树，把全身无私地奉献给人民。直到去世前，许书记仍然关注海南建设的进程。

在许书记100周年诞辰之际，许书记细妹（小妹）许瑶卿倡议家族开展故居重游的活动，拾起往日先辈们的精神碎片，这与我们的调研活动目的一致。本次调研时间为2021年2月4日至2021年2月25日，小组同学协调合作，通过多渠道查询资料，采访许士杰的家人、秘书以及樟籍村现任副书记，探访许士杰在汕头的故居，从而更加了解许士杰的形象及贡献，挖掘了许士杰不为人知的更多细节，并感受红色基因在一个家庭中的延续和对当代以及后世产生的深远影响，以此鼓励青年人向许士杰学习，并思考如何结合当今时代背景，传承这些优良品质。

一、居其位则思死其官

（一）英勇抗敌，视死如归

1943 年的一天，一位小女孩跟着她的妈妈，急促地跑在樟籍村乡间的路上，妈妈跑得很快，她几乎要跟不上了。

妈妈脸色苍白，手一直在颤抖，但紧紧攥着一把香，跑到了村头的大庙里。妈妈虔诚地点燃了香，跪在殿前拜了拜，求神保佑大儿子许士杰平安无事。

1943 年抗日战争期间，许士杰所的村樟籍村还没有沦陷，而对面隔了一条江的南美村已沦陷了好几年。

一日，日伪军队在南美村搜查共产党员，伪军将全部村民赶到村口，扬言如果搜到革命党人，则枪毙全体村民。

恰巧当时许士杰正在村里开会，情急之下，他指挥澄海县委的同志把枪扔到井里，跑到保长家中的阁楼藏匿。当时的保长是伪军从村民中选出来的，许士杰对保长晓以大义，最终带领革命者们成功脱险，保全了当地党组织力量和全体村民。

但是樟籍村的村民们都意识到了日军很快会过江到樟籍村来，村中耆老就商量着，如果日本人来了，年轻人就离开村子，由老人出来跟敌人周旋。结果那天日军来到了许家祠堂，见不到一个人，便想放火毁掉祠堂。许士杰和另外一个年轻同志本已逃到村外，一听要毁祠堂，两个人又转身跑回来，跟十几个日伪警察周旋。

"共产党员遇到群众有难处的时候挺身而出。这是我参加革命以后才理解到的，他们就是这样想和做的。"许瑶卿深深地受到了大哥的影响，在潜移默化中提高了革命觉悟，她的革命之路可以追寻到 8 岁，那时的她就到堤头去，引导地下党领导人到家里开会。

现在，当年韩江老堤头上的五棵榕树仍然茂盛，向人们展示着曾经的惊险故事。

（二）开路先锋，敢为人先

海南的未来应该是怎么样的？海南省首任省委书记许士杰口中对海南愿景的设想让李永春至今难忘。

"海南这个地方应该打造若干个洋浦，它这个地方如果做起来，带动外商投资能出效益，外商愿意再搞，如果海南发展有四到五个洋浦，那就把整个海南岛带动起来了。"

李永春是许士杰任职海南省委书记时的秘书。其任中央党校的辅导员时便负责许士杰所在班级，当时李永春对许士杰印象最深刻的就是学习认真刻苦。三十年快过去了，再谈起许书记，李永春依然很清晰地记得这位老书记每一个动人的瞬间。

"想不想到海南去闯荡一番？"三十多年前，许士杰说这句话时坚定的目光穿透了李永春的心。

"可以，我跟着你去闯！"

李永春在中央党校学习的是科学社会主义，带着如何让科学社会主义在中国落地的思考，李永春来到了海南，他认为理论应该与实际相结合。

所谓 10 万人才下海南，是自觉、自愿、自动的。在海南，许士杰并没有强求李永春和他一起奋斗，但他的一言一行，

图 2　许士杰在海南视察基层（1988 年 6 月）

（来源：许士杰家人）

对建设海南的执着，对海南的那种热爱，那种为海南拼搏的老黄牛精神，都深深感染了李永春。李永春便决定同他一起为海南奋斗一生。

许士杰在职期间提出了几个对海南发展具有战略指导意义的观点。

（1）提出在打基础中前进的指导思想。许士杰指出海南经历了三次历史性跨越，即部分地区从原始社会生产方式跨越到社会主义初级阶段，从计划（产品）经济跨越到商品经济阶段，从行政区建制跨越到大特区省级建制。海南基础差、底子薄，必须搞好经济、政治、文化、社会等方面的基础建设。

（2）提出建设海南特别关税区的战略构想。为了实现邓小平同志关于快速发展海南特区经济，早日赶上台湾的战略部署，许士杰殚精竭虑，构想实施方案。

他在新华社动态清样上，提出海南快速发展的上策是海关后撤，在全岛建设特别关税区，直接进入国际大循环。这个战略构想影响深远，2018年中央决定在海南全岛建设自贸港。

（3）提出"放胆发展生产力"的特区建设最强音。针对建省办特区初期的特殊情况，许士杰明确提出，只要有利于生产力的发展，有利于迅速发展经济，对民生有益，世界上一切行之有效的发展方式和方法，都可以拿来试行。

（三）殚精竭虑，鞠躬尽瘁

1987年，重回海南这片阔别已久的土地，许士杰一心考虑的就是怎么能够实现邓小平同志给海南的定位、目标，让海南尽快发展起来。经过仔细勘察，他提出依靠一些香港大财团的支持，先在洋浦这个地方搞一个30平方公里的开发区，待政策稳定后，就在海南招商投资建设4~5个开发区。

1988年8月，海南省政府决定将洋浦开发区出让给日本企业熊谷组经营，期限长达70年。1989年3月23日，在全国政协七届二次会议上，张维等五位政协委员对此举提出异议，认为有损我国主权。而后国内外争论不断，许多学生甚至上街游行，声讨海南卖国。

这就是"洋浦风波"。

对于误解和谩骂，许士杰十分痛心，他与海南省省长梁湘写下《关于海南省设立洋浦经济开发区的汇报》，指出一些人对洋浦开发的指责"完全是离开时间、地点、条件看对外开放政策"，上书党中央、国务院。邓小平审阅该汇报，作出批示："我最近了解情况后，认为海南省委的决策是正确的，机会难得，不宜拖延，但须向党外不同意见者说清楚。手续要迅速周全。"

许士杰作为一位老革命家，热爱海南、热爱人民、热爱改革开放事业并奉献一生，令他最痛心的是，邓小平、党中央交给他的建设海南的任务不能顺利完成，他最终积劳成疾，身患癌症，过早地离开了人世。

（四）勤勤恳恳，一心为民

室内窗明几净，往窗外望，一片绿意盎然，日光透过落地窗让整个房子多了些明亮和生机。许守樑坐在中式木制茶椅上，头发有些许花白，但依旧容光焕发，神采奕奕，丝毫看不出这位老人已有八十多岁。谈起父亲许士杰，他娓娓道来。

1991年，江泽民总书记来到海南视察，许士杰陪同，但此时他已脸色苍白，同行的人叮嘱其要前往医院检查。许士杰放不下工作，一拖再拖。等到医院检查之后，才发现长了肿瘤，须马上住院。

许守樑讲到这里也有些唏嘘："住院的时候还找人到医院来谈工作，批文件，送文件。"但是许士杰这份对工作的责任心不得不被现实按下减速键。入院不久后，许士杰被检查出肿瘤是恶性的。

海南当时的医疗技术条件不太好，省委上报中央后，让许士杰回广州治病。他深知自己的病情严重，不得不离开海南，但在离开前，仍心有所系。

"他就让司机带他到海口转一圈，专门去看那里在建的立交桥。"

大概一个月之前，许士杰在那开过现场会议，指导立交桥的建设，他知道自己可能回不来海南了，特地去看看立交桥建得怎样了。

回广州之后，许士杰在医院里每天都需要打止疼针，却仍坚持写笔记，看文件。许守樑回忆道："他去世那天仍在写笔记，写着写着就晕过去了，再也没醒来。"

即使重病在身，许士杰仍心系工作，心系人民。

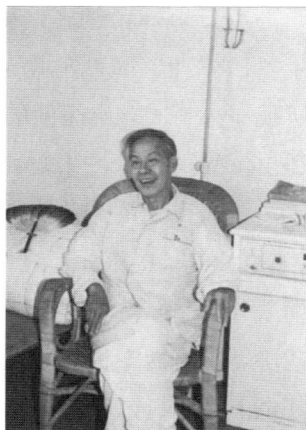

图 3　病中的许士杰依旧乐观
（来源：许士杰家人）

二、竹韵椰风传正气

（一）一身正气，家风淳朴

许士杰为人正直，这股正气也传播到了全家人身上。

改革开放后有一段时间，很多干部子女用两种渠道做生意：一是利用计划经济和市场经济，通过关系拿取计划经济的物资，到自由市场去卖高价；二是高价卖计划内的批文，批文能换物资，这样既不用直接卖物资，又能赚很多钱。

做这种生意免不了要走关系，因此许士杰不准家里任何人这么做，家里人都是老老实实干活，分配什么就干什么，并且不管是哪一行，干一行就要爱一行，一定要做到底。

许瑶卿就是如此，1953 年调到公安厅就一直干到离休。

"一辈子当警察，我就觉得公安这个行业好，保卫国家和人民群众的财产安全，这个任务很光荣，所以我就很热爱这一行。"提起自己的职业，许瑶卿满是自豪，九十多岁的她仍然神采奕奕，十分健谈。"一辈子干公安，也不会想要工资高一点，赚钱多一点。满足温饱就够了，我们靠养老金过日子，已经过得很好了。"

家风一代代传承，并在传承中延续。

20世纪80年代的广州，在国投、外贸公司工作最能赚钱，当广州市国投公司的经理动员许士杰退伍转业的小女儿许庆生到国投公司就职时，她向姑姑许瑶卿请教。许瑶卿毫不犹豫地推荐侄女去公安局，"我说我觉得这一行最好，最有意义，真正是为人民谋幸福"。于是许庆生听了姑姑的话，到公安局工作，一干也就干到了退休。

"他教育子女堂堂正正做人，认认真真做事，要干一行爱一行。所以我们家的小孩，没有一个人的工作是要求他给安排的。"

当许士杰的儿子许守桐希望从海南调回广州时，许士杰也不准，他说："海南需要人，你就留在海南。"后来许守桐是自己与别人对调，才回到广州分配到拖拉机厂当锅炉工，一干多年。许士杰的夫人潘鸾辉，离休前一直在机关幼儿园当一名普通的出纳。

到了孙子辈这一代，许家依然在许老的影响下保持着纯正的家风。孙女许莹冰谈起外公，很感叹地说："我小时候就一直觉得外公就是普通人，只是他特别忙。"虽然许士杰当时已是广州市委书记，但让人难以想象的是，他家里条件并不比其他普通家庭好，"我印象最深刻的是客厅的沙发布套，洗得都烂好几道了，打了补丁还在继续用。中学时我们有同学家里已经有卡拉OK了，我都没见过没玩过"。高官自己没有官派，许士杰也不允许家里出现官气。淳朴的家风一代一代地传承，许莹冰和蔼可亲、平易近人，一点儿也看不出是干部后代。

（二）革命精神，照耀全家

1940年，8岁的许瑶卿就加入大哥许士杰的革命行动了，当时许士杰是樟籍村的党支部书记，许瑶卿则负责为地下工作的同志们带路、送信。

"当时革命的事情我不太懂，但是我大哥叫我干的事情，我就去干。"渐渐地，革命的种子在孩童时期的许瑶卿心中种下。

潮汕地下党的老同志几乎都到过许士杰家，都是由年幼的许瑶卿带路。1944年到1945年，潮安、饶平、澄海三县的地下县委机关设在樟籍村，这个地点很多人都不知道，就许瑶卿能去，因为她是小孩。许瑶卿去那里送信、送食物、送药。

"到 1948 年 11 月份，我就离开家乡，到凤凰山正式参加了革命队伍，那年我 16 岁。"

说起自己当年参加革命的故事，许婆婆的眼中仿佛有光。

"到了 1949 年敌人围剿凤凰山的时候，我们就撤退了，到了八九月份，国民党军溃败了。10 月 1 日，北京宣布中华人民共和国成立，一听到这个消息大家高兴得敲脸盆、敲铁桶，又唱又跳，我们赤着脚就往山下跑，一直跑到城里。"说起 1949 年全国解放的场景，许婆婆的声音中还带着些许激动。

除了细妹许瑶卿，许士杰的母亲陈御年、妻子潘鸾辉、弟弟许士鉴、大妹许淑卿、三妹许可卿、三妹夫陈贤辅，在许士杰的带领下，都先后投入了革命。也因此，他们的故居现在成了爱国主义教育基地。

许士杰不仅带动一家人投身革命，在他的引导、教育下，村里很多人也都参与到革命中，樟籍村被授予"革命老区"称号。

大妹许淑卿，十七八岁就入了党，后来参加了抗日救护队，之后组织又派她到外地去当小学老师。

"那个时候条件很艰难，1943 年正是沦陷的时候，又是饥荒年，大姐许淑卿得了重病被送回来，没钱医，又饿肚子。饿到什么程度呢，我们那个村子是种荔枝的，我去捡掉在地上的荔枝，才剥了那么一点点肉给她吃，就这样活活地饿死，她 1943 年就去世了。"讲起大姐，许瑶卿无限唏嘘。

老三许可卿也参加了革命，之后嫁了人，丈夫陈贤辅有文化，也让许士杰吸收来参加革命。他家有一间卖中草药的店叫寿春堂，许士杰就跟他商量，将那里改成一家书店，叫青年书店，专门卖进步书籍，也是一个小情报站。陈贤辅曾被日本伪军抓入大牢，严刑拷打，被家人设法赎出来时，只剩下半条命，之后身体一直很差。

图 4　革命联络点寿春堂旧址与新貌

（来源：樟籍村）

许瑶卿的二哥许士鉴，也是从小就参加革命，后来在隆都武工队当队长。中华人民共和国成立后，年仅22岁的他任隆都区区长，之后任广东省农业厅的厅长。

一家人都在许老先生的革命精神影响下参与了为党和人民奋斗的革命事业。

革命者们冲锋陷阵，以自己的血、汗、泪换来了今日国家长久的和平，对历史，我们应该保持敬畏的态度，缅怀过去，共创未来。

三、公仆清名播芬芳

（一）一生为公，两袖清风

广州的雨，说来就来，啪嗒啪嗒，下了一夜。

这天天还没亮，一位60多岁的老人穿着雨衣，踩着雨鞋，踏着有力的步伐在菜地上来回踱着，不时停在某块地前面，低头翻翻菜叶子，看看蔬菜长得好不好，有没有被彻夜的暴雨侵袭。老人身后只跟着他的女婿，不知道的人看了还以为满地的蔬菜是老人自家种的呢。

这位老人便是许士杰，时任广东省委常委、广州市委书记的他，在全国率先开展蔬菜产销体制改革，丰富了市场的有效供给，又平抑了蔬菜市场价格。国营集体和个人都参与蔬菜购销活动，大大增加了蔬菜交易点。

为推进蔬菜产销体制的全面改革，使农民种菜能卖到好价钱，许书记常常亲自调研蔬菜市场价格及供应，他的身影不仅常常出现在黎明的菜地里，还在清晨的鱼塘、码头、猪肉市场之中穿梭，在广州20世纪80年代拥挤的公共汽车上来去。

许士杰的细妹许瑶卿每晚都会从工作的公安厅回到越秀区的家里，一回到家，母亲常常说的话就是"哎呀，你大哥今天早晨天没亮就去看菜地了"。

"看完菜地回家，两碗稀饭一吃完就去上班了，他在省委当那么多年书记，从来都是第一个到办公室。"许瑶卿对哥哥认真的工作态度记忆犹新。

"一生为公，两袖清风"是许瑶卿给哥哥的评价，也是对许士杰一生为人民服务最真实的表述，他不重物质，淡泊名利。

土地改革的时候，许瑶卿一家很穷，属于贫农，因他们家有十口人，得以分到八亩地。但许士杰说："我们全家人都在外面革命，没有劳动力，我们不能拥有土地，全部上缴。"

"我大哥是个很出名的清官，全心全意为人民服务。"许瑶卿强调道，"到哪里他都是这样的。"

　　许士杰十分廉洁，任何人给他送东西他都严厉拒绝。1987年，许瑶卿去海南工作，很多同志跟她说，许书记在海南过年，他们给许书记送过两只鸡，让许书记批评得厉害，他们再也不敢去。

　　许士杰70岁时，在医院开了刀，全家人就商量着自己家出钱给他在广州麓湖酒家过一个生日。出院那天，海南驻广州办事处的两个主任到许士杰家里来，给他送了个蛋糕："许书记您今天生日啊，我们来给您送个蛋糕。"

　　许士杰很不高兴地问："你们怎么知道我生日？"

　　"您档案有啊！"

　　"我的档案你看不到啊！"

　　许士杰在家里大发脾气，大儿子许守樑十分紧张，打电话给姑姑许瑶卿和二叔许士鉴。"我跟我老公还有二哥二嫂四个人就赶快过去了，说现在组织上已经可以给70岁的人过生日了，送个蛋糕很正常的。他就因为这个蛋糕发脾气，大家给他做了很多工作，叫他不要发脾气，只是个蛋糕而已，是单位福利，最后他才没怎么说，但蛋糕也没有吃。"许瑶卿说起这段故事，语气透露出一丝无奈。

　　20世纪90年代初，有一次许士杰去北京开中央委员的会议，杨秘书陪着他，开完会回来以后，杨秘书回家拿了一些葡萄来给许书记。

　　许士杰看到也发火："你哪来的葡萄？"

　　杨秘书说："我买的。"

　　"我没看见你买啊。你什么时候买了葡萄？"

　　许士杰老怀疑是人家送给他的，杨秘书跟他解释了半天，说真是他自己买的，不是人家送的。

　　许瑶卿回忆起大哥许士杰的时候，说得最多的就是："他从来都是这样。"

　　许士杰为官为人的原则深入骨髓，内化于心，外化于行，知行合一，莫过于此了。

图 5　许瑶卿向调研团队讲述过去的故事

（来源：调研团队实地拍摄）

（二）一生朴实，不争不抢

见过许士杰老先生的人，对他都会有这样一种印象——朴实。许守樑在回忆父亲的时候，也提到了父亲为人朴实、不带任何一丝官范的特点。

图 6　许士杰与妻子潘鸾辉在海南到林场调研

（来源：许士杰家人）

许士杰很少买新衣服，没有名牌，更没有华丽的装扮。去云南工作，穿的是一双普通的塑料凉鞋，但这样珍贵的朴素常常与人们对所谓"书记"的刻板印象相反。

许守檩回忆起父亲在飞机上不被待见的事情时，言语中还有些义愤填膺。

1986年9月7日，许士杰在云南办了横向经济联合数件事之后，数人从昆明坐飞机回广州，同行的同志为照顾老先生，给了他1A的座位。飞机上人头攒动，当许老挤上飞机准备坐下来时，不料被空姐叫住："写错了，没有第一排，到后面去看有无座位。"许老身着的确良衬衫、半旧的深灰长裤，足踏一双胶凉鞋，没有一点干部的气息，从穿着打扮上，空姐倒是看不出她面前这位是广州市委书记。

许老指着第一排的空位说："这不是第一排么？三个座位只有一个人在坐。"

这时，那个一人坐三个位置的人声色俱厉地吆喝道："你吵什么？下飞机找卖票的去！"

讲到这，许守檩打抱不平地说道："明明机票上是这个位置，不让坐还说下去找卖票的，这些话说得很不客气很不好听。"

此时登机梯已撤走，飞机已经开始发动了，此情此景，犹如秀才遇到兵，有理也说不清。许老也不愿和他们争吵，便提着行李往后面去了，同行的同志见此愤愤不平，便到前面去说理，说明许老的身份。随后，空姐前来道歉，工作人员也再三邀请许老上前排坐，都被许老一一拒绝了。

像这样因为穿着朴素而被误会的事情不止一次发生，在广州当市委书记时，他也曾因穿着过于朴素，被门卫拦在大门外不让进。

许士杰在肇庆当地委书记时，分管十几个县，以其职位等级应当住入招待所，但他说自己就单身一人，家属都没有带过去，坚决住在办公室，用柜子把办公室隔成两边，前边是办公的地方，后边则是休息睡觉的地方，也没有门，用的是公共卫生间。一个地委书记，就这样在办公室住了七年。

朴实无华这个词人们通常无法和高官干部联系在一起，在这以貌取人的世界里，许老有他自己的执着，而恰恰是这种执着赢取了民心。

1986年，许士杰被媒体、群众组织和市民评选为"广州市十大杰出公仆"之首。

图7　许士杰当选"广州市十大杰出公仆"后接受采访

（来源：许士杰家人）

2009年11月，在许士杰离开肇庆已近30年、离世也已18年之久时，肇庆的干部和群众通过电话、书面、网络等形式评选"改革开放30周年感动肇庆人物"，许士杰仍然以最高票数当选。

四、加强红色资源保护

这次实地调研，我们去了许士杰位于汕头的故居，这一存在对红色基因、革命记忆的传承而言是不可或缺的一部分。近年来，党和政府、社会各界都加强了对红色文化传播的重视程度，汕头市澄海区隆都镇在红色资源的保护和利用上颇有成效。

图8　许士杰故居

（来源：樟籍村）

图9　参观者写下的感言

（来源：调研团队实地拍摄）

五百年樟籍村，千年隆都镇。现在的隆都镇，已经形成了一系列可供观赏游玩的旅游资源，不少游客慕名而来。樟籍村以许士杰故居为修缮重点，对村内的红色基地进行了多次翻新改造，现如今可以看到许士杰故居被打理得井井有条，成为许多中小学校的课外教育讲堂，各级政府部门和企事业单位也到故居开展学习教育活动；"寻访红色足迹，传承革命精神"，民主党派也组织到故居参观，学习革命优良传统，体悟民主党派在新时代的历史使命。耳听为虚、眼见为实，像许士杰故居这样的红色基地是当地传播红色文化的重要阵地，其成功范式值得其他革命老区学习。

图 10　党员在寿春堂旧址重温入党誓词

（来源：许永辉，樟籍村党委副书记）

图 11　樟籍华侨小学师生到许世杰故居开展红色教育活动

（来源：许永辉，樟籍村党委副书记）

同为革命老区，南美村的红色资源却没有被很好地挖掘和建设起来，一些有纪念意义的旧址面临着种种维护和修缮的难题。南美村与樟籍村一江之隔，许士杰及其家人也曾在这里英勇奋战过，但其发展却没有跟上时代的步伐。目前，南美村的发展障碍主要在资金方面，在后续故居保护和宣传过程中常常力不从心。

另外，有些故居后辈不愿将故居建成基地，使得保护工作进度缓慢；在发展过程中，南美村也缺乏代表性人物，没有具影响力的人物来带动南美村的爱国主义教育基地建设。

（一）联动打造

南美村在汕头市澄海区莲华镇，地处潮澄饶三地交汇处，是"二战"时期革命老区村，可以向隆都镇樟籍村学习，与周围村、镇联合建立红色旅游线路。以红色文化为核心，当地特色文化加持，打造"红色＋文化遗产""红色＋潮汕文化"等品牌。一方面挖掘革命先辈的红色故事，另一方面整理革命时期的旧物进行展览，将其打造成红色教育基地。同时，可以与各地学校开展长期合作，定期举办中小学生探访革命基地的活动，突出"红色教育、党性教育"的主题，使南美村成为红色教育课程的重要组成部分，发挥南美村作为红色文化教育培训基地的作用，努力建设爱国主义教育示范基地。

（二）因地制宜

要挖掘南美村自身的特色，包括农业特色、风光旅游特色等，如广州市从化区的艾米稻香小镇以水稻作为小镇农业特色与独特风光，进行旅游宣传，吸引游客。南美村有着一定的农业基础，可以整合当地农业资源，塑造美好田园风光，同时联合红色旅游线路，建设乡村农业体验基地，与游客建立良好的互动关系。除此之外，还可以增加与城市居民的互动，满足城乡居民到乡村运动、劳作、健身、休闲等的需求，打造老少皆宜的乡村休闲运动目的地。

图 12　许莹冰老师带领学生在南美村党群服务中心调研

（来源：调研团队实地拍摄）

致　谢

　　感谢团队的指导老师许莹冰（许士杰书记的外孙女）创造机会让我们走近红色人物，聆听许书记的动人故事，真切了解和感受老一辈无产阶级革命家、改革先驱、人民公仆许士杰的精神与信念。感谢采访对象许守檩先生与许瑶卿女士、李永春先生、许永辉先生、林木金先生、陈旭昂先生、陈派林先生的支持和帮助，他们对我们知无不言、言无不尽，提供了大量珍贵的资料。感谢汕头市澄海区许士杰故居的工作人员对拍摄的支持与配合。本次实践对团队而言是一次宝贵的学习机会，同时也是一次心灵的洗涤之旅。

　　"竹韵椰风传正气，公仆清名播芬芳"，许士杰书记的精神影响了一代又一代的青年。我们调研者就像是收拾屋子的人，轻轻掸去历史的尘灰，每一段尘封的革命故事背后都饱含着革命者辛酸的汗与泪，我们记录过去、书写故事，只有不断地回顾历史、总结经验，才能更好地传承、传播红色文化。正是有了许许多多像许书记这样的革命先辈为祖国的建设冲锋陷阵、锐意改革，才有了如今的繁华盛世。当代青年人仍然需要传承先辈的奋斗精神，实现自我价值与社会价值的统一。

图 13　许守檩先生接受同学们的采访

（来源：调研团队实地拍摄）

图 14　师生团队前往许士杰故居调研、采访、拍摄

（来源：调研团队实地拍摄）

图 15　采访许士杰任职海南省委书记时的秘书李永春先生

（来源：调研团队实地拍摄）

　　　　　　　　　　（指导老师：许莹冰，广州大学新闻与传播学院讲师）

点评

竹韵椰风——人民公仆许士杰

"培养什么人、怎样培养人、为谁培养人"这个根本问题，关系着广大青年学生的健康成长，也关系着国家和民族的未来。习近平总书记多次就这一根本问题进行阐释和论述，强调要"传承红色基因，培育时代新人"。这不但阐明了党性教育的重要性，更是明确了时代新人培养的方向。

红色基因是中国共产党带领全国人民在长期的革命、建设、改革历程中凝练出来的价值立场、远大理想、顽强意志、光荣传统、优良作风等。红色基因，是一种迸发的激情、一种昂扬的姿态，催人奋进、使人警醒，让学生深入学习红色文化，把红色基因植入他们心中，灌进他们的血液里，才能发挥红色基因的强大力量，使学生由内而外自发性地生出积极向上、勇于拼搏的精神，才能帮助学生树立高远的目标、为民服务的意识，具有家国情怀。

传承红色基因，就要鼓励学生走向社会大舞台，在实践中认识红色基因、认同红色基因。本次调研活动，就是基于这样的目的设计的。我们把视线聚焦到身边的红色人物，希望让红色人物成为鲜活的教育素材。共和国能有今天这样的繁华和昌盛，是无数先辈用鲜血和身躯铺就的，他们中有些人被记入史册，有的成为电影故事的原型，但更多的，是成为默默无闻的推手，与人民合力推动社会进步。我们希望让年青一代，通过自己的观察、走访，去感受和体悟老一辈无产阶级革命家们的思想，更深刻地理解什么是奉献，什么是坚持，什么是改革精神，什么是共产主义信念。

本调研报道以已逝的广东干部许士杰为中心人物展开调研，通过走访、资料收集、史料考证、故居参观、专著阅读等方式，深入了解许书记的生平，探究他的革命精神和个人魅力的根源。通过对许书记的弟妹、子女、同事、家乡干部等的采访，当年这位海南省首任省委书记、广州市委书记、广东省委办公厅副主任的形象在同学们的脑中逐渐丰满。许书记把一生都奉献给了党的事业，他克己奉公、两袖清风、廉洁自律、艰苦朴素、锐意进取、大胆改革、平易近人，全心全意为人民服务，被广州市人民评选为"人民公仆"。许老家风严谨，从来不允许子女们搞特殊，许老的精神和红色基因，将一代代传承下去。学生团队在调研的过程中，既是挖掘也是吸收，精神获得了激励，心灵受到了洗涤。

（点评人：许莹冰）

周总理为我母校改校名

——基于流溪小学传承与发扬红色文化的考察

黄碧容 杨永杰 李 想 苏泳欣 邓凯洋 王楚玉 张芷榕 [1]

摘 要：传承与赓续红色文化精神，是中国共产党人以史为鉴、开创未来的优良传统。广州从化流溪小学是一所已逾百年的红色学校，其校园文化、德育教育、名人雕像等，都与伟大的周恩来总理联系在一起。其中，周恩来总理建议将门口江小学改名为流溪小学的故事，一直为流溪小学所铭记。流溪小学以"博通古今，善行天下"为校训，不断继承学校的光荣历史传统，注重水文化的培育，讲求博善育人，开设多样化课程供学生多方面发展。无论是校史馆，还是周恩来雕像，抑或是红色走廊，都在引导学生树立"为中华之崛起而读书"的理想使命。但同时，流溪小学在红色文化弘扬与实践方面存在内容延展性不足、再创新性较弱、家长参与度低以及线上宣传工具利用不足等问题，应当充分利用新技术新方法，以创新开放性思维，推进学校红色文化的赓续。

关键词：流溪小学；博善之道；红色文化

2012 年，犹在流溪小学读五年级的邓凯洋时常好奇当初为自己的小学改名的周恩来先生。一次偶然的作业，他将少年周恩来的抱负——"为中华之崛起而读书"写在了作业本上。时光荏苒，自 1959 年以来，流溪小学时刻铭记周总理"为中华之崛起而读书"的教诲，铭记"博通古今，善行天下"的校训，努力培养新

---

① 黄碧容、苏泳欣，广州大学新闻与传播学院2019级广播电视学专业本科生；杨永杰、李想，广州大学新闻与传播学院2020级广播电视学专业本科生；邓凯洋，中国人民大学中法学院2020级金融学专业本科生；王楚玉，中山大学人工智能学院2020级人工智能专业本科生；张芷榕，北京工商大学经济学院2020级经济学专业本科生。

时代的博善好少年，少年邓凯洋沐浴在这优良的校风之中，也将此刻在了心里。

2021 年，适逢中国共产党诞生一百周年，2 月 3 日，本调研团队与邓凯洋专程来到从化区流溪小学，通过翻阅校史资料和聆听该校在职人员的讲述，挖掘周恩来总理到该校视察的历史故事及其背后的价值，并结合校史，了解党对教育事业的支持和引导作用。据时任流溪小学少年队辅导员刘锡艳介绍："近年来，学校利用临近流溪河的地域优势，创建'水文化'特色学校，弘扬优良传统和浓厚的文化底蕴，并不断完善'博善'教育理念体系，以教导孩子实现人生最高目标的善——为国家与人民服务！"

在调研过程中，调研团队还针对流溪小学在读学子发放调查问卷，了解当下学校开展了哪些红色文化教育活动以及学生对于教育活动的接受度和感受，并通过对个别在校学生与毕业生的深度访谈，进一步思考流溪小学在开展红色文化教育活动中存在的一些问题，以助推红色精神传承。

不忘来时路，方能行致远。置身于新时代的大考中，每一名中国青年都有责任、有义务了解党的辉煌历程，牢记党的初心和使命，坚定信仰，凝聚强大的精神力量为实现民族复兴不懈奋斗！

风云岭下，流溪河旁，周总理视察过的地方，流溪小学多呀多荣光，人民的期盼记心上。

风云岭下，流溪河旁，周总理命名的地方，流溪小学多呀多荣光，伟大的理想怀心上。

一段乐韵悠扬的旋律，一支意蕴深远的校歌，一段难忘珍贵的岁月，师生们吟唱着、颂扬着、瞻仰着、铭记着。

2020 年最后一天，位于广州市从化区街口街城内路 84 号的流溪小学，正在举办大型文艺会演活动，全校师生共同庆祝 2021 年的到来，并迎接 1 月 8 日学校的 78 周年华诞。

一、周总理到来，门口江小学把名改

1978 年，门外的河水汩汩流淌，楼间的岁月悠悠无声。流溪小学的特色文化长廊，一字一句讲述着这片土地的故事。穿梭其中，脚步逐渐放缓，直至停留在两页布满了工整字迹的纸张前。它们被展览于文化长廊的墙壁上，虽是经过再印刷的产物，但仍呈现出原件的泛黄色调。

这纸张是 1977 年 1 月 7 日广东省从化县委员会办公室致门口江小学的批复，

以及由从化县革命委员会文教办公室发出的文件《关于门口江小学改为流溪小学的通知》。同年1月8日，正值周恩来总理逝世一周年，全国上下缅怀追忆这位民族的脊梁。

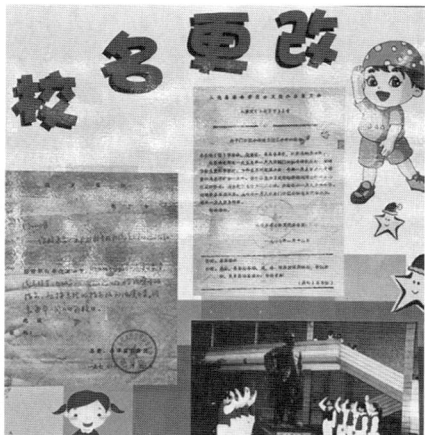

图1　流溪小学文化长廊墙壁上的展示文件
（来源：调研团队实地拍摄）

而时间倒回1959年，同样的1月8日，也是门口江小学举校沸腾的日子。那天恰值从化县少见的严寒天气，周恩来总理携邓颖超同志到该校视察，参观了学校的少先队队部、学生宿舍、劳动基地、课室和墙报等。

临走前，周总理紧握住时任校长朱秉钧的手，亲切地称其为"厂长同志"，并读着"门口江小学"的校名，继而提出："门口江小学，为什么不叫'流溪小学'呢？"这一提议被门口江小学记在心中，终于在1977年的又一个寒冬里得以实现，决策者希望以此更好地表达该校师生对周总理的敬爱和怀念。

不同年份的1月8日，对于周总理和流溪小学而言，皆是无比特殊的日子，在这纵横交错的历史时光里，日期的巧合似乎也暗示着某种精神思想的延绵不朽。

"从宿舍里走上蔬菜场，周总理关怀地问着孩子们生产的情况。转进课堂，总理边指着墙壁边说：'老师，课堂光线不大够吧？这边开个窗就好啦！'

"孩子们的大字报、元旦墙报，总理都一一参观过，一字字、一句句地念过，当看到孩子们的诗歌、漫画，总理连说：'不错。'总理对每一张贴着的纸、每一块木牌、每一间房子都仔细地端详着。一张漫画随风欲坠，总理连忙用手捏上。走到少先队部门口，总理轻轻地推开了门，微笑地称赞孩子们整齐的队旗，又细心地把门扣上……"

据当年学校教导主任杨淑芬所撰文字记录，周恩来总理关怀学生的劳动时间、关心课室的采光情况、赞扬墙报上孩子们的诗歌和漫画，对于学校的教育工作，事无巨细，他都在逐一了解后提出自己的建议。

周总理将学校视为无产阶级革命事业培养人才的"工厂"，而党和政府对于人民教育事业的发展始终牵肠挂肚。"百年大计，教育为本"，党中央对人民教育事业的重视程度可谓一脉相承，如今更是坚持把教育摆在优先发展的战略地位，对教育工作作出了一系列重大决策部署。

二、党和政府扶持，百年流溪沧桑巨变

流溪小学的前身是清光绪三十二年（1906）由举人欧阳愈、萧锦洲在李氏宗祠创办的"欧萧合馆"（《从化文史资料》）。1943 年，从化县在必成李祠堂开办环城乡中心小学（后又叫县立第一小学、街口区第一中心小学等），办校伊始有 3 个班学生 86 人，教师 3 名。1956 年，在地方乡贤的倡导下，欧萧合馆正式更名为"门口江小学"，在教育变革的大背景下，欧萧合馆由一个定位低、规制小的民办私立学校发展为一所现代意义上的小学校，开启了现代新教育的发展之路。

1959 年 1 月 8 日，周恩来总理来校视察，并依据学校在地理位置上靠近流溪河，提议将校名改为"流溪小学"。直至 1977 年 1 月，为了纪念周恩来总理到校视察十八周年，经县革委批准，该校正式改名，并确定每年的 1 月 8 日为校庆日。

到了 1994 年前后，流溪小学进行了较大规模的改建，兴建了教学楼，拓宽了运动场，后被评为广东省首批省一级学校。学校直属于从化区教育局管理，占地面积 11 759 平方米，建筑面积 7 213 平方米。2011 年，广州市委市政府对该校共投入了 300 多万元，其中投入近百万元拆建 4 号办公楼，20 多万元维修校舍，200 多万元重新改造学校的校园网、课室的教学平台，并给每个教师配备了电脑。[1]

以"博通古今，善行天下"为校训的流溪小学，不仅继承了学校的光荣历史传统，持续深化素质教育，还大力提升办学质量，坚持走特色办学之路，并取得了一批又一批辉煌成就。

图 2　流溪小学的"百年流溪"纪念石
（来源：调研团队实地拍摄）

近年来，流溪小学获得广州市以上奖励 34 项，分别被评为全国教育科学"十五"规划教育部重点课题研究实验学校、全国科技体育传统学校、全国教育科学"十一五"规划重点课题实验学校、广州市示范家长学校、中华经典诗文诵

---

[1]　据流溪小学校史馆资料。

读实验学校等，被广州市教育局评为贯彻《学校体育工作条例》优秀学校、广州市语言文字先进集体、广州市青少年科技教育活动先进集体、"广州市大课间体育健康小记者征稿活动"优秀单位、广州市先进职工之家等多项荣誉；从 2016 年到 2021 年，流溪小学连续六年获得广州市读报先进学校、从化教学质量评比一等奖。

三、以河流命名，打造学校特色"水文化"

"流溪小学的校名来自周恩来总理，同时也具有深刻的寓意。"现任流溪小学少先队辅导员的刘锡艳阐述道，"流溪小学"这一校名，寓意着学校的教师像流溪河一样，既要有博大的胸怀，又要有博大精深的专业知识，善待学生，善于向学生传道授业；学校的学生博学多才，具有像水一样善良的本性，与人为善，善于学习，最终实现人生最高目标的善——为国家与人民服务！

刘锡艳到流溪小学从教已有 11 年，长期从事培养学生的体育技能，并负责少先队的事务以及组织各项学校活动。对于流溪小学与流溪河，刘老师怀有浓厚的情感，"千百年来，流溪河一直默默滋润涵养着广州这座城市，我也希望我们流溪小学的博善教育，能上善若水、细水长流，惠及一届又一届的流溪学子"。

流溪河是广州市的母亲河，也是唯一一条全流域都位于广州境内的水源地，属珠江水系北江支流，河流全长 156 千米，流域总面积 2 300 平方千米。从广州市从化的山林之间发源，流域内生态资源丰富，山水林泉，一应具备，堪称广州的"后花园"。它滋养广州千百年，与广州的发展息息相关，成为广州人非常重要的共同记忆之一。①

学校与河流共荣，近年来，学校利用临近流溪河的地域优势，创建"水文化"特色学校，弘扬优良传统和浓厚的文化底蕴，并不断完善包括办学理念、教育理念、德育理念、管理理念、校训校风、教风学风、学校口号在内的"博善"教育理念体系。

流溪小学的德育理念是"水品育人"，水文化是"博善"教育理念及操作体系的源头，也是该校的核心文化。像水一样尚善求真，是流溪小学师生做人、处

---

① 带世界看广州·流溪河［EB/OL］.（2017-08-02）.https://tv.sohu.com/v/dXMvMzE3NTY4MTA4LzkxMzY1NzY1LnNodG1s.html.

世、立身的根本。让师生成为如水之人，实现个性化成长，是流溪小学一直以来的不懈追求。①

图3 流溪小学的"博善"假山和周恩来总理雕像
（来源：调研团队实地拍摄）

走进流溪小学的校门，迎面的东南一隅是以褐红、白、灰颜色为主要色调，以"博善"为名的假山，假山间的细流缓缓流淌，中间矗立着周恩来总理的雕像，配以周总理"为中华之崛起而读书"的名言，这些构成了校园的标志性建筑。教学楼墙体以流溪香雪浮雕为主要图案，每个教学楼都有饱含深意的名字——博立楼、博宏楼、善正楼、善荣楼，加之楼下大堂装饰着古色古香、洋溢文化气息的墙壁与梁柱，交相辉映，组成了生动有趣、书香益然的校园环境。学校班级门口的班牌则以小水滴为背景，这一系列文化物象营造出了浓浓的校园"水文化"氛围。

在浓厚的环境氛围中，学校还围绕"水文化"发展了一系列特色活动。

流溪小学在不改变国家课程的教学内容的情况下，通过组织教师及聘请专家，围绕"水文化"开发出一系列校本教材，对国家课程进行补充，被评为广东省和广州市校本培训示范基地。同时，秉承着"水品育人""溯本求源"的教育教学理念，在课堂上巧妙地融合"水文化"的内容，探索出行之有效的"博善"课堂

---

① 潘健辉．实施博善教育，提升文化影响力：以流溪小学创建特色学校为例［J］．教育观察，2017，6（10）：50-52.

教育模式，构建了"博善"教育特色课程体系。

　　"我们每周开设一节校本课，以供学生学习博善教育读本，这套读本是'流动'阅读的，即每周次不同班级轮换使用不同教材，确保学生完整而规律地接受博善教育。"据刘锡艳介绍，学校先后开发了《博善若水》《水墨青年》等博善教育读本，分为低、中、高年级三册，低年级的教材侧重于讲授文明礼仪，并帮助学生认识国旗与国歌，随着年级的上升，教材的内容也由浅入深。

　　除此之外，流溪小学的校本课程趋于多样化，涵盖了活动课程、环境课程以及综合实践课程几种类型。开设校园文化节、艺术节、科技节、体育节四大节日，棋类活动、书法活动、水墨画、跳绳活动、管弦乐、篮球、足球等特色活动课程吸引了全校学生踊跃参与，助力流溪学子全面提升综合素质。而环境课程则引导学生实行垃圾分类、培育社会主义核心价值观、创建总理先进班级。与此同时，校本课程不断升级创新，打造了包括野外拓展、流溪河环境研究在内的综合实践课程。

　　在"博善"教育理念体系中，流溪小学坚持以学生为主体，同时搭建教师专业发展平台，筑起家校、社会合作桥梁，分别成立了"博善家长义工大队"和"博善教师志愿服务队"，开展有意义的社会活动。

　　秉承着"实施博善教育，成为有文化影响力的品牌学校"这一办学理念，以"博通古今，善行天下"为校训，以"扎根流溪、立足广州、全国知名"为学校发展战略目标，流溪小学的素质教育已取得众多辉煌的成绩，成为从化小学教育的一面旗帜。

四、传承红色文化，担负时代使命

　　发展"不忘本"，在着力于形成特色教育理念体系的同时，流溪小学还十分重视传承学校办学历史，发扬其校园文化及内核精神。

　　为了系好流溪学子人生的第一颗扣子，学校选定了校史教育作为新生第一课。每年一年级新生入学，老师会带领孩子们参观校史馆，并为孩子们详细地讲述周总理视察学校的那段珍贵历史，甚至模拟起当时的场景。了解完校史馆的文图资料后，老师便将孩子们带到周总理雕像前，指向那句名言——"为中华之崛起而读书"，鼓励学生铭记周总理少年时期立下的宏伟志向，并将此内化于学生的成长历程中，厚植爱国主义情怀。

　　红色基因的传承贯穿流溪小学的整个发展脉络，刘锡艳认为，流溪小学一直在追寻总理的足迹，肩负起党和政府的支持与期待，"我们以学习伟人为一条主线来引导学生，希望我们的孩子成长为像周总理那样胸襟博大、知识渊博且善待他人的人，为党和国家、为社会贡献自己的力量"。

为了在流溪学子心中埋下红色文化的种子，学校开展了一系列纪念周总理的主题教育活动，以课内与课外相结合的形式进行。课内，教师借助经典红色课文，结合扩充历史背景资料的方式，为学生详细地介绍周总理的生平事迹，并带领他们一同体悟总理的高尚品格。此外，班主任会在主题班会上，结合周总理到流溪小学视察的故事，扩展出一系列文体节目。

追寻总理的足迹不仅限于课堂，还拓展到了课外。流溪小学针对不同年级阶段学生的生理及心理特征，开展不同层次的活动或比赛，"对于低年级的学生，我们会鼓励他们发挥绘画潜能，动手'画总理'，描摹脑海中的初印象；而对于高年级的学生，我们则引导他们阅读与周总理相关的书籍，从中了解总理的内涵，动笔'写总理'，记录下自己的体会感悟"。

刘锡艳还介绍道："1月8日，是周恩来总理到我们学校视察的日子，也是总理永远离开我们的日子。而每年学校举办的最隆重的主题活动，莫过于在1月8日前后举办的校庆。"在这一天，流溪小学会举办"向总理致敬"大型活动，全校师生聚集在总理雕像前齐唱校歌，并由少先队员代表向总理雕像献花、致敬、鞠躬，以表达对他的怀念与崇敬。

图4　流溪学子在周总理雕像前敬礼
（来源：流溪小学微信公众号）

流溪小学一位五年级学生告诉我们："每当我瞻仰周总理的铜像时，我的内心都无比激动，被他的爱国情怀触动。学校的活动令我时刻不忘周总理的教导和期望，而总理的精神激励我要更加努力学习，争做一个好学生。"

现就读于中国人民大学大一年级的邓凯洋及母亲申锦凤皆是流溪学子出身，两代人相隔数年，但流溪小学始终矗立于从化，迎来送往，蒸蒸日上。不变的，是扎根于每一代流溪人心中的情怀和使命。

在刚刚过去的2020年，邓凯洋与母亲都面临着一项特殊考验。申锦凤是从化区江埔街社区卫生服务中心的医师，在2020年新冠肺炎疫情蔓延之际成为一名基层抗疫人员。她先后作为辖区社区筛查小组负责人之一，对高风险人员进行排查、筛查，以及作为辖区学校督导小组负责人之一，为对应学校、幼儿园的复学、开学做防疫督导。承受着既要做好原先岗位的工作又要参加防疫工作的压力，面对着抗疫人员不足、物资相对短缺的问题，同时满怀着对家庭的牵挂，申锦凤仍旧坚持克服了所有阻碍，她说："我一直以母校流溪小学为荣，我也希望在我走上工作岗位后，通过我自己的努力付出，让母校以我为荣，传承周总理的精神火炬！"

邓凯洋面临着备战高考的压力，为了不让投身抗疫的母亲操心，他在学习上付出了更多精力与干劲，"我觉得流溪小学教给了我坚韧的品格，周总理独自勤工留法时的经历也给了我很大启发，我希望自己同他一样，既仰望星空，也脚踏实地，努力做好每一件事情"。邓凯洋直言，流溪小学赋予了他最初的家国情怀，鼓励他爱国、爱党，并为此做好每一件事情，这支撑着他渡过了艰辛的备考阶段，并考上了重点大学。

一年又一年，流溪小学不断在形成完善、实施践行博善教育体系中取得辉煌成绩；也在传承红色基因、培育爱国情怀的文化传统中达成育人成就，培育出一批批高素质的流溪学子，他们走向高等院校、散布高水平学府、走向社会……

五、在流溪小学红色文化教育活动中的再思考

流溪小学开发利用自身丰厚的红色资源，并设立了一系列课内外活动以加深学生对周总理的了解，活动涵盖面广、注重多样性，红色文化特色教育可圈可点。但在针对在校学生的 305 份有效不记名问卷调查中，流溪小学开展的红色教育活动亦存在问题。那么，如何在义务教育的初始阶段，将红色精神文化应用于教育中，并进行更好的传承？具备丰厚红色资源的流溪小学在教育和传承的过程中有哪些不足？

第一，红色历史宣传内容延展性不足。学校的文化长廊内虽有大量的版面用于宣传红色历史，但几乎所有宣传栏都单单叙述了周总理到从化区以及流溪小学视察的历史故事，缺少对周总理及其相关事迹的延伸拓展，内容较为单一。倘若学校能在文化长廊中增加更多关于周总理的生平介绍、对其道德品质的颂扬、对经典实例的阐述，则可以纵向加深校园红色文化宣传，从而让学生了解到更为全面、更加立体的红色人物、红色故事。

第二，红色活动形式应持续创新，进一步激发学生兴趣。流溪小学的系列红色活动大部分通过较为传统的集会以及上课的形式来进行，这就难免落入"一上课，二讨论，三总结"的老套路，使得学生缺少热情与兴趣，无法达到体会周总

理真正精神内核的效果。所以，在305份有效问卷当中，有202位学生希望学校能够增加组织集体参观校内外纪念馆、展览馆、博物馆等实地场馆的机会，通过实地考察珍贵的照片与实物资料，增强参与感，从而更加直接有效地激发爱国主义情怀。有184位学生希望学校能在主题班会中设置更多的趣味游戏，让处在小学阶段的学生在学习红色文化的同时享受乐趣，有效提高接受度。

第三，家长的参与度较低。父母是孩子的第一任老师，也是孩子一生中最重要的老师。因此，家长对于孩子的言传身教，对青少年早期的性格品质塑造是至关重要的。流溪小学作为广州的公办小学，大多数就读学生都是按地段入学。换言之，流溪小学的大部分学生都来自学校附近的地域。但在问卷调查中，我们发现，305人当中只有132人是通过家中长辈的描述来了解周总理到从化视察的故事的，也只有103人是在上小学前就听说了周总理到流溪小学视察的故事。家长对孩子的教育往往着重在智育方面，而对子女的红色教育比较薄弱，未能将身边的一些红色故事、红色精神传递给下一代，不能更好地引导孩子们树立早期正确的人生观与价值观。

第四，未能充分利用网络进行传播与教育。流溪小学拥有丰富的红色文化资源，但传播渠道欠丰富、传播空间未扩大，这就导致红色文化的作用没有最大化发挥。流溪小学的线下红色文化产品多为文字、图片形式，对于未成年人来说形式单一、略显枯燥，吸引力不大。在传播手段日趋丰富与完善的今天，流溪小学可以依托网络，运用VR、AR等高科技手段，突破传统方式，创新红色文化的展示方法。例如通过声、光、电等媒体技术，立体还原周总理视察流溪小学的场景，让同学们能够在这样的沉浸式体验当中更好地体会伟人的风采，感受伟人的胸怀。这样的创新传播方式，一来可以提升学生的接受度，让学生对这一红色故事有更深刻的印象；二来也可以扩大传播范围，使更多人了解到伟人的往事。此外，从学生的兴趣以及身心发展特征出发，学校也可以开设有关红色文化知识的游戏、漫画故事等板块，从而打破时空界限，让学生无论何时何地都能接受红色文化的洗礼，提升其在红色活动中的参与感与获得感。

致　谢

首先，感谢从化区教育局和从化区流溪小学对我们调研项目的大力支持和帮助；感谢从化区教育局办公室主任李玉华、从化区江埔街党工委委员罗飞、华南农业大学教授张开云，他们在我们学生团队的调研过程中，提供了相当重要的通信帮助；感谢流溪小学的老师、学生和家长们的配合，其中从化区流溪小学少先队辅导员刘锡艳、流溪小学教师潘燕红和邝燕霞、流溪小学校友申锦凤、流溪小学学生邓兆扬为我们提供了宝贵的资料素材，并接受了我们的调研访谈。其次，特别感谢我们的两位指导老师刘涛和林渊渊，两位老师从我们确定调研主题、展开调研工作，到后期调研报告纂写、调研视频制作，在整个过程中及时又耐心地为我们切实提供了宝贵的指导意见，尤其是细致入微地帮助我们修改文章、调整视频，让我们的作品在内容上、结构上、拍摄和制作技术上，都有了更大的成长和进步，老师始终是我们团队完成调研作品的最坚实的依靠！再次感谢这一路上给予我们帮助的所有人！

（指导老师：刘涛，广州大学新闻与传播学院讲师；林渊渊，广州大学新闻与传播学院副教授）

点评

为中华之崛起而读书　实现祖国伟大复兴

传承与延续红色血脉，是中国共产党人以史为鉴、开创未来的优良传统。该调研小组以"流溪小学"为调研对象，通过问卷调查和访谈等方式，对流溪小学传承红色文化的典型案例进行了梳理分析，具有重要的意义。

调研小组从"周总理为流溪小学改校名"的历史事件出发，聚焦广州市从化区流溪小学的百年发展，体会党和国家对基础教育事业的高度重视；结合该校的红色文化，以红色精神的传承为主题，以时间线为叙述脉络，在叙述历史内容的基础上纵向延伸，针对流溪小学的红色文化教育现状进行思考和分析，以小见大，紧扣红色专项主题。

正如调研报告所言，流溪小学相当重视红色文化的传承，如在校内设立周恩来雕像，建造校史馆、文化走廊，开展有关主题教育活动等。在对流溪小学传承红色精神的效果分析上，该报告并没有泛泛而谈，而是用两代校友——抗疫医师申锦凤与中国人民大学学生邓凯洋母子二人的故事来作为实例，增强了报告的可读性。

此外，调研小组向流溪小学在读学子发放问卷调查，呈现调查结果并分析，从中思考流溪小学在红色文化教育活动中存在的问题，进而提出了弘扬流溪红色文化的建议。

流溪河水辈辈流，流溪河作为珠江的支流，一代又一代的广州人受其孕育，流溪小学也从中提炼出自己的育人精神，引导一届又一届流溪学子树立"为中华之崛起而读书"的理想目标。当代学子应当进一步传承"为中华之崛起而读书"的信念，努力实现中华民族伟大复兴的梦想，砥砺前行、不负韶华，乘风破浪、勇往直前。

（点评人：刘涛、林渊渊）

跨越时空的对话

——以沉浸式话剧《1927·广州起义》为例
探究红色文化新时代的新表达

周嘉兴　周凯茵　冯竞博　谢　婷　魏嘉艺　谢俊贤 [①]

摘　要：红色主题创作无论是在思想意识层面还是艺术创制层面都具有举足轻重的意义。在建党百年之际，如何利用红色资源创作兼具精神感染力和新时代魅力的艺术作品，吸引更多的年轻人关注革命历史显得尤为关键。沉浸式话剧《1927·广州起义》将话剧艺术和真实历史场景融为一体，让观众沉浸于历史情景，深刻感受南粤儿女不屈不挠的抗争精神，这是红色文化在新时代语境下的全新呈现。本报告记录了调研团队实地走访广州起义纪念馆，对话剧导演、演员进行深度访谈的过程，分享了团队成员调研中的所思所想，以期为当代青年历史认知的形成和文化认同的建构助力。

关键词：沉浸式话剧；广州起义；当代青年；红色教育；文化认同

"同志们，你愿意和我一起参加广州起义吗？"

"我愿意！"

广州起义纪念馆里，沉浸式话剧《1927·广州起义》正在上演："阿辉""阿铮""强仔""慧芳""国华"等20岁上下的年轻人相继登场，他们戴上象征广州起义的红布，拿起镰刀和斧头，带领观众重回1927年广州起义爆发前的紧张时刻。而看得如痴如醉的年轻观众，则随着紧凑的剧情，穿越时空回到那个惊心动魄的历史时刻，深刻感受革命先辈们不怕流血牺牲、勇往直前的革命精神。

---

①　周嘉兴、周凯茵、冯竞博、谢婷、魏嘉艺，广州大学新闻与传播学院2018级播音与主持艺术专业本科生；谢俊贤，广州大学新闻与传播学院2019级播音与主持艺术专业本科生。

短短 45 分钟，观看演出的青年们沉浸在历史情境中，在曾经的广州公社里高举革命旗帜，与青年演员扮演的革命先辈们一起冲锋陷阵，放声齐唱《国际歌》。当话剧进行到入党宣誓仪式这一情节时，大家都心潮澎湃，不少观众甚至悄悄抹起了眼泪——两个时代的青年人，就这样通过这部红色主题的沉浸式话剧，进行了一场跨越时空的对话。

图 1 《1927·广州起义》演出中，观众随演员重温入党誓词

（来源：受访者）

习近平总书记在庆祝中国共产党成立 95 周年大会上指出："一切向前走，都不能忘记走过的路；走得再远、走到再光辉的未来，也不能忘记走过的过去，不能忘记为什么出发。"以话剧的形式展现历史，是在新时代背景下铭记历史、传承红色的新形式。

回溯中国共产党建党百年的漫漫长路，回看新中国在中国共产党领导下数十年的筚路蓝缕，红色文化早已融入伟大中国的血脉，成为经济发展、社会进步、国家富强的内核力量。而如何向年轻人讲述革命故事、传承经典文化、弘扬红色精神，是新时代的一个重要课题。作为在中国革命兴起重镇——广州求学的大学生，我们意识到这一课题研究极具分量且相当急迫，决定对此展开调研。

我们想到了广东省革命历史博物馆策划创作的沉浸式话剧《1927·广州起义》。这部作品改编自真实历史事件，是从红色经典中挖掘出来的题材。包括团队成员在内的观看过这部话剧的很多年轻人，都觉得深受感染，也对广州起义的历史有了更深刻的认识——它为何能够俘获年轻人的心？它抓住了年轻人的什么特点？这是一个极好的分析案例。

一、话剧《1927·广州起义》的创作简述

（一）策划者：融合讲解与表演，动静结合还原历史

我们把目光拉回 2019 年，在广州起义纪念馆里，一群年轻人正在排练一场特别的话剧。经过三个月的培训，演员们正式走上"舞台"，拉起身边观众的手走进广州起义纪念馆……

《1927·广州起义》是广东省革命历史博物馆围绕"广州起义"主题，采用话剧艺术手法和博物馆讲解相结合的方式，打造的一台高质量、深内涵的博物馆沉浸式话剧。从呈现形式上看，它用创新的形式将静态的展览与动态的话剧表演相结合，突破了以往博物馆较为单一、线性的参观模式，同时加入多元立体的话剧表演，使观众能够零距离观看、感受和体验剧情，迅速地沉浸到历史情境中，对博物馆开展爱国主义教育、红色文化主题教育是一次意义极大的尝试。

谈到这部话剧的筹备工作，该剧总导演王钰涵告诉我们："当时广东省革命历史博物馆的馆长杨琪老师是一位很有远见的资深博物馆人，他有一个很纯粹的想法，在眼下这个时代，革命历史博物馆要面临的是越来越多的年轻人，越来越多的 90 后、95 后甚至 00 后。让他们知道过去的年代，中国都发生了什么，我们有这样一个担当，一个使命感，所以就需要改变原来固有的、模式化的博物馆参观方式，改变了之后就会有生命力，就会有些鲜活的东西出现。"的确，90 后青年成长在改革开放大幅推进、物质极大丰富、科技日新月异的新时期，与革命历史终究存在距离，究竟什么样的作品才能吸引年轻人主动走进革命历史呢？正是这样的疑问带着我们继续探索，继续靠近这部红色话剧的内核。

"导演，在长时间的话剧筹备过程，包括了解广州起义这一历史事件的过程中，您最大的触动或最大的感受是什么？"

"这一点上，虽然对于我来讲，我的青春已经过去一段时间了。但是我们整个演职团队中，除开我们的辉哥——连长的扮演者李跃辉老师是 70 后，剧组里绝大部分成员，包括幕后的演职团队，尤其是台前的演员，90% 是 90 后的年轻人。94 年前参加广州起义的那批年轻人，和现在的演员同样是年轻人。从中我们感受到那群青年的精神，这真的很让我们触动。"

图 2　调研团队采访《1927·广州起义》总导演王钰涵

（来源：调研团队实地拍摄）

（二）表演者：增强信念与使命，全情投入感受历史

我们注意到，话剧中大部分演员都来自民间的专业戏剧表演团体——希剧团，这个剧团以年轻演员为主，90% 是表演科班毕业的专业演员。导演告诉我们，他第一次在排练场里见到这些年轻演员，有几个女演员爱美，染着指甲戴着饰品，于是他就立下了规矩，让大家把这些都摘掉，希望年轻演员们能以最朴实的状态全情投入这场戏。在采访过程中，我们也深刻地感受到了话剧演员们背后的不易。和其他话剧不同的是，沉浸式话剧对于规定情境的观众认同感和投入程度要求非常高。观众近在咫尺，演员们就必须用强大的信念感去拉动观众，让观众跟着一起摇旗呐喊，融入广州起义的历史情境中。功夫不负有心人，演员们在经过一段时间的学习历练后，渐渐有了起色，导演也在这些 90 后、95 后的眼神里看到了学习的渴望。

演员李跃辉对这些 90 后青年演员同样赞不绝口，他向我们讲述了剧团的优秀青年演员王放的故事。王放在剧中饰演"阿铮"，为了准备角色，他不仅在排练之余努力阅读相关历史文献，请教专家，全面深入地了解历史，更以军人的标准要求自己，使自己与角色融为一体。李跃辉说，与王放等青年演员的合作，使自己获益颇多。另外，因为父亲在公安局工作，他从小就在广州起义纪念馆附近长大，之后进入广州起义路小学读书，因此与广州起义纪念馆缘分颇深。当王导找他参演这部话剧时，他觉得是一种特别的缘分，因为那段历史就发生在他生活过的地方，那里的一草一木他都非常熟悉。他认为自己参演在那里发生的具有影响历史的重要事件是义不容辞的。该剧至今已演了 63 场，他一场不落。

图3　调研团队采访《1927·广州起义》主演李跃辉

（来源：调研团队实地拍摄）

王导说计划演满 100 场，作为建党 100 周年的献礼。在这些 90 后、95 后演员的不断打磨、历练中，1927 年那场轰轰烈烈的革命重现了。我们也在他们的演绎中，强化了对于红色文化的认知。

（三）观看者：认可沉浸剧形式，更有意愿了解历史

通过对导演和主演的深度访谈，我们对沉浸式话剧这种创新的表达形式有了更深的认识。为了了解观看过话剧的观众的看法，我们设计了一份调查问卷，在"问卷星"平台以"目的性抽样"加"滚雪球抽样"的形式发放问卷，进行了调查。

结果显示，在回答问卷的 90 后群体中，有 55% 了解红色文化最主要的途径是课堂以及专题讲座；25% 的受访者主要是受家庭教育的影响，从长辈的讲述中接触红色文化；除此之外有 20% 的受访者，接触和了解红色文化的最主要途径是书籍报刊、广播电视和网络。

由此可见，现如今 90 后接受红色教育的路径较为多元，但是大部分还是中规中矩的传统宣教。那么，他们对这部沉浸式话剧的观感如何呢？这种创新的形式能够得到 90 后青年的认可吗？

我们回收的问卷显示，在观看过这部话剧的调查对象中，90% 的 90 后认为，自己在观看《1927·广州起义》前对广州起义历史并不太了解；仅有 10% 的受访者认为自己对这段历史非常了解。

而在看完这部话剧后，89% 的 90 后认为自己对广州起义的历史有了更深刻的认识和感受，还有 11% 的受访者认为，虽然对历史的认识没有发生改变，但

是内心感受却更加深刻了。

其实，我们回收的调查问卷中，不仅有 90 后，还包括 80 后、70 后甚至 60 后的观众。调查结果显示，无论是哪个年龄段的观众，所有看过这部沉浸式话剧的受访者都对其表示高度的认可。他们认为，这种形式对于宣传革命精神、红色文化有帮助，并且非常推荐家人朋友前往观看。

上述数据不难说明，作为一部革命主题的作品，沉浸式话剧《1927·广州起义》在艺术感染力和宣传效果上都是令人满意的，是当之无愧的"红色爆款"。

德国哲学家黑格尔曾说："艺术家之所以为艺术家，全在于他认识到真实，而且把真实放到正确的形式里，供我们观照，打动我们的感情。"由此我们想到，作为一部改编自真实历史事件的艺术作品，在其形式的充分创新背后，真正打动观众的，是真实历史的力量。于是，我们阅读了导演收集的历史资料、重访了广州起义纪念馆，通过资料阅览和参观学习，深入了解了 1927 年广州起义的那些人和那些事。

二、话剧《1927·广州起义》的历史背景

"同志们，我们的子弹打光了，就从阵地前的敌尸中去捡子弹，只要有一个活着，就要高举这面大旗！"

1927 年 12 月 13 日，广州城头的天字码头尸横遍野，面对敌军，一名年轻的女子手抗红旗，大声地鼓舞着身旁的战友。她是游曦，重庆市妇联的主要创造者，也曾经跟随叶剑英等人转战千里，并成为广州起义不可或缺的成员之一。

（一）开创先河，黄埔军校首招女兵

在中华民族抗战历史上，黄埔军校作为近代中国最著名的一所军事学校，培养了一批又一批优秀军事人才。然而黄埔军校一开始并不招收女兵，直到 1926 年，黄埔军校武汉分校才首次发布公告招收女兵，开启了中国军队女兵建制先河。令人吃惊的是，这份公告一出，各地的女青年报考的热情高涨，籍贯主要分布在湖南、湖北以及四川。[①] 游曦就是众多响应成员中的一人。得到这一消息后，她不仅第一时间报名，还积极动员进步同学报名参加考试。

1926 年底，游曦的母亲吴氏抹着眼泪对游曦说："传玉（游曦原名传玉）啊，

---

① 大革命时代的黄埔女兵［J］.福建党史月刊，2014（5）：36-37.

干脆你就别去武汉，也别去参那个军了，找个男人过一生不是挺好的吗？"听到母亲的话，游曦虽然感到不舍，但她深知要改变世俗的偏见就必须革命，随即用恳切的语气对母亲说："妈！现在是什么时候了，革命啦！男女要平等！妈，让我参军吧，革命如果成功了，社会就要改变，生活就会好起来。"

图4　游曦在军校就读时寄给妈妈的照片

（来源：调研团队实地拍摄）

（二）时局突变，女杰游曦南下广州

1927年初，游曦顺利通过体格检查和文化复试，正式成为黄埔军校的一员，并与胡筠、赵一曼、胡兰畦被后世誉为"黄埔四女杰"。但好景不长，随着"四一二""七一五"反革命政变的相继爆发，国内政治形势日渐恶化，武汉也笼罩在血雨腥风的白色恐怖中。

迫在眉睫之际，叶剑英把军校改编为国民革命军第二方面军第四军军官教导团，并宣布不愿意随军的人员可以回家。面对这样的形势，游曦毅然决定随军东征，南下广州，成为叶剑英教导团中唯一一个女兵班班长。

（三）珠江泣血，英雄儿女谱写壮歌

1927年12月11日凌晨，夜半枪声响彻了羊城的夜空，广州起义爆发，经过一夜的激战，广州苏维埃政府正式成立。但在起义成功的第二天，国民党以数十倍起义部队的兵力反扑广州，此时形势已经非常不利，千钧一发之际，为了保存革命力量，叶挺下达了撤出广州的命令。当时，教导团女生队、女赤卫队员和

由女学生组成的"飞蛾队"积极参加起义，游曦就是教导团内的共青团支部委员和女兵班班长。起义军撤离广州后，女兵班与起义军总指挥部失去了联系，没有接到撤退的命令，她们就坚守在珠江边天地码头附近的街垒里，整整两天两夜，粒米未进、滴水未沾，子弹也所剩无几。最终，她们在多次打退敌军进攻后，还是因为寡不敌众倒在了血泊中。年仅 19 岁的女青年游曦就在"我们愿流尽最后一滴血来保卫苏维埃政权"的誓言中英勇就义，以其短暂且光辉的一生谱写了一曲惊天动地的青春壮歌。

在广州起义中，除了游曦和她带领的"飞蛾队"，还有很多意气风发的青年，张太雷也是值得铭记的一位英雄。作为广州起义的组织者和领导者，他是第一个在这场革命中牺牲于战斗火线的中央政治局成员，也是第一个在前线冲锋陷阵的年轻人。牺牲时他年仅 29 岁，家里的孩子才出生几个月。

总导演王钰涵谈到游曦时曾经动情地说："游曦 19 岁才高三或者大一，同样的年纪她都能扛起枪，在那跟一群敌人战斗，甚至最终就宁肯死在那了。这些实际上都会给我们一些思考，我会想到如果换作是我拿着一杆枪，我能不能够在那战斗？她就可以做到，所以那个时代促成了那代人的人文精神气质。"

我们调研团队的成员都是 19、20 岁的年纪。了解完游曦的故事后，也不由思索：当年的游曦不过是一个 19 岁的姑娘，当她接到命令来到广州，为了大部队必须驻扎在天字码头，等待她的就是血雨腥风，甚至可能的牺牲。为什么在 94 年前，在这样青春的年纪，她可以做到？为什么她会有那份誓死革命甚至不惜牺牲自己的勇气？

幸运的是，我们生活在和平年代，祖国的强大和繁荣让我们无须陷入战争的恐惧，但是，和游曦年纪相仿的我们，又可以做些什么呢？

三、话剧《1927·广州起义》的创新启示

在百年的革命、建设、改革的伟大实践中，中国共产党领导中国人民创造了独特的红色文化。它见证了党群关系发展，深刻揭示了党和人民同心同向、血肉相连的关系，诠释了中国共产党人的奋斗精神和始终为民的赤胆忠心。特别是在艰苦漫长的战斗历程中，无数英雄儿女为中国人民解放事业立下了不朽功勋，为我们留下了宝贵的红色文化遗产。

在新时代，我们应该更好地传承这笔宝贵的红色文化遗产，深入学习贯彻习近平新时代中国特色社会主义思想，汲取红色文化力量，以大众喜闻乐见的形式

让红色精神在新征程大放异彩。

我们调研过程中的访谈对象、问卷受访者、调研团队、指导老师都属于青年群体。这部沉浸式话剧的创新，给了我们很多启示，帮助我们找到了不同的红色文化的传承路径。那么，四个不同的群体，从中收获了哪些感悟，如何将感悟转化为行动，各自去讲好中国故事呢？

（一）演员：积极参演红色经典

我们采访到的几位青年演员都坦陈，在参演前他们对广州起义的历史了解很少。为了深入体悟每一个角色，他们翻阅大量历史书籍，数次前往纪念馆倾听讲解。他们笑称现在自己完全可以胜任广州起义纪念馆讲解员的角色了。

王放回忆，自己曾在一场演出中遇到一个老观众："戏里我需要向观众敬军礼，当我向他敬礼时，老人家特别认真地回了我一个军礼，我当时眼泪就绷不住了。"作为一名青年演员，王放明白他不仅需要用精湛的演出技艺感染观众，肩上还有一份传递红色精神的责任。

对于青年演员来说，他们亦接受了一场爱国主义教育，更重要的是，他们呈现了一部"今天的90后关注20世纪同龄人，通过精彩演绎感染当下年轻人"的红色经典。未来，除了参演《1927·广州起义》的演员外，还会有更多青年演员心怀文艺使命，积极参与经典创作，把他们所理解的革命精神和红色文化传递给观众。就像演员王放说的："如果以后还有机会参与这些红色作品的创作，我当然是很乐意的，因为，我也是一名共产党员！"

（二）导演：精心创作红色作品

作为《1927·广州起义》这部沉浸式话剧的策划人，王导不仅动员年轻演员参与话剧，帮助塑造角色，还创造性地将话剧与革命历史相结合，创作了一部年轻人喜闻乐见的红色作品。因此，对于红色革命文化的传承，他的见解无疑会比我们更深刻。

"砥砺前行、不忘初心、饮水思源。"在与王钰涵导演交谈的过程中，他的这十二个大字就精准地向我们诠释了关于红色主题、老故事讲述以及红色文化传承在新时代的必要性。而沉浸式话剧与纪念馆的碰撞则让新时代年轻人再次领悟到革命精神的蓬勃力量。

"尊重历史、推陈出新"是王导在红色主题文艺作品创作上遵循的原则。他认为，无论是什么样的作品，都一定要有真实性，在艺术上渲染过度会适得其反，使其不接地气。值得一提的是，在这部话剧筹备过程中，导演组翻阅了大批史籍，光是剧本就经过了 8 次修改，只为最大限度地还原历史。由此可见，优秀的艺术作品之所以能够被广泛传播，都是以真实性为基础的。除此以外，吸引我们的还有新鲜有趣的创作。现如今，红色经典遍地开花，无论是博物馆还是大银幕，文艺创作者都在尝试用新的表达方式带领年轻人重读历史。就比如由广东省木偶艺术剧院倾力打造的红色题材木偶剧《游曦》，同样是立足于广州起义这个大背景，但是创作者却以人物的视角出发，通过木偶剧的形式以及多媒体技术的运用，向我们讲述了一个视死如归的革命英雄的事迹。还有"二次元"风格革命历史题材动画片《那年那兔那些事儿》，上线后立马引爆网络，不少热心观众积极互动，在视频里用弹幕的形式解释他们所知道的历史事件，让年轻人甚至是孩子了解了八一起义。

其实，红色文化在当下并没有因为岁月变迁而褪色，艺术家们正在用创新的作品点燃年轻人炽热的心。

（三）教师：打造课程思政精品

习近平总书记在 2020 年召开的学校思想政治理论课教师座谈会上提到："思政课是落实立德树人根本任务的关键课程，思政课作用不可替代，思政课教师队伍责任重大。"[①] 近年来，全国各地高校教师在思政课改革创新过程中做了大量的尝试。我们团队的指导老师曾岑老师也是其中一员。

曾老师在口语表达、出镜报道等课程中，组织学生前往广州市国家档案馆、广州市地方志馆等爱国主义教育基地参观，结合任务驱动法等多种教学方法，帮助学生深入了解广州历史，利用广州丰富的红色主题场馆资源提高学生的思想道德素养。对此，她用"认识我们呼吸的城，热爱我们生活的国"概括其主旨和目标，将红色展馆资源与课程相结合，赋予红色主题思政课以新的表达。

曾老师认为，专业老师在专业课堂上进行思政教育，单纯用单向的、生硬的灌输手段是无法达到目的的，甚至容易引发学生的反感和排斥。思政课程最核心的一点，应该是采取各种方式方法，调动学生学习的主动性，激发学生情感的共鸣，进而使学生在思想观念上产生认同。

对于《1927·广州起义》沉浸式话剧的创新形式，曾老师大加赞赏并且颇受

---

① 习近平. 思政课是落实立德树人根本任务的关键课程［J］. 求是，2020（17）.

启发。她说，自己只是千千万万高校教师中的一分子，有越来越多的青年教师正在将红色文化作为思政课鲜活的教材，提高学生对革命精神的高度认同，而这就是教师群体讲述中国故事的守正出新。

（四）学生：努力传承红色文化

在调研过程中，我们一行人来到了广州起义纪念馆，沉浸在那一段峥嵘岁月里，感受革命先辈们英勇无畏的英雄事迹。作为新闻与传播学院的大学生，我们意识到自己肩负着传承红色基因的使命。这次调研也让我们开始思考，如何以行动讲好中国故事，传播中国声音。

首先，我们是这些优秀文化成果的接收者。之所以选择这个课题，就是因为调研团队的周凯茵同学对这部话剧感受颇深。她说："落幕的时候，比起看完了一场话剧，我的感觉更像是经历了一次广州起义。我不再是一个旁观者，这段历史不再只是从我眼前滑过，更像是我走进了它，做了一次亲历者。在话剧的最后，阿辉（剧中人物）向着党徽宣誓的时候，我的眼睛湿润了，我为广州起义中的每一位年轻的战士们动容，为那一段在时代的泥泞中依然绽放着精神光芒的历史动容。"原来，只要我们触摸这些宝贵的红色资源，就会发现历史离我们也没有那么远。

其次，作为新闻与传播学院的学生，我们也是红色故事的传播者。本次调研从一部红色话剧出发，通过调查、采访、拍摄等创作了一部微纪录片，通过新媒体平台让更多人了解革命文艺作品背后的故事，领悟革命精神的力量。红色文化使中国故事的生命力依旧旺盛，但在新时代大背景下缺乏多样的表达方式。通过这次调研，我们看到了创新的方法，更看到了红色文化表达的更多可能性。未来，我们也会从对历史的诠释与再现、总结与反思出发，希望能以传媒人的身份创造更多兼具高度与深度、温度与锐度的作品。

最后，我们更是红色精神的践行者。2020年新冠肺炎疫情期间，涌现了很多和我们年纪相仿的无私奉献的90后、95后甚至00后，例如辗转三百多公里、历时四天三夜都要赶往武汉救援的护士甘如意；又如主动报名口罩生产线夜班"临时工"的大学生余森乐；还有与爸爸一起参与雷神山医院施工的大一学生徐卓立。在调研过程中，一则新闻让我们痛心，中印边界的官兵们坚守边关，捍卫祖国的领土完整，其中四名年轻战士更是在冲突中以身为界碑……"清澈的爱，只为中国！"这正是新时代红色文化在青年人身上的体现。他们也和我们差不多大，甚至有的年纪还比我们小，然而在国家最需要的时候，他们却一个比一个勇敢，奋不顾身地奉献。因此，红色文化、革命精神从来没有隐匿，当红色文化成为青年的信仰，我们的一言一行便都是传承。

结语：创新表达方式　传承革命精神

94年前，广州这片革命热土曾涌现了一批青年，他们领导了广州起义，为苏维埃城市政权的建立抛洒热血、奉献青春。94年后，同样是一群青年，循着前辈的足迹，将他们的故事呈现在舞台，以创新的方式，将他们的革命精神代代传递。

热土之上，枪声不再，废墟被高楼替代，但不变的是青年人的身份。19岁的游曦碧血洒珠江，29岁的张太雷愿做惊雷醒世响……他们，也是我们。走近他们，便是走近他们背后的历史，走进他们所代表的红色文化。

通过这次调研，我们穿越时空走近了广州起义的那个时代，我们感受到，在历史的长河中，是一位又一位的前者书写着红色的篇章，也是一位又一位的传承者一次又一次用创新的方式将红色精神和历史文化代代传承。

致　谢

我们衷心感谢沉浸式话剧《1927·广州起义》团队的王钰涵导演、李跃辉老师、王放老师、孟奉锦老师、陈爱帆老师以及广州起义纪念馆所有老师的支持。同时感谢刘玉萍老师提供的帮助。通过本次实践，我们更加深刻地体悟到要以史为镜、以先辈为贤，在新的历史征程上勇担青年使命，传承并发扬好革命精神！

（指导老师：曾岑，广州大学新闻与传播学院讲师）

点评

新时代新青年　新探索新表达

红色精神是中国共产党在带领人民群众不断奋斗、开拓进取、取得辉煌成绩的过程中形成的独特而富有生命力的精神力量。但是，以往对红色精神的宣传手段偏静态和传统，较难吸引追求新颖、活泼、生动的青年群体。如何向年轻人讲述革命故事、传承经典文化、传递红色精神，是新时代的一个重要课题。时值中国共产党建党一百周年之际，实践团队以广受大学生欢迎的沉浸式话剧《1927·广州起义》为案例，分析其创作背景和叙事方式，同时通过回溯革命时期的真实历史，体验红色精神，从青年人的视角探究红色文化在新时代的新表达。

作品包括调研报告及视频两部分。实践团队以沉浸式话剧《1927·广州起义》为调研对象，通过实地走访广州起义纪念馆、对导演和演员进行深度访谈、面向青年观众展开问卷调查的方式，探讨新时代如何创新表达红色文化。

调研报告详细介绍了《1927·广州起义》的创作背景，并对调查问卷的数据进行分析，从而深入了解观众对沉浸式话剧的观看体验、对广州起义这一历史事件的感悟，再结合导演、青年演员、青年教师和青年大学生的工作和学习情况，探讨如何在新时代新的传播环境下，创新表达方式，吸引青年受众，讲好红色故事，传承红色文化。

本作品不仅重现了话剧主创团排演革命话剧、浸润红色文化的历程，反映了青年人观看后的所思所想、对红色经典的感悟，呈现了话剧与青年人产生的情感互动，传递了正向的价值观；同时也是调研团队开展红色文化新时代创新表达的调研后，结合调研所得创作的作品；更是在中国共产党成立百年之际，新时代青年对红色文化传承所做的努力。

（点评人：曾岑）

"抱火哥"由浩杞：与火焰并行的平民英雄

——党员消防员采访纪实

余佳星　陈以锘　谢思嫘　余伟瀚[①]

摘　要： 学习红色精神，开展红色活动，从了解人开始。在云浮消防大队，有这样一位年轻的党员，他在火灾现场冒着生命危险抱走随时可能爆炸的煤气罐，因而被网友尊称为"抱火哥"。在中国共产党建党 100 周年之际，团队采访了这位第一线的消防员由浩杞，用视频和图文的形式展现他的个人事迹，并深入其所在的消防队伍和支队了解优秀党员的集体精神来源。

关键词： 优秀党员；红色故事；集体精神；消防员

在熊熊大火直窜房顶，烈烈火焰就燃烧在煤气罐上，随时可能发生爆炸的千钧一发之际，谁会迎难而上？他用实际行动给出了答案：党员上！最扣人心弦的逆行，彰显党员本色，如果说每位消防员都是最美逆行者，那么由浩杞就是万千最美逆行者的缩影。

2020 年 10 月中旬，团队带着对消防员好奇和敬佩的心情，来到广东省云浮市新兴县消防救援大队新兴中队进行调研，我们要记录的正是这样一位平民英雄——人称"抱火哥"的消防员由浩杞。

一、用生命进行每一次救援

2017 年 3 月 1 日晚上 11 时 47 分，本是一个寻常的夜晚。谁也不曾料想云浮市新兴县某镇的一间杂货店会突发火情，星星点点蔓延到整个店面。

---

① 余佳星、谢思嫘，广州大学新闻与传播学院 2019 级广播电视学专业硕士研究生；陈以锘、余伟瀚，广州大学新闻与传播学院 2019 级戏剧与影视学专业硕士研究生。

接到任务通知，云浮市新兴县消防队立刻赶往事发地点。这于消防员来说又是一次与火焰搏斗的任务。

当时火场内的烟花爆竹炸翻了一个煤气罐，煤气罐燃烧起来，瓶口一直向下喷火，烈焰包裹瓶身。随着内部温度压力越来越高，煤气罐随时可能发生爆炸。

屋内火星四溅，煤气罐上的火已经燃起半米高。煤气罐燃烧的后果是什么，消防员们太了解了，在这紧急关头，由浩杞和中队指导员毫不犹豫地冲进了火场。

他们小心翼翼地举起压在煤气罐上燃烧着的木梁，缓缓扶正。两人屏住呼吸，生怕会引发更大的事故。由浩杞的心跳到了嗓子眼，烈火把他的手套和战斗服烧得滚滚发烫。但他告诉自己绝不能松手，忍着疼、咬着牙，抬出、降温、关阀、熄灭，他最终将着火的煤气罐抱出火场，并成功熄灭火焰。

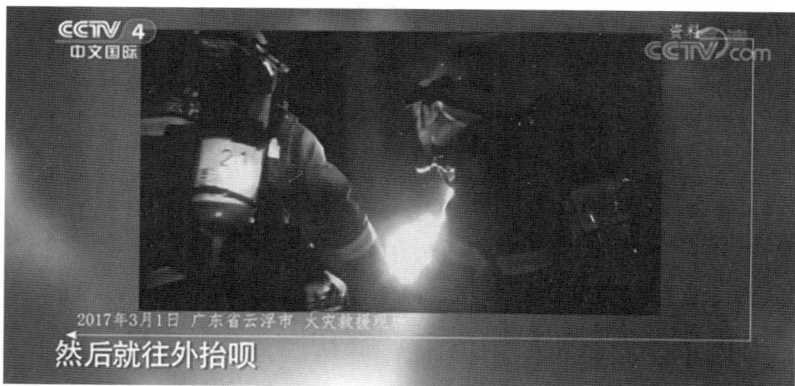

图 1　逆行者·消防员

（来源：央视《平凡匠心》20200802 期节目画面截图）

回忆起当时的情景，由浩杞讲述道："当时根本没有太多时间去思考就冲进去了。"

"进入火场后，您在想什么？"

"如果抱起煤气罐的一刹那发生爆炸，那自己将会被炸成碎片，我就想：千万别爆。"

回想起那蹿起几米的红色火光，年仅 25 岁的由浩杞仍心有余悸。他说："当时我的心一直在狂跳，这是我第一次遇到煤气罐着火，说不怕是假的。但是想想我们中队里有很多比我更年轻的，而且作为中队长的我又是一名党员，想到这儿，我必须得上，就算牺牲，也必须是我！"

那几秒，他冒着生命危险，抱起煤气罐冲到屋外。一系列操作完成后，他才发现自己整个手臂上全是水泡。就这样，"抱火"的举动给他的身体烙下了"勋章"，也给他带来了"抱火哥"的赞誉。现场画面曝光后，无数网友为由浩杞及其队友点赞。

"抱火哥"的称号，来自网友们对他不顾危险与火同行的赞美。有网友评论"人生还有什么比拯救人的生命更有意义更充实的呢？……感谢所有逆行者，愿你们每一次出警都能平安归队"。广东卫视大型原创音乐文化节目《劳动号子》专门播出"致敬之夜"，由浩杞也真诚地回应了网友的祝福："网友们留言希望我们每次出警都能平平安安回来。我们消防员之间的祝福也是如此，最大的希望就是平安。"

面对报道和出镜宣传的机会，由浩杞认为："作为消防员，大力去宣传消防也是我们的重要工作。让百姓能多关注、了解一些消防安全知识，平时就会减少很多危险，也会减少消防员的牺牲。能在公众的舞台上展现我们消防员的新形象，让更多人关注消防、认识消防，是一件很有意义的事。"

图 2　团队成员在消防队考察和搜集资料

（来源：指导老师张静民）

二、走近"抱火哥"由浩杞

在消防战士的职业生涯中，深夜执行任务、解除险情是再普通不过的事情。但在一个关乎生命的抉择面前，这一夜却显得格外惊心动魄，而因为共产党人的为民初心，这一夜又显得分外温暖人心。

1992 年，一名消防战士收获了人生的新角色，荣升父亲一职。他也许不会想到，自己的职业会为怀中的婴儿埋下一颗红色的种子；他也许更不会想到，怀中的婴儿会在 23 年后传承他的衣钵。

从上海师范大学话剧表演专业毕业后，由浩杞没有选择继续走艺术道路。来自吉林省吉林市的他在毕业时，偶然看到消防员的招募信息，怀着从小对父亲这份职业的憧憬，来到广东省云浮市新兴县消防队。

"我的父亲是一名消防员，我从小就对他十分崇拜，立志长大后也要成为像父亲一样守护人民群众的生命财产安全的人。很幸运，我最终如愿加入了消防队伍。"为了心中那团红色火焰，他选择了站在为人民服务的一边。

2015 年 8 月 12 日，是天津港发生大爆炸的那一天，同时也是由浩杞参军入伍的日子。穿上消防战斗服，仿佛是听见红色信仰的召唤，他明白了为什么在大爆炸这样危险的情况下，那群年轻人明知道往前走是刀山火海，还是选择告别父母，背起灭火设备，承担起一份沉重的责任，毅然向火场走去。

当时，由浩杞身边的许多人都对他说："消防员这份职业实在是太危险了，可千万别去！"但他还是来了。每当别人问他原因时，他说："我也经常思考为什么我要这么选，我也问他们是否经历过拯救别人的生命的经历，我想经历过的人都会懂，人生还有什么比拯救别人的生命更有意义的呢？"[1]父亲冲入火场的身影仿佛就在他眼前，这份对人民的爱、对生命的敬意、对红色精神的坚持延续到了年轻的由浩杞身上。他穿起和父亲一样的制服，站在曾经一样的位置，接过这份责任的"火炬"。

---

[1]　昌开馨. 90 后"抱火哥"诠释"初心的热度"：记"时代新人说"全国冠军由浩杞［J］. 消防界（电子版），2019（23）：26-29.

图 3　从父亲手中接过"火炬"
（来源：由浩杞）

谈到日常生活，由浩杞直言训练和出行任务几乎占据了他生活的全部。抢险救援和灭火救人，是他们必不可少的工作技能，大至高楼火灾小到水井泄露，他们需要第一时间赶往现场为民众排忧解难。所以每一次训练基本都是针对突发情况的应急，每一次训练他都把那些假人想象成一个个生命，一天的训练时间有时长达十多个小时。正是认真对待日常的每一次训练，他才能在灾难现场做出如此迅捷的救援行动。

消防员除了技能训练还有高强度的体能训练，因为高危的工作任务需要他们有强健的身体素质。这对文艺出身的由浩杞来说并不容易，"我从上海师大表演专业一毕业就报考消防部队，当时竞争还挺激烈的，需要从好几十人中杀出来。一开始进到部队，可以说是格格不入。一个学表演的，满脑子都是演员梦的文艺青年，特立独行惯了，哪能一下子就转变过来"。

由浩杞翻看照片，看着曾经瘦瘦弱弱的少年在不断的魔鬼练习中成长为壮硕的男人。回忆起训练时的艰辛，他说："像这样的训练科目，现在对我来说可以说是轻而易举了，刚进消防队那阵，可没少吃苦头。"在每一次的灭火抢险救援任务中，他们动作矫健、技艺精湛，这离不开他们反反复复的魔鬼式训练。每一位队员都是二十四小时待命，除了假期，其余时间大多在执勤训练岗位上度过。身心在一线，紧绷一根弦，他们对酷暑严寒熟视无睹，对艰苦卓绝习以为常。他们的工作生活其实很简单，就是不断地训练再训练，等到警铃一响，第一时间去现场救火救人。

在这样紧张忙碌的生活中，由浩杞度过了四个春秋。入伍后的第四年，由浩杞才终于有回到家乡探望父母的机会。由母是消防员的妻子，也是消防员的母亲，她对这份职业的危险性更是有着深刻的理解，但当她看到由浩杞身上的伤疤，还是心疼地对儿子说道："妈妈不需要你做英雄，只希望你平安回家。"

父母是由浩杞最为牵挂的人，在外地工作，常年不在家，无法陪伴在父母身边，并且消防员的职业注定了他们需要赴汤蹈火，出生入死，父母在家时刻惦记着孩子的安全。尽管对父母的亏欠无法彻底诉诸言语，但由浩杞说，他不曾后悔成为一名消防员。

"我不后悔当消防员，这是我这辈子做的最明智的决定，每名消防员都应该是自豪的。

"面对突如其来的灾情险情，当人民群众的利益受到严重威胁的时候，我们必须挺身而出，不为别的，只因为我们是人民的消防员，哪里有灾情，哪里就有我们消防员出现。

"叫我英雄，我真是担待不起，我就是普通的消防员，一位普通的'逆行者'。"

英雄是什么？古人说："夫草之精秀者为英，兽之特群者为雄，故人之文武茂异，取名于此。"毛泽东在《中国人民大团结万岁》里高呼："在人民解放战争和人民革命中牺牲的人民英雄们永垂不朽！"而躲在火光中寸步难行的普通人，他们将生命的希望寄托于这些为了自己随时可能牺牲生命的消防员。

我们深知他们被尊称为"英雄"的原因，从未怀疑。因为他们所有的，正是一个个普通人的身躯，但他们愿意做其他人坚强的后盾，保护千万人的安全。人的伟大之处不在于天生神力，而是能在不可估量的外力面前，即使畏惧也永远抵挡在前。他是灾难的逆行者、祖国的先行者、人民的守护者。

三、红色精神源于集体的力量

集合、跑操、专业技能训练，这是消防队里最平常的场景，但平凡的背后蕴含着最鲜活的青春。队里都是年轻人，大家在最好的年龄里相遇，在这里并肩作战成为挚友。大家生活在营区周围，大多数的时间都用来训练，随时可能爆发的灾情使得他们不能离营区太远。

警铃一响，无论是在吃饭、睡觉，还是在上厕所，都要立刻停止当前的活动，穿上战斗服去救人。而下营的生活里，陪伴彼此最多的就是队友。闲暇时光里，大家一起打篮球、下棋、看电影，由浩杞总是骄傲地说，队友是他这段光荣时光里最大的收获。

每一次出警结束，大家都会整理摆放好作战用具，脱下消防战斗服，和队友们好好放松。大家心里都知道，很有可能，身边的队友会在某天的救援中离开。他们打趣着彼此，安慰着每次"劫"后重生。由浩杞带队时，每次结束都会给大家说："今天这一仗打得很漂亮，大家都辛苦了，赶紧回去冲凉、就餐休息。我的经验是再累也一定要吃好、休息好，不然哪会有战斗力。"他有时还会拍一拍旁边瘦削一点的战士："尤其是你，这小身板，一阵风都能刮得直晃悠。"战士们也不甘示弱："队长你这就片面啦，小身板有小身板的用处，钻个洞啊，下个井啊，全靠他了！"大家跟着哈哈大笑、满身疲惫一扫而去。

新兴中队有 33 个人，平均年龄在 22 岁，都是 90 后或 00 后，大部分都是独生子。面对如此艰辛的训练和危险的工作，大家一起相互鼓励、相互扶持走了过来，这都是因为他们有同一个心愿：拯救人民。于是，老兵带新兵，党员带领群众，大家一起抢救了一个个生命。

图 4　消防队日常训练

（来源：调研团队实地拍摄）

在"时代新人说"的舞台上，由浩杞曾深情地怀念战友："一个与我同龄的 90 后党员干部叫张浩，刚结婚不久，父亲又查出了肝癌，战友劝他多回家看看，陪陪家人，他每次都说'干完这场再回'。如今，他再也没机会看父亲，父亲来看他了！一张照片，一本日记，一套炽热的战斗服，一面鲜红的国旗！他们离家时还是个孩子啊！归来，是人民的英雄！"他不肯称自己为英雄，但毫不吝啬这样赞美自己的队友，因为他深知，一个人做不成英雄。如果他是人民的后盾，那队友就是他最牢固的堡垒，和他一起抵御大火。而党员，就是在英雄的队伍里，带领大家向前冲的那个人。

加入消防队数载，由浩杞从一名新兵成长为队里的"模范"。在训练新队员的过程中，由浩杞不仅传授救援技能和经验，还用"抱火"的激情和担当以及党员干部身先士卒的精神来带动整个队伍发展。

新兴中队辅导员申传军这样总结"抱火哥"的现象："我个人觉得由浩杞同

志之所以能够出现在我们队伍当中，与我们这个光荣的战斗集体分不开。消防队伍改革之后，可以说是习近平总书记亲自缔造的。习近平总书记给了我们四句话方针——'对党忠诚、纪律严明、赴汤蹈火、竭诚为民'。这是我们消防队现在践行的一个最高指示。"

在党纪律严明的管理下，新兴中队建立以来，涌现出非常多的英雄人物，由浩杞只是其中的一个代表。实际上这支战斗队伍中有无数的"抱火哥"，即使有的时候没有被媒体摄像机记录下来，但在镜头背后是无数个跳进火场的背影。

"从我个人的职业生涯来讲，身边有很多个'抱火哥'。由浩杞同志确实表现非常优秀。我感觉他个人党性比较强，干部素质比较好，有一股子虎劲，遇到危险敢冲。面对生死考验，干部或者党员一定是冲在第一线的，通过身先士卒的模范作用来带动全队。"一直见证着由浩杞成长的申传军如是说。

四、红色文化的传承

火光是红色的，国旗是红色的，战士们的心也是红色的，消防队里的党员坚持着的精神是红色的。

红色代表着革命。马克思早年被问及最喜爱的颜色时，曾明确回答是红色。[①]1864年第一国际成立，其标志的颜色是红色。《国际歌》中也唱道："快把那炉火烧得通红，趁热打铁才能成功！"回顾中国共产党领导人民革命的光辉历程，与"红"息息相关。

红色象征着血肉之躯的抗争精神。《义勇军进行曲》第一段中唱道："把我们的血肉，筑成我们新的长城。"新中国的诞生，可以说是用鲜血换来的。红色在中国人的心中并不仅仅是物理上的颜色，自古以来就是严肃、庄严的代表。而革命战争年代里，红色文化更是一种文化的记忆，是由中国共产党人、先进分子和人民群众共同创造并极具中国特色的先进文化，蕴含着丰富的革命精神和厚重的历史文化内涵。

红色历史源远流长，红色文化内涵丰富。征程跨越星辰大海，一切只为了人民，在实现这一目标的路途上，有无数对党忠诚的勇敢之士，为了人民的福祉，毅然选择到困难中去、到险阻中去。八十多年前，周恩来为了找出解决延安伤寒

---

① 李水弟，傅小清，杨艳春.历史与现实：红色文化的传承价值探析［J］.江西社会科学，2008（6）:159-162.

疫情的方法，冒着被感染的风险，贴身将研制疫苗的伤寒杆菌菌种从重庆带回延安。2020 年，面对突如其来的新冠肺炎疫情，医护人员尽己所能，主动请缨到疫情最严重的地方去；各行各业人民坚守岗位，力求为这场没有硝烟的战役贡献最大的力量；志愿者们把自身安危抛于脑后，义无反顾地奔赴抗疫一线，无私奉献，他们都是令人敬佩的"逆行者"，是红色文化的践行者。

这次调研，我们除了采访到消防员那些习以为常又惊心动魄的救援日常，也看见了一个个真实的年轻人。说起消防知识，由浩杞坦言："火灾的确很难避免，不是小心就可以的，但明火远离电气设备，妥善保管易燃易爆物品，是我们普通人能做到的防范方法，希望大家对自己的生命和财产负责。"除了平时的消防工作，新兴中队还会定期到各中小学和高校开展消防知识的普及和求生演习活动，目的就是在灾难发生前遏制火源，教给人民自我防范的知识。

图 5　由浩杞和队友在新兴小学进行消防演习

（来源：调研团队实地拍摄）

在调研期间，我们正好赶上了一次消防知识的普及活动，临近 11 月 9 日消防日，新兴小学举行了消防主题班会。老师跟大家一起观看由浩杞在 CCTV《奋斗吧，2020》节目中的精彩演讲。当看到由浩杞敬军礼的一幕，同学们不约而同地起立鼓掌。

接着，由浩杞带着战友们走进教室，介绍今天的演习内容。孩子们需要熟悉警铃的声音，在消防员和老师的指导下，有序排队疏散。在校园门口，由浩杞拿起火把点燃了铁桶里的可燃物，手把手教同学们如何使用消火栓。活动结束后，老师感谢新兴县消防队的消防员们带来了一场实用的消防演习。在这趟消防演习中，师生们学会了如何在火灾中自救和灭火，并懂得了如何与火相处，做到既保护自己，也不伤害他人。

五、逆风前行，向阳而生

在向党旗宣誓的那一刻，由浩杞就用自己的行动时刻践行着对党的承诺，彰显年青一代的力量和追求。习近平总书记曾说过："时间之河川流不息，每一代青年都有自己的际遇和机缘，都要在自己所处的时代条件下谋划人生、创造历史。青年是标志时代的最灵敏的晴雨表，时代的责任赋予青年，时代的光荣属于青年。"志向成就事业，人生可以有很多种志向，但最重要的志向应该和祖国、人民联系在一起。

以"抱火哥"由浩杞为代表的这样一群年轻人，回应国家的需要，响应国家的号召，与国家"同频共振"。他们是既平凡也非凡的青年人：平凡在于，他们只是为祖国建设添砖加瓦的人民中的一员，生活方式、内心期盼与其他人无异；非凡在于，他们选择成为一名逆行者，选择成为守护广大人民群众的伟大身影，本着为党为民的宗旨，将个人命运与祖国紧紧相连，与时代共舞，谱写出时代的青春之歌。

走近消防战士的生活，也走进了那些优秀青年的内心，我们加深了对英雄口中"平凡人"的理解。作为中国万千志存高远的青年中的一员，我们同样既是平凡的又是非凡的，纵然我们没有像消防战士一样挡在灾难前面，但我们可以了解参与消防救援的知识，以身作则，杜绝可能导致危险的火苗，并且在自己擅长的领域发光发热，同样为中国特色社会主义建设添砖加瓦。

和平年代仍有可能奔赴战场，"生于忧患，死于安乐"，我们每个人都有属于自己的时代战场。在为人民谋福祉、为中华民族伟大复兴奋斗的伟大征程中，纵有困难，我们迎面而上；纵有险阻，我们努力超越。

身处时代的风口，我们逆风而行，向阳而生！

致　谢

感谢广东省云浮市新兴县消防救援大队新兴中队，在 2021 年寒假期间给予团队格外珍贵的学习机会。在近距离接触消防战士，完成调研报告和视频的过程中，我们将专业技能和专业知识外化于实践，而且看见了一个个真实的平凡英雄，从中学习到爱党敬业的实际含义。除此之外，还要感谢指导团队实践的张静民教授和张爱凤教授，两位老师分别从拍摄制作和报告写作上给予了我们很大的帮助。大学生红色教育活动，更应该走进现实生活，走入历史基地，去感受真实的红色精神。

（指导老师：张静民，广州大学新闻与传播学院教授、硕士生导师；张爱凤，广州大学新闻与传播学院副院长、教授、硕士生导师）

点评

做红色文化的记录者、传播者和践行者

"关键时刻谁上？党员上！"

一场激情昂扬的演讲，让本团队四位成员关注到了这样一位青年党员：2017年 3 月的一个夜晚，新兴县消防救援大队新兴中队在接到灭火任务后迅速赶往现场，为保障人民群众的生命财产安全，消防战士由浩杞冒着生命危险，将随时可能爆炸的煤气罐转移至火场之外，这个举动为他带来了"抱火哥"的赞誉。

在中国共产党百年华诞之际，本团队希望彰显他们作为新传学子的责任担当，用好笔头、口头、劲头，记录青年党员的先进事迹，传播红色文化。团队采访到了以"抱火哥"由浩杞为代表的一群青年消防战士，倾听他们回应国家需要、响应国家号召，以青春和热血守护人民、以实际行动书写青春的故事。

团队成员从个体的故事入手，从由浩杞追求其职业理想讲起，再深入探讨当代青年消防战士这一群体对我党根本宗旨的传承，走近消防战士的生活，也走进那些优秀青年党员的内心，期望为读者带来全新的观察视角。

本次调研产出了视频作品和文字作品。其中，视频作品利用一手采访素材、电视演讲素材、照片素材、消防现场素材以及场景模拟素材等全面地将"抱火精神"视听化。文字作品则通过对当代青年消防战士工作和日常生活的描绘，展示他们在工作岗位上对中国共产党革命精神和革命传统的继承，他们熄灭的是危害人民群众生命财产安全之火，不灭的是理想之光与信念之火。

自 1921 年以来，中国共产党人为实现中华民族伟大复兴，不忘初心、牢记使命，历经革命、建设和改革，描绘出一幅幅壮丽画卷。如今革命火炬已传递至我们青年人的手中，团队较为突出的观点是借由青年消防战士的故事表达他们对红色文化的理解，强调"青年"即"我们"，"我们"不仅是消防战士故事的记录者和传播者，"我们"身上同样有着红色基因，也可以是"最美逆行者""人民守护者"。

我认为，团队的作品能够为传承红色文化献绵薄之力，四位成员也已经称得上是红色文化的践行者了——在实践中他们认识了社会，感受到了时代的脉动；在实践中，他们印证了所学知识，运用了所学技能；在实践中，他们服务社会，贡献社会，建设社会，已然成为推动社会向前发展的新生力量。

（点评人：张静民）

红色基因　家国相传

——广州市红色基因传承与发展调研报告

廖淑慧　杨诗华　江程轩　梁启洹　郑伊敏　郑泽宇　李默炎[①]

摘　要： 红色基因是中国共产党人的精神内核，中国近现代的历史就是一部红色基因传承的历史，中华民族伟大复兴离不开红色基因的传承与发扬。本选题以红色基因传承在家庭和社会中传承的两个案例为切入点进行访谈与实地调查，同时对广州市部分大学生进行了问卷调查，探索当前红色基因传承的现状，分析问题，提出建议，以期促进红色基因在代代相传中发扬光大。

关键词： 红色基因；传承路径；当代大学生

前　言

（一）全党内外重传承

习近平总书记强调："让信仰之火熊熊不息，让红色基因融入血脉，让红色精神激发力量。"[②] 从河北西柏坡、山东临沂到陕西延安和铜川……党的十八大以来，习近平总书记多次亲临革命老区，参观英模人物展览，带领全党同志解密一个个红色基因密码。

---

① 廖淑慧、杨诗华、郑伊敏，广州大学新闻与传播学院 2020 级广播电视学专业本科生；江程轩，广州大学新闻与传播学院 2019 级网络与新媒体专业本科生；梁启洹，广州大学新闻与传播学院 2019 级广播电视学专业本科生；郑泽宇，广州大学计算机科学与网络工程学院 2020 级软件工程专业本科生；李默炎，北京体育大学教育学院 2019 级教育学专业本科生。

② 盛玉雷，确立我们时代的价值坐标（评论员观察）：让红色基因融入血脉代代相传 [N]. 人民日报，2018-06-28（5）.

红色基因既是革命年代的产物，也是民族精神的源泉之一。它孕育了抗洪抢险精神、抗震救灾精神、北京奥运精神、载人航天精神，激励着无数中华儿女为实现中华民族的伟大复兴而自立自强、坚持梦想、勇往直前。

（二）红色基因有"新"意

红色基因在代代传承中，变的是形式，不变的是内涵。红色基因在每个时代都有其具体载体，在不平凡的 2020 年，它是凝聚一心的"抗疫精神"——在抗击新冠肺炎疫情中形成的众志成城的精神。"抗疫精神"是中华民族精神的缩影，它可歌可泣、可圈可点，也无坚不摧、无往不胜。伟大的抗疫精神可以凝练为二十个字：生命至上，举国同心，舍生忘死，尊重科学，命运与共。[1]

（三）建党百年赓血脉

经过寒风凛冽，我们迈向了春暖花开的 2021 年——建党 100 周年。一百年来，全党上下矢志践行初心使命，带领人民筚路蓝缕、奠基立业，以震惊中外的"中国速度"开辟未来。党的百年历史就是一部践行党的初心使命的历史，是一部党与人民心连心、同呼吸、共命运的历史。

2021 年 2 月 20 日，习近平总书记在党史学习教育动员大会上发表重要讲话，强调"要教育引导全党大力发扬红色传统、传承红色基因，赓续共产党人精神血脉，始终保持革命者的大无畏奋斗精神，鼓起迈进新征程、奋进新时代的精气神"。十三五收官、十四五开局之年，在"两个一百年"奋斗目标历史交汇的关键节点，在全党开展党史学习教育，正当其时，十分必要。[2] 学党史、扬红色，让党员们明白传承的使命，也让我们更深地体会到红色基因不能丢。

（四）广州实践求真知

广州市拥有众多革命旧址和爱国教育基地，市、区正在加快建设红色文化传承弘扬示范区，到 2021 年建党 100 周年时，越秀区基本建成红色文化传承弘扬示范区，到 2025 年将全面建成传统文化与现代文明交相辉映、红色文化与城市发展相辅相成的红色文化传承弘扬示范区。红色基因不仅以新的形式融入城市，更成为广州市显著的名片。

---

[1]　徐文秀 ."抗疫精神"弥足珍贵 [N]. 学习时报，2020-03-04（A2）.

[2]　本报评论员 . 在全党集中开展党史学习教育正当其时十分必要：论学习贯彻习近平总书记在党史学习教育动员大会上重要讲话 [N]. 人民日报，2021-02-22（1）.

通过前期了解，调研组选择广州市作为调研对象，利用假期时间，深入实地考察。在家庭层面深入退休党员、军烈属赵好老人一家，了解她的故事和家庭，感受"永远跟党走"的家风传承；在社会层面走进爱国教育基地农讲所、烈士陵园等，通过随机采访，了解游客对红色基因的传承和思考。追根溯源，不忘初心、牢记使命，薪火相传，促进红色基因在新时代发扬光大是时代赋予每一个人的责任。

一、调研方法

（一）访谈法

围绕红色基因的传承，调研组编制访谈提纲，采用开放式的访谈方法对在家庭层面传承发展红色基因的代表人物——赵好老人进行了访谈，同时在实地观察后随机访谈农讲所游客。

（二）实地观察法

调研组在正式观察前，结合之前的研究制定观察内容表，在自然条件下，到农讲所观察了解开放情况、游客数量、反馈机制及存在的问题。

（三）问卷调查法

大学生是祖国未来的栋梁和希望，其对红色基因传承的了解与参与具有十分重要的意义。课题组围绕红色基因传承方面的问题对广州市部分大学生及教师进行了问卷调查，共发放调查问卷 150 份，回收问卷 147 份，回收率为 98%，有效问卷 138 份，有效回收率为 92%，其中包括 133 名大学生及 5 名教师。

（四）个案研究法

调研组选择了赵好老人和农讲所作为个案，研究红色基因在家庭和社会的传承发展，选择个案时考虑到个案应具有普遍特征。赵好老人是红色基因在家庭层面传承发展的代表人物，其为军烈属、有五十年以上党龄的退休党员、"南粤七一纪念奖章"的获得者。她立下"子孙后代永远跟党走"的家训，接受过广州日报等多家媒体采访报道。广州市农民运动讲习所作为全国重点文物保护单位、广州市首批爱国主义教育基地、全国第二批爱国主义教育示范基地，是红色基因在社会层面传承发展的代表。第一次国共合作形成后，为支持北伐战争，开展全国农民运动，农讲所曾作为一至六届农民运动讲习所，进行农民运动相关理论知识的讲授与军事训练，具有极为重要的历史意义。

二、采访赵好老前辈：探究红色基因在家庭层面的传承

红色基因的传承离不开人民群众的付出，广州市荔湾区老党员赵好便是其中一个良好的表率。恰逢中国共产党成立一百周年，调研组的采访小队前往荔湾区石围塘街大涡村的赵好老人家中对老人及其子进行了采访。一位先进典型就是一面旗帜，一名优秀党员就是一根标杆。出生于 1928 年的赵好在石围塘这片红土地上长大，历经祖国沧桑巨变，作为一名坚定的共产主义者，坚持跟党走，言传身教，身体力行为后世做好榜样，用实际行动诠释爱国情怀。

（一）子孙后代永远跟党走

访谈之际，93 岁高龄的赵好老人年届高寿、行动不便，因而坐在轮椅上接受采访，家中三儿子坐在她的身旁协助接受采访。老人家中摆设简单，只是四周墙壁上贴了许多奖状、照片，其中有区长、市长来看望时的合影，也有接受《人民日报》采访时的合影，这是社会对老人事迹的认可和赞扬，也是社会为帮助红色人物、传承红色基因所作出的努力。谈及近况，"好啊，很好啊，"老人竖起了大拇指，说道，"现在有国家养我了。"也许是血液中流淌的红色基因和无法磨灭的红色记忆，老人将亲身经历娓娓道来，并且不断提及所立家训："子孙后代永远跟党走。"说到兴奋之处，老人拿出入党 50 周年纪念章——党组织颁发的一枚"南粤七一纪念奖章"，并且戴上向我们展示，脸上洋溢着幸福。

图 1　赵好老人（左）及其子（右）接受采访

（来源：调研团队实地拍摄）

（二）革命先烈记心间

赵好老人除了是一名退休的老党员，还是一位军烈属。她的爷爷赵带和父亲赵牛早年走上革命道路，加入中国共产党，投身省港大罢工运动。1927年11月20日，二人在石围塘火车站被捕，当天下午同时被害，牺牲时，赵带43岁，赵牛年仅23岁，当时未出世的赵好在母亲的肚子里未满六月。据老人回忆，两人在大罢工结束后回到广州便遭到杀害，敌人秉持"宁杀错一千，不放过一个"的原则，亦杀害了多名大学生和其他革命人员。为纪念当时死去的革命烈士，那条用众多革命英烈鲜血染成的路后来便被命名为先烈路。

（三）艰苦奋斗得幸福

时光流逝、岁月如梭，赵好渐渐长大，挺过了艰难的抗日战争，经历了"保和平，卫祖国，就是保家乡"的年代。她投身土地改革，新中国成立后当上妇女队队长，入了党，还担任过妇女委员和信用社委员。赵好坚持勤俭节约、艰苦奋斗，生活也越来越好。谈到那段艰苦奋斗的时光，"永远比别人多施一次肥"的她骄傲自豪地与我们分享她的"种菜之道"。回忆至此，老人不禁唱起当年生产工作之时的歌："今天庆翻身，大家快乐时，土地多完工又顺利，肥土地分到农民地……"赵老感慨："我很艰难才挺到现在，会永远记住党做的工作。"赵老说，是中国共产党给了她新生和幸福，看到祖国日新月异的变化，她朴实而执着地坚信跟党走就是跟着真理走、跟着光明走。

（四）身体力行树榜样

经历过时代的坎坷、见证过历史的变革，赵好逐渐成长为一名坚定的共产主义者，那枚入党50年颁发的"南粤七一纪念奖章"，老人时常拿出来擦拭、端详，仿佛将记忆封存在了奖章里。奖章，是世人对她的尊敬和认可，也代表着她坚守一生的信仰。最好的传承和学习，莫过于言传身教。他的儿子说到，每次孩子们回来，他都会向孩子们说起赵好老人的故事，有这样一位前辈，孩子们不仅以服务社会为荣，更以成为中共党员为荣。她的后辈积极参加社区志愿服务活动，热心公益事业，身先力行，为居民做好榜样。赵老的儿子中有退休的部队军人，也有作为辖内的热心党员协助开展志愿服务活动的。谈及对当下青少年学生的建议，老人表示学生就要多读书、加强学习，不能忘记美好生活来之不易，要发扬传承艰苦奋斗精神，更加努力地建设祖国、报效国家。

新冠肺炎疫情牵动着每一位党员的心，赵老同样如此。虽然行动不便，多数时间只能坐在家中，眼睛看不清楚，耳朵仅可勉强听清，但她仍旧通过电视新闻了解疫情实况，心系国家。2020 年 2 月 5 日下午，老党员赵好在儿子的帮助下将一批防疫物资交到了石围塘街党工委书记麦韶明手中，希望能为抗击疫情贡献一份力量。老人表示："现在国家有困难，我能做的很有限，既然不能奔赴一线战斗，只能以这种方式尽自己的一份绵薄之力，奉献一点爱心。"国未忘我，我怎敢忘国，赵好老人与国家双向的爱，感人至深。[①]

（五）红色基因永传承

习近平总书记反复告诫全党同志，"不能忘记红色政权是怎么来的、新中国是怎么来的、今天的幸福生活是怎么来的"，一再叮嘱"把红色基因传承好，确保红色江山永不变色"，向全党全社会注入铭记历史、缅怀先烈、传承红色基因的不朽信念。[②]赵老便是红色基因传承过程中的众多代表之一。通过对其故事的深刻了解，我们懂得了红色基因没有固定、完整的内涵，这也正是我们去发现和感受的意义。红色基因在赵好同志身上，是经历时代坎坷、坚信中国共产党的理想信念，是"永远比别人多施一次肥"的艰苦奋斗，是"国家有难，能力有限，尽绵薄之力"的关心挂念，是"永远跟党走，跟党走就没错"的谆谆教诲。传承好红色基因，需要我们在回首中铭记，在缅怀中传承。

三、实地考察农讲所：探究红色基因在社会层面的传承

（一）广州政府持续助力，农讲所发展方兴未艾

广州是近代中国革命中心地，红色文化旧址及文物颇丰，随着不同文化的流入与冲击，如何保护并传承红色文化旧址及文物中蕴含的红色基因，创新传承方式、讲好红色故事显得尤为重要。"红色文化最重要的载体及最直接的体现其实就是革命旧址及革命文物"[③]，广州市政府积极响应党中央的号召，2018 年 9 月 6 日，制定了《广州市红色革命遗址保护与利用三年行动计划（2018—2020 年）》，加大了对广州市内的红色革命旧址的扶持力度，广州农讲所旧址也受益良多。广

---

① "广州街坊"与 55 年党龄革命老人共庆建党 99 周年 [EB/OL].（2020-07-01）. https://baijiahao.baidu.com/s?id=1671009421224576094&wfr=spider&for=pc.

② 苏敬装. 传承红色基因　汇聚复兴伟力 [N]. 学习时报，2020-03-23（1）.

③ 黄广宇. "红色文化"品牌建设的思考：以广州农讲所旧址"新时代红色文化讲堂"系列活动为例［J］. 中国民族博览，2020（6）：56-59.

州农讲所作为红色基因的载体，在促进红色基因传承中发挥着它独特的作用。

图 2　广州农民运动讲习所旧址

（来源：调研团队实地拍摄）

　　毛泽东同志主办的农民运动讲习所旧址纪念馆（即广州农讲所旧址），位于广州市中山四路 42 号，旧址原为番禺学宫（孔庙），始建于明洪武三年（1370）。第一次国共合作形成后，国民革命运动迅猛发展。为了配合即将进行的北伐战争，开展全国农民运动，1926 年 5 月至 9 月，毛泽东任所长的第六届农民运动讲习所在此举办，周恩来、萧楚女、彭湃、恽代英等共产党员任教员。来自全国 20 个省区的 327 名学员，在此学习农民运动的理论和方法，接受严格的军事训练，参加革命斗争。[①]学员毕业后奔赴全国各地，开展农民运动，为中国革命做出了重要的贡献。广州农讲所如今已成为广州市首批爱国主义教育基地、全国红色旅游经典景区，为保护和传承红色基因做出了巨大贡献。所内红色基因传承的方式多样，市民及游客能够通过革命文物、还原旧景感受革命先辈不畏艰苦和一心为国的高贵品质；所内不乏显示屏等现代科技，帮助人们更加直观地了解农讲所的历史。

（二）传播方式多种多样，红色基因发扬光大

　　"创新是红色基因传承发展的重要动力。"[②]广州农讲所积极开发独具特色

---

① 广州市人民政府办公厅.农民运动讲习所[EB/OL].（2020-11-12）.https://www.gz.gov.cn/zlgz/gzly/wzgz/agjyjd/content/post_6908423.html.

② 黄广宇."红色文化"品牌建设的思考：以广州农讲所旧址"新时代红色文化讲堂"系列活动为例[J].中国民族博览，2020（6）：56-59.

的红色文化创意活动产品。例如，与广东人民出版社创研中心共同策划"家国情 悦读行"红色研学公益活动，该活动是农讲所在夜间开展研学活动的新尝试，不仅配合了广州推动夜间经济发展，还满足了市民、游客多样化的文化需求。多次开展馆校合作，让红色基因在青少年心中生根发芽，激发青少年的民族自豪感和历史使命感，鼓励青少年用实际行动把红色基因一代代传承下去。与广东省博物馆共同开发"追梦·广州红——杨匏安史迹探索"行走活动，追寻杨匏安的足迹，亲身体验革命的不易，感受民国以来广州的沧桑变化。运用网络技术，开设红色云展厅，市民及游客足不出户就能一览农讲所的光辉历史。制定毛泽东同志主板农民运动讲习所旧址纪念馆新时代红色文化讲堂政策，以"1 系列红色演出、10 条红色路线、100 个红色故事、1 000 件红色文物、10 000 人红色研学"为脉络，打造集演出、文旅、展览、文创、音视频产品为一体、涵盖线上线下双渠道的红色文化品牌，将红色文化及其内核——红色基因辐射全社会。

（三）群众积极主动学习，红色基因深入人心

农讲所推出的各类充满创造性的红色活动满足了人们的文化需求，增强了人们对于学习红色文化的主观能动性，同时也提高了社会不同群体尤其是青少年群体对红色基因的了解和认同，扩大了红色基因在社会层面的接受度。直观的场景还原、云讲解等使人们了解红色基因变得更加便利；所内播放的爱国教育视频总会吸引老人及孩子驻足观看；出口的留言册上游客们写下了"中国共产党真厉害！""愿疫情早日过去，人民越来越好"等淳朴而真挚的话语。

1. 祖国花朵有誓言

在正式考察时，调研组遇到了一群学生，他们的到来使农讲所变得格外热闹。不同寻常的是，他们并非由学校组织而来，而是自发以班级为单位，由讲解员带领学生及家长到农讲所参观讲解。调研组记录下了讲解员带领参观和学生宣誓的画面。"作为新时代的少年，我们要在革命前辈的鼓励下，努力学习，继承和发扬他们的精神，立志成才，从身边做起，脚踏实地，时刻准备着。"孩子们用稚嫩的童声念着誓词，这些将是他们最珍贵的回忆。

2. 长者参观常感触

馆内最大限度地还原了那个年代的学堂、宿舍、毛主席的办公室等，前来参观的人都能从那破旧的草鞋、简陋的床板感受到革命生活的艰辛。除了孩子和家长，教研组也采访了一位老人，他经常来农讲所参观，每一次都会有不一样的感受。他在采访中表示，现在的年轻人应该多学习这些红色知识，了解中国的过去，珍惜现在的生活。还有一位接近耄耋之年的老人在子女的搀扶下观看墙上展示的革命岁月，虽然年岁大口齿不清，但问到参观感受时，老人坚定地说："中国共产党好！中国共产党不容易！"或许由于年代久远，年青一代不能像老一辈一样对红色基因有切身的感受，却依旧会被他们的反应触动。

3. 青年学生有作为

将理论与实践相结合，大学生在传承红色基因中大有作为。农讲所还有着我们同辈的身影，调研组采访了前来参观的大学生，他们中有前来进行社会实践的，有专门参观感受红色文化的，在交流中他们分享了自己对红色基因传承的理解，表示自己将为此付出努力。其中一位大学生家中有不少中共党员，有的还参加过南京保卫战，他从小就耳濡目染，对红色基因的传承有着深厚的责任意识。

百年风华茂，中国正青春。中国的崛起离不开中国共产党，中国共产党的发展离不开红色基因。传承红色基因，推动红色基因在新时代创新发展，仍需社会各界的不懈努力。

四、红色文化在当代传承所面临的主要问题与解决路径

（一）面临的主要问题

在调研中，我们发现在红色基因传承过程中存在诸多问题，例如，部分游客到达农讲所仅是利用农讲所内的景物进行艺术照拍摄等；参与调查的群众对于广州农讲所的了解程度及参观频率较低；红色文化的宣传力度不足等，具体内容如下：

1. 对红色基因的内涵认知模糊

根据问卷调查结果，仅有14%的被调查者指出了红色基因的内涵，0.05%的被调查者对红色基因有一定的理解但不完全正确，其余85.95%的被调查者都表示对红色基因这个概念不太清楚，这体现出当前大学生对红色基因相关知识的了解较为片面和缺乏。

2. 缺乏亲身参与

60.15%的被调查者表示对广州市红色教育基地没有了解或了解很少，36.23%的被调查者了解程度一般，仅有3.62%的被调查者非常了解，这体现出当前广州市大学生对红色基因的了解程度较低。在实地参与方面，47.83%的被

调查者没有参观过广州市红色教育基地，其中参观过的被调查者中47.1%偶尔会去，这显示出当前广州市大学生在红色基因传承中实地参与度较低。同时，调研组在实地考察期间发现，所内游客数量一般，有些游客进入农讲所只是为了拍照、打卡旅游地点，甚至有些游客仅是利用农讲所内的"红墙"作拍摄古风照的素材。地理资源利用无可厚非，但这也使得农讲所爱国教育基地的功能未能完全发挥，游客并未真正受到红色文化的熏陶。

3. 宣传力度不足，群众对宣传方式提出更高要求

数据显示，56.52%的被调查者认为近几年社会对红色基因的宣传力度一般或较低，40%以上的被调查者认为广州市在推动红色基因传承过程中存在着宣传力度不大和形式满足不了群众日益增长的趣味性需求的问题，同时41.3%的被调查者认为当前宣传方式过于简单。当前学生了解红色文化，以自主了解和课堂了解为主，其中学校的部分强制宣传反而影响宣传效果，如强制要求观看红色视频，导致受众产生抵触心理。而且以往的游览红色基地、开展红色旅游、阅读红色书籍等单一形式已难以满足人们的需求，"灌输式学习""被动式体验"难以跟上新时代的步伐。

4. 缺少对红色资源的挖掘

调查组在实地观察中发现，广州市农讲所通过以资料展现为主、馆内视频和手册宣传为辅的方式展现其红色资源，这一形式也广泛存在于众多教育基地，趋同化现象较为严重。问卷反馈的数据显示，45.65%的被调查者认为当前广州市仍然缺少对红色资源的挖掘，除了广为人知的黄花岗、烈士陵园等，还有更多的红色基地有待被大众了解。

（二）解决路径

实地考察广州农讲所等爱国教育基地，搜集红色教育相关资料，面向广州市大学生群体发放问卷，对问卷数据大致归类后，调研组根据实地考察、资料搜集等的结果，对传承中存在的问题给予切实可行的解决途径。

1. 鼓励学生重走自家长辈的"老路"

习近平总书记给上海市新四军历史研究会的百岁老战士的回信中说道："希望老同志们引导……青年一代不忘初心、牢记使命、坚定信仰、勇敢斗争。"红色基因的内涵在每一个时代会有扩充，传播需要双向努力，既要老党员带动新党员，老一辈带动新一代年轻人，摒弃偏见，也要年轻人谦虚请教，耐心倾听。有

明显变迁的家庭，可由年青一代倡导重走自家长辈的"老路"，感受前人艰苦奋斗走向小康的历程。例如追寻爷爷从三线城市辗转各地，最终在深圳改革开放潮流中发展的家庭搬迁故事，与家人忆苦思甜，回忆奋斗往事，加深家庭情感联系，记录书写"红色家谱"。

2. 发挥典型宣传的带动作用

由社区居委或村委发起寻找典型红色家庭（军人世家、艰苦奋斗等类型），开展家庭之间的交流研讨会，用自媒体记录讲述他们的家庭故事，在宣传栏进行典型宣传。由典型带动每个家庭营造红色家风，寻找身边的红色印记，推动红色基因在家庭与家庭之间的传承。

3. 开展系列红色基因传承活动

（1）红色故事征文

以"我家的红色故事"为主题，号召青年与长辈沟通交流，挖掘家庭中红色基因的形式及传承，以学生为主要对象收集征文（可含视频、图片等，可创新形式）。

（2）红色文创比赛

依托广州市丰富的红色资源，借鉴上海开办红色文创比赛的经验，进一步发展为全国性比赛。如建党 99 周年之际第一届上海红色文化创意大赛中获奖的石库门建筑门框外形的初心锁，含有历史故事、地理信息的红色旅游护照，让游客能够游览打卡，让红色文化更接近生活。

（3）在特定日期开展红色教育主题活动

红色教育基地要利用好烈士纪念日、抗日战争胜利纪念日、南京大屠杀国家公祭日，选择具有重大意义的日期，开展红色宣传主题活动，创新内容形式。既要针对中小学生校园教育，也要发动广大群众参与红色基因的传承，营造讲好新时代红色故事的浓厚氛围。

4. 创新文创类节目

从问卷调查结果中，调研组发现红色文化的了解途径中，选择网络与电视的人数持平，以微弱优势占据第一，可见互联网等新媒体逐渐代替电视等传统媒体成为主流传播渠道。新媒体具有成本低且快速传播的优势，而传统媒体在公信力和权威性方面具有优势。视听语言传播更应结合两者，充分发挥微博、抖音等大众媒体的作用，形成面向各年龄受众的大传播格局。

（1）创新形式讲故事。比如，借鉴《典籍里的中国》中时空对话的创新形式，感受传承人之间的情感纽带；以"戏剧＋影视化"的表现方法，用"历史时空""现实时空"两个舞台生动讲述红色基因及其传承的闪亮故事。同时，设计网络衍生综艺、短视频、新媒体互动产品等多种内容产品，实现大小屏联动的"叠加刷屏"。

（2）对症下药更有效。对各个年龄段的人"因地制宜"，用他们喜闻乐见的方式普及和传播。对于更倾向于电视、报刊等的老年人，应该多挖掘红色故事，创作如《长沙保卫战》《亮剑》《历史转折中的邓小平》等红色影视剧；对于《没有共产党就没有新中国》《我的祖国》《春天的故事》等红色经典歌曲，可以挖掘和传播歌曲背后的故事。对于儿童，可以制作易于被孩子接受的红色故事动画片，如《聪明的顺溜》。而在青年群体中可以尝试开展相关课程，让他们系统地了解、学习红色文化。

（3）整合资源空间大。整合媒体资源，拓宽红色文化传播空间。比如，创新红色知识竞赛网络答题，让群众参与更加便利。由小地区开始举办，逐渐扩大参与范围。

5. 加强红色资源保护，定点定位，打造专属红色文化 IP

加强对红色文化场馆的保护力度，加紧修建、完善、开放革命纪念馆、名人旧址等红色教育基地；利用歌舞、戏剧等艺术形式，重现革命战场情境，打造视听盛宴。①

邀请口碑良好且符合红色背景的流量偶像作为农讲所的"红色代言人"，打造农讲所等红色基地的文化 IP，提高红色文化载体的知名度，逐渐扩大受众范围，增强红色基地的核心竞争力，引导人们主动接受学习红色文化。

6. 将红色文化与现代科技结合

86.23% 的调查对象更倾向于通过亲身体验来感悟红色基因，因此除了视听语言的传播，对于来到现场游览的游客，更应该注重他们的参观体验。目前大部分基地还是采用比较传统的摆设场景和资料呈现的方式，而 VR 更多用在博物馆等大型文化场所。如果能将其迁移到红色基地，既可使基地具有现代特色，展现传统与时代的碰撞，亦可让游客身临其境，真切感受革命画面，增加互动性。

---

① 苏敬装. 传承红色基因　汇聚复兴伟力 [N]. 学习时报，2020-03-23（1）.

结　语

在调研过程中，我们陷入过困境，也体验过惊喜。这次实践让我们这些"十指不沾阳春水"的大学生走进了红色典型人物的艰苦岁月，了解人们对红色基因及其传承的看法，感受社会在这方面做出的努力。我们用实地考察、访谈等方式，怀着"红色基因在当今及未来如何更好地传承"的问题去发现和寻找，并提出一些想法和建议。在多元文化共存的潮流下，值得肯定的是，红色基因永远在其中闪耀着不可取代的光芒。任重而道远，传承仍需多方思索和长远的努力，"一万年太久，只争朝夕"，调研活动虽然结束，但作为当代大学生，我们永远走在传承红色基因的道路上。

致　谢

感谢赵好老人一家接受采访调研，感谢广州农讲所工作人员与受访者、调研问卷调查对象的配合、支持和鼓励，感谢刘涛老师给予的悉心指导，感谢一起查找资料、实地调研、后期修改的所有团队成员。向在我们调研过程中给予过帮助的人，以及广州大学新闻与传播学院提供的实践和出版的资源平台，在此一并致以诚挚的谢意。

（指导老师：刘涛，广州大学新闻与传播学院讲师）

点评

红色基因永存　信仰之火不熄

2021 年 2 月 20 日，习近平总书记在党史学习教育动员大会上发表重要讲话，强调"要教育引导全党大力发扬红色传统、传承红色基因，赓续共产党人精神血脉，始终保持革命者的大无畏奋斗精神，鼓起迈向新征程、奋进新时代的精气神"。十三五收官、十四五开局之年，在"两个一百年"奋斗目标历史交汇的关键节点，在全党开展党史学习教育，正当其时，十分必要。调研小组身体力行进采访以及实地观察，总体运用了访谈法等多种方法，探索当前红色基因传承的现状，分析问题，提出建议，以期促进红色基因在代代相传中发扬光大。

本次调研以红色基因在家庭和社会传承的两个方面为切入点，以广州市作为调研对象，在家庭层面深入退休党员、军烈属赵好老人及其一家，通过社会资料以及采访了解她的故事和家庭。历经祖国沧桑巨变，赵好老人坚持跟党走，言传身教，身体力行为后世做好榜样，用实际行动诠释爱国情怀。在社会层面，调研团队走进爱国教育基地，体验社会文化建设成果。从政府引导以及传播手段方面对农讲所进行考察，并采访不同年龄段的游客，角度丰富，使调研报告更具有真实性和可读性。

本次调研发挥了老党员的榜样作用，其可歌可泣的经历深入人心，通过老党员带动新党员、革命前辈影响革命后辈，鼓舞广大青年重走革命老路，担当时代重任。这也使广大青年学生对红色基因内涵的认知更加清晰，提高了自身对红色基因传承的主体意识，认识到传承红色基因是时代赋予广大青年学生的责任，争做红色基因传承的"主人翁"。鼓励人人寻找红色印记，形成红色基因大传播、深传承的格局。

（点评人：刘涛）

一个摘帽贫困村的命运变奏曲
——梅州市五华县湖中村的脱贫故事

何夏怡　廖勉钰　罗婧文　方武彪　王嘉欣　胡　静①

摘　要：在全国脱贫攻坚战取得伟大胜利之际，调研团队走进梅州市五华县龙村镇湖中村，从一场别开生面的分红大会开始，深入村民实实在在的日常生产，记录他们在物质、精神生活方面的巨大变化；深度对话驻村扶贫工作队成员，讲述他们舍小家为大家，带领湖中村实现自我造血、实现脱贫摘帽的动人故事；并以湖中村为例探讨和总结基层扶贫经验，探究湖中村成功脱贫对后续开展乡村振兴工作的重要意义。

关键词：基层扶贫；精准扶贫；乡村振兴

2021 年，全国 832 个贫困县、12.8 万个贫困村、9 899 万农村贫困人口全部脱贫。②从贫穷落后迈向全面小康，中国共产党带领着勤劳的中国人民创造了彪炳史册的人间奇迹，而 2021 年脱贫攻坚战的全面胜利，就是献给中国共产党百年华诞最好的礼物。

成功摘帽的省定贫困村广东省梅州市五华县龙村镇湖中村，是中国脱贫攻坚战的一个缩影。

---

① 何夏怡、方武彪，广州大学新闻与传播学院 2019 级网络与新媒体专业本科生；廖勉钰，广州大学新闻与传播学院 2019 级广播电视学专业本科生；罗婧文、王嘉欣，广州大学新闻与传播学院 2018 级网络与新媒体专业本科生；胡静，广州大学新闻与传播学院 2018 级广播电视编导专业本科生。

② 习近平. 在全国脱贫攻坚总结表彰大会上的讲话 [EB/OL]. （2021-02-25）[2022-04-27]. http://dangjian.people.com.cn/n1/2021/0226/c117092-32037158.html.

一、一场别开生面的分红大会

九点过后的湖中村，明媚的阳光穿透了云层。气温骤然上升，周围开始变得暖洋洋的，正如村民们的心情。熙熙攘攘的党群会议室里，一百多位村民戴着口罩，整齐有序地坐着。驻村扶贫第一书记陈智军宣布大会开始后，村支部书记、主任何俊霞用梅州话念着村民名字和对应的金额。现场的村民接连举手答"到"，每个人都专心致志、充满期待。

这里正在举行2020年湖中村分散种养、就业奖补暨光伏分红大会，还有新年慰问会。"慰问金500元，就业奖补1 900元，光伏发电是500元……"钟锦红低下头一字一句地念着分红条上的数字，眼里满是喜悦。钟锦连则笑眼弯弯，向我们展示她的信封："（分了）3 445元！高兴！"接着将证书和信封小心地放进摩托车的后备箱里。村里像钟锦连和钟锦红这样的光荣脱贫户，共有71户375名，加上21户32名无劳动能力户，他们喜领共计270 889元的分红、奖补、慰问金。

2016年，梅州市五华县湖中村被确定为广东省新一轮重点帮扶村；也是在2016年，陈智军来到这里，带领湖中村走上脱贫致富之路。褪去旧貌换新颜，如今的湖中村已由软弱涣散的贫困村变成了未来可期的幸福乡村。湖中村的脱贫故事，堪称一支宏伟的乡村命运变奏曲。四年的扶贫，不仅为湖中村带来了物质上的累累硕果，也带来了精神上的枝繁叶茂，这一切都得益于党把精锐力量派往脱贫攻坚第一线，上下同心，其利断金。

那么，这四年来，湖中村到底经历了什么变化？村民们真的更幸福了吗？扶贫干部和村民们为此做出了什么努力？带着疑问，2020年7月末和2021年春节前夕，广州大学新闻与传播学院八名师生组成调研小队，前往五华县湖中村，力图还原这个小村庄改变贫穷命运、迎来幸福生活的故事。

二、乐章之物质篇：村民过上了"三有"生活

扶贫最直接的成果就是物质条件的改善。精准扶贫工作开展后，湖中村的村民们充分享受到了扶贫带来的福利，过上了"三有"生活。

（一）有分红

深夜3点的湖中村正笼罩在一片寂静中，钟锦红准时起床，匆匆洗漱完便开着摩托车来到屠猪场。忙碌的一天在夜幕中开始。宰好猪后，他把猪肉和骨头拉

到镇上的猪肉店，做好开店准备。七点半，妻子来店里接班，他便回到自家猪舍继续干活。

这样辛苦又充实的生活，是以前的钟锦红夫妇难以想象的。

"以前不小心触到高压电，腿击伤了，医药费什么的加起来，使家里陷入贫困，缓不过劲来，我们就评上贫困户。"

钟锦红一直想养猪，但是苦于债台高筑，缺乏启动资金。三年前，在陈智军的帮助下，钟锦红办理了免息的金融扶贫贷款两万元。随后，他用这笔钱在村里的山上置办了一间猪舍。

跟随他的脚步，我们来到了猪舍。山上空气清新，前后通风，所以猪舍并无异味，干净又整洁。钟锦红一家总共养了二十来头猪，两头大母猪用于产崽，其余的猪都用于买卖。他告诉我们，除去各种成本，养猪一年可以盈利一万多元。

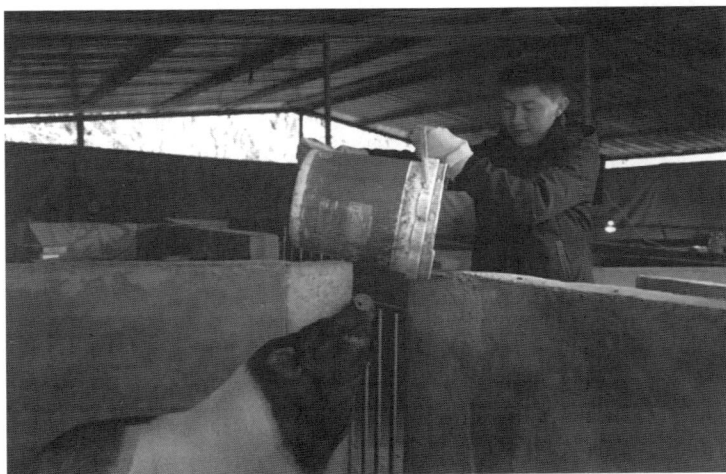

图 1　钟锦红在猪舍喂猪

（来源：调研团队实地拍摄）

2020 年，钟锦红用养猪挣的钱买了七头小牛崽，在山上养起了牛。从猪舍的位置再往山上爬，便是放牛的位置，路程不远，但越往上走，路越窄，杂草丛生。牛是散养的，为了方便上山找牛，他在每头牛身上都装了定位器。另外，山路狭窄，为了防止牛在行走或者吃草的过程中掉下山，他还用竹子杂草围起了长长的围栏。

钟锦红说："我们现在还欠别人十多万元的债，就全靠我的这些牛啦！所以我现在没有什么压力了，日子一天一天在变好，有收入，很稳定，稳中求增长嘛。

真的，国家的政策好！"

　　凭着一股创造好生活的冲劲儿，钟锦红和妻子乘着政策的东风，大力实施分散种养。在 2020 年的分红大会中，钟锦红拿到了 7 424 元的分红，其中，分散种养的分红拿到了 4 500 元。"分散种养奖补我拿到的就是最高的，没有比 4 500 元更高的了！"说到这里，他脸上洋溢着自豪和满足。

（二）有工作

　　和钟锦红不同，钟锦连在村里的药用蛇扶贫产业基地上班。到访钟锦连家时，她拿出茶壶和一次性杯子，热情地泡茶招待我们。这时，我们才注意到她的左手小拇指有些弯曲变形，她告诉我们，手是小时候烧伤致残的。

　　钟锦连一家的生活曾一地鸡毛——自己残疾有手伤，公公早逝，婆婆也是残疾，丈夫十几岁时便开着货车跑遍广东讨生活。"（以前）没有工作，没有什么经济来源，现在就不一样了，2016 年 5 月份我家被选定为贫困户，他（陈智军书记）就招商引资过来，给我们提供了工作岗位。"

　　2019 年 11 月，在接受了基地里的养蛇培训后，钟锦连正式开始上班。对她来说，这是一份两全其美的好差事——蛇厂离家近，既方便照顾家人，还能贴补家用："党和政府给我们这么好的条件，又有收入，还可以照顾小孩，这个多好啊！"

图 2　钟锦连在基地工作

（来源：调研团队实地拍摄）

　　2019 年 4 月，陈智军主动协调供电、供水、国土、市监等相关部门，联合其他 4 个省定贫困村，投资 300 多万元扶贫资金，总投资 1 200 多万元，在湖中村建设现代化的药用蛇养殖基地 ①。

正值暖冬，钟锦连负责将蛇厂里的蛙池布置好，以待来年为养殖的蛇提供上好的蛙做饲料。她精神奕奕地推着小车，运送回填蛙池的红土。铲土、推车、倒土……都是体力活儿，没有抱怨，反而听到她和好友一边干活一边爽朗地大笑。她在这里工作，除了有一份稳定的薪资，还能按照规定每年享受就业奖补 1 200 元。

为了更好地利用村里的零散劳动力，发展村集体经济，扶贫工作队还于 2020 年 5 月引进新的扶贫项目——高频变压器扶贫生产车间。车间在招募员工时遵循贫困户优先原则，按件计工，每人每月有 2 000 元到 3 000 元的固定收入，贫困户还能拿到就业奖补金。

车间建设初期，为解决妇女们因兼顾家庭与工作而时间紧张的现实难题，负责人给予妇女们"工作时间自主权"。经过所有女工的协商，她们将上班时间定为早上 7 点半到 11 点半和下午 1 点到 5 点半。这样她们既赶得及回家给孩子做午饭，也有时间料理家务和田地里的农活儿。

图 3　扶贫生产车间的女工们

（来源：调研团队实地拍摄）

莫世有是扶贫生产车间里的一名女工，也是村里脱贫成功的代表之一。她一听到车间招工且贫困户优先时，便毫不犹豫地前去报名："车间一个月能有 2 000 元，总比在家种田好得多呀！"她的家里有五个孩子和 67 岁的婆婆，其中

① 郅怡婧. 四年倾力扶贫！这位驻村第一书记走进村民心坎里 [EB/OL].（2020-07-08）[2022-04-27]. http://news.cnr.cn/native/gd/20200708/t20200708_525159973.shtml.

一个孩子还患有脑瘫；丈夫长年在外务工，莫世有则需要留守家中照料子女和婆婆。她曾无数次想要外出打工赚钱，但无奈家中事务繁忙，脱不开身，只能种种田，偶尔做些手工活贴补家用。所以，扶贫车间的工作算是莫世有的第一份工作，让她实现在家门口上班的愿望。

走访车间女工，让我们印象最深刻的是她们羞涩的笑容。听到我们夸赞她们细心动作快时，她们嘴上谦虚着，眼睛和酒窝却满是笑意。从前的她们，只是别人的妻子、媳妇、母亲和女儿，只能在处理琐碎的家务中度过每一天。现在的她们，有了车间女工的新身份，这份工作不仅能带来收入，还提高了她们对未来生活的期待。

（三）有新房

莫世有永远记得 2013 年的那场洪水。她目睹了自家的房子浸泡在满是泥土的水中，桌椅、锅碗瓢盆、被褥顺着洪水漂流而去。两天两夜后，洪水逐渐退去，莫世有的房子却成了危房。但房子是一家老小的容身之所，即便是危房，他们也只能心惊胆战地继续住。

好在这一切都已经过去，如今的湖中村，家家户户的房子都安全有保障。2016 年危房改造工作全面展开。在扶贫工作队的协助下，贫困户的生活居住环境得到了改变。莫世有的家有了新变化——干净整洁的内墙，家门外平实的水泥路，原本两层的房子还新盖了一层。

另一危房改造的贫困户代表是温戌英婆婆一家。温婆婆今年 75 岁，儿子因为智力残疾而无法工作，因此她家是缺乏劳动力致贫。温婆婆一家曾居住的房子被认定为无法改造的危房，在按照规定拆除后，扶贫工作队出力支持他们修建新房。

新房足够宽敞，洗手间、厨房、卧室、客厅……主人满意地带着我们参观。来到厨房，温婆婆扭开水龙头，哗啦啦的清水朝她的手掌奔腾而来。见此情景，我们也不禁将手放在水流下，阳光照射后的水暖暖的。陈智军书记向我们介绍说，这是纯天然的山泉水。我国的脱贫攻坚政策规定，农村饮水安全达标是脱贫条件之一，其评价指标包括水量、水质、用水方便程度和供水保证率四项[①]。正

---

① 中华人民共和国国务院新闻办公室. 水利部明确规定 4 项指标　确保农村饮水安全 [EB/OL].（2020-08-21）[2022-04-27]. http://www.scio.gov.cn/xwfbh/xwfbfh/wqfbh/42311/43491/zy43495/Document/1685782/1685782.htm.

是在国家政策的强力保障以及基层扶贫工作队的不懈努力下，湖中村安全饮用水的"最后一公里"成功打通，如今温婆婆终于可以在自己家里用上自来水了。

采访中，我们得知温婆婆和陈智军书记十分熟稔，对于这个家庭的困难情况，陈书记了然于心。在新房建设的过程中，他常常会亲自前来察看和帮忙："他（陈书记）每个月都来，一个月来好几次！"

住有所居是大多数中国人的期盼。或许，有一个温暖固定的家容身，才有勇气去开创更好的生活，毕竟房子让人安心，房子也是幸福的一种具象化表征。因此，在扶贫工作中，危房改造是不可或缺的，湖中村扶贫工作队正是认识到了房子对贫困户的重要性，才如此竭尽全力地协助贫困户进行危房改造。

三、乐章之精神篇：村民的日子更健康充盈了

村民精气神的改变，更能体现出国家扶贫工作的人性化和科学化：大力开展村容村貌整治，激发村庄生机；支持组建广场舞队，重视村民身心健康；多种方式开展教育帮扶，增强村民对知识的渴望……扶贫工作队切实努力地开展工作，使得健康充盈的美好生活一步步地朝村民们走来。

（一）"村里不臭了，蚊子苍蝇少多了"

"以前有村民的潮汕亲戚要来做客，都不好意思往家里带，现在村里漂亮了，都愿意邀请亲朋好友来看看！"党员何俊霞说。

"村里不臭了，蚊子苍蝇少多了！"党员钟小烽也是满心欢喜。

2016 年前的湖中村，村道狭窄，且大都是泥路，一下雨，泥泞的小道常使村民出行不便。从前村里资金缺乏，各家各户能维持正常生活已是不易，修路更是难以提上议程。村民莫世有回想以往，也感慨道："那时一下雨都不想出门，路小又滑，一出去可能一身泥回来呢！"

2016 年，扶贫帮扶单位出资 22 万元，完成了湖中村老楼自然村道路硬底化建设。除此之外，村民还无偿捐赠土地，扩大村路面积，村间泥泞小道变成了宽敞的水泥路。

2018 年，湖中村部分自然村道主要交通路口实施亮灯工程。村里夜路一改以往漆黑的模样，村民夜晚串串家门和饭后散步成为可能，村民夜行的安全也得到了保障。

此外，为改善村道垃圾乱扔的现象，湖中村购置了垃圾桶和垃圾车，并聘请贫困户从事保洁员工作。从 2018 年 7 月开始，由村两委干部带头，每周组织

党员、群众和贫困户一起开展环境卫生大整治活动。

初次来到湖中村时，正值盛夏，田间绿道两边是绿油油的水稻田；此时已是暖冬，水稻田摇身一变成了油菜花田，簇拥着来往的村民游人。"党建引领，乡村振兴"几个大字挺立在生机勃勃的田间绿道上，不仅为湖中村增添了动人的色彩，也昭示着这些沁人心脾的美丽源自何处。

图 4　美丽的湖中村

（来源：调研团队实地拍摄）

（二）湖中村有一支专业舞队

湖中村有一个相当耀眼的群体，那就是广场舞队的大姐和阿姨们。她们有统一的舞蹈服，每晚七点半准时换上；她们有舞蹈老师，训练有模有样；她们有专业的音响设备，据说很快还会有一块"大屏幕"，可以一边看着屏幕一边跳舞……

湖中村的这支专业舞队，不但参加过比赛，也出现在各大型晚会上，比如2019 年的龙村镇首届广场舞大赛，也出现在 2019 湖中村迎春晚会、2020 "颂党恩、庆国庆、贺中秋"主题文艺晚会……这支舞队的组建，还得从湖中村文化广场的建设说起。

为给村民们提供锻炼身体的场所，2018 年中，耗资 26 万元修建的湖中村文化广场正式完工。建成后的文化广场，被多次作为镇级、村级大型文艺晚会的举办地，但在平时，文化广场最广泛的用途便是作为湖中村村民晚饭后的休闲活动场所。

孩子们往往是最早来的，晚上七点左右就陆续结伴来到广场。大一点的占据了广场旁的运动器材，一边消食一边闲聊；小一点的则在长辈们视线范围内玩耍。

广场舞队的成员们，除非刮风下雨，每晚七点半定会聚在一块跳广场舞。队长钟阿姨面对着镜头，笑得褶子从嘴角蔓延到耳郭："就一天没有来跳都觉得好不习惯。"村口小卖部的老板娘廖大姐每次都会站在最前面领舞，饭后跳舞对她来说是家常便饭："又喜欢跳舞，又可以锻炼身体，出一身汗感觉舒服了！"

（三）"念书学习是大事"

行走在湖中村，有时会招来热情的问话。

"你们从哪里来？晚上住在哪里？"

"广州啊……我也在那里打过工。"

"你看起来好小，还在读书吧？"

村民们对我们的身份感到新奇，也愿意和我们交流。学生身份帮助我们拉近了和村民的距离。

在村里的扶贫生产车间采访时，负责零件焊接工作的黄大姐得知我们是在校大学生后，言语间满是向往："好厉害，你们考上了大学。"谈到自己的两个孩子，黄大姐一边忙活着，一边带着朴实的笑容说到，她有两个儿子，都还在读书。

在和村民的对话中，我们清晰地看见他们眼里闪烁着对知识的尊敬和渴望。但是，对于他们来说，沉重的生存压力使得接受教育成为一种奢侈。好在扶贫政策中有相关的教育资助政策，无论是义务教育阶段还是高中阶段、全日制大专或技工类学校，贫困户学子每年都能获得较高的扶贫教育资助，就读高中一年可获补助 5 000 元，大专或本科的资助金则更高。

除了扶贫教育资助外，扶贫工作队还携手爱心企业筹集资金为村内学校翻新操场，新建足球场，捐赠教学设备，如桌椅、投影等。陈智军书记四方奔走，发动同学和朋友参与湖中村的教育扶贫，社会的捐赠和关怀让湖中村的教育发展前景愈来愈光明。

正如习近平总书记所说："不要让孩子输在起跑线上，尽力阻断贫困代际传递。"[1] 湖中村的教育扶贫不仅仅是物质资源的投入，还让贫困户们意识到教育对于改变命运的重要性。只有在"贫困户重视教育"与"扶贫教育资源投入"这二者的良性互动下，教育扶贫才能达到最好效果，而这正是驻村扶贫工作队一直竭尽全力在做的事情。

---

[1] 郭泽华 . 国家扶贫日，让我们牢记习近平总书记的扶贫金句 [EB/OL]. （2018-10-17）[2022-04-28]. https://www.chinanews.com.cn/gn/2018/10-17/8652456.shtml.

四、乐章的谱写：湖中村的扶贫工作图谱

2016 年 5 月，党员陈智军暂别怀孕的妻子，坐了五小时的汽车，高速公路转土路，从广州番禺来到湖中村；2019 年 5 月，刚刚在广州实习结束的大学生毛敏回到湖中村，走进了扶贫办公室；同年 11 月，湖中村村民党员钟小烽决心加入扶贫工作队，为家乡的发展尽一份力；2020 年 3 月，来自广发银行梅州分行的 85 后青年谢柏文也收拾好行装，开始了他的驻村扶贫工作。这就是扶贫工作队的全部成员，他们配合默契，在各自的岗位上恪尽职守，谱写了湖中村精准扶贫的动人乐章。

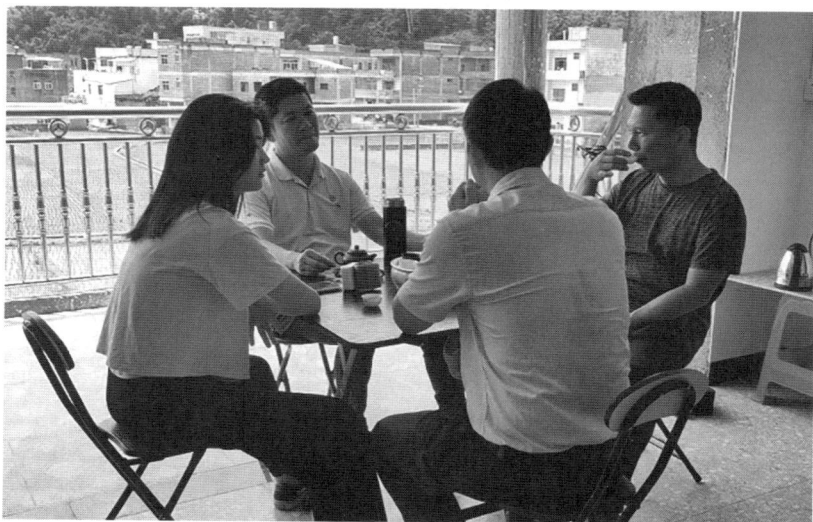

图 5　扶贫工作队成员（左起：毛敏、陈智军、谢柏文、钟小烽）

（来源：调研团队实地拍摄）

（一）精准识别，找出真正符合帮扶条件的贫困户

为了将精准扶贫政策落到实处，陈智军及扶贫工作队成员挨家挨户地走访，每月至少前往拜访每户贫困户两次至三次，详细调查他们的家庭经济收入状况，并且进行多方核实，确保"帮对人""帮到人"。

"精准扶贫的第一步就是精准识别，我来的前几个月一直做这件事。我给每家每户建立了一个专门的档案，走访回来，就立刻把获得的资料手写进去并存档。通过反复甄别、核实，把符合条件的人纳入帮扶名单里，把不符合的剔除出去。所以我对 120 户贫困户都非常熟悉，都能叫得出他们的名字，不用看档案，就知道每一家什么情况。我没有把他们当贫困户，我们都是乡亲，是朋友。"陈

智军说。

（二）招商引资，建立多个产业扶贫基地

1. 兰花种植基地

2017 年，陈智军多次奔赴梅州、惠州、顺德和番禺等兰花种植基地和花卉批发市场，深入调研兰花销售渠道和市场前景，将兰花种植扶贫基地引入湖中村。湖中村主要种植用途多样、颇受市场青睐的石斛和国兰。贫困户分红 5 次共43.04 万元，集体经济收益 13.2 万元。

2. 药用蛇和小龙虾养殖基地

2019 年 4 月，扶贫工作队联系企业在湖中村设立了药用蛇扶贫产业基地，该基地和药用企业、护肤品企业建立了合作关系；同年 8 月，小龙虾养殖扶贫项目基地投入使用，因为湖中村山泉水水质优越，所以养出来的小龙虾个头大、味道鲜美，十分具有市场竞争力。

3. 光伏发电项目

2018 年 4 月，陈智军书记积极协调各部门，最终将扶贫资金和番禺区人社局自筹资金共 180 多万元投入光伏发电产业扶贫项目。项目共两期，第一期塘湖学校 134 千瓦，第二期独岭山 113 千瓦，收益 13.8 万元。

4. 实施分散种养奖补，鼓励贫困户勤劳致富

针对具有劳动能力且踏实、勤劳的贫困户，扶贫工作队为他们提供种养资金和种养技术，鼓励他们种植粮食和经济作物，养殖家禽和牲畜，并且对分散种养进行奖励。

5. 推行就业扶贫政策，增加贫困户收入

扶贫工作队建立了长效就业机制，做就业引导工作，让贫困户参加临时或稳定的工作提高收益，从根本上摆脱贫困；还开设了就业、培训、社保微信群，为多名贫困户进行务工推荐。扶贫生产车间是湖中村落实就业扶贫的重大举措，它吸收农村大量的零散劳动力，提高贫困户的家庭经济收入。另外，就业奖补也是扶贫工作中鼓励贫困户外出就业的一项有力措施，即根据他们每月工资收入，以一定比例进行额外奖励。

在就业扶贫政策的推动下，湖中村贫困户就业人数逐年增长，稳定工人数从2016 年的 72 人增加到 2019 年的 122 人。

6. 落实危房改造项目，打造安全、舒适的家

危房改造是民生保障扶贫政策的重要部分。其主要是对存在安全隐患的家庭住房进行改造，改善贫困户的家居条件，让他们住上安全的房子，喝上健康的水，用上干净的厕所。

截至 2020 年底，扶贫工作队已协助 25 户贫困户完成危房改造，5 户使用番禺区人社局自筹资金 15 万元，每户垫付 3 万元完成危房改造，对 10 户发现漏水，有裂缝，无独立洗手间、厨房的房屋进行翻新装修和建造洗手间、厨房。64 户贫困户生活居住环境明显改善。

多项精准扶贫政策的落地实施，使得湖中村这个原本贫穷落后的村庄发生了翻天覆地的变化。2015 年，湖中村的村集体收入不足 7 000 元，而 2020 年这一数值增加到 53 万元，翻了 75 倍之多。

除了集体收入的增加，贫困户们的钱包也鼓了起来。2020 年度分红大会便是精准扶贫政策为贫困户们带来的实实在在的福利。本次分红总金额为 270 889 元，其中来自光伏发电这一产业扶贫项目的分红为 49 155 元，分散种养奖补 55 395 元，就业奖补 120 339 元，民政慰问金 46 000 元。

正是受益于国家精准扶贫政策的施行，湖中村贫困户人年均收入逐年上涨，2015 年人年均收入为 3 890 元，2020 年则上升到 17 400 元，增长了 347%。

后　记

从盛夏到暖冬，我们两次造访湖中村。这个生机勃勃的村子，早已习惯迎接前来采访调研的记者和大学生。但每一次面对我们，扶贫干部和村民们都坦率直言，面带微笑。和他们交谈，总能感觉到幸福和满足的气息扑面而来。这是一种动人心魄的力量，它由这片土地上的每一个人倾尽全力塑造；它的背后是汗水，是泪水，是永不磨灭的希望。

在湖中村调研的日子里，我们深切认识到，精准扶贫从来都不是一个冰冷的数字，而是一群人的奋战故事。党员干部们满怀使命感和信念感，在这片粤北土地上鞠躬尽瘁，充分发挥了基层党支部的战斗堡垒作用和党员的先锋模范作用，令人感佩。中国共产党为什么能获得信赖和支持？他们的身体力行就是最好的答案。

正如驻村扶贫第一书记陈智军所说："扶贫要结束了，未来日子里希望我们村红红火火，希望我们的乡亲们继续自力更生、奋发向上。"这支宏伟的命运变奏曲还未结束，因为湖中村即将迈入乡村振兴阶段。有幸见证这个脱贫故事的我们坚信，在不久的将来，中国千千万万个"湖中村"将焕发出更大的生机，建设成为真正的美丽乡村！

致 谢

如今，湖中村顺利脱贫攻坚，迈入乡村振兴阶段，身为记录者与见证者之一的我们与有荣焉。祖国大地需要更多不畏艰难险阻的"湖中村人"，湖中村精神的讲述与传承，意义重大。

感谢广东省梅州市五华县龙村镇湖中村扶贫第一书记陈智军、扶贫工作队全体成员、村支部书记何俊霞和全体村民的大力支持与配合。在湖中村的实践，于团队而言是一次难得的了解社情、国情的机会。祖国大地上脱贫攻坚故事千万，湖中村人将动人的奋斗过往慷慨地交付给团队记录——湖中村人的淳朴与信任，于团队而言是极大的鞭策与鼓励。

（指导老师：张灵敏，广州大学新闻与传播学院讲师）

点评

在柴米油盐、衣食住行中书写党和国家政策的先进性

2016 年，扶贫攻坚战在全国范围内打响，300 多万名第一书记和驻村干部，同近 200 万名乡镇干部和数百万村干部一道奋战在扶贫一线，经过 5 年的浴血奋战，9 899 万农村贫困人口全部脱贫，832 个贫困县全部摘帽，12.8 万个贫困村全部出列。

这些统计数据常常见诸报端，我们对之十分熟悉，很多学生甚至倒背如流，因为它们常常作为考点出现在试卷上。但是，我们真的理解这些宏观数据的真实意义吗？它背后每一个人的付出与收获，我们能否感同身受？脱贫攻坚政策的时代性与先进性，我们是否读懂了它的精髓？

湖中村是中国脱贫攻坚战一个小小的缩影，这里有四年如一日、坚持在扶贫岗位上的第一驻村书记和扶贫干部，这里有踏实肯干、劳动致富的朴实村民，我

们的调研团队走进他们的家和办公室，静静地记录着脱贫攻坚政策保障下，这一个个小家、一位位普通村民的命运变奏曲。

本篇调查纪实最大的亮点在于它极强的创作沉浸感，首先，调研队员们发挥"真听真看真感受"的创作作风，深入村民们真实的日常生活，一起养猪、放牛、挖渠、种花，一起吃饭、聊天、晒太阳，用镜头记录村民们真实的表现，不引导，不摆拍。其次，作品构思巧妙，从一个极具代表性的分红大会现场切入，有代入感，引发读者好奇，引出全篇的重要问题：这个村子如何实现脱贫致富。再次，作品文字朴实、接地气，以小见大，从微观生活的变迁折射党和国家脱贫攻坚政策的巨大成效。最后，作品融入青年学子的实践心得感想，体现了对国家精准扶贫政策和乡村振兴事业的理解与认同，以及对党和国家的认同感、自豪感与使命感。

青年学子是国家的栋梁之材，课堂知识的学习固然重要，内心坚定的价值观和世界观却能持续影响他们人生行进的方向。如团队成员何夏怡同学所言，以前这些宏观的政策只是出现在政治书本里，是一个一个考点，但是经历此次调研活动之后，这些阐述鲜活了起来，富有强大的生命力。"没有调查就没有发言权"，只有真真正正走进人民琐碎的柴米油盐、衣食住行中，才能领会那些精练话语的深远含义。我们的文字便具有这样的力量，让更多的青年学子真切地看到中国广袤土地上正在发生的这些动人故事，该怎么做？该走向哪里？相信大家心里已有答案。

（点评人：张灵敏）

愿得此生长报国

——广州大学周福霖院士采访纪实

陈思达　曹　璇　颜　璐　卢珮瑄[①]

摘　要： 周福霖院士被誉为"现代张衡"，是一名将抗震事业镌刻在生命当中的科学家。在 1976 年唐山大地震发生之后，周院士便在灾后实地走访与考察的过程中坚定了自己为中国抗震事业奉献青春力量的决心，并为之几十年如一日地恪守初心。作为一名共产党员，他一辈子从事工程结构与抗震减震的研究与教学工作，把个人的理想信念和追求以及对祖国和人民深沉的爱化作报效祖国和人民的实际行动；作为一名科研工作者，他精益求精，不断突破，钻研国际前沿事物和国家重大战略发展规划，胸怀"国之大者"，为国家安全增添保障；作为身边的榜样，他的家国情怀、坚定信念、勇于超越的精神品质，不仅彰显了在困境中坚守初心的广大精神，也为年轻的我们树立了时代标杆。

关键词： 隔震减震；科技报国；广大精神

"想要在一行上有贡献，你不钻进去，就永远在外面。"

——周福霖院士

一、初见周福霖院士

广州大学有这样一位教师，耄耋之年仍在认真工作，他曾参与汶川大地震的灾后重建工作，是广州塔、港珠澳大桥等众多项目里隔震减震技术研究的主心骨，他淡泊名利、一心钻研隔震减震技术，他便是中国工程院院士周福霖。

---

① 陈思达，广州大学新闻与传播学院 2019 级广播电视学专业硕士研究生；曹璇、颜璐、卢珮瑄，广州大学新闻与传播学院 2018 级广播电视编导专业本科生。

一次偶然的机会，我们有幸前往广州大学工程抗震研究中心——周福霖院士的日常工作地点，对他进行采访。

周院士的办公室在研究中心的二楼，顺着楼梯往上走，一眼就能看见墙上"宁可备而无震，不可震而无备"的鲜红标语。

进入办公室，首先映入眼帘的便是两面放满了书籍的墙，一位头发花白的老人戴着眼镜坐在电脑桌前仔细地查看着数据。他见到我们来了，便起身笑着打招呼，这使我们紧张的心情平静了许多，他的亲切也让氛围逐渐轻松起来。

图 1　周福霖院士

（来源：调研团队实地拍摄）

此时的周福霖院士已经 80 岁了，但思维仍然非常敏捷，精力充沛。周院士身边的助理老师向我们介绍道："周福霖院士低调亲切，生活朴素，特别自律。他每天早上坚持打太极拳，晚上看新闻联播，晚饭后和青梅竹马的夫人在小区散步，几十年来严于律己，从不间断。"

二、立志报国

1958 年，周福霖高中毕业后，考入了中南土木建筑学院（现湖南大学）土木系。这是当时全国最好的土木工程专业之一。

1959 年，年轻的周福霖获准到香港与父母见面，那时内地经济十分紧张，父母希望周福霖能移居香港，但他拒绝了，选择了回到内地。

他说："我是戴着红领巾长大的，接受的是社会主义的教育，对国家、民族都充满着深厚的情感，这是很难改变的，这份感情在我的血液里已经根深蒂固，在外面永远少了一份归属感。"

大学期间，周福霖最注重专业基础理论学习，他总泡在图书馆，抓紧一切时间阅读与专业相关的书。

大学毕业后他被分配到机械工业部第四设计研究院，承担工业与民用建筑结构设计和研究工作，负责多个重点工程项目的设计和数项全国建筑结构标准设计图的设计与编制等工作。这样的工作一直持续到唐山大地震前。

图2　唐山大地震现场

（来源：https://picun.com/643612）

1976 年 7 月 28 日，一场毫无预兆的大地震在 23 秒之间将唐山夷为废墟，唐山大地震作为社会的集体伤痛，一直被悄悄地掩埋和隐藏在无数人内心最深的角落中，貌似被遗忘，实际上却一直在心中隐隐作痛。

世界上的科学家们络绎不绝地来到唐山，依据这个天然"实验场"进行大量研究，负责研究工业与民用建筑结构设计的周福霖也身在其中，眼前的景象让他久久不能回过神来，他也由此更加明确了人生的研究方向，与抗震减震研究结缘。

当周福霖院士谈到唐山大地震，当时的种种他都能回忆起来。周福霖初到唐山时，房子几乎都已经倒塌，一眼望过去都是断壁颓垣，建筑的残骸之下还压着数不胜数的平民百姓，他们的一生也就随着这场灾难结束了。傍晚，他与同事在夕阳下聊天，讨论地震情况时，迎面走来了一位颤颤巍巍的老人，牵着自己的小孙子。老人问他们是不是做工程的，得到肯定的回答后，老人怒斥道："为什么你们不能修建出更坚固、不会倒塌的房子？"

这重击灵魂的拷问让彼时还不是院士的周福霖怔住了，这一问题一直伴随着周院士，直到如今。

尽管如今周院士以及他的团队已经有了隔震减震的经验，这项技术也日渐成熟，使得国家在隔震技术方面有了很大的进步，但每每想到当年的对话，他仍深感遗憾。

三个月的唐山之行，使得周福霖院士醍醐灌顶，他下定决心要发明隔震的技术。更重要的是，在考察的过程中，周院士在众多倒塌的楼房里发现了一栋相比之下破损不太严重的小房子，细究原因后，才有了后来的"隔震带"的发明。

图3　首届全国防震减灾工程学术研讨会
（来源：广州大学工程抗震研究中心）

唐山大地震后，国家召开首届全国防震减灾工程学术研讨会。周福霖在会上发表演讲，率先提出"结构消能减震"的理论和技术。他说，房屋不要做得太刚太粗，要有柔性，以柔克刚，利于抗震，"隔震"或"消能减震"能减少房屋倒塌概率。

此言一出，议论沓来。彼时的传统观念是房屋当然是要建得越粗越好。对此有人大加喝彩，也有人认为周福霖在胡说八道。

"他们把我骂得狗血淋头，甚至不让我说话。"周福霖明白，在这条路上，自己即将面临一场技术和思想观念的双重挑战。

三、初心如磐

"生活条件还不富裕，工作环境还不优异，但那里等待开发。我的家园还很贫穷落后，但'子不嫌母穷'，我古老家园的土地已苏醒。人民需要我，民族需要我，祖国母亲在呼唤我，我要投向母亲的怀抱。"

这是周院士在加拿大留学期间写下的诗作，他再次读起这首诗，字字真切，在座的我们都被他的深情投入所感动。

1982 年 8 月的温哥华秋高气爽，周院士在参观了孙中山先生的故居后，被孙中山先生"我为自己是一个中国人而自豪"这一句话所感动。当时已经在温哥华学习了一年的周院士论文和实验基本完成，导师对周院士的实验十分满意，极力劝说他留在加拿大继续研究，国外各方面的条件都比国内的要好很多。一边是导师的劝留，一边是对家的思念，加上之前在国内的培训，周院士已经离开家两年之久，周院士内心也十分挣扎。但是周院士从不曾忘记出国学习的初心，就是想要把国外的技术学回来，把落后的中国变成先进的中国，于是周院士坚定地回到了国内。

采访时，周院士说道："中国的发展，每个中国人都是有责任的，如果每个中国人都奋起，为中国做出贡献，这个国家就肯定会进步起来！"周院士一直把建设祖国作为自己的责任，带着这个责任去留学，然后带着这个责任毅然回国。

四、开拓精进

回到祖国之后，周院士也一直将研究出地震时不倒的房屋这个志向记在心中，许多机构都开出了很好的条件，希望邀请周院士加入，最后广州市建设委员会找到了周院士，用真诚打动了他。周院士讲出了自己的要求，希望有一台地震模拟振动台来供实验研究使用，这个振动台大概需要 200 万美金，广州市建设委员会的工作人员立即打电话向政府申请，广州市政府十分支持，政府的态度让周院士十分动容。

工作人员向周院士介绍了政府部门、设计院、科研单位、高等学校等部门的工作，周院士选择了高等学校，市建委的工作人员也直接指出，选择去高等学校的待遇相对于其他选择来说会相对低一些。周院士并不是特别在意待遇多少，他最在乎的是能否给他提供一个适合科研的环境，广州市政府愿意出资购入地震模拟振动台，周院士便可以继续进行在加拿大时的研究了。

"我当时就向他们提了三个要求，第一就是让我好好教书安心搞科研，第二帮我解决住的问题，还有一个就是将我的夫人、孩子一起安排到这边来，工资按照正常的规定来就行。"周院士向我们说道，"这里的工资已经比我之前的要高了，够我日常生活就行。"

采访时，我们可以感受到周院士对于名利的淡然，为自己争取更多的是科研的环境，在广州市政府同意购入地震模拟振动台后，周院士拒绝了其他更高薪的工作，这一研究便是三十几年。

如今的周院士已经取得了许许多多全国第一的研究成果，然而这一路走来也并不是那么一帆风顺的。刚开始这项技术只被少数人认可，还处于一个没有被承认的阶段，周院士很坦然地告诉我们，这段时间是十分艰难的，也有过自我怀疑，有过思想斗争，不过好在都坚持下来了。

1993 年，广东省汕头市建成我国第一栋橡胶支座的 8 层隔震住宅，这也是当时世界最高的隔震住宅楼。

在次年台湾海峡 6.4 级地震影响中，隔震楼在橡胶隔震层上缓慢摇摆，房屋结构在地震中保持弹性，没有任何损坏，只是轻微摆动。联合国工业发展组织为此在汕头召开国际会议，向世界各国推广了这种技术，称之为"世界隔震技术发展的第三个里程碑"。

周院士向我们分享道："新东西要出来，必定要经过失败、打击、质疑，这个时候就咬着牙坚持，只要方向是对的，你就咬着牙，一定会有转机。"

广州塔作为广州地标，被人们称作"小蛮腰"，但是在这"性感"的背后，周福霖团队为这美丽攻克了许许多多的难题。设计者们都希望"腰"细，但是细到什么程度，用什么样的钢材才能屹立不倒，是最重要的问题。

图 4　位于广东省汕头市的全国隔震第一楼
（来源：广州大学工程抗震研究中心）

图 5　广州塔模型

（来源：调研团队实地拍摄）

他们最初接到的设计方案中，最细的腰部是在 280 米的位置，椭圆的短轴不到 20 米。他们制作了一个 1/50 的比例尺模型，然后让模型在地震模拟振动台上接受 7.8 度的地震烈度测试，结果细腰部和主塔、天线桅杆的连接部均发生局部损坏。他们将相关情况告知了设计单位——细腰必须加粗、天线必须加强。这才有了后来的广州塔尺寸。

广州是台风频发的区域，相比地震，最难的要数广州塔面临的风振——因为越高的建筑，风比地震对它的危害性更大。

周院士说："没有可资参考的对象，有些连参考标准都没有，一切从头开始摸索，包括每个构件怎么实现，每一个都是新问题。"特别是在 400 米到 600 米的高空，因为强风导致的建筑摇摆位移可能达到一两米。"位移不怕，就怕来回猛烈荡。"

经过对广州塔的无数次试验，周福霖团队创新设计出世界领先的 TDM 两级主被动复合调谐减振控制系统——在 438~448 米标高层，利用核心筒两边各装一个 650 吨容量的铁制消防水箱，作为 TDM 减振系统块，在水箱下面安装滑轮和轨道。当塔身晃动时，水箱通过传感器向反方向滑动，以此来消减塔身的晃动幅度。加上这个系统，广州塔减掉了 40% 的风振，同时保证了塔内通信设施、娱乐设施的正常使用。广州塔建设中，周福霖团队创新性地舍弃传统地下防震，而在塔顶使用"质量摆"，通过设置两个巨型水箱来提高建筑抗风能力，使减振效果达到 50%~60%。即使强风来袭，广州塔也依旧能够不受影响，安然耸立在珠江边，向世人展示它的魅力。

2018 年 10 月 23 日，港珠澳大桥正式通车，每一年都有超过 2 000 万人次经港珠澳大桥往来粤港澳三地，这座"一国两制"框架下粤港澳首次合作共建的超大型跨境基础设施，正在三地居民的工作、生活中发挥越来越重要的通道与纽带作用。

由周福霖院士领衔的港珠澳大桥技术团队担纲了港珠澳大桥全部桥梁部分的抗震、隔震与减震设计。采用了减隔震措施后，大桥的抗震性能从抗震烈度 7 度跃升至 9 度。

他说："这么长的桥，全程采用减隔震措施，在国内外都是没有的。"这也是首次在世界最长的跨海大桥的建设中应用减隔震技术，为我国大型跨海桥梁采用减隔震技术提供范例。

对于周院士来说，建设初期的场景还历历在目。

一般桥梁的承台在水面，即先在桥底打基础，再做平台，最后在平台上做墩子、做桥梁。但由于港珠澳大桥处于珠江口，阻水太大会影响环境，若采用抗震设计，在遇到大震时无法避免桥墩底部的损伤，对海底的桥墩的加固修复是非常困难的。团队打破了国内的百年惯例，引入减隔震技术，有效地解决了港珠澳大桥抗震设计难题。这是一种可以减弱地震伤害的工程技术，应用到房屋建设已有二三十年的历史。但应用在跨海大桥上，在国内外都还没有先例，复杂的海洋地质、地震的不确定性等是问题的关键。

周福霖团队扛着压力，经历一次又一次的实验，从确定方案、分析计算、全桥模型整体试验、单桥模型试验、隔震减震装置试验到整体的技术总结、课题验收，广州大学工程抗震研究中心港珠澳大桥技术团队历时近 10 年，形成了一整套海上桥梁隔震减震技术体系。

五、精神传承

采访的最后一个环节是提问周院士对新一代年轻人的期待和嘱托，周院士不假思索地对我们说起："一个人一辈子，只要做好一件事就足够了！"周院士这几十年的坚持就是对这句话最好的诠释。团队成员在前期收集资料的过程中就曾被这句话吸引，再次在现场听周院士说出这句话时，更觉其简单却有力量。

我们常常思考，如何才能拥有一番成就，在采访后心中似乎有了一个清晰的答案：找准方向，然后坚持，就够了。在一个多小时的采访中，周院士对于每一个问题都详尽回答，真诚而亲切，周院士的分享让我们更加心生敬佩。

图6　周福霖院士与调研组成员合照
（来源：调研团队实地拍摄）

采访结束后，谭平教授（周院士的学生，现任广州大学土木工程学院院长）带我们参观了研究中心，大大小小的工程模型伫立在我们眼前，许多对照实验吸引了我们的注意，观察实验让原本对隔震减震技术没有太多具体概念的我们感受到了使用这项技术的安全性。

谭教授带我们来到一块铁板面前，向我们介绍："这是我们中心最值钱的一块地了。"我们都探头仔细观察着。"这是地震模拟振动台，可以模拟各种级别的地震，我们所见到的这些模型都在这上面经受了逐渐增级的考验。"谭教授说。

谭教授耐心地一一为大家介绍，房屋、桥梁、轨道许多不同按比例缩小的模型都摆放在中心内，虽然有些模型经过多次实验已经略微破损，但正是因为在这些模型上反反复复地研究，我国的隔震减震技术才能走在世界前沿，我们便也觉得模型的意义非凡。

图7　谭平教授
（来源：调研团队实地拍摄）

周院士精神的传承深刻影响着广大学子们。

谭教授是周院士一手带出来的学生，在与周院士相处过程中，谭教授为周院士五十年如一日地坚守科研第一岗位而动容。在土木工程这个领域中，有许多研究的热点，但是他只专心于隔震减震技术，不追求其他热点，心里眼里只有这一件事。周院士也在用自己的一生来践行不忘初心、牢记使命。

最初，谭教授是因为好奇心这样原始的动力去学习土木工程和隔震减震技术的，但是随着研究逐渐深入，研究时间增长，好奇心已经不足以成为动力，不能让师傅再带着自己走路了。

他说，作为科研者，他需要去考虑国际前沿的事物和国家重大战略发展规划，需要将自己的技术与国家、民族、人民层面相结合，要为人民谋福利，要为国家安全增添保障，这是一种强大的责任心，需要在一天又一天的科研生活中打磨。

谭平教授跟着周院士从建筑隔震到桥梁隔震，如今周院士又在攻破隧道隔震。80岁高龄的他，一直冲锋前线，亲自勘察，这也让谭教授为之动容。他说做科研不能待在舒适区中，写几篇论文就完成工作了，要不断地挑战自己，攻破科研难关，为探索新领域打下基础。

在广州大学，有一个特别的班级，叫"福霖班"。同学们来自不同专业，却有着共同的目标并为之努力。班级秉承着"协作、开拓、精进、奉献"的"福霖精神"，有27人获校级以上竞赛奖励，30名同学全部获得广州大学奖学金。福霖班共有17项科创项目立项，其中，国家级立项3项，省级立项9项。如此亮眼的成绩，与周院士的精神浇灌是密不可分的。

在采访"福霖班"同学的时候，他们每一个人对"福霖精神"都有着独特的见解。一位学生在采访时说到，在周院士身上收获到最让他受益匪浅的是"守时"二字。

在与周院士见面的时候，周院士指着手表说到，这个表陪伴他许久，因为自己有很多的会议要开，他始终牢记着时间。因为如果早到会议，会让还没准备好工作的人难堪；如果迟到，会让自己难堪，所以准时对于搞科研的人来说是十分重要的。这一句话深深地印在学生的脑海中，守时是每个人都应遵循的准则。

在"福霖班"，同学们不仅面临着学业压力，还有同伴间竞争的压力，但是他们没有轻言放弃，迎难而上，勇敢挑战自己。这样拼搏进取的精神，也让"福霖班"成为全校师生的榜样，并在2020年荣获广州大学优良学风标兵班。

"福霖精神"不只是短短的八个字，其背后深藏着周院士身上难能可贵、值得我们去学习的品质。在创建这个班级时，他希望"福霖精神"能够传承到青年人身上。他以身作则感染当代青年人去为了心目中的理想与信仰而拼搏。学生们说："在要求别人时，周院士一定自己做到最好。"这样严于律己的精神，也让"福霖班"的同学们自省。

"福霖精神"在谭教授身上、"福霖班"上的传承是潜移默化的，在广大学子心中种下一粒种子，像春雨润物般滋养人的精神。对于学子们而言，周院士不仅仅是人生导师，更像是一盏明灯，照亮无数的学子与青年人的逐梦之路。

2020 年广州大学迎新晚会上的《广大精神咏流传》节目将"福霖精神"融入"广大精神"的血脉当中，为"博学笃行，与时俱进"的校训增添强有力的新鲜血液，让"福霖精神"流淌在广大师生心中。广州大学是广东省高水平大学重点学科建设高校，"广大精神"是城市精神的一部分，"福霖精神"也将感染着城市人民为自己的幸福生活而奋斗。"福霖精神"不只在广大这一"小小"的地方被人熟知，它也传承至广州这片热土当中，乃至全中国，融入民族精神当中。

站在前人的肩膀回顾，周院士隔震减震的技术对推动我国乃至世界的抗震研究进程具有里程碑意义。从唐山大地震确认方向，到汶川大地震考察、"广州塔"成为广州地标，再至港珠澳大桥的问世，周福霖院士五十余载都在为着国家安全、人民安全着想。在历史的长河中，他乘风破浪，终发出耀眼的光芒。

周院士不仅仅是在精神上传承，他还将隔震减震技术延伸扩展到其他建筑结构。他说："隔震工作不是我们这一代人就能够完成的，但我一定会尽自己最大的努力去做。"在他的努力推广下，现在国内采用隔震技术的房屋已接近 12 000 栋，国家立法将这项隔震减震技术应用到房屋建构中。中国处于太平洋地震带和地中海地震带的交汇点，国土面积处在地震区，任何地方都有发生地震的可能性。人人都应该有这种认识，"宁可备而无震，不可震而无备"，要做到万无一失。技术的传承，让一代又一代的人民生活在安全的房屋里。

现在周福霖的团队里有不少年轻人，在他的影响下，也慢慢变成了发展隔震减震技术的主力军。同时，团队也在不断创新隔震减震技术，不断满足变化迅速的外部世界的需求，让世界更多的人民能健康、安全地不受地震、暴风天气的侵扰。

周福霖，一位五十余载科技报国的国家栋梁，坚守初心，投身我国隔震减震技术的研究之中；同时他悉心育人，将科技报国的精神代代相传。

致　谢

感谢广州大学关心下一代委员会给予的实践机会，此次机会对于我们而言更是一次红色教育主题党课。感谢广州大学工程抗震研究中心和广州大学土木工程学院对本次实践的大力支持。感谢广州大学新闻与传播学院方建平副书记、尹杭老师、张爱凤教授提出的建设性意见，使得实践成果提升到新的高度。

今日幸福生活来之不易，祖国安全稳定的发展离不开千千万万埋头钻研的建设者们。我们作为新闻学子，要把对优秀党员的崇敬之心转化为讲好他们的爱党爱国故事的细心，大力弘扬爱国主义精神，在提高文化素养的同时培养爱国精神、家国情怀，积极传承红色基因，传承广大精神！

（指导老师：方建平，广州大学新闻与传播学院党委副书记、讲师；尹杭，广州大学新闻与传播学院讲师；张爱凤，广州大学新闻与传播学院副院长、教授、硕士生导师）

点评

与"福霖精神"的家国情怀同向而行

周福霖院士是国际著名工程减震控制领域专家，我国减震控制技术体系主要奠基人和开拓者、全国"五一"劳动奖章获得者，中国工程院院士，广州大学工程抗震研究中心主任，"庆祝中华人民共和国成立70周年"纪念章获得者，被誉为"现代张衡"。他一辈子从事工程结构与隔震减震的研究和教学工作，带领团队在世界防震科技前沿积极探索，参与汶川大地震灾后重建等多项重要工程，完成了世界最长隔震跨海桥——港珠澳大桥、中国最高智能控制电视塔——广州塔等的隔震设计，共计赢得11项中国第一；为我国工程结构隔震减震控制技术体系的建立、应用与发展做出了奠基性、开拓性贡献，成功将我国减隔震技术从世界范围内的"跟跑"变为与国际的"并跑"，并有望实现"领跑"。周院士作为一名共产党员、一名教师、一名中国人，就是胸怀"国之大者"的身边榜样。

《愿得此生长报国》作为2020年教育部关工委《读懂中国》活动最佳短视频获奖作品的姊妹篇，以陈思达、曹璇、颜璐、卢珮瑄四名党员组成团队，从对周院士的各种采访、报道中梳理人物生平、科研贡献；从周院士在广州大学举办的"不忘初心、牢记使命"主题教育先进事迹报告会上朗诵的诗篇中找寻赤子之心和家国情怀；从曾师从周院士攻读硕士、博士学位，现为广州大学土木工程学院院长的谭平教授和2018级"福霖班"同学的身上找寻"福霖精神"的内涵；从立志报国、初心如磐、开拓精进、精神传承等方面展示了一名老党员坚守初心不变，勇攀科学高峰的质朴而光辉的形象。

作品的难点在于如何从那些耳熟能详的周院士的故事中，梳理出一条贯穿其一生的精神脉络。团队成员们立足人物生平，分阶段把握，以人话事，以事显人，每一个人生阶段都用鲜活的故事予以展现，很好地把握了"福霖精神"的内容：

协作、开拓、精进、奉献。

　　我和同学们一起访谈周院士，听他朗诵写于 1982 年对祖国的表白诗句："美丽的城市，豪华的建筑，富丽的生活，但这不是我自己的家园，我的家园在遥远的东方……人民需要我，民族需要我，祖国呼唤我，我要投向祖国母亲的怀抱。"在场的人都很感动，也很钦佩。周院士立志用毕生所学为中国人建造地震"安全岛"，始终坚持"宁可备而无震，不可震而无备"的信条，尤其是那句"一个人一辈子，只要做好一件事就足够了"至今令人记忆深刻，就像一粒种子，在我们心中生根发芽。期待"福霖精神"结出更多丰硕的果实。

（点评人：方建平）

听最可爱的人讲最可敬的故事

——传承抗美援朝精神 致敬时代"平凡"英雄

金煜祺 杜欣琦 左雨琪 冼敏仪 张晓萍 郑思奥 姚若嫣[①]

摘 要： 抗美援朝战争爆发距今已有70余年，但伟大的抗美援朝精神跨越时空、历久弥新。本调研团队走进老兵金华康的家，挖掘金华康回忆录中彰显的抗美援朝精神、革命英雄主义精神；同时，以当下新冠肺炎疫情为背景，探访周泳宏、杜欣琦等抗疫一线工作者，感受抗美援朝精神在新时代的传承。革命英雄与新时代"平凡"英雄将大爱精神世代延续、薪火相传。

关键词： 抗美援朝；英雄精神；新时代；传承

"在朝鲜的每一天，我都被一些东西感动着；我的思想感情的潮水，在放纵奔流着；我想把一切东西都告诉给我祖国的朋友们。但我最急于告诉你们的，是我思想感情的一段重要经历，这就是：我越来越深刻地感觉到谁是我们最可爱的人！谁是我们最可爱的人呢？我们的部队、我们的战士，我感到他们是最可爱的人！"

语文课本里《谁是最可爱的人》这篇散文，让我们认识了一群可爱的人——中国人民志愿军。70多年前，他们雄赳赳、气昂昂地跨过鸭绿江，不惧炮火保和平、卫家乡。耄耋之年的金华康先生也曾是他们中的一员。本调研团队专程来到

---

① 金煜祺，广州大学新闻与传播学院2020级广播电视编导专业本科生；杜欣琦，广州大学新闻与传播学院2019级广播电视学专业本科生；左雨琪，广州大学新闻与传播学院2018级播音与主持艺术专业本科生；冼敏仪，广州大学新闻与传播学院2018级广播电视学专业本科生；张晓萍，广州大学新闻与传播学院2020级广播电视学专业本科生；郑思奥、姚若嫣，广州大学新闻与传播学院2019级播音与主持艺术专业本科生。

金华康老人的家，探访这位"最可爱的人"。在回忆那段峥嵘岁月之时，金华康不曾忘记的"保家卫国"初心，彰显着伟大的抗美援朝精神，传递着革命英雄的力量。

今天，中国特色社会主义迈入了新时代，守护好这份岁月静好，更需有人负重前行。在新冠肺炎疫情肆虐横行的背景下，抗击疫情一线涌现出了这样的"平凡英雄"：他们奋战在抗击疫情的各个战线、各个角落，哪里有需要，哪里就有他们的身影。他们是医务工作者、社区志愿者、公安干警、基层干部……真诚奉献是他们靓丽的底色。"平凡英雄"以同样热诚的爱国之心凝聚在一起，在新时代将抗美援朝精神延续，将大爱精神传递。

一、抗美援朝展风采，保家卫国守初心

1935 年，金华康出生在上海市一个木匠家庭，家庭环境艰难，他和两个哥哥从小过着食不果腹的日子。1951 年，抗美援朝战争彻底改变了这个 16 岁懵懂少年的一生。"1951 年，我在乡下，家中弟兄三个人，我是老三。原本我没想要当兵的，有次我二哥去一户姓严的家里修木墙，姓严的人家想要招女婿，母亲把我过继给他们家，如果留在自己家就不会去当兵了。当时说是抗美援朝，我想想抗美援朝蛮好的，一鼓作气就去了。"金华康回忆道。

抗美援朝，又称抗美援朝运动或抗美援朝战争，是 20 世纪 50 年代初爆发的朝鲜战争的一部分，仅指中国人民志愿军参战的阶段，也包括中国人民支援朝鲜人民抗击美国侵略的群众性运动。[①]1950 年 7 月 10 日，"中国人民反对美国侵略台湾、朝鲜运动委员会"成立，抗美援朝运动自此开始。10 月，中国人民志愿军赴朝作战，拉开了抗美援朝战争的序幕。1951 年，党中央决定将两水洞战斗的 10 月 25 日，定为抗美援朝纪念日。[②]

在抗美援朝战争中，志愿军得到了解放军全军和中国全国人民的全力支持，得到了以苏联为首的社会主义阵营的配合。1953 年 7 月，双方签订《朝鲜停战协定》，从此抗美援朝胜利结束。1958 年，志愿军全部撤回中国。[③]

---

① 冯俊.中华人民共和国国情词典［M］.北京：中国人民大学出版社，2011：146；沈孟璎.新中国 60 年新词新语词典［M］.成都：四川辞书出版社，2009：240.
② 【党史声音日历】抗美援朝首战打响 [EB/OL].（2021−10−25）.http://news.cnr.cn/dj/20211025/t20211025_525641654.shtml.
③ 党史自习日历 | 抗美援朝战争胜利 [EB/OL].（2021−07−29）.https://edu.cnr.cn/eduzt/ds/20210729/t20210729_525547092.shtml.

抗美援朝战争,是在交战双方力量极其悬殊的条件下进行的一场现代化战争。在极不对称、极为艰难的情况下,中国人民志愿军同朝鲜军民密切配合,创造了威武雄壮的战争伟业。在抗美援朝战争期间,党中央统揽全局,全国各族人民举国同心支撑起这场事关国家和民族命运的伟大抗争,最终用伟大胜利向世界宣告:"西方侵略者几百年来只要在东方一个海岸上架起几尊大炮就可霸占一个国家的时代是一去不复返了…… 一个觉醒了的,敢于为祖国光荣、独立和安全而奋起战斗的民族是不可战胜的。"(彭德怀《关于中国人民志愿军抗美援朝工作的报告》)这一战,拼来了山河无恙、家国安宁,充分展示了中国人民不畏强暴的钢铁意志。

1950年6月27日,朝鲜战争爆发第三天,美国就派出海军和空军入侵朝鲜领海、领空,进攻朝鲜人民军。同时,美国海军第七舰队在总统杜鲁门的命令下,悍然开入台湾海峡,"阻止对台湾的任何攻击",公然干涉中国内政。此时,还不满一周岁的新中国百废待兴,丝毫不希望发生战争。然而,美国的举动完全没有留给中国置身事外的选项。

中国和朝鲜唇齿相依,"唇亡则齿寒"。10月1日,先是南朝鲜军越过"三八线",10月7日,美军也越过"三八线",迅速向中朝边境推进,准备占领全朝鲜。危急关头,朝鲜党和政府请求中国出兵,援助朝鲜。

面对紧急局势,中共中央政治局在充分讨论、权衡利弊之后,一致认为中国应当参战,必须参战。

一个历史性的战略决策诞生了:抗美援朝,保家卫国!无数战士响应国家号召,纷纷奔赴前线。

金华康就是其中的一员。

金华康是第二批被动员的士兵,在上海金山紧急训练了三个月,就坐着火车奔赴前线了。

"抗美援朝那个时候,战场多苦啊,死了不少人啊,就需要不断补充新兵。江苏、上海、浙江、山东、河北、辽宁、四川是人员最多的,都是新兵去补充老兵。我们当时去的时候,不管你年纪大年纪小,部队都要,去了很多人。所以那场战争中,中国人起了很大作用。既然国家需要我,那就没有什么坚持不过来的。"金华康爷爷说着这些话的时候,眼里透露着军人独有的坚毅。

图 1　金华康手捧抗美援朝纪念章①
（来源：调研团队实地拍摄）

到达前线后，金华康被安排在工兵排，562 团 63 军 188 师——尽管过了这么多年，他仍记得十分清楚。"我当时年龄小，只有 16 岁，那些老兵照顾新兵，我在家乡的时候又做过两年木匠，所以就把我分配到工兵排。"在那里，新兵的主要工作就是在夜间送粮食。"每天晚上送粮食，就是把粮食送到前线，朝鲜没有蔬菜，都是国内运去的，像黄芽菜、萝卜这种。"到后来，金华康有了另外两个主要工作：架桥和挖地雷。"当时那个桥梁都被炸掉了，我们工兵要把桥架好。那个公路要让汽车走，美国人在上面埋好地雷，汽车压上去不爆炸，开过去就炸了。"挖地雷的流程虽然听上去简单，实则惊心动魄。"我们当时有地雷探测器，你在泥地里看不到地雷的，有个探测器放上去，有声音响了，就说明有地雷，那就把它挖掉。他们的目的就是炸掉汽车，公路上要运输粮食啊、炮弹啊，都靠汽车，所以公路上的地雷要扫清。"

战火导致百姓流离失所，金华康这样描述："当时炮弹炸得到处都是，连百姓都没有居住的地方。我们刚到朝鲜根本就没有睡觉的房子，房子都炸掉了，主要是住在山洞里面。我们要去挖洞，挖好洞以后，把山上的树砍下来铺好，再把山上的草铺在这个地方，部队里每个人发一条被子，就睡在这个地方。山里都没有交通的，要我们自己走，一个冬天下来，棉袄都坏掉了，两边袖子都蹭坏了。"

---

① 2020 年 10 月，中共中央、国务院、中央军委向参加抗美援朝出国作战的、健在的志愿军老战士老同志等颁发"中国人民志愿军抗美援朝出国作战 70 周年"纪念章。

对于当时的金华康而言，16岁的他并不会感到艰苦，"年纪小只要有得吃饱就可以了。粮食烧好了，他们拿米袋装好送上来，根本就没有什么锅子啊。现在想来还是蛮艰苦的"。但无法否认，战争终究是残酷的，"有一次，我的一个战友在山洞外面吃早餐，突然美国人的飞机来了，炮弹当场把他炸死了。那个时候，战争是残酷的，中国人出了不少英雄"。讲到这里，金华康的无力感席卷而来，有战争和苦难才有英雄，有太多的牺牲者被遗忘，最后他们凝聚成"烈士"二字。

再英勇的战士也无法避免想家的情绪。"我爹他大字不识，但坐了火车来看我，住了一个星期就回去了。"对于少年金华康来说，父亲的到来无疑是惊喜的。其实，"家"这个概念对中华民族有着特殊的意义，从个人到家庭再到国家，最后实现"家国天下"。金华康嘴上说着打仗的时候不想家，眼里却早已泛起泪光。

停战谈判过程中谈谈打打，断断续续进行了两年之久。1953年7月27日，《朝鲜停战协定》在板门店得以签订，中国人民志愿军与朝鲜人民军并肩作战，打败了以美国为首的"联合国军"，至此抗美援朝战争胜利结束。1958年，志愿军全部撤回中国，金华康等战士回国了。"当时好多个国家到朝鲜打仗，美国人怕死，中国人不怕死。美国人飞机多啊，中国人飞机少，都是靠苏联支援。虽然你有飞机武器，但中国人不怕。当时山上打仗，那个石头砸下去两公尺，中国人还在山头。后来，美国人知道要失败了，提出了谈判，要停战，所以1953年停战，不打了。"在两年零九个月的残酷战争中，志愿军参加了134起重要的战役和战斗，197 653名抗美援朝烈士捐躯疆场。

金华康回国以后，就到了邯郸炮兵团开车，到后来去了东北兵团开大型车，每天负责接送飞行员。到1959年，因为他是上海兵，享受特级干部的待遇，不穿军装为部队服务。退伍后，他又去了汽车公司当经理，直到退休。

金华康回忆起那段时光，依旧激动澎湃："我最大的感受就是，'抗美援朝，保家卫国'对我们来说不仅仅是个口号。抗美援朝这场战争，其实也是为了我们国家，不仅仅是帮助友国，更是保卫自己的国家。毛主席当时为什么要抗美援朝呢？假使我们国家不去抗美援朝，美国人的飞机可以随时轰炸，我们也不太平了。中国人不出兵，朝鲜被侵略占领，我们中国就危险了，美国随时随地可以向中国发动侵略，所以，一定要抗美援朝，帮助朝鲜，把美国赶到南面去。毛主席的策略真是了不起！"聊起这一往事，金华康仿佛回到了年轻的时候，神采奕奕，有着不惧一切的勇气。因为在他的心中，"保家卫国"早已是刻骨铭心的记忆，是永远不忘的初心。

习近平总书记在纪念中国人民志愿军抗美援朝出国作战 70 周年大会上指出："伟大的抗美援朝战争，抵御了帝国主义侵略扩张，捍卫了新中国安全，保卫了中国人民和平生活，稳定了朝鲜半岛局势，维护了亚洲和世界和平。"[①] 同时也锻造了伟大的抗美援朝精神。这就是"祖国和人民利益高于一切、为了祖国和民族的尊严而奋不顾身的爱国主义精神，英勇顽强、舍生忘死的革命英雄主义精神，不畏艰难困苦、始终保持高昂士气的革命乐观主义精神，为完成祖国和人民赋予的使命、慷慨奉献自己一切的革命忠诚精神，为了人类和平与正义事业而奋斗的国际主义精神"。这便是抗美援朝的意义所在。

图 2　"中国人民志愿军抗美援朝出国作战 70 周年"纪念章和金华康个人所得奖章

（来源：调研团队实地拍摄）

二、平凡英雄勇担当，大爱精神永流传

"疫情在前，警察不退。"这是新冠肺炎疫情暴发之时，全国各地的人民警察心灵相通的默契。"我请战！""让我上！"……面对来势汹汹的疫情，一封封请战书承载了他们的热血斗志，一个个逆行身影展现了他们的英雄本色。这抹亮丽的"警察蓝"不仅奋战在疫情第一线，也始终在身边守护着各个社区百姓的安全。

---

①　新华社.习近平出席纪念中国人民志愿军抗美援朝出国作战 70 周年大会并发表重要讲话〔EB/OL〕.（2020−10−23）.http://www.gov.cn/xinwen/2020−10/23/content_5553712.htm.

　　周泳宏也渴望正式成为"警察蓝"的一员。他是一名警校生，就读于广东警官学院，疫情期间，正在汕头市澄海区广益派出所实习。

　　疫情暴发时，他和派出所的正式民警一样，每天一早穿戴好厚厚的防护服，全副武装，挨家挨户去登记、排查从外地返乡的人员。有时候，一天需要辗转多个城区，往返于多个小区，遇到没有电梯的老旧小区，就一遍一遍地爬楼梯去到返乡人员家中，做好资料登记，引导他们按要求居家隔离。即便是在冬天，经过一整天的奔波，被防护服包裹严实的每个人也早已汗流浃背。但每当问起周泳宏"你觉得辛苦吗"的时候，他都摇摇头，说："我的工作还算不上辛苦，单位里那些正式民警有时要连着上好几个夜班，才能完成这些工作，他们更辛苦。"

　　对于周泳宏来说，身边这些昼夜不分到岗工作、把百姓安危放在首位的派出所民警就是榜样；曾经保家卫国、流血牺牲的抗战老兵就是心目中的英雄。传承老兵的战斗精神，在和平年代守护百姓的安全，就是他最大的梦想。

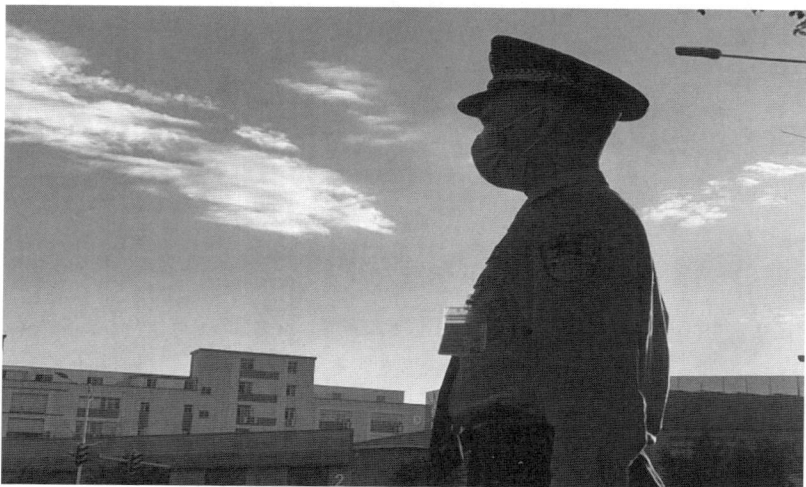

图 3　周泳宏正坚守岗位工作

(来源：周泳宏)

　　在全国各族人民众志成城、共克时艰的人民战"疫"中，除了坚守治安一线的警察之外，还活跃着这样的一群人：社区防控一线，有他们的身影；物资运输保障，有他们的汗水；心理疏导支持，有他们的关怀……他们，就是奋战在抗疫一线的广大志愿者们。

　　"我在家里的社区参加了一次防疫志愿活动。主要工作是为外来车辆人员测量体温，还有登记资料等，大概进行了一个星期。"

杜欣琦是一位来自广州大学新闻与传播学院的学生，2020年疫情暴发之初，看到小区内志愿者招募信息的她主动请缨，加入社区抗疫一线的志愿者队伍。

正值疫情期间，杜欣琦所在学校要求学生居家上网课，她便在课余时间萌生出报名加入志愿活动的想法，"我妈妈了解了我的工作内容之后，觉得非常危险。因为对接外地返乡人员的工作存在直接接触到感染病例的风险。但我觉得既然已经报名了，就应该做好本职工作，而且志愿队里的防护衣具很齐全，我认为是比较安全的"。起初，杜妈妈对她在特殊时期参加志愿活动持反对态度，但在杜欣琦的坚持与劝说下，妈妈最终同意了，并再三嘱咐她注意安全，保护好自己。

回忆起当时的坚持，杜欣琦坦言："作为一名党员，迎难而上是义不容辞的责任。我也许能够为社区贡献一点自己的力量，这是一件值得庆幸的事。"居家期间，杜欣琦时刻关注着各地疫情，看着那些新闻，她总觉得心里好像有什么东西堵着。而成为一名志愿者，让她觉得至少能为防疫工作使点劲儿。

图4　杜欣琦正在社区门口值岗并等待外来车辆

（来源：杜欣琦）

杜欣琦带着好奇心和新鲜感开始了防疫工作，却没想到这其中充斥着艰辛与危险。"一开始我觉得挺新鲜的，因为摆脱了在家的无聊，感觉自己是在干一件有意义的事情。"志愿者的工作时间长，从早上八点半开始，直到傍晚才结束，他们仅在短暂的吃饭时间得以休息。不仅如此，长时间戴口罩、穿防护服等让她感受到了防疫工作的辛苦；之后近距离接触到一些没有佩戴口罩的外来车辆司机，也让她感受到了危险。

提起当时印象最深刻的一件事，杜欣琦说："有一次我在给一位从江西来的司机测量体温的时候，体温计发出了'滴'的警报声，也就是他的体温过高了。"杜欣琦坦言，当时自己的神经一下子紧绷了起来，甚至一瞬间有些不知所措。"当时志愿队里一个年长的叔叔就立马把我扯到后面，随后自己走上前给那个司机又测量了一遍体温。那个瞬间，他下意识的反应是想要先保护我，我十分感动。"所幸经过再次测量，司机的体温正常，大家这才放下心来。在参加抗疫志愿活动的这段时间里，这样感动的瞬间常有，杜欣琦与志愿队大家庭的成员一起，日复一日，始终坚守在志愿岗上。从穿上防护服的那一刻起，责任与担当便牢牢地烙印在杜欣琦的心中。

三、感悟时代精神，不负青春韶华

走进金华康爷爷的青春故事，我们置身于抗美援朝的战场中，那枪声、呐喊声、脚步声，萦绕在耳。我们看见了那个 16 岁的懵懂少年，凭借一腔爱国热血冲进抗美援朝的战场。再转眼看看我们的青春故事，置身于大和平时代，但也不难发现周围那些传承着战士们爱国情的"平凡英雄"。疫情背景下，我们戴上了口罩。身边的同学有些尽自己所能，作为志愿者参与疫情防控工作，汇聚绵薄之力，眼中有着渴望国家渡过难关的热情。医护工作者穿上厚重的防护服，时时刻刻在与病毒斗争；警察也是如此，穿上防护服，检查各家健康情况，看护隔离病人。他们在不同时间奔波在不同地方，但都是为了同一个目标——抗疫护国。他们有着像火一样炽热的爱国心，更是抗美援朝战士精神的传承者。

疫情暴发以来，有太多太多这样的身影勇敢地冲在了前面。他们之中有公务员、医护工作者、建筑工人、普通老百姓……来自各行各业；他们上有老下有小，身兼养家重任，又不忘匹夫之责。他们心里一直挂念着疫情，努力贡献着自己的一份力。他们有在一线近距离抗击病毒的工作人员，也有在自己身边贡献一份力量的普通人。星星之火，足以燎原，每一份微光，都值得被看见，也温暖着许多人。有人说："中国人是幸运的，因为他们总被一群勇敢者保护得很好。"在病毒肆虐这片土地的同时，千千万万的民众都在行动着。

哪有什么英雄，不过都是挺身而出的平凡人。国家有难，正是千千万万这样的普通人，用他们的爱心和热心，让我们坚定了向前走的信心。"我们之所以赞颂勇气，是因为我们人类在明知风险的时候，仍然选择我们该做的事。"在恐怖狡猾又不断变异的病毒面前，人类并不是无力的。在这场抗击病毒的战役中，人和人搭起的同盟是无可比拟的。因为每个人，都在勇敢地做着"该做的事"。

平凡的生活中，处处充满不平凡的伟大。这种伟大恰到好处，不张扬，不喧嚣，默默地，像一条山间的小溪，悄悄地流淌着，滋润着万物。我们挖掘、传达这样动人的故事，更是为了传承这样的大爱精神。金华康在抗美援朝战争时期坚守士兵职责的勇敢，在读警校生周泳宏和青年志愿者杜欣琦在疫情期间所贡献的力量，他们之间，仿佛有一条无形的线连接着，传递着不同时代流传着的大爱精神。

我们为此感动，更因此而受到鼓舞。我们的耳边，仿佛又响起那动人的词句："谁是我们最可爱的人呢？我们的部队、我们的战士，我感到他们是最可爱的人……"

致　谢

感谢金华康爷爷耐心接受团队的采访，为我们讲述那段浴血奋战的峥嵘岁月，感谢周泳宏、杜欣琦等在抗击疫情一线奋斗的青年，向我们分享抗疫工作的经历与感想。同时，感谢在抗美援朝战争中英勇奋战的革命英雄誓死捍卫和平，也感谢在当下共克时艰的人民战"疫"中，始终奋战在一线的医务人员、志愿者等"平凡英雄"。

这场跨越时空的对话，让团队被保家卫国的伟大抗美援朝精神所打动，被英勇奋战、舍生忘死的革命英雄力量所震撼。新时代的青年正接过接力棒，在和平年代扮演着"平凡英雄"，将个人理想融入国家与民族的命运，迈进新征程。

伟大的抗美援朝精神必将在新时代青年的接续传递中历久弥新、世代发扬。

（指导老师：张爱凤，广州大学新闻与传播学院副院长、教授、硕士生导师）

（ 点评 ）

传承，是对英雄精神最好的致敬

2021 年 9 月 30 日是国家烈士纪念日。电影《长津湖》在这一天首映，当日票房突破 2 亿元，之后，又刷新了 30 多项中国影史纪录。高涨的观影热情，体现出伟大的抗美援朝精神在新时代风起云涌、激荡人心。

本报告的第一个特色，就是以传承抗美援朝精神来致敬时代"平凡英雄"，让历史的光芒照进了现实人生。对于我们很多人来说，金华康是抗美援朝的英雄；但是，在那个英雄辈出的时代和战场上，金华康又只是一名普通的兵。英雄与凡人，伟大与平凡，并不是矛盾的，常常融合在一起。在报告中，金华康更像是《长津湖》中的伍万里，一个16岁的少年，带着懵懂的憧憬，汇入抗美援朝的大军中。但是，在腥风血雨的战场上，他勇敢地成长为一名意志顽强的战士。报告用翔实的数据说明了抗美援朝的胜利，并不只是依靠一两位英雄人物，而是依靠千千万万像金华康这样的普通战士，还有亿万中国人民的团结一心，才用鲜血浇灌出胜利的鲜花。

本报告的第二个特色，就是采用白描手法，平静地讲述了一个个鲜活生动的人物故事，字里行间却涌动着澎湃的激情。"我请战！""让我上！"周泳宏、杜欣琦，还有很多知名或不知名的人，在抗击新冠肺炎疫情的战场上，传承了抗美援朝精神，表现出勇敢、无私、奉献的精神。习近平总书记指出："中华民族是崇尚英雄、成就英雄、英雄辈出的民族，和平年代同样需要英雄情怀。"本报告非常细腻、生动地展现出在抗击疫情的过程中，在中华大地上不断涌动的英雄情怀和家国情怀。

本报告的第三个特色，是文笔生动，可读性强。"平凡的生活中，处处充满不平凡的伟大。这种伟大恰到好处，不张扬，不喧嚣，默默地，像一条山间的小溪，悄悄地流淌着，滋润着万物。"没有抽象、夸张的抒情，也没有声嘶力竭的呐喊，而是娓娓道来，让读者在静水流深的表达中，感受到了团队成员的智慧和才情。

（点评人：张爱凤）

走近革命文物　探寻八一记忆·初心

黄雨桐　谢　婷　肖怡娴　潘祖翔　陶　静①

摘　要：习近平总书记说："要让收藏在博物馆里的文物、陈列在广阔大地上的遗产、书写在古籍里的文字都活起来。"为此，南昌八一起义纪念馆进行了陈展提升。此次改陈注重用文物的语言表达历史，发挥文物的原始感染力，让文物活起来。2017 年 7 月 28 日，焕然一新的南昌八一起义纪念馆正式对外开放，游客慕名而来争睹文物风采。其中，有一对瓷皮灯是南昌起义时总指挥贺龙办公用的，在这精致又具美感的文物背后，还有共产党人不懈奋斗、不忘初心的历史故事。

关键词：八一起义纪念馆；文物；贺龙

一、文物背后的历史故事

（一）"我要参加共产党和改造部队"

早年的革命探索和实践，对贺龙来说充满着曲折和危险，特别是身处军阀横行的年代，他深感仅凭一己之力是难以改变现状的。南昌起义时，贺龙还不是共产党员，他是国民革命军第二方面军第二十军军长，位居高职，手上兵力七八千，享受高官厚禄，生活富裕讲究。但贺龙出身贫苦农民，穷人的痛苦他深有体会，参加革命只为救国救民。在国民政府里，他虽有钱有权但心中痛苦异常，深切体会到国民党的政策没有出路，尽是军阀政客的争权夺利和腐化堕落，这样

---

① 黄雨桐、潘祖翔，广州大学新闻与传播学院 2020 级广播电视学专业硕士研究生；谢婷，广州大学新闻与传播学院 2018 级播音与主持艺术专业本科生；肖怡娴，广州大学新闻与传播学院 2019 级广播电视学专业硕士研究生；陶静，广州大学新闻与传播学院 2020 级传播学专业硕士研究生。

下去个人没有政治出路，军队也没有出路。另外，通过比较、鉴别，他认为"只有找到共产党，革命才有办法"。为此，他对中国共产党领导的工农运动给予了积极支持，曾资助中共湘区省委委员夏曦5万银圆，并邀请共产党员周逸群开办政治讲习所。①

贺龙看到了共产党的主张好，有办法，能救中国，于是心中燃起了曙光。所以在南昌起义前夕，国民党各方势力拉拢他时他都严词拒绝。1926年8月，贺龙向周逸群明确提出了加入中国共产党的要求，说："我要参加共产党和改造部队。"

图1　组员在纪念馆内调研（图中文物为瓷皮灯）

（来源：调研团队实地拍摄）

（二）"只有跟着共产党，中国革命才有希望，共产党是人民的救星"

1927年，蒋介石、汪精卫相继背叛革命，在全国掀起"反共"逆流。跟着共产党就意味着被通缉捉拿、关押、杀头。而时任国民革命军第二方面军第二十军军长的贺龙当时有七千多兵力，是当时各方势力竞相拉拢的对象。

是与国民党反动派同流合污，高官厚禄坐享其成，还是冒着掉脑袋的危险，跟着共产党在南昌举行起义，从此踏上一条生死未卜的革命之路？贺龙毅然选择了后者。这一年，他31岁。

1927年7月28日，担任起义前敌委员会书记的周恩来来到贺龙第二十军军

---

① 南昌起义中的贺龙：党要我怎样干就怎样干 [EB/OL].(2017-04-11).https://china.qianlong. com/2017/0411/1588900.shtml.

部，亲自向贺龙面告南昌起义的详细计划，并征求贺龙的意见。贺龙当即表示同意。

7月31日下午，贺龙在第二十军军部召开军官会议。他说："国民党已经叛变了革命，国民党已经死了；只有跟着共产党，中国革命才有希望，共产党是人民的救星；现在要在共产党领导下举行武装暴动，解放人民；我已下决心跟党走了，愿意跟党走的，可以留下继续一起革命，不愿意的也可以走。"在贺龙指挥部旧址的一面墙上，如今还展示着这次讲话的节选。

（三）"我完全听共产党的话，共产党要我怎样干我就怎样干"

一直积极向党靠拢的贺龙，早在汪精卫政府逮捕和屠杀共产党员时，就曾主动保护了大量共产党员和革命群众。汪精卫在武汉发动"七一五"反革命政变之后，革命形势更加严峻。面对汪精卫的倒行逆施，贺龙采取了愤然抗争的态度。为此，他不仅让一些被解散的工人纠察队的队员加入自己的部队，而且采取各种措施保护共产党员和革命群众，甚至派兵在共产党机关、工会、农会等团体的门口站岗。据统计，当时在武汉有300余名共产党员得到贺龙部队的救助和掩护。更为难能可贵的是，面对蒋介石高官厚禄的拉拢和诱惑，贺龙全然不为所动，断然拒绝。

1927年7月17日，他在对连以上军官发表讲话时，表明了他要跟共产党走的坚决态度。他说，革命到了危急关头，摆在我们面前的出路有三条：第一条是把队伍解散，大家都回老家去。第二条是跟着蒋介石、汪精卫去干反革命，屠杀工农兄弟。第一条路是死路，自杀的路，第二条路是当反革命的路，也是自杀的路，我们绝不能走。我贺龙不管今后如何危险，就是刀架在颈子上，也绝不走这样的路。现在只能走第三条路，也就是跟着共产党走革命的道路，坚决走到底！

7月23日，当中共中央政治局委员谭平山在江西九江把起义的计划告诉他时，贺龙明确回答："我只有一句话，赞成！我完全听从共产党的指示。"此前，贺龙已拒绝了国民革命军第二方面军第四军军长黄琪翔和江西省主席朱培德接踵而来的拉拢。7月28日，南昌起义最高领导前敌委员会书记周恩来会见贺龙并征求意见时，贺龙再次表示："我完全听共产党的话，共产党要我怎样干我就怎样干。"经过南昌起义的洗礼，贺龙决心加入中国共产党。

这对瓷皮灯便是贺龙铁心跟党走的见证者之一。南昌起义前，这对粉彩镂空瓷皮灯和其他生活用品一起，跟随贺龙南征北战，伴其左右。南昌起义后，贺龙一件不留，把它们全部捐献出来，表示向过去的荣华富贵告别，摆脱奢靡的旧生活重新开始，要让自己成为一名无产阶级革命者，和士兵们一起同甘共苦。

（四）"我什么都没有了"

在南昌八一起义纪念馆的展柜里，一张字迹模糊、已经泛黄的党员登记表赫然醒目，它是贺龙追求真理之路的见证。1959 年 1 月 16 日，贺龙在参观八一南昌起义总指挥部旧址时，回忆起他当年要求入党时的情形，深情地说："有人说我要

图 2　南昌起义时贺龙指挥部办公室的粉彩镂空瓷皮灯

（来源：熊艳燕.南昌八一起义纪念馆内的"明星文物"赏析与解读［J］.南方文物，2018（3）：292-294.）

求入党几百次，那是假的，但十几次总是有的。因为我是军阀，党要考验我。早先，周逸群带宣传队到我们部队工作时，有一次，我去找他，发现他正在一个房间里主持入党宣誓仪式，宣誓入党的人都是我的部下。后来我给老周写了一份申请书，并对他说，你们那扇门不要对我关得太紧嘛！也让我进去嘛！"说到这儿，贺龙脸上露出了微笑。[①]

1927 年 8 月底，当周逸群把党组织的决定告诉贺龙时，这位刀剑丛中的英雄眼里闪起泪花。9 月初，在瑞金绵江河畔的绵江中学里，举行了贺龙的入党宣誓仪式。仪式由周恩来主持，谭平山、周逸群作为入党介绍人。[②]

谭平山、周逸群对像学生般虔诚地坐在板凳上的贺龙说："贺龙同志，此刻我们代表党向你问话，你必须如实回答，不得隐瞒。请问你的动产、不动产、现金等，还剩多少？"贺龙淡然一笑，摊开双手说："我什么都没有了。"

"那么你的社会关系呢？你在工农军政各界有什么社会关系？他们对待革命的态度怎样呢？"谭平山、周逸群又问。贺龙答道："以前的社会关系，参加革

---

① 永远高扬的旗帜　奔流不息的血脉——访八一南昌起义总指挥贺龙元帅之女贺晓明［EB/OL］.（2017-07-31）.http://www.xinhuanet.com/politics/2017/07/31/c_1121410074.htm.

② 主题诵读·书记读｜许锐：贺龙入党［EB/OL］.（2018-12-25）.https://mbd.baidu.com/ma/s/q6AtHE2d.

命后都不来往了。"

在鲜红的党旗面前，贺龙举起了拳头，庄严地宣誓。周恩来在仪式上高度评价贺龙："组织上对贺龙同志是很了解的，他由一个贫苦农民经过斗争，成为国民革命军第二十军军长很不容易。多年来，他积极追求真理，是经过考验的，是信得过的。"李立三、恽代英、谭平山也相继讲话。仪式完毕，周恩来、恽代英、谭平山、李立三、廖乾五等都祝贺他成为一名共产党员。贺龙入党后，被编入中央特别小组，同组中有周恩来、廖乾五、刘伯承、周逸群等。贺龙经历了长期的追求与考验，终于光荣地成为一名共产党员。多年后，周恩来还重申当年讲过的一句话："贺龙是个好同志。"

贺龙入党的经历是一面镜子，映照出了一名坚定的共产主义者的崇高精神和政治操守。他在南昌起义中的杰出表现让他通过了党的考验，成为一名为共产主义事业奋斗终生的共产党员。

（五）"抛弃一切跟党走，我也是无产阶级"

白手起家本就是十分艰难的事情，如果说还有更难的，那就是抛下一切荣华富贵后的白手起家。从两把菜刀闹革命到贵为一军之长，这中间要经过多少腥风血雨、命悬一线，才能有这一地位和成就。当时的共产党还很弱小，共产党人一穷二白，拥有的只有自己的勇气和信念。要放下毕生拼搏的一切重新来过，再闹一次革命，这需要多大的勇气、多么坚定的信念才可以做到啊！

然而贺龙做到了，他义无反顾地加入了中国共产党，把自己的一切都献给了党，献给了人民，献给了自己崇高的理想——共产主义事业。

为了向党表明心迹，贺龙做的第一件事就是赠出了那些陪伴自己多年的珍品瓷器。既然是要入无产阶级政党，那么就先让自己彻底成为一名无产阶级吧。

今天我们能看到这些珍贵的文物还要感谢一个人，那就是文物的捐献者刘屏庚。南昌起义时，贺龙的指挥部设在中华圣公会所开办的宏道中学内，刘屏庚是当时的会长，也就是牧师。据刘屏庚回忆，他将学校的宿舍都借给了贺龙使用。贺龙大概住了两周时间，临走时，贺龙找到了他，当时已经是半夜了，部队马上就要开拔。

贺龙带着歉意对刘屏庚说："最近这些日子多有叨扰，希望见谅。"并请他认真检查一下物品看有无损失，如果有的话会及时照价赔偿。

最后，贺龙指着墙角的一堆瓷器对刘屏庚说："这些东西我以后用不上了，都送给你吧，只当留个纪念。"刘屏庚很是感动，他热泪盈眶道："这些东西寄存在我这里，我代您保管，等将军将来重回南昌之日，一定如数奉还。"贺龙笑了笑，不再说什么，转身而去。

　　而刘牧师果然是信守承诺之人，他悉心照料着这批宝贝一直到新中国成立后。20世纪50年代，国家准备在南昌修建八一起义纪念馆，刘屏庚毫不犹豫地将这些瓷器捐出，让它们成为历史永恒的记忆。

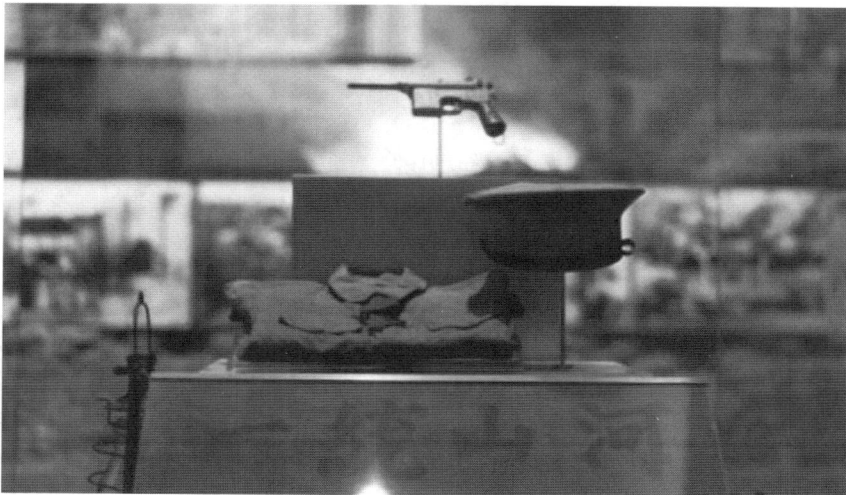

图3　纪念馆内文物

（来源：调研团队实地拍摄）

　　20世纪90年代，贺龙送给刘屏庚的物品经国家文物局文物鉴定委员会专家组鉴定，其中九件（套）被鉴定为国家二级文物。为了妥善保管，这九件（套）文物被收藏进库房不再对外展示，直到2017年7月28日，为配合陈展需要，又精心挑选出其中的六件（套）和观众见面。这些珍贵的文物展出后受到观众的追捧，成为南昌八一起义纪念馆的"明星文物"。

　　九十多年前的那一声枪响，依旧在南昌城内回荡，纪念馆内的"明星文物"和观众见面时依旧熠熠生辉，它们用自己特有的语言讲述了贺龙元帅甘愿抛弃荣华富贵，坚定信念追求理想的故事，同时，它们身上也寄托了共产党人的初心情怀和爱国牧师朴实的八一情缘。

二、参观纪念馆后的思考与感悟

　　我们的调研小组实地参观了南昌八一起义纪念馆。八一起义纪念馆序厅在保留了原有的"第一枪""军旗"等核心要素外，首次采用了全景大型雕塑，这在全国纪念馆中尚属首创；展览设置了《攻打敌军指挥部》等大型多媒体场景、360度全息柜、多通道环幕投影技术，增强了展览的表现力、感染力和冲击力；展厅内搭建了长达400多延米的历史时间长廊，使用大量的背景图像烘托南昌起义革命历史事件及其背后的故事。纪念馆内八一起义的五处旧址以复原陈列为主，同时新增多个展览，使五处旧址既形成有机统一的整体，又特色突出。如朱德军官教育团旧址内部复原团长朱德、参谋长兼党支部书记陈奇涵的办公室以及学员教室、阅览室等，新增展览《江西武备学堂历史展》《朱德军官教育团革命活动展》。贺龙指挥部旧址还新设置了VR体验项目，将红色文化与VR技术结合，利用虚拟还原和全视野引擎技术重现贺龙部攻打敌军总指挥部的场景。纪念馆内的一幅幅展图让我们沉浸其中感受那一段峥嵘岁月，不时为革命烈士的大无畏精神而感动，也进一步明确了自己肩负的历史重担。作为学生，我们要学习这种艰苦奋斗的精神，学习这种为达到目标而不畏艰难、锐意进取的意志状态和思想品格，这是坚忍不拔、顽强拼搏、开拓向上的精神风貌，是为人民利益乐于奉献的行为品质。这种精神风貌和行为品质实质上是积极有为的人生观、世界观、价值观。

致　谢

感谢南昌八一起义纪念馆在寒假期间给予团队的学习机会，感谢学院领导和老师们的悉心指导。感谢团队成员们对于打磨作品的坚持。本次实践于团队而言是一次深刻的党性教育，我们将努力创作出更多相关形式的作品，来讲述革命先辈的峥嵘岁月。

（指导老师：彭雨晴，广州大学新闻与传播学院讲师）

点评

寻红色足迹　忆峥嵘往昔

南昌，是"军旗升起的地方"，在这座拥有英雄情怀的红色之城，八一起义打响，人民军队创建，英雄主义是这座城最闪亮的底色。其厚重的历史底蕴和红色印记，让信仰生根，让文明成长。今日"英雄城"的百姓生活，既有厚度，也有温度。

南昌，是我的家乡，也是我们团队好几位同学的家乡。作为"英雄城"的儿女，我们更有责任将八一红色记忆传承与传播。

一百年来，正是为了人民的幸福，一代代共产党人不惜以生命赴使命，甘愿牺牲小我成就大我。他们的光辉事迹是对伟大建党精神的最好体现，他们的革命记忆浓缩在南昌八一起义纪念馆的每一个陈列馆中。而我们，就是通过纪念馆中的文物，去探寻革命先烈的故事，这是我们报道的亮点。

阿莱德·阿斯曼说，我们通过共同的回忆和共同的遗忘来定义我们自己。个体和民族的红色基因需要在红色革命的集体记忆续写中得以传承，牢记先烈故事，厚植红色情怀，我们才能更好地定义我们自己。

然而，为了与自然衰变和人类遗忘这一无法改变的法则抗衡，将短暂变成永恒，红色革命的集体记忆需要通过物质化的纪念馆得以储存，需要通过一件件文物得以印证，更需要一代代青年的探寻得以传递。

在八一起义纪念馆，探寻红色足迹，追忆峥嵘往昔，深读历史文物，感知先烈故事，这是一次灵魂的浸润与自我的提升。

（点评人：彭雨晴）

藏在平凡岁月里的英雄

——广东省肇庆市抗美援朝老兵慕容荣采访纪实

周昱含　王靖怡　韦希禧　徐芷晴　周　楚　梁慧静　徐嘉玥　郭晓璐 [①]

摘　要： 红色精神是中国共产党的精神财富和优秀文化资源，有重要的时代价值，给人以精神动力。大学生作为社会建设的重要一员，充分汲取红色精神之养分并做好传播者有着极其重要的意义。恰逢建党百年，调研团队探访抗美援朝老兵慕容荣，与其悉数革命时期的点滴，重温红色记忆，重新书写英雄形象，给青年人以激励和启示，以切身行动阐释与传承红色精神。

关键词： 红色精神；革命先辈；传承

肇庆市端州区和平路一条老巷子里，住着一位退休多年的老教师。2021年，他迎来了自己生命中的第 91 个春秋。这座安静的小城承载了他的老年时光：看看电视，作作画，和普通人没什么两样，偶尔有人登门拜访，他也只是微笑迎接，从不大张旗鼓。

我们拜访他的时候雨水刚过，午后的阳光照进他的窗台，上面放着一双绿色军鞋，鞋底颜色不一，鞋后跟已经被磨得不成样子，其周围缝着一层又一层的白色布料，在泛黄的里子当中显得相当突兀，右脚鞋垫已经发黑，那是被岁月磨损的痕迹。

似乎没有什么明显的标志能体现出这位老人光辉的身份——参加过抗美援朝的老战士，跟黄继光、邱少云同为解放军第十五军的战友。军鞋陪伴这位老人踏

---

① 周昱含，广州大学新闻与传播学院 2019 级播音与主持艺术专业本科生；王靖怡、韦希禧、徐芷晴、梁慧静、徐嘉玥、郭晓璐，广州大学新闻与传播学院 2019 级网络与新媒体专业本科生；周楚，广州大学新闻与传播学院 2019 级广播电视学专业本科生。

出中国，直达朝鲜，再回来一路南下，最终栖居在这座小城。

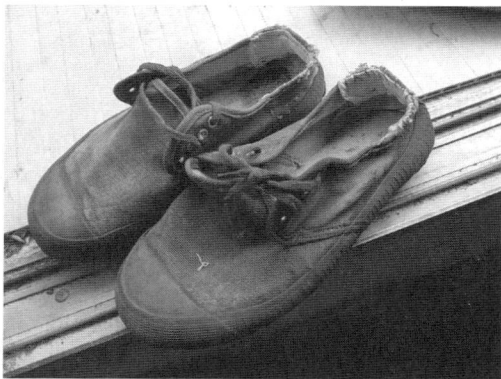

图 1　慕容荣的旧军鞋
（来源：调研团队实地拍摄）

一、秘密参军：热血青年弃笔从戎

红色革命的思潮在 20 世纪 40 年代的肇庆学子间早已暗流涌动，学生的爱国热情异常高涨。慕容荣参军是在 1949 年的 10 月份，当时他正在肇庆中学就读高三，中国人民解放军第十五军来到肇庆中学，政委号召一批知识青年加入军队："你们年轻人应为国家出力。现在部队要招一批青年，参加军队，来补充部队的实力！"

"当时我们听到之后，就说去试一下吧！"听完军长的征召，慕容荣决定和同学一起去参加面试。当时高中部只有甲乙两个班，共有学生 30 多人，报名参加的有 20 多个，最后通过面试加入解放军的就只剩下 10 多个学生，其中便有慕容荣。"面试问了下我们对国家的认识、对军队的认识，我当时并没有刻意做准备，只是照着内心答：'国家需要，我们就响应！'"

正值 19 岁的他顺利地通过了面试，成为中国人民解放军第十五军的一分子，但因为当时肇庆市并未正式解放，他怕家里人担心，便没有将参加解放军的事情告诉家人，而是悄悄地在三水学习、训练，并跟随部队前往广西梧州。

前往梧州的路上，部队途经肇庆码头暂停休整。当时慕容荣的伯母恰巧在码头边，碰见了在码头休息的解放军，她惊讶地发现自己的侄子也在行列里，于是很快明白了慕容荣最近忽然与家中联系变少的原因。

"我大妈（伯母）跑到码头哭：'翻黎啊！唔好去啊！'（回来啊！不要去啊！）"面对离开家人的不舍、愧疚与报效祖国的迫切需要，19 岁的慕容荣还是选择在家人的呼唤声中离开。伯母见此也不再相劝，她把身上的戒指交给慕容荣，希望这个参军之心已决的侄子将其带上路，有家人的物件傍身，至少也能求得一份安心。慕容荣紧紧握着戒指上了船，待他平安归来时，这枚戒指已不知去向。

二、立国之战：上甘岭战役

慕容荣参军以后，先是跟随部队到了广西梧州，又被派去贵州剿匪，几经周折，在石家庄驻扎下来，开始接受正式的军事训练。

训练数月后，部队收到了命令，于是他们踏上了行军之路。1950 年 6 月，他们来到了与朝鲜一江之隔的辽宁边境城市——安东（今丹东）。被美国飞机炸成废墟的新义州隔江清晰可望，在这里，慕容荣和他的战友们开始为过江入朝做准备。

"当时并没有告诉我们要做什么，但我们是士兵，跟着部队走是没错的。到达安东之后，我们就派发了装备，有棉衣、步枪、手榴弹、军用水壶、米袋等，当时这些步枪还是苏联支持的。行军到朝鲜之后，我们才明晰抗美援朝的任务。"

至今已过去 71 年，但穿着棉军服顶着敌军的扫射跑过鸭绿江大桥，在冰天雪地里踏着没膝的积雪向敌人发起冲锋的景象依旧令慕容荣热泪盈眶。就这样，他也由一个初上战场的新兵成为久经沙场的老兵。

1952 年，停战谈判逐渐陷入僵局。10 月，美军发动了"摊牌作战"计划，引发了世界瞩目的上甘岭战役。美军调集了 6 万多兵力、300 余门大炮、170 多辆坦克，出动飞机 3 000 多架，向志愿军只有两个连约 3.7 平方公里的阵地上倾泻了炮弹 190 余万发、炸弹 5 000 余枚，炮火的密集程度超过了"二战"的最高水平。①

"我方阵地的山头标高都被削低了两米，我上阵地的时候，山下和山腰还有很多长得很粗的松树和密密的灌木，但是到战斗结束我下山的时候，高地上全部被炸成焦土和浮土，一脚下去都陷到膝盖那么深，随便捧起一把泥土，里面都有几十颗碎弹片，许多坑道都被打塌了五六米。"

白天，面对敌军的狂轰滥炸，他们想尽一切办法死守坑道。敌人用手榴弹、炸弹炸坑道口，他们就用机枪、冲锋枪牢牢守住；敌人用毒气弹熏，他们就用棉被堵住巷道，始终没有让敌人踏进坑道一步。到了晚上，敌人下山休息了，他们就摸出坑道重新占领表面阵地，打击敌人，后方的同志也趁机抓紧时间往坑道里运送弹药。

一批批的战友冲上去，一个个负伤或是牺牲的战士被担架抬下来。最苦的时

---

① 李兵. 国际战略通道研究 [D]. 北京：中共中央党校，2005.

候，他们只能用火把压缩饼干烤软才能勉强啃下；被炸得焦黑的地上连雪水都没有，口渴时只能趴在坑道的洞壁上，吸几口凉气来缓解喉咙里面火烧一般的感觉，甚至喝下自己的尿液来维持生命……即使这样，没有一人退缩，没有一人胆怯。在一次行动中，一颗远处飞来的流弹打中了慕容荣的嘴角，他当即满嘴鲜血，牙也掉了两颗，却顾不上疼痛，继续向前……

图 2　慕容荣回忆往事

（来源：调研团队实地拍摄）

慕容荣指了指自己的嘴角，笑着跟我们说，这个就是伤疤了。我们站起来凑过去看，这么多年过去了，老年斑已经爬上了他的脸庞，战争的炮火已经被时光磨成了慈祥的笑容。我们想，当时那是多么残酷的环境呀，刀枪无眼，胜利都是用铮铮铁骨扛下来的，只有勇敢无畏者才会在国家急需的时候上场，将个人安危抛诸脑后。

这场恶战持续了 43 天，志愿军击退了敌人的 900 多次冲锋，慕容荣所在的十五军在那里日夜坚守，直到战斗胜利结束。在这场战争中也涌现出黄继光、邱少云等一大批战斗英雄。忆起往事，慕容荣显得很平静，缓缓叙述着艰苦的经历，当时的险境早已尘封在记忆中，化作嘴角的伤疤。

三、转业之后：把红色火种埋进平凡生活

有一个英雄父亲，慕容荣的女儿并没有觉得特别骄傲，反而"觉得很平常"，

她说，平时从父亲那里得知的他的事迹都是很零星的，自己也是通过采访才知道更多的细节内容。

确实，在给我们介绍了自己的从军经历后，慕容荣笑了几声，总结道："其实我就是普通一兵，为国家出了力，仅此而已。"

朝鲜战争结束后，慕容荣被朝鲜政府授予三等军功章，他所在的连则被志愿军总部授予集体二等功，前半生的辉煌被浇铸在这几枚英雄的勋章上。1954年，他跟随部队藏在火车的闷罐车里，秘密撤回了国内。而他的后半生，也跟随着那辆秘密归国的火车，一同驶入了悄无声息的平凡世界里。

图3 慕容荣戴着军功章

（来源：调研团队实地拍摄）

在河南明港驻军四年后，慕容荣接受了组织的安排，南下投身于教育事业。1958年，他在湖北安陆先后当小学校长、中学副校长，从事行政工作。1981年，他回到老家肇庆市高要区，县里的干部邀请他到高要二建当副经理，但组织部建议他继续当老师，做回老本行。他没有犹豫，立即听从了组织部的建议，回到了教育行业。

"服从组织安排。"慕容荣选择了在平凡岗位上兢兢业业，这也是那一代人崇尚的风气，学习雷锋，为国家添砖加瓦，哪里需要往哪里搬。

"回来当老师都好。"他在宋隆中学和高要师范学校做政治老师，教出了四五代学生。如今，高要师范学校已改名为"肇庆实验中学"，但操场入口处的标志建筑物仍题写着当年师范学校的历史："学高为师，身正为范。"

这句标语便是老战士慕容荣平凡的后半生的真实写照——换条路走，依然可以献身祖国。如同当年行军打仗时的边学边打，慕容荣的教师生涯也是边教边学。1987年，他开始一边教政治，一边攻读更高的学历。一年读专科，两年读本科。1990年，在仅有八九个人参加的本科考试中，慕容荣成为唯一一个考取中山大学马克思主义哲学专业本科学历证的学生。

在退休的前一年拿到证书——慕容荣无疑是"活到老学到老"的代言人，学习的脚步并没有因为退休而停止。他进入老年书画研究社学习画画两年。在1995年，他的作品《山水》登上了肇庆市工人美术书法作品展览，这是他的第一幅作品。

从年轻时在部队为运动写字、做宣传画到现在退休，他从未停止作画。慕容荣步履蹒跚地走进房间，拿出他的书画研究社安排表给我们看，上面字迹工整地写着这一年里学员的活动安排。除八月之外，每个月都有相关的采风和主题活动。

作品之多，房间横梁上被堆起来的层层画卷是最有力的证明。他会拍下电视上《动物世界》的画面，细细研究老虎的神色姿态，随后在画纸上落下栩栩如生的笔墨；也会写下"科技扶贫"几个大字，画下橘子丰收时农民欣喜的画面。每一幅画，从草稿到落款，都是他一人在几天时间里完成，我们都纷纷赞叹，很多年轻人尚且没有这份平静的心境，花费几天的时间独自一人完成一幅大画作，而慕容荣前辈笔耕不辍，坚持写画。但当我们问及最喜欢的画是哪张时，慕容荣没有多想，指着一张油画说："毛主席这张。"

在这幅题为"饮水思源"的画上，身着棕褐色中山装的毛主席背着手气宇轩昂地看向前方。在他背后是金黄的光，暖色调的油画，让毛主席的形象高大英气中又有着贴近群众的温暖。

这张等人高的油画被展出在肇庆市为庆祝中国共产党建党90周年纪念辛亥革命100周年的美术作品展览上。喝水不忘挖井人，作为一个老党员，慕容荣牢记毛主席的思想内核。新中国的成

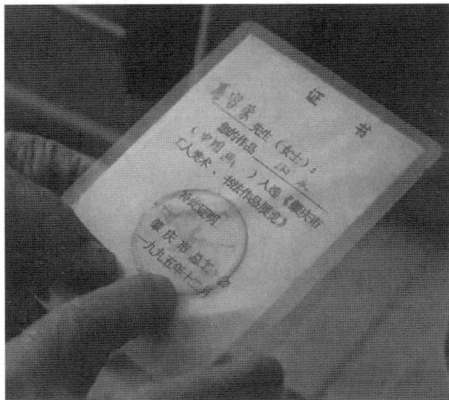

图4　慕容荣画作参展证明

（来源：调研团队实地拍摄）

立是在无数艰难险阻之后才看到风雨彩虹，党的正确领导引领着人民群众走向独立自强的未来。

慕容荣还有一个陈旧的蓝色本子，闲来无事时会在上面画画，翻到中间一页，

标题为"我最喜爱习近平主席的一句话"，上面抄录了数十句习近平语录，第一句是："人民对美好生活的向往，就是我们的奋斗目标。"

本子的纸张泛黄变脆，字迹也已经晕开，可一笔一画依旧能显露出书写者的认真。或许一切都正如陈祥榕烈士所说的一样，他们将清澈的爱，都献给了祖国。

最可爱的人用最无言的姿态讲述最动人的故事，国家一声号召走上战场，结束战争后又走向最需要自己的岗位，不求有谁能记住自己一身功与名，把风雨放在身后，跟着时间向前走。但是，从前的经历留下的印迹依然在生活中处处可见：当年的炮弹轰炸声导致他只有一边耳朵尚能听到比较大的声响，子弹在身体上留下的伤疤，还有一字一画中对时事的关注和记录。

四、心声寄语："想再年轻一次"

2021年，中国共产党成立100周年，年近百岁的慕容荣见证了共产党的发展。10年前，肇庆市举办了庆祝中国共产党建党90周年纪念辛亥革命100周年的美术作品展览。展览里，以"饮水思源"为题的一副等身大小的毛主席油画赫然在立，这是慕容荣花了一个星期画出来的作品。10年后的今天，他也想在这个特殊的时间点再创作一次，无奈疾病缠身，在翻动2011年的参展证明时，双手已止不住地颤抖，仿佛下一秒照片就要散落一地，更何况是拿笔？

尽管创作有难度，他仍有话要献给祖国。他换上西装，戴上纪念勋章，在镜头前缓缓说道："想再年轻一次，想为国家再出力一次。"几秒沉默过后，慕容荣的家人、前来拜访的我们都鼓起掌来。

低调，却时刻把祖国放在心中，这种心态伴随着他度过一生。他很少跟学生提起自己参加过抗美援朝战争的事情，甚至对家人也语焉不详。尽管低调得近乎沉默，年轻时的那股热血依然在他的体内静静流淌，从这么多年默默教书育人，一直孜孜不倦地学习政治思想，到退休后寄情于书画，在字画间表达作为老兵、老党员的家国情怀，他一直在用自己的行动热爱国家。

慕容荣说："年轻最宝贵。"宝贵在他作为热血青年不能不管国家安危，毅然走上前线；宝贵在他可以坚持做自己，无论是教授学生还是自我深造，把情思一遍遍通过纸张和照片记录下来；更宝贵在有数不完的朝气和年轻的心态。他用身体力行告诉我们，少年光阴当爱惜，切勿老来无事成。

当下开玩笑说"还没工作就想退休"的年轻人，和退休多年却"想再年轻一次"的慕容荣形成强烈对比。这种年轻的心态从何而来？追本溯源，我们或许会从慕容荣身上窥探到那个时代留存下来的精神品质。

爱国、质朴、自律、终身学习，我们看到慕容荣把军人品质沿袭下来。铁血军规让他严于律己，深耕自己的爱好，坚持画画。秘密参军时胸怀的爱国热血，如今已化作笔记本上习近平语录一笔一画的力度。在他平静普通的外表下，革命精神有血有肉。只可惜，我们好像正在丧失掉这样的生命根基。身处和平年代的我们，享尽温饱之福，生于安逸，也沉溺于安逸。闲聊的时候，慕容荣的女儿谈起她们过去曾度过的穷苦时光，感叹现在的年轻人明明拥有比过去优越的环境与条件，有更丰富多彩的文娱活动，却把小小的悲欢看成了整个世界，用眼前的苟且遮挡了诗和远方。

"我们以前都很颠（好动）的，爸爸以前还教我们游泳、爬树、捞虾、养兔子。现在的年轻人净是玩游戏，好多都不出去运动，体质又下降了。"

我们听后面面相觑：这说的，可不就是我们吗？不禁陷入了愧疚与思索。来之前我们曾有许多的想象，这些想象大多基于我们从媒介中理解的信息，也基于我们内心对英雄的崇高想象。想象英雄的家中必然充盈着花果与旗帜的褒奖，想象英雄必然常常身着整洁军装、神采奕奕。慕容荣跟我们想象中的英雄不一样，他似乎从不认为自己是英雄，也从来都不宣扬自己过去的功绩。但作为青年的我们，没有任何理由让这些为民族复兴与崛起抗争奋斗的英雄被大众遗忘，也没有任何理由让这段历经枪林弹雨后依旧生动的历史被湮灭在岁月的长河中。

从实践采访中，我们也重历一次精神风雨。一个庞大的时代是由许许多多的画面构成的，是无数人参与其中的。有很多尘封的记忆留存在无言的老兵心里，随着他们老去走向暗淡。其实需要更多的活动来让大众走近老人，走进他们的回忆，感受影响他们的精神，再由我们学习并内化为自己的语言传播扩散。正如《南方周末》献词中所言，"小人物从来不是大时代的被动接受者，每一个小人物的参与和行动，汇成大时代的洪流"。我们应当从历史深邃而悠久的脉络中找寻那深深根植在每个人心中的中华民族之魂，从战火硝烟里燃起的英雄事迹中，钩沉出革命精神的星火，并以此作为我们航行于世界，驶向未来的指南。

人既发扬踔厉矣，则邦国亦以兴起。[1]

---

① 李新宇. 鲁迅人学思想论纲（一）［J］. 鲁迅研究月刊，1999（3）:4-12, 39.

图 5　团队与慕容荣及其亲人合影

（来源：调研团队实地拍摄）

致　谢

感谢采访对象慕容荣先生及其家属的耐心配合，同时感谢李少华老师对本次采访学习的指导和引荐。第一次与革命先辈的近距离接触，让团队成员受益匪浅，深感当下生活来之不易。在调研过程中，团队成员对"何为英雄"也有了更加深刻的理解。与慕容荣先生一样，这些平凡英雄的故事需要被更多人听到。作为传媒学子，我们更应肩负起责任，激励更多青年人，赓续党的红色血脉。

（指导老师：张灵敏，广州大学新闻与传播学院讲师；林渊渊，广州大学新闻与传播学院副教授；唐若寻，广州大学新闻与传播学院讲师）

点评

知所从来，方明所去

2021 年是中国共产党成立 100 周年，回望百年，一代代中国青年把青春融入党和人民的伟大事业之中，成为实现中华民族伟大复兴的先锋力量。只有了解这段历史才能厚植爱党、爱国的浓烈情感，让红色基因、革命薪火代代传承。本报告以广东省肇庆市抗美援朝老兵慕容荣的个体记忆为关注对象，通过深度访谈，挖掘与呈现了慕容荣的个体生命历程和他生活叙事的时代变迁。这不仅是当代新闻学子的一次实践，更是新时代青年传播红色记忆、传承革命精神的责任担当。

本报告的亮点之一在于调研对象具有典型性和示范性。慕容荣是参加了上甘岭战役的老战士，与黄继光、邱少云同为解放军第十五军的战友，曾为抗美援朝、保家卫国做出重要贡献。而在转业之后，慕容荣听从组织建议投身于教育事业，充分诠释了"德高为师、身正为范"。党史中这样的典型人物如同标杆和旗帜，引领、激励着一代代青年人积极向上、健康成长。

本报告的第二大亮点在于通过口述历史呈现了个体与时代间的张力。集体或命运共同体的记忆有赖于个体记忆的承载和复现。通过慕容荣等时代亲历者的口头叙事，国家历史的宏大叙事方能获得个体经验的具体补充，从而变得更为全面与生动。本调研团队对慕容荣的访谈呈现了历史潮流中个人的选择与使命，体现出鲜活个体与时代间的巨大张力。这对青年人理解未曾经历的时代、建构命运共同体的集体记忆有重要作用。知所从来，方明所去，只有真正了解历史，才能全面而真实地理解当下。

本报告的第三大亮点在于文字细腻、观察入微、真情实感。见字如面，我们能够通过一篇文字去感受书写者内心的波涛汹涌。调研团队成员通过非常细致的观察与访谈，捕捉慕容荣老前辈生活中的诸多细节，再用这些细节构筑起一个伟大却又平凡的革命形象，情感浓烈却不外溢，有着不动声色的力量。

每一位革命英雄都曾是少年，他们在那个历史时代里做出不愧于心的红色选择，坚定信念，终生不悔。2022年正是中国共青团成立100周年的日子，处于和平年代的青年人，作为红色精神的阐释者与传承者，到底做得怎么样？这是一个值得每一位青年人思考的问题。

（点评人：张灵敏）

华侨赤子心　回报桑梓情

——基于汕头市潮汕侨胞家国情怀的考察

陈玉淳　杨施琪　马若冰　张诗婷　陈丽珊　赵月英　魏佳燕　詹楚芳

陆嘉仪　黄丹婷 [①]

摘　要： 本作品以习近平总书记在汕头小公园开埠区的考察调研作为切入点，以小公园开埠区为着眼点讲述侨乡故事，团队成员深入汕头实地调研，通过走访泰国归侨联谊会副会长陈鸿群、汕头市侨联印尼归侨联谊会成员等潮汕侨胞，重走历史足迹去触摸珍贵的方志和档案，回望汕头侨乡历史，展现潮汕侨胞不忘桑梓、常怀乡情的珍贵品质。同时我们希冀借此次社会实践作品来凝聚更多青年力量，吸纳新时代青年共同讲好侨胞故事、传承潮汕华侨文化、弘扬华侨家国情怀。

关键词： 汕头；华侨文化；侨胞；家国情怀

汕头是中国东南沿海的重要港口城市，也是国内著名侨乡之一，有着丰富而鲜明的华侨文化。其所熔铸的为国为民、开拓创新、艰苦奋斗的潮人精神，以及浓缩了百年华侨史的侨批等文化标志，都是极其珍贵的历史文化遗产。2020年10月，习近平总书记赴汕头考察调研，表示"中国的改革开放，中国的发展建设跟我们有这么一大批心系桑梓、心系祖国的华侨是分不开的"。百年来，无数侨胞乘船远航，又怀着赤诚的爱国之心踏浪归来。汕头有着得天独厚的侨乡优势，因侨而立，因侨而兴，众多海外华侨回到汕头投资兴业、创新发展，齐心协力振兴家乡，为汕头经济文化发展提供了巨大动能。

---

① 杨施琪、马若冰、赵月英、詹楚芳，广州大学新闻与传播学院2018级广播电视专业学本科生；陈玉淳、张诗婷、陈丽珊、陆嘉仪、黄丹婷，广州大学新闻与传播学院2019级广播电视学本科生；魏佳燕，广州大学新闻与传播学院2020级广播电视学本科生。

　　近年来，汕头持续突显侨胞的贡献力量，并成立汕头华侨经济文化合作试验区推动地区建设发展。但在讲好华侨故事、赓续家国情怀方面，仍任重道远。为此，本团队通过参与"传承文化记忆，厚植家国情怀"寒假社会实践活动，实地走访当地历史文化遗址，拜访归国侨胞，了解华侨历史故事，感怀华侨家国情怀，以此探索华侨文化在新时代的传播之路。

一、百年侨乡，筑红色家园

　　众所周知，汕头是著名侨乡。资料显示，汕头有海外华侨港澳台同胞500多万人，遍布世界100多个国家和地区，归侨侨眷和港澳台同胞家属200多万人[①]。华侨的变迁，反映了汕头的发展。自唐宋时期，汕头就是海上贸易重要的港口之一，民间贸易发达，给潮汕人出海下南洋提供了条件。元明清时期，潮汕海洋商业文化逐渐形成，由于航海技术的提高和远洋航线的开辟，频繁的对外交往，使此时期海外移民的机会增多，是潮汕境外大规模移民活动的开始。

　　1860年汕头开埠至新中国成立的近百年间，更产生了规模空前的海外移民潮，使"海内一个潮汕、海外一个潮汕"[②]这一局面真正形成。鸦片战争以后，清政府被迫承认了华工出洋的合法化，由此出现了一批批的"契约华工"。随着人口不断增长和农田耕作条件恶化，在内外因素作用下，潮汕人生活艰辛，部分人只好离开故土和妻儿，下南洋外出谋生，也称"过番"。随后，中国革命爆发，国内外势力压迫，部分潮汕人出洋避难，投靠亲友以谋求生计[③]。侨胞们乘着红头船，顺着风远渡南洋，在"过番"的命运颠簸中，潮汕人几乎遍布整个东南亚，甚至辐射新西兰、美国等国家。新中国成立以后，百废待兴，不少侨胞重回家乡投身建设。

　　2020年10月13日下午，习近平总书记在考察潮州后来到了汕头市小公园开埠区，走进了开埠文化陈列馆，了解开埠历史文化和汕头设立经济特区以来的发展建设情况。随后习近平总书记走进具有侨乡特色的侨批文物馆[④]，听取完馆

---

① 周羽.特区40周年之汕头：以侨为"桥"，再立改革潮头[EB/OL].（2020-8-28）[2021-02-25].http://g1.m.cnr.cn/xml/525230398_zaker_20200827.html.

② 目前常住潮汕本土的潮人约一千万，常住国内其他地区的潮人超一千万，迁居海外的则有一千多万，故有"海内一个潮汕，海外一个潮汕"之说。

③ 黄晓坚.广东潮汕地区海外移民形态的新变化[J].华侨华人历史研究，2013（1）:20-30.

④ 彭小毛.在新时代走在前列　在新征程勇当尖兵——习近平总书记在广东考察时的讲话引发当地干部群众热烈反响[EB/OL].（2020-10-17）[2021-02-25].http://china.cnr.cn/news/20201017/t20201017_525299359.shtml.

长的介绍后郑重嘱托要保护好这些老一辈留下的历史记忆，传承侨批文化，弘扬侨批精神。习近平总书记步行至开埠街区，在了解了汕头的侨批历史后，面对汕头人民的热情，深情感言："华侨一个最重要的特点就是爱国、爱乡、爱自己的家人。这就是中国人、中国文化、中国人的精神、中国心。中国的改革开放，中国的发展建设跟我们有这么一大批心系桑梓、心系祖国的华侨是分不开的。"[①]"习近平总书记的一番话，说到我们华侨的心坎去了，华侨确实爱国爱乡爱家人。"在听到习近平总书记对华侨的认可时，现任泰国归侨联谊会副会长陈鸿群表示很感动。

图 1　团队采访泰国归侨联谊会副会长陈鸿群（右二）

（来源：调研团队实地拍摄）

习近平总书记的话触动了万千华侨，也让千千万万潮汕人对汕头市小公园开埠区的情感认同更甚从前。以前的小公园在潮汕人眼里是汕头开埠区的核心地标，是一座座骑楼，现在大家意识到"小公园不只是小公园"。2021 年寒假，我们调研团队重走小公园开埠区，走访侨胞，触摸珍贵的方志和档案，感受华侨对家乡建设的拳拳赤子心，感怀侨胞给汕头带来的蝶变。

---

① 李方舟. 热解读 | 在侨乡，习近平这段话为何令人动容 [EB/OL].（2020-10-14）[2021-02-25]. https://politics.gmw.cn/2020-10/14/content_34268854.htm.

二、投资捐助，助汕头盘活

在小公园，迎面可见西式骑楼。在这些骑楼中，名为"南生贸易公司"的大楼吸引了很多游客前往拍照。

1925 年，印尼侨商李伯桓认为汕头有发展的余地，发动印尼等地侨胞，筹资 50 万光洋[①] 在汕头市小公园安平路与永和街交界的地方建成七层高的营业大楼[②]，主要售卖百货、金银、首饰等，它与振源公司、平平公司以及广发公司并称汕头埠四大百货公司。对在汕头生活过的年长华侨来说，南生公司是他们记忆中比较繁华的购物点。陈鸿群会长至今还记得在他五六岁时，家人带他到那边买过鞋子。

图 2　南生贸易公司

（来源：调研团队实地拍摄）

1934 年，李伯桓作为建设领导者与周围商号联名，向市政府申请改建小公园，在小公园建设中山纪念亭[③]。根据《汕头市小公园历史街区的传统风貌特征》，从 20 年代末到抗战前夕，侨资在小公园的全面建成中发挥主导力量，约占总投资的 2/3。

汕头经济的发展，离不开潮汕侨胞的助推。1921 年汕头设市后，特别是 1929 年至 1939 年日本侵略占领前，广大爱国华侨在实业救国的倡导下，纷纷投资建设家乡。1929 年至 1939 年期间，澄海陈黉利家族在"四永一升平"、海平路、

---

① 光洋，即银圆，又称现大洋、大洋。

② 杨伟.拳拳赤子心 造福桑梓情 华侨对近代汕头建设的贡献［J］.潮商，2018（1）:71-72.

③ 李扬.小公园亭的前世·今生［J］.潮商，2016（5）:65-68.

程合埠等地兴建新楼房 400 多座。祖籍潮安荣发源华侨家族，积极投资汕头房地产业，包括容隆街和潮安街的多数新楼房。永和、永兴两条街道的大部分楼房由吴潮川华侨家族建设。总共建设侨房 2 000 多幢，占汕头市房屋的 50% 左右。汕头的房地产业也受到大量华侨的关注，1927—1937 年，汕头市房地产的投资金额达 933 万元，约占全市房地产业投资总数 2 111 万元的 44.20%[1]。

在讲到华侨对祖国的发展贡献时，陈鸿群会长充满敬意地向我们讲述泰国归侨联谊会荣誉会长、著名泰国华侨陈汉士[2]先生的事迹。讲到激动处，他随手拿起桌面上的《炎黄世界》杂志，将陈汉士先生的故事娓娓道来。

"他（陈汉士）生产的泰万盛牌金枪鱼罐头，畅销海内外，被称为金枪鱼大王。他在海外打拼了几十年，赚钱后不忘祖国，为汕头地区乃至广东省、中国、全世界都做出了贡献。他年轻的时候喜欢打篮球，就资助汉士杯篮球赛和汉士杯中学生篮球赛。另外，他还对汕头地区能够考上本科一批的学子进行资助，被老百姓称为'活菩萨'。2008 年北京奥运会期间，他在泰国和家乡同时担任奥运火炬手，创造了在同一届奥运会上一人当两次火炬手的崭新纪录。几十年如一日，他每年都会回潮汕地区，带领新人来认识家乡，认识我们祖国的发展。这两年由于疫情，他没有回来。"

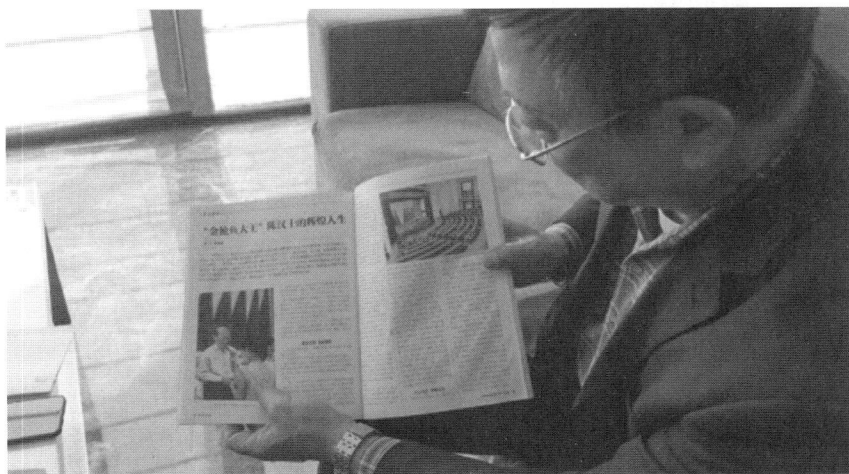

图 3　陈鸿群会长翻阅杂志介绍陈汉士先生

（来源：调研团队实地拍摄）

---

[1]　杨伟.拳拳赤子心　造福桑梓情　华侨对近代汕头建设的贡献［J］.潮商，2018（1）:71-72.

[2]　陈汉士：1935 年出生，祖籍广东汕头潮阳谷饶，现任泰国万盛冷冻食品（大众）有限公司集团董事长、亚洲排球协会副主席、泰中友好协会副会长、泰华进出口工会理事长等职。

三、赤子侨心，还报桑梓情

听完陈汉士先生的一番功绩后，我们对侨胞在助推汕头打好"侨"牌，重塑汕头欣欣向荣之势上所做出的努力颇为动容，但对背后支撑他们如此作为的精神情感仍不甚了了。

2021 年 2 月 20 日，我们调研团队再次出发，拜访了汕头市侨联印尼归侨联谊会。在与印尼归侨的交谈中，我们渐渐明白，桑梓情早已熔铸在潮汕侨胞的血液里，对祖国的热忱之心，其实在华侨过番前就已深扎在他们父辈的心中。反哺家乡是他们刻在骨子里的本能，他们将"不忘桑梓"思想深植于家乡的建设事业之中。

1960 年我 19 岁，在学校老师的号召下只身一人回到祖国求学。一开始我父母想让我继续待在印尼，但我就说我要回来。我回到家乡后正逢国内人民公社运动兴起，三年饥荒，靠着父母的资助完成了高中学业，虽生活艰苦，但我努力学习，最终考上了暨南大学。

——郑淑英（79 岁，19 岁回国）

当时我们年纪还小，懵懵懂懂的不知道什么。是我们的父母坚持把我们几个兄弟送回祖国，学习中国文化。在国外（排华）刚开始回到国内的时候，和其他人说爱国心，他们是不理解的。其实华侨是看到国家进步、解放（心里）开心，想回来为国家做一点贡献。

——罗锦苗（73 岁，12 岁回国）

要不是怕肖强[①]再讲起以前的生活时会激动，今天她就一起过来聊了。她是归国华侨，五十年代的时候回来读书。一开始她在华侨学校任教，后来侨务办派她到汕头办华侨补习学校了（当时华侨从国外回来，文化水平程度不一，所以要补习赶上当地的课程）。她近几年写了一些关于华侨的文章，每天都写，时常写到晚上三点。她对我们都好热情，对我们的工作都很支持。

——黄曼霞（75 岁，15 岁回国）

我们回来国家学习也好，建设也好，都可以，但有一条就是要有爱国心！因为爱国，我们的父母亲才把我们送回国内读书受教育。党也培养了我们这些人。我们归侨就要尽心尽力来更好地为祖国服务。

——薛亨权（79 岁，19 岁回国）

---

① 　肖强：1933 年出生，女，汕头市侨联印尼归侨联谊会创办者兼第一任会长。

图4　与印尼归侨郑淑英（左）、黄曼霞（右）交谈
（来源：调研团队实地拍摄）

图5　与印尼归侨薛亨权（左）、罗锦苗（右）
交谈
（来源：调研团队实地拍摄）

"爱侨爱乡，爱国爱家"，归侨对祖国的深情虽历经险阻，也从未改变。汕头市侨联印尼归侨联谊会是在市侨联的带领下于1988年8月8日创建的，三十多年来，该联谊会积极响应党的号召，以多种形式和实效的行动落实中国侨联关于"构建侨务工作正规军"的要求，落实侨务政策，扶助病困会友，凝聚侨心，发挥侨力，致力于为中国新时代、新发展贡献出属于华侨的一份力量。他们坚持以爱国主义和革命理想主义精神为核心，自发、自主、自由地参加各种政治生活和社会活动，积极参政议政，涌现出各级人大代表12人、侨联代表和骨干53人。同时，也积极联络海外华人同胞，介绍祖国改革开放形式与对侨政策，取得了颇多成效。

归侨虽老，侨心不变。归侨心系家国，建设侨乡；而海外潮籍华侨群体也在传承潮汕文化上不遗余力。

江旭忠是一位在柬潮籍华侨，2013年他响应国家"一带一路"政策的号召，前往柬埔寨发展，在当地老华侨的支持下，如今已在柬埔寨扎稳脚跟。他深知，在哪里都不能忘记自己的根。2016年，他与旅柬潮汕乡贤成立了柬埔寨潮人海外联谊会，担任会长一职。该会以团结潮籍乡情、潮商、联络乡情、慈善公益和弘扬潮汕文化为宗旨。2018年，由柬埔寨潮人海外联谊会与潮州市归国华侨联合会共建的"潮文化海外交流中心"在柬埔寨挂牌成立。多年来，江旭忠将传承潮汕文化看作自己的一份责任，推动潮汕文化在海外的传播。借助潮人海外联谊会的平台，在柬举行多项活动，宣传潮汕锣鼓、潮绣、潮剧、工夫茶等文化；普及潮汕"出花园"等传统习俗；举办潮汕美食节，让在柬潮籍华侨品尝家乡味道，让华侨后代了解传统美食与过节习俗。

图6　柬埔寨潮人海外联谊会组织进行潮汕大锣鼓①表演

（来源：柬埔寨潮人海外联谊会视频号）

谈及华侨后代的教育与文化传承，江旭忠表示有些担忧。许多华侨在柬落地生根后，其后代对中华文化与潮汕文化缺乏了解，传统文化的印记在逐渐淡去。为此，他针对柬埔寨华文教育的现状，向中国侨联和汕头侨联反映情况，申请增加派柬的中文老师，缓解目前华文教育师资力量薄弱的情况，同时通过柬埔寨潮人海外联谊会，捐献爱心书包等物资来支持当地华文教育。通过柬埔寨寻根之旅夏令营，他让更多侨胞后代重回潮汕，感受当地风土人情，学习传统文化。如今柬埔寨的华文教育也注入了新的力量，由于大量中国华侨到柬投资办企业，市场对中文人才需求大，加上柬埔寨政府官方的支持，越来越多的本地人也加入学习中文的队伍，使中国优秀文化得以传播。

对未来，江旭忠充满期待，并表示："我们潮人海外联谊会为中柬民间友好搭建桥梁，为企业发展铺展道路，为潮籍华侨培养乡情乡谊。"

近年来潮汕经济活力的持续提升，离不开潮汕侨胞的支持；未来潮汕的发展建设，仍离不开侨胞侨资。2014年12月8日，汕头依托侨乡优势，正式开始运行华侨经济文化合作试验区，热情呼唤海外华侨回乡投资创业。华侨经济文化合作试验区是汕头向世界递出的一张糅合了"华侨"和"文化"两大特质的名片，能进一步增加吸引海外华侨回乡投资创业的动能。2019年3月3日，汕头市成

---

①　潮汕大锣鼓：流行于广东省潮汕地区（潮州、揭阳、汕头、汕尾、丰顺）的传统吹打乐。

功获得 2021 年第三届亚洲青年运动会举办权；2021 年，华侨试验区以亚青会主场馆规划建设为推手，以狠抓重大项目为抓手，正迈步在融入大湾区、高质量跨越式发展之途。以侨搭桥，相信汕头在群策群力下，又将鼓起时代的风帆，走上经济腾飞的新征程。

四、守住侨心，传播侨文化

2017 年前，小公园还未修复，汕头老城区日渐衰落。在政府指示下，2017 年，老城区进行了修复及活化，对旧建筑进行了保护性修复，致力于维护华侨的家国记忆。看到小公园重复旧日兴荣之势，陈鸿群会长很欣喜。

"小公园是乡愁的记忆。以前小公园有很多店铺、客栈，潮汕话叫客头行。汕头各个县，潮州、澄海、揭阳、普宁等地方的人如果要去泰国过洋，都要到小公园来坐船。所以要过番的人就得在小公园这里住一两个晚上等船过南洋。这些人出去，他就记得汕头小公园，记得他住在哪一个字号、哪一个客栈。他们回来就会到小公园。我 70 年前就是从这里住了一个晚上，然后去到码头，上船到了南洋。小公园现在重新修缮，这些房子都是还原以前的面貌，我们从小就看着这些房子长大。"

小公园外的潮汕侨胞，时时回望小公园；小公园里的人，时时守护小公园。

2017 年，黄惠华在小公园成立了文明驿站并担任志愿服务队的队长，为小公园的游客提供倒水、交通指引等服务。几年前，有一位德国华侨来汕头寻亲，就找到了在驿站的黄惠华。最后，在黄惠华和电视台的帮助下，那位德国华侨找到了亲人。"其实很多侨胞到这边感触都是挺深的。我们在这里建服务站，他们来到这边，就可以有一个休息的地方，还可以跟我们聊一聊他们以前在这里的故事。"最

图 7　汕头小公园志愿队队长黄惠华接受采访
（来源：调研团队实地拍摄）

近，文明驿站也在思索如何发挥作用打造好侨文化。

小公园是华侨的记忆地，而侨批文物馆里的侨批则让我们了解华侨在海外的生活。

2013年，汕头市侨批文物馆搬迁至汕头开埠发源地的外马路18号开馆。该馆有"潮汕侨批文化图片展"，展出包括"侨批的历史轨迹""华侨侨眷生命线""侨批文化的研究""筹办侨批文物馆"四个部分的照片200幅，还陈列部分侨批原件、送批用具等文物。侨批文物馆里珍藏的不仅仅是一封封侨批，更是一份份沉甸甸的记忆，是有过下南洋经历老一辈的念想，承载着老一辈在外吃苦耐劳仍的奋斗精神，代表着老一辈爱国爱乡爱家人的情怀。在1969年汕头"7·28"强台风中，陈鸿群会长家里的侨批都被浸泡。未能将父亲和兄长寄回的东西完整存留下来，陈鸿群不免觉得遗憾。所幸，通过侨批文物馆，他可以大致感受与了解父辈在海外的生活。

现如今，侨批文物馆被授予"中国华侨国际文化交流基地"的牌匾①。这充分体现了汕头这独具特色的华侨文化保护受到了高度的肯定。侨批文物馆馆长林庆熙先生表示将更加推动侨批文化的传播，讲好汕头故事，讲好华侨故事，讲好中国故事。

为了探寻如何讲好潮汕华侨故事，让侨胞造福桑梓的故事代代相传，我们发放了156份关于对潮汕侨胞认同度的调查问卷，其中95.51%的调查对象为18~30岁的青年人。在"平时是从什么途径了解华侨相关事情（多选）"的问题中，有62.83%表示是通过家人或朋友，40.71%人是通过学校教育，55.75%是通过广播影视网络，38.05%是通过书刊，27.43%是通过参观博物馆、档案馆，还有10%选择了其他。由此，我们可以推测，博物馆、档案馆等知识性场所在一定程度上对青年吸引力不足。在还没有深入了解华侨出番历史前，我们先去参观了侨批文物馆和开埠区文化馆。小公园文化街热闹的人群与馆里稀稀落落的游客形成了鲜明对比。在馆里，如果没有历史知识铺垫，游客只能是"走马观花"。在习近平总书记到访小公园后，越来越多人前来小公园游玩。但要让游客了解华侨，了解侨批文化，文物馆和开埠馆还需加大人力物力的投入，让游客能够形象地了解侨文化。

在问卷中，有些人表示对华侨了解少，是因为缺乏途径了解。在调研中，我

① 汕头侨批文物馆入选中国华侨国际文化交流基地[EB/OL].（2020-11-17）[2021-02-25]. https://mp.weixin.qq.com/s?src=11&timestamp=1651137482&ver=3766&signature=Fguwj-s7YnIp7asRgxBVqQc4nTRBHj729nkIihYo911TqSW-QVtwLcsiW4dciZiw-73iEtuLO59UyCAyNcosGYtnABhwB-iAourdNvEG2N4OqJ6soi★gcEI8oHjueo75&new=1.

们发现，各国归侨联谊会在汕头侨联组织下发展，但是他们没有专门的场所开展活动，而当有年会、帮扶贫困归侨人员等活动时，活动经费需由会员赞助。尽管联谊会的华侨想要把他们的经历诉年轻一代，但种种条件限制，他们只能在团体内或是家人间进行传播。虽然联谊会华侨对目前的境况表示理解，因为汕头华侨众多，没有办法为众多组织、社团开展活动提供支持。但是，更因汕头是侨乡，我们应该寻找更多不同的宣传方式，引导更多汕头人记住这独特的乡愁。比如，汕头市侨联可以组织各国归侨联谊会开展讲座，让感兴趣的市民有渠道聆听华侨故事；通过多媒体渠道以及艺术创作大力宣传侨史，努力讲好侨的故事。

如何传播侨文化，讲好潮汕侨胞的故事仍路阻且遥，但只要能凝聚更多青年力量，汇聚各渠道传播合力，潮汕华侨故事将为更多人所知。

"小公园不只是小公园"，它是侨胞心中根的印记，是一代代潮汕人跨越山海的乡愁。通过一次次探寻小公园开埠区的历史印记，聆听侨胞浓缩在三言两语里的经年过往，潮汕侨胞在我们脑海里逐渐具象化起来。于我们而言，"潮汕侨胞"不再是简单泛化的群体名片，而是一位又一位富有家国情怀的爱国侨胞。潮汕侨胞身处各地却与潮汕同命运、共荣辱，为家乡建设贡献不可忽视的力量。

华侨赤子心，还报桑梓情。华侨群体里，促建设睦乡情的不是零散几人，也不是一代两代人，而是聚沙成塔、薪火相传。在汕头经济特区改革开放再出发的新阶段，潮汕侨胞乘着"红头船"又将鼓起风帆，推动汕头经济发展这波"潮水"卷起千堆雪。

而我们也将一直走在"述侨乡故事"的道路上，希冀能作为莹莹之光点亮侨乡历史的一角，企盼在聚侨心侨力上发出的青年之音能传播得更远。

荧荧光无尽，桑梓情不消。

致　谢

在此，我们衷心感谢汕头市开埠文化陈列馆、汕头市小公园、汕头市西堤公园给予团队实地调研的机会，感谢汕头市侨联泰国归侨联谊会副会长陈鸿群，汕头市侨联印尼归侨联谊会侨胞郑淑英、罗锦苗、黄曼霞、薛亨权，柬埔寨潮人海外联谊会会长江旭忠的耐心配合，是他们的"赤子侨心，还报桑梓情"让我们得以走近并且深切感受到华侨对家国、对潮汕的深厚情怀，感谢他们为家国建设长期提供支持。我们还要感谢汕头市侨联科员袁山及全体工作人员，汕头市小公园文明驿站志愿服务队队长黄惠华的热心帮助，是他们各方为"守住侨心，传播侨文化"付出的不懈努力，保留住侨胞心中根的印记，感谢他们聚沙成塔，坚守潮侨文化。

在这次实践中，我们不仅是在物理距离上走近家乡，更是在心理距离上走入家乡。我们守望赤子侨心，讲述一个个侨胞造福桑梓的故事以感染大众。同时，我们希冀借此次社会实践作品来凝聚更多青年力量，吸纳新时代青年共同讲好侨胞故事、传承潮汕华侨文化、弘扬华侨家国情怀。

（指导老师：刘涛，广州大学新闻与传播学院讲师）

点评

学习赤子之心，传承家国之情

2020 年 10 月 13 日，习近平主席到汕头小公园考察，强调中国的发展建设与心系桑梓、心系祖国的华侨分不开。为响应习近平总书记号召，学习华侨爱国爱家的无私奉献精神，调研实践小组来到汕头小公园、西堤公园等历史文化遗址进行实地调研。调研实践小组的同学们采取人物访谈、文献结合等研究方法，深入了解老一辈华侨对于汕头发展的卓越贡献以及困难时期给予汕头和祖国的巨大帮助，感受各地华侨的家国情怀。

该作品从"百年侨乡，筑红色家园""投资捐助，助汕头盘活""赤子侨心，还报桑梓情""守住侨心，传播侨文化"四个角度层层递进叙述侨乡故事。小公园外的潮汕侨胞，时时回望小公园，助推汕头经济盘活；小公园里的人，坚持守护小公园，守望潮汕侨胞的集体记忆。这种民族血脉共同体身怀家国信念、共同建设家乡的精神内涵正是作品意图深挖的。同学们追随侨乡汕头发展的步伐，了解海外华侨和归侨心系家国、支持家国建设的历史，学习和宣传华侨爱国爱乡、无私奉献的事迹，传播华侨浓厚的家国情怀，让"红头船精神"在新时期继续闪烁光辉，用新时代青年的视角讲好关于华侨的故事，

该作品以第一人称的方式讲述潮汕华侨造福桑梓的故事，旨在以潮汕华侨不遗余力为祖国、家乡建设的事例感染青年学习并践行潮汕华侨积极进取、为家为

国的精神。在家庭经济拮据时，潮汕华侨出海谋生；在祖国有难时，潮汕华侨倾囊相助；在外有所成就时，潮汕华侨建设家乡。问起为什么选择回国时，汕头市侨联印尼归侨联谊会的成员不约而同地回答："因为我们是中国人，我们要回到我们的祖国"，即使远隔千山万水，潮汕华侨的中国心也深根于心田。当然，调研实践小组的同学们通过问卷调查发现，当代青年对潮汕华侨心系祖国、情系家乡的情况了解得还不够深入。华侨群体里，促建设睦乡情的不只是零散几人，也不只是一代两代人，而是代代相传、辈辈相承、聚沙成塔、薪火相继。作品呼吁当代青年主动了解和学习华侨的拳拳赤子之心，继承华侨勇于开拓创新、乐观积极的精神，为汕头和祖国的发展蓄力前行！

（点评人：刘涛）

融合创新谱写红色文化新篇

——基于北江工农军红色文化传播的考察

张紫隆　张素丹　郑丽如　潘梓浩　汤舒文　谢依桦　梁烨莹　陈政晴　张琳霞①

摘　要：建党百年是个值得纪念的时刻，也是需要回顾与反思的时刻。红色文化不仅是当代文化的重要组成部分，而且是构建社会主义核心价值观的精神源泉，红色文化的重要意义不言而喻。新媒体的出现，极大地提高了文化传播的丰富性，改变了文化传播的格局。调研团队在对国内丰富的红色文化进行研究讨论后，选定了北江工农军作为研究样本。北江工农军是一支革命的队伍，自成立以来，坚持革命，转战韶关、武汉、南昌、汕头数地，曾经参加过南昌起义，不仅是红色革命的一支重要军事力量，还是红色革命的宣传队、播种机。调研团队不仅对北江工农军相关遗址进行了实地调研，还对其在新媒体时代的文化传播现状进行了考察，以此为样本，寻找红色文化在新媒体时代的传播策略，提高红色文化的传播效率。调研团队不仅在农讲所等红色遗址深受红色文化的熏陶，同时也在社交媒体、短视频平台搜寻着北江工农军这一红色 IP 的踪迹，发现了其在新媒体平台利用上的成绩以及不足之处，并针对性地提出了充分利用微信、微博，结合动漫或电子游戏进行宣传等几项建议。相信这对于社会主义核心价值观的构建和和谐社会的建立有着重要意义。

关键词：红色文化；新媒体；文化传播

---

①　张紫隆、张素丹、郑丽如、潘梓浩、汤舒文、谢依桦，广州大学新闻与传播学院 2020 级网络与新媒体专业本科生；梁烨莹、陈政晴，广州大学新闻与传播学院 2019 级网络与新媒体专业本科生；张琳霞，广州大学新闻与传播学院 2018 级广播电视学专业本科生。

21 世纪以来，红色文化如果仅是依靠传统媒体的宣传，它的传播与发展将受到极大的限制，随着互联网技术的迅速发展，新媒体正在改变我们获取信息的习惯，新媒体是依托于互联网技术为基础的新型媒体，较之于传统媒体，具有更加丰富多样且便捷的呈现形态。只有顺应时代潮流，充分利用新媒体，改变宣传方式，才能更好、更快、更广地传播红色文化。

本文旨在探讨新媒体对红色文化的传播作用，在了解北江工农军红色文化的历史与传播现状后，我们通过网络发放问卷的方式调查了大众通过哪些方式了解北江工农军及愿意接受哪种新媒体形式了解北江工农军等红色文化，由收集到的有效问卷信息结合对各类新媒体对此文化的传播力度及影响的研究提出一些利用新媒体助力红色文化传播的建议与策略。

一．北江工农军文化在传播中对新媒体技术的运用现状

（一）对社交媒体的运用，如微博、微信公众号等

在微博和微信两大社交媒体中，我们分别以"北江工农军""农讲所""韶关农军校"为关键词进行了搜索。在微博平台"农讲所"的搜索结果中，我们找到了农讲所纪念馆官方账号。截至 2021 年 1 月该账号共发微博 166 条，微博内容丰富，包括对纪念馆活动的宣传、特色红色活动的图片记录、对北江工农军文化的宣传。微博作为当今中国最火热的社交平台之一，在文化传播上有着相当的影响力，对微博的利用是红色文化传播跨入新媒体时代的重要一环。农讲所纪念馆开设微博账号，并利用微博平台进行文化传播的行为是值得肯定的。但值得注意的是，农讲所账号的上一条微博，要追溯到 2019 年 8 月 16 日，截至 2021 年 1 月，已经将近 18 个月没有更新，且每条微博的互动数（包括点赞、评论、转发）都很少。农讲所这次在微博平台的尝试难说成功。而在微信平台的搜索结果中，我们找到了多篇与北江工农军相关的文章，分别来自"韶关史志""66 新闻网"等多个公众号。这些文章有的从革命人物切入，有的从整体历史事件出发，从不同角度反映了北江工农军的革命史实，歌颂了北江工农军的红色精神。这些公众号文章的编辑质量也属上乘，但不得不说，在如今浩如烟海的各色公众号文章中缺乏亮点，难以引起普通读者的关注。

（二）对短视频平台的利用，如抖音、快手等

短视频诞生不足二十年，就以其创新的形式迅速占领了当代人的文娱生活，

以抖音、快手为代表的短视频平台已经拥有了数以亿计的用户。在这些短视频平台上，我们也以相关的关键词进行了搜索。与北江工农军的相关的搜索结果并不算少，但这些视频的整体关注度并不高，与同平台的爆款视频的热度相比更是相去甚远，这与红色主题视频本身的严肃性不无关系。但同样是主旋律的《青年大学习》却在前段时间成功出圈，一度成为爆款。《青年大学习》的成功，得益于其在内容和形式上的创新。主持人王冰冰的成功出圈，也在提醒着很多红色文化传播者去寻找新路，找到一条更适合主旋律视频的创作道路。

（三）对新技术的运用，如云游博物馆等

云游博物馆是诞生于疫情期间的新事物，既拓展了博物馆专业范围，也适应了数字化时代的发展要求，更扩大了受众人群以及社会影响。在新冠肺炎疫情防控期间，博物馆数字化更是得到了很大的发展。红色文化在革命年代的激荡中，留下了数量众多的遗址，很多遗址也建立了相关的纪念馆，供人们参观、敬仰、感受红色文化。在整个调研活动中，我们对广州农民讲习所旧址、韶关北江农军校遗址等相关红色遗址进行了现场调研，对这些遗址上建立的纪念馆的情况也进行了了解。放眼全国，完成博物馆数字化的也只有故宫、敦煌博物院和少数省级博物馆。而对很多规模较小的红色纪念馆来说，技术难度高、资金投入大的数字化只能是望而兴叹。

（四）对 App、小程序等的运用

智能手机诞生十年，互联网也逐渐跨入了移动时代，当前移动互联网的普及，受众对手机的依赖增强，用手机搜索信息的用户在逐年增加。如今的大部分新媒体平台也都基于移动端。红色文化的传播要想在移动时代有所建树，除了借助于现有的成熟的新媒体平台，自身独立建设手机 App、小程序也是一条重要的渠道。在各大应用市场中，我们虽然没有发现与本调研报告直接相关的手机 App 或者小程序，这自然是受限于样本。但是主旋律 App 并不在少数，甚至还有像学习强国这样的国民软件。建设"学习强国"学习平台，是贯彻落实习近平总书记关于加强学习、建设学习大国重要指示精神、推动全党大学习的有力抓手。学习强国 2019 年初上线，至今注册用户过亿，在各大应用市场下载量多次霸榜，也多次登上微博热搜，成绩显著。学习强国能有如此大的体量固然离不开国家的支持，但这样的主旋律 App 能取得成功，毕竟是珠玉在前，对其他红色文化主题 App

的运营建设有很好的借鉴意义。

（五）对门户网站的运用

门户网站是我国互联网最早的成熟产物之一，在不断的发展中，门户网站逐渐确立了大众媒体的定位。移动端的快速发展对门户网站的影响力形成了很大的冲击，但门户网站发展的成熟性和其在长期社会参与中形成的社会公信力，如今的红色文化传播者还不能小觑。在调研过程中，我们主要分析了广州农讲所纪念馆的官方门户网站。该网站页面设计简洁、内容丰富，是一个非常成熟的门户网站。

权威的官方网站，能让受众更便捷地了解相关红色文化。广州农讲所纪念馆的官方门户网站中添加了一定数量的影音资料，图文并茂，让受众更直观地接受信息，达到良好的传播效果。官方主题网站的建立充分利用了网络媒体的开放性，同时又具备权威性能够为受众提供正确的红色文化信息。

二. 对北江工农军文化在传播中运用新媒体技术的建议和策略

（一）充分利用微信、微博等社交平台进行宣传

在撰写报告之前，我们发放了 215 份调查问卷，其中更倾向于使用新媒体了解红色文化的人占比高达 76.74%，而社交平台在新媒体时代不可或缺。新浪微博 2020 年第一季度财报显示：月活跃用户达 5.5 亿，而三年前《2018 微信年度数据报告》中的数据也表明：每天有 10.1 亿用户登录微信。用户基数之庞大，是笔者推荐利用社交平台进行宣传的原因之一。另外，交互式平台受众广泛、互动性强，每个年龄段的人都可以通过它来获取信息、参与互动，并且使用转发或分享功能使信息传播得更广。同时，社交平台支持图片、文字、视频等多种传播方式，相较于报刊书籍等具有灵活性、生动性，更容易为受众所接受。

（二）建立官方的红色文化网站

官方网站极具权威性，为大部分人所信服，是一个很好的学习红色文化的平台。网站应页面简洁、分类明确，确保受众能快速准确地找到自己想要的信息，还应阐述北江工农军文化的由来及发展、介绍北江工农军中的重要人物及其事迹、发布北江工农军红色旅游资源的讯息。同时，网站内应设专门的讨论区，便于受众之间交流所知所感，互相解答疑惑，但也要加强监管，避免出现侮辱先烈等现象。此外，网站中的内容应符合历史事实，切忌为博眼球而胡编乱造。

（三）结合动漫或电子游戏进行宣传

如今电子游戏风靡全球，尤其在青少年群体中颇受欢迎，在我们的问卷中，有62.5%的未成年人在使用新媒体时会关注红色文化，而在了解红色文化的受众中，希望通过动漫或电子游戏这个新渠道进一步了解红色文化的人占比达40%。因此将红色文化与电子游戏结合起来，可以将红色文化传播至爱好游戏的受众中去。游戏开发者可以制作三维的人物形象，重走北江工农军的作战路线，回顾那段峥嵘岁月，使用者在闯关时便能了解其故事与文化。

而动漫趣味性强，经过多种媒介的互动与发展，它不断走在时代的前沿，与最新的科技和最时尚元素搭配在一起，发展潜力大。采用动漫的形式传播红色文化，能显得其内容更有亲和力，并且其配音大多幽默轻松，对低龄阶层的受众接触红色文化有巨大的作用。

（四）联合明星助阵或采取竞答形式进行传播

流量明星拥有众多粉丝，具有一定的社会影响力，北江工农军文化的传播可以借鉴《国家宝藏》《经典咏流传》等节目，邀请明星助阵，让其担任主讲人，探访红色文化遗迹、纪念馆、博物馆等，为红色文化的宣传助力。亦可以将红色事迹编写成歌曲，朗朗上口，有助于加强观众对红色文化的印象。

除了邀请明星之外，也可以借鉴《中国诗词大会》的竞答形式，广邀各界人士，一同在舞台上切磋。如选定一段红色记忆，向参赛者提问该段记忆的战役、主要人物、主要事迹等等。该形式有助于提高受众对红色文化的兴趣，并促使受众主动了解红色文化。

（五）建立红色文化主题手机App

在当前移动互联网普及的社会，手机成为人们日益依赖甚至不可脱手的电子产品，受众亦越发依赖手机App。手机App具有许多好处：①用户增长速度快：App基于手机的随时随身性、互动性特点，其受众容易通过微博、SNS等方式分享和传播，实现裂变式增长。②体验感好：App可整合LBS、QR、AR等新技术，提供最佳的用户体验，最优质的用户界面，最华丽的交互。③便捷性：特定的App会提供特定的优质内容任受众挑选接受，受众使用App能够十分方便快捷地找到相对应主题的内容，减少了在偌大的网络世界里搜索筛选的麻烦。手机App具有强大的宣传功能，建立红色文化主题手机App对北江工农军文化的传播肯定有很大的帮助。

这款手机 App 可设计为三大板块：北江工农军文化的历史、发展及现状，将博物馆、纪念馆等收藏的相关文献、图片、音频视频、纪念物等资源进行整合分类处理，丰富不同板块的内容。App 的内容可结合高新科技，提供多种有趣直观的形式供受众挑选，如电台播报，受众在运动或做其他事情的时候也可随时收听到相关内容；文字稿，受众可以安静地阅读了解北江工农军文化；视频播放，视听结合的同时可使受众更直观清晰地接受；对战答题，在紧张刺激的对战中，检查自己对北江工农军文化的了解程度，也可以接触到新的内容等等。现状板块中应包含各个纪念地的旅游资料及讲解、旅游攻略及交通路线、宾馆饭店信息、当地气象信息等信息发布分享，使受众可以通过手机 App 获取红色景点观光信息，鼓励受众到当地红色景点参观，体验历史足迹，深入了解北江工农军文化内涵。

（六）拍摄纪录片或宣传片，利用免费视频分享平台进行传播

北江工农军目前只有文字记载与图片记录，没有一部完整的影视作品全面具体地介绍绚烂多彩的北江工农军此红色文化，在我们的调查问卷中希望通过观看纪录片来了解北江工农军文化的受众比例最大，为 77.91%，因此拍摄纪录片成为宣传不可或缺的手段。纪录片作为一个地方的"文化大使"，可以多角度、多方面对文化进行深入的考察、深刻的思考，"足迹"遍布世界各地，起到文化传播、交流与促进的作用。文化是动态的，会随社会的发展而变化，如果通过纪录片的形式记录保存下来，即使当文化发生重大变化乃至消失以后，人们仍然可以在有关纪录片中了解到之前的文化。各大北江工农军纪念地当地政府、宣传部门、文化部门及旅游产业等相关机构应策划拍摄以北江工农军红色文化为主题的纪录片或宣传片，拍摄制作完的视频可发布在优酷视频、爱奇艺、腾讯视频及国外的 YouTube 等免费视频分享平台，供受众观看分享。这种传播方式不受时间或空间的限制，视频的链接也可放在微信公众号、微博及 QQ 空间上，通过用户之间的相互转发，扩大传播范围，达到更好的传播效果。

（七）自媒体与短视频传播

在人人皆媒体、短视频充斥的新媒体时代，民众相互之间的传播也尤为重要。自媒体有着平民化、个性化、交互强、传播快的特点，且操作简单、门槛低、传播迅速，每个人都是传播者，都可以参与红色文化视频的制作与传播。在我们的调查报道中希望通过观看短视频来了解北江工农军文化的受众占比为 62.79%，可见短视频对于文化宣传的必要性。如今哔哩哔哩、抖音和快手等短视频媒体风

靡全球，在这些自媒体平台上，用户不仅可观看别人制作的视频，也可以自己制作视频或对他人的视频进行二次加工编辑，之后发布在平台上传播让他人观看。在这些自媒体平台上，民众可以传播记录个人参观北江工农军纪念地的感想随笔、图片和视频，也可将官方拍摄的图片、视频进行二次创作传播，以更加有趣创新的形式吸引更多的受众一起参与红色文化的宣传。自媒体的传播方式能够弥补红色文化在传统媒体传播环境下的缺点，受众共同发掘红色文化，传递红色精神。

北江工农军文化的传播对于人民群众做到牢记历史、把握现在有着强大的作用。在信息更新快速的时代，运用传统媒体传播红色文化时会有一定的局限性，因此要积极利用新媒体进行传播、互动，激发大众了解红色文化的热情，将北江工农军文化乃至其他红色文化传承发扬下去。

致　谢

感谢广州市农讲所、汕头市南昌起义纪念馆对这次调研活动的支持。感谢李彦老师的悉心指导。感谢一直努力工作的团队成员。

（指导老师：李彦，广州大学新闻与传播学院讲师）

点评

新媒体时代红色文化传播的现状与思考

2021年正值建党百年，百年峥嵘岁月，百年风华正茂，回顾建党百年来的光辉历程，我们缅怀革命先烈的英雄事迹，他们用血肉之躯谱写了一段段红色华章。如今，中国的青年接过先辈的接力棒，在奔赴理想的道路上传承着亘古不变的红色精神，而随着新媒体的出现，红色文化传播的渠道更加多元化，调研团队紧跟时代潮流，带领大家探寻新媒体时代下，红色文化传播的新篇章。

本报告的第一大亮点在于对北江工农军文化在新媒体中的传播分析详尽。将新媒体渠道细分为社交平台、短视频、新技术、小程序、门户网站等，收集了各个新媒体渠道关于北江工农军的报道，在阐述现状时透过现象看本质，融入自己的思考，不是一味夸赞或否定，而是从事实出发，既展现出新媒体为传播北江工农军文化带来的益处，也揭示了红色文化在新媒体传播中的不足。

本报告的第二大亮点在于第二部分对前面提出的问题作出了解答。调研团队通过问卷调查，提出了几点优化北江工农军文化在新媒体中传播的措施，方法具体且可实施性强，不局限于较为普遍的短视频、App、门户网站等宣传方式，增加了通过动漫、游戏、明星助阵等更有趣味、大众喜闻乐见的方式来宣传北江工农军文化，为红色文化的传播开辟了新思路。

在调研过程中，团队成员结合自身专业特色，深入探访了解北江工农军，了解北江工农军那一代先烈的"长征"。而今在新一代青年人的"长征"中，如何抓住新媒体高效便捷的优势，去传承红色文化、讲好先辈们的英雄故事，以他们为榜样、以历史为榜样，走好我们这一代人的"长征路"，需要我们每个人去思考、去付诸行动！

（点评人：李彦）

甘洒热血写春秋　改革开放立潮头

——以曾生少将为例研究时代召唤下的中国精神

李嘉慧　陈　苗　王晨瑶　韦宗佑　刘盈盈　黄海燕　钟可涵①

摘　要：东江纵队是战斗在华南敌后的一支英勇的游击队，其在抗日战争期间建立了不朽的功勋。曾生作为广东人民抗日游击总队总队长、东江纵队司令员，带领东江纵队在沉重打击敌伪、顽军等方面做出了突出贡献。本文从曾生的革命故事出发，挖掘红色革命记忆，领悟革命精神。同时探访红色文化纪念馆、名人故居，进一步追溯红色文化。采访基层防疫人员和传承红色基因的前辈，了解革命记忆，深刻感受红色精神在当代的体现，增强历史使命感和社会责任感。

关键词：曾生；东江纵队；红色记忆；中国精神；革命故事

2021年，中国站在两个"一百年"的历史交汇点，迎来了百年建党伟业，即将开启全面建设社会主义现代化国家的新征程。当下全民抗疫，中华民族正面临严峻的挑战，正如习近平总书记在新年贺词里所说，我们要咬定青山不放松，脚踏实地加油干。

"要相信党，相信祖国，相信未来会越来越好。"这是深圳市东江纵队粤赣湘边纵队研究会名誉会长江山在2019年给出的关于东江纵队精神的答案。新年伊始，调研团队开展关于东江纵队的研究和学习，重走红色足迹，追溯红色记忆，体悟红色文化，感受历史的厚重感。

一位老人，75幅书法作品。

---

①　李嘉慧、陈苗、王晨瑶、韦宗佑、钟可涵，广州大学新闻与传播学院2019级网络与新媒体专业本科生；刘盈盈、黄海燕，广州大学新闻与传播学院2020级网络与新媒体专业本科生。

一笔一画，一写便是两年多。

他在多少个日夜翻阅着革命史书，想到这不禁令人落泪。

他，是中国书画研究院研究员杨万联先生，他用笔墨向我们诉说着阳台山抗日革命根据地的红色革命故事。

曾经弥漫的硝烟、流血的牺牲、艰苦的游击战……昔日革命重现，一幕幕跃然纸上，映入眼帘。

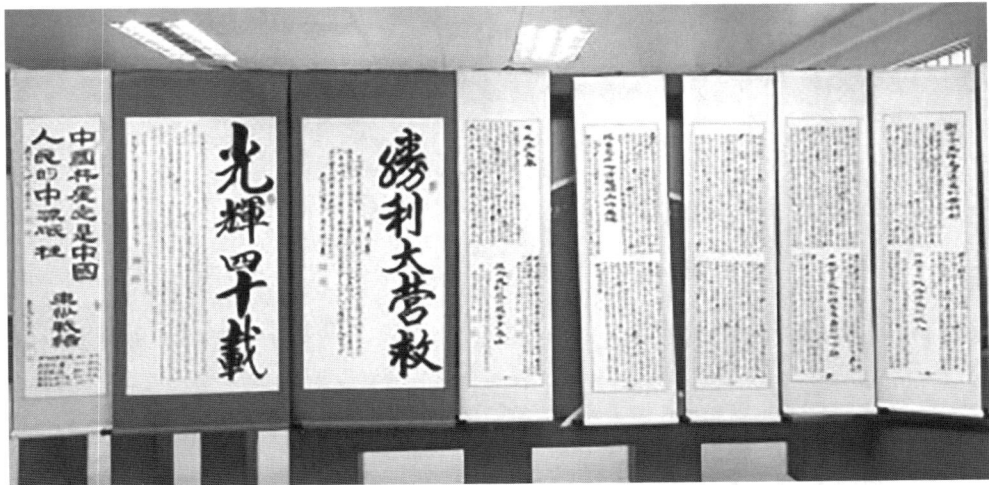

图1　调研团队成员参观杨万联先生书法展

（来源：调研团队拍摄于深圳市大浪街道退役军人服务站）

2021年1月，杨万联先生将这75幅承载着革命记忆的作品无偿捐赠给深圳市大浪街道退役军人服务站，以供后辈走进红色故事，传承红色精神。

这75幅作品讲述了抗日时期东江纵队的英勇事迹——"当年抗战的时候我还小，但每当我在革命回忆录中看到他们的革命斗争，真是流泪！"老先生心绪激动地向调研团队诉说，令人颇为触动。

过往的红色事迹与精神深深扎根于老人的心底，这75幅作品仅是他所创作的其中一部分，更有上百幅作品安置在其他地方，从开始书写革命作品至今，已持续十几年之久！

通过参观杨万联先生的书法作品以及与他的交谈，调研团队成员作为后辈深感昔日革命的不易。故此，团队选取广东地区东江纵队司令员曾生作为主要调研对象，进一步挖掘当年的红色革命。

图2　调研团队成员采访杨万联先生

（来源：调研团队实地拍摄）

一、曾生生平与东江纵队的成立

曾生，深圳市（原惠阳县）坪山人。曾参加"一二·九"运动，被推举为广州学生抗日联合会主席。1936年加入中国共产党。

抗日战争时期，任广东人民抗日游击总队总队长、东江纵队司令员。解放战争时期，任两广纵队司令员。

2010年是曾生100周年诞辰，老战士们为他们当年的司令员献上对联："半生戎马战东江驰鲁豫淮海挥师曾伏虎，一代豪雄承桑梓固南疆终生奋斗为腾龙。"这副对联不仅饱含老战士们对老司令员的爱戴，也概括了曾生富有传奇色彩的革命生涯。

1928年，曾生学成归来，他认为自己学识尚浅，选择继续深造。因为敬仰孙中山先生，曾生进入中山大学，由此点燃了革命的火花。

1929年，新军阀混战。曾生被误抓进牢，在监狱的墙上，曾生看到许多共产党人写的革命口号，如"共产主义一定要在中国实现！""中国共产党万岁！"等。

出狱后，曾生就留心打听有关共产党的消息，就在这时"一二·九"运动爆发。时任广州市学生抗敌联合会主席的曾生在运动中分析局势、夺取领导权，在抗日大会上宣布"中山大学员生工友抗日大会现在开始"，得到师生的积极响应，带领学生、市民3万余人游行示威。

冲击教育厅的事影响甚大！1948年，曾生第一次见到毛泽东时，毛泽东同志还对其说："你就是那个冲击了广东省教育厅的曾生吧？冲得好！"

1936 年 9 月，曾生复学读书并加入了共产党。

1943 年 12 月 2 日，广东人民抗日游击队东江纵队成立，曾生担任司令员。

这是一支优秀的队伍——1945 年，朱德同志在"七大"军事报告《论解放区战场》中将东江纵队与琼崖纵队和八路军、新四军并称为"中国抗战的中流砥柱"。

二、散尽家产打游击，爱国之心永不息

1938 年 10 月 12 日，日本侵略军的铁蹄踏上惠阳大亚湾，大举入侵华南，直逼广州，惠广战役随即枪炮打响。

第二天，八路军香港办事处负责人廖承志根据中共中央的指示，在香港土瓜湾召集曾生和中共香港市委书记吴有恒等同志，研究回东江组织抗日武装。

10 天后，28 岁的曾生与香港市委的周伯明等人一起，赶回深圳坪山，开始组织中共惠宝工委和抗日游击队的活动。

游击总队在曾氏祠堂刚成立时，队员仅仅几十人，人员稀少而且既没有武器也没有军饷。怎么办？曾生便与族人商量，将祠堂的五支土枪和两门土炮、六个土礼炮拿过来，充当最初的抗日武器。

游击队不仅缺少武器，更缺乏粮食。

经济最困难时，为了给部队配药，曾生将家里仅剩的三亩田地全部卖给了德辉药房。原本殷实的曾家，失去了最后的生活来源。为此他的母亲哭了三天三夜，但并没有阻止他。

曾生舍小家为大家，只因爱国的信仰，只为国家的存亡，他倾尽家产，用尽一生去拼搏，去保护每一位中华儿女，也许这就是流淌在我们血液中的红色基因！

三、挺进港九展营救，家国情怀铭于心

中国文化名人大营救纪念馆中，愤慨激昂的歌声飘扬。

"再会吧，香港！你是这样使我难忘！"

这是以香港大营救为背景创作的歌曲，记述了那段艰难险阻的文人营救历史，那时炮火笼罩城市、日军在全城疯狂搜捕、文人四处躲藏……

图 3　调研团队成员参观学习革命事迹

（来源：调研团队拍摄于中国文化名人纪念馆）

1941 年，香港沦陷，留困于香港的何香凝、邹韬奋、茅盾等数百名爱国民主人士及文化精英面临着日军的疯狂搜捕。

香港的形势危急，周恩来急电指示撤离留困香港的文化人士和民主人士。12月9日，曾生作为营救行动的负责人，与王作尧等同志在白石龙天主教堂开展周密战略部署会议，表明东江抗日游击队一是要抽调部队挺进港九，开展敌后游击战争，二是迅速抢救困留于香港的爱国民主人士和文化界人士。[①] 最终，这场秘密营救以零伤亡的成绩出色完成任务，被誉为抗战以来最伟大的营救工作。

"打倒法西斯，必须有人民的枪杆子，也必须有人民的笔杆子。"这场营救让知识分子们意识到中国共产党的初衷，共产党工作领域也逐步扩展到知识分子阶层。

走访了白石龙村，在时光流逝中村落逐渐褪去原貌，居民楼错落而立，昔日战火的痕迹已消除，但红色革命记忆却深深扎根在每一个居民心底。

这不是党的单打独斗，而是一场党和人民紧密相连的营救。村民们为营救文化人士保驾护航，在物资紧缺的艰苦岁月里，老百姓为文化人士接待站送粮送药。

家国情怀深刻入骨，流淌在中华民族的血液当中。国与家是不可分割的整体，家是最小国，国是千万家，国陷于危难之间，每一位中华儿女必将携手并进，攻克难关。

---

① 《国宝档案》东江纵队——省港大营救[EB/OL].（2018-03-01）.https://tv.cctv.com/2018/03/01/VIDEpvX18V8PmmNaqBFHg7my180301.shtml .

四、抢救盟军建合作，国际协作共战敌

1942年2月，港九大队设立国际工作团队，该团队深入港九市区和敌军集中营里开展营救工作，帮助国际友人和外国官员逃离集中营。

据不完全统计，至抗战胜利，经东江纵队营救护送到大后方的英国、美国、印度、丹麦等国籍人士达上百人，此外还救护了对日作战遇险的美国飞行员累计八人，其中有美国空军克尔中尉。

1944年2月，"飞虎队员"克尔中尉等人驾驶着战机，突袭日军占领的香港启德机场，不料遭遇日军战斗机拦截。战机受损，克尔被迫弃机跳伞逃生，日军出动了三军一千多人进行大搜捕。

幸而克尔被东江纵队港九大队交通员李石提前发现，李石在得知克尔是盟军后，及时联络大队其他战士将克尔转移到港九大队的大部队中。

38天后克尔痊愈重返美军航空基地，写信致谢，并称："中国的抗战已赢得全世界的景仰，而我们美国人也以能与你们如兄弟般一同作战而自傲。"其他获救的国际友人也都表示对游击队的敬佩和"无法用文字表达的感谢"，称东纵为"英勇的军队"，"全世界都将传颂你们伟大的工作"。[1] 东江纵队在国际上的影响力不仅体现在营救国际友人上，还在于建立情报合作关系进而有利于国际反法西斯统一战线的胜利。

1942年7月，在东江纵队协助下成功逃出香港战俘营的英军上校赖特在桂林组建了英军服务团，而后又在东纵活动区域惠阳设立了"英团"前线办事处。

东江纵队出色的情报搜集能力导致美国第十四航空队队长陈纳德提出希望与东江纵队建立情报合作关系的请求。随后东江纵队成功与美军第十四航空队建立情报合作关系。

情报部门多次为盟军轰炸启德机场提供精确情报、情报人员李成窃取一份驻港日军的军用地图副本，盟军据此炸毁香港九龙船坞等日军据点等事件都可看出情报部门在东南沿海以及香港地区的作战中发挥着至关重要的作用。

---

[1] 营救飞虎队员克尔　东纵开展反法西斯统一战线［EB/OL］.（2020-09-04）.https://news.southcn.com/node_54a44f01a2/aa6b926b94.shtml.

五、铁路保卫反扫荡，游击善战获成功

成员们沿着阳台山的阶梯徒步而上，将层峦叠翠、深林怪石尽收眼底。半个多世纪以前，这里曾打响了抗日的枪声。东江纵队离不开阳台山的孕育，阳台山就是东纵的摇篮。

1943 年，日本在太平洋战场中屡遭重创，华南日军为实现物资的运输，他们的首要任务便是打通广九铁路。

广九铁路连接了广州、东莞、深圳和香港，是华南珠江三角洲地区重要的干线铁路。1939 年，以曾生、王作尧等人为首的游击队在广九铁路的西侧建立了大岭山抗日根据地和阳台山抗日根据地。这无疑成为日军稳固铁路据点的巨大绊脚石，于是，日军向这两处抗日根据地发起了猛烈扫荡。[①]

调研团队在《曾生回忆录》中读道："日军采取铁路合围的战术，对大岭山进行所谓的万人大扫荡，企图一举消灭我们的主力。"[②] 曾生冷静分析局势后决定夜间分三路潜入日军接合部间隙，等待次日拂晓日军进攻时分路突围。这项精明部署成功地粉碎了日军的大扫荡计划。

此后，日军转向对阳台山根据地连续扫荡，但在曾生等人正确的指挥与游击队员们英勇的奋战下，日军并未得逞。[③] 因而，广九铁路被日媒称为"治安之癌"，在游击队的遏止与控制下，日军从未完成一次完整的运输。

游击队顽强拼搏的身姿大力鼓舞了百姓投身于抗日当中，各村成立抗日自卫队，源源不断地输送优秀队员到部队中，逐步扩大了根据地的抗日队伍。[④]

就连十几岁的少年也怀着家仇国恨加入战斗中，他们组成的队伍被称为"小鬼班"，"小鬼"虽小，却敢打敢拼，机智善战，为抗战做出了重大贡献。

2020 年，为缅怀历史，传承东纵精神，阳台山正式从"羊台山"更名为"阳台山"。成员们站在高耸巍峨的阳台山上，寻找昔日红色记忆。

六、争先建设蛇口港，时代发展立潮头

二十世纪七十年代，我国迎来了改革开放的新时期，时代的主题变化为发展

---

① 曾生.《曾生回忆录》[M]. 北京：解放军出版社，1992：302.
② 曾生.《曾生回忆录》[M]. 北京：解放军出版社，1992：311.
③ 曾生.《曾生回忆录》[M]. 北京：解放军出版社，1992：314.
④ 曾生.《曾生回忆录》[M]. 北京：解放军出版社，1992：315.

经济，使国家富起来！

以曾生为代表的中国共产党党员面对新的挑战，与时俱进、不辱使命。作为一名深圳本土将军，曾生不仅为解放深圳做出了突出贡献，他的远见卓识更是推动了这片土地的改革发展。

招商局是我国近代设立最早、规模最大的航运企业，1978 年 9 月，交通部党组决定由曾生兼任香港招商局董事长。

曾生对这片土地有深厚感情，热切期望改变这里的落后面貌。

在党的十一届三中全会之后，招商局根据党中央"对内搞活、对外开放"的经济政策和香港招商局的经营方针，提出了筹建工业区的构想。

"他们在此之前曾多次赴国外考察，特别是周边新崛起的新加坡、韩国和我国香港、台湾地区。袁庚最早准备选址大鹏，感觉比较偏远，最后定在蛇口，得到中央的批准。"原招商局深圳联络处工作人员李建国回忆。①

一个刚起步发展的国家，搞开放经济，可谓困难重重。蛇口工业区创建之初非议纷纷，曾生排除干扰，三次下蛇口调查研究，重用袁庚顶风创业。

《曾生回忆录》中这样写道："在 1979 年春，我国对如何对外开放，引进外资来开办工业区还没有现成的经验。……我作为交通部第一副部长兼招商局董事长，自应责无旁贷地大力抓好蛇口工业区的开发工作，落实党中央和部党组的决定。"

蛇口工业区从 1979 年开始平整土地，截至 1981 年底，还尚有几十万平方米的荒芜空地，面对下属的焦虑、担忧，袁庚主动承担责任，宽慰下属："没有人来投资，工厂办不了，追究下来，我来负责！"

在曾生、袁庚等众多开拓者的不懈努力下，蛇口今日已成新兴港口，西式楼屋林立，夜间万炬通明，千帆争渡，车水马龙。

蛇口工业区的建设历程更为当代党员干部提出殷切期望：唯有争当改革开放"排头兵"，勇做一线"弄潮儿"，才能更好地为中国梦的建设历程添砖加瓦。

七、人间烟火最是美，家国情怀尤其深

这次实地考察，调研团队深刻体悟到——红色基因，深植厚土，藏精日月，

① 我与深圳的第一次 | 李建国：我听到蛇口第一声炮响［EB/OL］.http://appdetail.netwin. cn/web/2020/06/dd2996a3fe50b822007deec8c5d7940b.html?from=timeline&isappinstalled=0.

散落江河，大隐于街市。重温历史，回望初心，可知渊源，可感精魂，还英雄本色。

抗战纪念馆能让参观者们牢记社会历史，能够提醒教育人们爱好并珍视和平，于无形之中弘扬与传播红色精神，内植红色基因，用自己的方式形成文化记忆，教学相长。

在采访杨万联先生过程中，他最常提起的便是"后代不了解今天的美好生活是如何而来的，这些都是革命老前辈流血牺牲换来的"。

为了让那75幅一笔一画写的革命故事被后辈看到，使作品的意义得以彰显，杨万联先生几经波折，精心选址，最终想到了退役军人服务站，那里的人能够读懂这文字背后的历史，能够理解其作品的价值。

深圳市大浪街道退役军人服务站通过书法展览的形式让辖区的退役军人和群众了解身边的红色故事，珍惜革命志士用血汗换来的美好生活。展览初期，退役军人服务站更是诚心邀请老先生前来为二十余名退役军人及十几个孩子讲解革命故事。

谈到此处，老先生的脸上不禁浮现笑容，团队也在其身上深刻地感受到了"传承"二字的分量与含义。

临近春节，车站熙熙攘攘，但井然有序。进入车站通道口，便听到温柔细腻的声音："你看这个验证码是978123"，"对对对，就是这个粤康码，阿姨出去外面也要的，不只是这里，所以提前办好不是更好吗"。

由于防控疫情需要，人员严格控制进出站，于是调研团队便在车站门口进行了这一次珍贵的采访。这次采访的主角是温柔热情的黎医生。

黎医生，是一位兢兢业业的医生，也是一名优秀的中共党员，工作于广东省阳春市河西社区区卫生服务中心。从去年的23号起，市政府就安排河西医院的医生到车站轮值班，进行体温测量以及人员登记，到现在，她感慨"时间过得真快，转眼一年了，难忘的一年"。她笑称，去年的年三十突然接到任务，只带了一部手机就出

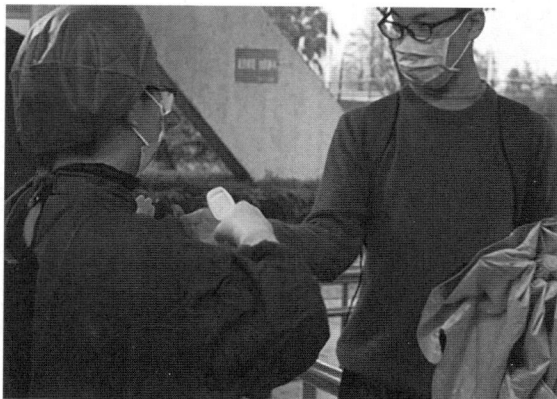

图4　黎医生正在给乘客测量体温

（来源：调研团队拍摄于阳春市火车站）

门了，连钥匙都忘带了，值班到凌晨更是常态。但她生性乐观积极，待人和蔼真挚，即使工作量增加，但看到人民群众能安全出入，她是打心底里的开心与自豪。

她还谈及："2020年的防疫重点虽然在武汉，但是不可否认，全国各个地方各个基层都在努力配合，没有大家的统一合作，抗疫如同散沙，根本不可能快速得到控制。"

2020年春节，新冠肺炎疫情席卷而来，恐惧、慌张笼罩城市。全国各地的医生、志愿者等人除夕前夜逆行出征，前往武汉。他们是谁的父母，又是谁的子女，而在武汉的抗击疫情前线，他们是永不言弃的战士，是祖国的儿女。

鲁迅说："有一分热，发一分光，就萤火一般，也可以在黑暗里发一点光，不必等候炬火。此后如竟没有炬火，我便是唯一的光。"

八、东江边上薪火传，生生不息向前行

在长达十四年之久的艰苦的抗日斗争中，东江纵队积极配合全国各地抗日战场和盟军，英勇地打击敌人，成为蜚声中外的华南抗日战场的一支坚强的武装部队，为中华民族的解放事业做出了不可磨灭的贡献。

通过拍摄东江纵队相关内容等的社会实践，调研团队加深了对红色文化和革命精神的理解，深化了对党的路线方针政策的认识，增强了历史使命感和社会责任感。

正所谓"读史以明鉴，察古以知今"，自古以来中华民族就有着重史的优良传统，学习历史才能懂得是什么造就我们当下的美好生活。

对于国家来说，历史是经验、教训、借鉴，是过去的沉淀、未来的导向；对于个人来说，历史是最好的老师，它能教授我们融会贯通、惩前毖后，是学习的源泉、进步的信心。

此次实践让调研团队中七个来自不同省市的青年人发现了耀眼宝藏——东江纵队，"我对曾生的名字感到很熟悉，却不曾去主动了解，在调研过程中竟发现曾生少将竟为我初中校牌题过字，届时我才恍然大悟，原来红色伟人就在我们身边"。少将在用题字熏陶并勉励中华少年强起来，常年耳濡目染，红色文化有潜移默化的影响。

调研团队在实践的过程中始终思考着一个问题——何为红色基因？何为中国精神？

通过实践，答案呼之欲出——红色基因根植于心，它是中华民族的精神内核，

更是新时代涌动的活力，它散发着革命的光辉，指引着后辈砥砺前行。中国精神更是代代相传，在永不停息的时代里点亮了每一处角落。

作为未来的新闻人，吾辈更应深入红色革命之地，实践感悟生活，深入挖掘隐藏在我们身边的革命故事。我们秉持着新闻人的责任与担当，以笔为戈，以纸为戎，讲好革命故事，通过有温度、有思想的作品，向更多的人传递革命精神！

致　谢

感谢杨万联先生耐心接受团队的采访，为团队细心讲述其创作历程；感谢河西社区卫生服务中心黎医生的积极配合，耐心细致地讲述抗疫故事；感谢中国文化名人大营救纪念馆、东江红色文化纪念馆、袁庚生平展览等为团队提供学习参观的机会！

通过采访基层防疫人员和传承红色基因的前辈，我们了解革命记忆，深刻感受红色精神在当代的体现，增强历史使命感和社会责任感，争取做到在这盛世深深感受和积极发声，为中国梦的建设历程添砖加瓦。

（指导老师：刘雪梅，广州大学新闻与传播学院副教授、硕士生导师）

点评

中国精神的挖掘、传承与践行

由于远离战争年代和当代青年自身兴趣薄弱等，青年对红色文化的理解普遍较浅。本作品通过对英雄的纪念与学习，进而汲取奋斗的力量。"时代召唤下的中国精神"作为主题贯穿全片，与培养青年家国情怀的目标相契合，向青年展示不同时代下的中国精神，其所传达的爱国精神有利于青年世界观、人生观、价值观的塑造。

这篇作品主要有两大亮点，一为该作品精心选取了曾生少将从抗日战争到改革开放时期的五个典型事迹展开论述，分别为"散尽家产打游击""挺进港九展营救""抢救盟军建合作""铁路保卫反扫荡""争先建设蛇口港"，并从五个具有代表性的事件中深入挖掘其中的"中国精神"，紧密地与主题相结合。在这一部分中，学生团队走访了多处红色根据地和纪念馆，用心感受昔日的变化，同时将这种变化通过对比的手法展现在作品中，凸显出曾生少将的伟大成就。

二为该作品将历史与当下相结合，不仅仅向读者展现过去的中国精神，更是注重当下中国精神的传递。学生团队选取两名典型人物进行采访，分别讲述了中国精神"传承"与"践行"的故事，他们一位是亲身经历过艰苦时代的退伍老兵——杨万联先生，他历经数年书写了75幅东江纵队相关书法作品捐赠给社会，以供后辈学习红色精神。另一位是坚守防疫一线的黎医生，她不辞辛苦，用行动展现了什么是中国精神。作品从过去到现在按时间脉络进行梳理，强调中国精神代代相传、红色基因根植于心的理念。

习近平总书记说："实现中华民族伟大复兴的中国梦，需要一代又一代有志青年接续奋斗。"国家的希望在青年，民族的未来在青年，青年们应积极响应时代召唤，传承与践行中国精神，将中国精神内化于心，外化于行，共同打造中华民族复兴伟业！

（点评人：刘雪梅）

"深圳速度"从这里起步

——关于蛇口招商局的调查报告

廖去非　陈豪辉　黎文禧　杨思琦　林冰倩　张子澜　彭一康　戴澜峰
崔志铭　付伊蓓①

摘　要： 深圳速度，深入人心。但许多人却对深圳的崛起知之甚浅，本文为社会介绍深圳第一个改革试点——蛇口的建设，以及其背后的总指挥袁庚，再将其经验化。袁庚在改革开放初期做出的成就以及贡献有目共睹，其敢于创新、不畏艰难的精神值得所有青年学生学习。在时代洪流高速更迭的当今社会，袁庚与蛇口的这一段红色记忆向青年们展现了个人的力量在时代中能起到的作用，能鼓舞更多年轻人积极奋斗，大胆尝试。关于"深圳速度"、蛇口建设的红色文化教育能提高青年人的社会认知，而中国，也依靠着每一位青年人的努力高速向前。

关键词： 改革开放；深圳；袁庚；蛇口

1978 年的深圳和现在相差了多少？是无法重来的历史时间和背后一个个鲜活的人。调研团队重新带着观察的角度走进熟悉的深圳，穿过中心区的一片高楼，身边总会有大大小小的标语掠过。不一会儿，我们来到一个步调轻松，极具生活气息的地方——蛇口。

生活在这座发展日新月异的城市里，我们很少有时间停下脚步回顾历史。但在这里，从工业一路到工业九路，寻着蛇口工业区旧迹，历史气息与城市发展和

---

① 廖去非、陈豪辉、黎文禧、杨思琦、林冰倩、张子澜、彭一康、戴澜峰、付伊蓓，广州大学新闻与传播学院 2019 级广播电视编导本科生；崔志铭，广州大学新闻与传播学院 2019 级播音与主持艺术本科生。

谐共存。充满年代的居民楼、街道的商铺，都还保留着二十世纪的痕迹，时光在这里仿佛按下了暂停键。

鲜有人知，这里是深圳速度的发源地，蛇口工业区的历史更早于深圳。先有蛇口，后有深圳，刻进一代又一代深圳人骨子里的那句"时间就是金钱，效率就是生命"最早便在此提出。

这句标语，久久伫立在深圳蛇口的时间广场上，而提出这句口号的袁庚老先生，在 2016 年永远地离开了这个世界。

图1　时间广场的标语
（来源：调研团队实地拍摄）

改革开放以来，深圳从一个贫穷落后的小渔村，发展成如今位于世界前沿的现代化都市。在深圳速度的背后，除了每一位践行"时间就是金钱，效率就是生命"的深圳人，追根溯源，便是因袁庚大刀阔斧，将改革的目光投向宝安县。在邓小平还没有在地图上圈出深圳的时候，袁庚已经大胆创新，这种创新一直影响至今。

为了更好理解"深圳速度"，我们前期走访了蛇口的大街小巷，去寻找城市里的岁月印记，结合网络、书籍和博物馆回到 1978 年的深圳。

一、受命于花甲高龄，力扶招商于倾覆

坐落在深圳蛇口沿山路的招商局历史博物馆，竣工于 2004 年。它位于幽静的居民区旁显得毫不起眼，却记载了深圳速度的起源，改革开放的先锋。

走进该馆，那一张张泛黄的老照片穿越了百年的时空，向我们展示当时的历

史场景。

那是洋务运动时期的晚清，权臣李鸿章在 1872 年创办了招商局。百年来招商局肩负富强自立、民族复兴的重任，但时间来到 20 世纪 70 年代，招商局早已辉煌不在，如何复兴招商局成为当时的紧要事务。

（一）前往香港

1978 年，交通部部长叶飞派当时 61 岁的袁庚前往位于香港的招商局调查并给出具体的解决方案。袁庚为什么会被委以重任？

年轻时候的袁庚参加过解放战争，任过东江纵队联络处处长、东江纵队港九大队上校，胜利后又在中央调查部参与过情报工作。"文化大革命"期间，袁庚被康生罗织罪名而关押在秦城监狱长达五年半，幸得周总理多次过问案情才得以洗清罪名，在 1973 年释放回家。

出狱以后，他调任交通部工作，因着骨子里那份拼搏的干劲，任职期间签署了中华人民共和国与有关其他国家的 11 个有关海事协定，并且多次出国考察，对中国经济体制有了新的认识，对当时中国经济秩序存在的问题有着深刻的思考，被誉为"拼命三郎"。

接到任务的袁庚走马上任，在经过广泛问话、调查以后，很快就对于招商局存在的弊病有了认识：没有自主权，申报慢，上级领导的落后思维等。同时，多年情报工作培养出来的敏锐让袁庚嗅到了一丝自由的气息，他对招商局所处的社会环境进行了广泛而多方面的考察，发现实行市场经济的香港市场瞬息万变，但招商局还实行那一套陈旧过时的管理方式，显然被束缚住了手脚。

袁庚意识到市场经济、自由开放等资本主义社会的内容对于在香港发展招商局有一定的借鉴作用。在反复思量后，终于决定"先在香港搞块地方干吧，下决心干起来"。但是香港寸土寸金的地价打破了在香港买地的设想，然后他们又将目光转向一衣带水的澳门，但碍于澳门复杂的地势和水浅的码头再次放弃。港澳买地的设想不得不暂时搁置。

（二）请示中央

完成在香港的调研工作后，袁庚迅速地飞回北京向组织汇报工作。

一抵京，他急切地了解离京两个月来关于真理标准讨论的理论动态和经济工作拨乱反正的现状。袁庚深知：如果政治局面没有得以改变，他在香港这两个月了解到的趋势和干部们构想出来的改革前景都只能化作空谈。

值得庆幸的是，此时国内政治力量的天平开始倒向坚持实践这一边。交通部的气氛也非常活跃，都准备冲破束缚，大干快上。

那时的袁庚越来越感觉到春风拂面，他乘势而上，提出了一个大胆的假设：希望交通部同意放权，让招商局"放手大干"。"授予招商局就地独立处理问题的机动权"这一假设受到部领导的一致赞同，于是袁庚以交通部党组的名义执笔起草了一份请示报告，经党组讨论修订后，于10月9日上报给中共中央、国务院。

仅仅三日后，这份请示就获得党中央和国务院的批准。中共中央副主席、国务院副总理李先念批示："只要加强领导，抓紧内部整顿……手脚可放开些，眼光可放远些，可能比报告所说的要大有作为！"

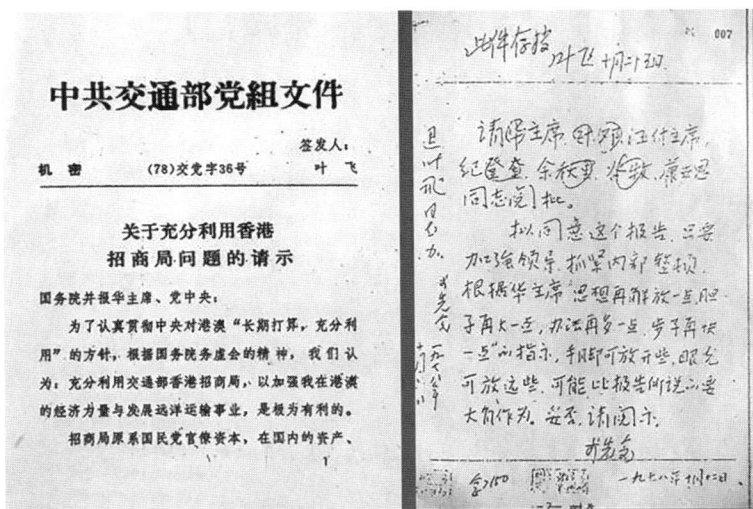

图2　招商局的请示书和李先念的批示

（来源：调研团队实地拍摄）

拿到了请示的袁庚激动万分，浑身充满了跃跃欲试的渴望。他以副董事长的身份回到香港主持招商局的工作，到任以后所做的第一件事就是将请示向下传达贯通，并在高层会议上提出：既然港澳买地不成，不如将目光转向内地。这是袁庚第一次在公开场合亮出内地筹建后勤服务基地的设想。

在会议上，袁庚的这一提议受到了招商局领导层的赞同，经过商议后目光锁定在相隔海湾的广东宝安。

在招商局历史博物馆里有这样的记载：招商局经过考察，决定在一水之隔的宝安县蛇口建设工业区。"深圳速度",也从蛇口建设开始生根萌芽。

二、炸山填海第一响,改革开放引商来

1979年,"敢为天下先"的蛇口基因开始融入深圳血液——蛇口工业园开始建造。我们虽无法目睹当年大刀阔斧的改革盛况,但从博物馆的寥寥几笔记录中也仍然能体会其中的不易。

(一)移师蛇口

作为先行者移师蛇口的是张振声、许志明等人,在他们动身之前,袁老反复关心叮嘱道:

"尽管大庆人'先生产后生活'的举措令人敬佩,改革定是离不开他们艰苦创业的精神。但你们记住,招商局会尽全力帮助你们这些在蛇口的人们解决生活上的困难,不会扔下你们单枪匹马去做艰苦建设的,有什么问题千万记得报告!"

短短一番话,体现了袁老作为领导对于下属的关怀,在他的内心深处,那些人已不是下属,而是他同进退、共建设的伙伴啊!

但是,招商局拓荒者们在蛇口的生活,远比这位老人预计的还要艰难。尽管蛇口工业区已经制订总体规划,实施"五通一平":通水、通电、通车、通航、通电信和平整土地,水陆空全面推进。可是还有五湾与六湾之间的山头成了实现"五通"的拦路虎。

后来,在袁庚的支持下,蛇口的技术人员和工人,背着水壶、冒着酷暑,跋山涉水,勘测地形。经过近4个月的艰苦努力,到7月份,工业区第一期基础工程的勘测设计工作基本结束。1979年7月2日,为了打通五湾至六湾间的通道,这些已经蓄势待发的人们着手准备,决定立刻炸山填海。

在观看历史影像时真切地感受到当时炸山填海的壮观,"愚公移山"的故事居然就这样真切地发生在这片土地上。我们不禁对袁庚的决策能力心生敬佩:下这一命令需要面对多大的压力!

幸运的是,人民群众的齐心协力也为他的远见卓识保驾护航了。

自此,蛇口工业区基础工程正式破土动工。轰隆隆的开山炮不仅炸醒了沉睡的蛇口,更重要的是,它宣告一个崭新的外向型工业区,在改革开放这一前沿阵地正式诞生了。

（二）奖金风波

2018 年，为了纪念改革开放四十周年，许多媒体纷纷进行宣传报道，其中《北京日报》名为"'4 分钱奖金'为何会惊动中南海？"的历史报道引起了我们的注意。

四十年前，为了提高工业区建设效率、缩短工期，袁庚决定打破"大锅饭"，实行定额超产奖励：车队规定每人每天运泥 40 车，完成任务量每车奖励 2 分钱，超额部分每车奖励 4 分钱。

这样的奖励开出来，施工速度也跟着提上来了，工人们为了多赚一点奖金钱，个个都铆足了劲快干多干。一个工人一天能多运 70 多车，比过去翻了一倍，有时遇上了小风雨也不停工。

在 1979 年题为"蛇口工业区建设者的创业精神——广东深圳、珠海特区见闻"的新华社广州电讯稿件中，记者赵奇、黄越、何云华、丁志坤四人见证了蛇口工业区大胆实行包括奖金制度在内的改革后热火朝天的创业场景：

"我们在蛇口工地住了一夜，一觉醒来，听到雨正下个不停。这样的雨天，不会影响施工吧？出乎意料的是，雨天中，工程照样有条不紊地进行。"

但好景不长，定额超产的奖金制度很快就被上级相关部门勒令喊停了。当时广泛实行的奖金总额限制是"每人每年的奖金额度不得超过一个半月到两个月的工资额"，但"4 分钱奖金制度"已经大大突破这条线，被痛批为意识形态领域的"倒退"。

奖金戛然而止，工人们的积极性也一落千丈。热火朝天的场面不见了，取而代之的是大家都在磨洋工，工程进度一下就踩了急刹车。

袁庚看在眼里急在心里，他亲自到工地上去走访，实地调查工人们对奖金制度的真实看法，随后又请来新华社记者进行调查此事。月后，《关于深圳市蛇口工业区码头工程停止实行超产奖，造成延误工期，影响外商投资建厂》的新华社国内动态清样送到了时任中共中央总书记胡耀邦案头。

在中央的支持下，蛇口工业区建设终于恢复了"4 分钱奖金"，制度实施当天，昔日热火朝天的施工画面又回来了。得益于此，原定于 1980 年 3 月底完工的工程提前一个月完工，为国家多创收 130 万元，用于奖励工人的部分只占这 2%，可谓用芝麻换了西瓜。

（三）招商引资

招商局起初建设蛇口工业区是为了延展业务、满足自身的延续发展，但在建设过程中袁庚逐渐明晰蛇口应该走引进外资、发展工业的道路。思路一旦确定，袁庚立马开始以招商局的名义开始招商引资，准备利用香港的资金和技术结合大陆的土地、劳动力优势大干一场！

当时一众投资者对于社会主义制度下的市场经济都报以怀疑的态度，既害怕蛇口的政策优势难以持久又担心辛辛苦苦挣得的资产可能轻易被政府没收。面对这样的担忧，袁庚对症下药，一一提出了解决措施：

他首先承诺工业区利得税 10% 五年不变，国家征收如果超过这个额度，则招商局给予补贴；又提出可以以香港招商局的名义与各方投资者在香港签约，当时香港尚未回归，一旦出现问题投资者还能在香港进行起诉。如此大大放宽了观望者的心，工业区招商也开始初获成效。

就这样蛇口成为中国改革开放的"试验田"，袁庚带领蛇口勇闯禁区，在蛇口工业区开展全面的改革，探索确立出了改革开放的"蛇口模式"。

三、此情重彼情重，改革中的为难处

改革从来都不是一帆风顺，相反地总是与荆棘同路。当一名拓荒者，在一路披荆斩棘之中，也难免会生出关于个人的千愁万绪。为了更全面了解袁庚，除去那些写在功勋墙上的丰功伟绩，我们又试图去探寻他曾经面临的内心困境。那些鲜为人知的辛酸与牺牲、内心的思量挣扎对理解英雄同样有深刻意义。

（一）对不起，我的大鹏

我们翻阅了很多资料后，对于蛇口的地缘优势有了深刻了解，看着今日蛇口与当初废墟一片的对比图，不得不感叹袁庚选择蛇口的眼光独到之处。

但很少有人知道，袁庚最初想在宝安县选定的地方并不是蛇口，而是大鹏。大鹏是他的故乡，和所有中华儿女骨子里落叶归根的思想一样，袁庚始终认为"一个人即便身在异乡，也不要忘记祖辈生长、劳动的地方，那里有我们的根"，也想在有能力的时候为家乡做一些贡献。

现在，大鹏半岛是"世界级滨海生态旅游度假区"，但当时的大鹏荒凉破败的程度，甚至比蛇口还要夸张。袁庚曾举家回到老家大鹏城水贝村，发现"巷弄狭窄破落，排水沟流淌着墨绿黏液，低矮土屋东倒西歪，垃圾堆积得到处都是。

牲畜无精打采，树木沾满灰尘"，眼前的故乡深深刺痛他的内心。他多想为故乡做些什么呀！

但此时蛇口已经被选定建设中了。袁庚最后还是放弃了他造福家乡的私心，只因从香港到大鹏没有便捷通道。

而就在袁庚记忆中的村口石牌坊旧址，他的远房侄子欧阳国财询问他招商局在蛇口搞工业区的事，责问他为什么不选家乡搞建设："哪怕是投资建一间小工厂呢？村里青少年进厂当工人，每月有薪水拿回家，青壮年也不会抛妻别子往外跑呀！"

袁庚不得不解释其中的道理，但欧阳国财直率地告诉他："你把蛇口搞起来了，不管外边的人怎么夸你赞你，家乡人也是不会为你敲锣打鼓的！"

望着侄子离开的背影，他只能在心里向故乡的父老乡亲默默说声对不起。袁庚的心里始终对故乡抱有愧疚，但他所做的一切决定都是从发展大局的角度出发的，他也为此做好了牺牲自己的准备。

（二）从幕后走向台前

1979年底，正是蛇口工业区刚刚迈入建设正轨的关键时刻。偏偏平地起波澜，蛇口总指挥张振声意欲请辞的消息传入袁庚耳中。张振声作为拓荒先行者，为蛇口筹划立下赫赫战功，是袁庚的左膀右臂。

袁庚不愿就这么放张振声离开，但他深知促使张请辞的除了身体上的不适，更多的原因恐怕来源于精神层面。虽然明面上十一届三中全会以后思想得到了解放，但残存的"左"倾思想仍在社会上盛行。

张振声任蛇口工业区总指挥的一年又三个月期间，国内意识形态领域形势严峻：流行歌曲被誉为资产阶级的靡靡之音、包产到户的经济手段被认作资本主义复辟，甚至有人叫嚣着"辛辛苦苦三十年、一夜回到解放前"。

那时候，"文化大革命"才刚刚过去，人们对于政治清算仍心有余悸。在蛇口搞工业区无疑是悬崖上跳舞，一旦出现问题，这个总指挥可是要首当其冲掉脑袋的！

一想到这些，袁庚也不愿再勉强张振声留下了，便同意了他的请辞。

袁庚对张振声的离开感到深深的惋惜，只是这军不可一日无帅，工业区建设正如火如荼地进行中，缺了总指挥是万万不行的，袁庚开始着眼考察新的人选。

他最先选中了副总指挥许智明，但上报以后中央以其资历不足、恐难服众为由没有批复；他又选中几位认为可堪大任的人选，可这些人纷纷推辞。

袁庚知道他们的顾虑也和张振声一样：枪打出头鸟，害怕在改革中跌落深渊，丢了一个干部晚年的尊严与体面。

思来想去，袁庚决定亲自上马兼任总指挥，旁人怕被批斗，他不怕！此后既掌管招商局全面事务又挑起蛇口开发重担。台前台后，千难万险，殚精竭虑。

思乡情重，当一名游子，就牵挂着故乡的前途；集体情重，当一名干部，更思念国家的发展；战友情重，当一名领导，能体谅下属的顾虑；爱国情重，当祖国建设的先锋，却斩断全身而退的后路。

袁庚这一份大公无私牺牲精神深深感动着我们参与调研的每一位青年学子。

四、蛇口精神的发扬，深圳发展的基因

（一）从蛇口到深圳

夜幕降临的蛇口，改造的明华轮静静地停在绚丽多彩的海上世界，远眺是香港招商局联合发展的别墅群碧涛苑。

当我们看着眼前这一切的繁华景象，老人的形象开始在脑海里挥之不去。

是怎样的气魄，才能在人人自危、担心枪打出头鸟的时候，选择肩扛数任，顶着全国的压力将改革进行到底；是怎样的见地，才能在计划经济的束缚下大胆提出"4分钱奖金"，直接帮助政府创收130万元；又是拥有怎样的胸襟，才能在接收到市长调令后毅然辞去，坚守于一个局级部门，只为改革。

今天，这一份坚守也不负所望地取得了回报：

中国国际海运集装箱（集团）股份有限公司连续10余年保持集装箱产销量世界第一，世界市场份额占到六成；中国第一家由企业创办的股份制银招商银行总资产规模达到13 000亿元，被普遍评价为中国品牌形象最好的银行之一；蛇口招商局集团总资产规模达到7.3万亿元，相较改革开放之初增长了九成……

更重要的是，"先人一步"的蛇口精神早已成为深圳发展的基因，如开枝散叶般给这座城市注入源源不断的能量：

继北京、上海以后，深圳成为内地第三个GDP突破两万亿元大关的城市，出口总额连续27年居内地城市第一；作为全球发展最快的城市，仅用数十年便拥有了世界上最多的摩天大楼；创新成为城市发展的主要引擎，知名科技企业在

这里诞生和成长，8 家深圳公司跻身《财富》世界 500 强。

深圳经济特区印证了改革开放是坚持和发展中国特色社会主义的必由之路，也被誉为 "一夜崛起之城"。

（二）向前走，莫回头！

走过蛇口整个脉络，来到海边看到袁庚的铜像仍立在海上世界文化艺术中心旁：一米多高的台座上，他的领带被风吹到一侧。雕塑家选择让他把西装脱下，拐在手臂上，挽起袖子，迈步向前。

一副行走在路上的工人形象正象征着他为祖国改革开放事业开疆拓土、戎马一生，就像人们探望晚年退休在家的袁庚时他时常叮嘱的那样——"向前走，莫回头"。

在蛇口惬意的午后码头，我们看着眼前零落的渔船，时空在此刻交错，仿佛看到这里从一片海变成一座城。

一个人的价值可以被各种指标量化，但最重要的是创新的精神。我们相信，这一份敢想敢闯、勇于打破常规的创新精神也将指导今天的深圳去解决新时代的发展难题。

正如招商局历史博物馆里袁庚曾经提过的故事："1878 年，爱迪生在门罗帕克实验室最初点亮白炽灯只带来了八分钟的光明，但这短暂的八分钟却宣告了质的飞跃，世界因而很快变得一片辉煌。最初那盏古拙的灯泡，它的纤弱的灯丝何时烧断并不重要，重要的是它真真确确留给人们对不足的思索和对未来的希望。"

这一切也回应着我们如何更好地面对生活的命题。

向前走，莫回头！

世上再无袁庚，改革仍在进行。

致 谢

感谢多年来，将这份关于深圳，关于袁庚的记忆传承下来的每一位平凡人。历史从来不曾过去，它寄身在书籍、文物和博物馆中，给予一代又一代后浪启迪。

（指导老师：张化东，广州大学新闻与传播学院实验师；章玉萍，广州大学新闻与传播学院副教授；易莲媛，广州大学新闻与传播学院讲师）

点评

青年人接过红色历史文化传播的接力棒

改革开放以来，深圳从一个贫穷落后的小渔村，发展成如今的国际化大都市。但是，从小渔村到国际化大都市，深圳究竟是如何蜕化的？

于是，一群来自深圳的 00 后青年，组成了这样一支调研团队：他们的父母从五湖四海来到这座城市扎根，因此他们出生后就将深圳视作故土，他们怀揣着一种独特的热情，渴望去探寻这座城市的历史，渴望从如今的高楼大厦里找到这片土地最初荒瘠的痕迹，渴望真真正正地理解那句"来了就是深圳人"。

团队的成员们从书籍中、博物馆里，找到了他们渴望的答案，逐渐拼凑出了一段跌宕起伏的深圳历史，1978 年的深圳和如今相差多少？是无法重来的历史时间和背后一个个鲜活的人，调研团队就是在这些历史的碎片中抓住了袁庚。袁庚如何凭借个人力量，在当时的困难情境下带动整个深圳的蓬勃发展？他做出了哪些被当时的人们认为是不可实现的举措？他作为拓荒者，有哪些不为人知的心酸与挣扎？蛇口精神。在如今深圳的蓬勃发展中又起到了怎样的作用？这一个个问号，都能在此篇报告中得到解答。

袁庚老先生大刀阔斧，将不可能变为可能，一路改革与荆棘同路，他无私奉献不惧牺牲的精神，令调研团队深深动容。习近平总书记也曾这样寄语年青一代："青年要保持初生牛犊不怕虎、越是艰险越向前的刚健勇毅，勇立时代潮头，争做时代先锋。"无论是袁庚，还是万千专注于事业并寻求创新的普通人，都在时代发展中起到了重要的推动作用。青年人应该肩负起各自的使命，接过实现民族伟大复兴的接力棒，建设起社会主义现代化强国。

作为新闻专业的学子，在面对如此一段振奋人心的历史时，团队成员也产生了肩负重任的自我觉醒，做出了如下的思考：如何利用自己的专业能力传播红色文化历史？如何更好地将伟人精神消化并融合于新一代的作品中？新一代的青年该以何方式扛起身上的重任？又应该为推动社会的前进做出什么努力与创新？

　　"先人一步"的蛇口精神早就不止步深圳，在这个泱泱大国开枝散叶，注入每个青年心中，就像袁庚老先生说的那样"向前走，莫回头！"

　　改革仍在继续，青年砥砺前行。

（点评人：张化东）

昔日红花配绿叶　今日花开别样红

——荣桓镇红色文化保护利用情况调查报告

彭婷婷　孙文霞　李　童　欧阳沁宁 [①]

摘　要： 2021 年，站在"两个一百年"奋斗目标的节点上，调研团队深入湖南省衡阳市衡东县，对罗荣桓故居等红色文化资源展开相关实地调研，了解罗荣桓等传奇人物背后的历史故事以及探究红色文化资源保护与利用情况，以此来强调红色文化在文化强国建设中的重要作用。

关键词： 罗荣桓；红色文化；文化强国

一、调研背景与目的

红色文化是中国共产党领导人民在革命、建设、改革进程中创造的精神文明成果，是马克思主义中国化的重要体现。在实现中华民族伟大复兴的历史征程中，文化强国建设被提升到前所未有的战略高度，红色文化作为中国文化软实力的重要内容，其重要性不言而喻。

（一）调研背景

一直以来党和国家对红色文化的弘扬与宣传高度重视，一方面是为了勿忘国耻、牢记历史；另一方面则是为了吸取教训、砥砺前行。百年风雨兼程，世纪沧桑巨变。2021 年是中国共产党成立 100 周年，也是"十四五"开局之年，必将在中国历史上留下浓墨重彩的标注。

---

① 彭婷婷、孙文霞、李童，广州大学新闻与传播学院 2020 级广播电视专业硕士研究生；欧阳沁宁，广州大学新闻与传播学院 2019 级广播电视专业硕士研究生。

站在"两个一百年"奋斗目标的主要节点，既要回顾我们党百年来的奋斗历程，又要传承红色文化、汲取红色精神，自觉践行初心使命，让红色精神在新征程绽放出更加绚丽的光芒。为响应第十七届"挑战杯"全国大学生课外学术科技作品竞赛红色专项号召，我们对家乡衡阳市红色文化展开相关实地调查，探寻丰富的红色资源、了解历史遗迹背面的传奇人物故事以及红色文化保护利用情况。

（二）调研目的及意义

罗荣桓（1902 年 11 月 26 日—1963 年 12 月 16 日），出生于湖南省衡山县寒水乡南湾村（今属衡东县），毕业于中国人民抗日红军大学，共产主义战士，无产阶级革命家、政治家、军事家，中华人民共和国开国元勋，中国十大元帅之一。

罗荣桓一生恪尽职守，先后在私立青岛大学和国立武昌中山大学求学，后来抱着"救斯民于水火"的抱负又离家前往武汉求学，是开国十大元帅中唯一一个大学生，被誉为"政工巨匠"。

从小就有"小书呆子"称号的罗荣桓生于国家空前动荡、内忧外患之时，他选择弃笔从戎，加入中国共产党，指挥和参与指挥了 96 次主要战役和战斗。在烽火连天的艰苦历练中，罗荣桓从一名稚气未脱的学生成长为一名钢铁战士。罗荣桓爱好读书，参加革命之后，不管公务多么繁忙，他都不改如痴如醉的读书嗜好，并遵循科学态度，坚持理论联系实际，注重开拓创新，在读书治学上享誉全军。直到今天罗荣桓身上那生命不息、学习不止的治学精神仍值得我们永远学习。

在家庭生活中，身为党的高级干部的罗荣桓更是以身作则，处处率先垂范，带头树立好良好家风。他不仅严格要求自己，同时也教育家人和身边工作人员不搞特殊化，尤其注重对孩子的教育，严格要求孩子要做老实人、干老实事，对党绝对忠诚，不搞特殊化，自立自强，抽空就会写信，时时提醒和告诫孩子，字里行间流露出无产阶级的忠诚战士、人民解放军的杰出领导人罗荣桓的高尚品格、崇高精神和朴素家风。

1927 年，罗荣桓跟随毛泽东走上井冈山，风风雨雨伴随毛泽东，一心向党，直到 1963 年逝世。抗日战争爆发后，罗荣桓被调派到抗日前线，临别前，罗荣桓对新婚妻子林月琴说："我们都是共产党员，记住毛主席的话，永远做老实人，忠诚于党的事业。"

这不仅是罗荣桓对妻子的期望，更是自己坚守的信条。他时刻提醒自己是人民的公仆，应该为人民谋幸福，而不应该计较个人得失。在炮火纷飞的革命岁月中，由于环境的艰苦，加上没日没夜的工作，他最终积劳成疾，后被确诊为肾癌。

毛泽东对他的评价是"无私利，不专断，抓大事，敢用人，提得起，看得破，算得到，做得完，撇得开，放得下"，并称他为"一生共事的人"。

在他逝世后，毛泽东亲自参加他的追悼会并创作《七律·吊罗荣桓同志》以悼念荣桓。一句"君今不幸离人世，国有疑难可问谁"表达了毛泽东对罗荣桓的信赖、倚重与惋惜之情。

罗荣桓几十年身体力行，留下的对党忠诚、严格要求子女、做老实人、办老实事的革命风范是我们党永不褪色的"传家宝"，是留给我们后人的巨大精神财富，直到今天仍然闪烁着光芒。

本次调研考察罗荣桓故居，聆听了罗荣桓的传奇故事。通过实地观察法与实地访问调研法了解荣桓镇对红色文化的保护利用情况，发现其在红色文化保护利 用过程中的问题，探究在红色文化保护利用工作中的应对措施，希望荣桓镇更好地贯彻落实习近平总书记"把红色资源利用好、把红色传统发扬好、把红色基因传承好"的指示精神。

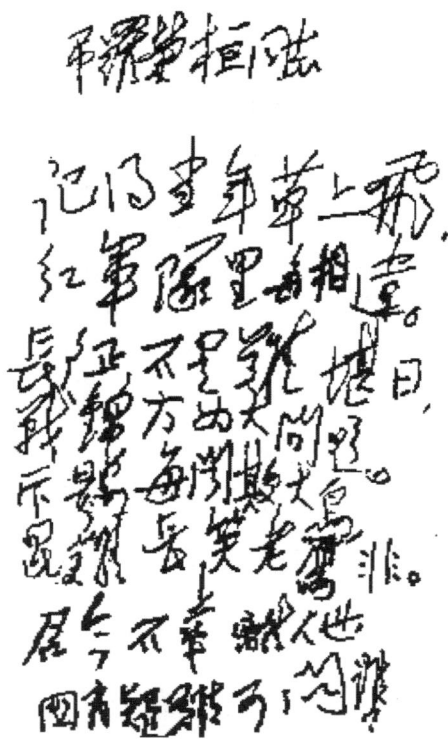

图 1　毛泽东题写《七律·吊罗荣桓同志》

（来源：发表于一九七八年九月九日《人民日报》，https://news.sina.com.cn/c/2003-12-12/09392354051.shtml?from=wap）

二、调研内容及过程

实践出真知。本次调研以罗荣桓故居为调查中心地，荣桓镇作为延展地展开本次实践活动，并在实地考察和访问故居管理员、村民的过程中了解荣桓镇对荣桓红色文化的保护利用情况。

（一）荣桓故居考察

调研小组在确定好调研方案之后，于 2021 年 2 月 7 日自驾到达罗荣桓故居开展此次实践调研。罗荣桓元帅故居主要由罗帅故居和罗帅铜像广场等景点组成。罗荣桓故居为全国 4A 级旅游景区、全国重点文物保护单位、全国 100 个旅游经典景区、全国爱国主义教育示范基地、国家国防教育示范基地、第四届中国红色旅游市场游客满意十佳景区。

罗帅故居是本次调研的主要地点，罗帅故居又称异公享祠，建于1914年，建筑面积约540平方米。1915年，13岁的罗荣桓与家人从新大屋迁居到此。1983年，故居被列为省级文物保护单位，修复后的故居完全保持了原貌，再现了罗荣桓家庭当年的生活情景。2011年，故居也被评为国家4A级旅游景区，越来越多的观光者慕名而来参观游览，接受爱国主义教育。2013年，故居被列为全国重点文物保护单位。

在罗帅故居不远的罗帅铜像广场坐落于杨山北坡，南依青山、翠绿欲滴，北傍涞水、舟楫竞帆。广场一共分三级，由196级磨石梯级相连，这196级台阶有着特殊的寓意：100为纪念罗帅100周年诞辰，96则为纪念罗帅指挥和参与指挥的96次主要战役和战斗。罗帅生平业绩陈列馆大厅的地上的一连串数字记录着罗荣桓元帅一生所经历过的重大事件，馆内陈列着事迹展板，展板分四大部分，展品多以战争老照片和英雄人物摄影、历史文献为主，展馆中这些珍贵的文物无一不在述说着罗帅当年的英勇事迹，传承着红色基因，鼓舞着后人成为担当民族复兴大任的时代新人。

罗荣桓元帅故居是镶嵌在蒸湘大地上的一颗璀璨明珠，如今，由胡耀邦总书记亲笔题写的"罗荣桓故居"依然熠熠生辉。这里是开展爱国主义、革命英雄主义和国防教育的重要基地，是旅游观光线路上的一大红色景观。罗荣桓元帅的革命精神和崇高风范就像历史的丰碑永远激励着我们继续向前。

图2　向罗荣桓元帅铜像行注目礼

（来源：调研团队实地拍摄）

（二）荣桓镇对荣桓红色文化保护利用情况的调查

中国共产党成立近百年以来，之所以能够始终立于不败之地，很重要的一点就是因为把红色基因代代相传。而传承红色基因，就要有效地保护好红色资源。红色资源凝结着中国共产党的光辉历史，展现了近代以来中国人民英勇奋斗的壮丽画卷，是革命文化的物质载体，是传承和发扬红色基因的重要工具。在市委、市政府的正确领导下，各级各部门在挖掘、保护、利用罗荣桓故居红色资源方面做了大量的工作。

1. 罗荣桓故居原有历史风貌得到有效保护

南湾街是一组以青石板街道连成的清代古建筑群（见图3），走在街头，便可清楚看到"鹤立鸡群之势"的白墙青瓦建筑——黑田罗氏异公享祠。

为了保护故居原有历史风貌，并纪念罗荣桓同志和进行革命传统教育，罗荣桓故居在40年间进行了三次大的维修工程，1983年10月10日湖南省人民政府公布故居为重点文物保护单位，嗣后省文物部门和市、县财政拨专款首

图3　南湾街青石板街道小巷
（来源：调研团队实地拍摄）

次进行了维修，几乎完整保留故居古建筑风貌（砖木结构，硬山顶，小青瓦，翘脊飞檐，施封火山墙。见图4、5）

图4　硬山顶，小青瓦建筑
（来源：调研团队实地拍摄）

图5　翘脊飞檐，施封火山墙
（来源：调研团队实地拍摄）

1985年，第二次全面修复故居，举办复原陈列。罗荣桓卧室中陈列的储柜、架子床、书桌、书柜、梳洗台、双影镜、床头小方凳等（图6、7），都是罗荣桓用过的原物。

罗荣桓生平事迹陈列馆，并于 1985 年 11 月 7 日正式对外开放（图 8），胡耀邦题书了"罗荣桓故居"匾额（见图 9）。

图 6　罗荣桓卧室中的书桌
（来源：调研团队实地拍摄）

图 7　罗荣桓书房里陈列的梳洗台
（来源：调研团队实地拍摄）

图 8　湖南省文物保护单位及全国重
点文物保护单位为罗荣桓故居立碑
（来源：调研团队实地拍摄）

图 9　胡耀邦题书匾额
（来源：调研团队实地拍摄）

2002 年，为了纪念罗荣桓 100 周年诞辰，中共衡东县委、县人民政府投入 1 475 万元，维修了罗荣桓故居及相关的古建筑，将故居后的陈列室仍恢复成杂屋，并对故居周边环境进行整治和建设，形成环绕罗荣桓故居的文物景区。

现在的罗荣桓故居，完全保留了清末湘南民居原貌。再现了罗荣桓当年的家庭情景，是保存最为完整的故居之一。

2. 文化层面利用情况：传承红色文化，发扬荣恒精神

为了传承红色文化，发扬荣恒精神，文化工作者们做出了贡献，2002 年湖南人民出版社出版图书《罗荣桓元帅人生之路》，书中超 80 多幅珍贵的历史照片再现了罗荣桓的壮丽人生 。2003 年辽宁人民出版社出版图书《我的父亲罗荣桓》，作者是罗荣桓之子罗东进，该书以罗荣桓儿子的视角讲述其父亲不仅是一位身经百战的元帅，更是儒雅宽厚的长者。2006 年 12 月 1 日由中共中央军委和

总政治部批准立项，当代中国出版社出版图书《罗荣桓传》，该书主要介绍罗荣桓为民鞠躬尽瘁的一生。

除了一些图书的编辑出版，电视连续剧《罗荣桓元帅》2002年在中央电视台播出，并在中央电视台《走进电视》栏目对电视剧主创人员进行深度访谈，讲述如何用影视艺术创作的方式讲述军史、党史，并能真正意义上进行红色文化的传承和教育。而由杨洪基老师演唱的电视剧主题歌《罗荣桓元帅》也因电视剧的播出而传唱江南大地。

最能讲述历史事实，述说历史伟人传奇一生的文艺形式便是纪录片，2002年CCTV首播大型文献纪录片《罗荣桓》，2011年6月3日CCTV央视网播出纪录片《中国将帅——罗荣桓》，2016年4月4日金鹰纪实频道播出纪录片《湖南故事——一代元戎罗荣桓》。

文艺工作者们通过书籍、小说、电视剧、歌曲、纪录片等文艺形式将罗荣桓的红色故事传承下去，将荣桓精神发扬光大。历史文化的发扬离不开文艺工作者对历史文化的再创作，以各种新的表现形式传遍祖国大地，让后人们铭记革命的历史，开创党的新征程。

3.政治层面利用情况：罗荣桓故居——全国爱国教育示范基地

罗荣桓故居纪念馆先后荣获"全国100个红色旅游经典景区""全国爱国主义教育示范基地""国家国防教育示范基地""第四届中国红色旅游市场游客满意十佳景区"等殊荣，2011年10月，罗荣桓故居纪念馆被国家旅游局批准为国家4A级旅游景区，2013年，列为全国重点文物保护单位。2016年12月，罗荣桓故居被列入《全国红色旅游经典景区名录》。

市委、市政府大力挖掘罗荣桓背后的红色故事，并以纪念馆的实体形式为全国各地的旅游参观者进行红色教育，游客们通过了解罗荣桓元帅的故事见证了中国共产党始终同人民群众风雨同舟、血肉相连的情感之深，既体会革命战争年代的苦和今日幸福生活的甜，也从一件件革命文物、一个个

图10　罗荣桓元帅生平业绩陈列馆
（来源：调研团队实地拍摄）

感人的革命故事中汲取砥砺奋进，再创辉煌的精神力量。

4. 经济层面利用情况：红色旅游带动乡村振兴

衡阳市旅游局确立了荣桓镇以罗荣桓故居为中心，把中南重镇衡东文化和罗荣桓元帅故居纪念馆红色旅游资源、绿色资源结合起来，打造衡东文化品牌和人文景观。

荣桓镇党委书记刘科在采访中表示荣恒镇在一三五"精准脱贫"时期实现了该镇建档立卡贫困户 205 户 669 人全部脱贫，并打好经济发展的 "铁算盘"，驻镇企业衡阳红狮水泥厂和泰源商砼经济效益年年增长，罗帅故居通景公路、衡阳同兴液化气站等重点项目任务完成出色，扭转了 8 个村集体经济"零"的局面。

在农业生产方面，粮食生产年产达 1 万吨以上，打造了洲子园沃柑、油茶等特色农产品生产基地，建设家庭农场 17 个 、专业种养合作社 6 个，奠定了推进农业产业结构改革的基础。

实地调查结束后，离开荣恒镇，我们拍下了百亩油菜花地的壮阔美景，新的荣桓镇八个村子田垄阡陌，青山环抱；池塘水库波光激滟，点点白鹭展翅低飞，散落在树枝和田野。乡村美景与现代文明浑然天成。一幅乡村振兴的美画卷徐徐展开。

图 11　荣桓镇乡村美景一角：油菜花地

（来源：调研团队实地拍摄）

三、问题及原因分析

近年来，荣桓镇对红色旅游景点的开发与宣传是非常重视的，罗荣桓人物故事的挖掘以及资源开发等方面都得到赞赏与拥护，荣桓镇红色文化传承与开发呈现良好趋势。但荣桓镇红色文化传播方面也存在一些问题，比如：

（一）交通不便

罗荣桓元帅纪念馆位于衡阳市衡东县荣桓镇南湾村，距离衡阳市区有38千米，因此地处偏僻，乘坐交通工具所需时间较长，而且除了驾驶汽车之外并无其他交通基础设施可供选择。从衡阳市市区驾车行驶到罗荣桓元帅纪念馆需要一个半小时左右，途经盘山公路和村镇道路，驾车时需要格外注意安全，并且常有拥堵的风险。

交通不便这一不利因素首先会导致参观人员和游客人数减少，不利于罗荣桓元帅纪念馆以及周边荣桓镇的经济可持续发展甚至是罗荣桓红色基因的传承；其次会导致罗荣桓元帅纪念馆以及荣桓镇与衡阳市市区之间连接不畅，无法实现市区带动周边乡镇共同振兴共同富裕的基本目标。

（二）周边旅游景点少

调研人员在罗荣桓元帅纪念馆周边调研发现，罗荣桓元帅纪念馆周边的旅游景点较少，其中最为出名的只有一个旅游景点，那就是中国旅游"黄金通道"的必经之地，有着"楚南第一景"美誉的"锡岩仙洞"。洞中许许多多天然形成的石头形态各异，不同颜色的光柱照在上面煞是好看；然而该景点仍旧处于半开发的状态，已经开发完毕能够供游客行进游览的路段只有一千米左右，游客在引导员的带领之下只需要半个小时就能够将洞里的奇观参观完毕，因此游客在景点上投入的时间少，旅游体验较差，导致受众黏性不强，游览重复率低。

综上所述，周边旅游景点少、游览过程困难重重这两大问题会限制罗荣桓故里红色旅游产业的发展，即无法形成完整而系统的产业链和产业闭环，更加无法转化为经济、文化发展的有效动力，无法实现通过"红色旅游"来推动乡村振兴的发展目标。

（三）参观人数少，宣传不力

受交通不便和周边旅游景点少等因素的影响，参观人数的基数首先就比较小。调研人员在调研罗荣桓元帅纪念馆时，发现展馆内空空荡荡，长时间不见一个人影；在调研罗荣桓元帅故居时，情况亦是如此。

此外，罗荣桓元帅纪念馆并没有配置主动参与游客游览全程的讲解员，如果游客在参观的过程中想要了解关于罗荣桓元帅更深层次的背景或故事等内容，还需要在特定的时间段主动去寻求讲解员的讲解与说明。这种情况并不利于纪念馆内容生态的良性发展，也不利于红色文化的传播与继承。

因此，上述参观人数少、宣传不力等问题会导致官方投入的物资、精力与想要通过这些投入而取得的效果不成正比，在无法达到想要效果的同时，会进一步阻碍罗荣桓红色基因的传承与发展。

（四）故居可参观的内容少

罗荣桓元帅的故居和罗荣桓元帅纪念馆可参观的内容都比较少。罗荣桓元帅的故居占地面积比较小，虽然在参观故居时不限制人员进入，但是仍然有些房间处于上锁状态，因此无法窥得全貌。

罗荣桓元帅故居内未配备讲解员，因此当游客或者前来学习的学员来到故居时，都只是草草游览一圈了事；罗荣桓元帅纪念馆虽然占地面积不小，但是真正的、狭义的纪念馆的占地面积相对来说却很小，在没有讲解员的陪同之下，游客参观一圈的时间不会超过半个小时。

真正的纪念馆之外是大片的树林和广场，放眼望去非常空旷；广场上除了放置了一架战机和几辆坦克以及罗荣桓元帅的巨大雕像之外就几乎没有什么其他的要素了，因此可参观的内容少，游览性不强。

（五）配套设施滞后

罗荣桓元帅故居和罗荣桓元帅纪念馆附近的饭店、公共厕所、垃圾处理站等基础设施都不是很完善。因为地处村镇，所以故居和纪念馆附近的旅馆和饭店都较为朴素和简陋，并且性价比不高；故居和纪念馆附近也并没有公共厕所，只有纪念馆的内部有厕所共来参观游览的人使用。

在配套基础设施不完善的状况之下，会导致前来罗荣桓故居和纪念馆参观学习的人数越来越少，也无法进一步带动当地经济的发展，并且容易形成配套基础设施滞后与参观人数不断减少之间的恶性循环，不利于最终目标的达成。

（六）环境较差

罗荣桓故居周边的环境是比较让人担忧的。调研人员在调研罗荣桓故居附近时发现不少的生活垃圾，导致附近的水质也受到了影响；特别是正对罗荣桓故居的那条街的内部广场上的财神像旁边，堆放着一些各类垃圾，在不整洁的同时还散发着阵阵异味，非常影响游客们视觉和嗅觉的观感。

在垃圾分类层面，罗荣桓元帅故居和纪念馆附近并没有细致的垃圾分类措施，只有几个巨大的垃圾桶盛放着没有经过垃圾分类的垃圾。因此我们可以看出，这个地区的垃圾处理方式相对落后，居民的环保观念较为淡薄。这些问题如不加以重视和解决，将会对罗荣桓元帅故居和纪念馆周围的生态环境造成破坏，以至于无法为参观学习的游客和学员提供一个良好的自然环境，这不利于衡阳市旅游局制定的"绿色旅游"发展道路，不利于经济的可持续发展。

（七）管理不善

罗荣桓元帅的故居和纪念馆虽然都有专人把关和管理，但尽管如此，在罗荣桓元帅故居，游客只需要进行手动登记就可以随意出入，也就是说，在故居，出入人员身份核实的有效性是值得商榷的，如果没有更加严谨的手段，在管理层面可能会形成潜在的风险。而且，不管是罗荣桓元帅的故居还是纪念馆，在没有限制通行的地方，游客和学员都可以随意走动，并没有工作人员加以提醒和限制，这样双方都会具有一定的安全隐患。

（八）周边产业发展薄弱

不管是在荣桓镇还是在通往荣桓镇的道路上，一路的景色都是较为荒僻的，调研人员发现，除了油菜花田、大棚种植蔬菜水果等等农业发展的痕迹之外，很少能够见到其他产业在此发展的痕迹，也就是说，荣桓镇这一带的经济发展主要以农业为主，其他类型的产业发展较为薄弱。

产业发展薄弱的现状会限制旅游业的发展，让衡阳市旅游局规划的"红色旅游＋绿色旅游"的发展道路受到阻碍。周边产业的发展不足还会对周边居民的生产和生活造成不良影响，进而影响到经济的可持续发展，无法实现通过红色旅游来带动红色村镇经济发展的目标。

四、荣桓镇红色资源保护利用的建议

习近平总书记强调："要把红色资源利用好、把红色传统发扬好、把红色基因传承好。"荣桓镇红色文化资源基础不弱，目前应在以下几个方面合理开发利用：

（一）科学制定保护措施

对红色文化资源而言，资源的保护是一项宏大的系统工程，涉及历史、传统、文化、法律法规等多个方面，而保护工作的重点，首先在于必须坚守遗产保护这条红线，保护好这些构成红色资源的实物遗存等硬件要素，其次才是开发和利用。

对于红色资源的开发和利用，必须坚持可持续发展理念，强化政府主导地位，科学制订发展规划，合理计划开发秩序，普遍强化群众保护意识，多措并举将保护理念贯穿到项目开发全过程。

（二）深挖红色文化内涵

充分挖掘红色文化资源的教育价值与研学价值，是荣桓镇作为红色文化旅游景点具备持久生命力的关键所在。为此，需要完善红色文化研学旅游产品体系，开展动静结合、形式多样的红色研学活动和课程，寓教于游，寓教于乐，讲好红色故事，实现缅怀革命先烈的爱国主义教育和革命传统教育的目的，打造全国知名的党性教育基地和爱国主义教育"红色地标"。

（三）加强红色资源整合

目前，国内红色旅游宣传的网站较少，且对湖南省 14 个市州的知名红色旅游景区少有综合涉及，缺乏对每个景点的具体介绍。为了满足游客对衡阳红色景点全面了解的需求，可以建立相关的红色旅游景点网站，为旅游者展示其旅游产品、线路安排、文化内涵、旅游特色，随时更新最新旅游活动等信息，从而更好地提高其网络关注度。同时，打造"红色荣桓镇"文化品牌，将荣桓镇打造成全国知名的红色旅游品牌，提升衡阳在全国红色旅游城市中的影响力。

（四）强化区域联动

荣桓镇坐落在湘江中游的衡阳盆地和醴攸盆地之间，东临攸县，西接衡山，南濒衡南，北连株洲，地广物丰，山水含情。此类红色旅游点的开发，在市域层面，可推动衡阳与韶山、长沙等红色景点串连成线，实现捆绑式联动发展。

除了市域联动外，还要融合发展荣桓镇的红色资源点与周围资源交叉重叠部分，让红色资源与自然风光有机结合为一个整体，例如与周边有"楚南第一景"美誉的"锡岩仙洞"等旅游景点的协作，依托优越的自然生态环境，将红色文化旅游开发作为荣桓镇旅游发展的重要抓手，联动开发打造"红＋绿"的融合发展模式。历史红的灿烂、生态绿的醉人将作为衡东旅游资源的鲜明特色和独特魅力。

（五）创新高科技利用

目前，罗荣桓红色文化旅游景区以静态展示为主，展示馆等场馆占很大比例，这也是它在红色文化旅游市场一直不温不火的重要原因。为了提升荣桓镇红色旅游的感染力，在深挖红色文化内涵的基础上，可融入现代高科技手段，以创意设计为核心，开发 VR/AR 高科技项目；再结合密室逃脱、对抗竞赛、知识问答等游戏元素，打造红色文化旅游特色线路；还可以通过红色文化创意园、红色影视、实景演出、红色展览宣讲和红色旅游文化节事活动等促进发展。强化"沉浸式"红色文化活动体验，充分调动游客的视觉、听觉、嗅觉等，满足游客求新、求奇、求知的体验需求，让游客获得更加强烈的心灵震撼和深刻的精神感悟。

（六）加大宣传力度

为了扩大和强化荣桓镇红色文化旅游市场的影响力，在宣传上必须用好媒体组合拳。首先，充分利用电视、广播、户外广告等传统媒介，预热衡阳红色文化旅游市场，稳定老年客群；其次，广泛使用微信、微博、抖音、今日头条等新媒体平台，加强与年轻群体与网络群体的互动；最后，为了做大做强衡阳红色文化旅游，必须走区域合作联动宣传路线，与韶山、长沙等地区在线路上进行串联，在宣传上进行整合，提升红色文化旅游的市场号召力。同时，红色旅游市场的营销模式应不囿于常规，可充分利用红色节日，广泛开展先烈缅怀、红歌联唱、诗歌朗诵、红色主题摄影、集体宣誓、研学教育等活动，讲好衡阳红色故事，传承红色文化基因。

（七）强化保障和支撑

提升公共服务也是红色文化旅游高质量发展的应有之义。目前，罗荣桓红色景区的旅游周边公共设施供给还不完善，因此，要构建多级旅游服务中心，完善交通基础设施建设，统一红色文化旅游标识系统，加强旅游信息化服务平台建设，优化住宿、餐饮、购物产品结构水平等，不断完善红色文化旅游的公共服务水平和社会服务功能，为红色文化旅游可持续发展提供强力保障和支撑基础。

致　谢

感谢衡阳市衡东县罗荣桓故居对调研团队提供影像资料、历史讲解等帮助，感谢指导老师孔令顺从前期拍摄到后期撰写报告对我们团队的耐心指导，最后感谢团队所有成员团结一致、互帮互助一起用心完成作品及报告。在文旅融合背景下，我们看到荣桓镇的红色文化旅游发展有其值得借鉴之处，但也存在诸多问题，在未来，我们应该多通过实地调研、社会实践等形式活动去真正深入红色文旅，通过我们的专业能力解决一部分文旅领域亟须解决的痛点问题，帮助我国红色文化旅游高质量发展。

（指导老师：孔令顺，广州大学新闻与传播学院教授）

点评

与大学生元帅的百年对话

中国人民对于罗荣桓元帅的战斗经历和传奇故事耳熟能详，但对于他是开国十大元帅中的唯一一位大学生可能知之并不多。罗荣桓 1924 年 7 月考入私立青岛大学（后并入山东大学）工科预科，1926 年秋预科毕业。1927 年 4 月到武昌中山大学读书，1936 年又曾进入中国人民抗日红军大学学习，是开国将帅中难得的受过高等教育的无产阶级革命家。我在山东大学任教时，经常能够听到这段辉煌校史。因此，当我的研究生准备准备组建对罗荣桓红色文化保护和开发情况进行调研的小组时，我大力支持并欣然担任指导老师。

总体来看，调研组取得了较为丰硕的成果，不管是文字还是影像部分都呈现出诸多亮点。

第一，世纪回响。老一辈革命家和无数先烈为了中国人民的解放和幸福舍生忘死、浴血奋战，他们的革命理想实现了吗？曾经的大学生罗荣桓投笔从戎，今天的大学生们能够理解吗？如果百年前后的大学生们之间进行对话，可能会交流些什么？这是一个很好的叙事策略。

第二，因地制宜。调研组的几位同学都来自湖南、江西等革命老区，甚至来自罗荣桓的故乡衡阳市。她们从小受到红色文化的耳濡目染，熟悉罗荣桓元帅的生平事迹，也有着调研荣桓镇的基础资源，能够较好地保障调研的顺利进行。这是值得鼓励的选题策略。

第三，专业优势。作为广播电视方向的专业硕士研究生，懂得借助影像讲述红色故事的技巧策略，也熟悉新闻传播和舆论宣传的方式方法，因此她们在调研报告等成果中充分发挥专业优势，并努力提出建设性意见。这种把论文写在中国大地上的调研实践，是我们专业性硕士培养需要突出的重点。

　　当然，由于时间紧张、资源匮乏和经验不足，这份调研报告只能算是一份阶段性成果，后续还需要我们继续努力。

（点评人：孔令顺）

边海红旗　永葆本色

——党员陈庆宜的故事

陶　冶　项婉莹　杨杰岷[①]

摘　要： 二十世纪的边海村时常受到自然灾害的侵袭，党员陈庆宜不惧艰险带领人民群众一次又一次地克服。六十多年过去了，边海不再是曾经的"灾害窝"，陈庆宜留下的"边海红旗"精神带领边海人民走向更加美好的生活。调研团队走进边海，追寻陈庆宜为家乡奋斗的历史足迹，挖掘"边海红旗"精神的真正内涵。同时以视频和报告的方式向更多的人宣传党员陈庆宜的故事，以号召新时代青年学习"边海红旗"精神。

关键词： "边海红旗"；陈庆宜；广东省特等劳动模范

一本叫作《边海红旗》的小人书里记载了这样一个故事，一位名叫陈庆宜的党员将一生奉献给了自己的家乡——边海。过去的边海是有名的"灾害窝"，常年受到台风海潮的侵袭，陈庆宜永远站在与灾难对抗的第一线，直到生命的最后一刻也是如此。六十多年后的边海已经发生了翻天覆地的变化，而陈庆宜的"边海红旗"精神却依旧深深烙印在每一个边海人民的骨血之中。

2021年2月11日，调研团队专程来到边海村，感受边海村的风貌，以及拜访陈庆宜的女儿陈永风，回溯陈庆宜为家乡奋斗的历史。同时参观边海红色纪念展馆，了解更多新时期的边海人如何继承和发扬"边海红旗"精神的故事。

陈庆宜用"甘将热血沃中华"的真挚情感，践行了"俯首甘为孺子牛"的崇高品质，弘扬了"越是艰险越向前"的优良作风。他以"小我"之心做人，以"大

---

①　陶冶、项婉莹、杨杰岷，广州大学新闻与传播学院2020级广播电视专业硕士研究生。

我"之心从事,以"无我们"之心奉献。他早已成为边海人的精神丰碑,而他的精神更加值得每一个青年人学习、继承和发扬。

一、"边海红旗"陈庆宜

位于广东省阳江市阳西县的边海村是一个三面临海的小渔村,这里自然环境优美,民风淳朴,也因此吸引了不少游客。第一次来到边海村,我们就被这里的风景深深吸引了,沿着边海大桥一路前行,桥两岸儒洞河的景色尽收眼底,远处的渔船随着微风肆意的飘摇。宁静的村子里,老人靠在门上晒着太阳,牛群在田边吃草,一幅悠闲的乡村图景跃然眼前。而边海最特别的并不在于此。

走近边海,还没进村你就会被大桥边的边海红色展馆所吸引。这个村子最引人瞩目的就是随处可见的红色雕塑,沿街的路灯上也满是红五星。一进村子就能感受到浓烈的红色气息,这里一定有一段让人难忘的历史……

在村里老人的带领下,我们得到了一本有些泛黄褪色的小人书《边海红旗》。这本书记录了党员陈庆宜与他最热爱的故乡边海的故事。阅读完小人书,陈庆宜的故事让我们久久不能忘怀。去世已经六十多年的陈庆宜,依旧作为"边海红旗"活在每一个边海人的心中,他的精神也值得每一个人的尊敬……

作为边海人的陈庆宜,出身贫苦,于1954年加入中国共产党,1952—1954年,先后被评为阳江县、粤西地区和广东省特等劳动模范。[①]

二十世纪四十年代,边海村经常受到海潮的侵袭。时常使得边海人民一年到头的辛苦操劳在一场台风海潮后被洗劫一空。遇上灾年荒月,边海人民只能携妻带儿外出逃荒。

"五日不雨成小旱,十日不雨变大旱",这是过去老百姓对边海村的印象。那个时候的边海流传着一首歌谣:"挑担下水东,天地黑朦胧,逃荒路途远,仇恨何日终!"我们无法想象眼前风景优美的边海村在二十个世纪是有名的"灾害窝"。

新中国成立后,党中央发出"组织起来,发展生产"的号召。此时出身贫苦的陈庆宜认清了方向,于是他组织了同村的村民,成立了边海的第一个互助组。互助组的成立为边海的发展带来了新的希望。陈庆宜也深知成立互助组不仅是一

---

① 阳西县当代专题人物 [EB/OL]．（2005–11–19）[2022–05–05]. http://ren.bytravel.cn/history/3/chenqingyi.html.

份荣誉，更加是一份责任，他也用行动为互助组，为边海贡献了他的一生……

采访陈庆宜女儿陈永凤的时候，如今已经八十多岁的老人回忆起父亲依旧感慨万分。她说到父亲那个时候真的是非常辛苦，带着村民们种田、耕地、开荒，一干就是一天。可是父亲并不觉得累……

在陈永凤奶奶的描述中，我们仿佛亲眼见到了为互助组发展一直在奋斗的陈庆宜，看到了那个在阳光下辛苦劳作，衣衫也被湿透的背影……

图1　陈庆宜女儿陈永凤（右）接受团队成员采访

（来源：调研团队实地拍摄）

那一年，正是有着这种执着耕耘的精神。陈庆宜把五户贫农拧成一股绳，发展生产，互相帮助。在他的带领下，互助组创造了全县最高的粮食生产纪录。陈永凤奶奶的丈夫，原边海党委书记陈万成爷爷也对那段历史记忆犹新，"他父亲创造了全县最高的粮食生产记录！在当时那种环境下，他父亲还生产了七百五十多斤粮食"。

1954年春，陈庆宜互助组在党支部的统一领导下，又吸收了另外两个互助组，十七户贫农组成了阳江县第一个农业生产合作社——边海第一社。边海第一社的成立让边海人民对边海的发展更加充满信心。村民们相信陈庆宜，相信在陈庆宜的带领下他们的粮食一定会有大幅度的增收。

二、抗击灾害，守护边海

正当陈庆宜带着社员准备大干一场的时候，恶劣的自然天气挡在了他们的面前。但是陈庆宜并没有被困难打倒，陈永凤奶奶告诉我们，"当时，父亲与另外三名党员，坚定站在与自然灾害作斗争的前线"。

面对自然灾害，陈庆宜从来没有说一句累，一句辛苦。他时刻牢记着共产党员的使命，永远都在践行"为人民服务"！

在《边海红旗》中记载道：边海农业生产合作社诞生不久，遇上了大旱四十天，接着又是大雨十四天。望夫山上的洪水沿着儒洞河滚滚而下，三度冲击边海乡，几乎浸过堤顶。陈庆宜领导全乡人民抗洪，几天几夜在堤围上坚持斗争。在抢救出险堤围时，陈庆宜带着党员跳下缺口，用自己的身体挡住洪水，指挥社员挑石头堵塞。最终抢救了七处险段，终于保住了堤围。

这段文字让我们感慨万千。为了守护边海，陈庆宜可以几天几夜为之奋斗，他不仅堵住了堤围的缺口，更加增强了边海人民抗击自然灾害的信心。他用身体践行如何守护大堤，守护边海。面对洪水时，是他的责任与使命帮他扛过了一次又一次的精疲力尽。在他的脑海中一定有一个坚定的信念：边海一定可以扛下去！边海的红旗一定不会倒！

经过几天几夜的努力，陈庆宜带领群众终于抗洪成功。可是陈庆宜的腿却永远地落下了病根。此后的每一年的秋冬时节他的腿就会隐隐作痛。陈永凤奶奶回忆到这段事情的时候眼眶有些湿润："当时许多人劝父亲回家休息，但父亲始终坚守岗位。他常常说，作为党员，就要在一线为人民群众谋幸福。就算只有一名党员，也不能让边海的红旗倒下去。"

图 2　边海村村口雕塑

（来源：调研团队实地拍摄）

陈庆宜的身上有着我们每一个都需要学习的边海红旗精神："先天下之忧而忧，后天下之乐而乐。"陈庆宜放弃了个人的小我，成全了大我。他是"为人民服务"的共产党党员。

小满以后，又是一连八十四天滴水不降，合作社出动了二十多架水车，还是解决不了问题。面对灾害，永远站在第一线的陈庆宜再次带领共产党员，在最高的田垌上奋战三天三夜，挖出了第一眼泉水。这一眼泉水给乡民们带来了希望，也打破了乡内农民们一向认为"边海地下无水，有也是咸水"的观念。陈庆宜带着大家开了三十七个水窟。后来又领头堵塞儒洞河，引水入田。他就像铁人一样，一直干，从不说一句抱怨。边海社的红旗插在河边的水车棚上，在陈庆宜的带领下，那面红旗好像更加的鲜亮了。白天，党员陈庆宜带领社员们在灼热的太阳下轮流车水。晚上就地露宿，轮流继续干活。干旱了八十四天，他们就坚持了八十四天。他们的坚持滋润着边海的土地，更滋润着边海人的心。

好景不长，入秋后八月初一夜里一场巨大的台风卷起风浪，把边海乡的海底冲崩了七百多次，海水淹没了全乡，冲毁了二百多间房屋。一千五百多亩和坡地农作物全部受灾。这一夜，陈庆宜顾不上自己家的损失，赶紧帮助群众转移。帮助群众转移以后，他将大家召集起来，鼓励大家进行生产自救。他说："受灾、崩堤总没有过去逃荒那么苦。我们有党的领导，有人民政府的帮助，再大的困难也能克服。我们要团结一致，恢复生产。"

乡民们对于陈庆宜的话语很是感动。陈庆宜的行动乡民们也看在眼里。他的精神鼓舞着乡民。于是，在陈庆宜和党支部的领导下，村民们修复了海堤，排出了咸水，立即进行补种，并抢救了四十六亩旱粮。虽然大家身体上都很劳累，可是每一个人的心里都是暖洋洋的，因为在每一个边海人的心中，他们都相信有陈庆宜这样的好党员带领下，他们一定可以克服自然灾害。果真如乡民们所相信的那样，尽管这一年灾害重重，边海的斗争仍然取得了胜利。边海社遭受灾害严重却仍然实现了粮食的增产的奇迹，这都离不开陈庆宜的带领。

1955 年，陈庆宜当选为广东省特等劳动模范，年底，他赴北京光荣出席全国劳动模范大会。党员陈庆宜的故事感动了所有的人，1955 年 12 月 27 日，毛泽东同志在《中国农村的社会主义高潮》一书中为边海乡党支部的先进事迹写下了按语：这个乡的党支部是一个模范的支部，它领导群众作了许多英勇的斗争，获得了群众的拥护。毛主席的批示肯定了这个南海边的小渔村里，党员带领群众攻坚克难与自然灾害斗争的英勇精神。

边海自然斗争的胜利受到了毛主席的肯定，也让边海的百姓们更加坚定了走社会主义光辉大道的信心。陈庆宜所彰显的边海红旗精神也成为每一个边海人的骄傲。然而边海村与自然灾害所做的斗争并未结束……

三、将边海的红旗扛到底

没过多久，边海又遇到连续四十天的大旱，陈庆宜再次勇敢站起来，带病率领大家日夜抗旱护苗。抗旱护苗斗争取得节节胜利，陈庆宜的胃病却越来越严重。

堵河的第三天，陈庆宜的病严重恶化，突然口吐鲜血，晕倒在河边。乡民们赶紧把不省人事的陈庆宜扶回了家。经诊断后医生也无奈地摇了摇头。乡民们和陈庆宜的老战友们闻讯赶来看他。陈庆宜临终前握住老战友的手说："我不行了。你们要依靠党支部，带领群众顶住风浪，跟毛主席走，把边海红旗扛到底！"

图3　边海红色展馆雕塑

（来源：调研团队实地拍摄）

这是陈庆宜留给战友的话，也是陈庆宜留给边海的话。陈庆宜就这样离开了他最热爱的那片土地。

陈永凤奶奶清楚地记得那一天——1959年九月初九。面对旱情，父亲陈庆宜带着乡民们堵河，结果人却突然倒下。乡民们得知陈庆宜的身体状况，揽着陈庆宜哭。每一个人都在感叹这么好的党员不应该就这样离开……

陈庆宜虽然永远地离开了，可是他的精神并未离开。把边海红旗扛到底！这句话似乎印在了每一个人的边海人的心中。1965年早造，边海田垌一片金黄，粮食亩产创造了历史最高纪录，正当社员们兴高采烈地把一担担丰收果实挑回村时，一场意想不到的毁灭性灾害又发生了。7月15日，风云突变，从南海窜来的强台风刮得天旋地转，百年不遇的特大海潮铺天盖地地呼啸而来。大队周围两千多米的堤围被冲垮了一千三百米，堤内的房屋和田地全部被毁。

在此时，党支部深知自己肩负的使命，将一千多个社员全部安置在二里路外的公社礼堂住宿。党员们一致表示："边海人民唯一的出路是遵照毛主席的教导，发扬英勇斗争的光荣传统，克服困难，重建家园，继续革命！"

于是，党支部决定分头发动群众，先筑堤拦河，再引淡冲咸，后盖房屋，进行生产自救。在灾后第二天，党员们带着群众游过儒洞河，到河边堵口复堤，翻犁晒天。第四天，党支部又带领着群众投入堵塞儒洞河的战斗。一连四天，党员们都没有睡过一个安稳觉。没过多久，边海的堤围又巍然屹立在南海之滨。废墟上又建起了一排排新房子，田野种上了庄稼，这年晚造又收获了好收成。边海一直在与自然灾害作斗争的路上。

随后的二十世纪七十年代，党支部领导群众开山炸石，筑建海堤，实现粮食增产。九十年代，党支部领导群众修建边海大桥，结束摆渡进山的艰辛历史。2000年，党支部发挥战斗堡垒的作风，组织群众抢险加固堤围，救灾复产。党支部带领群众发展生产奔小康，朝着共同富裕的目标迈进。

四、发展中的边海

六十多年过去了。边海在党中央的带领下，已经发生了翻天覆地的变化。这个位于广东省阳江市阳西县儒洞镇的小渔村已经于2019年实现全部脱贫。在"边海红旗"精神的激励指引下，在村党总支部的带领下，今天的边海村，已经形成了种植业、养殖业、浅海捕捞业"三驾马车"齐头并进的产业发展模式。[①]边海再也不是曾经的"灾害窝"，村中万亩国家级水稻优良品种示范基地，种植的"一村一品"优质丝苗米亩产超千斤。过去总是经受洪水的滩涂，由于有海堤护卫，建成了鱼苗和虾养殖基地，无数的家庭为之受益。这里还生产著名的红心海鸭蛋。村里不少的家庭从事浅海捕捞工作，收入逐年提高。边海已经不再是曾经穷苦的旧村落，而是让乡民们感受到幸福的新农村。

边海村党总支书记、村委会主任陈广说："我们是一名党员，为家乡百姓幸福出力，没有什么比这个更重要。"这是每一个边海党员的使命，无论时代的变迁，每一位边海的党员都为边海的发展倾其所有。"为人民服务"是他们永远的使命。

为了帮助村民们提高生活质量，2017年8月，在阳江市和阳西县农业局的大力支持下，成立了阳西县西荔王果蔬专业合作社。除此以外的光伏项目、长角

---

① 阳西边海村党总支："老模范"开拓群众致富新局[EB/OL].（2021-07-19）[2022-05-05]. https://baijiahao.baidu.com/s?id=17056785332134684453&wfr=spider&for=pc.

水库项目都是惠民的工程。为了提高百姓的生活，边海在行动，阳西在行动。

陈广表示："过去粤西的群众常说，南海边的盐碱滩寸草不生，发展农业生产犹如白日做梦。没想到现在的边海村，不仅能够看到颇具规模的对虾养殖基地、鱼苗生产基地、鸭蛋生产基地，还能看到万亩国家级水稻优良品种示范基地。这都是实实在在的'红色奇迹'。"①

六十多年前党员陈庆宜充分发挥"为人民服务的精神"，带领边海勇敢抗击自然灾害。虽然他早已离开他最热爱的土地，可是他的精神化作边海红旗，在每一个边海人的心中飘扬。

边海的大踏步发展，离不开党中央的指引，离不开边海红旗精神的指引。时间没有让"边海红旗"褪色，"战天斗地、党群同心、勇于进取、永葆本色"的边海红旗精神也深深烙印进了每一个边海人的骨血之中。正如阳江市委常委、阳西县委书记孙波所说："新时代，我们要继续延续、传承、发扬'边海红旗'精神，丰富它的内涵，打造无数个像边海一样的党支部，让红旗

图 4　边海乡村图景

（来源：调研团队实地拍摄）

在阳西大地飘扬。我们将发扬'边海红旗'精神，让党群一条心，拧成一股绳，把红旗插在工作的一线，攻坚克难，让一个个重大项目在阳西落地，让一件件民生实事有序推进。"②

习近平总书记说过"人类万事出艰辛。越是美好的未来，越需要我们付出艰辛努力"。今天边海人民的幸福生活，根源于祖辈们的付出，祖辈们的努力造就了今天的安居乐业，如今的边海在党中央的引领下，把保障和改善民生作为改革发展中的重中之重，未来边海人民的生活必将越来越好。而边海也必将牢记党员陈庆宜，牢记边海红旗精神！

作为年青一代的我们需要把"边海红旗"精神牢牢记在心间。对于英雄人物

---

① 决战征途飘扬的"边海红旗"[EB/OL]．（2020-01-07）[2022-05-05]．https://baijiahao.baidu.com/s?id=1655027003747311239&wfr=spider&for=pc.

② 决战征途飘扬的"边海红旗"[EB/OL]．（2020-01-07）[2022-05-05]．https://baijiahao.baidu.com/s?id=1655027003747311239&wfr=spider&for=pc.

和英雄的精神，最好的学习是践行、最好的致敬是传承。奉献精神不是与生俱来的，离不开经年累月的修身正己。年青一代定要勿忘昨天的苦难辉煌，无愧今天的使命担当，不负明天的伟大梦想！

致　谢

感谢阳西县边海乡边海红色展馆给予本团队这次格外珍贵的学习机会，感谢本次采访对象陈永风、陈万成夫妇的积极配合，感谢陈本一家人对本次调研活动给予的支持和帮助。本次实践活动对于团队而言是一次深刻和丰富的红色教育，追寻历史的足迹也能让成员们更加能够珍惜当下。

（指导老师：李彦，广州大学新闻与传播学院讲师）

点评

品味红色经典，传承革命精神

一百多年前，中国共产党的先驱们创建了中国共产党，形成了坚持真理、坚守理想，践行初心、担当使命，不怕牺牲、英勇斗争，对党忠诚、不负人民的伟大建党精神。一百多年后，中国共产党凭借其坚定的理想信念和精神追求，带领人民走向更加美好的生活。这一切都要归功于每一个共产党人能够坚持全心全意为人民服务，能够吃苦在前，享乐在后，为了理想而奋不顾身去拼搏、去奋斗、去献出自己的全部精力乃至生命，而广东省阳江市阳西县边海村的陈庆宜就是这样一位好党员。

调研团队走进边海。为了更好、更准确地了解党员陈庆宜为家乡奋斗的故事，调研小组于2021年2月8日至11日期间在阳西县边海村进行调研。首先通过参观边海红色展馆，了解边海和阳西的发展历史，了解"边海红旗"精神随着时代发展不断丰富的内涵。随后采访了党员陈庆宜的女儿陈永风，由她口述那段关于她父亲的故事，得到最真实的历史。

一本微微泛黄的小人书《边海红旗》随着时间的推移，已经变得无比珍贵。可对于边海人民而言，陈庆宜的"边海红旗"精神却依旧振奋人心，无论是五岁的孩童还是七十岁的老者，陈庆宜对于他们是那么熟悉。他们口耳相传的不仅是陈庆宜为家乡奋斗的故事，更是"边海红旗"精神。

年轻的调研团队深入边海，让陈庆宜的故事不仅仅停留在书本上，他们用视频和报告的方式让这一段共产党人奋斗的历史获得了新的呈现方式。他们对于边海红旗精神的理解也会变得前所未有的深刻，陈庆宜拥有坚定的理想信念，他有着同所有共产党人一样的精神追求。对社会主义和共产主义的信念，也是陈庆宜能够经受住任何考验的精神支柱。

初心易得，始终难守。陈庆宜一直坚守着作为共产党人的初心，全心全意为人民服务。老一辈共产党人奋斗的历史化作精神力量鼓舞着我们年青一代。年青一代是国家和民族的希望。未来的日子，在新的征程上年青一代也要更加坚定、更加以史为鉴，自觉地牢记初心使命、坚持信念，传承和发扬老共产党人身上的"为人民服务"的精神，开创更加美好的未来。

（点评人：李彦）

追溯传承红色精神

——梅州客家红色基因调研报告

李莹莹　朱珮虢　吴铭帆　卢嘉宝　梁馨婕　王紫月[①]

摘　要： 党的一百年历程中为我们留下了众多宝贵的红色资源，本次调研团队走进世界客都梅州，体会这里的红色精神及传承。报告由"探访叶剑英纪念馆""采访陈国秀志愿军""寻找新时代新传承""喜看新变化"四部分构成，以"红色精神"为主线，展现了梅州及梅州人骨子里的红色血脉。

关键词： 叶剑英；志愿军；红色精神；传承

"梅州站到了。"扛起摄像仪器，怀揣着未知与紧张的心情，我们来到了本次探寻客家红色基因的主阵地——广东梅州。

梅州被称为"世界客都"，但它同时也是名副其实的"红色客都"。梅州既是客家文化的核心代表地区，又是全域苏区，红色文化与客家文化在这里交汇，非凡的魅力吸引、激发着我们探索的渴望。

"过去的梅州穷得很，都没有几条能走的道路。"走在梅州的街上，看到林立的楼宇，川流不息的车辆，已经很难再感受到钟伯伯口中所说的"过去的梅州"。时间的齿轮不停转动，如今的梅州已经有了大都市的气息。与白天相比，夜晚的梅州更像是一位温婉的美人，街上不再喧嚣，梅江河在灯光的照射下散发出一种动态美，行人就在河的两岸分享夜的静谧。

就是在这样的一座城市当中，诞生了包括叶剑英、肖向荣、邓逸凡在内的八

---

① 李莹莹、卢嘉宝，广州大学新闻与传播学院 2018 级播音与主持艺术专业本科生；朱珮虢，广州大学新闻与传播学院 2019 级网络与新媒体专业本科生；吴铭帆、梁馨婕、王紫月，广州大学新闻与传播学院 2018 级网络与新媒体专业本科生。

位开国将帅。1987年7月梅州市为纪念叶剑英元帅开始建设叶剑英纪念馆，两年后也就是1989年，纪念馆竣工，当时海内外各界人士共计200多人参加了隆重的开馆剪彩典礼，原国家副主席王震亲自会见叶帅的亲属和纪念馆的捐建者。至此之后，四面八方的人们来到位于梅州的叶剑英纪念馆，了解叶帅激情澎湃的革命历程，表达对其深深的敬佩与思念之情。

一、探访纪念馆，感受叶帅的家国情怀

叶剑英纪念馆就位于叶剑英元帅故居的左侧，纪念馆正门口左侧的台基上，一棵棵翠柏，一簇簇鲜花，掩映着叶剑英元帅的坐姿铜像，据纪念馆讲解员介绍，叶帅的铜像高2米，是由我国著名的雕塑家刘焕章雕刻而成。通过铜像，我们似乎可以感受到叶帅在战场上的英勇无畏。

图1　叶剑英元帅铜像

（来源：调研团队实地拍摄）

纪念馆由三个展厅构成，包含了叶剑英元帅一生的革命历程和他为革命与建设写下的文章诗词。

刚入纪念馆，一个个花圈围绕着叶剑英元帅的画像，寄托着对他的感谢和缅怀之情。

我们停下脚步，鞠躬致敬。

第一展厅内陈列着六把兵器，吸引着我们的目光，这些兵器是叶剑英元帅少年时期的好"玩伴"，讲解员介绍道，少年时期的叶剑英就深知要练造一身好本

领来保家卫国。这些制作简陋的兵器虽略显粗糙，但它们却寄托了一位少年的家国情怀。

图2　展厅一隅

（来源：调研团队实地拍摄）

展厅里的每一幅历史画像、每一个文字、每一件展物都代表着背后鲜活的红色故事，我们可以了解到叶剑英元帅为中国革命事业做出的巨大贡献，敬佩于他过人的胆识和浓厚的家国情怀。我们最大的感受便是先辈倾尽一生为祖国的解放和人民的自由做出了巨大的贡献。

"肯借头颅纾友难，敢披肝胆效时贤"，这是挂在纪念馆第二展厅的一句诗，出自叶剑英元帅的《敬赠胡志明同志湘妃扇》。"诗人"同样是叶剑英最重要的身份之一，毛泽东曾赞誉叶剑英为"擅七律"的杰出诗人，作为肩负重任的将领，无论是战火硝烟，还是建国治军，叶剑英的诗篇中充满了浓郁的"先天下之忧而忧，后天下之乐而乐"的家国情怀。《登祝融峰》一诗中"四顾渺无际，天风吹我衣。听涛起雄心，誓荡扶桑儿"短短20字凝聚着满腔的爱国热情与挫败顽敌的坚强意志；《七律·远望》中以"昏鸦三匝迷枯树，回雁兼程溯旧踪"的形象比喻，表达了对国际社会主义阵营的走向和前途的担忧；《怀董老》中的"飘然时危不老翁，卅年坚持旌旗红"怀揣着矢志一生、戎马报国的革命情怀。

在最后一个展厅中，给我们感触最深的是那句"老夫喜作黄昏颂，满目青山夕照明"，这句话的意思是我喜欢作颂扬黄昏的诗，在我的眼里，到处是青山，山不老，夕阳明亮照青山。诗句体现了叶剑英心态不老、志在千里的崇高品质，也是激励我们时间转瞬即逝，青年一代应该把握机会、珍惜时光、努力奋斗，先辈们已经为我们的如今美好和平的生活打下了坚实的基础，祖国的未来靠的是我们青年一代。

叶剑英元帅的文化底蕴离不开家乡梅州的影响，梅州素来有"文化之乡"的称号，崇尚文化，重视教育，以兴学为乐，以读书为本，以文章为贵，以知识为荣，已经成为一种社会风气。自幼成长在文化之乡，受诗词文学熏陶的叶剑英元帅，在他波澜壮阔的一生中诗词已然成为他生命的一部分，家乡梅州的"崇文重教"与"家国情怀"扎根于心底，加之战争和岁月的洗礼，凝练中国革命苦难辉煌的诗词刻录着他战斗一辈子的人生轨迹。

"没有天生的革命家，我自己只是在党的领导下做了一些应该做的事情。"这是纪念馆的结束语，也是叶剑英元帅对自己的革命历程作出的评价，简单的一句话彰显了叶帅的广阔胸怀。叶帅一生高风亮节、谦逊有加，是后辈心目中的理想模范。在某种意义上，叶剑英元帅与客家红色文化早已融为一体、互相成就。

走出展馆，内心的震撼久久不能平息，正是有了这样的纪念馆，我们才能够拉近与革命先辈的距离，真正走入他们的革命岁月，叶剑英元帅的一生以"革命"与"建设"为主题，创作了一曲又一曲澎湃激昂的岁月赞歌。在他参与的每一次革命行动中，叶剑英元帅都勇往直前，从不退缩，用智慧和胆识创造了一个又一个奇迹。

既是革命先辈又是伟大诗人，叶剑英的精神鼓舞着客家的每一位有志青年，客家人心中不仅惦念"小家"更是心怀"大家"，叶帅虽然已离开我们多年，但我们仍会看到在实现中华民族伟大复兴的征途中，有千千万万个客家青年，将这种红色精神不断传承下去。

二、采访志愿军，致敬老兵的光荣岁月

隔天，我们去拜访了梅州籍志愿军老战士陈国秀，他不仅是中国发展进程中的见证者，也是红色文化的传承人。

"汽车去不了，只能用人来支援，支援路上被敌军炮封锁，他们的炮，没有任何确切的目标，也没有时间性，想到了就轰炸。"老人已经93岁了，但那些浴血奋战的峥嵘岁月依旧深深地烙印在心间。陈国秀老人年轻时受到客家红色文化的熏陶，知道客家多出将帅之才，客家青年都有着敢拼敢闯敢为天下先的精神，于是在青年时期选择从军，后来抗美援朝战争爆发，陈老义无反顾奔赴前线，穿梭在枪林弹雨之中。

图 3　陈国秀老人接受采访

（来源：调研团队实地拍摄）

在采访前，我们与陈老交谈的过程中，他告诉我们："很多东西我都忘记了，现在耳朵也听不见，眼睛也看不清楚。"因此我们的采访问题大都写在本子上，陈老通过放大镜来了解。即便如此，对于那段峥嵘岁月，陈老仍旧历历在目，每一个故事、每一个细节都深深地刻在他心里。拍摄小组中有三位同学都不是客家人，听不懂客家话。但真切的情感是可以越过语言的障碍的，拳头紧握、摘镜擦泪、轻拍桌子等这些采访过程中陈老的动作都让我们为之动容。从这些表达情绪的动作中传达出的战友情、爱国之情让我们体会到了战争的残酷和战士们渴望国家胜利、人民自由的决心。

陈国秀老人回忆道："朝鲜战争初期，掌握制海权的美军在仁川登陆，取得了不小的战果。我们驻守的铁山半岛，位于中朝边境的朝鲜一侧，战略地位十分重要。我们的阵地相对简陋，而敌军的阵地则布满了铁丝网，边上还埋着、挂着许多地雷，只要一碰上便会死无全尸。"从老人的回忆中可以感受到战争环境的残酷恶劣，敌机轰炸袭击与硝烟弥漫不断交织。陈国秀老人见证过身边的战友纷纷跃出战壕，歼灭敌军，也看到过太多战友舍生忘死流血牺牲，但所有战士都依旧坚守阵地，没有半点退缩，誓死捍卫着祖国的荣誉。

图 4　陈老在回忆残酷的战争场面

（来源：调研团队实地拍摄）

"敌人武器比我们先进，火力很凶猛，我们稍微应对不力，就会伤亡惨重。"战争的惨烈至今让陈老刻骨铭心，在并肩作战的岁月里，陈老提到了一位令他印象深刻的战友，"我记得特别清楚，有一个战友他给我们当时留下了很深的印象，他对我们说穿的军衣里面，口袋里面（放着一张纸），（上面）按连写，什么部队，什么番号，哪里人，什么名字。他知道自己可能会牺牲。"这位自称烈士的战友性格幽默开朗，身边的战士包括陈老在内，都被他深深感染。

在几天后的一次紧急任务中，这位战士主动请缨炸碉堡，当时他顺利爬上了半山腰，却被敌军的轰炸机发现，这位战友在敌人的轰炸机的炮弹中失去生命，成为共和国真正的烈士。

陈国秀老人谈到这里，身边的我们早已热泪盈眶，在抗美援朝战争中，我国共有 19.7 万多名志愿军官兵英勇牺牲，而这些烈士的背后是千千万万个心碎的家庭，但这些官兵都如同陈国秀老人所提及的那位烈士一般，怀着视死如归的信仰，为争取和平而战。清澈的爱，只为中国，这就是中华人民共和国的军人。

年逾九旬岁的陈国秀老人身体还算硬朗，随着曾孙的出世，家里四世同堂，其乐融融，老人在耄耋之年享受着难得的天伦之乐。

国家从未忘记为国而战的他们，作为志愿军老战士，政府每年都会给予一定的生活补贴，逢年过节也会有人前来慰问。陈国秀老人说："我经常教育子女，要铭记历史，牢记使命，不忘革命先烈的付出与奋斗，珍惜来之不易的和平幸福生活。"这段话不仅是陈老对子女的期望，同样也是祖国对我们这一代青年的期望，无论走了多远，都不要忘记为了什么而出发。

如今七十载过去，残酷的战争岁月依然铭记在陈国秀老人的心中，战场上一个个浴血奋战的身影也牢牢地刻进了每一个中国人的红色血脉中。从朝鲜战场到荣归故里，改变的是身份，不变的是那份客家青年的赤子情怀和扎根于心底的红色信仰。

三、聆听悦耳歌，探寻特殊的传承方式

如今，我们青年一代生活在了幸福安乐的和平年代，报答祖国的方式也不像先辈们那样需要抛头颅洒热血。每一个中国人都在用自己的方式表达着对祖国的热爱和报效祖国的决心。传承与创新始终是进步的两大臂膀，中华民族的红色奋斗精神在每个时代青年的助力下得到传承，同时又注入了新的时代内涵。

小女孩黄琳雅就是一位优秀的客家红色文化传承人，人称"客家山歌小公主"。15岁的琳雅已经能称得上是客家山歌的资深表演者了，从6岁开始，琳雅陆续演唱了多首客家红歌，获得了广东省乃至全国的多项奖项。

与琳雅的初次见面就定在了她的家中，初见琳雅，长长的辫子和清澈的眼睛给人青春活力的感觉，也没有想到才十几岁的她对于客家红歌已经有着深刻的感悟。

"去尾村里红旗扬，革命工作要加强，农民齐心入农会，不怕土豪逞凶狂，跟党不怕路途长，斗争不怕白狗狂，消灭民团除恶霸，军民合力保家乡。"在琳雅的歌声中，我们感受到了客家红歌的魅力。

图5　琳雅在演唱客家红歌

（来源：调研团队实地拍摄）

"这能让我们青年一代更好地去传承红色文化,因为每一段红色山歌、红色歌曲后面都是一段令人难忘的历史,我刚刚唱的那一小段红色歌曲呢,它讲述的就是在那个动荡的年代,贫苦的农民在吃穿用度方面和地主产生的一系列矛盾与纠纷,以及共产党人如何领导农民与地主做斗争的一个红色故事。"琳雅在演唱完歌曲后,向我们讲述了歌曲背后的故事,她认为只有深入了解了歌曲背后讲述的故事,才能以更贴切的形式对歌曲进行表达。

和平年代里,我们虽然不能如叶剑英元帅多次参与、领导革命活动,探寻新中国的出路;不能够像陈国秀老人一般参加卫国战争,守护祖国的荣誉,但琳雅坚持传唱客家红色歌曲同样也是对红色文化的一种传承,是我们这代人对初心的回顾与坚守。

"我们那个年代条件不允许,现在你们这代人可以了,我应该带她去学,学客家山歌,学客家红歌,让她学完传承下去,再传承到下一代,不能忘记代代传承,我们是没有办法了,你们一定要坚持这些老的宝贵的精神。"琳雅的奶奶在接受采访时谈到她对孙女的期待,希望能够将客家红歌唱给更多的人听。

离开时,琳雅演唱了另一首红歌送别我们,在她的歌声中,我们感受到了青春的力量,感受到了"心有丘壑,眼存山河"的客家青年。

叶剑英、陈老和琳雅代表着中国特色社会主义发展进程中的三代人,每个阶段的每一代人扛在肩上的任务都不同,我们年青一代应该做的是了解先辈们的故事,从中学习良好的品质与崇高的精神,确立自己的目标,为中国的未来贡献自己的一分力量,并在这个过程中把红色故事代代传承下去,描绘出属于我们自己的"中国故事"。

就像叶剑英写给女儿的家书中写道的:"就让爸爸们,把新民主的地基,铲得平平的,让你们后一代,加工的把我们的祖国,建筑起一座自由、快乐、文明、进步、庄严、华丽的世界。"

"少年强则国强,少年独立则国独立。"铭记历史,传承红色文化,鼓励一代又一代的年轻人共同去完成我们的"中国梦"是我辈不能推卸的责任与担当。

四、喜看新变化,不忘初心砥砺前行

梅州的红色精神不仅仅在这些优秀的代表人物身上展现,更在梅州的每位客家人身上得到体现。历史上,客家先民经历了以"衣冠南渡"为首的四次大迁徙最终定居于今赣南、闽西和粤东北等地。客家人的聚居地多位于山脉交错处,远离沿海发达地区，交通闭塞与产业结构单一化，导致客家地区在改革开放前长期处于贫困状态，但客家人凭借着吃苦耐劳、敢拼敢闯的精神克服恶劣环境，使客家从漂泊无依的民系成为拥有一亿多人口的繁荣民系。

梅州作为红色老区，为中国革命贡献了巨大的力量，但新中国成立以来，包括梅州在内的中央苏区发展还不够。习近平总书记多次强调："老区人民为中国革命作出的重要贡献，党和人民永远不会忘记，要抓紧让老区人民过上幸福生活。"

梅州市政府近些年紧跟党的政策，发挥红色精神的干劲，积极转化红色资源，开发旅游产业，带动当地的服务经济。据梅州市委党史办主任邓文庆介绍到，梅州市内的红色资源丰富，经过调查摸底，已确定了359处红色遗址，准备重点打造的有20多处。

图 6　夜晚的梅州
（来源：调研团队实地拍摄）

经过近几年的努力，如今的梅州已不再是"房屋低矮，道路阻塞"的"蛮荒地区"，梅汕高铁开通、梅龙高铁动工、梅平高速通车、S223 线梅县雁洋至梅城段路面完成改造，梅州市交通取得了历史性的突破。梅州市围绕"十三五"规划及年度目标任务，重点推进高速公路、铁路、国省干线、四好农村路、机场、公交站场等 8 大类 145 项交通项目建设，全力加快完善全市交通网络，积极对接粤港澳大湾区和潮汕地区，助推以梅州"加速度"融入服务粤港澳大湾区和深圳先行示范区的建设。据统计，2019 年，全市完成交通投资超过 140 亿元，再创历史新高。其中，高速公路完成 51.9 亿元，铁路完成 12.8 亿元，国省道完成 31.8 亿元，农村公路及桥梁完成 37.9 亿元。[①]

相信在梅州政府与人民的共同努力下，梅州的未来会更加美好。

2021 年是中国共产党成立一百周年，在这百年沧桑岁月中，中国共产党凭借红色精神带领中华民族从被列强欺凌走向独立自主，从贫弱走向富强，创造了无数的奇迹，许许多多的革命先辈为中华民族的伟大复兴奉献了一生。

先辈们战胜了过去的苦难，而如今时代的交接棒来到了我们手中，作为新时代青年的我们要认真履行自己的责任，在世界局势变幻莫测的当下，我们要以实际行动践行新时代红色精神，翻越中华民族复兴路上的每一处障碍，迎接更好的祖国。

致　谢

感谢叶剑英纪念馆的工作人员给予调研团队参观学习的机会，感谢本次采访对象陈国秀老人、黄琳雅及其家属们的积极配合。本次的调研之旅使团队的每一位成员都真实地感受到了红色精神的魅力，更加坚定了不懈奋斗的决心。

（指导老师：陈智勇，广州大学新闻与传播学院讲师）

◈ 点评 ◈

红色基因在客家文化传承中的体现

为岭南文化重要的组成部分之一，客家文化是维系着客家儿女与故土亲情最重要的纽带。千百年来，正是这样一份对故乡的眷恋与对家乡文化的坚守，激励着一代又一代的客家儿女在面临着人生中的各种挑战与困境时，总是能满怀着豪情壮志，凭借着坚忍不拔的精神战胜一切困难，走向人生的辉煌。

而自灾难深重的近代以来，这样一份珍贵的文化传统更是平添了一份红彤彤的革命底色。尤其是在中国共产党诞生之后，客家好儿女们更是秉承着忠党爱国，

[①]　数据由梅州市交通局提供。

不怕牺牲的精神，留下了许许多多可歌可泣的故事。从党和国家的缔造者朱德、叶挺、叶剑英等伟人到在三河坝与梅州苏区牺牲的千千万万革命烈士，他们将"胸怀天下、大公无私、团结奋进、勇挑重担"的百年红色革命基因有机地融入"开拓进取、艰苦奋斗、崇文重教、爱国爱乡"的客家传统中。并在后来的革命战争与社会主义建设中不断发扬光大，成为今天促进中华民族伟大复兴的重要精神财富，也代表着新一代客家青年的精神风貌。

而这一份沉甸甸的调查报告正是对这种精神的发掘与阐述，它通过对三位来自"红色客都"梅州的主要人物的描述与刻画，从三个不同的层面上对红色基因在客家文化中的传承做出了充分的解读。并通过当代青年的视角，为这份传承增添了特殊的时代意义，而这正是本报告的最突出的亮点。

第一位出现在报告中的人物便是梅州客家人的骄傲，共和国的开国元帅——叶剑英同志。由于叶帅的革命经历与当下年轻人的生活差距甚远，学生对前辈的解读是通过对叶剑英纪念馆的感悟慢慢展开的，而其中最吸引人的正是客家文化在这位"武将军"身上赋予的文人气质。叶帅那几首脍炙人口、潇洒从容的诗篇穿针引线般的将其近一个世纪的红色革命生涯与客家文化的儒雅底色紧密的缝合在一起。通过对这些诗句的追忆与重温，学生们从厚重的历史角度追溯出客家红色基因的来龙去脉，通过对时间顺序的梳理突出了红色基因在客家文化传承中的逻辑性。

通过追溯伟人事迹筑牢了厚重的历史根基之后，第二位出场的人物是在枪林弹雨中为保卫和平而出生入死的客家志愿军老战士、93岁的红色老人陈国秀。他不是改变时代命运的大人物，但他代表着更多的在平凡岗位上践行着伟大革命精神的客家儿女。他的故事真实而感人，而报告中对拳头紧握、取镜擦泪、轻拍桌子等细节动作的刻画更是将融入客家文化的红色基因跃然纸上，令读者在动容之余深切地体会到这份红色基因传承着无远弗届的渗透力量。

最后出场的是代表着未来希望的青少年一代——"客家山歌小公主"15岁的琳雅。她的年纪虽小，却是不折不扣的红色文化传承人。在她演唱的歌曲中，客家红歌已成为最重要的组成部分。红色基因曾为古老的客家山歌带来了无尽的生命力，而以琳雅为代表的00后对这些歌曲的全新演绎，更是为红色基因在客家文化中的传承增添了新的时代注脚。

三位来自不同时代，有着不同身份、不同经历的客家人的优秀代表，拼出了红色基因在客家文化中不断传承的完整图景，让我们对这段伟大的历史充满了敬意、也充满了感动。这便是这份调查报告最具价值的意义。

（点评人：陈智勇）

用红色信仰

照亮青春之路

主编◎田秋生 李 雁
副主编◎张爱凤 方建平

广州大学新闻与传播学院

挑战杯"红色专项"作品集（下册）

暨南大學出版社
JINAN UNIVERSITY PRESS

中国·广州

图书在版编目（CIP）数据

用红色信仰照亮青春之路：广州大学新闻与传播学院挑战杯"红色专项"作品集 . 下册 / 田秋生，李雁主编；张爱凤，方建平副主编 .—广州：暨南大学出版社，2023.4

ISBN 978-7-5668-3565-9

Ⅰ . ①用… Ⅱ . ①田…②李…③张…④方… Ⅲ . ①新闻—作品集—中国—当代 Ⅳ . ① I253

中国版本图书馆 CIP 数据核字（2022）第 240639 号

用红色信仰照亮青春之路：广州大学新闻与传播学院挑战杯"红色专项"作品集（下册）

YONG HONGSE XINYANG ZHAOLIANG QINGCHUN ZHI LU: GUANGZHOU DAXUE XINWEN YU CHUANBO XUEYUAN TIAOZHANBEI "HONGSE ZHUANXIANG" ZUOPINJI（XIACE）

主 编：田秋生 李 雁 副主编：张爱凤 方建平

出 版 人：张晋升
策划编辑：冯 琳 颜 彦
责任编辑：林 琼 詹建林
责任校对：刘舜怡 陈皓琳 王燕丽
责任印制：周一丹 郑玉婷

出版发行：暨南大学出版社（511443）
电 话：总编室（8620）37332601
　　　　营销部（8620）37332680 37332681 37332682 37332683
传 真：（8620）37332660（办公室） 37332684（营销部）
网 址：http://www.jnupress.com
排 版：广州市广知园教育科技有限公司
印 刷：广州市友盛彩印有限公司
开 本：787mm×1092mm 1/16
印 张：32
字 数：573 千
版 次：2023 年 4 月第 1 版
印 次：2023 年 4 月第 1 次
总 定 价：128.00 元（全二册）

（暨大版图书如有印装质量问题，请与出版社总编室联系调换）

梅州寻"蜜"：蜂农老叶的脱贫之路

邹振东　庄维萱　周嘉玲　邱心炫　汤　琪　黄　欣　冯竞博　梁昕雨

房灵慧　萧子祺①

摘　要： 脱贫攻坚是一项伟大的工程，是多方长期共同努力的成果。结合梅州地区扶贫工作具体实践，通过政策解读与实地考察，聚焦个体的脱贫经历再现生动扶贫细节，从微观角度透视国家战略的顶层设计惠及个体的情况，探究梅州地区精准扶贫工作的定位布局和典型方案，体会国家精准扶贫方略的精准性和前瞻性。此外，调研梅州市蹄疾步稳、因地制宜实施扶贫政策的落实措施来总结梅州扶贫工作中值得推广的经验，对乡村振兴工作的深入推进具有重要借鉴意义。

关键词： 精准扶贫；梅州；对口帮扶

2014 年 1 月 25 日，中共中央、国务院《关于创新机制扎实推进农村扶贫开发工作的意见》出台，明确提出建立精准扶贫工作机制。随后，国务院又相继发布了关于精准扶贫等工作的具体实施方案，从顶层设计、总体布局到工作机制等方面做出了详尽规制。

广州市委、市政府坚决贯彻落实习近平总书记关于脱贫攻坚的重要讲话精神，与梅州市紧密配合、通力协作。全面推行一把手负总责的脱贫攻坚责任制，形成穿透式的脱贫攻坚领导体系和责任体系，自 2016 年起广州共派驻帮扶干部 401名，全部和当地干部群众同吃同住同劳动，获得当地干部群众的充分肯定。梅

---

① 邹振东、房灵慧，广州大学新闻与传播学院 2019 级网络与新媒体专业本科生；庄维萱，广州大学新闻与传播学院 2018 级广播电视学专业本科生；周嘉玲、冯竞博、萧子祺，广州大学新闻与传播学院 2018 级播音与主持艺术专业本科生；邱心炫、汤琪，广州大学新闻与传播学院 2019 级广播电视学专业本科生；黄欣，广州大学人文学院 2019 级汉语言文学专业本科生；梁昕雨，广州大学新闻与传播学院 2019 级广播电视编导专业本科生。

州当地也积极作出回应，利用当地优势，大力发展特色农业，"因地制宜"发展经济，"因人制宜"带动贫困户投入生产和创业，引领创新改变观念。2020年，梅州市14.5万多名建档立卡相对贫困人口和349条省定相对贫困村全部脱贫出列，梅州市政府无疑是走好了精准扶贫之路。

一、"精准扶贫，带给我的是一次重生"

梅州市黄陂镇大二村的蜂农叶仕元，是被国家精准扶贫政策改变了生活的千万人之一，他边向我们展示着手里的蜂箱，边道出自己的脱贫故事。

曾经的叶仕元是一名泥水工，生活还算稳定。但一场突如其来的交通事故令他丧失了部分劳动能力，并因此失去了工作，无奈之下叶仕元选择回乡养蜂维持生计。世事无常，2014年，叶仕元又被诊出患有喉癌。为了治病，他变卖了家中所有蜜蜂和蜂蜜，还欠下了不少债务。儿子在外务工勉强度日，家中妻女患有精神疾病，都需要他照顾，作为家里的顶梁柱，他这一病彻底断了家里的主要经济来源，一家陷入了贫困。出院后，叶仕元只能通过帮别人养蜂维持生活，日子过得十分艰辛。

图1　叶仕元打开后院里的蜂箱，展示自己的蜜蜂
（来源：调研团队实地拍摄）

2016年，广东省扶贫办选派驻村工作队前往扶贫一线。广州市驻兴宁扶贫工作组了解到叶仕元具备养蜂技术后，联合当地政府出资为其采购了三十余箱蜜蜂，并提供多方面指导，叶仕元的生活也就此发生了变化。

叶仕元勤劳肯干，为了酿出好蜜，他常带着蜂箱追赶花期，在野外风餐露宿成了家常便饭。除了一般的百花蜜和冬蜜外，叶仕元还生产出了荔枝蜜、龙眼蜜等多种类型的优质蜜，深受消费者的青睐，叶仕元的蜂蜜逐渐积累了一些名气。2019年参与广州举行的天河区帮扶兴宁市农特产品展销会时，扶贫工作组带去的300多斤蜂蜜在极短的时间内一售而空。

在自身的用心经营和扶贫干部的推荐帮助下，叶仕元的蜜蜂从2016年的三十余箱发展到2020年的四百余箱，生意日益扩张，规模也逐渐壮大，并成立了自己的品牌——叶氏蜂蜜，开始多渠道生产和销售产品。日子变好了，叶仕元最终实现了脱贫。在全家陷入绝望时，扶贫工作的深入开展让叶仕元看到了希望的曙光，在扶贫干部的帮助下，叶仕元靠着自己的双手脱贫致富，走上小康之路。

叶仕元成功脱贫，是国家精准扶贫工作取得了实实在在成效的一个缩影。早在 2013 年，习近平总书记前往湖南湘西考察时就提出了"实事求是、因地制宜、分类指导、精准扶贫"的重要指示，"精准扶贫"也因此成为打赢脱贫攻坚战的重要思想。2014 年 1 月 25 日，中共中央、国务院《关于创新机制扎实推进农村扶贫开发工作的意见》出台，明确提出建立精准扶贫工作机制。随后，国务院又相继发布了关于精准扶贫等工作的具体实施方案，从顶层设计、总体布局到工作机制等方面做出了详尽规制。以"精准扶贫"为标志的新式扶贫开发在全国逐渐开展和实施起来。

在"精准扶贫"思想的指导下，梅州当地积极作出回应，利用当地优势，大力发展特色农业，"因地制宜"发展经济，"因人制宜"带动贫困户投入生产和创业，引领创新改变观念，当地工作人员根据叶仕元的家庭条件和他本身的特长给予相应的支持和帮扶，让因病返贫的叶仕元脱离贫困。2020 年，梅州市 14.5 万多名建档立卡相对贫困人口和 349 条省定相对贫困村全部脱贫出列，梅州政府无疑是走好了精准扶贫之路。当然，"精准扶贫"这项历史性的伟大决策也离不开社会各界的努力，只有大家同心协力助力脱贫，才能保障扶贫工作真正取得良好的成果。

二、"精准扶贫，是我的责任，也是我的目标"

农仲林是广州天河区驻梅州兴宁市扶贫工作组副组长，2021 年是他待在梅州兴宁的第五个年头。农仲林在 2016 年 5 月至 2019 年 5 月完成单位分配的第一期扶贫任务后，出于对此地扶贫工作的热爱和执着，他选择继续深植在这片扶贫土地里。

图 2　在叶仕元的家中，农仲林讲述着他们之间的故事
（来源：调研团队实地拍摄）

2016 年是广东省开展新时期精准扶贫精准脱贫三年攻坚的第一年。广州共派驻帮扶干部 401 名，全部和当地干部群众同吃同住同劳动，获得当地干部群众的充分肯定。这其中，广州市天河区扶贫工作组积极响应号召，派驻扶贫干部到兴宁市开展脱贫工作，攻克贫困堡垒，农仲林便是这支队伍的其中一员。

2016 年，广州天河区驻梅州兴宁市扶贫工作组与驻村干部来到叶仕元家进行考察，认为通过重拾养蜂这一技能可以帮助叶仕元一家摆脱贫困。驻村扶贫工作组上报后由政府前期出资购买二十箱蜂箱和蜜蜂帮助叶仕元起步。养蜂资金到位后，叶仕元在扶贫工作组的帮助下，渐渐打响"叶氏蜂蜜"的品牌，从而打开销路。

然而，"叶氏蜂蜜"的销售之路也并非一帆风顺。农仲林在申请资助、推销、产品包装、推广等一系列环节上，都竭尽所能帮助叶仕元打好销售基础。农仲林坚持市场导向，转变蜂蜜以往的销售方式，将大包装改为小包装、塑料瓶改为玻璃瓶等，并帮他设计选择包装和标签、制作宣传图片、进行定价，确立"叶氏蜂蜜"的品牌，进行品牌化销售。

农仲林认为，推广是帮助叶仕元销售蜂蜜最难的一环，叶仕元出售的蜂蜜包含中华土蜂蜜、龙眼蜜、百花蜜等多个品种，他从不给喂蜜蜂蔗糖或抗生素，用真心酿好蜜。但如何让消费者相信叶仕元的蜂蜜是好蜂蜜是其中的难题。"一切产品必须讲质量，对得起消费者，才能够真正走向市场。"为此，农仲林自学了与养蜂相关的知识，督促指导叶仕元提高蜂蜜质量，并进行动态监督，他建议叶仕元将摇蜜时间增至十天摇一次蜜，以提高蜂蜜质量，并且两次将蜂蜜送到专业机构进行质量检测，得到专业认证的质检报告。农仲林还曾两次将叶仕元的蜂蜜拿到广州参加展销会售卖。在展销会上，叶仕元的蜂蜜凭借过硬的质量受到许多消费者的欢迎，产品基本售完，由此确立质量品牌。

五年里，在农仲林及其扶贫组的帮助下，叶仕元以二十四箱蜂箱和蜜蜂作为起步发展到 2020 年的四百四十多箱，产量高达一万多斤。不仅如此，叶仕元也通过自己发展生产，不"等靠要"，除了养蜂外，他在家门旁搭铁皮棚养鸡、鸭、龟等牲畜，实现增收脱贫。

农仲林驻兴宁期间了解到，兴宁市虽属于经济欠发达地区，但土壤肥沃，利于发展农业。在履职期间，农仲林学习政府政策指引，靠着对农业市场和资源的深察，尽力提升履职能力。在做好本职工作之余，他利用闲暇时间进行试验搞孵化，通过不断的自学、考察、实验，从一个农业门外汉变成半个"土专家"，为兴宁引进新品种、新技术，并无条件将成功孵化后的品种和项目移交给当地扶贫龙头企业。他一共为当地成功引进黑皮鸡枞菌、赤松茸、木耳、高系红薯、高温水果玉米、香茹蜜等6个新品种，其中，高附加值食用菌黑皮鸡枞菌车间成为梅州地区规模最大的黑皮鸡枞菌种植基地[①]。

坚持资产性项目和种养项目并重，适时适度发展农产品加工项目是梅州地区2020年扶贫工作的规划和进展之一，也是农仲林驻兴宁期间的扶贫方法。农仲林认为兴宁脱贫的难点是观念，当地以小农经济为主，守旧意识较强，观念意识问题在贫困户、村镇干部、帮扶单位等都有体现，农仲林认为，"（想）要别人（做出）改变，首先（要）自己改变"。他主动对接新市场，引进新品种和新技术，引领当地村民走高效集约种养的农业道路。

农仲林的扶贫事迹是天河区驻梅州兴宁市扶贫工作组扶贫工作的写照，自2016年天河区对口兴宁市扶贫任务这三年多来，在天河区委和区政府对兴宁市的帮扶下，兴宁市13个镇35个省定贫困村1 662户4 870人，脱贫率在95%以上，充分利用对口人才和地区合力共同完成扶贫任务，推动兴宁地区经济发展，携手双赢。

三、对口帮扶，为精准扶贫注入源源不断的动力

许俊峰是广州市派驻梅州市精准扶贫工作队队员，也是广州派驻401名帮扶干部之一。据他介绍，广州市按照一帮一的总体原则，分别从市、区两级直属机关事业单位、院校、国企，明确了对口帮扶的村并派驻了驻村第一书记，领导组建了272个驻村工作队。为了加强协调和管理，广州帮扶的市、区按层级向任务帮扶地区派驻市、区两级工作组。

工作队扶贫干部按照组织部门的要求，驻村第一书记兼任扶贫工作队长，要求是共产党员，以45岁以下的中青年优秀干部为主。遴选方式是自愿报名且通过所在单位选拔产生。

扶贫工作队按照广东省工作任务部署，2016年至2018年、2019年至2020年两轮分批次持续向梅州派驻扶贫干部。

面临突如其来的疫情，广梅指挥部及时组织各驻村工作队对就业、农产品销售等情况进行摸排，并协同广州市供销社、商务局和工会走市场对接。

受疫情影响，梅州市五华县安流镇学少村鸭蛋养殖场的2万斤鸭蛋积压滞销，

---

① 广州青年报搜狐号.农仲林：走好精准扶贫最后"一公里"[EB/OL].（2020-11-20）[2021-02-24]. https://www.sohu.com/a/433049350_374623.

在帮扶单位番禺区小谷围街道办事处的倡议与解决下，鸭蛋销售出 3 000 斤，滞销情况好转。随后，学少村情况由当地扶贫第一书记上报后，广州对口帮扶梅州指挥部、广州驻五华扶贫工作组和梅州市、五华县有关部门相互配合，将学少村滞销鸭蛋纳入梅州市、五华县供销社系统的销售渠道。通过供销社，学少村滞销的鸭蛋被运到"家门口"进行销售，消费者只需在线上供销社系统中购买便可免费送货上门。原本滞销的 2 万斤学少村扶贫农产品鸭蛋，在多方的合力帮助下，已近销售一空，不但使学少村扶贫主导产业——鸭蛋养殖场起死回生，挽回损失 10 多万元，还实现了增收，保障了学少村集体收益和建档立卡贫困户分红，巩固了学少村脱贫攻坚成效[1]。

上述是许俊峰印象深刻的一个实例，也是广州对口帮扶梅州工作中的成千上万分之一。对口帮扶，将资源统筹调配，将困难切实解决，将爱心紧密相连。无论是叶仕元的成功脱贫，还是 2 万斤滞销鸭蛋售罄，将不可能化为现实的背后，都离不开广州市政府、广梅指挥部的用心帮扶，离不开广州、梅州各单位的相互协调配合。对口帮扶工作遇到对的人，才能真正做到"对口"，从而进行正确帮扶。

广州市无疑是对的"人"。2020 年 6 月，广州市对口帮扶梅州市的 272 个省定贫困村全部达到退出标准，13 600 户 41 445 名建档立卡贫困人口按照"八有"指标落实政策全部达到脱贫标准[2]。广州市政府高质量出色完成既定任务，探索出减贫治理的"广梅样本"，在省、市两级扶贫开发工作成效考核中连续取得优异成绩，助推梅州脱贫攻坚走在全省前列，切实做到真扶贫、扶真贫、真脱贫。

在他看来，扶贫工作队起到了"有效对接，精准打通了湾区市场和村的联系，建立资源要素配置的渠道"的作用。

四、再访叶仕元，了解脱贫细节

时间回到 2020 年，7 月的大暑后，是酿蜜的好时节。

我们来到梅州兴宁大二村叶仕元家中。走入屋内，叶仕元打开冰箱，里面存

---

① 《广州日报》手机客户端.五华的 2 万斤鸭蛋滞销？对口帮扶帮全卖完了［EB/OL］.（2020-03-26）[2021-02-24]. https://baijiahao.baidu.com/s?id=1662266356979352154&wfr=spider&for=pc.

② 新华网广东频道.广州对口帮扶梅州 272 个省定贫困村全达到退出标准 [EB/OL].（2020-06-28）[2021-02-24]. http://www.gd.xinhuanet.com/newscenter/2020-06/28/c_1126167292.html.

满了蜂蜜，他拿出几瓶分发给了到场的拜访者，每一瓶蜂蜜都色泽鲜亮，沉甸甸的很有分量。墙上还粘贴着叶仕元的"承诺书"——参加农特产品展销会时的宣传单。

年近六旬的叶仕元，有着三十多年的养蜂经验。这些蜜蜂和蜂蜜，是一位勤劳蜂农的珍宝。

2016 年的 3 月，广州市政府分派各区干部前往梅州市定点帮扶地区开展精准扶贫工作。对口帮扶大二村的，是广州市天河区司法局的干部们，农仲林就在其列。

通过走访贫困户，扶贫干部们接触到了叶仕元，了解了他的情况后，干部们为叶仕元出谋划策，手把手带领叶仕元投入生产。"了解到他有着多年的养蜂经验，也愿意继续从事养蜂的工作，所以我们在帮扶的时候，重点往这个方面倾斜。"广州市驻兴宁精准扶贫工作组副组长农仲林向我们介绍。

在扶贫干部帮助下申请到扶贫基金的叶仕元，购买了蜂箱重新开始，在自己的努力和各方的帮助下，第一年的收入就达到了 3 万元。除此之外，扶贫干部们还教会了他许多科学养殖技术。例如：如何分辨蜂蜜的真假、如何提升蜂蜜的波美度、如何带来更好的蜂蜜罐装模式等，这些方法为叶仕元带来了新的思路，帮助他生产出更高品质的蜂蜜。

2019 年，叶仕元家庭的人均可支配收入达到 2 万元，成为兴宁市较早脱贫的贫困户之一。至 2020 年上半年，叶仕元已拥有了蜜蜂 425 箱，蜂蜜年产量达上万斤。叶仕元脱贫后，不忘扶贫干部们的帮助，带动了大二村 5 户贫困户一

图 3　一纸承诺，体现着老叶踏实肯干的决心
（来源：《信息时报》）

起发展了养蜂业，为此投入了 200 余箱蜜蜂，他不仅无偿提供技术指导，还帮助大家一起销售蜂蜜。产量和品质提上来了，但如何寻找售卖渠道成为摆在叶仕元面前的新的难题。

大二村位于山区，坐落在兴宁的一座山腰上，这里是兴宁唯二没有修建高速

公路的地方。从这里开车行山路到市中心的商场需要 2 个小时，交通十分不便，加工好的蜂蜜很难送出去。但办法总比困难多，扶贫干部们想到或许可以把蜂蜜通过电商渠道进行宣传和销售，这也成为叶仕元此后销售蜂蜜的主要途径。

五、电商助农，为梅州扶贫持续造血

电商发展得火热，给予了扶贫工作新的出路。梅州市以梅县区领头，从 2015 年起大力发展农产品的电子商务，"电商助农"顺势而生①。通过结合直播带货和统一平台售卖的方式，"电商助农"能够帮助当地的农产品打通交易渠道，走向全国。

2020 年 7 月，我们分别前往了梅州五华县与兴宁市，参观不同农企和基地，深入了解当地特色农产品生产、加工和销售的过程，同时在当地电视台进行了两场带货直播体验。

在参观过程中，我们亲眼见到了不一样的"新农村"，亲身感受到了"精准扶贫＋电商扶贫"这一新模式为梅州的脱贫致富带来的新力量。

五华菩米生产工厂、无花果养殖基地、禽类养殖基地、肉蛋加工厂……简单的商品背后的生产过程却高科技满满，这里有科技养殖大棚、机械喂食装置，还有科学的管理方式……整个生产流程数字化且优质化。

通过电商链路带来的改变，当地企业发展得越来越好。即使在疫情期间，企业通过电商平台也能够降低受到的影响，保证助农商品能正常销售。"直播带货"成为电商助农的新途径，各家企业也先后开展了这方面的业务。为了达到更"精准"，梅州的扶贫干部们根据当地的情况对此进行了改进，在电商扶贫的基础上，发展出"党员致富带头人＋合作社＋基地＋贫困户＋电商"的新模式。

梅一客农业科技公司（以下简称"梅一客"）是电商助农的代表性企业。

大城市毕业的张雪莲，每每回到家乡，都为家乡农民的生活状况感到担忧。她放弃了在广州的工作后，毅然回到梅州种地创业。2014 年 6 月，张雪莲牵头成立了"宁市源清种植专业合作社"；2015 年底，成立了梅州市品鲜农业有限公司，利用网络平台，帮助农户检测农产品，并打造出"梅一客"品牌，通过电商平台、线下店的方式进行销售，实现"互联网＋订单农业"。2018 年公司升

---

① 电子商务研究中心.梅州梅县区大力发展电子商务　建设智慧城市[EB/OL].（2015-05-28）[2021-02-24]. http://www.100ec.cn/home/detail--6253697.html.

级为广东梅一客农业科技有限责任公司，业务持续扩大，在梅州区域内形成了较强的品牌实力。创业后的张雪莲，没有忘记返乡的初心，经过摸索，张雪莲探索出"公司 + 农户 + 体验 + 互联网"的创新模式，通过土地租金、入股分红、提供就业、引导村民特色种养等方式，带动村集体、村民及贫困户增收致富。在与村民接触过程中，张雪莲发现农民致贫原因各不相同。为帮助他们脱贫致富，她根据贫困户的实际，采取不同的帮扶措施。如对一部分有想法、敢尝试的贫困户，她鼓励他们分片承包经营，并通过合作社垫付前期种苗、农资、包装费用，

图 4　位于五华县潭下镇模石村的无花果种植基地有 60 万亩
（来源：调研团队实地拍摄）

培训承包经营者生产板栗南瓜，保底价格收购等方式，帮助他们脱贫。对于一些经营能力较差的贫困户，则通过培训后，提供就业岗位，帮助他们增加收入。2016 年，张雪莲在兴宁市永和镇新寨村建设了"梅一客农耕体验园"项目，建设以蔬菜为主题的农耕体验园，通过承接亲子游、自驾游，带动乡村旅游，实现基地与村民及村集体共同发展、共同增收①。

图 5　体验园内，张雪莲正在接受采访
（来源：调研团队实地拍摄）

① 2019 梅州互联网大会 .MIC2019 客都英雄榜专栏梅一客 CEO 张雪莲：助力乡村振兴，让"返乡不返贫"[EB/OL].（2019–10–08）[2021–02–24].http://mic2019.xingning.gov.cn/nd.jsp?id=86.

对于优质的农产品，企业除了把关上架标准，更重要的是调动起农民的生产积极性。"在采购过程中，农户能提供的大多都是自己养的鸡、种的青菜，产量较小，而且很难保证产品质量统一。"张雪莲告诉我们，为了解决这种问题，梅一客和农户合作，成立合作社，选出带头人带领农户一起生产并监督质量，而企业则帮助他们供销优质农产品，实现企业发展和农户赚钱的双赢。这样既提高了农户生产的积极性，也保证了产品的质量。

在梅一客的线上商城，农产品的销售情况都很可观。优质的产品让消费者买得安心，也让商家卖得放心。叶仕元的蜂蜜质量可靠，而且他的故事令人动容，很快引起了梅一客的注意，帮助这些贫困户也是张雪莲的目标。很快，梅一客到叶仕元的蜂场进行了考察，并为他做了产品检测，上架后的叶氏蜂蜜接到了许多单位的消费扶贫采购单，回购的订单也源源不断。养了几十年蜜蜂的叶仕元从未想过如今自己的蜂蜜能出名，从前只能依靠养蜂维生的他对做生意毫无经验，还好大家及时伸出援手：扶贫工作组帮他设计包装、教他上网销售、帮他打造品牌，梅一客帮他宣传品牌、为他的蜂蜜提供销售平台、帮他引荐客户。

2020 年，梅一客农业科技公司辐射帮扶梅州贫困户达 1 500 户。

消费者追求绿色健康的农产品，而梅州地区农产品丰富，可以满足不同人群的需求，只是找不到好的销售方式。而梅一客便连接起了消费者和农户之间的交易渠道，让更多优质农产品能被人看到。

新时代下的精准扶贫，不仅需要保持地域特色，更要利用好现代资源，创新形式，积极探索新的出路。"电商助农"无疑为梅州脱贫带来不小的帮助。而像叶仕元这样积极改变的人，也依靠电商助农把叶氏蜂蜜销往全国各地。

六、精准扶贫在梅州，创新发展好榜样

2021 年 2 月 1 日，梅州市第七届人民代表大会第八次会议召开，政府工作报告指出，梅州坚决打好脱贫攻坚战，14.5 万多名建档立卡相对贫困人口和 349 条省定相对贫困村全部脱贫出列。"万企帮万村"深入实施，企业帮扶村庄覆盖率达 80% 以上，居全省前列。303 个集体经济"空壳"村全面清零 [①]。

梅州市精准扶贫开展过程中亮点纷呈，以政府为首、企业带动而探索出一系

---

① 　腾讯网. 梅州 2020 成绩单 | 14.5 万多名建档立卡相对贫困人口全部脱贫 [EB/OL].（2021-02-02）[2021-02-24]. https://new.qq.com/rain/a/20210202A0APJV00.

列可行可靠的办法。事实证明，创新发展是精准扶贫中不可缺少的一环。

1. 以企带村，以村促企，村企联动共发展

扶贫效果的长远靠企业支撑，有了完善的企业布局，才有稳定的经济运行模式。2020 年，梅州同广梅指挥部在发挥农业优势的基础上创新探索出了"以企带村，以村促企"的产业扶贫新模式，以产业转移园企业带动贫困村农产品销售，以贫困村资源联动促进龙头企业高效发展。

龙头企业带动贫困村进行生产，不仅使贫困村的资源和人力得到利用，也让企业有了发展的空间。调研过程中，我们走访了多家企业，例如梅州市金绿现代农业发展有限公司，其采用的"公司 + 合作社 + 农户"的模式，引导贫困村农户发展一村一品的肉鸽产业，具体做法为：向农户传授养殖经验，定期向农户分发鸽苗，待肉鸽长成后斥资回收。以村为单位发展合作社带动生产。公司成立"陈小鸽"品牌至今，已有 23 个省定相对贫困村入股，而金绿公司便是"以企带村"的企业典范。叶仕元的脱贫，背后则是广东梅一客农业科技有限责任公司的助力，叶仕元被梅一客选为合作社带头人，负责把关质量，保证从农户手中采购的农产品数量和质量达标，形成长期稳定的合作模式。

梅州当地特产种类繁多，无花果、红薯干、红薯粉、咸鸭蛋、五花大米、乳鸽、土蜂蜜等各色农产品吸引了不少企业的注意，但大多数产品都是农户自己生产，产量低。针对贫困户自身难以形成规模的困境，梅州联合广梅指挥部以区域或产品对接龙头企业，通过跨村跨镇整合土地和劳动力等资源，做出品牌、做大规模。

2020 年，广梅对口帮扶累计引进产业项目 101 个，其中在建项目 47 个、投产项目 54 个；广梅产业园作为广梅产业帮扶主阵地，2020 年预计实现工业总产值 40.2 亿元，同比增长 20.1%[①]。

2. 探索经济新业态，提升经济竞争力

近年来梅州市积极发展电子商务产业，于 2014 年成立梅州市电子商务协会，引进专业人才发展电商。广梅指挥部还大力拓展线上消费，探索"互联网 + 消费扶贫"，培育发展淘宝梅州扶贫馆等 13 个主要农产品电商交易平台，帮助梅州建成 7 个县域电子商务运营中心、865 个镇村电商服务站点，5 个县（市）获评

---

① 梅州网．梅州产业扶贫探索"以企带村、以村促企"模式 [EB/OL]．（2021−02−07）[2021−02−24]．https://www.meizhou.cn/2021/0207/644457.shtml.

国家级电子商务进农村综合示范县①。

受疫情影响，当地沿用O2O（线上与线下无缝对接）模式释放现代农业新活力。企业通过线上消费、线下配送的方式，拓宽农产品销售渠道，提升特色农产品品牌影响力。获评国家级电子商务进农村综合示范县之一的五华县，该县潭下镇当地农企以当今火爆的直播带货方式，积极在淘宝、抖音等平台销售农产品。张雪莲作为梅一客CEO，其公司采用"公司 + 基地体验 +O2O"的创新模式，利用网络平台帮助农户销售鸽子、蜂蜜、丝苗米、柚子、土鸡、鸡蛋等优质农产品，在淘宝和小程序都有自己的商城，另外还有针对社区团购、微商等电商团体的分销业务。通过电商助农，2016年梅一客被评为梅州市电商示范企业。

3. 因地制宜发展产业扶贫

坚持市场导向，鼓励产业引进和建设，为梅州经济发展注入源源不断的活力。2020年，梅州市大力发展"一村一品、一镇一业"和"一县多园、多镇一业"等传统农业产业，落实"一企一策""一户一法"帮扶措施，因村因户施策，对受影响又有发展其他家庭经营项目意愿的贫困户，逐户落实好转型其他特色种养产业帮扶项目，制定每个项目的转型转产方案，指导贫困户、涉贫企业有序转产。充分发挥"1+8"对口帮扶产业园的优势，推广"公司 + 合作社 + 基地 + 农户"模式，因地制宜村村联动发展特色扶贫产业，王老吉大健康梅州原液提取基地成为梅州仙草的长期采购商；梅州联合广州酒家研发的"五华高山红薯流心酥"和广式柚皮腊肠热销市场，先后建立扶贫产业化组织427个，特色产业项目911个，贫困村参与资产性收益项目684个；兴宁市四季美农业科技有限公司携手8个省定相对贫困村，发展高附加值种养殖业……企业作为梅州扶贫的主力军，在脱贫攻坚工作中成效显著。

4. 多措并举促进就业扶贫

梅州市同广梅指挥部加强与龙头企业、扶贫车间、产业园区，以及广州、深圳等大湾区劳务输入地的精准对接，帮助有意向外出的贫困劳动力尽快返岗就业。疫情期间，通过有序推进扶贫车间、带贫企业复产复工等措施，确保无法在外就业贫困人员有收入，防止因疫返贫。针对贫困户要在家照顾老人、小孩，以及受疫情影响不能出远门的情况，广梅指挥部统筹指导开办厂房式、基地式、居家式、融合式等扶贫车间48个，比去年增加近2倍，推行保底计件制等方式，引导周

---

② 　人民网. 广州"一盘棋"推进对口帮扶梅州 [EB/OL].（2020-05-09）[2021-02-24].http://gd.people.com.cn/n2/2020/0509/c123932-34004543.html.

边有意愿的建档立卡贫困户就近就业，每月可增收 2 000 元到 4 500 元不等，使大部分本地留守妇女实现"务工、耕种、顾家"三不误[①]。

开展新型职业农民、致富带头人、农业特色种养技术、粤菜（客家菜）师傅、家政服务培训等技能培训，促进转移就业。坚持稳岗就业优先，共组织贫困户参加适用技术培训 40 713 人次，就近提供 1 327 个公益性岗位，开办 48 个扶贫车间，产业共建园优先招录贫困劳动力。2020 年共帮助建档立卡贫困劳动力实现转移就业 6 768 人、实现就近就地就业 6 337 人，分别比对口扶贫协议目标任务多 68 人和 2 337 人[②]。

确保就业，保证贫困人口能获得稳定的经济收入，同时精准到人，使他们的能力有处可施、有机可施，走上脱贫奔康之路。

结　语

一项政策，改变了上千万人的生活。上升到全国，是实现全面建成小康社会的伟大目标；落实在个人，使无数个像叶仕元一样的人重获新生。艰苦奋斗终有成果，2021 年 2 月 25 日上午，习近平总书记在全国脱贫攻坚总结表彰大会上庄严宣告，我国脱贫攻坚战取得了全面胜利，现行标准下 9 899 万农村贫困人口全部脱贫，832 个贫困县全部摘帽，12.8 万个贫困村全部出列。

"积土而为山，积水而为海。"一串串振奋人心的数字，记录着一件件感人的脱贫故事。如今，脱贫攻坚已成历史；未来，新时代的建设雄心万丈。

致　谢

感谢广州大学新闻与传播学院组织此次调研活动，让我们有机会深入一线观察和记录扶贫工作的进展，感受当地的人文情怀。感谢梅州当地扶贫干部的积极配合和耐心指导，让我们能快速了解当地情况，尤其是农仲林组长全程协助我们采访叶仕元先生。特别感谢叶仕元先生在自身条件不便的情况下接受我们的访问，为我们讲述了他的故事，成为作品的核心部分，他的精神感染着团队的每一个人，让我们对本次调研充满了动力。

（指导老师：曾岑、刘涛，广州大学新闻与传播学院讲师）

---

① 广东省扶贫开发办公室. 广东省脱贫攻坚工作动态第 76 期（总第 229 期）[Z].2020-12-23.
② 广东省扶贫开发办公室. 广东省脱贫攻坚工作动态第 76 期（总第 229 期）[Z].2020-12-23.

点评

以脚步丈量祖国大地　以实践认识精准扶贫

实现全面脱贫是一项伟大的工程，是多方长期共同努力的成果。在此次调研中，调研队伍将视角聚焦个体的脱贫经历，通过讲述脱贫户和扶贫工作者的故事，还原扶贫工作的进程，再现生动的扶贫细节；通过解读政策与实地考察，将当地的脱贫攻坚工作进展及政策落实情况融入脱贫故事，探究梅州地区精准扶贫工作的定位布局和典型方案，体会精准扶贫方略的精准性和前瞻性。

2020年7月25日至31日，调研队伍前往广东梅州，先后在五华县、兴宁市、梅江区等地开展扶贫调研。师生们走到田间地头，深入扶贫的"最后一公里"，采访了当地贫困户、驻村书记和扶贫企业代表等坚守在梅州扶贫一线的支柱力量，并以大学生主播的身份，通过直播带货销售梅州特色农产品。

调研过程中，团队成员接触到了当地成功脱贫的残疾蜂农叶仕元，他的故事感人且励志，他的经历反映了精准扶贫政策如何"因地制宜、因人施策"，讲述他的脱贫故事，不仅可以增加作品的可读性，也可从微观层面透视国家战略的顶层设计惠及个体的情况。团队以叶仕元的个人故事为切入口完成了报道视频和调研报告，作品兼具记录故事和科普政策两大功能，为观者提供了有声有画有细节的扶贫故事，是精准扶贫历史中的一段难忘记忆，在展现梅州市蹄疾步稳推进扶贫政策的实施进展的同时，总结出梅州扶贫工作中值得推广的经验。

通过本次实践，团队成员触摸到我国扶贫事业的一角，深入了解了国家的精准扶贫政策，感受脱贫攻坚工作中基层扶贫干部们简单又真挚的初心，看到当地农户叶大叔成功脱贫后生活发生的巨大变化，联想到数千万人的生活因此而改变，更加真切地体会到我国脱贫攻坚战取得全面胜利的伟大。这场脱贫攻坚战取得的巨大成就，凝聚着无数人的汗水，是无数人智慧的结晶。通过实践，大家深刻感受到了"精准扶贫"这四个字背后的不竭精神力量。

投身实践，以青春脚步丈量祖国大地，才能真正认识我国的精准扶贫方略。作为未来的媒体人，需要夯实专业根基，成为讲好中国故事、传播中国声音、奔涌前行的"后浪"。我相信，这次的实践，应该可以成为一个好的开始。

（点评人：曾岑、刘涛）

桂花遍地开　文旅兴金寨

司晨欣　纪广林①

摘　要： 2020 年是我国脱贫攻坚的收官之年，也是全面建成小康社会的决胜之年。在进行乡村振兴建设过程中，文化教育发展和旅游资源开发备受关注。本文以安徽省六安市金寨县为例，以金寨县历史发展为线索，描述了金寨县的红色革命史以及其如何通过发展教育、旅游、科技等途径实现了脱贫和经济的进一步发展。通过了解金寨县人民在不同历史阶段取得的成果，发掘金寨县人民的精神传承，以便更加深入地理解其在革命战争时期与和平发展时期的作为，从而弘扬"无私无畏，勇于开辟向前道路"的金寨精神。同时，面对新时期金寨发展中所面临的问题，实践团队通过调研分析，提出了具有针对性的建议。

关键词： 红色老区；文旅；脱贫；金寨精神

金寨县位于安徽省六安市，是全国第二大将军县，被誉为"红军的摇篮，将军的故乡"。在革命战争年代，这里是红四方面军、红 25 军的主要发源地，先后组建过 11 支主力红军队伍，10 万金寨儿女为国捐躯，诞生了 59 位开国将军。

新中国成立后，由于该地处于大别山腹地，交通不便，加之战争带来的人口和资源的损失，以及为了治好淮河而修建的梅山、响洪甸两大水库淹没了 10 万亩良田，金寨县虽然资源丰富却一直处于贫困状态。

为了摆脱贫困，无数的仁人志士为此奉献一生，党和政府也为打赢当地脱贫攻坚战做出了巨大的努力。希望小学从这里建起，"红绿蓝"旅游在这里发芽开花，"科技 +"让金寨县摆脱大山坳坳的束缚……2020 年，金寨县实现脱贫摘帽。

---

① 司晨欣，广州大学新闻与传播学院 2019 级广播电视编导专业本科生；纪广林，沈阳医学院 2020 级临床医学专业本科生。

创造这一伟大成就的金寨县人民有着怎样的伟大精神？金寨的发展与它红色的过去有什么样的联系？金寨对于我国其他地区的发展有什么启发意义？

一、《八月桂花遍地开》——红色的足迹

"八月桂花遍地开，鲜红的旗帜竖呀竖起来，张灯又结彩呀，张灯又结彩呀……"这是来自大别山区的一首家喻户晓的红色革命歌曲，随着革命军队的脚步传遍大江南北，民间一说这首革命歌曲正是出自安徽省金寨县斑竹园镇人罗银青之手。罗银青1894年在安徽金寨出生，1927年3月进入毛泽东在武昌创办的"中央农民运动讲习所"学习，之后遵循组织指示回乡从事农民运动工作。罗银青终生以教书来掩护其从事的革命活动，在党内有着很高的威望。

1929年金寨西部地区苏维埃政权陆续建立，人民欢欣鼓舞、张灯结彩，罗银青接到了创作宣传苏维埃和红军的歌曲的任务。正值农历八月桂花飘香，罗银青哼唱着当地民歌"八段锦"的曲调，填写出了《八月桂花遍地开》的歌词。

《八月桂花遍地开》一歌唱得人民群众和军队振奋人心，这首歌所讲述的，也正是这英雄儿女的英勇之行。走进金寨县革命博物馆，陈列厅里的一个个物件正无声地向我们讲述着这段历史。

图1　金寨县革命博物馆

（来源：安徽省六安市金寨县文化旅游体育局）

1929年5月6日，在周维炯等打入国民党丁家埠民团内部同志的秘密布置下，

全团在立夏节下午放假半天且准备晚宴，并以整理内务为由收缴了枪械。伴随着晚宴的开始，革命的枪声渐近。深夜，在副队长张瑞生以及团丁们醉倒后，周维炯等人发动起义，控制住张瑞生、杨晋阶，并鼓舞当时民团里的兄弟摆脱被强迫从军，而是主动参与革命。丁家埠杨晋阶民团的40多人全部起义，自此立夏节起义的战斗拉开序幕。

三天之间，斑竹园、汤家汇、白沙河等地相继发生武装暴动，并获得成功。5月9日，起义武装在斑竹园镇会师，宣布成立"中国工农红军第十一军第三十二师"。这场发生在立夏时节的起义史称"立夏节起义"，是中国共产党在鄂豫皖边区第一次取得全面胜利的武装起义。

武装起义的胜利，革命歌曲的传唱，八月桂花所包含的战斗热情传遍全国各地，星星之火已有燎原之势。之后，金寨县又发起了六霍起义等战斗，苏维埃政权在金寨不断巩固、发扬，金寨儿女们反抗压迫、奋力起义，为建设更好的新中国而努力的不懈精神也代代相传。

图 2　金寨县革命博物馆

（来源：安徽省六安市金寨县文化旅游体育局）

1949 年新中国成立，在革命战争中取得不朽成绩的将士们被封为开国将军。金寨籍的将军有 59 位，其中上将 1 位，中将 8 位，少将 50 位。

二、大山的牵绊

金寨县有着悠久的红色历史，但由于地理环境和历史遗留问题，它在"第二大将军县"的光荣名号之下，还背负着国家首批重点贫困县的帽子。根据 2011

年统计数据，当时金寨县贫困人口多达 19.3 万余人，占当地总人口数的 33.3%，被确定为大别山片区扶贫攻坚重点县。新中国成立之后，许许多多的人都为了帮助金寨脱离贫困作出巨大的贡献。

1982 年，已经退休的邓六金、陈兰两位同志返回革命老区金寨，用了 40 天时间走遍金寨县数地体察民情，发现当地许多人家无肉食、无衣穿、无学上的现象，倍感心痛。在回到中央后，立即上书时任总书记胡耀邦同志，提出要重点解决老区人民的温饱问题，关注为革命作出牺牲和贡献的老区人民的生活和他们后代的发展。中央对于她们提出的倡议表示了高度的重视，为此专门成立了支援老、少、边、穷地区办公室，并为当地百姓送去了衣物，教给百姓们维持生存的种植饲养技术。当地的生活水平虽然得到了一定的改善，但由于交通不便导致的山内资源运输困难却始终是当地发展中一只巨大的拦路虎。同时，大山在造成地理上阻隔的同时又阻碍了与外界信息的交流，致使当地教育水平比较落后。

交通的不便利、电力等资源的缺乏、粮食的匮乏、人口知识技术水平较低……这一切综合作用造成了金寨县多年处于贫困的状态，想要摆脱贫困，金寨必须走出一条具有当地特色的脱贫路。

三、文化兴县——全国第一所希望小学

提及"希望工程"，最先出现在大家脑海里的一定是那双渴望知识的"大眼睛"。苏明娟就是那个大眼睛女孩，她出生在安徽省金寨县，希望工程改写了她和许许多多孩子的人生。

1990 年 3 月，时任中国青少年发展基金会副理事长的李克强率中国青少年发展基金会考察组来到金寨县为全国第一所希望小学选址。当时南溪镇上的小学只是一个破败不堪的小祠堂，不遮风不抗寒，这让前来考察的人员心酸不已。1990 年 5 月 19 日，共青团中央和中国青基会在金寨县南溪小学原先破旧祠堂的原址上建起了第一所希望小学——金寨县希望小学。

时过境迁，如今已过去 30 年，2020 年 5 月 19 日，金寨县希望小学迎来了她三十岁的生日。这所承载着大山里孩子梦想星火的小学已经有了 38 个教学班、2 000 多名学生，原本只能斜挂在墙上的有着裂痕的木质小黑板也早已换成了多媒体教学设备。据报道，金寨县希望小学的元老级教师余淦曾回忆道："过去的小祠堂里窗户没有玻璃都是纸糊的，又没电灯，黑漆漆的。学生只能挤在长条凳上小心翼翼地不让笔滑到木头缝里戳破纸。"根据余老师回忆，他那时候除了教

学外，最艰巨的任务就是点名。"有时候上课上着上着，人就越来越少，有的孩子今天来了，明天就不来了，实在上不起学了。"[1]

2020年11月21日，最后一名金寨籍开国将军詹大南少将去世，享年105岁。詹大南少将戎马一生，虽为武将却十分重视文化教育的发展。通过之前一些媒体对于詹大南少将的采访以及记录他的传记，我们可以看到，即使位高权重，这位老红军也始终保持着勤俭节约的品格，分到的房子旧了组织说要公费修缮，他严词拒绝，就连一个已经起了疙瘩的旧浴缸都舍不得丢掉。

而正是这位看起来有些"抠门"的老将军，在离休回到老家金寨探访后，立即掏出了自己多年的积蓄，并动员家人捐款，拼拼凑凑出了10万元捐给希望工程，并在金寨县领导的一再感谢下仍拒绝以自己的名字命名小学，亲自给学校取名为"金寨县杨桥希望小学"。1997年，这所承载着老将军对家乡孩子深深的爱护的希望小学落成，在以后的日子里培养出了许多杰出的人才。

现在的金寨县建有十多所希望小学，帮扶贫困家庭的学子近千人。许许多多像苏明娟这样贫困地区的孩子凭借这希望工程走出来，成为公务员、工程师等，在各行各业发光发彩。

四、绿山绿水、红色精神——生态、红色旅游助力脱贫

作为中国第二大将军县、鄂豫皖革命老区的金寨县，印在身上的红色基因成为她的一大特色。除此之外，金寨县地处大别山，有着丰富的矿产资源，其中钼矿的储量高达220万吨，居世界第二、亚洲第一。不仅如此，金寨县自然风景也十分优美，县内有天堂寨（5A）、燕子河大峡谷（4A）等众多著名旅游景点。

因此，结合地域优势发展红色旅游和绿色生态游成为金寨县经济发展的一条重要道路。根据金寨县人民政府的统计数据，2018年一年内，金寨县接待游客1 018.9万人次，创综合收入40.33亿元，旅游业在第三产业贡献中所占比重增长15.2%。[2] 由于疫情原因，团队无法前往金寨实地参观，于是我们登录金寨县革命博物馆的公众号，体验了一把线上"云参观"——VR全景加上配音讲解，让游客足不出户就能获得很好的体验。

① 周畅，吴慧珺，陈诺，等. 希望小学今"而立"[N]. 新华每日电讯，2020-05-19（11）.
② 2018年金寨县国民经济和社会发展统计公报 [EB/OL].（2019-05-31）. https://www.ahjinzhai.gov.cn/public/6596281/14083141.html.

　　为了更好地了解旅游业如何带领金寨县脱贫，我们找到了金寨县扶贫旅游办的工作人员进行电话采访，较为详细地了解了当地旅游业发展过程中遇到的困难、改善的措施与对未来的规划。

　　在采访中，工作人员表示，在发展中遇到困难是肯定的。首要的原因在于当地旅游业开始发展时没有综合多方面考虑，譬如说红色旅游、美丽乡村等都没有联合起来，未能形成合力。再一个就是产业层次不够高，文化内涵挖掘不够深，同质性严重，给游客带来的体验度不太够。以红色资源开发举例，现在金寨红色旅游的展示方式还是比较老旧，只是展馆加讲解的形式，没有办法给游客带来更深刻的体验。

　　还有一个十分重要的问题在于当地旅游行业从业者中的精英人才匮乏，缺少高级管理人员和专业服务人员。这导致了旅游业安排规划上的一些不合理，造成产业链较短，游客停留时间和消费水平较低。

　　在与工作人员的对话中，我们也了解到了当地正在采取多项措施改善当前遇到的问题，努力破圈。首先是将旅游业提高为金寨县的战略支柱性产业，致力建成红色旅游名城、绿色旅游名县。并且政府也给了很大的政策支持，加大了资金投入，用于项目建设，尤其是旅游基础设施建设。2020 年，投入旅游的项目资金有 351 万元。

　　此外，金寨县还推出了主打品牌"中国长寿之乡、中国天然氧吧"，通过品牌建设，增强知名度。针对缺乏合力的问题，金寨县文旅部门将周边贫困村以点连线成面，推出了"中国红岭公路旅游项目"和"春夏秋冬四条旅游扶贫精品线路"。

　　面对急需提高旅游从业者的专业素质这一问题，金寨县则是将其与扶贫工作相结合。从 2016 年开始，金寨县启动了旅游企业"1+N"结对扶贫模式，即一家旅游企业至少扶持三家贫困户，为其有劳动能力的家庭成员提供工作机会。同时，县文旅体育局会定期举办全县讲解员培训班，壮大讲解员队伍，提升讲解水平，提升旅游服务水平。

　　在金寨人的不断努力下，当地旅游业发展蒸蒸日上。工作人员表示，根据 2018 年的数据，当年有 263 家旅游企业帮扶 1 338 户贫困户，直接带动 2 400 多人就业，贫困户人均增收 1 400 多元。截至 2020 年，累计带动贫困户 33 063 人通过旅游产业增收。再加上精品旅游线面的规划，全县近 20 万人受益，仅仅天堂寨就使得周边群众人均年收益增加 1 500 多元。

虽然取得了巨大的成就，但勇于尝试的金寨人并没有停下他们前进的步伐。工作人员提到，金寨县在 2021 年开启了"旅游 +"的发展目标。例如"绿色旅游 + 红色文化"，以安徽金寨革命学院为依托，以金寨县革命博物馆、红军鄂豫皖纪念园、立夏节起义首发地、红三十二师成立旧址等众多旅游遗址为支撑点，构建东中西为主轴的三大基地，积极创建以红军广场为核心的 5A 级旅游景区，发展大别山、绿博园等大批特色旅游街区；"旅游 + 长寿产品"，组建金寨长寿之乡品牌和长寿金家寨商标使用协会；"旅游 + 电子商务"，统一规范设计，出台电子商务奖补办法。

工作人员特别提到，除了上述三类外，当地还提出了一个特别符合当下潮流的发展理念，就是"旅游 + 互联网技术"带来的"智慧旅游"。金寨部分景区提供线上游览的功能，可以通过 VR 参观，既贴合防疫时期的特殊需要，在平常也可以对金寨县的旅游文化宣传起到一个推广的作用。除了线上游览之外，"旅游 + 互联网技术"还体现在了将网络直播深入贫困地区，通过土特产销售直播来带动创收。

通过电话采访交流，我们看到今天金寨县的旅游扶贫已经取得了不小的成就，金寨人民依托红色历史和绿色生态，正在努力地改善自己的生活，发展自己的家乡。

五、新时代的"科技 +"

除了过去光辉红色历史和自然绿色资源之外，要想在当今这个日新月异的时代里勇立潮头，离不开科技的支持。

2016 年 4 月和 2017 年 4 月，习近平总书记两度前往金寨县考察扶贫工作，并对精准扶贫工作提出了明确的要求。作为革命老区的金寨县受到党和国家领导人的高度关注，在精准扶贫的大背景下，金寨县被列为光伏扶贫试验点县。

图 3　金寨县光伏发电项目

（来源：安徽省六安市金寨县文化旅游体育局）

金寨县的太阳能资源较为丰富，检测数据表明该地区平均日照时间为 5.5 小时以上，全年日照时间最高可达 2 200 小时，并且因为地处山区，人口相对稀少，荒山、荒坡较多，适合安装光伏设备。通过光伏发电来改变生产力低下的荒土地为"金土地"，有助于增加村集体收入，改善农村基础设施和公共服务，进而改变贫困户生产生活状态。

金寨光伏扶贫的相关做法开始于 2014 年初，刚开始只是在信义光伏农业生态园项目里使用，但在这次实验中发现光伏产业前景良好，尤其适合贫困家庭用于扶贫，于是金寨县委、县政府决定实施光伏扶贫工程。截至 2018 年底，金寨县就已经建成各类光伏扶贫发电装机 19.71 万千瓦，帮助 10.58 万贫困人口脱贫，总收益已达 4.5 亿元。在中央和地方党委政府的高度关注下，金寨县每年投入上亿元用于光伏扶贫的资金，且除去直接资金投入，政府部门还提供了财政资金用于贫困户银行贷款贴息等一系列优惠政策。截至 2017 年底，金寨县安装户用光伏发电装置的贫困户每年至少可获得 3 000 元的光伏发电收入。

六、金寨精神与金寨再发展

（一）金寨精神的强大生机

金寨县在革命战争时期就有着抛头颅、洒热血、敢为人先的拼搏精神和不屈气节，这种精神在打好脱贫攻坚战、走好小康路上仍然有着充分的体现。金寨人面对贫困没有自怨自艾，而是因地制宜、敢于创新。

从"希望小学"到"红绿旅游"，从光伏发电到网络电商带货，金寨县在脱贫路上有着自己的创新，并且这些创新对于许多其他地区的脱贫起到了一个样本的效果，实现了不仅自己脱贫，还带动周边甚至全国的贫困地区一起奔小康。

这种无私无畏、敢于开辟道路的金寨精神的传承是金寨县得以越来越好发展的重要原因。革命的星火从未熄灭，而是转化成为金寨人民追求更加美好生活的希望，精神的传承配合时代发展的脚步，金寨县发展的成果大家有目共睹。

通过本次实践，我们了解了金寨县的红色历史以及它在脱贫攻坚战中的努力坚守和积极创新。金寨人民始终传承着他们在革命战争时期就展现出来的勇于反抗生活压迫和乐观积极迎接挑战的精神，秉持着与自然和谐相处、共同繁荣的理念，打好了脱贫攻坚战。

（二）金寨在新时期的再发展

同时，通过调查我们也发现，金寨县在发展过程中出现了一些问题。譬如希望工程虽然硬件设施改善很多，但软件设施却依然跟不上，教育水平和发达地区仍然存在很大的差距；旅游方面虽然开发的景区很多，但是没有形成旅游合力，无法很好地留住游客、刺激游客的消费……

调研团队通过对当地出现的部分问题的整合与思考，提出了一些发展思路。例如，针对希望工程等教育软件建设的问题上，可以采取人才引进的方法，通过优厚的薪酬吸引人才进入学校从事教育工作，解决好希望工程内老师的住房以及子女教育等安置问题，保障老师的生活稳定。这样有利于吸收更多有着广阔眼界和从业经验的老师来到希望小学等学校，给孩子们带来更好的教育资源。

在旅游方面，可以对当地可开发的旅游项目进行一个综合盘点，对不同的旅游点进行归类，把"旅游点"变成"旅游线""旅游面"，延长游客体验。并且可以针对不同的旅游线路制定具有各自特色的导游服务，从而带动当地人口就业。此外，要想留住游客，很重要的一点就是做好基础设施建设，当地旅游从业者可前往旅游发达地区考察或是开展广泛的游客需求调查，了解游客的心理，更好地为满足游客的各项要求服务。

结　语

八月桂花遍地开

鲜艳旗帜竖啊竖起来

张灯又结彩呀，张灯又结彩呀

光辉灿烂闪出新世界……

面对问题和挑战，金寨人民永远都会迎难而上。我们相信，红色星火会伴随着盛开的馥郁桂香在金寨久久相传，金寨县会在实现脱贫摘帽后有着更好更精彩的发展和未来。

致　谢

感谢安徽省六安市金寨县文化旅游体育局在 2020 年寒假期间给予团队这次珍贵的学习和调研机会，感谢为我们提供图片素材的文旅宣传工作人员和接受本次采访的扶贫办工作人员的积极配合。本次实践让团队成员更加主动地深入了解了当地的红色历史和精神，是一次深刻而难忘的红色教育，让成员们对如今所处的美好生活分外珍惜。

感谢指导老师在此期间的无私奉献，指导团队更好地梳理调研思路和撰写文稿，让团队成员在调研过程中更加有针对性和专业性。

红色基因，生生不息。在如今和平与挑战并存的时代中，我们更加需要继承前辈们的精神，接过历史的接力棒，继续奋力向前！

（指导老师：姚睿，广州大学新闻与传播学院教授；张化东，广州大学新闻与传播学院实验师）

点评

从实践中发现真知

开国领袖毛泽东同志曾经说过："实践出真知。"要想获得新的发现就必须投入实践，脱离实践的"发现"是无源之水、无本之木。

本次实践的调研团队有着探索的热情。参与实践的同学虽然受客观条件的限制无法真正走入金寨中，但她们很好地借助网络平台，积极联系当地相关部门，并充分利用互联网带来的便利，采用新方式、结合新角度开展了一次别开生面的"云实践"。

在调研过程中，团队成员由"面"聚"点"。从历史的发展长河中提炼金寨人的精神，同时也从当地的全面发展中提取出"教育""文旅""科技"三个方向予以深刻挖掘。团队成员对调研所获取的广泛信息进行了有效的集合、分类，由"行"及"知"，尝试寻找金寨发展与其他地区发展的"同类项"，让盛放在大别山的"桂花"香飘九州。

通过这次实践，团队成员对金寨县这一革命老区光辉灿烂的红色历史和欣欣向荣的现代发展有了更深刻的认识。同时，调研团队在实践过程中也时刻谨记用批判性思维看待事物，善于通过洞察事物表象来发现问题，并尝试对问题进行解答。这也正是实践最为重要的价值！

（点评人：姚睿）

爱国爱港香江情　红色基因代相传

——粤港台三地学子共探香港红色基因

陈碧霞　祝小丫　杨芷康　陈威汝　许小榕　崔志铭　黄琦超 [①]

摘　要：以"红色教育"为主题开展大学生社会实践思政活动，巩固、强化在香港问题上关于家国观念方面的教育，对新一代的中国青少年，尤其是香港青年，具有举足轻重的意义。本文以实践团成员对中英街历史博物馆东江纵队司令部旧址、深圳革命烈士陵园的走访调研和街头采访为基础，探寻香港红色记忆和爱国主义精神，并结合问卷调研分析了当下香港青年红色爱国教育面临的困境及解决之道，体现了成员在调研过程中的学习、成长和体悟。

关键词：香港；红色记忆；爱国教育；大学生思政

香港历史发展脉络的特殊性孕育了独特的地缘文化，深刻影响着香港青少年的地缘情感、文化模式以及思维方式。随着互联网技术的迅猛发展，以美国为首的一些西方国家利用互联网技术有组织、有目的地传播大量歪曲历史事实的演讲、丑化中国的影视剧及混淆视听的不实报道，打着"网络自由"的旗号兜售所谓的"普世价值"观，鼓吹西方政治发展模式，企图以此进行思想文化渗透，削弱马克思主义在中国意识形态领域的指导地位，进而诋毁中国共产党的执政地位和社会主义制度。[②]对青少年的教育一旦缺少明确的国家认同、身份认同，其就会很

---

① 陈碧霞、祝小丫、杨芷康、陈威汝，广州大学新闻与传播学院2020级播音与主持艺术专业本科生；许小榕，广州大学人文学院2019级汉语言文学（师范）专业本科生；崔志铭，广州大学新闻与传播学院2019级播音与主持艺术专业本科生；黄琦超，广州大学新闻与传播学院2020级广播电视专业研究生。

② 郑智超．如何应对来自西方的网络渗透：基于意识形态安全的考量［J］．理论研究，2019（3）：55−62．

容易被所谓的"民主""自由"思想带偏。习近平总书记在学校思想政治理论课教师座谈会上的讲话中，把青少年阶段比喻成人生整个过程中重要的"拔节孕穗期"。中国中央办公厅、国务院办公厅在其印发的《关于深化新时代学校思想政治理论课改革创新的若干意见》中提出："教育是国之大计、党之大计，承担着立德树人的根本任务。而思政课是落实立德树人根本任务的关键课程，发挥着不可替代的作用。"

2021 年 2 月，我们几位分别来自大陆（内地）、香港和台湾的同学，组成了一支红色专项调研小分队，从广州大学新闻与传播学院出发，前往深圳开展香港红色革命记忆探寻的思政调研活动。"我们要让大家认识什么是香港的红色文化。我们要了解这片土地上的红色文化，学习其中的红色精神。"香港青年陈碧霞说，"作为香港青年，我们负有传承香港红色文化的这一份责任。"我们围绕香港危难图存、艰难发展的不同时期不断追寻。在追寻中，我们挖掘了"文化大营救"事件、东江纵队港九独立大队，以及无数诸如方兰、刘黑仔等革命人士相关的历史故事，深刻学习体悟了其中的革命精神。其实，香港从来都不缺少红色基因，缺少的是如何更好地让年青一代传承发扬红色基因。

一、出发：追寻尘封的红色记忆

（一）中英街

清光绪二十四年（1898）6 月 9 日，在英帝国主义武力逼迫下，李鸿章与英国驻华公使窦纳乐在北京签订了中英《展拓香港界址专条》，条约规定将九龙半岛及附近海域租给英国，期限为 99 年。清光绪二十四年刻立的"光绪帝二十四年中英地界第 × 号"的界碑，将沙头角一分为二，东侧为华界沙头角，西侧为英（港）界沙头角，故名"中英街"。中英街的存在，是清王朝腐朽没落、中国贫穷落后和英帝国主义疯狂侵略的历史见证，也是改革开放以及香港回归祖国和中国走向繁荣富强的历史见证。

中英街长约 250 米，宽约 4 米，深圳香港各占一半，街心以"界碑石"为界，与香港一街相处，需办理通行证才能进入，因此"中英街"被称作特区中的"特区"。我们兵分两路，分成了两个小组，一个小组办理通行证，进入中英街内部参观中英街以及中英街历史博物馆，另一个小组在中英街附近进行街头访谈。

参观小组从北边一路沿着界碑和各式商店向着南边前进，中英街靠近东边的商铺是深圳的，西边的商铺是香港的。在回归以前两边街道不能随意通行，有警察看守管理。据当地老一辈居民跟我们分享，香港回归的 7 月 1 号那天凌晨，天空下着小雨，属于中华人民共和国的军车开进了中英街街道，由街道两边的内地和香港居民组成的歌舞队，从街头跳到街尾又从街尾跳到街头，就这么一直跳到了早上。

中英街历史博物馆在中英街最深处，来到博物馆门口，门前的警示钟格外引人注目。警示钟设立在中英街历史博物馆广场，与中英街界碑相互映衬，是中英街新的一景。警示钟记叙了中英街割占、抗争、变迁、发展和回归一百年来的历史。钟身上刻着"勿忘历史，警钟长鸣"八字，提醒人们牢记中英街屈辱的历史，告诫后人必须铭记深刻历史教训：落后就要挨打。

图 1　中英街历史博物馆门口的警示钟

（来源：调研团队实地拍摄）

随后，我们进入中英街历史博物馆参观学习。中英街历史博物馆共五层，按照时间顺序依次陈列展示了香港从分割前到回归中国后的历史。博物馆内的展厅共分四层，一楼主要讲述中英街附近的考古历史，最早定居的客家人以打鱼为生，多是迁徙而来。二楼主要讲述鸦片战争后，中英街被中英两国分治的历史。三楼主要讲述国人在"文革"中逃离远赴香港的历史。四楼主要讲述香港回归后中英街的变迁。中英街的百年历史其实是中华历史的一个缩影，却因为其独特的地理位置而倍感真实与触目。

与此同时，访谈小组也在中英街附近收获颇丰。访谈小组不仅采访了来中英街参观的内地游客，还采访了一些来自香港的附近商贩。

其中，对于香港与内地儿童在红色文化教育方面的差异，一位幼师表示说："在香港那边，特别是在幼儿时期，园方对他们的历史教育几乎是没有的，虽然幼儿园的小朋友年纪还小，了解的东西也很浅显，但在内地我们会尽力地去传达我们中国人是有信仰的——我们的信仰是家，小家是爸爸、妈妈、爷爷、奶奶，大家就是爱国爱党。所以我们在日常的中国节日，比如说国庆节、中秋节、元宵节、春节，包括二十四节气等，在每一个节日我们多多少少都会给小朋友渗透一些历史知识和历史文化。"香港幼儿阶段缺乏红色文化教育，是香港青年对红色文化了解程度低的主要原因之一，因此，红色文化教育需从娃娃抓起。

（二）东江纵队司令部旧址

为了寻找文化的连接点，本队成员再次出发前往深圳市大鹏新区葵涌街道土洋社区，来到了东江纵队司令部旧址。

在中国人民抗日战争史中，有一支特殊的部队立下了特殊的战绩。它坚持武装抗日长达七年，困难时期甚至连一部电台都没有，仅靠收音机来收听延安新华广播电台的消息。这就是英雄的东江纵队。东江纵队和它旗下的港九独立大队成为香港抗战的中流砥柱。

东江纵队，全称是广东人民抗日游击队东江纵队，是抗日战争时期中国共产党在广东省东江地区创建和领导的一支人民抗日军队。朱德同志在"七大"军事报告《论解放区战场》中将东江纵队与琼崖纵队和八路军、新四军并称为"中国抗战的中流砥柱"。

东江纵队港九独立大队（简称港九大队）1940年9月建立，1942年2月正式成立，是一支由香港新界原居民子弟在广东人民抗日游击队东江纵队领导下组成的游击队。成员包括农民、学生和海员，主要于新界西贡一带活动，以加强在东江及珠江三角洲一带的抗日力量。

旧址内部的陈列分为《东江纵队史迹展》和复原陈列两部分，展示了东江纵队的革命精神和战斗历程，再现了革命前辈在艰苦的条件下英勇抗日、"为民先锋"的史实。通过参观学习"港九独立大队"的相关陈列与介绍，我们了解了香港革命代表刘黑仔与方兰的英雄事迹。

东江纵队司令部旧址原为意大利人的天主教堂，由主楼、礼拜堂和附属用房等三部分组成，经修复已恢复旧址原貌。我们惊喜地发现，院里的龙眼、乌桕、笔管榕等古树历经硝烟，居然仍青葱往常、枝叶繁茂，如同革命精神一般，永垂不朽。

二、缅怀：用记忆对抗遗忘

深圳是广东省重要的老革命根据地之一，又是抗日战争时期东江纵队的发源地之一。革命烈士纪念碑位于深圳革命烈士陵园正中央，碑身四面镌刻着"革命烈士永垂不朽"八个大字——这是当年由东江纵队司令员曾生同志书写的。看着在阳光下显得格外醒目的八个红色大字，我们自发地在纪念碑前站定，默契地行了几分钟的注目礼。我们向纪念碑献花后，参观了烈士陵园内的革命烈士纪念馆，着重了解学习与东江纵队尤其是港九独立大队相关内容。

革命烈士芳名亭位于烈士陵园西南角，建于 1992 年，共有 1 045 名革命烈士的名字刻入烈士芳名亭，其中港九地区牺牲的革命烈士 145 名。我们了解到，在这 1 045 名烈士中有女烈士 35 名。

深圳革命烈士纪念馆位于烈士陵园东侧，目前还处于建设中，主要是陈列展示革命烈士资料、图片和遗物，为广大青少年学生和社会各界人士开展革命英雄主义和爱国主义教育活动提供场所。

在参观纪念馆的过程中，我们有幸采访到了深圳革命烈士陵园管理所高欣欣所长。高所长当兵 12 年，爱人是空军飞行员，父亲参加过抗美援朝战争。高所长说："有很多来参观的游客，第一个问题就是深圳有什么知名的烈士吗？或者你身边有什么知名的烈士吗？我是不支持这种说法的。烈士不需要知名，他牺牲之前不会像明星一样去开发布会的。每一位烈士都是伟大的，值得尊重的，并不是非要倒在人民纪念碑才算出名。一百多年前，一个二十五岁的年轻人都会写出：'男儿沙场百战死，壮士马革裹尸还。埋骨何须桑梓地，人间处处是青山。'烈士正是如此，不需要把尸骨埋到祖坟上，因为每一位烈士倒下了都是一座丰碑，但是倒下了并不代表他无声了，他的精神永存。"说到这里，高所长坚定地望着前方陈列的革命先烈的遗物，挺直了腰背，不由自主地握紧了拳头。

图 2　抗日英烈墙

（来源：调研团队实地拍摄）

她的情绪感染着在场的我们。她停顿片刻后提高了音量，铿锵有力地对我们说："不是每一个能成为英雄的人都会成为烈士，（他们）可能会舍生忘死，但不一定会成为烈士。相反，只要成为烈士就一定是个英雄。所以我很希望你们年轻人把这个精神传承下去。我们要用记忆来对抗遗忘。"

"我们以前也去香港学习，学习他们先进的管理经验。但是我觉得一个城市发展得再先进，也不能缺失自己的红色文化，不能忘了本。"说到这里，她拍了拍陈碧霞同学的肩膀，真切地说道："所以我很希望你们能把革命烈士为了人民更幸福、祖国更美好而勇于牺牲的革命精神传播出去，让更多人了解这些红色历史，也让更多人知道我们的年轻人没有遗忘，我们一直在用记忆对抗遗忘。"

临别时，高所长看我们拍摄了许多纪念馆里的陈列，欣慰地说："我很感谢你们通过音像把这些正能量传送出去。因为你们是搞传媒的嘛，所以我觉得你们就是一个个传声筒，能把（这些文化）传播出去……我觉得你们把历史拍下来、挖掘出来，就是要告诉香港人民：我们有这个文化的连接，勾起他们的回忆。"听到这里，我们停下拍摄，相视一笑，都读懂了彼此想说的内容——我们一定会这么做。

高所长说的话给我们带来了很大的触动——将许多人曾忽略的香港的红色基因挖掘出来并传播出去，使大众真正感受到革命时期无数英烈与贡献者的力量，真正明白共产党的初心和使命，真正体会革命烈士们用生命维护的信仰，用记忆对抗遗忘，这不正是我们想做的吗？

三、调研：直击香港红色文化传播现状

在追寻香港的红色文化记忆之后，我们对香港青年对香港红色文化的了解情况、香港青年的红色文化认同进行了问卷数据的收集，以及对香港青年陈同学、何同学进行深度采访。根据得到的数据和采访内容，我们做了以下分析：

（一）香港青年对香港红色文化的了解情况分析

在 "你了解香港的红色革命历史吗？"这一题中，有66.67%的被试香港青年表示不了解，仅有33.33%表示了解。可见超过半数的香港青年对于香港的红色文化是不了解的；在具体的红色历史问题中，例如"你知道方兰吗？"所得出的结果更加明显，仅有17.39%表示知道，剩余的82.61%都表示不知道；在"你知道港九大队吗？"这道题中，所得出的结果也大致如此。由此可见，大部分香港青年对于香港红色文化的了解程度都比较低，甚至有的从未接触过，仅有少数

人了解过。香港的红色文化普及程度还需要加强。

（二）香港青年对香港红色文化教育现状的看法分析

对于香港的红色文化教育，65.22%的香港青年觉得是缺失的，仅有 34.78% 认为是不缺失的。可见，香港在教育方面对于红色文化涉及较少，这与大多数青年对于香港的红色文化处于未知状态具有较大、较直接的关系。在我们访谈过程中，曾在内地和香港都上过学的陈同学对此结果表示深有同感："在内地学习，我觉得对于历史文化的学习是很多的，但在香港几乎没有关于红色文化的博物馆，学校的教育中也很少涉及红色教育方面。"陈同学认为，红色教育以及一些红色文化教育的硬件设施，比如博物馆和纪念馆等，在香港都是比较缺乏的。

（三）香港青年对香港与内地的现状与未来发展的认识

对于香港与内地的现状与未来发展题目中，大多数香港青年认为香港与内地的发展都会持续变好，并为祖国未来更好地发展提出了建议，描绘出了自己的愿景。由此可见，大多数香港青年对于香港与内地的发展都有所关注，并且持乐观态度。

对此，在访谈过程中，在香港读大学的何同学还结合个人未来的职业和理想，对香港与内地更好地发展发表了自己的看法："我觉得在教育方面，可以新增一些课程，其实香港关于国民教育的改革很多年前也有提出一个草案，但是一直都没有实行，我觉得可以推行一下，培养一下香港学生的爱国情怀。因为爱国的一些观念都是要从娃娃开始抓起的，而教育对人类的影响又是比较大的，而且青少年时期正好是建立价值观的一个最佳时期。另外就是我个人觉得要相信党、相信国家，因为香港与内地的发展是国家大事，是两地之间的融合，是文化之间的融合。"

四、反思：打破香港红色基因传承困境

通过实地调研中英街及其博物馆、东江纵队司令部旧址、深圳革命烈士陵园，并专访深圳革命烈士陵园管理所所长、求学内地的香港学子陈同学、在香港读大学的何同学以及街头采访中英街附近路人，针对历史事实、相关新闻报道和采访内容，我们发现了香港在红色基因传承方面面临着困境，对于香港本土的红色文化大多数人是处于不了解的状态。

（一）爱国主义教育的缺失

"其实在香港已经住了两代到三代的人，他们是不太喜欢内地这边的生活方

式的，久而久之，爱国主义教育也就渐渐在流失。很多香港人不是不爱国，大部分老一辈的人都是广东人，但是来到我们这一代，我们的教育里面却没有包含那么多爱国的元素，基本都是有点倾向于英国的教育方式，也很少谈论祖国的历史。"

听完回答后，我们深有感触——香港爱国主义教育的缺失实在严重！教育体系不完善、学校忽视爱国主义教育问题、爱国爱港教师组织发展缓慢、学生缺少思想觉悟等原因，使爱国主义教育在香港被闭口不谈。对于在这种缺少爱国主义教育的环境下成长的部分香港青年来说，"国家"这个概念是一种可有可无的存在，在某种程度上，这也是导致某些香港青年较为偏激、在公众场合和社交网络上大肆发表不当言论的原因。

（二）对于红色历史文化的普遍性忽视

香港，其实是一片红色历史文化深厚的土地。分割前后、最艰难的抗战时期、回归前后……每一阶段都有每一阶段的血泪历史，每一阶段都有每一阶段的红色情怀。我们想要传承香港的红色基因，但对于这些在脚下的土地上发生过的红色故事，又了解多少呢？

东江纵队港九独立大队是香港抗战时期最坚实的抗战力量之一，是香港红色历史的代表。调查问卷数据显示，66.67% 接受调查的香港人民在"你了解香港的革命历史吗"选择了"不了解"；73.91% 的人不知道港九独立大队；82.61%的人不知道港九独立大队的重要代表"香港女侠"方兰。对此，香港青年陈同学说："香港回归之后的第二代、第三代，都是不知道香港回归以前的故事的，许多年轻人在香港生活久了之后，缺少一份家国情怀。对于香港这片土地上的红色文化历史，许多香港青年不了解、无人告知、也从未学过，这造成了他们对于红色基因、红色文化普遍性的忽视。"

（三）红色基因传播途径单一、范围狭窄

许多香港人民不了解红色历史、红色文化，有一部分原因是他们无从了解、无从学习——香港红色基因传播途径单一、范围狭窄。香港有关红色文化和革命历史的博物馆或纪念馆并不多。香港孙中山纪念馆、香港文化博物馆、香港回归纪念塔、香港海防博物馆、三栋屋博物馆等，这些博物馆或纪念馆虽然都对红色革命文化有程度不同的涉猎，但从传承红色基因的角度上来说，这些博物馆或纪念馆的影响力、传播力以及教育意义都远远不够。

（四）缺乏朋辈间的红色文化影响，部分民众思想觉悟欠缺

"老一辈的爱国情怀会强烈一点。可能是因为当时是处于英国殖民统治下吧，

所以老一辈比较有爱国情。后来因为教育制度改革，还有一些其他原因，他们（年轻一辈）会认为'一国两制'这个制度没有以前那么好。但其实他们是没有经历过殖民统治那个时候的生活的，所以他们的想法、观念都会比较偏激。"来自香港、就读于香港大学的何同学这样说。

部分香港人尤其是年轻人，由于没有经历过，不够了解历史中的屈辱，更不了解香港与祖国那饱含血与泪的羁绊，因此大多数青年人对于现在拥有的生活总是充满抱怨，殊不知目前的幸福生活是多少革命烈士、爱国志士用血与泪换来的。

"还有一个很重要的因素就是朋辈之间的影响，比如我告诉你（某件事）是这样子的，你就也会这么觉得。就这样一个传一个，就导致这一辈年轻人的价值观是不一样的，爱国观念不一样。"因为大多数青年人缺乏红色教育，因此朋辈之间也缺乏红色文化影响，导致容易出现价值观、爱国观的扭曲，青少年之间还很容易被这种不良观念互相影响。

图3　调研团队在深圳革命烈士纪念馆参观学习

（来源：调研团队实地拍摄）

（五）关于加强香港红色文化教育的建议

鉴往事，知来者。于个人，于民族，于国家，都应该重视历史，尤其是饱含着红色基因的革命历史。为了打破这一传承困境，我们针对出现的问题提出了解决对策。

为了改变香港红色文化教育缺失、对红色历史文化的普遍性忽视的现状，我们认为教育部门应把红色文化教育纳入教育内容中，加强红色文化教育力度，还应建立红色文化教育基地，利用网络资源作为教育素材，保障红色精神保护和传承的稳定性，提高其可持续发展。一些博物馆和纪念馆应该促进文化的创新性发展，加强宣传力度，让更多人了解到香港的"前世今生"。加强教育力度，利用创新资源，通过多种途径，让红色文化、红色精神深入人心。

青年人作为主体，应该树立主动学习的意识，提高积极性，课余时间多多走进博物馆、纪念馆，认真体会在自己生长的这片土地上所发生的历史文化故事，从伟人的事迹中汲取营养。除此之外，也可以多利用网络资源，以观看电影、纪录片等方式，主动学习红色革命文化，并向周边的同学传达红色精神，从中汲取营养。

结　语

历史不能隔断，文化岂能忽视。邓小平曾说："了解自己的历史很重要，青年人不了解这些历史，我们要用历史教育青年，教育人民。"在调研过程中，我们被革命烈士"方姑"、东江纵队港九独立大队的革命故事和革命精神所震撼，也深感香港目前取得巨大成就的不易。饱含屈辱的香港、如孩子般无助的香港、自由开放的香港、繁荣锦绣的香港、动乱不安的香港、前路漫漫的香港……香港历经沧桑更革，有人遗忘历史，就有人铭记历史；有人不知自己来自何方，更有人愿帮助香港往更远走去；有人扎根红色基因，有人心系历史记忆；有人传承民族文化，有人在迷雾中看清乱局的本质，在喧嚣中辨明前进的方向。如今的香港，是国际性化大都市，它一切令人骄傲的成就，起源于无数革命先烈洒下的热血，更有名为"拼搏"的精神篆刻在狮子山下，传承于世世代代的东方之珠。

致　谢

感谢深圳革命烈士陵园管理所给予团队这次宝贵的学习经历，感谢陵园管理所高欣欣所长耐心指导和倾心交谈，感谢中英街居民和本次采访的香港青年陈同学、何同学的积极配合。这些属于香港的红色基因需要被挖掘、需要被记住、需要被传承。这是属于香港青年的责任，也是两地青年为了增进文化认同和加强彼此情感纽带的不可缺少的使命。一张照片，定格一个瞬间；一组群像，打开一部史册。不同时期不同地区的革命者从历史深处走来，他们身上有着我们新时代青年需要传承的中华民族的精神内核——红色基因！

（指导老师：刘玉萍，广州大学新闻与传播学院副教授；廖伟斌，广州大学新闻与传播学院外聘教师）

赓续香江红色血脉，新青年接力再出发

2022 年，是香港回归祖国 25 周年。香港青年会主席陈凯荣说："我相信在实现国家第二个百年奋斗目标的新征程上，广大香港市民一定能弘扬爱国爱港的光荣传统，同全国各族人民携手并肩，为实现中华民族伟大复兴共同奋斗，在'一国两制'生动实践中交出亮丽答卷。"

香港的红色基因一直都在赓续。现如今，时代的重任交到了新一代香港青年手中。如何传递好这个接力棒，成了当代新青年面临的问题。本报告最大的亮点在于团队成员是由粤港台三地的学生组成的，他们以"红色教育"为主题开展大学生社会实践思政活动，调研聚焦于香港关于家国观念方面的教育问题，体现了校园调研与社会问题的紧密结合。

香港青年的爱国情怀、党史对香港青年的影响、新青年对香港红色基因的挖掘，都在本报告中一一体现。1987 年，邓小平同志在会见加蓬总统邦戈时谈道："了解自己的历史很重要，青年人不了解这些历史，我们要用历史教育青年，教育人民。"历史不能断绝，文化岂能忽视。

本报告的第二大亮点在于鲜明的青年人视野。团员通过实地调研深圳革命烈士陵园、东江纵队司令部旧址、中英街历史博物馆，并专访深圳革命烈士陵园管理所长、求学香港学子陈同学、何同学以及街头采访中英街附近路人，针对历史事实、相关新闻报道和采访内容进行反思，提出未来的发展建议。本报告并不落幅于口号式的颂赞与讴歌，而是切实地将传承红色记忆作为一个香港的时代命题来寻求出口。

调研团队以实际行动践行了青年人如何在香港红色基因传承的困境中"了解自己的历史"，为香港青年爱国教育的开展提供了值得借鉴的思路。

（点评人：刘玉萍）

传承理想信念　唱响嘹亮红音

——《义勇军进行曲》中的时代记忆

纵　升　陈晓敏　余轩君　周炜琪　顾子愉　曾茹意①

摘　要：调研团队于建党百年之际前往深圳、肇庆、东莞、汕头、河源等地，挖掘不同时代、不同身份的人们与国歌之间的故事。报告以"调查—溯源—对话—行动—体悟—感触"为阐释逻辑，探索、对话和反思当代青年在红色基因传承中肩负的时代责任问题，深入感知红色精神内核，希望吸引更多青年加入红色歌曲的传承队伍，并为红色歌曲的时代发展贡献新的思路，传承理想信念，唱响嘹亮红音。

关键词：国歌；红色歌曲；红色基因；传承

疫情之下，看日落的爷爷曾心情低落，如今病情转好，他时常唱起歌来。他说，康复后，要给医生护士们唱《何日君再来》，还想为他们拉一首小提琴曲。边防官兵远离乡土驻守边疆，用一首《我的祖国》道出对祖国母亲最深情的告白……

两则新闻，不谋而合。我们发现，原来歌曲的背后，是满腔深情。它不仅是老一辈人遥望落日时熠熠生辉的内心，也是年轻一辈驻守边关时浓浓的报国情。受以上两则新闻的启发，一首家喻户晓、深入人心的歌曲在脑海中唱响。于是我们渐渐清晰了方向，决定挖掘饱含民族情感的歌曲——国歌《义勇军进行曲》背后的时代记忆。

我们的国歌，始终流传在人们心中。它诞生于民族危难时期，在不同时代，给予人们磅礴的精神力量。每当国歌响起，伴随五星红旗徐徐升起的，不仅是岁

---

①　纵升、陈晓敏、余轩君、周炜琪、曾茹意，广州大学新闻与传播学院2020级广播电视学专业本科生；顾子愉，广州大学新闻与传播学院2020级广播电视编导专业本科生。

月峥嵘，更是无数中国人的爱国心、报国情、强国志。它象征着民族不屈的斗志，它告诉我们："历漫漫长河，我们始终前行，步伐沉稳而有力！"在围绕国歌进行的采访中，我们了解到不同时代、不同身份的人们与国歌之间碰撞出的一则则令人动容的故事，并从中得到许多启发。以下为本调研团队在这次实践活动中的调研成果。

一、任时代冲击　红音传承依旧

随着时代的发展，流行歌曲如浪花般奔涌而现，红色歌曲在一定程度上受到了冲击。当今时代人们如何看待国歌，成了我们心中的疑惑。带着这样的疑问，我们团队通过设计、发放调查问卷，针对不同年龄阶段、不同身份的人们，在对国歌的了解程度、对国歌相关内容的感受、了解国歌的途径等方面进行调查。

调研成员通过朋友圈、私发、群发等线上途径发放问卷，覆盖不同年龄段的群体。共收到212份问卷回答，其中有效问卷211份，整理分析后得到了以下结论：

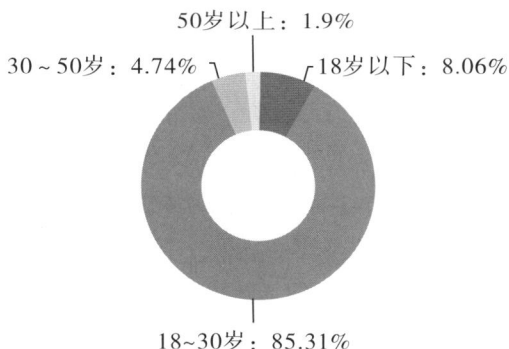

50岁以上：1.9%
30～50岁：4.74%
18岁以下：8.06%
18~30岁：85.31%

图1　受调查人员的年龄分布情况

（来源：调研团队所设计调查问卷）

本次受调查人员分为青少年、中年及老年。其中青少年占比最多，占总人数的93.37%；中年占比其次，占总人数的4.74%；老年占比最少，占1.9%。

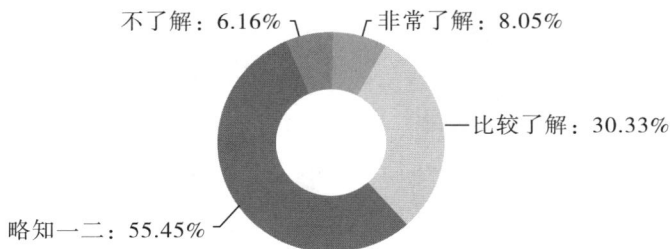

图 2　受调查人员对国歌背后故事的了解程度情况

（来源：调研团队所设计调查问卷）

从对国歌背后故事了解程度的占比来看，"略知一二"的人占比 55% 以上，而"比较了解"的只占了 30% 左右，甚至有 6.16% 的受访者并不了解国歌背后的故事。"非常了解"的人占比不到 10%，相当于每十个人中也许只有一个人能够确切说出国歌背后的故事。

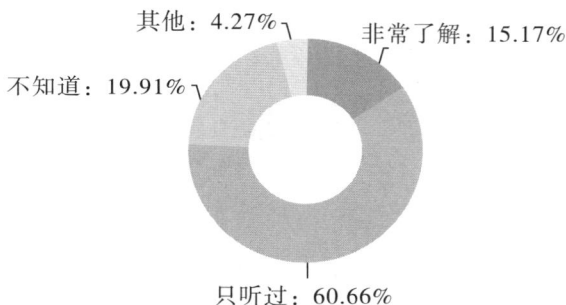

图 3　受调查人员对《国歌法》的了解程度情况

（来源：调研团队所设计调查问卷）

从对《国歌法》的了解程度占比来看，"只听过"及"不知道"的人占比 80.57%；而非常了解《国歌法》的人只占 15.17%；了解程度较低的人数约为了解程度较高人数的 5 倍。

（一）大众了解匮乏，科普势在必行

调查结果显示，人们对国歌创作故事以及《国歌法》的了解较为匮乏。我们作为国歌的继承与传播者，面对这些数据是值得深刻反思的。曾经艰难岁月里让人奋进的歌谣，如今却被人们淡忘。作为社会主义接班人与祖国的新血液，我们有责任、更有义务将国歌这份中华儿女特有的精神财富与时代记忆，继续

传承发扬。这也正是我们本次调研活动的目的所在——挖掘国歌背后的故事，唤醒人们的时代记忆。

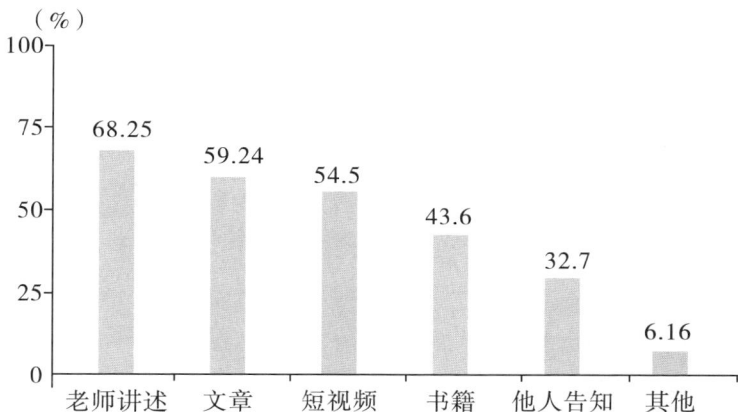

（%）

图 4　受调查人员对国歌故事的了解途径及方式

（来源：调研团队所设计调查问卷）

数据显示，通过"老师讲述"方式了解国歌故事的人占比最高，其次为文章、短视频，且数据差距较小，说明人们了解国歌背后故事的方式相对多元。"老师讲述"占比最高，表明教育在国歌故事了解程度上有较大影响。除教育因素外，文章与短视频对国歌了解程度的作用较为突出，说明新媒体对国歌故事了解程度具有较为重要的影响。

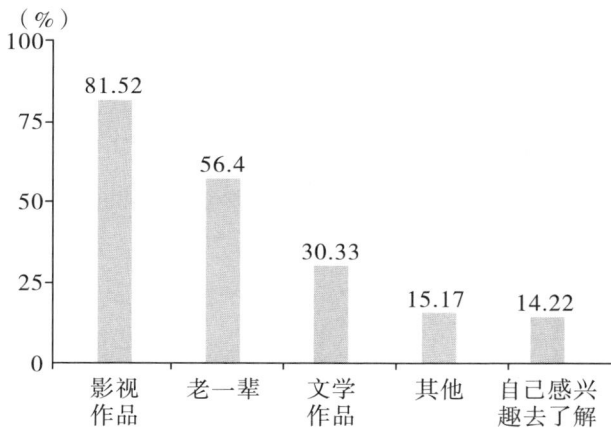

（%）

注："其他"中填写"军训"的较多。

图 5　受调查人员对红色歌曲的了解方式

（来源：调研团队所设计调查问卷）

数据显示，通过"影视作品"了解红色歌曲的人数占比最高，且远超其他了解方式，为81.52%；其次是通过"老一辈"了解，为56.4%；通过"文学作品"以及"自己感兴趣去了解"的较少，说明影视作品对人们了解红色歌曲具有重要作用，长辈的文化熏陶作用也较为突出。

（二）新媒体为红音传承注入新活力

从调查结果来看，人们对国歌以及红色歌曲的了解大多源于文章、短视频、影视作品等。新媒体在其中作用较大。这为我们宣传国歌故事、增进人们对国歌的了解提供了方法指南。

受此调查启发，接下来的报告内容将科普国歌背后的故事，以及不同时代的人与国歌的故事。同时，我们也会从自身身份出发，更深入地探讨国歌创作带给红色文化发展的启发；以及作为青少年，我们应如何更好地传承红色基因。最后再谈谈我们团队在本次实践活动中的心得体会。

二、追溯时代背景　体悟深层内涵

（一）国歌的创作故事

由田汉作词、聂耳作曲的《义勇军进行曲》，诞生于1935年，当时中华民族正处于生死存亡的关头。这首在中华大地上歌唱了八十多年的歌曲，像一支战斗的号角，鼓舞了中华民族儿女去抗击日本帝国主义的侵略、解放全中国、建设社会主义。

（二）国歌的时代意义

国歌既反映了一个国家的民族精神，又是一个国家的象征。

对于中国人来说，《义勇军进行曲》最能唤起内心的强烈共鸣。全国各族人民同唱这一首国歌，将不断激发出爱祖国、爱人民、一往无前、自强不息的精神，增加国家和民族的凝聚力、自豪感，为中华民族的和平崛起而努力奋斗。

我们将手中的话筒递到不同人的手里，而他们口中的国歌的意义，亦是不同。

天安门广场上那一次与国歌的特殊"遇见"，那一场以国歌结尾的文艺表演，坚定了李仕模先生投身于党的伟大事业的信心，20年来他兢兢业业、严于律己，只为对得起中共党员这份荣誉称号；第一次升旗任务圆满完成后，国歌便成了陈磊最好的朋友，每周固定一次的相遇，也是他每周一次的"充电时间"，让他在未来的人生里发光发热……

藏在国歌背后的，不仅是它那无穷的精神力量，更是一代代人珍贵的时代记忆。我们挖掘、我们唱响、我们传颂，让那熟悉的旋律更有生命力地活在我们每个人心中。

三、唱响嘹亮红音　追忆流金岁月

在本次实践活动中，我们团队通过采访的方式，与不同时代的突出人物代表对话。在他们的回答中，也得到了更多的温暖与感悟。

（一）人物一：退伍军人陈彬泉

来到老人家中时，陈彬泉老人正拿着手机看当年参与对越自卫反击战的视频，嘴里念叨着："当时可是天还没亮就起来赶路，徒步走到战场上去，可在那时却不觉得累。"陈彬泉老人是对越自卫反击战 43 军 128 师的副班长，在栏目《用一辈子去忘记》中，他也曾被问及当初上战场的感受。那时的自卫反击战打得轰轰烈烈，而随之而来朝夕相处的战友情也历久弥真。直到今日，陈彬泉所在的军队不只赶上潮流建立战友群，以前训练的视频也依旧流传。

有这样的一群人在，红色文化也能更好地传承。陈彬泉老人提到，当时在部队大伙也会一起唱歌，他印象最深的是大家在去战场的路上一起唱《最可爱的人》，那首歌也被剪进当时对越自卫反击战的视频里。平常训练时，他们还会唱《打靶归来》，歌曲带给他们的，更多的是鼓舞、是力量、是凝聚的勇气。

而作为军人，国歌在陈彬泉老人心中的分量更是其他歌曲不可比拟的，老

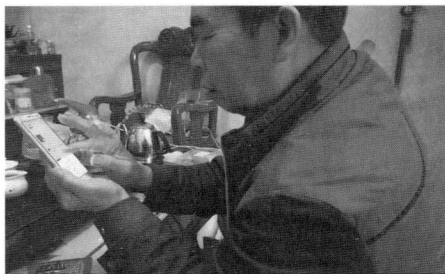

图 6　陈彬泉老人分享当兵时期的照片

（来源：调研团队实地拍摄）

人在很小的时候就一直听国歌，当被问及"还记得第一次听到国歌是什么时候吗"，老人称太早了，早已记不清了，有一种国歌陪着他长大的感觉。对老人来说，国歌是特别的，在部队的时候也会唱国歌，如今会用手机了，刷到国歌的视频也会跟着唱。

无论是早已加上胶片滤镜的过往抑或是如今安康的日子，国歌总在某一刻响起，让老人忆起曾经的光辉岁月。这也是他专属的关于国歌的、时代记忆。

（二）人物二：扶贫村书记何伟中

"不忘初心、牢记使命、砥砺前行，是责任更是担当。"

何伟中老人现任河源市连平县三角镇石马村党支部书记与村主任。从 2014 年 3 月 18 日开始，已连续任职三届。

已是花甲之年的他，在过去的几年里，成功在上级党委的领导下，带领资源匮乏的石马村书写了精准脱贫的绚丽篇章——2016 年石马村被列为广东省新时期精准扶贫精准脱贫三年攻坚相对贫困村，到 2017 年，43 户贫困户已实现全部脱贫，走向致富的小康路。

谈及他与国歌的故事，老人自豪地说道："在我很小的时候就听过国歌，但令我印象最深刻的是 2018 年参加中国共产党河源市第七次代表大会的时候。那时进行了整个河源市的五年规划跟人员选拔等工作，我很光荣地投上了自己神圣郑重的一票。党代会开幕的时候，全体起立，高唱国歌。作为一个支部书记能够参加市一级的党代会，能够以一个党员代表的身份参政议政，跟有关领导、全体代表一起高唱国歌，心里非常激动，更加感到我的责任重大，使命光荣。"

同时作为一名共产党员和村中的党支部书记，他用诚恳而坚定的语气告诉我们："在旧社会的时候，我们在苦难中受三座大山压迫。只有中国共产党能够打下这座江山，带领群众致富。我们肯定要具有红军精神、艰苦奋斗精神。红色基因的教育使大家认识到，只有中国共产党才能带领我们走共同致富道路。"

在何伟中书记的心中，国歌和国旗是我们中华人民共和国重要的标志。国歌激励几代人砥砺前行，共同创建美好生活。对我国社会主义接班人，何书记从口袋里掏出笔，力道遒劲地写下了这段话："青少年要知道现在的美好生活是来之不易的，是在中国共产党的带领下，无数革命先烈抛头颅洒热血种下的社会主义大树。在中国如此困难的时期，我们的先辈愿意流血受伤，创建这个美好平安的中国，我们更加有责任努力把它建设好、创造好。"

对于国歌中蕴含的艰苦奋斗精神的传承，何书记又补充道："年轻人首先要认真学习习近平新时代中国特色社会主义思想；要学好专业知识；要有文化、有担当、有责任、有一颗全心全意为人民服务的心；要能够不忘初心、牢记使命、砥砺前行；更要有滴水穿石的韧劲。这样才能做到一个中国青年应有的担当。"

（三）人物三：中共党员李仕模

从前先辈在国歌下抗争奋斗，如今我们在拼搏中传承向前。

在平安银行担任支行行长的李仕模，是一位有着二十多年党龄的中共党员。李仕模第一次接触国歌是在小学的操场上，当时正升着国旗，他那时还有点懵懂，只知道这就是国歌，这是很庄严、很肃穆的时刻。

而他与国歌发生最印象深刻的故事，是上研究生的时候，那时李仕模的学校里面组织了一个文艺会演。李仕模说道："有一个学生自编自演的小品，大致内容是中国人民抗击日本侵略的。在小品的最后播放起国歌，上面的演员一同攻击日本的侵略士兵。台下的观众不约而同地起立了，跟着一起唱起了国歌。当时我们也入戏了，听着激昂的国歌，都是流着眼泪的，包括我自己。"他的手有力地上下摆动了几下，感叹道："我们今天的美好生活是经过抗争、经过了无数人的心血和努力奋斗得来的。那都是在国歌指引下，驱使着中国人民要团结一心，努力拼搏、奋斗。"

每次听到国歌时，李仕模都有热血沸腾的感觉，觉得心里面是自豪的、充满无穷力量的。李仕模表示一个国家的三个标志就是国旗、国歌、国徽。国旗和国徽是用视觉，而国歌用听觉。这是一种精神旗帜，是一个灵魂的标志。我们中国十几亿人民，是在国歌指引下去做任何事情。现在在新时代，和平是主旋律，但是国内外的形势还是复杂的，作为一个党员，首先是忠于党、忠于祖国、忠于人民，发挥模范带头作用，在日常生活中、工作中去传承红色基因，激励人民群众去贡献自己的力量，将我们伟大的红色基因传承下去。

（四）人物四：东莞理工学院国旗队队员陈磊

一路走来他从未改变国旗队队员的身份，当问及理由时，他的回答是"由衷的爱"。

陈磊从小学四年级到大学一直参加国旗队。刚开始他只因"穿着军装升国旗看上去很庄严"这个单纯的原因参加，但问到坚持的原因时，陈磊笑着道："一路过来都是在国旗队，为什么继续做下去呢？可能就因为热衷吧！"

他与国歌的故事很长，他对国歌的情感也渐渐浓厚。进入国旗队之前，陈磊纯粹地觉得国歌很庄严敬畏。进入国旗队之后，则更多了一种责任，听到国歌的时候多了一种使命感。

陈磊与国歌碰撞出最印象深刻的故事是他第一次在国旗队出任务。当时是陈磊初中军训刚结束，也是陈磊第一次穿上军装，当上旗手。陈磊搓着手说道："当时全校师生在国旗台下看着你，感觉到目光从背后穿过来，当时很紧张。我托举着国旗，一直等着国歌响起，就直到国歌前奏结束完才能呼吸的那种感觉，到把国旗抛出去那一刻才能缓解。从那时开始，听到国歌时就觉得自己的责任感、使命感甚至引以为荣的那种感觉在心中萌发。"或许是听到国歌时的责任感与使命感，让陈磊每次都坚持参与入队前的训练。陈磊道："在入队之前，都会经历国旗队的选拔。那选拔的过程挺痛苦的，每天都是几个小时的站军姿等。熬过这些困难，对我而言最大的收获应该是坚韧的品质吧。"

陈磊认为国歌对一个国家来说，不仅仅是一个国家的形象，而且能侧面反映一个国家的历史、精神，就好比国歌的歌词讲到中国是通过革命先烈抛头颅、洒热血，才能有今天的成就的，所以国歌更重要的是其历史含义和精神内涵。作为一名青年大学生，陈磊认为，"传承红色精神，首先要了解红色精神、内涵再去传承，可以通过网络技术或自媒体，用现在大家喜闻乐见的短视频形式，这是一种很好的传承方式"。

图 7　陈磊着正装升国旗

（来源：调研团队实地拍摄）

（五）人物五：墨尔本大学留学生杨田田

"在国外留学，当咱到街头驻唱《我和我的祖国》时，我感到很自豪。"

2020 年 12 月，田田前往墨尔本大学留学，疫情蔓延至澳大利亚时，也给当地带来恐慌，由于考虑到国内安全，疫情严峻时期边境不得开放，留学生只能滞留在国外。"还好海外留学生联会给我们送了防疫的物资，在当时，口罩已经很难买到了，拿到物资的时候感觉很暖心，就感觉祖国妈妈依旧挂念着我们。"田田补充说："在国外留学的时候，有那种华人音乐会，我偶尔也会去那听一听。"

说起华人音乐会，田田很有感触道："听的时候会很自豪，因为其实就是我们引以为傲的中国文化，然后，听音乐会的时候也会有很多外国人，就感觉这是一种文化输出。同时也让我们更加有认同感。"在国外留学的时候，田田也有看到许多在大街上驻唱的中国学生。"有一次我就听到有个姐姐在唱《我和我的祖国》。特别是离开家很久之后听到这些歌曲就会特别有感触。像我和我身边几个中国同学，都是几乎一年多没有回去，因为疫情原因。所以当听到跟祖国有关的东西，不论是国歌或是其他，就会有特别深的感触，也会很想家。"

不论是华人音乐会抑或是街头驻唱的《我和我的祖国》，熟悉的音乐旋律总能让异乡的心得到慰抚，这也是经典的红色歌曲无法逾越的地方，精神气藏在歌中，爱国情怀不论距离、无畏年龄，时时刻刻在华夏儿女心中。

（六）采访后记

从退伍军人到扶贫书记，从国旗队员到留学生……每一个人，都有着他们与国歌独特的故事。我们挖掘、我们探索，在探索中，我们也才悟得，原来一首歌能蕴含各种各样纷繁复杂的故事，能给予那么多人铭记一生的回忆。

四、红色基因传承　青年勇担重任

歌曲是有力量的。一首首歌，承载了人们内心的声音，表现人、唤醒人、创造人。

国歌不仅能够代表国家政府和人民意志，激发民族自信，提高民族凝聚力，还是中华文化博大精深、源远流长的历史的缩影。国歌的歌词是 1935 年田汉在上海的监狱中创作出的，而那时正是民族危亡的关头。《义勇军进行曲》激昂的演唱腔调，唤醒还在沉睡的中华儿女，激励国民投入抗日斗争之中。如今，中国综合国力渐渐增强，不再饱受战争的磨难，人们的幸福感逐渐上升，但国歌中不屈不挠、迎难而上的精神仍熠熠生辉，影响着一代代人。

随着时代发展，红色文化也应不断注入新的活力。例如开展红色革命传统教育学习活动、各类纪念馆参观活动等，以我们广州大学新闻与传播学院内的讲解队为例，讲解队通过开展博物馆讲解活动，不仅让人们更加了解文物的内涵，也让学生得到锻炼，是一项充满了时代意义的活动。而通过参观革命旧址，我们能重温革命历史，瞻仰革命先烈伟绩。当我们全身心地融入红色文化中，更能充分领悟到红色基因的真谛。红色文化的创作，讲求"新"，又要留"根"，在创作中，不能忘本，要铭记红色精神、红色基因，又要结合时代要求创新表达，这样才能更好地发扬红色文化所承载的红色精神！

五、谨记身体力行　把握红色内核

在实践中，我们团队得出这样的结论：传承红色基因，"思想"与"实践"一个都不能落下！

习近平主席曾说过："我们比历史上任何时期都更接近中华民族伟大复兴的目标，比历史上任何时期都更有信心、有能力实现这个目标。"首先在思想上，要端正态度，尊重历史，不随意污蔑、抹黑英雄事迹，提高辨别能力和防范意识，不随意转发未核实的信息。其次在行动上，青少年可以通过转发、评论传播优秀红色文化作品，还可以写读后感、观后感等。正如之前的《红海行动》《战狼》等上映时，话题占微博热搜前列，无不体现出人们通过影视作品感受传播红色文化的效果较好。最后，传承红色基因可以与自身的爱好相联系。倘若喜欢制作视频，可以通过增加特效、制作动画等形式使红色文化的传播更为喜闻乐见；如果是热爱音乐，可以尝试创作一首红色歌曲，或是改编流传已久的红色歌曲，使其更容易为年青一代所接受。还可以通过网络 App 了解并学习红色文化，如学习强国 App 每天都会更新身边的好人好事、红色文化基地等。

六、终将悟得　红色精神永流传

曾有团队做了关于红色文化现状的调查，发现红色文化的传承问题亟待解决，人们对红色文化已出现了一定的漠视心理，因此，开展红色文化传承活动势在必行。当我们与采访对象们对话时，我们面对的是一段段光辉又难忘的过往，是一双双饱含深情的眼睛。通过这次活动，我们对红色文化所承载的红色精神有更深的体悟，对国歌背后的内涵有了更深入的理解，此外我们还有以下几点感悟：

第一，国歌永流传，精神常相伴。聆听各个时代的人讲述他们与国歌的故事后，我们对国歌的思想内涵更为深刻。国歌中的团结精神、行动精神、献身精神鼓舞着讲述者，也带领我们翻阅历史，明白国人是如何众志成城为国奉献，让我们知道团结可以发生聚合反应，凝聚成一种势不可挡、无坚不摧的力量。让我们行动起来，在需要献身的时候，做勇敢的人。

第二，面对红色文化被漠视的形势，我们必须从自身做起，多去与历史对话，即使是不会说话的文物、纪念馆等。哪怕是每天上网查一查红色文化这样的资料，向爷爷奶奶们询问过去的故事，向自己的亲人讲述红色文化这样一些小事情，都可以促进红色文化的传播。打破人们对红色文化的漠视心理，正是破解漠视红色文化恶性循环的关键方法，也是促进红色文化传播的根本方法。

第三，在传承红色文化精神方面，我们可以通过阅读先烈或英雄人物的光辉事迹、观看相关人物的纪录片等去领悟其背后的精神，感受先辈们在血与火的艰难岁月里铸就的革命精神。

致　谢

感谢陈彬泉老人、何伟中老人、李仕模先生、陈磊同学、杨田田同学在寒假期间给予本团队珍贵的实践调研机会。各位采访对象在接受我们采访过程中的积极配合和耐心指导，让我们走进一个个令人动容的与红色歌曲相关的故事。本次实践对于团队中的每一位成员而言，都是一次深刻而值得回味的党性教育。团队成员们经过本次实践，更加体会到红色精神内核，也对红色歌曲的传承有了进一步了解，收获颇丰。

（指导老师：黎藜，广州大学新闻与传播学院教授、硕士生导师）

点评

展呈国歌符号记忆，彰显国歌红色精神

本项目以国歌为线索，串起不同时代、不同身份背景的个体与国歌的故事，呈现了作为文化符号的国歌在国家观念传递、民族精神建构中发挥的核心作用，同时也彰显了国歌精神在代代中国人心中的传递。项目团队通过对故事主人公的采访，以及问卷调查等方式完成项目资料收集整理，在完成项目的基础上，也获得了项目成员对国歌认知的提升，对红色文化与红色精神的体悟，从自发的感性认知变为自觉的认知。

（点评人：黎藜）

东江精神永流传

——基于传播东江革命故事和弘扬东江革命精神的考察

潘文义　何舜朗　宋思琪　赵浩鑫　郭倩颖　颜祉诺 [①]

摘　要： 在建党百年之际，团队成员走访东江革命将领古大存故居，采访古大存后人，走进东江司令部旧址和东江纵队英雄代表刘黑仔的纪念馆，探究东江革命故事，感悟东江革命精神。成员在实地调研的基础上，还进行了文献调查与问卷调查，总结了东江革命精神及其现实意义，提出了宣传与发展东江革命精神、传承红色基因与血脉的建议。调研视频以古大存的英雄事迹为切入口，讲述东江革命故事，引起受众与东江革命精神的共鸣。

关键词： 东江革命根据地；东江纵队；东江精神

自鸦片战争至新中国成立，发生在东江流域的革命故事连绵不绝，东江革命精神在先辈们的身上得到了充分体现。

2021 年，是中国共产党成立的 100 周年。在这个具有重大意义的历史节点，调研团队成员追寻红色足迹，到实地探究东江革命历史。我们走进古大存简朴的故居，倾听古大存故居负责人——其侄孙的故事讲述；在刘黑仔故居和东江司令部旧址的展区中也搜寻到了更多的东江革命故事。

东江革命的历史及东江革命精神，有着重要的现实意义，应当是东江儿女、广东儿女的必修内容，应得到新时代中国青年的传承和弘扬。

---

① 潘文义、何舜朗，广州大学新闻与传播学院 2020 级广播电视学专业本科生；宋思琪、颜祉诺，广州大学新闻与传播学院 2020 级网络与新媒体专业本科生；赵浩鑫，广州大学新闻与传播学院 2019 级广播电视学专业本科生；郭倩颖，广州大学新闻与传播学院 2018 级广播电视学专业本科生。

一、调研背景

本次调研选取东江革命中的两大历史事件，一是土地革命时期东江流域的工人运动，二是东江纵队在广东地区对日展开的游击战。由于东江革命根据地的特殊性，两者有着紧密的历史联结。

1927 年 4 月中旬，国民党广东当局追随蒋介石集团，发动反革命政变，在广东实行"白色恐怖"政策和反革命统治。广东东江地区人民在中国共产党的领导下，奋起举行武装起义，反抗国民党反动派的白色恐怖政策，建立起人民自己的苏维埃政权，创建和发展东江革命根据地。

1938 年，一支由 30 余人组建而成的惠宝人民抗日游击总队，勇斗侵占东江下游各县的日军，而后这支队伍在东江革命根据地的基础上，与其他队伍会合重组，于 1943 年 12 月 2 日正式扩编为广东人民抗日游击队东江纵队。到日本宣布无条件投降前夕，东江纵队已发展至 11 000 余人，建立 6 个抗日根据地，先后作战 1 400 多次，成为威震南疆的华南敌后抗日武装。

东江革命根据地凭借着有利于革命的地形与区域文化，在土地革命时期和抗日战争时期发挥了独特的作用，配合和策应了全国革命形势的发展。东江纵队对日的英勇反击，也对东江革命根据地起到了巩固发展作用。

二、调研目的

我队响应"传承红色基因，践行初心使命；传承文化记忆，厚植家国情怀"的时代号召，为探究东江革命历史，传承东江红色精神，进一步加强人们对东江革命的关注而展开调研，并为东江革命的宣传提供有利建议，希望能通过讲好东江故事，照亮东江流域红色地标，并让东江革命文化深入人心，增强人们的民族自豪感和使命感，鼓励人们在红色精神的滋润下，继续为实现中国梦不懈奋斗。

三、调研内容

（一）古大存与东江革命根据地

作为东江革命根据地的主要创建者和参与者之一，古大存是东江革命历程中的一位重要人物。1925 年 7 月，古大存受党委派回五华县组织群众武装，领导农民运动，年底成立党的特别支部，任组织委员。古大存以省农民协会特派员的身份回到五华县后，推动农民运动，组织群众武装，配合国民革命军第二次东征。

从此掀开了他在东江地区轰轰烈烈的革命斗争生涯。他和战友们一起组织广大农民在五华全境建立农会，组建农民自卫军，开展"二五"减租和反地主豪绅强勒收租斗争。一时间，五华农民运动风起云涌。古大存通过大胆领导的农民运动，为中国共产党赢得了更广泛的群众基础，也使党的革命力量更加强大。

1928 年，他带领 60 余位革命骨干在八乡山建立根据地，后发展为东江革命根据地。在土地革命时期，尽管东江革命根据地只是一个地方政权，但它所制定的一些措施仍对社会有巨大影响力，这离不开古大存的领导。在此期间，出于"左"倾路线、内部肃反、敌人的"围剿"等原因，革命屡受挫折，但古大存却没有放弃将革命进行到底的信念，不折不挠带领队伍进行艰苦卓绝的斗争，成为东江地区一面不倒的红旗，为东江革命史写下雄奇而悲壮的不朽篇章。

古大存一家都把自己奉献给了革命事业，他们为革命流血牺牲，贡献巨大，因此被誉为"一门忠烈"，这正是"舍小家，为大家"的生动体现。千千万万的革命烈士，也是这样义无反顾投身于革命事业，告别了家人，换得一方和平与安宁，古大存的形象只是无数东江战士的一个缩影。尽管东江革命已过去很久，但东江精神却一直延续至今，在当代依旧展现其独特魅力，这份红色基因生生不息，镌刻在每一位国人的爱国魂上。

（二）东江根据地与东江纵队的关系

1. 东江革命

东江革命包括从鸦片战争时期至中华人民共和国成立前在东江大地上所发生的革命运动，如虎门销烟、大革命时期的农民运动、抗日战争时期东江纵队的斗争，等等。

2. 东江根据地（1927—1945）

东江根据地是在中共中央和广东省委的直接部署下创建的，所处地理位置具有重要的战略意义，主要包括广东省东部绝大部分地区，北靠中央苏区，东界闽西闽南，西临广州，南连大海，除沿海的平原地带外，其余大多为崇山峻岭，对开展革命斗争十分有利。根据地由大小不等的 9 块县级根据地组成，包括海陆丰革命根据地、梅埔丰革命根据地等，各根据地的建立虽有先有后，又时分时合，未能连成一片，但在中共的领导下相互配合、相互依存，构成了东江革命根据地的整体。抗战爆发后，东江根据地发展为华南重要的敌后抗日根据地之一，东江纵队系支撑东江根据地扩大发展的重要保障。

（1）东江革命根据地（1927—1937）：土地革命时期。

东江革命根据地是土地革命战争时期中共东江特委领导的革命根据地，是在海陆丰革命群众运动影响和推动下创建的，由9块边区县的根据地组成，从1927年4月起到1935年冬止，坚持8年之久，直到1937年7月，才全部停止活动。[①]

（2）东江抗日根据地（1938—1945）：全面抗战时期。

第一阶段（1938年10月—1941年11月）为初创阶段。1940年9月，中共前东特委在宝安县布吉乡上下坪村召开部队干部会议，确定了坚持在惠东宝敌后开展独立自主的游击战争，建立抗日根据地的方针，并把这两支部队改称为广东人民抗日游击队第三、第五大队。这是东江抗日根据地形成和发展的重要转折点。

第二阶段（1941年12月—1944年8月）为困难中发展阶段。1941年12月25日，日本夺取香港，广东人民抗日游击队参与营救被困香港的文化界和爱国民主人士，此后继续艰苦的游击战争，开辟新的根据地。1943年12月2日在惠阳坪山成立广东人民抗日游击队东江纵队，奋勇杀敌，在国内外都产生了重大的政治影响，其开辟的华南敌后战场成为"敌后三大战场"之一。

第三阶段（1944年9月—1945年8月）为扩大发展阶段。此时的抗日根据地，跨越十几个县，超出了东江地区的范围。但这些由东江纵队创建的根据地，历史上统称东江抗日根据地[②]。

3. 东江纵队

东江纵队，全称是广东人民抗日游击队东江纵队，于1943年12月成立，是在抗日战争时期，中国共产党在广东省东江地区创建和领导的一支人民抗日军队。

由上述资料可知，东江根据地分为两个阶段，土地革命时期为东江革命根据地，抗日战争时期为东江抗日根据地。东江抗日根据地是东江纵队的发源地，也为东江纵队提供了主要兵源。它成为东江纵队可靠的后方基地。而东江纵队则在抗日战争的过程中对东江根据地起到了巩固和发展的作用，推动了抗日游击战争和抗日根据地的发展。

（三）东江纵队成员刘黑仔

1. 简介

刘黑仔，1919年生，原名刘锦进，广东省宝安县龙岗大鹏人。刘黑仔出身

---

① 卢权，禤倩红. 土地革命战争时期东江地区工人运动[J]. 党史研究与教学，2000（4）:12-20.

② 周云，黄贻凯. 抗日战争时期广东东江地区的统一战线工作[J]. 惠州学院学报，2019，39（1）:53-57.

农民家庭，小学时参演《投笔从戎》话剧，受抗日救国思想熏陶。1938年10月，侵华日军在大亚湾登陆，刘黑仔目睹家乡惨遭蹂躏，矢志抗日。1939年春，刘黑仔加入中国共产党；同年12月，参加曾生领导的惠宝人民抗日游击队。后来部队受挫，刘黑仔回到家乡，任小学代课教师，从事地下工作。1941年12月，日军攻打香港，东江纵队按中央指示，派员深入香港地区广九铁路沿线，开展游击战争。刘黑仔奉命任广九短枪队副队长。刘黑仔作战神勇，被誉为"神枪手"。他出色地完成运送武器、护送文化界名人、抢救国际友人、打击汉奸土匪，收集军事情报等任务，成了名扬港九的传奇英雄。1946年5月，刘黑仔在南雄县界址圩调解民事纠纷时，遭国民党军包围，在突围时不幸大腿中弹，后染上破伤风而牺牲，年仅27岁。

2. 人物影响

刘黑仔生前曾经说过："如果有来生，我还要战斗。"他留港期间肃清新界土匪，捕杀日军及汉奸，破坏日军设施，使敌人闻风丧胆。直至20世纪80年代，他的骸骨才迁回故乡深圳市龙岗区大鹏镇。一代抗日英雄刘黑仔的英勇事迹被后人广为传颂，家乡人民为纪念刘黑仔的机智与神勇，在家乡大鹏镇的烈士陵园立碑永志上写着"抗日英雄刘黑仔"七个大字，供后代瞻仰。其故事被翻拍成电视剧《东江英雄刘黑仔》，这让更多的人了解到这位抗日英雄。

3. 人物评价

刘黑仔只是东江纵队的传奇英雄之一，在他抗日经历中展现出的东江纵队抗战精神永不磨灭。部队受挫后他仍坚持地下工作，展现其铁心向党、不屈不挠的精神；多次出色完成任务，用过人的作战能力与谋略打击侵略势力，展现其英勇无畏、敢打必胜的精神；目睹家乡惨遭蹂躏，矢志抗日，积极动员群众协助抗日，展现其"来自谁、为了谁、依靠谁"的态度与一心向民的精神。

（四）东江革命是人民群众的革命

1. 动员群众

东江红军指挥员李井泉曾说："东江的人民是革命的人民，是英雄的人民！"通过对古大存后人的采访，收集相关资料并结合《论东江革命根据地群众工作的方式》一文，我们了解到，古大存曾经动员众多群众参与革命，其部下曾最多达3 000人，他建立东江革命根据地时，有如下动员群众的方式（为了更直观了解具体内容，用思维导图展示群众动员方式）：

```
                                              ┌─── 翻译、出版报刊
                              ┌── 文字宣传 ───┤
              ┌ 通过宣传载体动员群众 ─┤            └─── 制定宣传标语
              │                │── 集会宣传
              │                └── 文艺宣传
              │
              │                  ┌─── 发起土地革命
              ├ 通过解决群众困难争取群众 ─┤
              │                  └─── 改善群众精神文化生活
              │
群众动员方式 ─┤                  ┌─── 建立农会
              │                  │─── 建立工会
              ├ 通过建立各种组织团结群众 ─┤
              │                  │─── 建立妇女会
              │                  └─── 建立青年组织
              │
              │                    ┌─── 吸纳先进群众入党
              └ 通过发挥党员模范作用引导群众 ─┤─── 提高党员的素质
                                   └─── 发挥优秀党员的模范作用
```

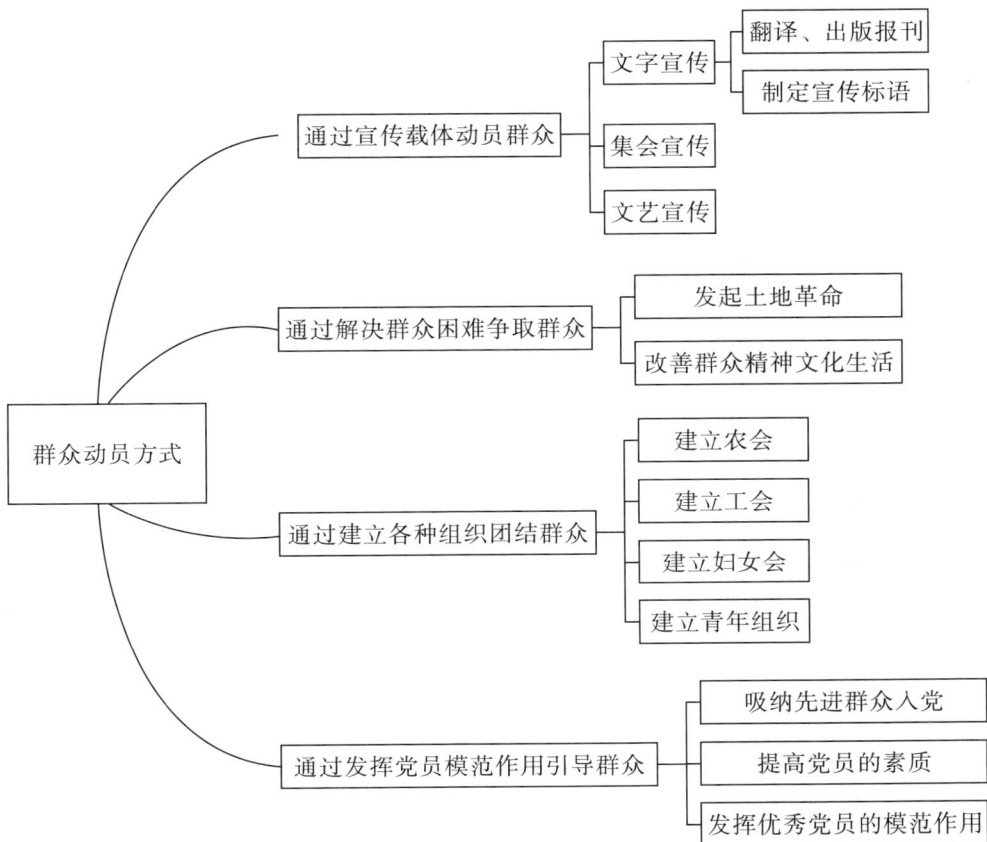

图 1 群众动员方式 [①]

东江革命的群众动员方式可谓全方位、多层次覆盖群众。从群众最基本的生存问题入手，发起土地革命，得到土地的群众在温饱问题上有了着落，不仅更相信党，还有足够的热情支持党的工作，这使得革命热情高涨，增大了革命的群众基础；在革命宣传方面，不仅通过翻译、出版报刊来扩大群众视野、宣传党的理想宗旨，还考虑到群众的文化素质、心理接受程度，通过制定醒目的标语来动员群众，用文艺宣传的方式将复杂的理论融入现实中，变为通俗易懂的戏剧、歌曲；更通过集会的方式，加强群众与群众、群众与党员之间的联系。

直至今日，我们依旧在吸取上述群众动员的精华，来带动群众学习、改善群众生活。如当下乡村振兴中，党和国家大力支持地方提高村民的幸福水平，不仅

---

① 曾云珍，吴国林.论东江革命根据地群众工作的方式[J].华南理工大学学报(社会科学版)，2019，21（3）:50-58.

从物质层面改善群众生活，更关注精神文化层面：引入农村大戏院、农村电影社等增加村民的娱乐方式，也通过设立模范党员、先进劳动模范者来鼓励群众学习先进模范。东江儿女们继承了东江先贤的优良风尚，并与时俱进，勇于创新，在宣传红色文化、传达红色精神时，利用网络资源，如利用学习强国 App 这一内容权威、特色鲜明、技术先进、广受欢迎的思想文化聚合平台。

2. 组织成员贡献

东江纵队的组成人员以知识分子居多，包括港澳同胞、归国华侨，他们自称是"书生扛枪"。这里不得不提到东江纵队领导人曾生，他是深圳坪山客家人，曾就读于中山大学文学院教育系。他为了解决游击队队员吃饭问题，将自家的谷粮全部捐献，更把自家的祖田卖掉，如此深明大义的曾生，正是当年众多有思想、有觉悟的知识分子们的缩写。

东江纵队和香港的共产党员，将负责邹韬奋、茅盾等各界精英安全带到宝安敌后游击根据地，他们中的众多新闻从业精英，非常关心敌后新闻出版工作的情况，更参观了各种各样的宣传品展览，邹韬奋还积极建议创办一个代表民众说话的报纸，经首长同意后，将《新百姓》改为《东江民报》（后更名为《前进报》），知识分子们在报纸里呼吁国民党停止"消极抗日，积极内战"，更用报纸传达马克思主义思想，刊登世界上发生的大事件。报社就是文化游击队，正如他们于1944 年写的社歌里唱道："我们是一群热爱祖国的儿女，我们是一队文化战线的青年。"他们为在群众中传达新思想、动员群众积极抗战起到了重要作用。

（五）人们对东江革命及其精神的了解情况——问卷反馈

为了把握人们对东江革命及其精神的了解情况，我队制作了简单的调查问卷并进行线上调查，共收回 151 份问卷，依据问卷回收统计情况，做出如下结果分析：

填写本次问卷的人员中，91.39% 的人员认为有必要弘扬东江革命精神、传承东江红色基因。

填写本次问卷的人员中，居住在广东省的人员占总人数的 93.38%，但仅有 15.6% 的人员知道其居住所在地有东江革命相关旧址

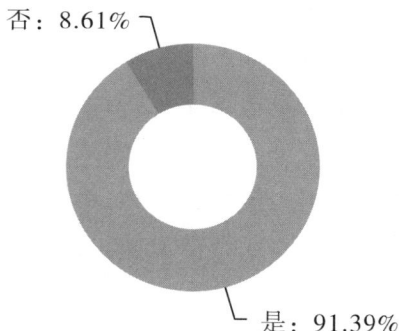

否：8.61%

是：91.39%

图 2　对于"您觉得是否有必要弘扬东江革命精神、传承东江红色基因？"的问卷调查结果

和纪念馆，有且仅有 9.93% 的人员曾参观、游览过，7.28% 的人表示，其学校有组织过学生参观东江革命相关旧址和纪念馆。在"你认为自己是否了解东江革命精神"这一问题的调查中，有 65.94% 的人认为自己了解一些东江革命精神。

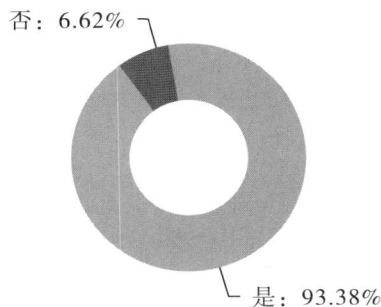

否：6.62%

是：93.38%

图 3　对于"是否在广东居住？"的问卷调查结果

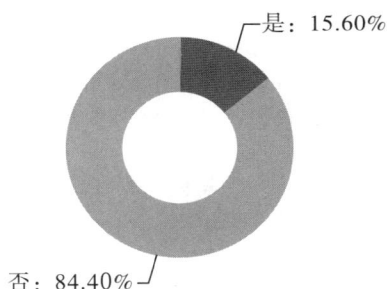

是：15.60%

否：84.40%

图 4　对于"居住所在地是否有东江革命相关旧址和纪念馆等？"的问卷调查结果

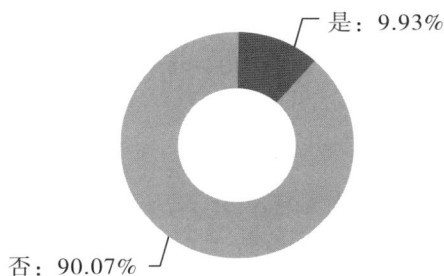

是：9.93%

否：90.07%

图 5　对于"是否参观、游览过东江革命相关旧址和纪念馆等？"的问卷调查结果

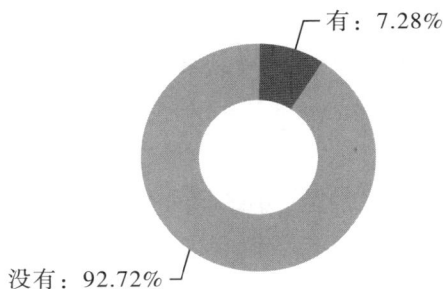

有：7.28%

没有：92.72%

图 6　对于"学校是否有组织过学生参观东江革命相关旧址和纪念馆？"的问卷调查结果

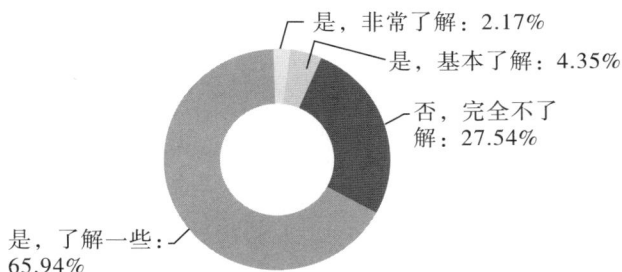

是，非常了解：2.17%

是，基本了解：4.35%

否，完全不了解：27.54%

是，了解一些：65.94%

图 7　对于"你认为自己是否了解东江革命精神"的问卷调查结果

在被问及是否会主动参观东江革命相关旧址和纪念馆等地时，有 34.44% 的人表示肯定，有 65.56% 的人表示否定。

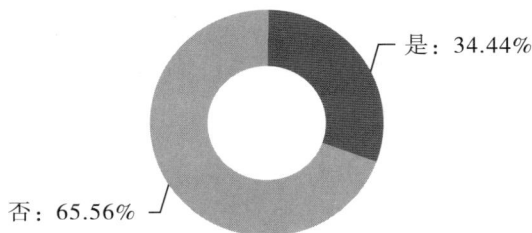

是：34.44%

否：65.56%

图 8　对于"是否会主动参观东江革命相关旧址和纪念馆？"的问卷调查结果

在较了解东江革命精神的 47 人中，有 34 人表示他们会主动向身边人传播东江革命精神。在问及红色精神对人的影响情况时，50.96% 的人认为红色精神对人的影响因人而异。

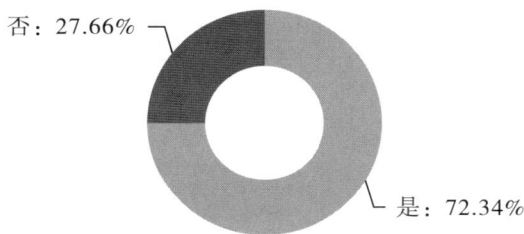

否：27.66%

是：72.34%

图 9　对于"是否会主动向身边人传播东江革命精神？"的问卷调查结果

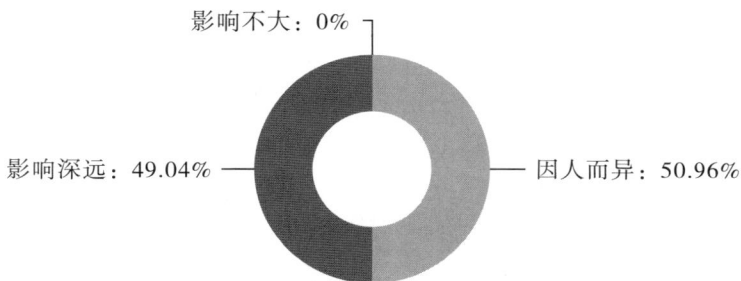

影响不大：0%

影响深远：49.04%

因人而异：50.96%

图 10　对于"您认为东江革命精神对人的影响大吗？"的问卷调查结果

综上，大部分人对于红色文化的学习、宣传持积极态度，但值得注意的是，多数人认同弘扬东江革命文化，却只有少数人参观过或愿意参观相关纪念馆或遗址来了解东江革命。可见有关东江革命的文化普及范围不广，文化传播主体没有有效发挥宣传作用，缺少足够吸引力的宣传内容。弘扬东江革命精神文化、传承东江红色基因的任务任重而道远。此外，东江革命的红色精神具体是什么、要通过何种方式向人们传播值得进一步研究。

四、调研结果

（一）东江革命精神[①]

习近平总书记曾说道："人无精神则不立，国无精神则不强。唯有精神上站得住、站得稳，一个民族才能在历史洪流中屹立不倒、挺立潮头。"我队依据上述调研内容，对东江精神做出如下总结，希望能为东江精神的传承与弘扬贡献一份力量，让东江儿女们有"站得住、站得稳"的精神信念，激励东江儿女们"克服一切艰难险阻、为实现中华民族伟大复兴而奋斗"。

1. 英勇无畏、骁勇善战的精神

土地革命时期，数以万计的英烈为革命献出了宝贵的生命：他们有的在战场上壮烈牺牲，有的在白色恐怖中被捕杀害。东江纵队先后与日伪军作战1 400多次，击毙击伤日伪军6 100多人，俘敌3 500多人，缴获各种枪炮6 500多件，夺取了"粉碎日伪万人大扫荡""港九大营救"等诸多经典战例的胜利，有力打击了日军的嚣张气焰。东江红军坚持抗争八年和东江纵队奋力抗击日军的红色故事让我们感悟到先烈们英勇无畏、不怕牺牲、一往无前、勇于捐躯的革命精神。

2. 坚定执着的革命乐观主义精神

1927年到1935年，东江地区的红色政权经历了诞生、发展、被扼杀、重生，再发展，再消逝的过程。在东江革命根据地失败的艰苦岁月里，一些地区的党组织仍然坚持活动，古大存带领17位武装骨干仍坚持隐蔽斗争直到抗日战争爆发。这样艰难的岁月里，东江地区军民始终没有放弃，我们不得不感叹他们坚定执着的革命乐观主义精神。

3. 艰苦奋斗、百折不挠的精神

土地革命时期，东江各级党组织所处的生活环境和工作环境十分艰苦，政治环境也十分险恶。他们随时都有被捕、监禁、杀头的危险，但东江军民置个人安危于不顾，积极开展革命工作，使党的革命红旗在东江地区屹立不倒。在抗战岁月中，东江纵队处在多方夹击之下，敌我力量悬殊，又远离党中央，孤悬敌后，补给困难。然而它不屈不挠，在与敌人艰苦卓绝的斗争中，几经生死危难而不息，且越挫越强，不断从胜利走向胜利。东江先烈们让身处和平年代的我们更加珍惜当下的安逸，感悟到艰苦奋斗、百折不挠的精神。

[①] 陈政禹，倪新兵．东江革命根据地的革命精神及其当代价值［J］．探求，2019（1）:42-50.

4.敢为人先的创新精神

东江地区建立了我党历史上最早的农会，它同时也是中国历史上第一批苏维埃政权的诞生地；东江革命根据地的中洞地区曾先后建立红军历史上最早的红军医院、红军兵工厂、红军军装厂……东江先辈们一次次大胆的创新，都在传递着锐意进取、敢为人先的创新精神，值得作为青年的我们认真体会。

5.万众一心的团结精神

东江纵队取得多次游击胜利，离不开所有战士们共有的赤胆忠心，离不开群众对传递情报、提供物资等的支持，东江纵队除了在东江地区展开游击，更和其他地区的抗日游击队团结合作，互通有无。东江纵队与其他游击队、东江群众的团结一致、积极抗战、万众一心、只为胜利的精神，将会一直感染后人。

（二）现实意义

积极宣扬东江精神，提醒人们要牢记历史，不忘初心，不负东江先贤们用热血换来的和平；提醒人们脚踏实地，砥砺前行，在实现自身梦想的同时成就中国梦。习近平总书记曾指出："实现中国梦必须弘扬中国精神。这就是以爱国主义为核心的民族精神，以改革创新为核心的时代精神。这种精神是凝心聚力的兴国之魂、强国之魄。"当下人们急于求成的浮躁气氛弥漫，"丧文化"和"佛系文化"横行，而东江精神符合当下社会发展的精神需要，东江先贤们的爱国情怀激励我们为中国梦不懈奋斗；其敢为人先的创新精神鼓舞我们大胆创新。学习并贯彻东江精神，能让我们远离浮躁，沉住气，脚踏实地；能让我们在面对困难时，勇敢、积极地克服挫折；能让我们学会友好合作，发挥团结的力量。

同时，信仰是一个人的立身之本，东江儿女们只有先将东江精神内化于心，把东江精神当作精神信仰的一部分，才能更好地将东江精神外化于行，在东江精神的指导下实现中华民族的伟大复兴，实现东江精神永流传。

（三）宣传、发展建议

在调研过程中，发现阐释东江精神具体内涵的资料并不完善，这一定程度上影响了东江革命精神的宣传，更不用说进一步的继承。针对如何更好地讲好东江革命故事，传播东江革命精神，我队队员依据调查问卷回收情况和调研成果，提出如下建议：

1.教育部门促进下一代的传承

组织研讨如何挖掘红色基因，探讨如何在学生中有效传播红色文化，研讨过后下发相关文件，鼓励学校组织学生学习东江纵队的历史及红色精神，并做好一定的汇报作品。

2. 开设多样活动

多开设东江革命文化红色讲座，组织相关体验实践活动，如举办社区宣传比赛、革命故事问答。

3. 鼓励党员、团员以身作则

鼓励党员、团员向身边人传播东江革命的历史故事、宣传东江革命红色文化在生活中切实贯彻东江精神；增强相关工作者的职业素养，创新宣讲方式。

4. 合理利用互联网

设立专门宣传东江革命文化的相关网站，制作新媒体宣传作品，在多平台多渠道进行宣传。

5. 因人制宜激活东江红色基因

有针对性地向不同群体宣传东江革命文化，如对幼年群体，可以将东江革命的历史故事制作成动画片（类似历史动画片《那年那兔那些事儿》），让儿童从中体会到革命的艰辛和战士们的顽强，在青幼年群体心中埋下东江革命精神的种子。

致　谢

感谢梅州五华古大存故居、深圳东江纵队司令部旧址及深圳刘黑仔故居给予本团队拍摄调研的机会，感谢刘涛老师的悉心指导。本次实践让本团队铭记东江革命的历史，深刻地体会到党员的先锋性和先进性，立志像东江革命先贤般为国奉献。

积极宣扬红色精神，是我们新传学子的使命。本团队将继续宣传东江精神，提醒人们要牢记历史，不忘初心，不负东江先贤们用热血换来的和平；提醒人们脚踏实地，砥砺前行，在实现自身梦想的同时汇聚成中国梦。

（指导老师：刘涛，广州大学新闻与传播学院讲师）

点评

东江精神永流传需要青年力量

毛泽东曾这样描述青年人："青年是整个社会力量中的一部分最积极最有生气的力量。他们最肯学习，最少保守思想，在社会主义时期尤其是这样。"青年能用他们的创新和热情，为传承和发扬红色精神增添活力，然而，当代青年获得的红色资源内容丰富，学习红色文化的途径广阔，却还需要进一步提升学习红色历史、理解红色精神的行动力。

撰写本报告的团队，做到了在学习和实践中将红色精神内化于心，外化于行。他们对东江地区的革命故事与红色精神进行深入考察、走访和解读，得出东江精神的本质，即是革命先辈带领广大革命群众，在东江地区进行革命斗争的伟大实践中，淬炼和锻造出来的珍贵革命品质和特有精神风貌。

本报告诠释了东江精神，并助力东江精神的传承与发展：通过对东江革命先贤古大存的故事讲解、对东江革命的历史与红色精神的概括等呈现了东江革命的激情岁月，并对其现实意义进行剖析，进一步提出如何更好地传播革命故事及红色精神的创新建议，增强报告成果的传播与实践效用。此外，调研团队还将线上调研与实地考察的感悟结合起来，融入作品当中，使作品富有感染力；调研团队更以东江革命故事与精神为核心，结合历史文本研究与实地考察，辅以互联网小规模取样调查，力求形成兼具历史价值和时代意义的调研报告。

最后，本报告符合当代红色文化教育需求，能助力讲好红色文化的经典故事，打造红色文化的教育题材，同构红色文化的基因库：通过对东江革命的别样诠释，有助于加强青年学生对东江革命历史的关注，激发青年学生对东江红色文化基因的传承热情，鼓励他们积极学习敢为人先、艰苦奋斗等东江精神。

（点评人：刘涛）

铮铮铁骨铸丰碑

——解密丁未潮州黄冈起义的红色基因

李雪漫　成逸淳　黄驰骏[①]

摘　要： 丁未之年，潮州饶平大地上一声惊雷，开启了新世纪民主自由的新篇章……在建党百年之际，调研团队走进潮州市饶平县黄冈镇余既成纪念馆，探寻丁未潮州黄冈起义的历史。报告由"初识：揭开丁未潮州黄冈起义的历史面纱""缅怀：瞻仰红色遗迹，探寻革命底色""传承：承扬红色血脉，感念先烈英魂""激励：红色教育建设，我们仍在路上""启迪：'江山留胜迹，我辈复登临'"五个板块构成，追寻丁未黄冈起义的红色历史足迹，传承红色基因，厚植家国情怀。

关键词： 丁未潮州；黄冈起义；爱国教育；红色基因；传承

1907 年 5 月 22 日（光绪三十三年丁未年四月十一日），在闽粤边界交通要道潮州市饶平县黄冈镇，爆发了一场撼动清王朝、震惊中外的武装起义斗争，史称"丁未黄冈起义"。这是一场由伟大的民主革命先行者孙中山策划发动的起义，开启了新世纪民主自由的新篇章。辛亥革命前辈林凤文先生曾评价："惟同盟会会员赞襄革命军事，受孙中山先生领导发动，营经最久、流血最多，成绩显著者，滥觞于丁未潮州饶平县黄冈镇之战役。"[②]

孙中山先生曾如此评价丁未潮州黄冈起义："此次死难之同志皆隶同盟会之干部也。所然者，倘无诸烈士轰轰烈烈足丧满虏之胆之善因，焉有辛亥武昌之义

---

① 李雪漫、成逸淳，广州大学新闻与传播学院 2020 级网络与新媒体专业本科生；黄驰骏，广州大学地理科学与遥感学院 2020 级地理科学（师范）专业本科生。

② 江中孝，邓开颂．丁未潮州黄冈起义史料辑注与研究［M］．天津：天津古籍出版社，2007：222．

师一举而鄂督瑞澂逃入军舰之美果也！"直接把丁未潮州黄冈起义与武昌胜利之义事界定为因果关系，可见孙中山先生对丁未黄冈起义之执重。是故，史学界亦有"先有黄冈，始有武昌"之说。

从历史的角度上来看，这次武装起义先于 1911 年的辛亥武昌起义四年，在旧民主主义的革命中创下了"六个第一"：是中国同盟会成立后在广东境内发动的第一次大规模的反清统治的武装起义；孙中山第一次从海外委派将领归国指挥起义；孙中山第一次派遣成批海外留学生回来参加战斗；在起义中第一次使用了青天白日徽的旗帜；夺取黄冈后第一次成立了军政府；成立新政权后第一次发行银票。

一、初识：揭开丁未潮州黄冈起义的历史面纱

在清廷两百多年的封建统治之下，中华民族日渐衰微，清廷统治者懦弱无能，对外卑躬屈膝，对内贪赃枉法，中华大地民不聊生、怨声载道，百姓不堪欺压。20 世纪伊始，中华大地的反清浪潮暗波涌动，当时民间的一个反清秘密组织——天地会（也称三点会）甚为活跃。粤东一带，特别是饶平县黄冈等地的会党活动气势尤为浩大。黄冈三点会首领余既成凭借宗族的庇护，以名贤余氏家庙为会址，慢慢发展其势力。每值夜深人静之时，黄冈三点会的热血青年们便会在首领余既成和教练陈涌波的带领下在余氏家庙苦练武功，立志反清救国图强。

1905 年，孙中山先生组建同盟会，提出"驱除鞑虏，恢复中华，创立民国，平均地权"的共同纲领。同年，潮州天地会首领许雪秋来到饶平黄冈传播革命思想，在共同的革命目标的指引下，潮州天地会与饶平天地会义结成同盟，革命会党的力量进一步壮大，革命风暴得到了充分的酝酿。

1906 年冬，许雪秋引余既成、余通赴香港谒见中国同盟会香港分会会长冯自由。余既成、余通获准加入同盟会。"其时粤东、闽南一带民众的革命激情，日益高涨，急欲揭竿，如箭在弦。许雪秋在潮安县宏安乡的家中'寄云深处'召开各路首领会议。决定于 1907 年正月初七举事。意欲趁春节假期，清官府防备松弛之机，先取潮州，后攻汕头。"诸事筹划就绪，怎料数日后风声渐露，"至初七日，各路人马齐集浮山埠时，适逢风雨大作，又因语音差异，传递信息时，误将四时听为十时，以致先后分散到达。诏安县 1 000 志士到达时，未见接洽人向大昌，遂离去大半。云霄、漳浦数百闽南志士也随之离去。饶平县浮山乡、坪溪乡的其余志士仍坚欲攻潮，可是李思唐临阵而惧，张、郭、向三人也畏葸不前，

义士们见状，怅然散去。许雪秋在潮州、余既成在黄冈及惠来、揭阳各路义军见浮山之举悄无声息，也各偃旗息鼓，攻潮计划遂告落空"。[①] 事后，许雪秋上书报告了经过，检讨经验及用人不当之误。

孙中山先生见革命态势渐臻成熟，又得南洋爱国华侨倾囊资助，遂委托日本友人萱野长知购置枪械运至粤东，又派一批留学生支援革命，决定于丁未年农历四月十四日在黄冈起义。怎知，在四月初，清廷鹰犬已嗅出黄冈的革命气息。义士被捕，泰兴号杂货店遭查封，支援的留学生和枪械被拦截，余既成等人见此骤变，面对会众激愤情状，决定提前起义，以免受敌所制。

四月十一日晚，黄冈城外北郊的连厝坟埔集合了各路志士，人人臂戴鹰球袖章，辫夹白布条，高举刀叉、铁串、土铳在青天白日旗的指引下，如汹涌怒涛压向黄冈城。

众志士与清兵浴血奋战，攻下黄冈城。黄冈既克，立即宣告成立中华国民军黄冈起义军军政府。黄冈告捷，许雪秋率领起义军乘胜追击，怎料起义军战斗力大大削弱，力量悬殊，又因粮饷贫瘠，只可宣告暂时解散。十六日起义军撤出，十七日清军始敢入城，肆行抢掠，满地血腥。昔日岭东繁华商埠，三日断了炊烟，成了一座死城，丁未潮州黄冈起义终告惨烈失败。

二、缅怀：瞻仰红色遗迹，探寻革命底色

身处当今盛世，翻阅革命历史，那些为民族解放、国家振兴而毁家纾难、抛头颅、洒热血的丁未潮州黄冈起义革命先烈的雄伟身影，虽经岁月磨洗，仍旧铁骨铮铮，如丰碑树立，令后人为之肃然起敬。

为了进一步深入了解历史，弘扬革命精神，传承红色基因，广州大学红色寻迹团队前往潮州，参观了余既成纪念馆，拜谒了黄冈丁未革命纪念亭。从当地人口中了解到，余氏族人以无私奉献精神，自筹资金，历时十多年，通过各种渠道、千方百计收集了大量有价值的历史文献、资料图片和文物，在"名贤余氏家庙"原址上建成以丁未潮州黄冈起义首领余既成名字命名的余既成纪念馆，该馆目前已被认定为"潮州市爱国主义教育基地"。

这里，是丁未黄冈起义秘密会所旧址。据说，丁未黄冈起义前，余既成借宗

---

① 余作强.辛亥革命笔声：丁未潮州黄冈起义研究文集［M］.北京：中国文史出版社，2016.

亲敦睦之名在此举行聚会、操练武功。余既成加入同盟会后，这里便成为民主革命的一处秘密活动场所。踏入纪念馆，我们在讲解员的带领下，通过光电影像图片、实物资料，睹物思人寻史，身处其间，我们深刻地感受到了历史的厚重感。纪念馆内陈列有用于举事起义的军旗、鹰球袖章、枪械，每一件物品无不展现在那个紧要的历史关头，无数热血难凉的黄冈人民以生命一遍遍地呼唤新民主自由的曙光、保家卫国的铮铮铁骨。每一件陈列物，都凝聚着饶平人民反帝反封建的伟大民主革命精神。神圣如斯地，在这里，多少革命者心怀远大的革命理想，以热血生命呼唤着新世纪民主自由的曙光；在这里，多少革命者日夜谋划，苦苦思索着、探寻着，经历过多少不为人知的心酸与劳累。他们创造了不可磨灭的历史功绩，其大无畏的革命精神永远值得后人缅怀和敬仰！

行走在黄冈城中，仿佛仍能听到黄冈城上空回荡的阵阵枪声，穿城而过的黄冈河在阳光的照射下荡着粼粼的波光。还有谁会回想起，一百年前的黄冈河曾因浸染着烈士的鲜血而呜咽，革命的失败、清政府的反扑使得黄冈一度成为空城。年近古稀的老人感慨道，真的不容易呀。

丁未黄冈起义，是孙中山先生领导的民主革命的第三次预演，为纪念此次重大历史事件和缅怀为革命捐躯的志士们，1934 年，黄冈各界群众纷纷捐资，在黄冈城东郊中山公园内，建造了黄冈丁未革命纪念亭，以树烈士伟绩，感念烈士英魂。

立在纪念亭前，目睹 343 位丁未革命牺牲的壮士英名和纪事文，先烈们的英风浩气震古烁今。回顾中华民族的奋斗史，我们深深感悟：哪有什么岁月静好，不过是有人在为我们负重前行。"萤烛末光，增辉日月；尘埃之微，补益山海。"中华民族是一个伟大的民族，中国人民从不缺勇敢的人。我们每一位热爱祖国的莘莘学子和仁人志士，都应当成为中华民族伟大复兴的坚强力量。

三、传承：承扬红色血脉，感念先烈英魂

（一）传承革命精神

在余既成纪念馆的展览柜中，有这样一本书吸引着我们，这本书名曰《辛亥革命先声——丁未潮州黄冈起义研究文集》，作者系广东省作协作家、南方日报特约通讯员余作强先生。带着对余老先生的崇高敬意，以及对黄冈起义这段历史有更深入的了解的愿望，我们拜访了他。

谈及创作此书的初衷，余作强先生在前言中说道："步入新世纪以来，我们有感于地方历史文化被淡忘，满怀对革命先烈的崇敬，对起义的实际领导者余既成的光辉事迹加以搜集，进而扩大到对相关人物、事迹的采访、寻求，使这一彪炳史册的重大历史事件，有了更为翔实和丰满的记述。"[①]

在采访过程中，余作强先生谈起当时关于黄冈起义的史料较少，各地的报道也少之又少，导致不少人把潮州的黄冈误认为湖北省的黄冈市，造成了历史上的认知错误。为此，余作强先生决心主持编撰此书，帮助饶平黄冈人民牢记自己的历史，以便各地人民了解饶平黄冈镇的历史功绩。同时，余作强先生在黄冈两字前面加上潮州二字，也是为了能够与湖北省的黄冈市加以区分。余作强先生说道："后人的缅怀是对先烈最好的敬礼。"他主编这本书是为了人们能永远牢记这段革命英史，为了子孙后代仍能了解到这段历史，这是承扬红色革命精神，传播爱国主义教育的重要途径。

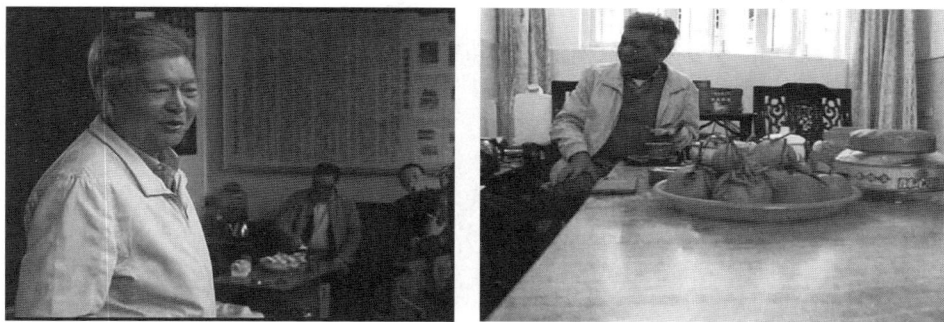

图 1　余作强先生讲述丁未潮州黄冈起义历史
（来源：团队成员拍摄）

余作强先生以传承红色革命精神为己任，承担弘扬丁未革命精神的使命，也为身为后辈的我们树立了一个榜样。弘扬丁未革命精神，继往开来，拓展奋进，也是时代赋予我们新时代青年的光荣使命。

当年起义活动的秘密场所——名贤余氏家庙如今已被修复为余既成纪念馆，于 2009 年 9 月被潮州市精神文明建设委员会列为爱国主义教育基地。自此，丁未潮州黄冈起义这一历史事迹赓续闪耀着其新时代的红色光芒，其中蕴含的家国情怀也将光耀千秋百代。

---

① 　余作强. 辛亥革命笔声：丁未潮州黄冈起义研究文集［M］. 北京：中国文史出版社，2016.

（二）纪念革命先烈

提及对先烈的缅怀，余既成纪念馆的副馆长余天河这样说道：

"我们不能忘记黄冈起义的先烈，更不能让他们在九泉之下背负劫匪的污名。""黄冈起义参加者数千，死难者有名可查的就 300 多人，规模之大、战事之烈，为辛亥革命前孙中山领导的 10 次反清武装起义中绝无仅有。但这次革命起义，在当时却被诬陷为盗匪暴乱。参加起义的志士逃亡南洋，又恐遭报复，家属更是噤若寒蝉、讳莫如深，以致后人日渐淡忘。"①

我们不禁在心中为起义中英勇牺牲的烈士们大鸣不公。好在饶平当地有关部门及宗亲对此事良苦用心之至，为告慰烈士的在天之灵，他们将名贤余氏家庙修复成为纪念馆，以供后人参观与缅怀。但是，谈及修复过程，在资料的收集上他们也遇到了不少困难。副馆长余天河说道："除有名可查的人之外，黄

图 2　潮州爱国主义教育基地——余既成纪念馆
（来源：微信公众号"余氏文化传播"）

冈起义中还有许许多多无名英烈，同样需要后人纪念，以告慰在天之灵。几年前，我们筹建纪念馆时，连余既成的照片都找不到一张。"②资料的贫乏是他们当时难以跨越的一大障碍。所幸，功夫不负有心人，2007 年，孙中山先生的孙女孙穗芳来到饶平，不仅亲笔写下了"纪念丁未黄冈起义、促进祖国和平统一"的题词，还带来了大量关于黄冈起义的权威资料，余既成的头像照片、孙中山命余既成起义于潮州黄冈等重要史料都来源于此。如今的余既成纪念馆与中山公园中的黄冈丁未革命纪念亭成为潮州重要的爱国主义教育基地，以便后人凭吊瞻仰，为后人参观、研究黄冈起义提供了一个很好的场所，对铭记辛亥先贤、教诲后辈起到了积极的引导作用。

---

① 谢俊艺，吴绪山.潮汕豪侠揭竿而起，奏响辛亥革命序曲——余既成浴血黄冈设立军政府.[EB/OL]（2011-10-28）[2021-4-1].https://news.sina.com.cn/c/2011-10-28/075023376247.shtml.

② 谢俊艺，吴绪山.潮汕豪侠揭竿而起，奏响辛亥革命序曲——余既成浴血黄冈设立军政府.[EB/OL]（2011-10-28）[2021-4-1].https://news.sina.com.cn/c/2011-10-28/075023376247.shtml.

四、激励：红色教育建设，我们仍在路上

为了对潮州本地的红色教育进行深入了解，我们就此开展了一次问卷调查（调查问卷详见附录）。由于此处调研的主题着重在于红色基因的传承以及开展青少年学生爱国主义教育，我们此次调查主要面向的对象是 8~24 周岁的学生。通过对调查数据的统计与梳理，我们得出了以下结论。如下图所示：

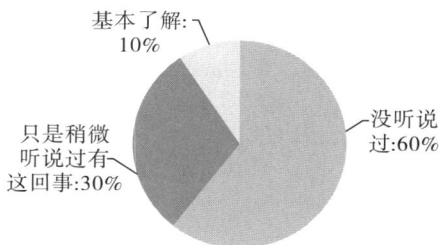

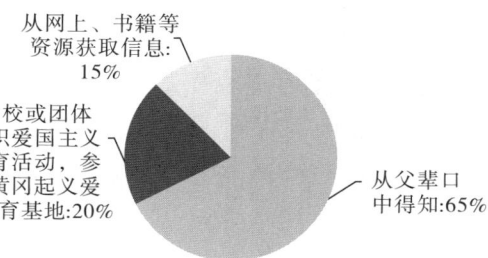

基本了解：10%
只是稍微听说过有这回事：30%
没听说过：60%

图3　对于"您对丁未潮州黄冈起义的了解程度"的问卷调查结果

从网上、书籍等资源获取信息：15%
学校或团体组织爱国主义教育活动，参观黄冈起义爱国教育基地：20%
从父辈口中得知：65%

图4　对于"您通过什么途径了解黄冈起义"的问卷调查结果

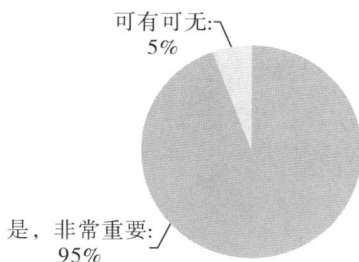

可有可无：5%
是，非常重要：95%

图5　对于"您认为是否需要开展青少年爱国主义教育"的问卷调查结果

由以上扇形图可知，从未听过黄冈起义这一历史事件的人超出了调查人数的一半，占据了 60%，稍微了解的人数占了 30%，而基本了解这一历史的人仅占到了 10%，占比之小，显示情况不容乐观。由此结果，我们应该反思这种情况的产生是否是因为：关于黄冈起义的爱国主义教育进行得不够充分，传播的覆盖面不够广泛，民众响应的态度不够积极。同时，从人们了解黄冈起义的途径中我们也可以看到，通过学校或团体组织爱国主义教育活动，参观黄冈起义爱国教育基地这一途径的人数占比较少。综上分析，我们深感当下大力发展爱国主义教育的需求之大。各地中小学及其他团体组织应在安全措施准备完善的前提下，适当组织前往革命遗址开展爱国主义教育，或者线上录制爱国教育主题的有关视频，激励学生或团体成员打卡学习，培养其爱国主义精神及家国情怀。从上述问卷调

查结果中我们也可以看出，大多数人对于爱国主义教育的重要性还是有着正确的理解，民众积极性较高，对于爱国主义教育的开展也会带来更多便利。

五、启迪："江山留胜迹，我辈复登临"

"人事有代谢，往来成古今。江山留胜迹，我辈复登临。"

走出了这一段荡气回肠的历史，结束这次的红色寻迹之旅，我们的心情久久不能平静，有着难以言说的复杂。一路跌宕坎坷走来，如今的中国，已经走向繁荣富强，让人深感革命先辈的付出之壮烈。每一代人都有每一代人的长征路，每一代人都要走好自己的长征路。我们这一代的青少年，更有自己肩负的使命与担当；传承红色基因，厚植家国情怀，我们一直在行动！

致　谢

在此向丁未潮州黄冈起义英雄先烈以及所有为了建设美好新中国而拼搏奋斗的革命先辈们致以最崇高的敬意与感恩！向《辛亥革命先声——丁未潮州黄冈起义研究文集》作者、丁未潮州黄冈起义红色文化传承者余作强先生以及所有传承发扬红色文化的奉献者们致以崇高的敬意与感谢！衷心地感谢学院提供实践平台，衷心地感谢指导老师曾丽红的悉心指导！

（指导老师：曾丽红，广州大学新闻与传播学院教授、硕士生导师）

附录　关于丁未潮州黄冈起义红色爱国文化教育的调查问卷

1. 家乡或常驻地：

A. 潮州本地居民　　　B. 非潮州本地居民

2. 所处年龄段：

A.8 ~ 16 周岁　　　B.17 ~ 24 周岁

3. 您对丁未潮州黄冈起义的了解程度：

A. 没听说过　　　B. 只是稍微听说过有这回事　　　C. 基本了解

4.（第三题选 A 的跳过此题）请问您通过什么途径了解黄冈起义？

A. 从父辈口中得知　　　B. 从网上、书籍等资源获取信息

C.学校或团体组织爱国主义教育活动，参观黄冈起义爱国教育基地

5.您认为是否需要开展青少年爱国主义教育：

A.是，非常重要　　B.可有可无

点评

传承红色基因，厚植家国情怀

辛亥先声，威震中外！丁未之年，潮州黄冈大地上的一场起义，撼动了封建势力的残余根基，开启了民主自由的新篇章，其丰功伟绩至今仍为史家传唱。"我死国生，我死犹荣，身虽死精神长生，成功成仁，实现大同。"如今再次品读这段历史，革命烈士毁家纾难、为国捐躯的铮铮铁骨如丰碑挺立，广大学子心中油然而生敬佩之意。

本次调研团队报告围绕着"传承红色基因，厚植家国情怀"的人文价值导向，为读者介绍了丁未潮州黄冈起义的始末以及后辈在赓续传承红色血脉过程中的奋斗与努力。以"初识—缅怀—传承—激励—启迪"的文本叙事脉络，带领读者层层穿越，感悟红色文化，升华红色精神。同时采用问卷调查的社会科学研究方法对爱国主义教育的现状进行了较为全面的调查，深刻思考了爱国主义教育的未来之路。

"桐花万里关山路，雏凤清于老凤声。"百年前，革命先烈为争取民主自由而呐喊奋斗；百年后的今天，新时代的大学生们也肩负着时代赋予的使命，继承先烈们的遗志阔步前行！相信走出象牙塔的大学生们，能够心怀国之大者，传承家国宏愿，为中华民族伟大复兴事业而不懈奋斗！

（点评人：曾丽红）

战地琼花分外红　忠魂青史留余香

——海南省琼海市红色娘子军探寻纪实

虞镇霆　孙国山　王之彤　肖　欣　卢嘉宝　刘振涛　黄昊竣　商　力①

摘　要： 琼崖（即海南岛）革命根据地是中国共产党在我国南方较早创建的一块革命根据地。其中，1931 年 5 月创建的一支女子部队更是作为琼崖革命根据地的特色部队，书写了美丽壮烈的红魂青史，被后人称为"海南红色娘子军"。她们的事迹被多次搬上舞台和银幕。为了缅怀革命先烈，向更多的年轻人传播她们的事迹，调研团队来到了海南省琼海市——红色娘子军的诞生地，探寻"不畏强权、敢为人先、敢于牺牲"的"红色娘子军精神"。通过追寻红色娘子军的足迹，追忆革命烈士的战斗故事，去探寻这座岛上的红色基因，向一代又一代的青年们传递"红色娘子军精神"，激励他们永远向前进。

关键词： 足迹；红色娘子军；红色基因；传承

"向前进，向前进，战士的责任重，妇女的冤仇深。古有花木兰替父去从军，今有娘子军扛枪为人民。"这是父辈经常传唱的一曲《娘子军连歌》。

一群备受封建压迫的农村女子，在近百年前的琼崖打响世界妇女解放的第一枪……

中国新民主主义革命时期，中国共产党在我国建立了几大重要的革命根据地，琼崖革命根据地是其中在我国南陲较早建立的一块革命根据地。琼崖人民勤劳勇敢，富有光荣的革命斗争传统，周恩来同志曾经评价："海南的斗争坚持了

---

① 虞镇霆、孙国山、肖欣、卢嘉宝、刘振涛、黄昊竣、商力，广州大学新闻与传播学院 2018 级播音与主持艺术专业本科生；王之彤，广州大学 2019 级新闻与传播学院广播电视编导专业本科生。

二十三年红旗不倒""创造了孤岛斗争的范例"。琼崖革命是中国共产党领导的中国革命斗争的重要组成部分，其中，1931年5月创建的一支女子部队更是作为琼崖革命根据地的特色部队，书写了美丽壮烈的红魂青史，被后人称为"红色娘子军"。

"红色娘子军"投身革命的热情极其高涨，但最初，她们并不是为了"远方"和"革命"这样的遥远愿景而加入革命队伍的。在当时，妇女是在最底层受压迫最深的，从这一方面讲，海南妇女的苦难尤其深重，她们八九岁就要为人家养牛，再大一点就要参加劳动，然后被"定命"或做童养媳，嫁人对她们来说就等于被卖出去，在婆家经常挨打受骂，所以这里的妇女反抗封建压迫的要求很强烈。海南妇女能如此迅速地接受革命，并能产生出红色娘子军这样的英雄妇女集体，有其深刻的社会根源和历史根源。

团队成员一行人来到了海南琼海"红色娘子军"根据地，希望通过实地考察来探寻"红色娘子军精神"及背后的故事。团队成员里的孙国山是一名在香港长大但祖籍是海南的学子。从小时候起，他就看过芭蕾舞剧《红色娘子军》，被里面的人物和情节所打动，被她们不屈不挠的革命精神所感动，特别是被红色娘子军连党代表洪常青健美刚健的舞姿所深深吸，这成为他学习舞蹈十分重要的原因之一。国山一直有一个梦想，就是到琼海、到万泉河边上跳上一段属于他的"洪常青"舞蹈。如今，他终于有机会踏上这片诞生娘子军连的红色热土经历一段难忘的红色之旅，实现向往已久的儿时梦想。

一、引子——初探琼崖

伴随着《红色娘子军连歌》高亢明快的旋律节奏，我们来到了红色娘子军诞生地——海南琼海。

琼海市位于海南省东部，万泉河中下游，是举世瞩目的"博鳌亚洲论坛"所在地，是年轻而富有魅力的海南区域性中心城市。琼海山清水秀，自然资源丰富，是海南省东海岸经济、文化、水陆交通较发达的地区。作为在香港长大，但祖籍是海南的青年学子，这还是孙国山第一次踏上这片土地。

虽然是大年初五，但海南岛独特的地理位置使得气温依旧有20多度。天气有些炎热，成员们却没有闲心停下脚步，想珍惜每一秒钟来探寻这座红色娘子军曾经奋斗过的城市的过往与现在。在道路两旁，有着醒目的标志牌，提醒着我已经接近红色娘子军的故地。而车道中心的红色娘子军雕像，静静地看着车来车往，这一刻，国山感觉时间仿佛都静止了。或许是因为就要实现他的梦想，又或许是因为娘子军雕像给予他的独一无二的感受。

街道整洁，空气清新，迎面而来的微风带走了不少热量，道路两旁椰子树迎风摇曳，棕榈树郁郁葱葱，整齐划一的楼房，路旁叫卖的小贩，身穿短裤、脚着拖鞋的悠闲游客，到处充满着让人迷恋的人间烟火气。

这真是一座令人感到放松的城市，国山思忖着：百年前的红色娘子军看到现在的琼海，会是什么心情呢？终于，随着两旁的树木不断向后退去，我们面前的道路也到达了尽头，取而代之正对着的是一块巨大的黄色大理石，而大理石上面用黑色的水泥篆刻了三个大字——万泉河，在大字的旁边还插入了一支巨大的毛笔，确实别有一番感受。

图1　海南省琼海市地标万泉河
（来源：调研团队实地拍摄）

二、致敬——寻觅万泉河

（一）河边起舞致敬当年英雄

万泉河可谓是芭蕾舞剧《红色娘子军》中的经典场景之一。结束琼海现代风光的观览之后，孙国山终于来到万泉河，身穿红军服装，在万泉河边跳了一段《红色娘子军》中党代表洪长青怒斥南霸天的舞蹈来纪念当年的娘子军连。

此时，红色娘子军的英雄事迹在他脑海里不断涌现，他已经不需要刻意地去思考动作，热血在他心中翻腾，身体不由自主地随着情感舞动着，内心无比充实和振奋。他一直都渴望着舞台，这次在万泉河边演绎《红色娘子军》舞蹈，不仅实现了他儿时的梦想，更让他下定决心，要继续努力，在舞台上塑造更多的英雄人物形象，让更多的年轻人记住他们！

（二）抚今追昔探寻生命意义

"万泉河水清又清，我编斗笠送红军。军爱民来民拥军，军民团结一家亲，一家亲……"熟悉的歌声吸引了团队成员们，有一群妇女正在跟着这段音乐起舞，作为一个舞蹈爱好者，孙国山当然不肯错过这个机会，走过去凑个热闹，居然发现了一位年近古稀的奶奶。虽然因为年龄导致身体没办法完全施展开来，但是老人每一个动作都很连贯而且有力度，跳舞时的神情也很专注，眼睛炯炯有神，散发着旺盛的生命力。

应该是很经常跳这首曲子吧，国山暗暗想着，站在旁边没有打扰她，等她跳完歇息时，国山快步上前，向老人问好表明来意，老人先是一愣，然后笑了起来，用带着一点海南话口音的普通话和我们问好。

"这首歌曲我听了几十年，也跳了几十年，跳舞也是一种运动，平时没事干就会练一下。"老人笑得很开心，眼睛眯成一条缝，特别可爱，有人说心态好就能越活越年轻还真是不无道理。

"这支舞蹈对您来说是不是有什么特别的意义？"国山想挖掘出背后的故事。

老人说："这已经是平时的一个习惯爱好。挺开心看到我们现在的年轻人还知道这些东西。现在时代好啦，再也不怕挨饿了，按现在年轻人的话说，就是有国家罩着咱们咧哈哈哈！对了，你知道为什么当年那些娘子军要出来革命吗？"

国山不假思索地回复道："因为她们受到了红军的感召，也体会到了共产主义的伟大精神？"

"你这么说也没错，不过最主要原因还是因为当时妇女地位太低，特别是在这个地方，挨饿、挨打都是常有的事，但是红军来了，一切都不一样了，红军不论男女都给予最基本的保障，吃饭的问题解决了，挨打也没有了，而且红军还教育当时的人们要尊重每一个人，大家当然都来相信共产党了。"

听完老人的话，大家有些难以平静。

可以说，从一开始的为了不受压迫而参军，到后来接受党的教育，改变了旧观念，提升了思想觉悟，为解放全人类而积极革命、顽强战斗，甚至牺牲生命，红色娘子军作为一个整体，她们的光荣事迹和精神升华在世界妇女解放斗争史上具有深刻的意义。

为了解放和摆脱贫困，她们冲破家庭和社会的重重阻力，在艰苦的战争条件下，很多人都是除了身上的一杆枪和衣服外，别无他物，以山中野果野菜为食，冬天用香蕉叶做草席，没有吃过一粒米，更不用说油、盐、肉等了。

这样艰苦的生存条件，如果没有坚定的革命信念，绝不能坚持下来。作为封建专制压迫下的底层妇女，走进红军行列，红色娘子军克服了文化、军事知识、生理方面的种种困难。

比如，"女子军特务连"负责当时战地标语的书写和张贴，而连里只有一位指导员识字，为了完成任务，女兵们就在夜间学习识字写字，每晚由这位识字的指导员教战士们写一条标语。"清匪反霸，土地还家"这一条中的"霸"字最难写，她们就用了几天时间专门练习。

在战争中学习，敢于创新，使得她们成为威震全琼的女红军队伍，这正是一种自强不息的革命精神；红色娘子军战士平时不怕苦、战时不怕死的革命精神是琼崖妇女革命本质的充分体现。

图 2　设立在万泉河边的女子军特务连成立大会会址
（来源：调研团队实地拍摄）

红色娘子军从开始的农家妇女求解放，向往自由，到在战斗中成长为坚强的革命女战士，她们的革命精神冲破了国界的局限，被世界妇女和人民所厚爱，她们不断向前，永远奋斗，她们敢为人先，不怕牺牲，坚贞不屈。

无论是发达国家还是发展中国家，都存在压迫、歧视、虐待妇女的问题，而

红色娘子军们 "哪里有压迫哪里就有反抗，哪里存在不平等哪里就有斗争" 的革命精神为人们所乐道，不断宣扬。这也是世界妇女实现平等愿望的一种表现和妇女解放运动的一面旗帜。

结束对话，团队成员充满敬意地和老人告别。

三、探寻——参观纪念馆

第二天，团队成员一行人来到了红色娘子军纪念园。

正门口的红色娘子军雕像可谓格外引人注目，虽然是大年初六，但依然有许多游客在这边拍照，听门口的工作人员介绍，为了纪念娘子军英勇顽强无畏、无私奉献的革命精神，也为了纪念这支战争时期特殊的女性队伍，琼海市于1998年开始在嘉积镇万石坡兴建红色娘子军纪念园，并于2000年5月1日建成开园，2001年被中宣部评为全国爱国主义教育示范基地。

1998年，据调查当时仍然健在的娘子军有47人。纪念园建好后，曾邀请这些女战士作为这座全国爱国主义教育示范基地的义务辅导员入园居住。纪念园由和平广场、纪念广场、红色娘子军纪念馆、椰林寨、旅游服务区等五个部分组成，占地面积200亩。1985年原琼海县人民政府在嘉积镇南门竖立红色娘子军石雕像，时任中共中央总书记的胡耀邦为雕像题词 "红色娘子军"。时隔至今，尽管日晒雨淋，该雕像竖立在园内已有38年，象征着 "红色娘子军" 不畏强权、不怕牺牲、勇于拼搏的精神，纪念着当年那段伟大的历史。

进入园内，很遗憾虽然纪念馆就在眼前，但天不尽人愿——纪念馆刚好正在施工而无法参观，好在通过旁边的一些路牌记载，也能让团队成员了解到娘子军过去的事迹。下面是团队成员在园内的所见所闻。

（一）《红色娘子军》电影的诞生

园内一片空地上面摆放了各种电影道具，还播放着《红色娘子军连歌》，而路上的立牌讲述着《红色娘子军》这部电影诞生的故事：

1956年，海南省军区政治部干事刘文韶在查阅一本油印的关于琼崖纵队史的册子时，偶然发现有一段话简要地提到了琼崖独立师属下的一个女兵连，他敏锐地抓住了这一线索，根据一个多月的调查采访，写出了一篇2万多字的报告文学《红色娘子军》，并发表于1957年8月的《解放军文艺》杂志上。这篇文章真实地反映了在大革命时期琼崖工农红军独立师女兵连的英雄事迹，写实性较高。

它一经问世，就吸引了众多读者的眼球，并立刻引起了人们对琼崖革命的关注，同时更激发起了社会对海南红色娘子军的创作热情。

《红色娘子军》也由此成为文艺舞台上一部家喻户晓的经典之作。1961年，梁信以海南军区编写的《琼崖纵队军史》为依据，编写了电影《红色娘子军》的剧本，并发表于《上海文学》，著名导演谢晋将其搬上了银屏，同时进行了全国首映。

吴琼花、胡常青等英雄人物以及娘子军的故事成为一代人的红色记忆。其中，短促有力、浓郁深沉、富有海南特色的旋律《红色娘子军连歌》，也就是我们路上一直哼唱的那一首曲子，随着影片的播映传遍大江南北，成为电影插曲中的经典之作。

"向前进，向前进，战士的责任重，妇女的冤仇深……"《红色娘子军连歌》这段耳熟能详的旋律，给了许多人以力量，通过了解这段历史，能感受到其现如今已经不单单是一首电影插曲，而是对于当年的红军前辈们精神的一种传颂与传承。当激昂的旋律响起，不仅让人回想起那段奋斗的岁月，更让人心中充满力量地投入祖国的伟大建设当中。了解完之后，大家也被电影的主角吴琼花坚韧不拔、宁死不屈的战斗精神打动了，即便条件如此艰苦，过程如此困难，她们的眼中也始终有火，他们的步伐沉稳有力，因为他们知道，在党的正确领导下，终将获得最终的胜利！

图3　电影《红色娘子军》的主角吴琼花
（来源：央视新闻《百年瞬间 | 红色娘子军》）

（二）《红色娘子军》芭蕾舞剧的出生

走了没多远，团队成员来到了另外一片空地，这里还有一些照片，也有一段文字记载着《红色娘子军》芭蕾舞剧的出生。

1963 年，在周恩来总理的提议下，电影《红色娘子军》被中央芭蕾舞团改编成同名芭蕾舞剧，其中鲜明的人物形象以及丰富的海南岛地域风情，使得这部剧一经推出就大受欢迎，被誉为"中国第一部表现革命题材的芭蕾舞剧"。"文革"期间，因其向上的革命精神和顽强不屈的斗志，与《沙家浜》《智取威虎山》《白毛女》《龙江颂》《奇袭白虎团》等八部戏并称为"样板戏"。

同时，这部剧也堪称中央芭蕾舞团的镇团之宝，从首演至今，四十余年间演出已超过 2 500 场，成为中国芭蕾史上一部具有里程碑意义的经典作品，也成为中央芭蕾舞团自建团以来演出场次最多的芭蕾舞剧，成为伴随几代中国人成长的红色记忆。

此外，还有 1964 年被改编为京剧的《红色娘子军》，2005 年翻拍的电视剧《红色娘子军》，都取材于娘子军的革命事迹，根据同名芭蕾舞剧创作，均取得了不俗的反响。

作为一个喜欢跳舞的人，国山对这支舞当然也是早有耳闻，对里面经典角色的舞蹈印象深刻。他给自己定了一个目标，下次再来的时候，要把这支舞蹈完全学会，然后在园里再跳一段属于自己的《红色娘子军》。

探寻完纪念园，团队成员们感到异常充实，也明白了一个道理：一代人有一代人的奋斗，一代人有一代人的使命。一百年前，红色娘子军们以生命和鲜血为妇女解放作斗争；五十年前，一群艺术家们排除万难，为铭记先烈极力创造出了一批优秀的文艺作品，成就辉煌；而如今到了我们这一代，更要继承先辈们的精神与意志，不忘初心、牢记使命，砥砺奋进，攻坚克难，为实现中华民族的伟大复兴不懈奋斗。

四、传承——接过先辈的枪

自 1931 年 5 月 1 日红色娘子军诞生，到 1950 年 5 月 1 日海南全岛解放，女战士在琼崖革命队伍里占到了六分之一。1932 年 8 月的马鞍岭阻击战之后，娘子军一直处于一种十分艰难的转移和流散状态，到了 11 月初，中国工农红军第二独立师师长王文宇宣布女子军特务连化整为零、疏散隐蔽。

2014 年 4 月，最后一位红色娘子军战士卢业香寿终正寝。至此，红色娘子军的年代背景已经远去，但其英勇顽强、无私无畏的精神仍然鼓舞着后人。在现代，一批又一批新"娘子军"循着先烈们的足迹，将红色娘子军的精神传承发扬，并体现出一种信仰的力量。

1969 年琼海市阳江镇成立的"红色娘子军民兵连"，就是闻名全岛的新时代"娘子军"，它以县武装部独立连身份存在，训练非常正规。这支民兵连站岗、巡逻、管理治安毫不含糊，是名副其实的战斗队，每遇台风等自然灾害，总是抢险打头阵，修水利、干重活更是天经地义。她们将娘子军精神的旗帜勇敢地扛了起来。

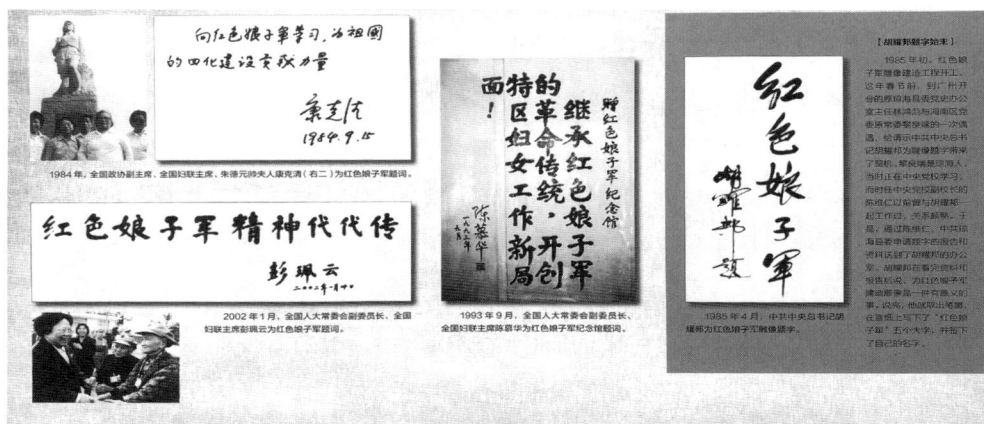

图 4　红色娘子军记忆的传承发展
（来源：调研团队实地拍摄）

2000 年 10 月，经海南省委、省政府、省军区批准，"红色娘子军连"称号重新启用，并成建制地编入预备役部队，新时代的红色娘子军回到了人民军队的序列。

她们来自社会各界，多数是单位的技术骨干和业务能手，现编干部全部具有大学本科学历，全连官兵 60% 具有大专以上文化。她们平时在各自的工作岗位上工作，遇到紧急情况便随时待命，在 2010 年的海南洪水灾害中，这支队伍就是最早到达灾区的官兵之一。

即便百年过去但红色娘子军的精神却在海南这片土地上扎根、发芽。因为她们始终铭记着自己的初心，为解放广大妇女，为人民而战斗！

结语——继往开来奏华章

即将离开，团队成员的心久久不能平静。人生不过百年，对于我们这一代人来说，将近百年前的红色娘子军应该只是遥远的记忆，但是她们的事迹和精神却会随着一代又一代的人继续传承下去。星星之火，可以燎原。也许她们自己也没想到，对于百年后的我们，她们当时的付出和取得的成果是多么巨大。

悟已往之不谏，知来者之可追。

王之彤说没有想到，这一次的旅途对她来说能有如此巨大的影响。她不禁会想，百年前的红色娘子军也不过十几二十岁，和自己一般大的年纪，却是为了祖国、为了人民、为了妇女解放而斗争着，祖国不会忘记她们，而我不仅要了解她们，作为年轻人更要努力发扬红色娘子军的精神，好好地传承下去。红色娘子军作为琼崖革命的一支代表性特色队伍，在战时奋勇杀敌，在恶劣的自然战争环境下顽强不息。她们身上所折射出的不屈不挠的革命斗争精神鼓舞过一代又一代后来人，她们也书写组成了海南革命23年战旗不倒的红色传奇。

现代社会中，女性更加注重追求平等、独立，她们为社会的进步和繁荣贡献着自己的力量，"琼花"走进了千家万户。

在过去几十年里，琼海市找到了一条属于自己的振兴之路，妇女的权益保障也有了极大的改善，但是其未来的发展仍然面临许多挑战。乡村振兴工作仍然任重道远，一直在路上。

琼海市未来的发展离不开各方各界的努力，只有将琼海市建设好，才是对那些红色娘子军和为之奋斗的人最好的慰藉。

几十年来，祖国已经发生了翻天覆地的大变化。从天问一号、量子卫星等国之重器的傲然于世，到实现全面建成小康社会，成为疫情之后唯一 GDP 正增长的主要经济体等，再到新时代的历史性成就和变革，正因为有许许多多像那些红色娘子军一样以身许党许国、报党报国的英雄们，中国人的脊梁才能得以昂扬。

一开始的问题已经有了答案，过去为琼海打拼，为妇女解放做斗争的红色娘子军们看到现在的城市，一定会露出欣慰的笑容。

"共产主义真，党是领路人。奴隶得翻身，奴隶得翻身。向前进，向前进，战士的责任重，妇女的冤仇深……"

随着激昂的旋律，我们踏上了归途。

致　谢

探寻娘子军足迹的旅程结束了，回首走过的岁月，我们心中倍感充实，在落下最后一个字时，心中满是不舍与感激。

感谢本文的指导老师刘玉萍老师，在忙碌的教学工作中挤出时间来审查、修改我们的论文，感谢张爱凤院长，为大家毫无保留地提供建议和范文供我们参考，感谢方建平书记对我们团队的肯定以及路途中的支持。还要感谢我们团队的所有人，是大家的坚持和不断的打磨，最终完成了这部作品。很庆幸我们能有这么一段经历和旅程，成为回忆里最宝贵的一笔财富。

（指导老师：刘玉萍，广州大学新闻与传播学院副教授；付洋，广州大学新闻与传播学院综合办主任；廖伟斌，广州大学新闻与传播学院外聘教师）

点评

战地琼花分外红，红魂青史留余香
——海南省琼海市红色娘子军探寻纪实

1931年5月，在海南省琼海市万泉河畔一个椰林环抱的小山村里，中国工农红军第二独立师女子特务连召开了成立大会，为争取男女平等及反抗封建压迫，100多位年轻的农村女孩，在共产党的组织领导下，前仆后继、宁死不屈地抗击日军，保卫祖国。

古有花木兰替父从军，今有娘子军扛枪为人民。鲁迅先生说："世上本没有路，走的人多了，也便成了路。"她们巾帼不让须眉，是枪林弹雨中的铿锵玫瑰，是肩负国家兴亡的女中豪杰。而新时期的中国青年，生逢其时、重任在肩，从五四运动时的"山河破碎风飘絮"，到今日成为世界第二大经济体的"一览众山小"，历史和现实都在证明：青年兴则国家兴，青年强则国家强。中国青年要以史为鉴，不忘初心，砥砺前行。

德国学者简·奥斯曼认为，"文化记忆是一个集体概念，所有通过一个社会的互动框架指导行为和经验的知识，都是在反复进行的社会事件中一代代地获得的知识，通过文化形式（文本、纪念碑等）以及机构化的交流（背诵、实践、观察）而得到延续"。本报告的最大亮点就在于回归传统，唤醒文化记忆。立意高远，展现新时代青年的责任意识。团队成员与历史对话，感悟革命真谛。挖掘红色经典的多种表现形式，通过芭蕾舞剧的演绎赋予其时代意义，本报告将解答以下问题：90后青年为何在万泉河边起舞？他如何诠释历史？对自己的成长带来什么感悟？

本报告的第二大亮点，便在于解读创新，呈现经典文化的时代超越性，实现红色经典的可视化创作。"厚重的历史绝非是某一个人所能承担的，它需要一个又一个的生命个体参与其中。"青年是时代的源泉，也是发展的动力。舒曼说："人才进行工作，而天才进行创造。"陶行知也曾表示："处处是创造之地，天天是创造之时，人人是创造之人。"

"欲知大道，必先为史。"追寻党的足迹，探寻党的历史。历史是过去的现实，现实是未来的历史。本调研报告，既呈现了青年与红色娘子军之间的精神对话，也表现出红色娘子军信念坚定、忠贞不渝的革命信仰，更展现了新时代青年的创新精神与文化感知力。

作为传媒学子，如何深刻理解并应对正在发生的变革？如何更好地利用自己的专业知识践行时代使命？如何传递红色经典无愧于中华民族？如何坚定理想信念，矢志不移地保持初心？这是每一位青年都需要面对的问题，也期待看到他们的回答。

海南，这片革命先辈用鲜血换来的热土，今天已是中国对外开放的经济贸易自由港，未来的发展更值得期许，我们的探寻仍在继续……

（点评人：刘玉萍）

邓演达：铁血丹心

——广东省惠州市邓演达纪念园及故里鹿颈村采访纪实

黄洁颖　吴青霞　陈燕仪　曾雅婧　朱家麒　项兰鸥[①]

摘　要：在建党百年之际，调研团队走进惠州市邓演达纪念园，来到他的故乡鹿颈村，探访邓演达及其与家乡的故事。报告以"游纪念园""志坚如铁""演达教育""复兴圆梦"四大板块传递邓演达严以律己、坚定信念，踏实求学的精神，以及鹿颈村凭借对于邓演达精神和文化的传承，成为"广东十大美丽乡村"，走进革命人物，了解红色故事。同时，通过对鹿颈村村委书记与村中本科生的采访，将"演达精神"定义升华，让踏实求学和教育振兴民族的精神代代相传。

关键词：红色基因；爱国主义精神；美丽乡村

"欲知大道，必先为史。"建党100周年，我们看到了中国的"新"变化，人民幸福安康，社会繁荣有序，国家富强文明。不忘本来，面向未来，百姓幸福生活的背后离不开在那个战火纷飞、时局动荡的岁月里的革命烈士们。

惠州，作为中国民主革命策源地之一，曾聚集了一批有重要影响力的革命家：孙中山、廖仲恺、叶挺……当然，也诞生了邓演达这样的革命志士，于中国艰难险阻之时为国家鞠躬尽瘁，为东江大地的革命历史添上了一笔浓墨重彩。邓演达与廖仲恺、叶挺合称"惠州三杰"。

黄埔军校、演达中学、演达医院……在如今教育当道的时代，邓演达在学习与教育方面上的见解和思想依然熠熠生辉，深深地影响着后人。邓演达的故里鹿

---

① 黄洁颖、吴青霞、陈燕仪、朱家麒，广州大学新闻与传播学院2019级网络与新媒体专业本科生；曾雅婧，广州大学教育学院2019级小学教育专业本科生；项兰鸥，广州大学新闻与传播学院2019级播音与主持艺术专业本科生。

颈村积累了浓厚的文化底蕴，人才辈出，摆脱贫困，建设美丽乡村。

我们从邓演达的早期求学之路出发，在邓演达纪念园进行实地调研，走进了解邓演达先生的故事；探访邓演达故里鹿颈村，采访鹿颈村村支书邓金荣，体会和感悟邓演达先生的教育精髓，探寻其对当代教育的意义。在这回顾历史、立足现在、展望未来的身心旅程中，感受邓演达先生的卓见，寻找其后人在实践中传承的优秀红色基因，从而在浩浩荡荡的时代潮流中，做坚定者、奋进者、搏击者。

一、游纪念园，探寻革命记忆

春天，阳光和煦，大地焕发生机。37号公交路线从平坦宽阔的水泥路，开过崎岖不平的乡间泥路，一直开到名为"邓演达纪念园"的总站才停车。道路平坦开阔，路旁田野里的牛在悠闲吃草，碧水环绕，花木扶疏，初到邓演达纪念馆园区，扑面而来的是一副岭南园林风光。

图1 邓演达纪念园外观

（来源：调研团队实地拍摄）

走过牌坊，步入宽阔的纪念园广场，环顾四周，广场苍松翠柏环绕，午后的园区游人并不多，十分宁静，只有三三两两的附近居民带着小孩子在树下闲坐乘凉。广场的正中矗立着一座3米多高的邓演达铜像。先生身着戎装，昂首挺胸，目光坚毅，两眼直视前方，仿佛在眺望中国革命的未来。

图 2　邓演达铜像

（来源：调研团队实地拍摄）

邓演达铜像身后为邓演达故居，是南方最常见的瓦砖农房。站在故居前，仿佛能感受到邓演达年少时埋头苦读、艰苦训练的场景。这位为大众谋福利而牺牲性命、至死不屈的伟大人物，如果能看到现在乡民安居乐业，生活无须常忧疾苦的风貌，定会有所欣慰。

惠州市邓演达纪念园依托邓演达故居而建。邓演达故居原为瓦砖房，总共八房两厅，但因为早年间的水利设施不完善，在 20 世纪 50 年代遭遇水浸后，部分墙体倒塌无法进行修复。直到 1986 年，政府遵循"修旧如旧"的原则，对邓演达故居进行了旧址改造。1989 年，政府为了还原邓演达故居内的陈设，更是向鹿颈村的村民征集明清时期的家具，因此较好地还原了邓演达先生当年的生活场景。

1995 年 6 月，邓演达故居被列为惠州市爱国主义教育基地；2002 年 7 月，故居被广东省政府列为省级重点文物保护单位；2009 年 12 月，惠城区按照惠州市委、市政府的部署，在邓演达故居的基础上兴建邓演达纪念园。纪念馆内墙上一块块牌匾格外引人注意，广东省爱国主义教育基地、广东统一战线基地、惠州城市职业学院思政课实践教学基地、惠州市干部教育培训现场教学基地……传承红色基因，除了学习历史知识，了解英雄事迹，更需要踏实实践，到这样真实的爱国主义教育基地，将红色基因深深印在每一次实践中。

走进陈列馆，一面面展示墙上展示着邓演达的故事。园外明晃晃的阳光让人心生炎热，园内，光斑投影于粉墙黛瓦，微风轻摇树影，前来参观的游客大多是家长带着小孩，寂静的馆内渐渐有了父母耐心的讲解声。展品前是驻足许久的游人，是一双双凝视的眼睛。

陈列馆里头，有一张泛黄的黑白照片非常引人注目——"广东陆军小学堂师生合影"。1909 年，邓演达入读该校时年仅 14 岁，是学校里年龄最小的学生，但他的聪明好学全校皆知，还得到了当时的学堂长邓铿（即邓仲元）的赏识，进校第一年便秘密加入了中国同盟会，成为革命洪流中的一分子。

1914—1917 年，邓演达相继被保送到武昌陆军第二预备学校和保定陆军军官学校深造。以优秀成绩毕业后，他受到了邓铿的重用，被派往西北边防军中见习担任排长。从小优秀的邓演达深谙教育的重要性，读书不但能使人增长才识，拓宽视野，更能培养一个人的灵魂与气质，是国家强大的根基。对教育重要性的清楚认识，为后来邓演达参与筹办黄埔军校，教育一代又一代的国家栋梁奠定了基础。

二、志坚如铁，笃行践责

出生于东江地区的一个普通农民家庭，生长于一个完全受封建专制所束缚的、充满小农经济环境气息的中国社会，少年时代的邓演达深切体会民众的疾苦，耳濡目染中国外受帝国主义的野蛮侵略，内受清封建王朝的残酷压迫和剥削，人民陷于水深火热之中，从小就萌生了立志学习军事，做一个出色的为中华民族服务的军人，以报效国家的愿望。邓演达经历了水深火热的生活洗礼后仍有坚毅的政治勇气和革命胆识、为国为民的胸怀和无私奉献的精神。

馆内，宋庆龄等人评价邓演达的文字作品映入眼帘。宋庆龄把邓演达称为"超群出众，得天独厚的革命家"；何香凝称"他是直率的、诚恳的，他是刻苦的、廉洁的，他是一名副其实的能文能武的人"。彭泽民称："在中国革命运动中，重视农民问题，坚定土地革命者，邓先生实是第一人。"邹韬奋称邓演达是近代中国"艰苦卓绝，为着大众福利而牺牲性命，至死不屈的伟大人物"。

邓演达的求学求知、少时立志、爱国爱民、勤奋好学，在教育方面的演达精神令人触动。

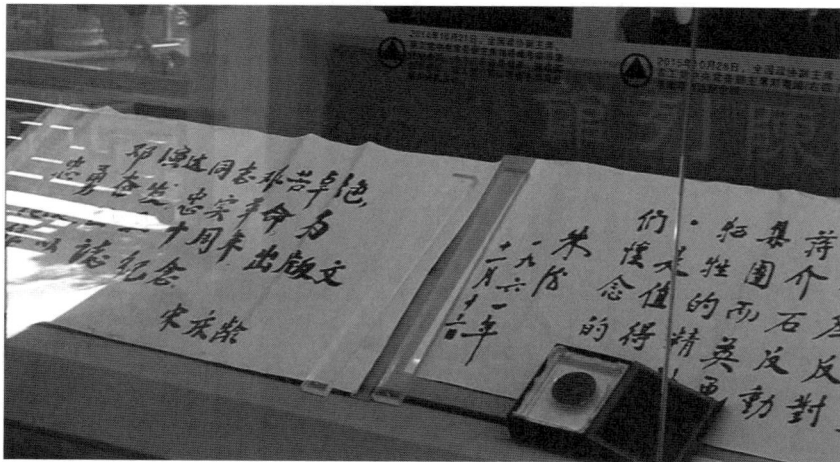

图 3　宋庆龄、朱德等人评价邓演达的文字作品

（来源：调研团队实地拍摄）

1909 年，14 岁的邓演达考入广东陆军小学堂，秘密加入了孙中山领导的中国同盟会。也正是从此时起，他正式踏上革命道路，在一个战火纷飞、时局动荡的岁月里，选择了投身艰苦的革命奋斗中，为人民谋幸福，终其一生高举民主与科学的旗帜。1911 年辛亥革命的爆发，如炸弹威力般，在邓演达的心中激发出对胜利的渴望，年仅 16 岁的他向广东北伐军敢死队坚定地走去。

邓演达是中国农工民主党的主要创始人，国民党著名的左派领袖，杰出的中国民主革命的活动家、思想家、军事家。离这位革命烈士牺牲已经过去了九十余年，但其故乡鹿颈村没有忘记这位赤子，惠州没有忘记这份骄傲，中国共产党没有忘记这位"亲密战友"，中国农工民主党没有忘记这位先驱。惠州这座城市留有许多邓演达的印记。演达大道、演达医院、演达中学，从西湖边的演达亭、演达铜像，到邓演达纪念园，惠州这片英雄热土不忘历史，铭记英雄。

三、演达教育，精神财富与文化的传承

出生于世代务农的家庭，邓演达却能立志读书报效祖国，在军事课和文化课上都争第一，做到学有所成，并且将所学知识运用到实践中。这是怎么做到的呢？当来到坐落于纪念园南侧的演达学校，这个问题有了答案。演达学校原名"鹿岗书室"，由邓演达的父亲邓镜人创办，已办学 110 余年，至今仍在运作。邓氏祖先世代务农，其父邓镜人为清代光绪年间的秀才。邓演达胞妹邓仪端女士曾说，她的父亲邓镜人很开明，10 个子女中有 3 个还参加了东江纵队。

图4　演达学校

（来源：惠州市鹿颈村村委会）

在战火纷飞的年代，上学是一件难事，而邓演达能够严于律己，坚定信念，踏实求学。生在和平年代的我们，应当珍惜来之不易的幸福，把学习当作自己的事，而不是一种任务或者负担。

除了演达中学，黄埔军校更是代表着邓演达在教育上的成果。

邓演达担任黄埔军校的教练部副主任兼学生总队长、教育长时，忠贞革命，爱憎分明，勇于斗争，极力维护孙中山的"新三民主义"和"三大政策"。

招生期间，邓演达会亲自对学生进行面试，考察学生的入学动机和革命志向，"到了举行甄别考试……当我听到叫名，应声站在他的面前时，感到他是威严可敬地端详我。他随即问我道：'为什么要来这个学校学习，志愿如何？'我答复说：'是为了革命，不怕死而来。志愿是打倒列强，打倒军阀，为实现三民主义而奋斗。'邓老师一听，威严而慈祥，似乎是很满意地说：'好好好，以后多多研读三民主义，新三民主义是具有三大内容的。'"①

在校期间，邓演达严格自律，以身作则，注重对学生灌输爱国主义思想和革命纪律教育，支持学生的正义进步活动……所以同学们将邓演达同志的举止动作

---

① 北伐时期的政治宣传列车 [EB/OL].(2014-08-19).https://book.douban.com/review/6832883/.四期入伍生文强在被提升为军官生时，甄别考试由时任军校教育长的邓演达主持。邓演达问道："为什么要来这个学校学习？志愿如何？"答曰："是为了革命，不怕死而来。志愿是打倒列强，打倒军阀，为实现三民主义而奋斗。"邓演达听后连道三声"好"，并嘱咐文强以后要多多研读"新三民主义"。

当作规范加以效仿，被称为"邓演达式"学生。

"邓演达式"教育不仅表现在培养出一批批"邓演达式"的学生，还表现在黄埔军校时期的政治教育、平民文化思想。

在当时，因教练部主任李济在西江练兵，教练部实际工作由邓演达负责代理，其主要教学任务是术科，主要是军事实战训练。严格完成术科训练的同时，他也会经常教育学生如何做一名真正的革命军人，"要爱国家，爱百姓，不要钱，不怕死，负责任，守纪律，团结友爱"[①]。

在政治时事上，邓演达有着自己的见解和懂得如何进行引导，因此对学生作政治的事讲话的话语极具吸引力和鼓舞力，不但极大地调动了听者的积极性，还能够正确地引导学生表露胸怀，深受学生喜爱。久而久之，学生们对邓演达纯粹的敬重上升为不自觉的拥戴。

"邓演达式"教育对青年学生的影响是深远的，也是富有启发价值的，身正为范，是邓演达的一种榜样的力量，才有"邓演达式"学生；求同存异，兼容并蓄，邓演达虽不是共产党员，却能够支持和包容共产党员所从事的工作和活动，对如今的青年学生世界观、价值观、人生观上呈现多样化趋势起着启发作用。

鹿颈村村支书邓金荣作为邓演达的族人，被问及邓演达留给后人最大的精神财富是什么时，他表示："邓演达先生对我们这个村的影响力最大的是他整个家族，文化的传承。"据邓书记介绍，如今的邓演达故居、演达公园、演达学校、演达大道等建筑名、路名都是以邓演达的名字命名的。

邓书记感慨道，在教育方面，邓演达先生对鹿颈村的影响非常大。近十年里，整个惠州市三栋镇每年考上本科以上的学生，有时候将近一半或一半以上都是鹿颈村的。

鹿颈村每年都会举办一次奖学助学活动，用一笔资金以"奖学金""助学金"的方式奖励本村的学生，提高学生的学习积极性，同时发扬革命先烈邓演达先生的精神，呼吁村里的孩子要好好学习。邓书记作为村里领导班子的一员，"有困难我们村委会都会帮忙，但是一定要好好读书！"的话语让我们十分感动，也感到了作为青少年肩上的责任与担当。

求学时接受村里慷慨支持与帮助，长大后回馈乡村，建设乡村，这是一个不

---

① 朱新镛.邓演达与黄埔军校的政治工作[EB/OL].http://www.huangpu.org.cn/hpzz/hpzz0802/201206/t20120612_2728516.html.

凡且充满希望的闭环，环环相扣，带着美好的希冀，向未来展望与发展。

邓演达先生在教育方面对鹿颈村贡献较大，其父邓镜人开明的态度与设立私塾的行为或对邓演达在教育方面的成就有较大影响。演达学校开办至今110余年，一直在办学，在精神上和物质上都对鹿颈村村民的教育态度产生深远影响，甚至是较大改变，而教育是民族振兴、社会进步的基石。

不只是坐拥"邓演达故乡"这一称号，鹿颈村深刻理解邓演达的教育精神，用当代且适合村子情况的方式去传承这份红色基因，邓书记"只有学习才有出路。才能改变我们未来的生活，家庭环境！"的话语不是空喊口号的，背后是一个个真正被资助的大学生，包括贫困生。

这让我们联想到了国家的贫困建档生，不论是通过什么方式与渠道受到资助，这份资助都会让学生印象深刻，感受到身上的责任与担当。而鹿颈村延续演达教育精神，百年前邓镜人建校助学，百年后乡民资助后辈求知求学，与受助生同辈，同为大学生的我们深受感染，并且联系到了村子里其中一位受助生——范同学，通过微信，真实地了解到他的感受与想法。

目前范同学就读于韶关学院体育学院，谈及生长在一个红色文化较浓厚的环境和教育方面的感受时，范同学做出了认真的回答，让我们深受触动。她说：

邓演达先生是我们广东惠阳永湖乡鹿颈村的榜样……通过了解和学习邓演达的英雄事迹，重温中华民族传统文化精神内涵，接受他人为社会奉献的精神的洗礼，让我有了奋发图强的意识，认识到国家繁荣强大需要靠大家的努力。

在大学期间，我积极参加各种各样的活动，担任班干部，同时于2018年12月正式加入党组织。加入党组织是我一直追求并为之奋斗的目标。通过学习，我进一步提高了对党指导思想的认识，更加坚定了在学习和实践中加强党的先锋模范作用，提高自身修养，以党员的标准要求自己先进性的决心和信心。

能够生长在这个红色文化浓郁的鹿颈村，让我个人的思想道德，精神品质有了进一步的提升。同时，鹿颈村村委会的领导干部对教育事业的重视，每年都会多方筹集资金，让我们这些并不富裕的家庭，从小学到现在，都接受奖学金、助学金的资助。在这里非常感谢鹿颈村村委会领导干部对我们的支持与帮助！同时，我们将会在今后的学习生活中更加努力，刻苦！

鹿颈村依托原有的文化底蕴，积极建设村内教育事业，传承和弘扬勤奋好学、积极奉献、爱国主义精神。村子虽小，而从小在这样踏实努力的氛围中成长的青年却有着不灭的热情。

当范同学被问及如何回馈村子时，他回答道："我现仍未毕业，还没考虑就业或者创业问题，现在主要是以学习为主。等我毕业后有能力的情况下，我会尽我所能帮助更多像我一样需要帮助的人。"

至此，我们明白了弘扬一位伟人的精神，传承红色基因，其实也可以简单而又不凡。"等我毕业后有能力的情况下，我会尽我所能帮助更多像我一样需要帮助的人。"做好学生本分，承担起作为青少年、大学生的责任，不断成长与充实自己，再将自身所学所受帮助回馈社会，是对自己的负责，也是对社会的负责，这便是一种传承。

四、复兴圆梦，传承红色基因

1895 年 3 月 1 日，邓演达出生于广东惠阳县永湖乡鹿颈村。淡水河畔的鹿颈村承载了邓演达的童年记忆，一瓦一砖，都留有邓演达孩童时期的气息。时代浪潮滚滚向前，沧桑巨变，历经百年时光，原本落后的小山村，如今有了焕然一新的面貌。100 多年后，鹿颈村已经一改当年的贫苦模样，村里一栋栋新式建筑也代表着村民生活水平的提高。物质生活条件改善了，精神财富也没有落下。邓演达纪念园在此设立，用文物和史料无声讲述这段弥足珍贵的革命历史，带领后人回望这峥嵘岁月。

图 5　鹿颈村村口

（来源：调研团队实地拍摄）

鹿颈村村支书邓金荣给我们介绍道，鹿颈村全村面积 5 平方公里左右，人口 3 200 多人。行走在村子里，我们能看到许多类似小洋房的建筑。据邓书记介绍，大家在村里看到的楼房基本上都是村民的住所，房子大多为一至三层楼，谈不上富裕，但还可以。村内路面整洁宽敞，道路旁仍有部分农田，由此看来，村民的生活条件是有保障的。

近年来，鹿颈村积极实施乡村振兴战略，建设美丽乡村。从昔日遍地牛粪，人称"牛屎村"到如今成功获得"广东省宜居示范村庄""广东名村""广东省卫生村""广东省十大美丽乡村"等称号，一系列荣誉的背后，离不开该村党总支的坚强领导和真抓实干，团结带领村民群众投身美丽乡村建设。

"一个村的文化底蕴，对于这个村未来的影响是非常大的。"邓书记作为村里领导班子的一员，在与我们分享鹿颈村的发展时非常朴实，又对未来有所展望。尽管拥有"邓演达故里"和"美丽乡村"的名号，鹿颈村在拥有较强特色传统文化基础上，依旧发挥自身优势去创建具有文化特色的美丽乡村。丰富的鱼塘、耕地和林地资源结合爱国主义教育基地，使发展红色旅游和乡村旅游大有可为。吸引人的是各色名号，真正能留住人的是完善与合理的乡村建设。优美的环境、日渐完善设施、安居乐业的生活，在踏实肯干和合理展望中，鹿颈村村民的日子将越来越有奔头。

时隔一年，再次和邓书记聊起村内发展，邓书记和我们分享了村内新建的文化广场与在建的文化长廊，这两个新建筑都位于邓演达纪念馆后方，在一定程度上使村内文化底蕴更丰富，是对爱国主义教育的一种补充和扩展。邓书记表示，村内的文化长廊的主题未定，但在内容方面，"国学文化、历史变迁、名人名言、唐诗宋词，邓演达的家族文化传承（父亲邓镜人，兄长邓演存）都要有"。

邓书记坦诚地说："我们要做的就是留下年轻人，发展吃，住，及其他服务产业。"历来，年轻人在推动发展上的作用不容忽视，作为一个城市、一个国家的年轻血液，有着"先锋群体"的作用。

"怎么把青年人才留在农村，大力培养农村青年带头人，同时吸引走出去的年轻人'回流'，积极投身新时代农村建设，是摆在当前的首要问题。"[1] 由于乡村实际的基础设施和条件，决定了乡村振兴并非一朝一夕的事情。改变和发展

---

[1] 陈晓真.文化认同及其根源共同富裕视域下的乡村振兴报道怎么做：以常德日报社"我们村里的年轻人"系列采访活动为例［J］.中国地市报，2021（10）.

一个乡村，需要持之以恒的精神和生命力旺盛的年青一代。鹿颈村积极建设，并且努力让青年人在村里留下、扎根，这既需要青年增加自我认同感和社会认可度，也需要社会各方为青年搭建一个能够发挥才能的平台。

"若要红旗飘万代，重在教育下一代。"作为中国青年，走近革命人物，了解红色故事，感受红色精神，传承红色基因，不忘初心使命，应该主动而为。树立正确的历史观、民族观、国家观、文化观，刻苦学习，提升自我，成为激活红色记忆、弘扬革命精神的青春使者。

通过此次调研，我们清晰认识到，将个人理想融入国家和民族的事业当中有许多种方式，邓演达先生选择成为一名军事家报效祖国，终其一生高举民主与科学的旗帜，为人民谋幸福。而作为青年，作为大学生的我们，踏实读书，认真求知求学，不断充实丰富自己则是传承红色基因的最普遍而不普通的方式。

这个参观过程对于青年，对于作为当代大学生的我们来说是记忆深刻的，是真正能把红色人物与我们的距离缩短的实践。尽管革命英雄与我们时空相隔，但将个人理想融入国家和民族的理想中却愿望确是共同的！

致　谢

文末搁笔，感慨万千。回顾短短数月，才发现这所有经历皆是财富。

在此次调研学习的过程中，感谢广州大学新闻与传播学院的老师同学们、惠州市邓演达纪念园的工作人员给予我们团队支持和帮助，让我们拥有一次难忘的学习经历；感谢鹿颈村的村支书邓金荣积极配合采访和调研，耐心解答我们的疑惑，为我们提供更细致全面的资料；感谢受访者范同学主动接受我们的采访，分享了他在红色文化浓郁的氛围下是如何成长、自强、自信的。

桃李不言，下自成蹊。感谢指导老师刘雪梅的倾囊相授，从选题到成文，从拍摄到采访，给予了许多建议和指导，不厌其烦地为我们答疑解惑，遂得以完成此次调研。新时代新征途，红色文化正焕发出新魅力。如何讲好红色故事，传播红色文化，这一次的切身经历，让我们意识到还需学习、努力，要主动肩负起传播责任，满怀信心、勇毅前行。

文之穷尽，言之终结，这几月，有迷茫，有欢笑，有感激，有汗水，这一切都令我们成长，成为更好的自己，感激每一个教会我们成长的人，倍感珍惜，倍感留念。

（指导老师：刘雪梅，广州大学新闻与传播学院副教授、硕士生导师）

⬤ 点评

让爱国精神为乡村振兴立魂

孙中山先生在《辛亥革命》中曾言："这些死去的年轻人，有的才华横溢，有的家境优越，只因信仰二字，他们甘之如饴。"百年前无数光辉伟大的名字，仅因有了坚定的爱国信仰，便去呐喊、去奔走、去牺牲，为我们带来披荆斩棘的幸福，为我们谋取民主和平的社会，在波澜壮阔的历史中，一点点拾起民族的希望，为爱国精神筑起了血肉的城墙。

爱国精神是历史的积淀，是历史真正厚重之所在。爱国精神中有信仰，能够使我们"不畏浮云遮望眼"；爱国精神中有定力，能够使我们"咬定青山不放松"；爱国精神中有成功之道，能够使我们从看似"山重水复疑无路"中，领略"柳暗花明又一村"的意；爱国精神植根于革命先烈用鲜血染红的泥土中，传承于一代又一代人不懈奋斗的事业中，与我们每一个人情感相连、命运相系，是我们精神的归宿、初心的原点。

身为当代新闻传媒学子，该如何运用好专业知识更好传承与创新发展爱国精神？习近平总书记说"要重视加强学校思想政治教育，把爱国主义精神贯穿各级各类学校教育全过程，把爱我中华的种子埋入每个青少年的心灵深处"。如何让爱国精神辐射物质生活和精神生活？本报告的第一大亮点便是探究一种爱国精神传承的新实践。流传百年的精神，如何让青年人可知可感、可亲可近？如何克服虚无化、娱乐化、形式化现象，让爱国精神真正走进青年人心中？如何引导青年将爱国这个宏大的概念与自身每一件小事相连接？如何利用好本地文化资源让爱国精神赋能乡村振兴？这些问题都将在文中一一解答。

本报告的第二个亮点，便在于展开不同年代青年人的深度对话。习近平总书记在《论中国共产党历史》中强调："每一代人有每一代人的长征路，每一代人都要走好自己的长征路"，从前的青年，从风雨中来，到人民中去，忠于人民和理想共产主义事业；现在的青年，俯仰向天，无愧于心，清澈的爱，只为中国；将来的青年，坚持真理，担当使命，传承中国文化，践行红色精神。本报告聚焦革命先烈邓演达、邓演达后人鹿颈村村支书、00后大学生鹿颈村三代人，通过史料收集和深度访谈等多种方法，多角度展示三代人在爱国精神的引领下，在不同时代背景中，都选择向党组织靠拢，带领乡村人从"牛屎村"到如今成功创建"广东省宜居示范村庄""广东名村""广东省卫生村""广东省十大美丽乡村"的故事。身体力行诠释了爱国精神在回首中铭记，在缅怀中传承，在开拓中弘扬，让爱国精神永不变色，代代相传。

（点评人：刘雪梅）

乡贤村干部互动共进助力乡村振兴

——基于安徽省临泉、肥东县的调查

夏睿欣　　宋天辉[①]

摘　要： 习近平总书记在十九大报告中指出，乡村振兴战略、城乡一体化是乡村发展的方向。安徽省临泉县和肥东县总结当地特点发挥乡村优势，因地制宜；整合民间力量，努力发挥人民群众的力量；激发企业活力，利用创业带动就业，同时回乡大学生也扛起乡村振兴的大旗，将所学知识带入乡村振兴的每一个角落，促进乡村振兴的建设；当地政府加大乡村建设的扶持力度，共同促进乡村建设走得更稳，更深。当地以独特的乡村发展之路推进乡村振兴，让乡村发展和企业家通力合作建设美丽家乡。

关键词： 乡村；振兴；党民互助

一、初探肥东

2021 年寒假，我们来到了包公故里，对这里的农村建设情况进行了调查。小组通过对安徽省临泉县和肥东县牌坊民族乡的走访，探讨了基层民间互助力量对实现乡村振兴所具有的意义。

肥东县牌坊民族乡是安徽省唯一的少数民族乡，坐落于合肥市东南部，在包公故里滟河之水的滋养下，孕育出了包容万物的脾性，多民族的融合也在这里赓续绵延。而临泉县作为全国人口第一大县，曾是全国最大的贫困县，但当地人不

[①] 夏睿欣，广州大学新闻与传播学院 2020 级广播电视编导专业本科生；宋天辉，四川电影电视学院电视学院 2020 级影视摄影与制作专业本科生。

惧险阻、步履坚实，通过几代人的努力于 2020 年 4 月退出贫困县序列。

二、乡村振兴中的民间力量

调研发现，乡村经济发展曾出现诸多困局，农村资金不足，劳动力严重外流，留在农村的大多数都是老幼病残，党的政策在农村难以在分散的一家一户得到落实。而面对此种"艰难险阻"之境，当地政府广泛吸纳乡村企业家、乡贤，这些民间力量以自身的"深耕细作，奋楫争先"带动着整个乡村建设，使得当地面貌焕然一新。而这正与习近平总书记强调的"全党全国要统一思想，协调行动，开拓前进。乡村振兴既需要中国共产党扛大旗，也需要人民群众代表的民间力量相互扶持，共同努力建设美好乡村"不谋而合。

然而，虽然民间力量在帮助乡村建设方面取得一些不错成绩，但在自身建设和助推乡村振兴上却有诸多困难和不足。

首先，民间力量（特指乡贤和乡村企业家）对本地区的社会风貌、风土人情认识不够全面。据调查了解，有一部分乡贤和乡村企业家扎根本土，对乡村传统文化和乡村秩序都了然于心，在扶贫路上砥砺奋进谋求发展。但是，仍有个别人士对形势的判断不够前沿，正所谓："巧妇安能作无面汤饼乎？"部分民间力量心有余而力不足，无法真正思考社会主义核心价值观与乡村社会深度结合的方式。优秀传统文化的传播方式有待创新，加之后期思想教育的不足，弱化了乡村发展的基础。还有些新加入的大学生村官和新生力量则由于不熟悉环境，不了解当地实际情况，不了解当地传统而陷入困境。

其次，民间力量反哺形式存在单一性的情况。大多数民间人士都是捐钱捐物，这种捐献的模式形式单一，短期效果明显，但缺乏长期有效的支援建设效果。如小组实地考察的临泉县，采用民间捐款模式，同时聘用乡贤。虽然目前取得了不错的成果，但由于投资环境不理想，多为第一产业，缺乏产业支撑。大量土地荒废问题难以解决，发展的走向曲折。

再次，各地民间力量参差不齐，力量分散，信息闭塞，政府很难用统一标准去指导和支持。各地政府对于民间力量的沟通存在一定情况的信息延迟，有些地方缺少指挥和领导，造成一定的资源浪费。没有一个民间互助力量信息公开的窗口，缺少规范化的程序。

最后，目前民间互助力量的内部损耗巨大，导致互助模式事倍功半。随着经济的发展，农耕模式的解体，群众对于乡贤、乡村企业家的认同感逐渐减弱。多数乡贤早年便外出打拼，与乡亲之间的感情生疏，导致部分乡贤和乡村企业家不愿意返乡发展。从社会支持方面来看，乡村精英流失严重，留守的多是农民。这部分人群多数思想保守，对新鲜事物的学习能力参差不齐，具有长期形成的固化的自我心理结构，如果乡贤在短期内无法为其带来可见的现实利益，则很难在乡村立足。乡村的封闭性也或多或少带来了权力结构的封闭性，乡贤介入乡村治理后，个别村干部担心乡贤凭借自身的权威和影响力侵犯其既得利益，会在心理上排斥乡贤，部分地区存在乡贤面临着内生权力结构对外来力量的天然排斥性的压力、民间互助力量被削弱的情况。

当然，在走访中，有反思亦有收获，跟随着"安徽好人"元运竹的脚步，我们探寻了乡贤们的成果印记。

1. 乡贤自发带领致富，激发活力促就业——地方乡村企业家的爱心之举 [1]

元运竹出生在肥东县古城镇郑元村，2014 年他放弃了上海的高薪工作回到家乡。因为在他心中，最割舍不下的仍是家乡的那片沃野。正所谓"木之长者，必固其根本，欲流之远者，必浚其泉源"，在为家乡建设的长期实践中，元运竹正确剖析了农业的发展方向，引进上海现代化农业示范基地，走创新化道路。这一项目解决了当地五百亩土地的抛荒现象，吸收就业 60 余人，带动了周边农民的发展，精品南瓜、红心火龙果等优质农产品也在这里生根发芽，吸引不少附近乡村观摩，为当地农业现代化做好了典范。2019 年元运竹带领志愿队伍帮助当地贫困产业园销售了数十万斤滞销西瓜，贫困户收入因此翻了几番。

元运竹在开拓创新的同时，仍心系人民群众。在聘用失业农户的同时，培训他们专业技术，拓宽他们的就业渠道。正所谓"授人以鱼不如授人以渔"，农民们学会了技术和管理，不仅有了"看家本领"，更是为自己赢得了一份"铁饭碗"，成为周边企业争相抢聘的管理人员。

我们这次调研恰逢元运竹带领爱心劳模队给贫困户派送春节物资。据元运竹介绍，2018 年他带头成立了爱心劳模服务队。队伍涉及各行各业，有人大代表、爱心企业家、医生、公交车司机、"985"毕业大学生等。他们生活在这片土地，自发地投入乡村建设。以自身微小的力量汇聚在一起，为家乡做着并不微小的付出和努力。

---

[1] 许倬云. 万古江河［M］.湖南：湖南人民出版社，2007：599-600.

蹄疾而步稳，化蓝图为实践。元运竹在多年的实践中总结了一套符合当地情况的扶贫模式。即线上线下结合六个专项行动，分别是：产业扶贫专项提升行动、就业扶贫专项提升行动、易地扶贫搬迁专项提升行动、东西扶贫协作和中央单位定点扶贫专项提升行动、自然村组道路建设专项提升行动，以及 1 个专项提升行动——兜底保障专项攻坚行动 ①。

因地制宜，因人施策，在党的统一领导下，元运竹组织起了具有较大规模的队伍，担负起了建设美丽家乡的重要责任。

图 1　元运竹近些年发起的多种形式的扶贫活动
(来源：肥东县政府官网)

值得称道的是，肥东县有无数个"元运竹"的身影，他们或投身教育培育新苗，或躬耕农业孜孜前行，或投身商海搏击风浪。而正是各行各业民间力量如"星星之火"般汇聚，在党的统一领导下大大推动了乡村经济的发展，为牌坊民族乡的现代化进程迈下了稳健的步伐，也给当地乡村振兴的发展提供了巨大推动力。通过与民间力量的联合，农民的主动性增强，让当地更多人投身乡村建设，为乡村振兴添砖加瓦。如果说牌坊民族乡的成果是领头羊的长风破浪直上云霄，那么临泉县则是踵事增华共筑精彩。②

2. 聘乡贤为发展顾问，全县齐心致富路——全国最大贫困县的破局之路

临泉县曾是全国最大的贫困县，是闭塞、偏远、落后的代名词。2020 年 3 月，临泉县摘掉了贫困县的帽子，脱贫成果有目共睹。临泉县的发展除了党组织尽心竭力的谋划，还有乡贤、乡村企业家这些民间力量的大力支持。这次本调研团队把目光投射到这片土地，试图从中找到乡村振兴的良方妙药。为了改善农村居住环境，擦亮淮上明珠，营造党员干部带领着群众掀起了建设美丽家乡的热潮，向

---

① 李宁. 乡贤文化和精英治理在现代乡村社会权威和秩序重构中的作用 ［J］. 学术界，2017（11）.

② 范文忠. 让乡贤"荣归故里"［N］. 绍兴日报，2010–10–14.

广大父老乡亲发出了倡议书，按照自愿原则，乡亲们可以个人名义捐赠，也可以联合捐赠，无论是树木、花卉、路灯，都可以捐献到乡县政府或指定行政村，由政府负责统筹，确保物尽其用。该县企业家常昊捐款 10 万元购买路灯，早里村企业家王勇捐献 8.8 万元购买树木，南周庄乡贤捐献 30 多万元用于村内路灯亮化……短短一个月，便筹集价值数百万元物资，用于乡村绿化、亮化工程，效果令人叹为观止。

图 2　临泉县爱心捐赠现场

（来源：肥东县政府官网）

除此之外，还有许多出生于当地的大学生，扛起了乡村建设的旗帜，回乡担任扶贫攻坚干部、村委干部，帮助家乡建设和发展。凝聚心血和希望，不断追求，匠心筑梦。例如：

朱腊枝，90 后，群众眼中的才女干部，大学毕业，她先后担任临泉县陶老乡南天门扶贫专干，村主任助理，村主任，并在乡扶贫办锻炼，目前一直在致力于乡村建设。

陶仁凤，90 后，群众眼中的帅哥书记，从外返乡支持农村建设，2016 年任扶贫专干，2020 年任南周庄书记，致力于把南周庄打造成 3A 级景区，让南周庄成为全县休闲的好去处。

对于有想法有才干的青年干部，临泉县政府及各级政府把他们放在重要位置，大胆起用，同时聘乡贤为"发展顾问"，让他们在矛盾纠纷、社会风气引领、产业发展示范带动等方面，发挥出强有力的积极作用。这些在外地就业或创业的乡贤见多识广，目前多已成长为当地的中坚力量。

据统计，2017 年全国共有 21 个省区市新选聘 1.4 万名大学生村官，除个别民族地区外，新选聘大学生村官均为本科以上学历。截至 2017 年底，全国在岗大学生村官共 6.6 万人，其中大学以上学历的占 93.4%，中共党员占 66%。全国共有 3 943 名

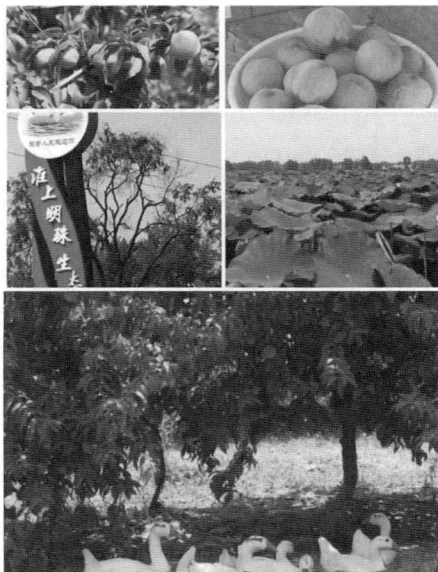

图 3　南周庄景区

大学生村官创业，其中，独立创业的 1 316 人，占创业总数 33.4%；合作创业的 2 627 人，占 66.6%；领办创业的 748 人，占 19%。共创办创业项目 3 071 个，领办或合办专业合作社 777 个，为农民群众提供就业岗位 49 211 个。与此同时，全国各地乡贤捐款源源不断，如开平市沙塘镇乡贤捐款 320 万元，南通市西锦村乡贤捐款 1 400 万元，南安市乡贤捐款 1.3 亿元。各地乡贤、乡村企业家慷慨解囊，帮助本地区经济发展，开设企业促进就业，办教育培养人才，极大地促进了乡村建设，推进了乡村振兴的实施。①

三、总结过去，展望未来

在实地考察两地的经验，总结过往教训后，我们也得出几点经验去改善当前民间力量使用时出现的问题。

1. 党组织切实帮助民间实施培训，组织起新一代优秀的乡村领导班子

对于新任村组干部以及后备干部，可利用上级党校培训、乡干部夜校、远程教育、"走出去""引进来"等多种方式和模式去培训、培养他们的业务能力。当地政府应该组织年轻干部与当地乡贤取得联系，让乡贤带领新任干部更快地了

① 赵浩."乡贤"的伦理精神及其向当代"新乡贤"的转变轨迹［J］.云南社会科学，2016（5）.

解当地实际情况。村干部也能在了解当前风俗的基础上更好地开展工作。并且，当地政府可以成立乡贤互助组，让乡村企业家帮助新的民间力量和民间团体，在建设美丽家乡上达成共识，通力合作实现乡村振兴的宏图伟业。民间一大批仁人志士，都在不同地方不同领域以自己的方式推动着乡村建设，虽默默无闻，但其中的实际意义不可估量，对于他们我们应该设立一些制度保障，做好监督，同时对优秀建设者给予适当鼓励。

据悉，中央组织部将按照中央部署和要求，在认真抓好大学生村官工作政策落实的同时，仍继续加强在岗大学生村官教育培训，强化管理考核，注重培养锻炼，引导和鼓励大学生村官实施乡村振兴计划。各级党委组织部应强化教育培训，从严管理考核，加强培养锻炼，着力提高大学生村官培养的针对性、有效性，帮助大学生村官更好地锻炼成长、发挥作用。据悉中央组织部会同农业农村部举办52 期大学生村官示范培训班，全年培训 5 120 人，重点向贫困地区和贫困村大学生村官倾斜。

2. 不拘形式，力所能及带动开展多种形式的乡村建设模式

地方政府应加大实业行办和引进力度，把建设模式从吸纳民间单一捐款和政府筹款建设，转移到通过市场机制多方筹资。积极引导农业产业规划生产，旅游开发，文化创意产业投资，实现乡村多方面、多层次发展。同时充分利用各阶层民间互助力量，采用线上线下相结合，发挥各阶层长处。如牌坊民族乡六个专项行动。民间力量在政府带领下组建了民间志愿者小队，充分发挥各行各业精英力量，因地制宜，因人施策，最大限度利用各种资源。

3. 拓宽信息资源网，加大对民间建设力量的支持和帮助

地方政府应提供信息公开平台，实现各地区资源共享，优化资源配置。同时加大鼓励群众机制，对民间力量大力宣传，让好事公开，好事传开，让好人有目共睹。这样的好处是：一是可以在更大范围增强社会正能量，带动更多的人参加乡村建设。牌坊民族乡志愿小队队长元运竹如此说道：好事不应该怕宣传，好事应该可以宣传，应当可以更大规模地宣传，让更多人加入我们，壮大我们，做好事不是见不得人的事情，无须躲躲闪闪。二是政府宣传民间力量，一定程度上也是对民间力量的肯定，对于好的东西不应该吝啬表扬，这是他们应该有的嘉奖和鼓励。

4. 发挥优良传统，利用自我组织的力量

传统中国，讲究仁义，江浙一带，乡绅常聚在一起商讨乡里大事、小事，聚

少成多帮助他人，这个历史可考。大家经济上的互通有无，在观念上学到了不同族群之间的互相包容、互相协调。

在乡村振兴战略实施的过程中，应通过赋予农民权利和责任，强化农民的自主意识和发展意识。唤醒农民的参与热情，释放出农民自主发展的力量，使农民成为乡村振兴的真正主角。在山东省新泰市龙廷镇，曾经"靠天吃饭"的掌平洼村，如今成了"全国一村一品示范村"。1967 年，为彻底解决农田灌溉和村民饮水问题，村民自发组织，经过近 10 年的努力，建成井口直径 18 米，井深 26 米，井壁建有台阶 108 级，共用石料 30 000 多方的古井，取名"螺旋井"。如今螺旋井不仅是一处特有的景观，更是掌平洼人发扬"自力更生、艰苦奋斗"精神的见证，同时激励着全体村民拼搏前进、干事创业。党的十九大提出乡村振兴战略以来，掌平洼人整修环山公路，打造出了观老井、住石屋、采林果、吃农饭为一体的乡村特色旅游路线。乡村振兴，根在农民。把根扎深，乡村振兴方能走得更快、更稳。

5. 规范民间力量，政府做好牧羊人

乡贤和乡村企业家的回归以及志愿队伍等一系列民间力量，有利于引入外部资源参与乡村建设：他们可以凭借在乡村"熟人社会"中的话语权，协助政府解决"想办而无力办"的事。并且，民间力量可以在村干部与村民之间充当沟通的桥梁，弥合双方分歧，增强互信，缓解对立。我们虽然大力提倡乡贤文化的回归，提倡发挥群众民间力量，但应该具体明确的法律法规，地方政府应探索出台一些指导意见。完善制度规范和回归的运行机制，加强民间力量与政府各司其职、密切配合。从乡贤与地方政府的关系来看，乡贤可携带较强的政治资源和经济资源介入地方，尤其是在"弱乡弱村"，但要预防民间力量的话语权过重。在实际运行过程中，不能让乡贤越位，仍要把大局握在政府手中，防止乡贤、乡村企业家意志强加于地方。如果民间力量错位，会很容易"势力化"。各县乡镇政府应该利用行政力量对乡贤和乡村企业家及志愿队伍进行管理和监督。

根据以上几条建议进行软性改造，民间力量必将为乡村振兴大计带来更强大的推动。

致　谢

感谢安徽省临泉县和肥东县县委。2021 年寒假期间我们团队走访民间，将自己所学专业知识带进乡村，了解乡村文化，观察乡村发展，感受乡村温暖。另外，也非常感谢我们的指导老师陶冶教授和毛芳瑶老师，两位老师在我们的创作上给予很多的帮助和建议，包括前期的策划和后期报告的撰写，让我们更进一步感受乡村文化带来的意义和价值。

（指导老师：陶冶，广州大学新闻与传播学院教授、硕士生导师；毛芳瑶，广州大学新闻与传播学院讲师）

点评

激活青年力量，赋能乡村振兴

党的十九大报告指出，农业、农村、农民问题是关系国计民生的根本性问题，必须始终把解决好"三农"问题作为全党工作的重中之重，实施乡村振兴战略。党的十八大以来，习近平总书记一直高度重视青年人到乡村一线建功立业，强调"乡村振兴，人才是关键"，要求"积极培养本土人才，鼓励外出能人返乡创业""通过第一书记、大学生村官、农村工作队等形式筑牢基层党组织"，寄语大学生村官"热爱基层、扎根基层，增长见识、增长才干，促农村发展，让农民受益，让青春无悔"……青年力量的参与形式多种多样，本次深入乡村调研的大学生团队也切切实实努力发挥出了自己的力量。

少年强则国强，青年群体对于乡村问题的关注于国家乡村振兴战略计划的推动和实践具有深远的重要意义。作为青年大学生，调研小组通过对安徽省肥东县和临泉县的调查和走访，发现乡村经济发展出现了诸多困局，如农村资金不足，劳动力严重外流，等等，党的政策在农村难以在分散的一家一户中得到落实。与此同时，调研还发现，在治理过程中，以农村乡村企业家、乡绅、乡贤为代表的民间力量发挥了巨大作用。

此次调研报告中非常突出的一点就是体现了团队成员们对乡村现实问题的敏锐捕捉。通过实地走访并挖掘乡贤自发带领当地百姓发家致富的真实案例，团队感受到了民间力量在乡村振兴路上发挥出的强大助力。这是一批从当地成长起来的各行各业的精英人士，他们从这片土地走出去，在吸收了丰富和先进的行业经验后再度回归家乡发展事业。人的一生有很多"情"，比如父母情、夫妻情、儿女情、朋友情，但还有一种叫作"乡邻情"，这是溶于中国人基因中的地缘情感。积极发挥本地乡贤的先进作用，基于乡土之爱凝聚出一股区域向心力，走出一条致富道路。

不仅如此，在本次调研中团队进行了深入的思考，积极发挥了主观能动性，提出了具有一定参考价值的建议。尽管民间力量在帮助乡村建设时取得了一些不错成绩，但团队仍能发现并指出其中的不足之处，如民间力量缺乏对本土社会风貌、风土人情的全面了解，民间力量反哺形式较为单一，各地民间力量参差不齐，以及民间力量存在内部损耗等。在此基础上，调研团队建议党组织对当地民间力量实施培训从而提升其业务能力，地方政府开展多种形式的乡村建设模式并加大对民间建设力量的支持和帮助，而民间需要充分发挥自我组织的力量并适当进行规范。

"功以才成，业由才广"，实施乡村振兴战略的核心在于人，青年正是最富有生命力、创造力的群体，是关键所在。鼓励青年走向基层，了解农村真实面貌并积极献策献议，不仅是对青年人才的锻炼，更是振兴乡村的需要。在本次调研过程中，团队成员敏锐发现了中国乡村地区目前在振兴发展过程中面临的困境和难题，并在思考之后给出了自己的回答。青年是乡村振兴的希望，本次团队中的青年同学们在调研中满怀斗志、脚踏实地，共同为助力乡村振兴贡献了自己的一分力量，值得鼓励！

（点评人：毛芳瑶）

佛山祖庙：铁军精神引领基层治理
创新聚合群众力量

王映骅　何铭鑫　王鑫轶　刘泳琳　纵　升　吴嘉燕　揭慧怡①

摘　要：基层治理，是习近平社会主义新时代国家治理的重要环节。特别是在疫情防控进入常态化的阶段，基层治理具有不可替代的作用。中国特色的基层社会治理，是中国共产党领导下的基层社会治理，是党的领导与基层社会治理的有机统一。位于广东佛山的祖庙街道，以本土革命烈士陈铁军不怕牺牲、服务群众的"铁军精神"为引领，挖掘红色资源，创新社区服务模式，在红色热土上进行基层治理的新探索。本调研作品将以当代大学生为视角，贴合基层人员的工作实际，选取有情怀有温度的实例，展现红色革命精神在当代的可见可感之举；结合社区传播网络结构及媒介化治理等知识，剖析新媒体技术带来的发展新动力，总结出具有开创性、可推广性的基层治理"祖庙经验"。

关键词：基层治理；铁军精神；媒介化治理

一、研究背景、目的与方法

（一）研究背景

社会治理是国家治理的重要方面，而基层社会治理是社会治理的重心和基础。中国特色的基层社会治理，与西方国家相比有一个显著的特点和优势，即它是中

---

① 王映骅、何铭鑫、刘泳琳，广州大学新闻与传播学院 2019 级广播电视学专业本科生；王鑫轶，广州大学新闻与传播学院 2018 级广播电视学专业本科生；纵升，广州大学新闻与传播学院 2020 级广播电视学专业本科生；吴嘉燕，广州大学新闻与传播学院 2020 级广播电视编导专业本科生；揭慧怡，广州大学新闻与传播学院 2019 级播音与主持艺术专业本科生。

国共产党领导下的基层社会治理，是党的领导与基层社会治理的有机统一。党的十九届四中全会明确指出："健全党组织领导的自治、法治、德治相结合的城乡基层社会治理体系""加快推进市域社会治理现代化"。这些新命题的提出，对新时代基层社会治理提出了新要求。[①]

在我国，基层治理的先进典型盘活红色资源，创新服务模式，将城市治理、群众自治的末梢切实打通，发挥着战斗堡垒的作用，提升了人民群众的幸福感和获得感。

总结先进经验，让党旗在基层高高飘扬，让涌动在国人血脉中的红色基因迸发新的活力，在党的新百年征程、现代化新追梦的进程中有突出意义。

（二）研究目的

本研究旨在深入基层，挖掘基层治理中的红色基因，发掘"铁军精神"与当地人民的时空勾连和精神联结。以当代大学生的视角，贴合基层人员的工作实际，选取有情怀有温度的实例，展现红色革命精神在当代的可见可感之举；结合社区传播网络结构及媒介化治理等知识，剖析新媒体技术带来的发展新动力，总结出具有开创性、可推广性的基层治理"祖庙经验"；同时将调研过程中队员的实际感受和通俗化、有时代特征的网感语言穿插于调研报告和视频中，增加可读性和趣味性。

将"铁军精神"的内核提炼为不局限于地域的"祖庙经验"，为中国特色基层治理树立典型和范例，贡献佛山智慧、广东智慧。

（三）研究方法

1. 实地调查法

本小组深入祖庙街道，对当地红色资源进行系统盘点，记录当地对于红色资源利用的特色，将发生在地方上的故事进行实地记录和整理。

2. 深度访谈法

本小组成员运用深度访谈法探寻祖庙街道基层治理的概况。在拟定采访大纲后，通过比较具有代表性的楼长、党员代表、社区工作人员的采访了解苏区精神对当地人在发展上的影响和思想精神上的浸润。利用采访学知识，挖掘被访者的

---

① 王大广.党建引领基层社会治理的首都实践及其现实意义［J］.上海交通大学学报（哲学社会科学版），2021，29（1）.

精神内核与红色基因的契合与联系。

3. 文献调查法

通过查阅国内外相关文献，研究整合关于苏区镇历史文化研究成果，寻找有利的资源。

4. 参与式观察法

小组成员参与到南浦社区组织的具体活动中，观察参与者的精神面貌和热情，发现开展活动的精神价值和信念追求，进而明晰地了解该社区基层治理的活跃度和参与度。

二、调研主要内容

（一）调研过程概述与分工

本次调研选取广东佛山祖庙街道为对象，调研时间为 2021 年 1—3 月，地点为祖庙街道及其下属社区与陈铁军纪念馆、铁军公园；调研方法以实地调查法、深度访谈法为主，文献调查法、参与式观察法为辅，把革命人物——陈铁军的生平经历及其代表的精神内核作为开展调研的基础，通过走访祖庙街道办下属社区，采访基层工作者群体——党员楼长，亲身体验新时代社区服务的新模式，了解该片区基层治理措施和红色文化继承传播的具体情况，结合对基层民主治理及媒介化治理相关文献的研读借鉴，以调研报告的形式呈现大学生视角下鲜活的基层人物、红色故事。

表 1　调研内容与分工

	确定选题	包括调研选取的角度、备选方案等（1 月 25 日）
准备阶段	撰写视频脚本	包括内容编排、结构分布、感情色彩起伏等（1 月 27 日）
	联系调研对象	收集祖庙街道有关部门联系方式；与负责人确定实地调研时间（1 月 30 日）
	收集资料	包括文字材料、视频素材、学术文献（1 月 30 日）

（续上表）

制作阶段	实地走访	走访祖庙街道下属社区，了解党员楼长制基本架构，采访党员楼长群体，亲身试用共享社区小程序（2月3日）
		参观陈铁军纪念馆、陈铁军故居，实地考察铁军公园红色文化建设（2月4日）
	制作视频	拍摄社区建设、共享小屋、党员楼长、与铁军相关场所的画面（2月3—5日）
		根据素材进行剪辑，突出人物的独特性与故事的趣味性（2月6—16日）
		撰写解说词，对视频进行配音（2月17—19日）
汇总阶段	撰写调研报告	调研报告小组进行分工（2月19日）
		根据视频成品撰写调研报告初稿（2月20—22日）
		综合指导老师意见，完成终稿（2月23日）

（二）调研具体内容

头可断，肢可折，

革命精神不可灭。

志士头颅为党落，

好汉身躯为群裂。

这是广州起义的英雄周文雍1928年1月被国民党反动派杀害前留下的题壁诗。周文雍和他的革命伴侣陈铁军用鲜血、用生命写就了共同的奋斗夙愿。

1. 铁军佳话：一段祖庙人心向往之的故事

2020年9月30日，一场盛大的公祭活动在广东省佛山市禅城区铁军公园举行，学生代表、党员代表、部队官兵向公园中央的陈铁军烈士雕像敬献花篮。清风摩挲，肃穆虔诚。

陈铁军，一位名字中流露出铮铮血性的女子，一位为了人民勇敢面对敌人枪口的女儿，一位正当璀璨年纪舍生取义的女孩，今天，她的精神一次次在人杰地灵的岭南佛山被提起，成为人们心中不灭的灯，化为新时代佛山人的精神力量。

"正是革命到了紧急关头，才需要不怕危险的人。为大众的幸福而被杀头，也是我的幸福。"这是陈铁军面对敌人的铁血誓言，她用自己并不伟岸的身躯、极度短暂的人生，诠释了一切为了人民的宏愿，诠释了对岭南热土的赤子之心。

　　陈铁军，原名陈燮君。1904 年 3 月生于广东佛山。求学期间，为追求进步，决心加入中国共产党，她将原名燮君改为铁军。大革命失败后，受中共党组织的派遣，陈铁军装扮成周文雍的妻子，并参加了广州起义。1928 年，大年初五，陈铁军被叛徒出卖，与周文雍同时被捕。在狱中，他们备受酷刑，坚贞不屈。反动派无计可施，判处他们死刑。在坚固冰冷的铁窗下，周文雍缓步走到陈铁军跟前，和她并肩而立，神态自若，大义凛然，拍下了一幅临刑前的双人合影，作为给党和同志们的永别留念。

图 1　佛山铁军公园内的陈铁军雕塑
（来源：王映骅摄）

　　2 月 6 日，敌人将周文雍和陈铁军分别押上手拉车，解赴红花岗刑场。临刑前，他们决定举行特殊的婚礼。刑场上，寒风呼啸，满天乌云，陈铁军把自己围着的大围巾的一角，披在周文雍的脖子上，然后两人手挽手地并肩站立。在敌人的屠刀面前，陈铁军和周文雍向群众作了最后一次演讲："同胞们，我们为解救中国人民的苦难而奋斗，最后胜利是属于我们的！"

　　敌人的枪响了，二人中弹倒下。周文雍用尽最后一丝力气，顽强地挣扎着支撑起上身，向群众呼喊着："同志们，革命到底！"在广州红花岗刑场，两位气吞山河的年轻共产党人面对敌人的枪口，把刑场作为结婚的礼堂，把反动派的枪声作为结婚的礼炮，从容不迫地举行了婚礼。其婚礼之悲壮，空前绝后。

　　2. 历史上的"铁军精神"：抗争与革命的矢志不渝

　　当五四运动浪潮席卷全国时，十五岁的陈铁军拉着妹妹铁儿在街头听演讲、看传单。游行队伍浩浩荡荡，进步女青年们大声疾呼反对帝国主义，反对封建主义，提倡男女平等，提倡民主和科学，像春雷一样唤醒了铁军幼稚而热烈的心。

　　她虽曾为封建婚姻所困，但被新思潮唤醒后毅然决然选择把全部精神放在学业上。1925 年五卅惨案发生之后，陈铁军带着同学们冲出校门，满怀激情地挥着旗帜，高呼反帝口号，和群众一起参加游行，参与和组织省港大罢工。沙面租界的英、法军队，残酷地向游行队伍开枪扫射，造成了流血惨案。在这次游行中，陈铁军深深相信群众的伟大力量。血的事实教育了她，妇女要真正解放，人类要得到真正的幸福，只有在中国共产党领导下进行斗争。陈铁军参加"新学生社"，和广大进步青年一起高举反帝、反封建的旗帜，为革命斗争不懈。

1926 年 4 月，陈铁军加入了中国共产党。从前，她的名字叫燮君，从这时起，她改名为铁军，表示跟旧我决裂，誓把一切献给党的革命事业。①

历史上的"铁军精神"，是为民族解放、革命胜利至死不渝的奉献精神；是坚定共产党领导，保持高度纪律性的自觉精神；是不屈不挠，一往无前的革命英雄主义精神；是联系群众，忠于人民，全心全意为人民服务的公仆精神。

时至今日，"铁军精神"仍然有着无尽的感染力，它如同春风化雨般，在基层的泥土中生根发芽。

3. 铁军精神的基层传唱：歌声渐强，化为可见可感之实举

江山留胜迹，我辈复登临。在陈铁军烈士曾经抛洒热血的旧地，在她精神氤氲的沃若土地上，生活着新一代的祖庙人、佛山人、岭南人，传承，在悄然无声地进行。珍惜红色资源，充分挖掘精神力量，一代代人的实际行动，让"铁军精神"真正融于佛山人、祖庙人的实际生活，成为人们共同保有的红色记忆。我们脚踏这片热土，记录着，感受着。

（1）铁军公园。

走进这里，便能看见陈铁军烈士的全身雕像，英姿凛立、气度非凡，百年前的场景忽又在我们的眼前重现。她的目光依然坚定，即使是雕像也难掩其英姿神采以及透露出来的抗争之决心。

铁军公园建成后，每年清明节都有中小学生、共产党员、市民自发前来祭奠。

2015 年，佛山市在铁军公园一旁筹建了陈铁军纪念馆。馆内的陈列室设有陈铁军烈士的石膏半身像、介绍陈铁军烈士事迹的展览以及陈铁军生前用过的各种实物。纪念馆中铺陈开一位革命儿女的生活图景，从一件件遗物上可以看到立体而流动的红色精神传统。"铁军精神"光照后人，大家闺秀、巾帼女儿，时代洪流、阶级洗礼，革命启蒙、先锋战士，铁心不移、奋不顾身，烈火金刚、舍生取义，宁死不屈、英勇献身，高风亮节、永垂不朽，青年楷模、万世敬仰这几个主题，以鲜活的革命实践故事、革命的牺牲精神和人民至上的奉献情怀，昭示着祖庙群众和佛山群众。纪念馆内充分运用照片和剪报全面真实地介绍了陈铁军烈士一生为革命英勇斗争的可歌可泣事迹。

---

① 陈铁军的革命事迹 [EB/OL].（2018-09-02）[2022-04-30]. http://www.gdscy.com/gdhswh/index.php?s=/Show/index/cid/62/id/292.html.

游览铁军公园，走访陈铁军纪念馆，使陈铁军这一革命人物的画像在调研队员们的脑海中也越发地清晰明确。

（2）陈铁军故居。

陈铁军故居，陈铁军青少年时居住和活动过的旧址，坐落于禅城区祖庙街道，长期开放供民众参观。这座青砖所建的清代民居建筑结构保留完好，虽经过其后代的修葺改善，但也不妨碍我们从中窥见其家庭和生活环境。她虽生于富庶的家庭，但没有沉溺于现状，反而走上革命的道路，爱国为家、英勇斗争，实为我辈之学习模范。室内尚保存着陈铁军住过的卧室和使用过的红木家具，以及文房用具、印章，亲手刺绣的丝巾和手迹。

展览中，涵盖陈铁军童年时期和家人的合影、求学时期和同学的合影，还有自述手稿图片等。其中最珍贵的照片就是陈铁军和周文雍就义前在牢房铁窗前的合影。照片中，陈铁军和周文雍两人表情凛然坚定，对即将到来的死亡毫不畏惧，令观者动容。

故居向我们展现的陈铁军，不仅有英勇无畏女英雄的一面，还有温婉柔情的一面。但正是因为多面化的反差，更让人感受到在危难面前铁军精神的震撼力之大。

在陈铁军烈士曾经披肝沥胆奉献过的热土上，她的铮铮铁骨仍然照亮着一代代人的青春，一代代党员同志接续奋斗。在铁军的故里，有一条"首善之街"，这里的人们致力于探索铁军精神引领下的新型基层治理，成果丰硕，成功将红色记忆，续写为共同的红色信仰。

这里，就是"佛山初地"——祖庙。

4. "铁军精神"的时代传承创新：从铁军中来，向群众中去

治理，是一份具有很强系统性的治国议题，因而作为一个社区、一个街道所承载的是具有立体感、具体化的全面职能。基层治理的思想核心是改革、创新、稳定，而实现基层治理的必要之举就是加强制度创新、方式创新、思维创新，为基层社区营造良好风气。

祖庙街道的党组织，在"铁军精神"的深刻鼓舞下，切实把群众放在心头，思群众所思、想群众所想，在基层治理的全面布局下完成有地方特色的创新，将"铁军精神"落实到工作细节，既是传承，更是新的延续和创造，通过基层党员干部"共享社区""党员楼长制""文化祖庙"，祖庙街道实现了媒介化治理的新路径与共建共享的基层党建的串联，为基层治理的大题，交出了祖庙经验、佛

山答卷。

（1）基层党员与"铁军精神"的精神联结。

"我叫陈凤仪，是祖庙街道南浦社区的一名党员楼长，今年是我参加社区治理工作的第 19 个年头了。"

采访前，陈阿姨早早地来到约定场地，我们的调研队员一眼便认出了身穿红马甲的她。上前问候后，队员拿出准备好的提纲，递给她，阿姨用手握着，逐字逐句把问题念清，还不时笑着向我们婉言"这些问题好难啊，我都不会答"，也不时乐着重复"其实我做的事，真的没什么"。

19 年来风雨无阻的社区服务，疫情期间身先士卒的奉献精神，让她受到了社区居民的喜爱，也成为祖庙街道一带小有名气的"红人"。

图 2　党员楼长陈凤仪正在接受调研队采访
（来源：何铭鑫摄）

2020 年初，南浦社区并不如现在这般井然有序，这里有常住人口 60 多万、独栋楼宇 6 000 多座，地域上相互穿插，物业管理不到位，加之疫情肆虐，这本就是对祖庙街道基层治理能力与治理体系现代化的一场前所未有的大考。

"要真正化解小区长期以来存在的矛盾问题，要做的工作很多，也可以预见其中的难度，但只要党员带头引领，大家齐心合力，我们有信心做好各项工作。"退休 19 年以来，身为党员同时也是社区党支部副书记的陈凤仪一直为社区事务奔走，现在有了小区党组织，每位党员都不再是单打独斗，在小区党支部的平台上，党员楼长可以齐心协力、施展所长，共同参与社区共建共治共享。这是楼长制度在祖庙街道群众身边真实发生的缩影，专人负责、多方协调、群众自治在楼长制探索中发挥出不可替代的优越性和实践价值。

在走访过程中，我们发现社区工作人员对于革命烈士陈铁军以及关于她英勇就义的凄美故事都有一定的了解，每个人都能说出个所以然，特别是年龄稍大的党员楼长，话语中都能体现对于铁军精神的敬佩和自豪。

"我们党员楼长的队伍名称就叫铁军队！疫情期间还有人叫我们铁军突击队！就好像回到了革命年代一样。"谈论起"铁军精神"，陈阿姨满脸笑意，经历过新中国成立、上山下乡的她更能明白和平年代的来之不易。

"早在2014年，祖庙街道党委便开始着手发挥铁军公园红色教育阵地作用，以铁军形象为闪光点，以老红军战士为榜样，大力弘扬红色基因，打造我们的党建信仰。在此过程中，我们发现红色文化的传承让辖区的居民和党员群众很有归属感。据此，我们对红色基因内涵不断扩充，经过两年的运作以后，我们的志愿者团队开始授大旗了。志愿者和我们社区要做好什么呢？那就是传承。"祖庙街道铁军社区党委书记芦丽萍告诉调研队成员。

疫情期间，祖庙街道将陈铁军烈士不畏艰苦、不惧牺牲的"铁军精神"传承到疫情防控阻击战中。街道成立片区疫情防控一线临时党支部，组建涵盖1 722名党员的62个党员铁军突击队，深入社区、企业等一线"阵地"，构筑疫情阻击红色防线，宣传企业复工复产政策要求；成立党员志愿工作队52个、党员3 200人，引导群团组织积极协助开展健康宣教、线索征集和人员排查、小区卫生消杀等工作。

一名党员，一面旗帜；一个支部，一座堡垒；一个有幸福感的美好社区离不开一群默默奉献、燃烧自己的基层服务者，他们用行动和真心为大家的生活排忧解难，为社区添砖加瓦。他们，是铁军精神的践行者，是革命文化的传播者，是红色基因的继承者。

（2）"共享社区"的新尝试获群众认可。

走进南浦社区的共享小屋，温馨感扑面而来。储物柜中摆放着各式共享物资：经典书籍、工具箱、医疗物品……还有供社区老年文艺团表演使用的缎扇、纸伞等物品，这些都是由社区居民和工作人员自发提供的。除此之外，共享小屋作为公共物理空间，本身就是共享资源的一部分。在南浦社区有许多的能人巧匠：大学音乐老师、书法协会主席、木版年画非遗传承人……他们拥有独特的技能，一定的建树，而这也成为共享社区建设的资源，社区邀请他们担任文化宣传、技能学习活动的主讲人，定期开课，亲身体验，这不仅丰富了居民们的精神生活，也拓宽了"共享"这一概念在社区的落实路径。

在人与人之间相互信任的基础上建立"物品""技能"的共享服务关系，充分利用家中闲置资源或发挥个人技能特长，打通供应和需求两端，以"爱心积分"兑换服务的形式，激励党员志愿者和居民群众参与共享的热情，促进邻里之间互助共享，通过这种点对点、人与人之间建立"物品"和"技能"的共享服务关系，祖庙街道逐步形成熟人社区的共享生态链，打造出"我参与·我共享·我快乐"的共建共治共享的基层社会治理新格局。

然而，共享社区的故事并不仅局限于此。

2018年初，祖庙街道成为禅城"共享社区"党建项目试点，项目旨在建立"共享模式"，采用积分管理形式，将居民的需求清单与党员群众的服务清单对接更加智能、精准，为此，项目组引进了区块链技术，搭建"和谐共享社区小程序"平台以及开发"共享社区"App，运用大数据处理、信息化技术创新社区的服务方式，精准推送社区活动，实现线上新媒体平台与线下实体共享空间的联动。

打开"和谐共享社区小程序"，有社区活动、个人互助、微心愿、共享物品、积分商城等板块，选定关联区位后，就可以针对所在社区进行一系列的共享活动。当然，社区居民也可以选择自行发布活动，表达自己的困难、需求和心愿，在小程序内，每个人都是社区生活的主人公，真正实现了社区—居民的双向满足。

为了提高居民使用小程序的积极性，社区还在小程序中实行了积分项目，阅读宣传文章、浏览红头文件、参与和发布社区活动、共享个人物品都可以获得相应的积分，累积一定的积分可以在积分商城处兑换便民优惠券和实用小礼品。我们调研队的成员也尝了一下鲜，仅仅用了不到两个小时的时间就累积了30积分，兑换了一张10元的停车优惠券，可以说是既实用又好玩。

据统计，目前祖庙街道已有15.6万人注册"和谐共享社区小程序"，举办超过3 500场活动，提供19万余件共享物品，共享技能9大项40余种，受益人数超过10万人次，实现全区92个社区的全覆盖，成效喜人。

（3）媒介化治理：新技术传承新动力。

依托新媒体技术，祖庙街道形成了公众号、客户端、党员联系微信群的新媒体矩阵，涵盖基层党组织主导的大众媒介的发布平台以及居民创建的社交网络。

想要了解社区动态，获取活动图片？"祖庙微新闻"公众号助你掌握一手资讯，一日一更，堪比"微博大V"。想要阅读时事新闻，参加志愿活动？"祖庙社区"客户端是你丰富社区生活的不二选择。有问题，有困难，找不到反映渠道？楼长微信群、妇委服务号等各类群组为你搭起方便快捷的沟通桥梁。

两个传播网络，两重传播，祖庙街道巧妙运用新技术，传承发展新动力，创新治理新形态，使群众真切行使自己的权利，落实个人义务，让社区工作更加扎实，落到实处、掷地有声。

三、总结与建议

1. 祖庙经验红色魂

重新挖掘红色资源的精神动力，是本次针对祖庙社区基层治理调研的重要经验。以得天独厚的红色资源为底色，党员和群众都从中汲取到丰富的精神养料，在工作上，坚持以人为本，敢于突破和创新，将创新应用于民、造福于民。以共享社区为主的新组织形式，帮助群众找到集体，重拾集体的力量，打造共享新发展理念下有凝聚力、有战斗力的社区团体。以党员楼长制为核心的新管理制度，优化党群关系，让群众的表达能实时为党所知、为党所闻。以群众为本的服务方式打开群众工作的新模式，精准对接基层群众的需求，党员身先士卒，让党员的身影永远在场、党的感召随时在线。以红色文化、广府文化涵化群众，大力推进新时代文明实践工作，营造"大爱祖庙"的浓厚氛围，精心打造岭南文化新高地，并在此基础上弘扬"铁军精神"，达到革命红色精神的回归。

新型治理、文化引领、基层党建。在祖庙，三项工作找到了统一于"铁军精神"的切口。回归红色精神，切实思考红色精神见诸时代任务的打开方式，是祖庙提供给基层治理的"祖庙方案"。

未来，祖庙街道将继续发挥小区党支部的"桥头堡"作用，营造共建共治共享的社会治理格局，为佛山市争创全国市域社会治理现代化试点城市贡献祖庙力量。

2. 青年人，有话说

平凡造就伟大，调研过程中我们看到了当今祖庙社区的每一位人民服务者都在自己平凡的岗位上身体力行地践行着红色精神，也因此带来了社区的和谐安定、便利舒适，这种精神值得学习传递。感谢这次挑战杯红色专项活动给予的机会，让我在调研实践中体悟到"红色"鲜活的生命力；"红色"其实离我们并不遥远，它不仅是历史上存在的，在我们步履蹒跚追求幸福的过程中它始终存在，引领我们通往正确的方向，激励我们脚踏实地地迈步前进！

——调研队成员：纵升

"熟知非真知。"对于熟悉的城市社区，似曾相识的基层人物，在此实践调研中，我也学着去打破熟知的"理所当然"，挖掘其背后深层次的意义，并予以呈现。从视频主题确定到视频方案准备，从实地调研拍摄再到后期剪辑。这次调研教会我要有构建视频、讲好故事、挖掘事实的能力和素养。而身为一名新闻专业学子，此次深刻的实践经历亦为我未来入职积攒了经验、夯实新闻人基本功！

——调研队成员：何铭鑫

祖庙街道的基层治理多是一个社区一个社区地对自己生活的环境一起做出改变，但每个社区里总有那么一群人——党员楼长们，她们甘愿用自己的空余时间付出自己的行动做一些社区里琐碎的事情，帮忙反映和解决居民的问题。我能看到的是一群有责任心、热情的人们，这也是我看到社区的管理中最与众不同的一点。此外，通过走访一些社区我们能够发现在互联网发达的环境下，很多社区都会利用微信，创建社区 App 等媒介化应用去交流和及时解决问题，也让我们能够对目前社区的成效做出肯定，对全国之内的其他更多社区做出更有效的治理充满期待。

——调研队成员：吴嘉燕

从铁军精神，到基层治理，祖庙街道的答卷收获了来自人民打出的"高分"。从群众的需求看问题、与人民同心解决问题，这是来自"铁军精神"的"祖庙特色"，更是祖庙街道奉献给社会的"祖庙方案"。

在祖庙微新闻公众号，三年的新闻资讯中有103篇围绕着"铁军精神"展开，是党员对于红色基因的率先垂范，才让铁军真正留在了千百居民的心中。

时光流转，这位昔日的时代革命者，一直看着佛山的城市发展，它激励着千千万万佛山人，使我们不断努力奋斗。

——祖庙微新闻微信编辑小组

致　谢

感谢佛山市禅城区祖庙街道南浦社区在寒假期间给予团队格外珍贵的机会，去深入了解和学习"铁军精神"在新型治理、文化引领、基层党建下切切实实发挥的作用和力量，以及感谢本次的采访对象——党员楼长陈凤仪的积极配合和悉心指导。本次实践于团队而言是一次"学史明理、学史增信、学史崇德、学史力行"的深刻红色教育，促使成员们争当新时代下红色精神的传承者和实践者。

用我赤诚之心，从铁军中来，到群众中去，我们需要有像党员楼长陈凤仪这样的力行者，讲述着在红色基因孕育下的新变化，带领人们激活红色基因，迸发出红色力量，也更需要将他们的故事利用多元化的传播媒介分享给当代青年，更好地感悟革命先辈之精神，汲取精神力量，化思想自觉为行动自觉，加强自身的党性教育。

（指导老师：李鲤，广州大学新闻与传播学院教授、硕士生导师；唐若寻，广州大学新闻与传播学院讲师）

点评

青年人的问道与治学

作为新闻学的教师，常有青年学子来相问，我们如何"把学问写在祖国的大地上，写进人民群众的心坎里"？习近平总书记在参加全国政协十三届二次会议文化艺术界、社会科学界委员联组会时提到，"哲学社会科学工作者要走出象牙塔，多到实地调查研究"。

是否可以这样理解，我们社会科学既要和着泥土的清香，有调查研究，有清晰的研究领域与问题意识，有"科学"的样子，也要有自己的使命感和责任感，把学术创新同家国命运紧紧结合在一起，尤其是对人文精神的追寻。正所谓，问道与治学，不可偏废。

这篇调研报告的亮点，在于不仅关注了基层治理这一具有学理性、前沿性的问题，注重了科学调查方法的使用，还体现在这两个方面：

一是对人文精神的关注，社会科学研究离不开承载它的文化。社会科学研究的不同领域有不同的文化背景。基层治理既是关乎系统性的国家治理问题，也是具有鲜明地域特色的地方性问题。有着优秀红色精神传承的祖庙街道，如何承袭、发扬并创新性地应用"铁军精神"，回应基层治理的时代新命题？在此，研究团队在研究的思路、设计、方法上，充分考虑并凸显了地域化的文化特点，将其与本地的红色革命精神相互勾连，力图寻找到具有独特性的基层治理"祖庙经验"，这是一种难能可贵的尝试。

二是青年研究者们，将个人的生活经验、感悟，以及与被研究对象的共命运感融入调查研究之中。比如我们看《哈佛中国史》和《剑桥中国史》，虽然其中不乏体现西方科学精神的学术范式，但这些"外来"作者，缺乏对中国本土感同身受的体验，写作的文字难免会给人留下"冰凉"的感觉。而本研究团队将来自一线的实际感受和文化体验，纳入调研作品的呈现、分析之中，这些带着真情实感的文字和影像，与科学研究的规范性相互呼应，往往更能够触碰人们的心灵。

虽然如何平衡社会科学研究中的科学与人文精神，恐怕永远是一个没有确定结论的问题，但青年学子对问道与治学的追寻、勇气、践行，始终让我们为之赞叹！

（点评人：李鲤）

变化中不变的赤色

——广东省茂名市寻访红色基因纪实

马思慧　伍泳昕　吴淑芬　黎婉珊　丘海霞　凌启发 [①]

摘　要： 在新时代背景之下，"传承"成为新一代青年讨论的热点词。为探索新时代中个人红色传承责任，本小组通过现场采访、查找历史影像资料的方式收集研究资料，依据"追溯红色记忆、访谈红色人物、挖掘红色故事、体悟红色文化"的逻辑路径，深入共产党员的故事里，以探寻自我定位、传承红色基因、践行初心使命。本小组秉持"于平凡中挖掘伟大"的研究态度，选取"30后"抗战老兵与"90后"抗疫护士为访谈对象，在结合史实资料与访谈语录的基础上，以"'逆'而为生""'逆'而为战""'逆'而为民"为故事叙述逻辑，以两位访谈者的故事为出发点，在不同背景下挖掘二者共同的赤色精神与品质，而后联系实际、结合具体生活情况论述个人与国家的命运连接点。以此撬动红色文化的传承支点、弘扬赤色文化的精气神。

关键词： "逆向"生长；红色文化；个人与国家

在近百年的革命建设实践中，中国共产党引领中国人民创造了红色奇迹、塑造了红色文化。独属于中国人民的红色基因，彰显了人民群众对党的信仰、对命运的不甘、对传承的执着，是烙印在一代代骨髓里的红色印记。正所谓高以下为基，为对赤色文化精神有更贴切的理解、更实际地追寻历史的印记，本调研团队于 2021 年 2 月 2 日踏上了寻访家乡——茂名市红色基因的道路。

---

① 马思慧、黎婉珊，广州大学新闻与传播学院 2020 级网络与新媒体专业本科生；伍泳昕、吴淑芬、丘海霞，广州大学公共管理学院 2019 级行政管理专业本科生；凌启发，广州大学新闻与传播学院 2019 级网络与新媒体专业本科生。

茂名一地虽小，却自有其不凡之处。芸芸众生千人像，有人求一隅静谧，有人汲汲营营，更有人舍生取义，逆风出列，博取一片朗朗乾坤。沿时间长河而上，我们找到了参与过对越自卫反击战的老兵黎乃义，他曾以忠诚军魂捍卫祖国。如今战火平息，仍有人接过前辈手中的旗帜，负重前行。在 2020 年新冠肺炎疫情暴发之际，茂名市电白区人民医院"90 后"护士林金婷毅然报名，前往武汉支援抗疫。时移势易，从革命动荡的年代走到建设社会主义现代化强国的今天，变的是时代，不变的是那一颗颗赤子之心。

一、"逆"而为生，破土芸芸初心

人各有命，出于时代，择在个人。

在时间的长河里，不乏逆流而上的勇者。在寻访红色基因的路上，我们有幸接触到一名曾参与过对越自卫反击战的老兵黎乃义，在充斥硝烟的战争年代，黎老便是万千"逆行者"之一。在黎老的履历里，点滴都闪耀着为祖国拼搏的光芒。随着开启装载着一生荣耀的斑驳铁皮盒子，黎老看着满目的证书与奖章，缓缓地向我们重诉那段峥嵘岁月。

"那时太穷了，共产党给了我们地，我就要拿起武器去保卫革命的果实。我跟你们说，我的革命血液中就流淌着毛主席的血液。"——谈起奔赴前线的初衷，黎老言简却饱含深情。新中国成立后的第 9 年，正值国家建设初期，战争的背后是满目疮痍，投身建设是当时青年一代迫在眉睫的时代任务，相比起在祖国背后默默耕耘，黎老"逆向"选择了站在祖国身前，投身前线贡献力量。20 岁的年纪，恰同学少年，风华正茂，却选择奔赴未知与凶险，将 20 岁的冲劲与热情，向祖国献礼。

始于最简单的初愿，却付出了一生的血汗去浇灌，为了生存，更是为了报答。那颗萌发的爱国心，促使黎老前往万山群岛，坚守一隅围墙。20 岁的青年，将 4 年的青春点滴垒叠成一面叫作"无悔"的壁垒，为身后的万千灯火抵御着无形的风浪。"为给家人一口饱饭、为给自己搏一个出路"，这份纯粹的初心便成了念想的支柱。

弹指间，"抗战"已悄然转变为"抗疫"，"无形的硝烟"成了新一代的难题。2020 年，一场始料未及的新冠肺炎疫情蔓延开来。

一方有难、八方支援。由于武汉医疗资源紧缺，全国各地纷纷派遣医疗队伍前往援助抗疫。在支援一线的队伍里，茂名市电白区人民医院"90 后"护士林金婷便是其中一员。

常说"90后"是"垮掉的一代"，"平稳"与"安定"仿佛成了"90后"日常生活的标签。如同芸芸大众一般，林金婷前二十多年的人生都过得平安顺遂，没有过大的波澜起伏，自2012年从事医疗行业，林金婷的护士职业生涯便一直平稳安定。相对于过往的平静而言，前往武汉一线支援可谓一个不小的挑战。所谓儿行千里母担忧，父母的种种顾虑与担忧成为阻挡她前往武汉的第一道"难关"。林金婷也深深懂得其中的道理，但为追求心中的信念与抚平父母的担忧，林金婷每天会陪着父母关注疫情动态，用行动证明前往武汉支援的重要性与必要性。慢慢地，父母便逐渐理解，并给予了支持与鼓励。

"想去支援武汉的念头不是一拍脑门的冲动抉择，2018年我有幸参加了省护理学会举办的ICU专科护士学习班，疫情发生后，首先是在我们当时组建的班群里看到省里号召危重症护理专业的人报名参加支援，作为一名具备相关条件的党员护士，我有义不容辞的责任，得知这一消息后就立马向领导提出了申请。"如同其他医疗人员一般，源自职责的使命感促使27岁的林金婷选择"逆行"，在抗疫一线为国家抵抗危机贡献抗疫力量。

两人的故事都始于最朴实无华的念想，却都点滴渲染着破土于芸芸众生的赤子初心光华。并非所有人都有勇气选择不确定的路，也并非所有人都有毅力走完那看起来"不归"的路途。世人皆言不甘于成为芸芸众生的一员，那份芸芸初心，在命运的选择降临之时是否会浮于眼前？又是否会背水一战，去争取那万分之一的可能？黎老与林金婷便破土于芸芸初心，于风雨之中让赤色初心得以成苗。

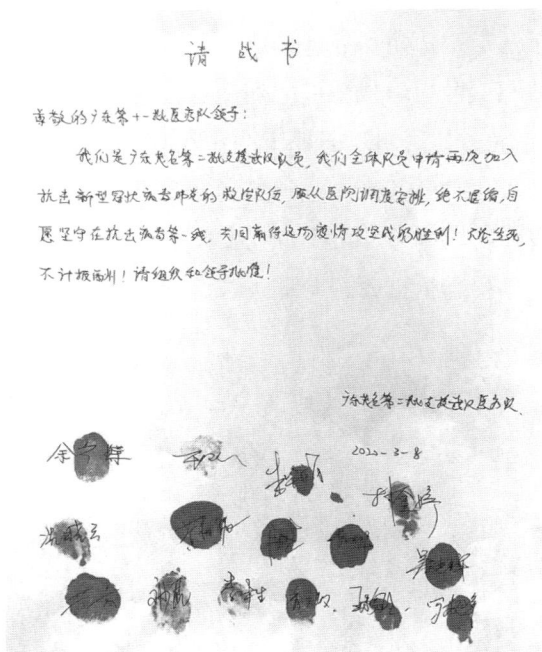

图1　请战书
（来源：受访者林金婷）

二、"逆"而为战，蓬勃赤子之心

人各有志，择后不悔，拼尽每一寸热血。

每一项看似英雄的选择背后，都有着难以言说的困难与挣扎。

"最艰苦的那会儿是 1979 年春节前后，大概年初几时，全线进攻。我负责后勤保障，确保物资供应，打得很艰苦的。我们部队一两个月都没洗过澡，倒是物资比较有保障，最差的时候我们都有饼干吃。因为有全国 5 个省的支持，当时工农业停产，集中精力支持前线，所以至少我们吃得饱。"忆起艰难的岁月，黎老散发着如青年时那般的坚定眼神。采访过程中，我们不禁想起歌颂战士们的诗歌，都是不畏艰险、前仆后继的英勇描写，但真正面临死亡的威胁时，又有谁能一开始便无丝毫畏惧？在困苦交加的环境下，又是秉持怎样的毅力才能一步步走完这条曲折的路？念及此，心中不免泛起涟漪。

战火燃烧的不仅是岁月，更是那一代赤子们铿锵的心。"1981 年我又参加了法卡山边防作战，那时我们部队牺牲了 99 名战友，后来给他们修了烈士陵园。我不太敢去看战友们的烈士墓，我觉得很难受，况且那时我们部队中最年轻的才18 岁。"我们眼前那个眼中泛着泪光却身怀傲骨的老人，谈起曾并肩的战友，也难免哽咽起来。透过黎老的言语，旧时光里那个选择把眼泪埋进骨子里的倔强青年仿佛越过浮沉出现在我们眼前，凭着不认输的劲，背负着寄托，携带着希冀，重新拾起枪支，指向那布满荆棘的前程。

图 2　年轻时的黎乃义（中）

（来源：受访者黎乃义）

而奔赴抗疫一线的林金婷亦是如此，在那个无声的战场里，用意志筑起防御的围墙。林金婷在方舱医院里，主要负责日常生活护理、常规的护理治疗和护理记录，如监测体温、血压，发药，测血糖，吸氧，注射胰岛素，心理疏导，等等。她还是医疗队的后勤保障员，除了舱内的工作，每天还要负责上报队里的医疗物资和各种后勤保障工作。比起繁多的后勤工作，由防护服层层包裹引发的憋气、胸闷、恶心、头痛等病痛感，才是最折磨人的。

"有一次我实在是没忍住吐了，擦干净后又继续干活。其实整个过程最难的是憋尿，我们本是工作 6 小时，但由于驻地和医院离得比较远，每次都得提前 2 小时出发，加上出舱排队脱防护服的时间，实际上至少是有 9 个小时的，虽然包着纸尿裤，但仍然是拉不出来的，所以上班前我们都不敢喝水。"谈起艰苦抗疫的工作细节，那般煎熬的过程，林金婷却是笑着娓娓道来，像是战士抚摸着令她骄傲的勋章。

林金婷说，在方舱医院工作的第一天夜晚，她和新疆兵团的战友正带领病人在大厅进行呼吸操锻炼，天气恶劣带来的猝然停电，使秩序陷入短暂的混乱。由于抗疫工作的高压，环境的黑暗不免增添了她心中的忐忑不安，但她仍然振作起来和战友即时维护秩序。在那段陷入黑暗的过程中，患者们自发地、不由自主地喊起"中国加油，武汉加油"的口号，渐成声浪，渐响彻于方舱之间。随后齐声歌唱《我和我的祖国》，朴实的歌声更是一股流进心田的、细腻的暖流。这一声声口号与歌声，便成了黑暗里的一道光，驱散了她心中的不安。

日复一日地向艰苦发起着挑战，背负着责任，林金婷奔赴前线的初心也在不断地接受磨炼。而浇灌着初心的甘霖，不仅来自众志成城的团结，更是来自患者每一句真挚的感谢。

林金婷在方舱医院遇到过许多迥然不同的病人，她说印象最深的是一位有胃病的阿姨。林金婷每天都需要分发盒饭给自己负责的患者，她一直惦记着阿姨吃饭会犯胃疼，所以为避免胃痛，她特地去别的区给阿姨拿了一份粥。令她感动的是，阿姨接过粥后向她深深地鞠了一躬。就是这一个

图 3　林金婷与患者合影

（来源：受访者林金婷）

简单的动作，成了林金婷往后工作的慰藉，孕育着那一份鲜活跳动的初心。

赤子之心的蓬勃并非只能在壮阔中波澜起伏，它也能蓬勃在隐忍的热泪、齐声的歌曲里。它并非高岭之花，而是一抔清饮。在不断奋战的时间里，它都是"逆行者们"不断向前的念想与支柱，这一抔清饮甘于滋润干裂的土地，源源不断、生生不息。

三、"逆"而为民，传承赤色之魂

人虽生而渺小，若心怀天下，志则可承。

"我要为了共产主义事业奋斗终生！"——一句最朴实的话语凝练了黎老最忠诚的诺言。遥想当时为报答分得土地的朴实初心，在后来的时光里蜕变为"为党、为人民"而献出终生的豪言壮语，这不仅是从年少到暮年的初心坚守，更是那一代人赤色之魂的燃烧。战士们前仆后继，从思想到行动，都在不断传承并践行着刻在骨髓里的赤色文化。

"作为一名党员，当时舱内随处可见的国旗和党旗挺激励人的，只想着病人能够快点好起来，武汉能够快点好起来，所有支援人员能够平安回家。"——一句纯粹的寄愿融入了林金婷"先天下之忧而忧，后天下之乐而乐"的情怀。那赤色之魂燃烧的光芒仿佛更盛、更耀眼。

透过采访的语言，我们见证了赤子之心的萌生与蓬勃，平凡却不平庸，渺小却仍伟大。黎老与林金婷投身一线的想法起点并非一开始便宏伟壮阔、心怀天下，而是生于平凡，起于渺小，在不断的磨炼与冲刷下，忘"小我"而怀"大我"。正是从"小我"转为"大我"的过程，让这一代代的赤子之心不断被打磨，不断往复，继而成为照亮下一代前进方向的火光。

黎乃义、林金婷二人的红色基因像是历史的传承与顺延，没有先一辈的表率，红色文化不会那么深刻，而这份深刻使红色文化有着更远的未来。红色文化虽融合在一片红海之中，却有了属于各自时代的解释，而接下来的未来就是靠我们这一代去创造，红色精神和文化也会有属于我们的解释。

四、青年一代如何传承赤色文化

1. "逆向"而行，准确自我定位

如今，新冠肺炎疫情的蔓延让社会弥漫着"不确定"的氛围，一份收入稳定、环境安稳的工作成为待就业大学生们首要的选项。国家公务员局官网公布的数据显示，2021 "国考" 报名且通过审核的人数有 157.6 万，平均招录比约为 61 ：1，其中竞争最激烈的岗位，招录比高达 3 334 ：1。对公务员这一 "铁饭碗" 职位的争夺，渐成社会热潮。但这一现象也从侧面说明，那些看似 "不稳定" 的工作，亟待新鲜血液的注入。

经过对两位平凡英雄的采访，我们不禁要对这一现象进行反思。在 "不确定" 的社会氛围里，我们应当如何选择往后的道路？20 岁的黎乃义在困难年代能义无反顾选择奔赴一线战场，20 岁的我们在和平的今天，当毕业选择方向时，我们需要如何定位自己？我们是否有一技之长反馈社会？这些问题更应由心而问，无愧于答。社会是多元的、未知的。没有什么固定的人生方程，只有面对难题多元的解法。

当身处逆流，方知自身能力几许。生而为人，能够独立思考、自主选择，才是正确的活法。跳出既定的框架，找寻自身的特长，厚积而薄发，才是我们面对未知社会的底气。正如那两位平凡英雄，勇敢跳出安稳的舒适圈，转而选择社会迫切需要的方向。

2. 立足选择，与国家相连

俗话说，三百六十行，行行出状元。对于爱国之心的检验，亦是如此。无论在何职位、身处何方，对于民众的牵挂、对社会的诚恳，都是报答国家的方式。

每一种职业，都与人民、社会、国家密切相连。而当下的我们，亟须思考的便是如何搭建个人与国家相连的桥梁，每一件待以真诚的事都具有其独特的价值所在。而在每一件不同的事里，都隐含着 "大我" 与 "小我" 的选择差别。如今我们所面临的抉择环境与前辈已大相径庭，但即使环境再变化莫测，灵魂里那一抹赤色，应是不变的根。而弘扬那一抹赤色，并非都必须以牺牲小我作为前提。

投入每一项活动时，多为集体想一些、做一些。"为人民服务" 是党的宗旨，也是每一个人皆可力行的准则。为集体多贡献一分智慧、多想一个方法，说不定不仅能够为整体提升效率，还能为智慧库的构建提供一份努力。为集体多做一点事、多给一点力，说不定在帮助他人的同时还能提升自我境界。让帮助他人成为潜移默化的习惯，不正是将 "为人民服务" 的原则谨记在心并身体力行的体现吗？

3. 终身学习，将赤色精神融入生活

时光荏苒，中国共产党领导中国人民建设新中国已历经 73 载。几十年的悠长岁月里，赤色文化精神已形态万千，在时间的洗礼下，已积累了属于自身独特的、深厚的文化基底。

正值青年的我们，正是汲取新知识的绝佳阶段。所谓冰冻三尺非，一日之寒，对赤色文化的理解更不能够指望一朝一夕、片言只语便能够达到融会贯通、入木三分的境界。而我们也必须清楚，在赤色文化的领域中，有待学习、有待探索的领域仍浩如烟海。为更好地"积跬步"，我们便可从生活细节做起。

积极投入红色文化学习活动，深入理解并融入文化赤色氛围当中。随着国家对青年一代思想建设的愈加重视，在高校中宣传红色文化的活动日益增多。譬如网上团课——青年大学习的召开，便是最为鲜明的例子。除了自身投入学习，我们仍可以呼吁身边更多的同龄人一同加入学习的过程，并将学习的心得加以交流，从而达到相互监督并且融入文化氛围的双赢效果。

在课余生活中多参观红色景点，在实际场景中引发自身与前一代人的灵魂共鸣。一方水土养一方人，一寸土地储一方记忆。遗址存在的意义便是如此。它不仅承载了时间的风雨，更是见证了一代代人的成长。有些感受能够通过视野直达心跳脉搏；有些感悟能够通过呼吸抵达灵魂深处。

走入遗址并非仅限走进一个空间，如若多一分沉思、多一分联想，那便是走进了一段历史。在遗址里，文字并非冷冰冰，字里行间还可能蕴藏着人间冷暖与兴衰起伏；图片并非乏味单调，那一帧的定格还可能是一个国家的兴衰甚至一个时代转折的见证。这些都不能够直白地表征，须得用眼睛去观察、用心去领悟。

信息时代所塑造的碎片化生活方式，让越来越多人失去了耐心，沉不下心去读一本书、慢不下来去欣赏一段风景、静不下来去感悟一小段时光。仿佛只能永远跑着追逐，停下即代表着退步。但如若不静下来沉淀，哪会有发展的根基呢？

所以在生活的间隙，多一些身临其境感受历史，对增长见解、培养终身学习的习惯而言，只会百利而无一害。我们都是历史的过客，星河里的尘埃。不是每一个人都能够站在山顶，散发最为耀眼的光芒，但是如若能在有限的一生里与国家紧紧相连，尽每一份力完成所热爱的事，在拥抱理想的同时与人民相连，又何尝不是另一种完美？让我们从身边的小事出发，从小事贯彻赤色精神，在变化中坚守那不变的赤色！

致　谢

感谢茂名市电白区人民医院团委在寒假期间给予团队这次珍贵的学习机会，感谢本次采访对象黎乃义和林金婷的耐心配合。本次实践于团队而言是一次难以忘怀的红色文化熏陶，团队成员会将此次学习收获作为宝贵的精神财富，不忘初心，砥砺前行。

（指导老师：刘雪梅，广州大学新闻与传播学院副教授、硕士生导师）

点评

让青春力量在平凡故事中"逆向"生长

2022 年正值中国共产主义青年团成立 100 周年。百年的时光里，中国青年们都在发挥着蓬勃的力量，为祖国的建设贡献着点滴血汗。习近平主席曾寄语青年："道不可坐论，德不能空谈。"对于新时代下对红色文化的理解与再创作，不正是奉行的最佳实践原则吗？

在漫漫历史长河里，不免有夺目璀璨的星辰，但组成浩渺历史的大部分仍有它们独特的平凡光芒。而本报告的第一大亮点在于立足对比不同时代背景下的两位受访对象，在不同中寻求共同的红色精神。"30 后"老兵与"90 后"抗疫护士，在各自的青春时光里都选择了奔赴国家前线。相对于平稳安定的生活，又是什么原因与动力促使他们奋不顾身投入前线？在前线里，各自的前后心态有什么变化？在奔赴的过程中最真实的心理感想又是什么？这些问题将两位不同时代背景的人物相连接，通过对每一个问题的详细解答而将两位的故事向读者娓娓道来，并且能够在同一问题上挖掘背后潜在的相同精神，处处都体现着"在变化中寻找的'不变'"。

本报告的第二大亮点，在于"逆向"生长话题的层次铺开。通过"逆"而为生、"逆"而为战、"逆"而为民展现两位中心人物的思想层次变化。而通过不同层次的描写，一步步体现着从"芸芸初心"转变为"赤子之心"的转变过程。值得一提的是，在该层次变化的描写中，本报告将中心思想的表达与如今青年大学生的未来选择相结合，立足于现实层面深入讨论大学生应当如何继承与发扬红色文化精神与品质。而在谈论如何做的层面，本报告更是立足生活细节，从平常小事中寻找与红色文化的连接点，让"继承"与"发扬"触手可及，更是从实际上给予青年们诚恳的建议。

　　总体而言，本报告前后紧扣文章主题，将"逆向"而行的拼搏精神与红色文化进行了较好的对比凝练，而这也是当下的我们都应沉下心去思考的关键问题。个人应当如何对自身进行准确的价值定位，应当如何寻找个人与社会、国家的连接点，又应当如何从实际出发理解与掌握红色文化的精髓，都是与我们每个人息息相关的！

（点评人：刘雪梅）

宗祠文化与红色文化融合发展考察报告
——基于三水区白坭镇的调研

陈舒琪　黄旭筠　麦晓彤　綦悦悦　喻　寒　罗　颖　林嘉雯 [1]

摘　要： 红色文化是在革命战争年代，由中国人民共同创造的极具中国特色的先进文化，蕴含着丰富的革命精神和厚重的历史文化内涵。中华民族还有着延续千年的宗祠文化，中国人以家为核，家族精神世代相传，影响深远，革命时代先烈的光辉事迹更是被家族广为传颂，后人对他们的学习弘扬是家族宗祠文化与红色文化融合发展的表现。了解红色文化的传承情况，对于红色文化保护发展创新以及社会的思想道德文化教育建设等有重要作用。本篇报告以宗祠文化与红色文化的融合发展为例，以小见大，从身边的红色宗祠文化传承、创新及利用的案例，探究红色文化在新时代中国的崭新表达。

关键词： 红色文化；宗祠文化；融合；传承；创新

百年来，中华民族历经无数痛苦磨难，中国共产党更是在内忧外患中诞生、发展、壮大。无数先辈抛头颅、洒热血才迎来了我们今天的幸福生活，他们凝聚起来的红色精神至今仍在影响着我们。红色文化作为先进文化的重要组成部分，越来越得到社会的重视。国家多次举行盛大的阅兵仪式，全国上下定期开展各项纪念革命先辈、弘扬红色精神的活动。各大家族宗祠内部也会开展相关活动来传承弘扬红色革命精神文化。宗祠文化是一个家族精神风貌、文化底蕴的反映，它的传承有利于弘扬和发展民族优秀文化。宗祠文化与红色文化相结合，能够更好地传承与弘扬革命精神，将红色基因代代相传。作为青年公民，我们有义务和责

---

① 陈舒琪、黄旭筠、麦晓彤、綦悦悦、喻寒，广州大学新闻与传播学院2020级广播电视学专业本科生；罗颖、林嘉雯，广州大学新闻与传播学院2020级广播电视编导专业本科生。

任继承发扬红色文化，学习弘扬红色精神，让红色基因融入血脉，让宗祠文化焕发生机。

一、背景介绍

习近平总书记指出，"要把理想信念的火种、红色传统的基因一代代传下去，让革命事业薪火相传、血脉永续"。随着党的十九大的召开，我们国家文化建设也进入了一个新的高潮，文化建设被提升到了国家软实力的层面，红色文化作为一种文化资源自然而然地引起了各方的重视。近年来，各级各地政府也为此做出了许多努力，纷纷挖掘地方故事，设立多处红色教育基地，让本地红色文化如同枯木逢春般变得生机盎然的同时，还推动了本地经济发展，满足了人民精神需求。但与此同时，部分地区对红色文化的继承与发展仍然存在问题，有的地区对此类资源手足无措，不善利用，导致文化资源无法充分发挥其价值；有的地区只顾经济效益，忽视其社会效益和教育价值，使"红色"褪色或变色；还有的地区存在展示形式单一、低层次开发、配套设施不全、各景区各自为政等一系列问题。为此我们决定以佛山市三水区宗祠文化与红色文化的创新融合为例，探究新时代背景下，当代中国社会创新传承红色文化、红色精神的策略方法，以及如何在乡村振兴的条件下，对红色文化资源进行合理的开发和有效的利用，以此推动当地社会的发展，满足人民的需求，带来政治、文化、经济效益。

图1　三水区白坭镇邓氏宗祠

（来源：调研团队实地拍摄）

二、调研过程

（一）邓氏家族的红色文化

通过前期的小组讨论、资料搜集、电话联系等准备工作，我们来到了白坭镇清塘村，在邓氏宗祠见到了祠堂会长邓华兴先生。邓华兴先生向我们讲述，邓氏一族人才辈出，红色革命精神源远流长。其中邓慕韩于 1905 年 8 月加入中国同盟会，成为孙中山的得力助手，孙中山及党内同志皆呼他为邓师爷而不直呼其名；1908 年随孙中山赴南洋发动华侨，参与组织中国同盟会南洋支部；1911 年在广州黄花岗起义中主管宣传工作，并负责运送弹药，为黄花岗起义做出了巨大贡献。邓慕韩的弟弟邓警亚也于 1905 年加入中国同盟会，1910 年后创办《平民日报》，1912 年创办振华兴亚会，并筹款组军，支持越南革命。邓禹在宋依民的教育与宣传下，于 1935 年在广雅中学组织学生参加救亡运动，宣传抗日救国；1936 年11 月，邓禹瞒着家人朋友，步行 36 天奔赴延安，投身革命，12 月，邓禹被派到西北抗日红军大学读书，学习政治、军事，并参与大生产；1941 年皖南事变被俘，在监狱内受尽折磨，但他宁死不屈，严守秘密，艰难逃出后加入新四军，并参加苏南战役、淮海战役等大小战役 8 次，新中国成立后回到广东建设家乡。邓禹的妹妹邓雅诗，在抗日战争初期加入东江纵队，积极参与抢救被困香港文化界人士和爱国民主人士、盟军飞行员和国际友人的正义行动，历尽艰险，护送他们去延安或重庆；2019 年，邓雅诗获赠由中共中央、国务院、中央军委颁发的"庆祝中华人民共和国成立 70 周年纪念章"[①]。先贤已逝，但他们的革命精神和红色文化代代相传，永不泯灭。

（二）邓氏宗祠的历史演变

邓华兴先生告诉我们，邓氏宗祠以前是一所学校，新中国成立初期，正式成为一所小学；在"大跃进"时期，邓氏宗祠就成了白坭公社中心小学，为学生们传授知识，让学生们了解革命先辈们的艰难岁月与奋斗历程，学习革命精神，传承红色文化。后来学校停办之后，邓氏宗祠无人管理，杂草丛生，建筑遭到损坏，逐渐变得荒无人烟，失去了往日的热闹与辉煌。但邓氏宗祠一直都是邓氏族人内心的牵挂，族人们见到邓氏宗祠不复以往，感到非常可惜。于是他们团结起来，

---

① 郑泽聪. 三水白坭清塘邓氏大宗祠：文风兴盛见证者 宗祠重光新阵地 [EB/OL]. （2019–12–06） [2021–08–12].http://www.fsonline.com.cn/p/271047.html.

四处奔走，号召兄弟姐妹们出钱出力，得到了很多人的响应，最后筹集了200多万元。族人们在保留原有风貌的前提下，重新装修邓氏宗祠，让宗祠焕发生机。邓氏祠堂最终于2019年11月17日修建完成，4 000多名邓氏族人回到家乡共同举办了盛大的重光仪式，见证了邓氏宗祠的重生。

（三）红色文化与宗祠文化的融合

我们也非常有幸在邓华兴先生的带领下参观邓氏宗祠。据邓华兴先生介绍，如今邓氏宗祠在政府的支持下，推行"祠堂＋文化"的建设发展模式，将宗祠文化和邓氏的红色家史与文化建设结合起来，创新性传承红色文化与革命精神，让红色基因与祠堂先贤文化在新时代得到重生。"一座祠堂要想发展得好，除了政府的支持和族人的努力，确定祠堂未来的发展路线和发展特色也相当重要。我们邓氏祠堂正是依托底蕴深厚的红色文化，走红色家史的发展路线，有我们自己鲜明的特点。"邓华兴先生对于祠堂的特点早已烂熟于心。我们看到，祠堂内建有红色家史馆，革命先辈邓禹的雕像伫立其中，馆内墙上附有邓慕韩、邓警亚、邓雅诗、邓锦荣、邓瑞人等先辈们的图文介绍。房梁上挂有邓氏宗祠独一无二的历史文物——孙中山为邓慕韩题的字，这一切仿佛在诉说着过往的历史与故事。据了解，平日会有学生来此参观，了解先辈们的事迹，学习与传承他们的革命精神，厚植家国情怀。这座红色家史馆也被建设为党员爱国主义教育基地，接待党员来此感受革命与解放时期共产党员们为国献身、救亡图存、坚强不屈的精神，从而激励各位党员更好地为国家服务、为人民服务。据邓华兴先生介绍，在祠堂建设发展的第二期工程中，他们还准备建设一座革命先辈的雕塑园，供后人们缅怀先烈。此外，三水区文明办负责人表示："三水政府在保持原貌的基础上改造提升，尊重历史，修旧如旧、修旧如故，凸显红色文化内涵。至今，全区共投入1 800万元完成了三水烈士陵园、横涌农民旧址、中共南三番工委旧址、东江纵队抗日联络点（郑大夫家庙）、岗尾村邓氏宗祠等5处红色地标的改造提升，力争将红色资源利用好、红色传统发扬好、红色基因传承好，并从中汲取力量，让爱国主义精神力量浸润每个人的心灵。"①

---

① 三水区创文办. 办好新时代红色文化讲堂，三水区首处红色地标挂牌标示！[EB/OL].（2019-11-08）[2021-08-10].http://www.ss.gov.cn/gzjg/ssqcwb/wmcjdt2/content/post_2539042.html.

图 2　邓氏宗祠内的红色家史馆

（来源：调研团队实地拍摄）

（四）宗祠文化的创新

我们发现，祠堂还建有清溪讲堂、志愿服务 V 站和莫才好好人工作室。他们以清溪讲堂为依托，举办新党员、村书记的培训大会，莫才好的走访考察等活动。在邓华兴先生的带领下，我们参观了清溪书舍，书舍内有各类书籍供人们阅读，还放置了各种书法作品和书法用具，有利于人们培养良好的兴趣爱好以及举办各类活动。邓氏家族粤剧文化底蕴深厚，粤剧人才辈出，如邓碧云、邓拙锋等，而邓华兴先生本人也在粤剧界具有一定的声誉与实力，为传播粤剧文化做出了突出贡献。因此，他们也在祠堂内建设了粤剧人才培育基地，内设有各位粤剧名人的图文介绍，陈列了粤剧的服装和道具，以期更好地传承与创新粤剧文化。如今，邓氏宗祠不只是用来举办红白喜事、祭拜祖先的场所，它还推行了"祠堂＋文化"建设模式，承载了大家的集体记忆，逐渐发展为公共空间，向后辈细细讲述邓氏家族的革命故事，让粤剧文化、红色文化和革命精神得到重生，为祠堂的发展和地方传承红色文化提供了示范。

（五）白坭镇红色文化与宗祠文化的发展

通过进一步调研，我们还采访了陈氏宗祠第 25 代守祠人陈达荣先生。据他介绍，陈氏宗祠也在推行"祠堂＋文化"建设模式，平日族人和村民们会来祠堂打乒乓球、切磋球技、强身健体，管委会还充分利用祠堂的公共空间，每年夏天开办书画班，教授孩子们书法和绘画，创新传承与发展祠堂先贤文化，让祠堂焕发生机。为了更好地传承红色文化，充分利用红色文化资源，白坭镇文化站还会举办线上红色故事会等相关活动，将红色文化和新媒体结合，向孩子们讲述革命先辈的故事。

三、结论与发现

通过这次调研，我们欣喜地发现了广东省佛山市三水区白坭镇发展红色文化的积极方面，他们依托丰富的红色资源以及厚重的历史文化底蕴，利用古祠堂、古建筑、古村落，率先进行"祠堂＋文化"发展模式的探索，作为先行试点的探索已经取得了阶段性成效，开辟出了一条传统红色文化与新时期党建、美丽乡村、基层治理相结合的乡村文化振兴新路径。同时，我们也发现了其中存在的一些问题。

（一）三水区白坭镇红色文化发展取得成就的主要原因

1. 红色资源丰富，文旅结合

当地有 54 座保存完好的明清祠堂，被誉为三水区宗祠文化"大观园"，红色基因深厚，资源丰富。三水祠堂作为新的旅游景点，结合红色文化推出旅游产品，认识并发挥了红色旅游资源的开发利用价值，做到了对红色旅游资源的开发、利用与整合。

2. 政府重视

政府为三水祠堂的发展提供了一定的政策与资金的支持。三水区政府将23 处红色资源点纳入总体规划研究，对红色资源开展系统的保护和利用，投入 1 300 万元重点完成 5 处红色地标的改造提升，串珠成链，将 23 处红色地标打造成 3 条红色旅游线路。[①] 近年来，三水区通过提升红色地标、开发红色旅游、开展红色活动、讲好红色故事等举措把红色资源利用好、红色传统发扬好、红色基因传承好，进一步擦亮"城市三水"红色地标，让更多市民了解三水红色历史，增强爱国意识和爱国情怀。

3. 薪火相传，赋予红色文化新内涵

一方面通过深挖宗祠文化本身蕴含的优秀人文精神、道德规范、乡贤文化，

---

① 佛山三水区委政法委. 三水红色旅游线路正式发布，这一份攻略岂容错过 [EB/OL].（2019-09-05）[2021-08-08].http://static.nfapp.southcn.com/content/201909/05/c2595477.html.

反映本土乡风民俗、祖训传承、建筑特色的传统文化内涵；另一方面通过赋予祠堂新的社会功能与文化内涵，不断融入党建、社会组织孵化、文明教化、乡村治理等内涵，构建"大文化"发展理念。

4. 创新红色文化的表达形式

在白坭镇新时代文明实践所的智能图书馆，读者可根据需要快速查找相关红色历史和党群建设资料。三水启动了"红色故事大家讲"活动，定期开展"六个一"活动。同时，三水让红色故事进校园，组织宣讲团走进重点中小学、红色教育基地、国防教育基地等进行主题宣讲和故事分享，扩大红色文化的感召力和影响力。设置了党群服务站、"红色家史"红色教育基地、新时代新乡贤培育中心、清溪讲堂、好人工作室、志愿服务 V 站、清溪书舍、清溪粤韵人才培训基地等场室，推动宣传思想文化工作和精神文明建设向农村基层延伸。结合国防教育日宣传，举办"传承红色基因，唱响爱国赞歌"红色主题快闪活动，拍摄快闪宣传片，集中展现 23 个红色地标风采。在国庆节期间举办"爱我中华——南粤百园庆国庆"主题游园活动，一连 7 天 14 场活动以红歌快闪、文艺会演、非遗互动、体育文化演出、惠民活动等庆祝活动，喜迎新中国成立 70 周年。[①]

5. 发展基点明确，特色鲜明

同是位于三水区白坭镇的邓氏宗祠以红色家史为发展基点，陈氏宗祠以科举伟人为发展基点，两者都独具特色。

6. 族人凝心聚力

对宗祠文化的认同感使得每次祠堂开展活动族人皆积极响应。族人们会聚在祠堂吃年夜饭，开展相关活动。祠堂会召集族人学习家史，还会设立奖学金，鼓励成绩优秀的学子。同时侨胞们怀着对家乡的热忱，投身于祠堂建设，每一代族人都为传播宗祠文化做出了自己的贡献。

7. 组织管理结构完善

祠堂的管理结构分为理事会、组委会、馆委会，架构清晰完善，便于祠堂事务管理。

---

① 何欣鸿.传承红色基因 三水发布3条红色旅游线路 [EB/OL].（2019-09-05）[2021-08-12]. http://www.fsonline.com.cn/p/267527.html.

（二）存在的问题

1. 发展所需的资金不足

祠堂需要一定资金进行发展以及开展与红色文化相关的活动，其中邓氏宗祠和陈氏宗祠掌门人都向我们表示，用以支撑发展和举办活动的钱款大部分依靠族人内部筹集，资金一般通过族人发布通知，大家尽自己所能，出钱出力，一笔笔募捐筹借得来，过程非常艰辛。虽有政府支持，但政府重视力度不够，给予的资金不是特别充足，不足以支撑整个祠堂的发展，且宗祠本身无收入，导致宗祠现今发展面临的主要问题是资金不足。

2. 资金使用存在分歧

因为祠堂发展的资金大都依靠族人内部筹集，而因为认识事物的角度、立场等不同，容易导致族人对筹集经费所用之处产生分歧。

3. 引入现代化技术的水平有待提高

祠堂内部红色文化的宣传多为简单的物品陈列，展示形式较为单一，缺乏生动性和吸引力，在科技高速发展的今天没有充分引入现代化技术，利用高科技为红色文化的发展提供动力。

4. 专业管理人才缺乏

祠堂的负责人主要为宗族内部人员，缺乏较为专业的管理人员。

5. 宣传力度及知名度不足

提起这些祠堂，广东省本地人还有许多不知道的，更何况全国，宣传范围局限，文化品牌知名度不够响亮。[①]

四、策略和建议

"闲云潭影日悠悠，物换星移几度秋"，历史的车轮滚滚向前，却不曾磨灭吾辈刻在血肉之中的红色基因。"人事有代谢，往来成古今，江山留胜迹，我辈复登临。"我们踏着先辈的履印，一步一步向前，红色文化一直是我们追寻的主题。为了更好地传承红色文化，一些发展中存在的问题仍亟待解决，在此，我们提出以下建议：

---

① Johnny. 红色调研报告 [EB/OL].（2020-11-22）[2021-08-06].https://m.dawendou.com/fanwen/diaoyanbaogao/251769.html.

（一）多方协同解决资金问题

对于资金问题，政府需高度重视，发挥积极性、主动性，政府应安排专项资金，相关部门要给予红色地标适量的资金支持，要认识到红色文化配套设施建设及相关活动开展，都需要一定的人力、物力、财力作为支撑。各地要积极探索适合本地红色文化传承发展的金点子、新思路、新模式，积极争取红色旅游开发资金，争取文化保护经费倾斜，克服"等要靠"心理。积极寻求多方合作，利用独特的资源文化招商引资，鼓励社会资金和民间资金投入旅游开发，加大旅游基础设施和旅游接待设施的建设力度。

（二）注重引入现代化技术

要充分利用现今互联网大数据等高科技现代技术，开展"互联网＋旅游"模式，引入互联网、VR、全息投影等新技术，在技术的辅助下更直观生动地呈现红色历史，让红色历史"活"起来。让游客通过沉浸式体验获得内心的震撼，从"旁观者"变成"参与者"，身临其境地体会到革命先烈的艰难困苦与英勇无畏，让红色历史成为"可以穿越的历史"与"可以透视的故事"，打造有现代感的红色旅游。

（三）培养专业管理人才

加强文保管理机构力量，引进专业技术人才；建立有效的人才制度，省文化产业引导资金和艺术基金要向文化人才培养倾斜，为红色文化传承发展做好人才输入和保障。

（四）加大宣传力度

首先是对三水区当地人民进行保护意识的宣传，坚持政府主导、社会参与、重心下移、共建共享，号召广大人民群众主动参与到红色旅游景点的保护中，弘扬红色精神。其次是加大对外宣传，创新宣传理念、创新运行机制，汇聚更多资源力量，通过媒体等扩大影响力，充分发挥微博、微信等网络新媒体及电视等传统媒体的作用，加强对红色文化的宣传，将红色故事以视频等喜闻乐见的新形式展现出来，利用网络传播速度快、传播范围广的特点，宣扬红色文化，促进红色地标知名度的提升，吸引游客，发展红色旅游业。更好地传承与保护红色文化。讲好红色故事，编辑出版红色书籍，将红色地标所蕴含的红色故事编印出来，用生动的文字总结故事，使传播方式多样化。

（五）推广红色教育

一是要重视对儿童与青少年的红色文化宣传与教育，将红色资源融入他们的生活中。祠堂、纪念馆这一类红色景点对于青少年的吸引力是有限的，所以针对儿童这一类人群，可以制作适合他们观看的动画视频，建设红色故事馆，通过生动的方法讲述红色英雄小故事；对于青少年，可以在网络中增加红色地标的宣传，开设红色地标的相关问答，以校园文化为载体，让红色教育资源走进学校、走进课堂，让青少年生活在一片红色的环境里，激励新时代青年学习红色文化。二是要创新办学模式，丰富党校教育，设置现场教学和情景教学。三是倡导学习红色文化作品的风气，推荐红色文化书目，鼓励大家读书，写心得体会，学习红色作品，弘扬红色精神。

（六）促进红色旅游进一步发展

一是要加快红色旅游景点基础设施和旅游接待设施的建设，将旅游业的发展与现代服务业发展结合起来，进行产业融合，但是设施的建设要避免沦为形式主义的温床，注重体现内在精神。二是注重体制机制的创新，设立旅游资源保护、开发专职管理机构，理顺各类红色旅游资源的管理体制。三是大力开发"红色旅游+"产品，进一步丰富红色旅游发展模式，避免同质化，将红色旅游与研学旅游、文化旅游、生态旅游等多种旅游形式相结合，进一步丰富旅游业态。四是注重服务质量，加大对旅游从业人员的培训和监督，提高旅游从业者整体素质，推进旅游企业品牌化建设，提高游客的满意度，维护地区整体形象。

（七）与乡村振兴相结合

经济决定文化，但任何经济都离不开文化的支撑，文化对经济的导向和引领作用十分明显，一定社会的文化环境对生活在其中的人们产生着同化作用，进而化作维系社会、发展经济、民族振兴的巨大力量。要充分发挥红色文化在乡村振兴中的引领作用，将红色资源与乡村振兴相结合，创构新时代乡村治理体系，利用红色资源，红色基因对人们产生的向心力、凝聚力，激发出农村基层治理的最大合力，凝心聚民，更好地进行基层治理，夯实乡村振兴的根基，实现自治、法治、德治相结合。拓展红色产业链条，催生新产业新业态，依托红色资源进行文旅融合，产业结合，打造复合型旅游产品，推动产业结构转型升级，促进农民就业、增加农民收入，将传承红色文化融入乡村振兴中，以红色文化助推经济发展。

图 3 白坭镇乡村振兴建筑物

（来源：调研团队实地拍摄）

（八）发挥党员干部的先锋模范作用

习近平总书记强调，要把红色基因传承好，确保红色江山永不变色。挖掘红色文化是加强基层党建的重要举措，要认真学习《习近平谈治国理政》第三卷，让广大党员、干部在接受红色教育中守初心、担使命，建设担当有为"红旗"队伍，重点要架起党群之桥、党企之桥、党社之桥；要弘扬红色精神，让红色基因融入血脉，用红色精神激发力量，为彻底打赢脱贫攻坚战提供不竭精神动力，让红色精神在新时代绽放出新的光芒。①

小 结

红色文化是先辈留下的宝贵财富，是中华民族的瑰宝，它承载了过往的艰难岁月和永不消逝的革命精神，蕴含着丰富的精神和厚重的历史文化内涵。铭记历史，铭记先辈们的无私付出，传承红色文化，才能更好地在新时代成长，建设文化强国。我们要认识到传承红色文化是每个人义不容辞的责任，是需要国家与社会多方共同努力来完成的。除了红色文化，宗祠文化也是中华民族的优秀文化。祠堂作为一个家族的价值观念和代代相传的优秀精神文化的载体，体现了独特的

---

① 岳奎.学习《习近平谈治国理政》第三卷　弘扬大别山精神 [EB/OL].（2020-10-13）[2021-08-13].http://theory.people.com.cn/n1/2020/1013/c40531-31889471.html.

宗祠文化。三水区白坭镇的政府与族人们发挥先贤的榜样作用，将宗祠文化与红色文化相融合，创新发展宗祠文化与红色文化，并与乡村振兴、经济发展相结合，实现双赢。从三水区白坭镇宗祠文化与红色文化的融合发展中，我们认识到了宗祠的建设，不能仅仅依靠宗祠族人的微薄力量，而需借助社会各方力量，并利用现代化技术，采取适当的方法和策略，才能更好地推动祠堂的创新性发展。因此，对于宗祠文化和红色文化的传承与发展，我们也不应墨守成规，而应结合时代背景，不断创新，与时俱进，探索发展新模式，也要寻求社会各方的共同努力，助力红色文化焕新颜，提高国家文化软实力。

致　谢

衷心感谢刘涛老师的悉心指导与帮助，感谢邓华兴先生和陈达荣先生的帮助与配合。

（指导老师：刘涛，广州大学新闻与传播学院讲师）

点评

融合发展，创新传播

宗祠文化作为传统文化的一部分，有着突出的地域性，是家族的历史文化积淀，是家族凝聚力的象征，具有不可替代的影响力和历史价值。红色文化作为先进文化资源的重要组成部分，蕴含着厚重的历史内涵和深刻的思想指向，流淌着国家和民族的血脉，增强了人们对国家的认同感。三水地区祠堂巧妙地将宗祠文化与红色文化有机结合，充分体现了家国情怀，有利于构建家国同心的和谐社会，二者的融合创新发展有利于提高中华民族的认同感与归属感。

将中国传统文化中的宗祠文化与红色文化相联系，本报告的最大价值实际上是巧妙地将"家"与"国"联结，既体现了家族意识，又凸显了家国情怀。两者的融合发展有利于提高中华民族的认同感与归属感，展现中华民族历久弥新的红色精神，增强文化自信与影响力。

本报告的第二大价值，在于关注宗祠文化与红色文化的融合发展，创新了两种文化的表达与传播方式，为文化的融合发展提供了一种新的路径。宗祠文化与红色文化皆蕴含厚重的历史文化内涵，本报告探究两者融合发展的策略方法，既能更好地赓续党的红色血脉，弘扬党的优良传统，促进红色文化的传承创新；又能唤醒大众的文化记忆，给宗祠文化注入新的文化基因和强大的生命活力。

习近平总书记强调，把红色基因传承好，确保红色江山永不变色。有国才有家，当红色精神与家族文化相融合，红色文化将更加深刻地在后代心中打下烙印。本调研报告，不仅呈现出了邓氏家族有志青年们为国家抛头颅洒热血的红色精神，还有家族守祠人的默默传承和守护，同时展现了新时代下守护者对祠堂红色文化的保护、传承和弘扬做出的摸索和努力。

在调研过程中，团队成员不仅感受到了宗祠文化与红色文化相融合的魅力，更体会到了红色文化在新时代焕发的巨大精神力量。认识到社会各界都在一定程度上致力于传承与发展红色文化和宗祠文化，让二者在当代有了创新的表达形式。作为当代新闻传媒学子，如何利用自身专业知识和媒体平台，打破刻板印象，传播红色文化与宗祠文化，以引起人们的关注与兴趣，将这些优秀文化与精神内化于心，外化于行？团队成员对于自己的责任和担当也有了更多的思考。

（点评人：刘涛）

潮汕地区红色文化传播现状调查报告

——以"潮汕七日红"为例

孙　晨　郑深月　杨基锴　詹楚芳　林育淋[①]

摘　要： 潮汕地区红色资源丰富，当地保留有较多的红色遗产。"潮汕七日红"作为中国共产党南昌起义的组成部分，在潮汕地区革命历史中占据重要地位。但是据调查统计，在红色文化宣传层面存在着力度不足、影响力不大等问题，有相当一部分调查对象对"潮汕七日红"这一历史事件了解程度很低。本次研究通过分发问卷、实地调研等方式，揭示潮汕地区红色文化传承现状，结合当前"互联网时代"的新特点，对红色文化的传播提供新途径。

关键词： "潮汕七日红"；红色文化；传播路径

一、调研目的

近年来，随着经济全球化的发展以及文化、信息、技术等要素跨国传播的增强，青年一代在国家、民族、文化等方面的认同感受到猛烈冲击，思想价值观念和文化艺术等领域碎片化、小众化趋势日益明显，对我国红色文化传播产生了一定影响，这表现在对革命历史的熟悉程度上。潮汕地区具有光荣革命传统。"潮汕七日红"作为中国共产党南昌起义的组成部分，蕴含着宝贵的红色精神。但根据调查问卷结果可知，相当一部分居住在潮汕地区的人民对此事件不熟悉甚至不知晓。

---

①　孙晨，广州大学新闻与传播学院 2019 级广播电视学专业本科生；郑深月，广州大学人文学院 2019 级汉语言文学专业本科生；杨基锴，广州大学新闻与传播学院 2020 级网络与新媒体专业本科生；詹楚芳，广州大学新闻与传播学院 2018 级广播电视学专业本科生；林育淋，广州大学新闻与传播学院 2020 级广播电视学专业本科生。

红色文化生长于中国本土，深深植根于广大人民群众心中，具有强大的生命力。尽管时代环境发生变化，但其内核精神依旧不变。尤其是当前中华民族正经历百年未有之大变局，其对于鼓励广大人民群众克服困难、继续前进具有更加积极的意义。为了探究如何提高红色精神的传播力度，本研究团队以"潮汕七日红"为例，在潮汕地区展开了调研，并尝试研究传播、弘扬潮汕地区红色文化的策略。

二、历史背景

"潮汕七日红"是中国共产党潮汕地方组织在八一南昌起义军挺进潮汕的推动下，领导工农武装暴动，建立工农政权的重要历史事件，在历史上具有深远的影响。

1927年9月23日下午，南昌起义军主力进驻潮州。周恩来、贺龙、叶挺、刘伯承、彭湃、郭沫若等同时到达。起义军进城后，以20军第三师驻扎潮州，师部就设在潮州西湖的涵碧楼。

潮汕地区起义达到高潮时，趁起义军进占潮州和汕头的声威，潮汕各县进一步扩展武装暴动。从南昌起义军进驻潮汕至一批工农革命政权的建立，提出没收拥有五十亩以上土地的地主豪绅田地的口号。革命人民扬眉吐气，一扫"四一五"大屠杀以来白色恐怖的阴霾。这段日子被群众称为"潮汕七日红"。

三、调研意义

"潮汕七日红"在潮汕各地播撒了革命种子，为当地人民开展武装斗争、组建红军和创建革命根据地提供了有利条件。

作为一件影响潮汕地区发展的重大历史事件，"潮汕七日红"有其重要意义，需要我们通过实地调研、问卷调查等形式对其普及程度、相关机构的宣传力度、宣传效果以及传播潮汕红色文化的过程中所遇到的问题进行重点探究，结合专业知识及有关资料，探索出适合红色文化传播的发展模式。

四、调研形式

（一）调研对象

（1）与"潮汕七日红"相关的历史遗迹及博物馆。如大埔会馆、屠牛地、交通线旧址、小公园骑楼、西堤公园码头、七日红公园等。

（2）通过调查问卷了解人们对"潮汕七日红"这一事件的了解程度及有关信息。

（二）调研时间

2021 年 2 月 5 日至 23 日。

（三）调研地点

1. 七日红公园

七日红公园是汕头市委、市政府为缅怀周恩来同志等伟大无产阶级革命家和革命先烈在潮汕革命活动史绩而决定兴建的纪念性公园，是汕头市爱国主义教育和革命传统教育的基地。

2. 大埔会馆

南昌起义南下部队总指挥部旧址。位于汕头市金平区民权路 50 号，始建于 1926 年，原为大埔会馆。周恩来、郭沫若、叶挺等领导同志曾在这里活动并建立了总指挥部，现该地点被汕头市批准成立汕头市八一南昌起义纪念馆。

图 1　大埔会馆外景
（来源：调研团队实地拍摄）

3. 中共中央至中共苏区秘密交通线汕头中站旧址

1930 年至 1934 年红军长征前夕，由上海经香港—汕头—大埔—清溪—永定进入苏区的交通线，途经汕头秘密交通站进入中央苏区。这条交通线保持了香港和汕头与中央的联系，体现出汕头在革命历史中的地位。

（四）调研方法

1. 问卷调查

设计了包含受众基本信息、对事件了解程度、了解途径、对政府相关机构宣传方面的态度和看法等问题的问卷。

2. 实地走访、采访相关人士

确定调研主题以及调研地点后，了解相关情况，完善相关计划，撰写采访提纲，随后寻找采访对象，进行采访并记录。

五、调研结果分析

（一）相关遗迹、博物馆调研情况

（1）大埔会馆缺少与对应事件相关联的重要历史文物，陈列品多是文物复制品以及对该事件的文字介绍。

图2　大埔会馆内景
（来源：调研团队实地拍摄）

（2）博物馆的宣传力度不足，宣传方式亟待改进，整体上有较大的提升空间。馆内的工作人员主要由志愿者组成，他们的任务主要是维护馆内秩序，缺少专门对文物进行介绍的讲解员以及了解这段历史的专业人士。

（3）博物馆内文物的展览陈设方式单一，趣味性较低。

（4）博物馆内相关的基础设施急需完善。在调研过程中互动类设施和电子触摸屏处于不工作的状态，参观者无法获得沉浸式体验。

（二）调查问卷分析

此次"关于'潮汕七日红'红色文化传播现状调查报告"的问卷调查共收集了 121 份有效问卷，90% 的参与者年龄段在 16 ～ 25 岁且文化程度大多为本科水平，来自潮汕地区和来自非潮汕地区的被调查者数量基本持平。调查结果如下：

1. 人们对"潮汕七日红"这一历史事件的了解程度较低

根据调查显示，有六成以上的人从未听说过"潮汕七日红"这一历史事件，而"潮汕七日红"作为一件对于潮汕地区造成较大影响的历史事件，其历史价值和群众了解程度显然不匹配。据调查问卷中的其他数据可知，在这四成听说过"潮汕七日红"历史事件的受调查者中，有 60% 仅知道这个事件，20% 左右的受调查者知道此事件的大致经过，仅有 15% 的受调查者知道其中的具体过程和代表人物。因此加大对"潮汕七日红"这一革命历史事件的传播力度刻不容缓。

2. "潮汕七日红"的了解途径以网络媒体传播为主，以老师讲授及长辈述说为辅

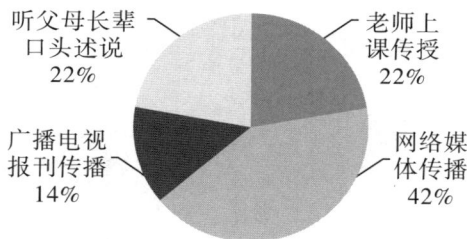

图3　"潮汕七日红"事件的了解途径

自 20 世纪 50 年代至今，人们逐渐进入了信息化时代，互联网所具有的特性使其能更快捷、方式更多样地传递信息，这在极大程度上促进了信息的传播。网络媒体的崛起也迅速影响了人们获取信息的方式，这也为如何加大对"潮汕七日红"的传播力度提供了启示。

3. 人们更容易通过新媒体接触红色文化

新媒体是一个相对的概念，是指在报刊、广播、电视等传统媒体以后发展起来的新的媒体形态，包括网络媒体、手机媒体、数字电视等。新媒体实现了信息传播与收阅的个人化。以网络环境为基础，基于用户的信息使用习惯、偏好和特点向用户提供满足其各种个性化需求的服务。这种新媒体形态，令信息的传播者针对不同的受众提供个性化服务。与传统媒体相比，人们更乐于通过新媒体接触事物，即与书刊、电视节目、课本知识相比，更容易通过新媒体接触红色文化。

4. 红色文化的宣传过程仍然存在种种问题，需要依靠多种途径

选项	小计	比例
宣传人员缺乏宣传经验和热情	41	33.88%
缺乏资金投入	55	45.45%
缺乏人们的重视	87	71.9%
宣传活动的形式单一	84	69.42%
缺乏政策支持	32	26.45%
宣传人员缺乏专业素质	33	27.27%
红色文化值得去发展的内容已不多	20	16.53%
当今社会下，人们内心浮躁不在意红色文化	57	47.11%

图 4　红色文化传播存在的问题

七成左右的受调查者认为宣传受阻很大程度上是因为缺乏人们的重视以及宣传活动的形式单一；同时有五成左右的受调查者认为人心浮躁是造成宣传受阻的一大原因。民众对红色文化宣传的看法对于解决宣传策略的问题有极大的借鉴作用。

如今，红色文化的宣传更多的是以传统手段进行，如由各机构下发相关文件，在宣传栏张贴有关海报或讯息，在电视报刊等媒介上发布宣传文章，等等，而这种宣传方式实际上并不符合时代的发展趋势。在我国拥有丰富红色文化底蕴的背景下，扩大红色文化传播范围的有效途径值得努力探寻。

（三）调研访谈

1. 采访任务

在中央推动宣传和弘扬红色文化的背景下，为了解群众对"潮汕七日红"这一历史事件的知悉程度以及对红色文化的看法展开采访。

2. 采访对象

身边的同学。

3. 采访提纲

（1）你听说过"潮汕七日红"这一历史事件吗？

（2）你曾经参加过红色文化活动吗？

（3）为什么你较少或者没有参加红色活动？

（4）你认为红色文化有什么作用？

（5）你认为我们要用什么办法进行宣传比较好？

（6）你认为我们现在宣传这些红色文化有没有必要？

（7）你对你现在的城市的红色文化宣传效果满意吗？

（8）你觉得现在红色文化氛围比较淡的原因是什么？

4. 采访具体情况

根据调查问卷的结果，我们发现红色文化的普及程度相对较低，参加相关红色文化活动的积极性不高等问题并探究调查对象感兴趣的文化传播方式，试图为红色文化的传播提供更多有用的观点和意见。

谈及参加红色文化传播活动的原因，大部分受访者都表明主要参加由学校组织的、具有一定强制性的红色文化传播活动，但是社会上举办的红色活动基本没有人参加。一位同学说："因为对我来说，我没有渠道了解类似的活动，就算有，通常这类活动也拘泥于形式，不怎么想参加，自己甚至产生了厌烦情绪。"

他补充道："我不是对红色文化感到厌烦，而是对红色文化传播方式感到厌烦，因为我觉得现在举办的，无疑是一些普及或者宣传活动，没有办法提高我自己的兴趣，次数一多，就会产生一些厌烦心理。"当问及普及红色文化的重要程度时，他毫不犹豫地回答道："红色文化很有必要进行宣传，这是中华民族的一笔财富，中国有像今天这样的美好生活都是革命先辈抛头颅洒热血所换取过来的。"部分同学表示，中国的凝聚力和团结心是前所未有的，对此感到自豪。

我们也了解了另外一部分人的观点，大部分都肯定红色文化蕴含的价值，但是希望传播方式有所改变，不只是停留在形式层面，而是真正做到深入人心。我们也询问了他们感兴趣的红色文化传播方式。"我比较喜欢现在挺流行的文创产品，周边产品，既有趣又能学习文化，还能保存下来。""像一些 B 站博主一样，重回革命先辈走过的道路，类似于拍一个 Vlog 的形式，视频还是比较容易接受的。""我比较喜欢实地调研，我们去自己走访一些红色历史浓厚的地方，亲身体会让我印象深刻。"

六、潮汕地区红色文化传播策略

（一）坚持正确的传播方向

近年来，随着经济全球化的快速发展和文化跨国传播速度的增强，年青一代对国家、民族和文化的认同感受到了猛烈冲击，受个人主义等所谓普世价值的影响，一部分人对中国优秀传统文化乃至本土文化的理解和认同存在不同程度的偏差。这些倾向不利于大学生群体及其他群体形成稳固的家国情怀及公民责任意识。

各级党委和政府应以鲜明的态度引领社会思想，用当代中国的核心价值观凝聚社会共识，通过线上线下相结合的形式宣传以"潮汕七日红"为主体的红色文化，提供相关有益的信息服务。

（二）有针对性地开展传播活动

1. 青少年儿童

青少年儿童处于成长初期，红色文化意识不足。面对此年龄段的群体，红色文化的传播应从基础做起，以故事传播、情感熏陶的形式让青少年充分了解红色文化，进而了解革命故事背后所蕴含的精神实质。政府部门或公益组织可以组织青少年儿童参加潮汕红色文化演讲大赛、潮汕红色文化展、潮汕红色文化征文大赛等，使其深度接触红色文化；学校可组织学生前往大埔会馆、七日红公园等地亲身感受红色文化，使青少年儿童在成长中对其产生精神共鸣，从而起到教育和激励的作用。

2. 大学生群体

大学生的知识储备与文化素质较高，学习能力和理解能力远高于其他年龄段，因此，可以采取多种形式传播红色文化。

潮汕红色文化资源与高校思想政治理论课课堂教学实践相融合。如《中国近现代史纲要》在讲授"历史和人民是怎样选择了马克思主义，选择了中国共产党，选择了社会主义道路"这个知识点时，可以结合潮汕红色文化资源中南昌起义后的"潮汕七日红"事件进行讲述。

在校园文化建设中融入潮汕红色文化。高校教学中开设红色精品课程、建设"红色网站"或相关专栏等，构建有效的红色文化传播平台。丰富大学生社会实践活动。鼓励大学生采取喜闻乐见的方式对潮汕红色文化资源进行实地考察与调研，使大学生在耳濡目染中接受红色文化熏陶。

通过社交媒体平台，在大学生群体当中传播融合文字、视频、音频以及图片等的红色文化多媒体作品。各媒体要提高作品质量，增强作品可读性、易读性、感染力以及感召力，吸引更多群体围观，达到最佳的传播效果。

3. 青壮年群体

青壮年群体已生活独立，并不常接受红色文化方面的教育。面对此年龄段的群体，我们应该对教育手段进行创新，充分利用互联网技术，在微博、抖音、知乎、快手等他们日常生活中经常接触的平台，通过历史故事的讲述，将红色文化中蕴含的真情实感传递给青年、感染青年，同时还要借鉴和运用互联网信息技术手段，将红色文化的各种典型人物和事迹进行动态展示和场景再现，增强红色文化的感染力，最大限度地发挥红色文化的教育功能，使他们能够通过多种渠道了解到红色文化并从中获得滋养。

4. 中老年群体

中老年群体在红色文化交流与传播的过程中具有关键作用，他们对于红色文化的认知最为深刻，是将红色文化传递给下一代的主要群体。而该群体的价值观和对红色文化的理解是决定传播效果的主要因素。在各社区组织开展志愿活动、进行红色文化接力等推动红色文化的深度传播。鼓励熟悉潮汕红色文化的群众主动向外界传播潮汕红色文化的精髓。

（三）拓宽多层次的红色文化传播渠道

1. 整合"潮汕七日红"红色文化旅游资源

"潮汕七日红"在潮汕地区凝聚了众多革命武装力量，播撒了革命火种，留下了诸多遗产。可实行以下措施整合红色文化旅游资源：加快修葺、建设红色旅游景点，在此过程中应立足于当地的特色风俗，体现历史、文化价值，实现经济效益与社会效益的同步发展。

打造红色旅游专线。将与"潮汕七日红"相关的红色旅游资源根据地理位置、实际情况等构建红色旅游专线，与大型可靠的旅行社进行合作，加大宣传力度，以优惠的价格、实惠的旅游套餐吸引游客的注意。

加强、完善红色旅游景区的基础设施建设。加大投入红色旅游景区的周边交通、餐饮、住宿以及其他各方面配套服务，提升项目品质，给予游客便捷、舒适的服务，提升游客的体验感。

2. 拓宽"潮汕七日红"传播媒介

"互联网＋红色文化"是当今社会传播红色文化的大势所趋。依托新媒体平台，如微信公众号、微博、抖音、快手、B站等，创新传播形式，及时更新内容，广泛吸引各大群体的关注，增强红色文化传播的辐射力和感染力。如《潮汕1927》。该纪录片主要描写1927年南昌起义后起义军南下粤东，潮汕、海陆丰地区的党组织及老百姓对早期中国革命做出的贡献，以及"潮汕七日红"以后由彭湃同志领导的海陆丰农民运动，创建海陆丰苏维埃红色政权。影像的力量是强大的，在整理以往影像资料的同时，也应重视对现存红色文化的挖掘，采用Vlog、街头采访等形式，丰富红色文化传播途径，用群众喜闻乐见的文化传播形式来提升知名度。

3. 开发潮汕红色文创产品

随着"文创热"的不断升温，文创产品呈现出潮流化、年轻化的特色，受到众多年轻人的关注和喜爱。依托潮汕红色文化资源，借鉴如故宫文创产品的发展模式，设计、生产并发售创意文化产品，与一些知名品牌进行联名销售，加大文化传播力度。同时可以举办红色文化创意大赛，设置奖励，鼓励创作，提升人民群众的参与度。

4. 打造潮汕红色文化产业链

在文化空间的规划上，建立多条红色文化走廊，发挥积聚效应。联动潮汕三市，明确揭阳、潮州、汕头三市的定位，用一条同质文化的基因链将"潮汕七日红"这一革命历史事件所涉及的足迹连接起来，构成潮汕特色的红色文化大版图，潮汕红色文化区域联系更加紧密，家园感、栖息感得到增强。

（四）营造良好传播环境

推动潮汕红色文化传统媒体与新兴媒体的融合发展，优势互补，共同推动中国主流价值观的输出与传承的同时，除了需要创新传播形式，更需要营造良好的传播环境。

1. 加强各平台的管理

网络监管部门必须认真审查网络直播的来源、内容、渠道和受众反馈信息，在遵守传播规律的基础上创新传播手段，建立有效的信息筛选、过程监控和舆情预警系统，为更多群众提供红色文化信息，引领正确的网络舆论。

2. 建设多个反馈渠道

全媒体传播的一大特点是互动性强、反馈性高，有利于拉近红色文化与人民群众的距离，但反馈渠道并非全部有效，必须注重完善受众参与机制，考虑受众对于接收潮汕红色文化信息的需求。

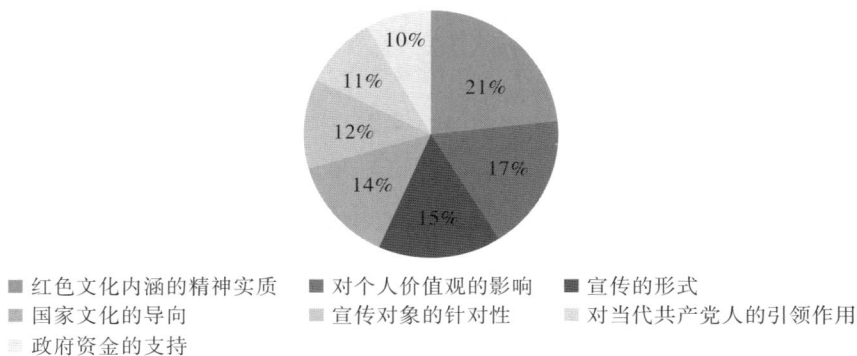

图5　宣传潮汕红色文化应重视的内容

大多受众认为传播潮汕红色文化应重视红色文化内涵的精神实质以及对个人价值观的影响，强调对内容与表达形式的完善。在建设反馈渠道的过程中应把握"文化、精神传承"的核心，延伸红色文化深度，实现潮汕红色文化的高水平进阶。

3. 引进专业管理人才

红色文化需要继承者和发扬者，而在新媒体操作与运营的过程中需要有专业背景较强的技术人员，才能使传播的内容与形式更为人民群众喜闻乐见。

专业人才的引进方式包括本地培养和外来聘用。在全媒体传播潮汕红色文化的背景下，要选拔一支专业技术性强与了解潮汕红色文化并存的队伍进行宣传工作。潮汕红色文化的红色传播者需要坚定为人民服务的信念，在宣传、传播的过程中传递主流价值观与正能量，真正打造出潮汕的特色红色文化品牌。

结　语

以"潮汕七日红"这一革命历史事件为中心所延伸、扩散出的红色文化是中国的先进文化，与当地特有的潮汕文化相融合，建构起以"闯""拼""勤""诚"为核心的新文化价值体系，具有深厚且宝贵的精神价值与时代意义，其中所蕴含的精神文明仍影响着当代人民的生产生活。

总体而言，对于潮汕红色文化的宣传力度及宣传方式亟待加强，有较大的提升空间。政府及党委组织需校准航向、把好舵盘，坚持引领正确的传播方向。在此基础上有针对性地开展传播活动和拓宽多层次的红色文化传播渠道，并注重营造良好的传播环境。

一个国家、一个民族不能没有灵魂，要坚定文化自信。只有坚定文化自信，才能培固民族精神之"根"，熔铸理想信念之"魂"，涵养核心价值之"源"。发展潮汕红色文化需要凝聚更多、更大的力量。在全媒体盛行的时代背景下，要以系统、发展的眼光创新潮汕红色文化的传播模式，释放红色文化的潜在魅力，推动人民群众接纳、吸收潮汕红色文化的精髓，潜移默化地提升人民群众的思想文化素质，为实现伟大复兴的"中国梦"和"两个一百年"奋斗目标，提供源源不竭的精神动力和力量源泉。

致　谢

感谢广东省汕头市大埔会馆等，在 2021 年寒假期间给予团队的支持，让我们了解到潮汕地区丰富的红色文化资源，加深了我们对红色文化的认识与理解。在调研过程中，我们学习到了如何将自己所学的专业知识和实践结合起来，较好地完成了一份调研报告和视频作品。与此同时，我们发现了一些红色文化传播过程中普遍存在的问题，并且站在文化传播的角度提供了一些积极的建议。除此之外，感谢指导实践团队的李彦老师，在调查报告的撰写和视频的制作上给予了很多的帮助。这是一次有意义的尝试，小组成员也将从实践中学习到的内容运用到今后的学习生活中，更好地传播红色文化。

（指导老师：李彦，广州大学新闻与传播学院讲师）

点评

探索红色文化传播新路径

近些年以来，大众文化不断发展繁荣。作为中国特色社会主义文化的重要组成部分，红色文化的宣传和普及有其重要性。但现实情况是，红色文化传播的重视程度和传播效果不对等。一个重要的原因是传统的文化传播路径已经不能适应新时代文化传播的要求，这也制约着红色文化朝向更深层次传播。

新媒体是具有互动性、融合性的现代传播技术的媒介形态和平台。新媒体的产生为红色文化的传播带来了新的机遇和挑战。一方面新媒体时代下信息传播更快速、更便捷，也更多样，能够随时随地满足受众各种方面的要求，这是网络传播的多样性决定的。另一方面红色文化的传播效果不足，目前依旧停留在表面意义上的传播，受众的接受程度和使用频率较低。

因此新媒体背景下的红色文化传播更要注重挖掘红色文化的内涵，用人民群众喜闻乐见的方式进行宣传。"讲好中国故事，传播中国声音"不能只是一句空谈，要应用于传播红色文化、提升文化的国际竞争力上来。

本作品立足于"潮汕七日红"这一历史事件，通过现场调研、访谈等方式试图弄清楚一个问题——"为什么这样一个历史事件，在当地的知名度这么低？"以小见大，从而为红色文化在新媒体时代的传播提供了思考路径，作品完整地阐述了调研小组对这一问题的看法，具有较大的启发性。在调研过程中，小组也产生了对"探索红色文化传播新路径"这一主题新的认知，锻炼提高了小组成员的专业素养和实践能力，较好完成了既定任务。

习近平同志指出："共和国是红色的，不能淡化这个颜色。"作为新闻专业的学生，应当明白自己的使命和任务，讲好中国故事，并能在新的起点上传承和发扬红色文化。

（点评人：李彦）

火红岁月中的战斗青春：裕安围和她的九烈士

何淑慧　李昕洋　陈漫琪　岑凯霖　何彦霖　陈家宜　谭宇洋　刘馥珍①

摘　要：裕安围，是个曾经只有 40 多户人家的小村庄。在中国新民主主义革命浪潮中，村民前赴后继参加革命。在新中国成立后，裕安围村有陈锦生等 10 人被广州市人民政府追认为革命烈士。此次，我们开展调研的目的是想利用自己的专业特长，通过讲述裕安围九烈士的故事，让这个红色故事、革命先辈的火热故事传播得更广，让更多的人听见、看见、感悟到那段火热的战斗岁月。将老一辈共产党员身上的光辉事迹与使命担当转化成感召青年传承红色精神、勇担时代使命的无限能量，使广大青年学子从中了解到党和国家发展的来之不易。

关键词：裕安围；红色基因；红色精神；革命烈士；裕安围九烈士

一、朦胧的裕安围

"一湾溪水绿，两岸荔枝红。"2 月的广州荔湾暖意渐浓，乘坐地铁 1 号线到达裕安围村，两角翘起的牌楼两边，刻着两行字："裕溯当年要承先启后，安居今日应继往开来。"一旁的指示牌所指，"裕安围革命老区纪念馆，前进 80 米"。

榕树的寓意是"重要的回忆"。在裕安围革命老区纪念馆门前，矗立着茂密的榕树。而这个面积仅一千平方米，40 多户人家的小村庄，便是有名的红色游击区。

---

① 何淑慧，广州大学新闻与传播学院 2018 级广播电视学专业本科生；李昕洋，广州大学新闻与传播学院 2017 级广播电视编导专业本科生；陈漫琪，广州大学新闻与传播学院 2017 级广播电视学专业本科生；岑凯霖、何彦霖，广州大学新闻与传播学院 2018 级广播电视编导专业本科生；陈家宜，广州大学新闻与传播学院 2019 级广播电视编导专业本科生；谭宇洋、刘馥珍，广州大学新闻与传播学院 2018 级播音与主持艺术专业本科生。

2021 年春天，广州大学新闻与传播学院的学生们来到西塱裕安围革命老区纪念馆。希望用影像的方式再现英雄们的光辉事迹和宝贵精神，也试图去寻找属于这个村庄甚至全国先辈们的"重要记忆"，希冀在重访中用年青一代的方式去传承红色基因。

图 1　裕安围牌楼
（来源：调研团队实地拍摄）

二、进击的裕安围

《广东农民运动》一书写道："一九二五年五月至一九二六年四月这一年间，农民运动空前高涨，特别是农民武装的建立和发展，以及农民反对地主的武装斗争的普遍展开，必然地使农村的阶级斗争进一步尖锐起来。"

1924 年，广州市郊第一区农民协会在芳村中市谢家祠成立，这是广州最早建立的区一级农民协会。与此同时，党组织的建立使得当地农民的革命热情高涨起来。其中裕安围陈锦生、陈秋成二人被选送到"广东省农协干部训练班"学习，不断提高思想觉悟。陈锦生在农干班时期便参加了中国共产党，成为裕安围第一个中共党员。而叶佳、梁添两位同志也相继加入党组织，成为裕安围最早的党小组。

《南粤英烈传》记载："1925 年黄谦以农民特派员身份，到裕安围开展活动，组织建立农民协会。"也正是在黄谦的指导下，同年裕安围村农民协会成立，此时的裕安围已经有九个地下党员组成党组织，而全部农户均是农民协会会员。农民自卫军应运而生，"队员有陈秋成等七人，队长是陈锦生"，《芳村地名志》写道。

图 2　纪念馆内群像
（来源：调研团队实地拍摄）

1927 年 12 月 11 日广州起义，裕安围农民自卫军积极参加这一壮举。广州起义的枪声打响，队长陈锦生带领 23 人打死反动局长梁瓜耀，而后与铁路工人赤卫队一起迅速攻占石围塘火车站。他们一行人渡过白鹅潭经黄沙进入广州城，与广州起义军并肩战斗。

事情的发展并不是一帆风顺的。而后广州起义失败，起义军撤出广州到达中山五路，此时战斗激烈，伤亡无数，血流满街。据史料记载，"广州起义失败后，反动政府大抓'红带友'（参加起义者都佩戴红带标志），裕安围也被当地民团和右派军队包围搜查。当时参加起义的农民军已回到村里，分别埋伏在村周围，准备随时拼搏"。

1928 年 12 月 3 日，几百名国民党兵将裕安围包围起来，村里所有人都被驱赶到村前晒谷场，并命令姚常辨认共产党员，扬言姚指出哪一个便捆绑哪一个。姚常曾任芳村农军大队长，是党的负责人之一。姚常是大冲口人，原来早已被捕，由于在南京国民政府任要职的大哥担保，他才免死，可如今却成了可耻的叛徒。在这场"指谁打谁"的辨认会上，陈锦生、梁耀、梁添、梁灿坚、陈秋成、陈巨成、原南、叶佳、郭珠等 9 名共产党员被敌人抓捕。1929 年 2 月 17 日，反动派将其中 8 人杀害，而年仅 18 岁的陈巨成在狱中被折磨致死。

图 3　纪念馆内陈列牌

（来源：调研团队实地拍摄）

三、我们的裕安围

如今，西塱裕安围革命老区纪念馆正式揭牌为荔湾区第一批"新时代红色文化讲习所"，荔湾区各级党组织利用讲习所平台开展学习教育活动。

习近平总书记在给上海市新四军历史研究会百岁老战士们的回信中写道：全党即将开展党史学习教育，希望老同志们继续发光发热，结合自身革命经历多讲讲中国共产党的故事、党的光荣传统和优良作风，引导广大党员特别是青年一代不忘初心、牢记使命、坚定信仰、勇敢斗争，为新时代全面建设社会主义现代化国家而不懈奋斗。而作为新传学子的我们，利用自己的专业所长，让这个历史事件、革命先辈的火热故事传播得更广，让更多的人听见、看见、感悟到那段火热的战斗岁月。新传人脚踏祖国大地，了解与传承我们的革命精神，心中才能拥有对抗无尽黑暗与邪恶的力量。

裕安围九烈士的故事让调研队队长何淑慧胆战心惊，感慨万千。她说道，裕安围九烈士是中国革命浪潮中一个缩影，如今我们生活在一个富足和平的年代，联想到前段时间描述戍边战士的一句话"他们都是为我而死"，裕安围九烈士的英勇牺牲，既为了人民能有稳定的生活，更为了国家有一个光明的未来。就义之时，他们都还是少年，与我们一样，正当年少，反观当今青年中的许多人，在先辈为我们打拼下的稳定生活中安于现状、不思进取。以史为鉴，可以知兴替，以人为鉴，可以知得失，通过学习裕安围九烈士的故事，我们不仅需传承发扬革命先辈的英勇无畏、顽强拼搏的精神，更应反思自身，明确当代青年人的使命担当，勇担时代重任，展现青年风采。

党员陈漫琪回顾起这段红色的记忆，她认为以九烈士为代表的裕安围人民在风起云涌的革命浪潮中响应党的号召，果断投身革命伟大事业，不惧强大的敌人和艰巨的困难，用自己的血肉之躯，铺就了通往幸福新时代的光明大道，为我们换来了这太平盛世。英烈们伟大的精神对她的触动很大，我们要珍惜这来之不易的新时代，要牢记裕安围先辈不屈的革命精神，在新时代的浪潮下果断挑起自己的责任，结合时代的特色，继承发扬裕安围人民的革命意志和精神。

预备党员刘馥珍感慨道："裕安围，这个只有 40 多户人家的小村庄，在中国新民主主义革命浪潮中，村民前赴后继参加革命。数十位中共党员在革命历程中牺牲，但是血的代价并没有让裕安围的村民们退缩。相反，他们奋起抗战，在抗日战争中组织村民配合军队一同抗战。如今我们能生活在这样一个幸福快乐的社会中，与这些英勇烈士是分不开的。正是因为他们的努力与付出，才有我们今日的幸福生活。正因如此，我们作为新一代的中共党员，更要扛起时代赋予我们的责任和使命。接过历史的接力棒，将这种精神传递下去，将这一份责任扛在肩上！"

而出镜记者谭宇洋则讲道，"我有幸走到现场并亲自和当地的讲解人员进行了沟通，这也让我有了更为直观的感受。过往提起红色文化的传播，我能想到的大概也无非就是展馆讲解、故事宣扬之类。但在裕安围纪念馆，讲解员告诉我们，现在的裕安围不仅通过上述方式传播了红色的精神与文化，同时还身体力行把这种红色的力量带到周围的街坊百姓，全心全意为人民服务。不忘初心，牢记使命，其实在红色精神的传播上也要坚持红色经典的传承，切切实实为老百姓做出贡献，同时让人深刻具体地体会到红色精神的力量！新时代的我们作为传播者，想要更好地传承好红色精神，需要从多方面努力推进。而从这次的实践我们可以看到，他们进一步加强对红色资源的综合保护和利用，使红色资源发挥出最大效能；又不断创新红色教育方式，通过红色实践彰显为民宗旨，使红色基因在不同社会群体中都能得到有效传承。我想，只有让红色经典活起来，红色文化才能真正深入人心，才能形成全社会共同传承红色基因整体合力！"

预备党员岑凯霖说："通过本次裕安围革命纪念馆的调研学习活动，我对这段国家历史有了更加深刻的了解，更为这些青年英雄壮士们的豪情壮志所动容。历史果然是一本厚重的书卷，在其中的每一个平凡而伟大的故事都深深扣动着我的心弦。作为青年人的我们，势必要发扬党的优良传统，学习先辈革命家以信仰作为自己的精神之基，以身报国，衷心为民。这份红色基因值得我们一代代青年人不断传承下去，成为生活、学习的精神支柱。在和平年代之中呼吸的我们，更加珍惜今日来之不易的生活，努力提升自我，迎接更灿烂的未来。"

负责本次视频剪辑工作的陈家宜坦言，这次的社会实践带给她很多的收获："在负责视频的拍摄中，我学习到了脚本对于一个视频的重要性。在参观裕安围博物馆的途中，我深深地被烈士们的革命精神所感动。他们平均年龄十分低，有的年龄跟我们一样甚至比我们还小。我们处在一样的年龄，但他们所作所为却远远超越了这个年龄的高度，给了我极大的冲击。裕安围人民英勇战斗和不屈不挠的精神会永存于世！永远激励着我们在共产党的领导下'不忘初心，牢记使命'！"

未来已来。

裕安围，是"我们"的裕安围！

致　谢

最后，特别感谢在实践过程中给我们专业指导的老师们，感谢荔湾区东漖街道办事处、裕安围革命老区纪念馆给予的支持与帮助！

（指导老师：刘涛，广州大学新闻与传播学院讲师；张丽芬，广州大学发展规划处教师；曾岑，广州大学新闻与传播学院讲师）

点评

讲好红色故事　传承红色基因

红色文化承载着中国共产党人的初心和使命，红色文化蕴含着丰富的文化内涵。习近平总书记指出："革命博物馆、纪念馆、党史馆、烈士陵园等是党和国家红色基因库。要讲好党的故事、革命的故事、根据地的故事、英雄和烈士的故事，加强革命传统教育、爱国主义教育、青少年思想道德教育，把红色基因传承好，确保红色江山永不变色。"讲好红色故事，目的是更好地传承红色基因，充分发挥红色文化的当代价值。

在我们党的百年发展历程中，有无数感天动地的红色故事。党的故事蕴含党的初心使命、彰显党的优良作风、展现党的奋斗精神。在中国共产党历史这本教科书中，感人的红色故事是其中的光辉篇章，是传承红色基因的生动教材。在党和国家事业取得历史性成就、发生历史性变革的新时代，我们必须着力讲好新时代党的故事。

本报告的亮点之一是：选取西塱裕安围革命老区纪念馆，通过讲述裕安围九烈士的故事，让这个红色故事、革命先辈的火热故事传播得更广，让更多的人听见、看见、感悟到那段火热的战斗岁月。将老一辈共产党员身上的光辉事迹与使命担当转化成感召青年传承红色精神、勇担时代使命的无限能量，使广大青年学子从中了解到党和国家发展的来之不易。

本报告的亮点之二是："历史"与"当代"、"青年"与"国家"之间的有效对话，通过挖掘红色故事，了解红色故事背后蕴含的深层次含义，并以新闻传媒人的视角，通过纪录片的形式进行立体化的展示。

（点评人：张丽芬）

榕江西堤逐浪涌 百载商埠向阳新

——汕头"探寻"

林 桐 吕佳骏 涂诗睿 谢梓祥 李浩婷 莫格格 许嘉妮

黄春霖 李嘉海 [①]

摘 要: 2016 年,汕头开展了创建文明城市、强化城市管理的行动,"创文强管"成为汕头各项工作的总抓手。近几年,在国家发展和改革开放的春风吹拂下,汕头的发展成就令人瞩目。在城市发展过程中,汕头的侨文化和开埠文化等红色文化也得到了相应的重视和发展。[②] 团队从在校大学生的视角出发,选取老城区的标志性景点——小公园和西堤公园作为主要的调查地点,以本地人的所讲所述来展现汕头创建文明城市以来老城区的新面貌。在传播汕头文化的同时,希望能够以"星星之火"之势去引导青少年关注家乡建设,了解传承家乡文化,增强青少年的文化认同感并提升文化自信。

关键词: 汕头老城区;创文;侨批;开埠;红色专项

2020 年国庆节前后,习近平总书记来到汕头,走进开埠文化陈列馆、侨批文物馆,了解汕头开埠历史以及设立经济特区以来汕头的建设发展情况,了解潮汕侨胞心系家国故土、支持祖国和家乡建设的历史,察看开埠区街区人文历史风貌,同市民群众亲切交流。习近平总书记说:"华侨一个最重要的特点就是爱国、

---

① 林桐、吕佳骏、涂诗睿、许嘉妮、黄春霖,广州大学新闻与传播学院 2020 级网络与新媒体专业本科生;谢梓祥,广州大学新闻与传播学院 2020 级广播电视学专业本科生;李浩婷,广州大学新闻与传播学院 2020 级播音与主持艺术专业本科生;莫格格、李嘉海,广州大学新闻与传播学院 2019 级网络与新媒体专业本科生。

② 汕头市人民政府.汕头市政府工作报告(2021 年 1 月 29 日 曾凤保)[EB/OL].(2021-02-24)[2022-05-04].http://district.ce.cn/newarea/roll/202102/24/t20210224_36334960.shtml.

爱乡、爱自己的家人。这就是中国人、中国文化、中国人的精神、中国心。中国的改革开放，中国的发展建设跟我们有这么一大批心系桑梓、心系祖国的华侨是分不开的。"习近平总书记多次强调，广大海外侨胞有着赤忱的爱国情怀、雄厚的经济实力、丰富的智力资源、广泛的商业人脉，是实现中国梦的重要力量。[①]

汕头是中国著名侨乡以及海上丝绸之路的重要门户，素有"华南要冲、海滨邹鲁"的美誉。自改革开放以来，汕头作为经济特区取得了显著成就，但与同期其他经济特区相比，汕头的社会发展总体水平仍然较低。由于政策制度、人口规模、城市规划等问题，汕头在推进城乡一体化的进程中进入瓶颈期，在全国城市中渐渐被矮化。

2016年5月17日，陈良贤书记在汕头市创建全国文明城市、强化城市管理工作会议上掷地有声地说："创建全国文明城市使命光荣，强化城市管理时不我待，文明创建没有句号、只有逗号，永远在路上！"标志着汕头市正式开始实施创建全国文明城市、强化城市管理的计划，这一计划简称"创文"。创文工作开展以来，随着一系列重点整治工作的推进、一批批惠民政策的落地，汕头以新的面貌呈现在大众视野中。

其中，汕头老城区的创文成果尤其突出，从一个脏、乱、差的城区发展成为今天汕头著名的旅游景点，进一步推动了汕头经济和文化的发展，其崭新面貌的背后是汕头市民与政府机构的共同努力。

团队成员本次调研，秉承不忘初心的情怀，以大学生回家乡的视角，主动去探寻汕头家乡发展的新变化，重点挖掘汕头展现老城区文化底蕴及内涵的方式和亮点，传播家乡文化，提升家乡人民的自尊、自信、自豪感。

一、研究方法

本次调研的具体内容有：了解创文前后汕头老城区标志建筑的修缮情况以及周边设施的配套情况，重点以西堤公园和小公园为主；了解普通市民对老城区新面貌满意度以及对汕头创文工作的看法；略估汕头创文的成果。

本次调查以线上调查问卷和线下半结构式访谈相结合开展，调查对象主要有

---

① 中国新闻网.习近平肯定华侨贡献　专家：华侨与祖国互为惦念　共谋发展 [EB/OL].
　（2020-10-14）[2022-05-04].https://baijiahao.baidu.com/s?id=1680538759735582139&wfr=
　spider&for=pc.

侨属、老城区市民、老城区游客、汕头市民等，受访者基本信息见表1。在收集数据的过程中，调研团队成员在受访者知情同意的基础上对每次访谈进行录音，录音时长在 5~20 分钟不等。团队成员将调查结果进行分类和整理，再分工撰写调研报告。

由于团队成员所在地不同且受新冠肺炎疫情的影响，团队研讨及撰写合作均在线上展开，团队通过"云"合作的方式，在指导老师的帮助下，克服重重困难，着力打造有温度、易传播的作品。团队希望通过作品激发青少年的共鸣，让更多人关注家乡建设，发掘家乡红色文化，传承红色精神。

表 1　受访者基本信息

序号	性别	年龄	身份
1	男	81	侨属
2	女	76	侨属
3	女	48	老城区游客
4	男	55	老城区游客
5	女	35	老城区美食店员
6	男	52	作家
7	男	51	汕头市民
8	女	44	汕头市民
9	女	72	汕头市民
10	女	47	汕头市民

二、汕头小公园——明媚春光暖，百载商埠向阳新

开埠，是指开辟为商埠。1858 年，清政府与英国签订《天津条约》，拟开辟潮州为通商口岸。但 1860 年英国首任驻潮领事坚佐治乘船抵达潮州时，遭到潮州广大民众激烈反抗，英人船只甚至被石头砸穿甲板，英人只好退据沙汕头，复与清廷交涉，确定在沙汕头设立通商口岸，"沙汕头"自此改称"汕头"，正式开埠。

汕头小公园是开埠的地标性建筑，小公园片区的骑楼和街路呈扇形放射状分布，加上两侧的旧街坊"四永一升平"、东部的旧"盐埕头"、北面的红亭、南面的"汕头港"，形成了具有 20 世纪 30 年代建筑特色的繁华商业区、文化区。小公园周围老街的骑楼最有代表性，骑楼的建造汲取了外廊式建筑许多处理手法，在街道和店铺之间形成一个连续的有遮蔽的交通空间，适合汕头炎热、多雨、多台风的气候特点。

图 1　独具特色的骑楼建筑
（来源：调研团队实地拍摄）

　　小公园片区内的百货大楼是 1932 年华侨集资 50 万大洋创办的"南生公司"，装有汕头市历史上第一部电梯，当时一、二层经营苏广洋杂百货，三、四层为中央酒楼，五、六、七层为中央旅社，是当时粤东最大的商业场所。[①] 采用中西结合风格建造，底层为骑楼结构，外墙立面装饰细腻丰富，带涡卷的希腊爱奥尼柱头、中国古典的花卉图案浮雕等被广泛采用，令人叹为观止。即使修复前骑楼的建筑老化陈旧，但是透过其外观仍然可以感受到它曾经繁荣的景象。

　　作为汕头地区创文活动的发祥地，自创建文明城市活动开展以来，小公园的改建工作进行得如火如荼，依照计划保留和翻新小公园片区具有浓烈潮汕特色的骑楼以及高度还原 20 世纪的中山公园纪念亭，且根据骑楼建筑的独特性构造打造商业步行街，将美食与文化遗产聚集在一起，重现历史商业区的繁华景象。

---

① 汕头日报.汕头小公园成为关注热点 [EB/OL].（2020-10-16）[2022-05-04].http://gd.people.com.cn/n2/2020/1016/c123932-34354381.html.

图 2　汕头小公园人头攒动
（来源：调研团队实地拍摄）

除此之外，小公园历史文化街区不断发掘历史资源，借助秘密交通站、同文学堂、大埔会馆等地，打造红色文化与开埠文化相结合的红色旅游线路，让小公园开埠区成为革命传统教育、爱国主义教育、党性锻炼和廉政教育的阵地。随着小公园开埠区保育活化，原本寂静多年的老城区重新焕发生机活力，再度成为汕头的热门"打卡地"。在全市上下庆祝经济特区建立 40 周年的重要时刻，小公园核心街区装扮焕然一新，以传统与时尚相融合的嘉年华活动喜迎四方宾客。

小公园的墙都翻新了，过年还挂满了灯笼。这一片有很多潮汕特色小吃店，经常排长队，许多外地游客来品尝都会说"你们潮汕的美食非常好"。（受访者 5）

以前的汕头是非常破旧落后的，包括乌桥岛、小公园，有些从民国到现在都没有翻新过，非常破旧，但是"创文"之后这些建筑都焕然一新了，还新开了很多博物馆，还新建了老妈宫戏台，每天都有戏可以看。（受访者 3）

小公园有个最突出的地方就是红色交通站，那里是共产党活动过的地方，在中国革命最艰苦、最低潮的时候，周恩来在这个红色交通站里面坚持办公，不畏敌人的追捕、暗杀，为中国革命做了很大的贡献，是老一辈革命家。我认为这就是小公园的一个灵魂，"创文"有一条计划就是"弘扬前一辈革命精神"，让我们下一代去继承、发扬，这个是最重要的！（受访者 7）

小公园的"剪纸""抽纱"等都是后期归集到小公园的，抽纱以前是在人民广场、海滨路那一片，剪纸是在博爱路、总工会那一片，是后期为了弘扬潮汕文化，才在小公园那一片聚集起来，展示汕头的传统工艺。（受访者2）

三、西堤公园

（一）地图广场——海邦剩馥，抚今追昔

潮汕人把出国谋生叫作"过番"，把漂洋过海、出国谋生的人称为"番客"，在世界各地的华侨中，潮汕籍华侨占了很大比例。近代时期，由于潮汕地区人多地少、经济不景气，大部分潮汕人为了养活家人会选择冒着生命危险出海谋生，主要前往东南亚地区的泰国、新加坡、马来西亚，以及越南、柬埔寨等地。[①]

西堤公园位于汕头市金平区，西临汕头礐石大桥，南临榕江入海口处。西堤公园的前身是西堤码头，这里是老一辈漂洋过海远赴重洋的地方。[②]当时的西堤码头经济繁荣、商旅繁忙，是汕头经济发展的发祥地，见证着潮汕先辈们漂洋过海的奋斗史，展现着侨胞心系桑梓的家国情怀。西堤公园自1990年建成以来，十几年均处于荒废状态，重建后对市民开放，新增了地图广场、记忆之流、滨海木栈桥、过番纪念柱等标志性建筑。

地图广场的地面被铺装成一幅"老城区旧地图"，在这里可以看到汕头老城区的历史街区名和众多侨批局的位置及商号。永顺街、永兴街、安平路等街区名彰显出当时人们为出海谋生的家人祈求平安的心态，熟悉的街区名唤醒老一辈和海外华侨对汕头老城区的记忆。人们在观光时不仅是在休闲观景，更是在寻找汕头昔年繁华的残迹，抚今追昔。

图3　地图广场
（来源：调研团队实地拍摄）

---

① 汕头市归国华侨联合会. 潮汕侨批：维系海外侨胞和亲人的纽带 [EB/OL].（2013-10-11）[2022-05-04].http://www.stql.org/News/Index/214.

② 不一样的角度看西堤公园，重温你儿时回忆！[EB/OL].（2017-11-30）[2022-05-04].https://www.sohu.com/a/207714369_807205.

以前这里是一个码头，我的爸爸是一个番客，小时候他回去马来西亚就是在西堤码头坐船。（受访者1）

以前西堤码头非常繁华，人流密集，船只密布，大家都是在这里出去（过番）的，小时候我爸爸还会时不时寄过来大米、巧克力、咖啡。（受访者2）

我年轻的时候在汕头打工，家住揭西，每次要回揭西我都在西堤码头坐船。（受访者7）

大部分华侨发达后不忘家乡建设，回乡投资，兴办企业、发展教育、引进医疗设施，为汕头的建设与发展呕心沥血，为潮汕地区创造了丰富多彩的习俗与文化。如今西堤公园成了汕头观光胜地，特别是对海内外潮汕华侨和本地居民来说，西堤公园代表着专属潮汕族群的文化记忆与情感谱系，是赋予高度身份认同与文化自信的一份骄傲。

（二）记忆之流——见字如面，以侨为桥

在西堤公园的中央，有一个名为"记忆之流"的环形平台，侨批被制作成500多块瓷砖艺术作品，市民可以透过展台的水面看到水下陈列着的信件与票据，为市民创造重温侨批历史文化的场所，实现历史文献展示与人居环境改善的合理结合。

"批"是"信"的意思，侨批，俗称"番批""银信"，专指海外华侨通过海内外民间机构汇寄至国内的汇款暨家书，是一种信、汇合一的特殊邮传载体。在以前谋生困难、交通通讯不发达的年代，华侨"过番"通常一去就是三五年，时隔多年才能回一次家乡，有的番客甚至一辈子也没有回来，客死异国他乡。报

图4　记忆之流
（来源：调研团队实地拍摄）

平安对于番客和家人来说都是头等重要的大事，侨批除了报平安的书信功能外，更重要的是可以汇寄银钱。侨批是当时潮汕地区大部分家庭的主要经济来源。每一封侨批都是一个故事，它浸透着海外侨胞的汗水与血泪，以及他们对亲人、对故土、对祖国深沉的爱恋。

以前的生活很困难，大部分潮汕人都会跑到东南亚做生意，多少都能有点成

就，这些人在海外赚钱后会时不时寄点钱回来。（受访者4）

小时候一到月末，我奶奶就总是让我去门口看看送侨批的人来了没有，她还常常碎碎念"怎么还没有来"。每次奶奶一拿到侨批，她会给我五分钱让我去买糖吃，而且奶奶的心情一整天都会特别好。（受访者2）

侨批最重要的就是里面的汇单，收到汇单的时候就是最风光的，邻居会说："你们家华侨寄钱过来啦！"（受访者1）

"记忆之流"成了许多汕头市民的记忆载体，不同于展示橱窗里冷冰冰的文物，而是看得到、摸得着的记忆。自创文以来，西堤公园已接待国内外游客访客达450万人次。一纸侨批，穿透岁月与浩渺的历史长河，是维系海外侨胞和海内亲人的纽带，字里行间流露着独属潮汕人的家国情怀。无数家庭在天各一方的相互守望中，将人间酸甜都凝结在一行行墨迹中。

总　结

汕头是一个文化底蕴深厚的侨乡，近年来，汕头对道路进行大力改造，为市民的出行带来了更方便、舒适的体验，也让市民朋友对交通意识有了更深的认识。近年来汕头更是新增了很多绿化、休闲公园，让市民在工作、生活之余有了享受休闲时光之处。对于乡村建设，汕头政府投入了大量的资金和人力。整治乡村环境，让村民的居住环境有了很大的改善。如今，东海岸、华侨新城的建设更是日新月异，集居住、休闲、商业于一体，成为汕头市的新地标。（受访者6）

街边到处都很整洁，道路很宽敞，很多公园可以给老人小孩去活动、娱乐、运动。（受访者9）

咱们汕头从这几年开始"创文"以来，我就感觉到我们市容市貌各个方面都发生了很大的变化，比如说以前个别人开车喜欢闯红灯，现在这种现象几乎是没有了。（受访者10）

根据问卷调查的结果，关于汕头近五年的发展变化，80%的汕头市民觉得稳中有进，12.5%认为飞速发展，有7.5%的市民认为汕头的发展停滞不前。汕头市民对于汕头创文的态度，从一开始就非常支持的占比63%，从不太支持向支持态度转变的占比24.5%，持无所谓态度的占比10.5%，有2%的市民对于创文一直保持反对态度。对于老城区的变化，大部分市民对改建成果感到十分满意，希望带家人朋友来游玩，并为自己是汕头人产生自豪感，能切身体会到汕头的进步和改变；不过也有小部分的市民认为这些地方商业气息太浓厚，表示不是很喜欢。

创建文明城市在促进汕头老城区经济和文化发展以及侨文化、开埠文化、红色文化宣传的同时，也存在一定的压力和弊端，过大的人流量对环境卫生、公共秩序等问题带来新的挑战。汕头创建文明城市的行动给老城区带来崭新的面貌，汕头的全方位发展仍任重道远。

借助此次调研，团队成员对汕头有了更加深刻的认知和了解。在那一封封古老的侨批里，团队成员感受到了汕头人民出海谋生的艰辛困苦以及他们对故乡的牵挂。了解一座城市除了欣赏这座城市的旖旎风光，也应该去倾听它的历史，了解它的文化。一座城市有一座城市独特的风味，汕头就是这样一座活力满满、古今融合的城市。而我们青年学子，在读懂汕头之后，也会更加热爱它，热爱这一座充满红色基因的历史文化名城。

致　谢

感谢侨属陈道平老先生、作家袁佳伦先生、汕头市民林楚华女士、汕头市民黄瑞妹女士等人士的积极配合，接受我们团队的采访，感谢汕头市侨批文化博物馆和开埠文化博物馆提供相关历史参考资料，感谢曾丽红老师对我们作品的耐心指导。团队成员们在此次实践中收获颇丰，克服困难，着力打造有温度、易传播的作品。

海滨邹鲁，百载商埠，汕头正在以更加开放包容的姿态迎接前方的机遇和挑战，将在创文的大浪中行稳致远，创造新的辉煌！

（指导老师：曾丽红，广州大学新闻与传播学院教授、硕士生导师）

点评

最美的乡愁是传承

一座城市承载乡愁的当然不限于它的疆域、人口和物产，还有它的文化以及历经千载百代如同电光石火一样熊熊燃烧的城市精神，它们以某种传说的方式流传久远，历久弥新。红色文化是汕头宝贵的历史遗产之一，其所承载的红色精神也必将激励一代又一代的热血青年为理想和信仰而拼搏奋斗，为中华民族伟大复兴的中国梦续写更壮丽的红色篇章。

为响应党的号召、展现和传承家乡独特的风貌，调研团队主动去探寻汕头发展的最新变化，采用客观纪实风格，以一个大学生回到家乡探寻家乡建设新面貌的视角，展现了创建文明城市以来汕头老城区的经济建设成果，着重从西堤公园和小公园两个地点挖掘汕头的侨文化和开埠文化，向世界传播汕头的红色文化。另外，在作品制作期间，小组成员搜集了大量信息资源，进行了精确缜密的数据分析工作。从作品的感染力来看，能够使观众了解汕头丰富的文化底蕴，同时也能引起观众共鸣，了解并传承地方文化，提升文化自豪感和认同感。红色基因深深地注入了这片红色热土的肌肤血液，一代又一代的人在这里用热血与青春守护初心使命，书写了一幅波澜壮阔的时代画卷。调研报告中的今昔对比和实证采访使得大家更加洞悉汕头的变化，也体现出我们国家这些年对汕头地方的支持，对汕头民众的关心。而在这些变化之中，汕头的红色基因并没有被现代车轮磨灭掉，我们依然可以看到汕头政府对红色文化传承的助力与支持。从作品的现实意义来看，读者通过阅读，可以较为清晰地了解到汕头既有的发展成就以及汕头当地对侨文化和开埠文化等红色文化的保护和宣传，萌生想亲自去汕头考察红色文化与红色基因的冲动。我辈青年不忘初心，关注家乡建设，铭刻红色记忆。

先辈的故事虽然离我们当代生活渐行渐远，但情感结构与红色记忆永不磨灭。在流光溢彩的当代社会中，忘不了的乡愁，我们依然要传承，带着初心不忘使命，赓续红色血脉砥砺前行。

（点评人：曾丽红）

巾帼芳花别样红

——论信息传播领域的革命女性精神在现代社会的传承与发展

李宇芊　陈江柯　曹嘉喻　王健柏　高云龙　李寒星①

摘　要: 本文基于旧时代从事信息传播领域(如新闻业、谍报业、群众宣传等)的中国革命女性与新时代信息传播领域的中国女性的人物群像研究,通过搜集整理影视、音频、历史文献、制作数据等途径,探索她们身上一脉相承的红色革命精神,鼓励新时代的群众继承并发扬这样的红色精神,营造良好的社会舆论大环境。

关键词: 革命女性;信息传播;红色基因;女性群像

性别问题是当下中国社会的热门问题,也是亟待解决的矛盾。性别平等也是现代女性不懈追求的目标。早在 2008 年中国社会科学出版社出版的《中国性别平等状况调查报告》一书中就提出了类似的观点:"平等是一项神圣的法律,一种先于所有法律的法律,一种派生出各种法律的法律","平等总是灵魂的法则,各种法律的法律,它是一项法权,一项唯一的法权"。18 世纪法国大革命时期,在"自由、平等、博爱"的旗帜下,巴黎妇女向国民议会要求享有与男子平等的人权,从而拉开了世界妇女解放运动的序幕。在此后的两百多年里,通过一次又一次的女权运动,妇女一步步走向社会,为实现男女平等进行了孜孜以求的努力。在当今世界,就像反对阶级压迫、反对种族歧视、反对民族奴役一样,反对性别歧视已经成为全世界妇女的口号。

---

① 李宇芊、高云龙、李寒星,广州大学新闻与传播学院 2020 级网络与新媒体专业本科生;
陈江柯、曹嘉喻,广州大学新闻与传播学院 2019 级网络与新媒体专业本科生;王健柏,
广州大学经济与统计学院 2019 级数据科学与大数据技术专业本科生。

习近平总书记强调："一个国家只有崇尚英雄才会产生英雄，争做英雄才会英雄辈出。"英雄没有性别之分，巾帼花开别样红。杰出女性的红色革命精神是国家，是社会，是人民的宝贵财富。深入了解并积极学习是我们每个人义不容辞的责任。

一、解放前后中国女性遇到的困境及个人成就和社会活动的相互影响

（一）女性遇到的困境

我国女性在工作中遇到的难题主要有性别歧视、婚姻带来的负担、经济贫困以及整体素质亟待提高四大问题。四种不同的难题在成因方面各有不同之处。[①]

1. 性别歧视

性别歧视指性别上存在的偏见，也指一种性别成员对另一种性别成员的歧视产生的不平等对待。两性之间的不平等是性别歧视产生的原因。中国传统观念根深蒂固，国家目前出台了一系列的政策以保护妇女群众的合法权益，但是在贯彻落实的过程中由于传统观念的干预使妇女的权益难以保障。如人员招聘中明文规定只招男性员工、农村中农业技术的培训更多向男性倾斜……无论是解放前还是解放后，这些因传统观念导致的性别歧视使女性难以获得工作，这种歧视不断阻碍着女性的自我解放和发展。

2. 婚姻带来的负担

在传统家庭中女性扮演的母亲角色给工作带来了不小的压力，女性在工作中往往会为家庭做出牺牲，如女性在孕期往往因为身体原因请假从而失去升职或者其他的发展机会、对子女的考虑和牺牲、对传统观念的屈服以及对再婚的恐惧……在传统观念的影响下女性的压力会更加沉重，女性无论是在物质上还是在精神上都承受着巨大的压力。

3. 经济贫困

在革命时代，无论是农村还是城镇，都存在相当一部分的贫困妇女，物质决定意识，物质方面的贫困导致这些贫困妇女在精神方面的缺失，她们之中不少人因贫困导致生命健康受到威胁，当人的生命健康难以保证时，个人的发展更是难

---

① 邱美珠. 五四运动与妇女解放 [J]. 三明学院学报，1995（4）.

以企及。更加贫困的家庭甚至难以支付家中子女的教育成本，这样也导致子女知识水平的低下，形成恶性循环。

4. 整体素质亟待提高

个人素质包括心理素质、生理素质、社会素质，是制约一个人发展的主要因素。在革命时期，女性的受教育权难以保障，又因传统观念对女性教育水平的限制，使得女性的受教育水平不高，知识水平受限，女性无论是心理、生理还是社会技能都难以得到发展。尽管当时女性解放思潮高涨，女性解放运动活跃，但并不是所有的女性都有这样的思想觉悟。在偏远山村或者一些贫困的农村中，性别不平等观念仍根深蒂固，甚至出现了诸如只让儿子上学不让女儿上学、抛弃女婴等重男轻女的行为。虽然随着社会经济的发展和社会整体教育水平的提高，这种重男轻女的现象在逐渐减少，在社会各行各业也涌现了许多出色的女性工作者，诸如我们熟悉的牟蕾、胡宁、王冰冰、董倩、李红等优秀的女性，但是从整体来看，提高女性的综合素质仍是妇女发展与解放的当务之急。

（二）个人成就和社会活动的相互影响

个人与社会密不可分，两者相互依存，又相互制约，是对立统一的关系。个人的发展离不开社会的进步，社会的前进也离不开个人的努力。女性红色工作者作为个人，她们于一定的社会环境中工作，她们在工作中所反映出的红色精神又引起社会环境的变化，推动社会活动的发展。

革命时期，赵云霄女士就读河北省立保定第二女子师范学校期间，受共产党员李培芝的影响，开始阅读《向导》《新青年》等进步书刊，在红色革命思想的引领下参加驱赶反动校长的活动，同时也鼓励家乡妇女反抗封建思想对她们的压迫，促进农村妇女的解放和发展。赵云霄在学习先进知识后得到个人思想的解放与发展，这些先进的思想又促进了她去为社会中女性的思想解放而奋斗，从而推动红色活动的进步与发展。缪伯英女士在五四运动后积极去北大参加活动，在此期间结识了李大钊，并多次参加李大钊讲授的《唯物史观》《工人的国际运动》《社会主义》《女权运动史》等课程，在李大钊的引导下接受马克思主义，逐渐成为一名坚定的共产主义女战士。随着实践经验的增加，缪伯英运用马克思主义唯物史观观察事物，尤其关注女性的解放，在《家庭与女子》一文中，她发出"顺着人类进化的趋势，大家努力，向光明的路上走"的呼吁，号召女同胞冲决封建罗网，做时代的新女性。又在之后的工人运动中贡献了自己的一分力量，向工人宣传马克思主义，参与《工人周刊》的编辑工作，报道工人运动的情况促进工人阶级的觉悟，由此也进一步促进工人运动的发展。黄嘉莉小姐在新冠肺炎疫情暴发之初不顾个人安危，随广东医疗救援队一同奔赴湖北武汉——新冠新闻战场第一线，体现了广东新闻人的使命与担当，也彰显了当代青年对于红色精神的传承与发展。在疫情的第一线，黄嘉莉一天不眠不休高强度工作了十多个小时，先后发回十多条采访稿件，二十多条新媒体视频，其中《专访广东医疗队领队：前方用品紧缺，口罩只剩一天储备量》在社会各界引起了广泛关注并形成了不小的影响，社会各界向武汉伸出援助之手。她敢为人先，勇于奉献的红色精神为世人感动，她的报道带来的社会各界的支持与援助缓解了武汉物资的紧缺，她在工作中向世人展现奋斗在抗疫第一线的医护人员，也彰显了中国人民战胜疫情的决心与魄力……

这些女性红色工作者在工作或是学习过程中都离不开她们所处的社会环境，她们依托社会大环境下带来的新思想以促进个人的发展，又通过自己的努力，发挥个人对社会的能动性使社会发展，在个人价值得到实现的同时也促进了社会的进步。

二、联系现代背景阐述革命女性精神的发展方向和前景

（一）总结革命女性精神的发展历程

通过对信息传播领域具有代表性的革命女性的研究，我们对革命女性精神有了深入的了解，我们将革命女性精神的发展，大致规划为以下几个历程。

1. 20 世纪新民主主义革命时期——革命女性精神的苏醒

五四时期前后，西方思想引入，女子教育和女性雇佣劳动者出现，这一系列社会经济以及思想的变化，为女性思想的转变奠定了基础。五四运动一开始，有觉悟的知识妇女首先崛起，在全国各大城市建立妇女救国团体，同时宣传妇女解放的思想，提倡婚姻自由、提倡男女社交公开，呼吁广大女性勇敢表达自己的心声，做独立的个体。而新文化运动时，作为封建道德的种种摧残女性的纲常礼教受到了猛烈抨击，一定程度上破除对女性思想的束缚，也为广大女性提供了表达自我、展示自我的平台。更重要的是，新民主主义革命时期的妇女解放运动，使广大女性意识到自己作为国家的一分子，应有"天下兴亡、匹夫有责"的国家认同感，在为家国命运的抗争中磨炼女性的自我意志，因而培养了一大批优秀的妇女骨干。

这些女性大多在后来中国的革命和其他社会活动中起到了非常重要的作用，尤其是在信息传播领域上有重大贡献，并且推动着革命女性精神的不断发展。

以缪伯英同志为例，她在青年时期受妇女解放运动影响，并结识了李大钊同志，接受了马克思主义，成为一名共产主义战士，之后她遵照党组织的决定，先后筹备了北京女权运动同盟会，帮助南京妇女组织了女权运动同盟南京分会，领导湖南妇女运动，领导长沙女学生成立了"女子宣传队""女子募捐队""女子纠察队"，缪伯英同志是中国共产党具有较深理论修养和丰富实践经验的干部，一直战斗在工人运动、妇女运动和学生运动的第一线，是中国妇女解放运动的先驱者，极大地促进了革命女性精神的发展。

2. 中华人民共和国成立以后——革命女性精神的真正解放

中华人民共和国成立以来，中国女性教育事业有了长足的发展，为广大女性素质的提高奠定了良好的基础。此外，党和政府重视妇女解放的工作，不断地将妇女解放的思想与理论转化为具有权威力和约束力的法律法规、政策政令，使妇女在政治方面获得了真正的解放。另一层面，女性党员占比的提高，女性参政人数的增加，一系列女性在政治领域的积极活动，也推动了革命女性精神的发展。

以刘清扬同志为例，她曾参与学习、讨论《共同纲领》，并担任全国政协常委、全国妇联副主席、中国红十字会副会长等职，意气风发地为社会主义革命和建设而工作，与邓颖超等人成为"中国妇女界的一面女权旗帜"。

又如彭子冈同志，既是坚定的共产党员，也是有情怀的知名新闻家。中华人民共和国成立以后，她先后任天津《进步日报》和《人民日报》记者，任《旅行家》杂志主编、中国新闻社名誉理事。她以不泯的热情和传神的笔触发表了《人之初》《汽笛》《塑象》和《姐弟情上的疤痕》等抒情散文，发表著作《苏匈短笺》《子冈作品选》《时代的回声》《驰骋疆场的女战士》等，以行动诠释着革命女性精神。

3. 21 世纪新时期——革命女性精神发展和持续高涨

现代网络的快速发展，信息获取的便捷，一定程度上促进了女性意识的高涨，社会上对女性问题的探讨不断增多，相关文化作品也对女性有了多身份、多个性的角色塑造。女性工作者在政治领域、社会领域等的贡献和地位不断地被大众认可，社会重视革命女性做出的贡献，因而革命女性精神也不断得到新的传播，未来的发展态势向好。

以央视记者王冰冰、主持人董倩为例，作为青年革命女性，她们深入基层，了解事实，为民众报道时事，以自身的专业素养和良好形象持续更新人们心中的革命女性形象。

（二）在现代背景下促进革命女性精神发展的措施建议

第一，教育部要重视举办以革命女性为对象或主体的红色实践活动。在全国范围内讲述革命女性的故事，积极鼓励青年学生参与阅读实践，认识革命女性在中国历史发展中起到的深刻作用。鼓励革命历史题材影视剧塑造革命女性的良好形象，整合和规范革命话语系统，塑造真正的革命女性声音。此外，国家相关部门还应鼓励民间积极发展与革命女性相关的红色旅游，留存与革命女性相关的历史痕迹和革命故事，重视对革命女性历史的保护和宣传，使之成为红色精神资源，促进革命女性精神发扬光大。"①

第二，在教育层面，国家要完善与教育相关的法律法规，保障女性受教育的权利，加强对于女性教育重要性的宣传，培养促进革命女性精神发展的青年人才。同时发挥家庭教育的作用，提高女性的基础素质，帮助女性形成男女平等的正确理念，创造有利于女性和男性平等发展的和谐的社会环境，渲染革命女性精神发展的良好氛围。

第三，国家要完善促进女性就业的法律法规，举办相应的表彰活动，肯定女性工作者在社会领域的贡献，同时也鼓励新一代革命女性应以自身为榜样，认清自身在社会和生活中的价值和地位，产生广泛的参与意识和竞争理念，引领社会风尚。

第四，青年女性学生要不断地加强学习，重视接受职业技术教育和进入高等教育的机会，不断提高自身素质和思想觉悟，正确认识自我，摆脱传统观念的束缚，增强男女平等意识，在学习和社会实践中，培养独立人格，增强个人在社会生产和生活中的主体性、能动性和独立性，以个人行动配合和投入新时代革命女性精神的发展。

三、大数据分析

数据能够最直观地展示时代的进步与发展。本小组重点在"女性党员占比""女性党员入党年龄占比""党员学历结构变化"这三大方向，探索时代发展进程中，

---

① 陈捷.女性意识的觉醒与中国近现代女性文学的崛起［J］.重庆社会科学，2002（9）.

女性党员群体的具体变化。

（一）女性党员占比

早期共产党员共 57 位 [①]，其中两位为女党员：缪伯英、杨开慧，占比为 2/57=3.5%。

2019 年，中共中央组织部发布的中国共产党党内统计公报数据如图 1 所示：

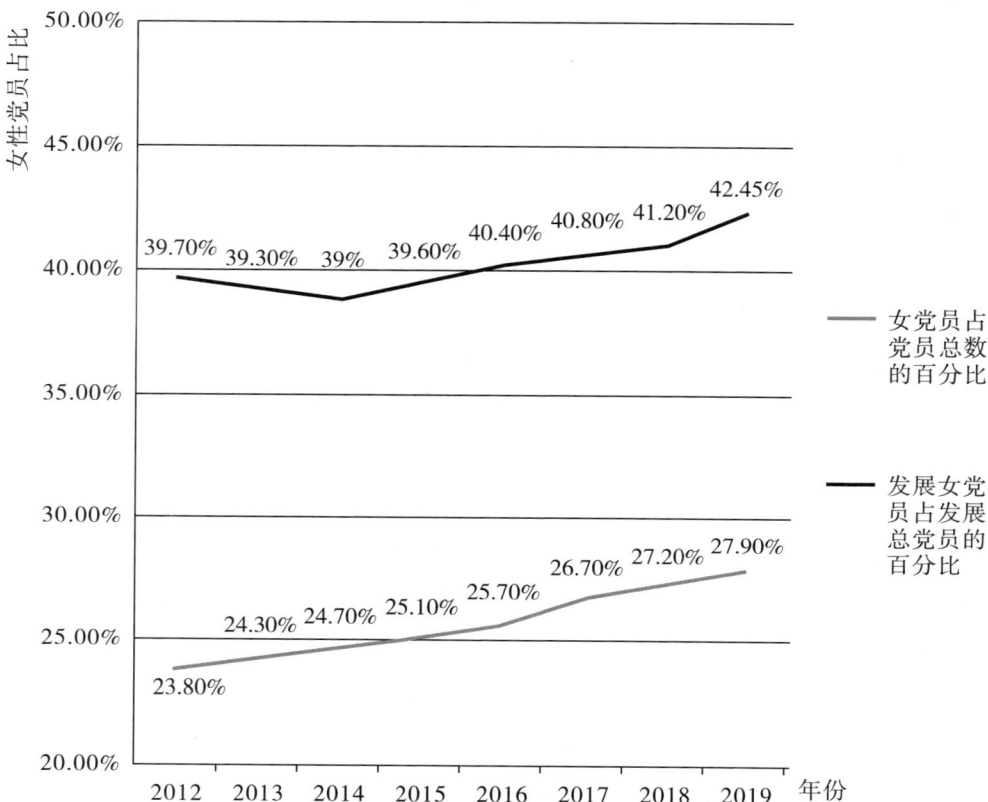

图 1　中国共产党各年度女性党员占比（2012—2019 年）

比之以往，女党员的占比是在波折中不断提高的，而且新发展的党员男女 [②] 比例也在不断向 1∶1 靠近。

（二）女性党员入党时年龄对比

早期共产党员共 57 位，其中两位为女党员：缪伯英（21 岁入党）、杨开慧（20

---

① 关于早期共产党员人数，有"53 人说""57 人说""58 人说"，本文从"57 人说"。

② 中国共产党党内统计公报 [EB/OL]. http://news.12371.cn/dzybmbdj/zzb/dntjgb/.

岁入党）。

其余一些女性党员的年龄见表1：

表1　女性党员入党年龄一览

姓名	入党年龄	姓名	入党年龄
林心平	17	黄励	20
向警予	25	何宝珍	21
杨开慧	20	刘志敏	19
刘清扬	27	李敏	18
康克清	20	刘胡兰	15
蔡畅	23	茅丽瑛	28
邓颖超	21	毛泽建	18
谭道瑛	22	孙晓梅	26
钟竹筠	18	陈昌甫	21
张秀岩	25	王光	19
杨之华	23	王根英	18
宋庆龄	88	吴富莲	18
徐林侠	23	赵一曼	21
缪伯英	21	刘惜芬	25
彭子冈	24	张露萍	17
沈安娜	24	江竹筠	19
郭隆真	29	张应春	24
赵云霄	19	陈君起	39
郭凤韶	19	高凤英	21
陈康荣	22	李文	18
陈铁军	22	潘琰	24
董健民	17	张新华	22
高恬波	22	冷云（八女）	19

（续上表）

姓名	入党年龄	姓名	入党年龄
郭纲琳	21	李林	21
黄君珏	18	安顺花	22

由上表可知，女性党员入党总的平均年龄均为 23 岁。

而如今，人们入党的平均年龄也无确切的数字，在中共中央组织部颁发的最新党员公告中可得，约 80% 的新发展的党员不到 35 岁。

发展党员中，学生占比和工作者占比如图 2 所示：

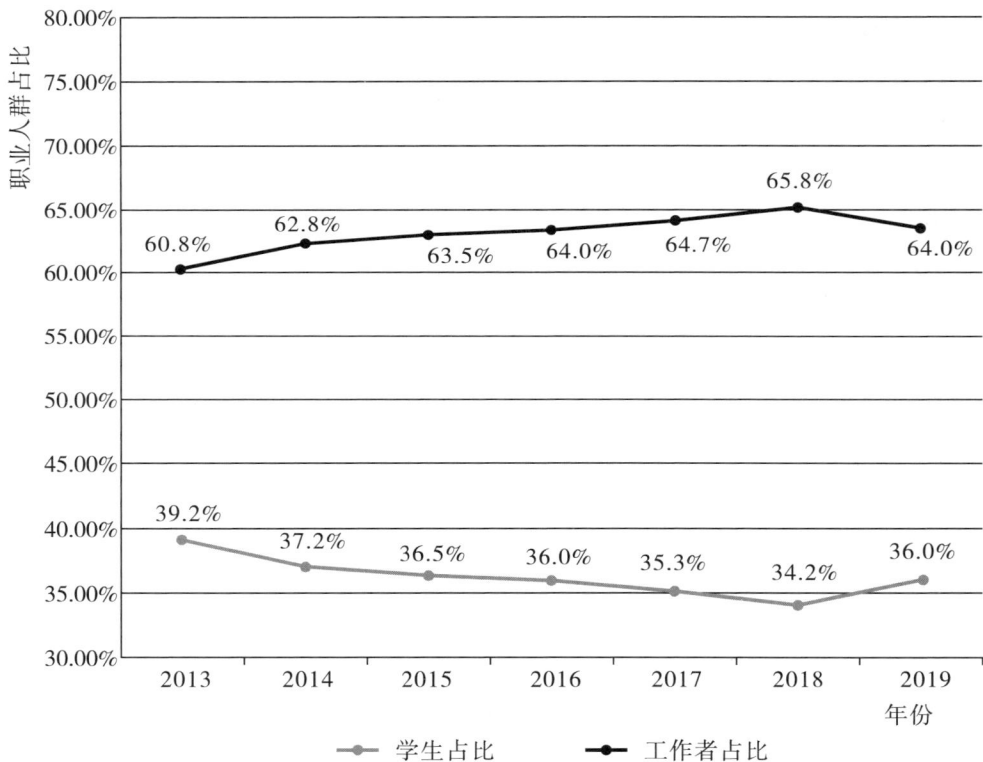

图 2　女性入党年龄变化

综合可得，女性入党年龄是随着年份往后越大的。原因之一是入党考察日渐严格，入党人数减少了。①

――――――――――――

① 图表数据来源：https://baijiahao.baidu.com/s?id=16862873926707326444&wfr=spider&for=pc。

（三）女性党员学历结构变化

早期党员入党时，多数为大学在读的学生，如杨开慧、邓颖超、谭道瑛、陈铁军、郭纲琳、浦熙修、缪伯英等；少数为中学生时便已入党，如向警予、沈安娜、刘志敏等；个别入党时，是没有上过中学的，有孙晓梅、李敏、康克清等；还有个别是虽未入党，身为民盟一员，也做着红色革命的革命家，如何香凝、宋庆龄（宋庆龄在逝世不久前被接收为正式党员，实现了她长时期以来的夙愿）。

旧时期女性党员学历结构和如今的党员学历比例如图3、4所示：

- 入党时为大学在读学生
- 中学时便已入党
- 入党时无中学经历
- 虽未入党但从事红色革命

图3　旧时期女性党员学历结构示意图

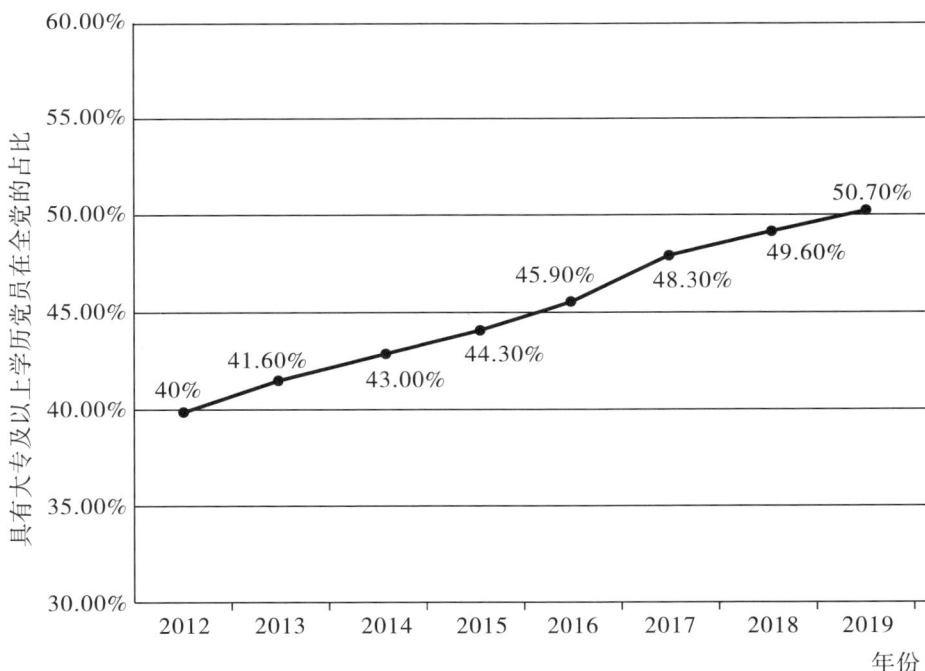

图4　2012—2019年中国共产党中女性党员学历结构比例

（来源：中国政府网2012—2019年中国共产党内统计公报）

由以上数据可知，随着中国女性受教育的比例不断增大，近年来中国女性党员的学历结构层次也在不断攀升。

（四）变化总结

由此可知，我国近年来受教育女性的占比越来越大，有更多的女性接受高等教育，群体素质有了极大的提升。其背后蕴含的信息是：女性党员基本是在接受高等教育的时候觉醒了加入共产党的意志，而到后来的"农村包围城市"及抗日战争时期，发展党员、觉醒意志要更加紧迫，所以其后的女性党员学历结构持续下走，不过到 2012 年后，女性党员的学历结构不断攀升，证明女性党员们的综合素质也在不断提高。

女性党员的占比在不断提高并逐渐靠近 50%。女性党员入党时的年龄也发生了变化，逐渐增大，这与入党条件变得严苛有一定的关系。而女性党员在入党时的学历水平变化趋势则是："高—低—高"，这与时代背景是息息相关的，不过最终在新时代的背景下，女性党员的学历水平是在不断提高的。同时我国女性在工作方面也发生了不小的变化，从一开始专注于党的建设，到后来百花齐放，开始注重国家国力的增强。女性党员的数量、比例、学历水平在不断攀升，她们的工作在不断变化更新中，而红色精神仍传承着，在乡村支教、在贫困县扶贫的中国女性们，她们是新时代女性群像中最熠熠生辉的。

结　语

红色女性的工作性质多数为脑力劳动且担任领导职务的宣传工作，不断解放人民群众的思想，去传递红色精神，如《妇女日报》的创建者之一——刘清扬，《进步日报》《人民日报》的记者——彭子冈，以及派到家乡永定岐岭，任党支部宣教委员的陈康容，等等。少数红色女性还包含体力劳动，要去打游击战、去抗日等，如参加抗日游击队的安顺花、领导东北抗日活动的赵一曼等英烈。她们的工作更趋向于宣传红色精神，为党在中国的蓬勃发展做贡献。如今，女性党员在各行各业都遍地开花，活跃在大数据领域的牟蕾，中央广播电视总台记者王冰冰，等等，都是新时代的优秀人才。她们的工作更多地转变为增强中国综合国力做贡献。

杰出的头脑和灵魂没有性别之分，上述提到的女性以及没有出现在本文中的杰出女性，永远值得我们致以最高的敬意。

致　谢

在报告结尾，本小组全体成员向广州大学新闻与传播学院的刘雪梅老师的倾情指导表示感谢，向广州大学全体教职工的帮助表示感谢。

（指导老师：刘雪梅，广州大学新闻与传播学院副教授、硕士生导师）

点评

巾帼花开别样红

毛泽东曾题："中华儿女多奇志，不爱红装爱武装。"旧时代和新时代的革命女性，可以说一直在国家建设中起着"半边天"的作用。2022年，全国妇联印发通知，对开展"巾帼心向党　喜迎二十大"群众性主题宣传教育活动作出部署，强调要紧紧围绕迎接宣传贯彻党的二十大工作主线，引导广大妇女更加自觉地跟党奋进新征程、巾帼建功新时代，以实际行动迎接党的二十大胜利召开。

本报告的亮点有三：

一是在于立足信息传播领域的革命女性群体进行研究，并梳理了红色革命女性精神发展的几个历程。该团队通过调研发现——旧时代红色革命女性的工作性质多数为脑力劳动且担任领导职务的宣传工作，且对推动中国历史进程也曾起着深远影响，却甚少人关注。因此，该调研团队立足这一领域，通过搜集整理历史文献和影视、音频等资料，反映红色革命女性在新中国成立和建设过程中起到的重大贡献和深远影响，表现了革命女性精神的深刻内涵以及其对团队成员的精神感召。

二是在于本报告展示了新旧时代的红色革命女性在工作过程中遇到的困境，如性别歧视、婚姻带来的负担等。性别问题在当下是热门话题，对这些女性经历的历史和困境进行探究和回顾，有助于为当下社会的女性问题提供借鉴，参考与智慧。

三是在于本报告对中国共产党内女性党员的比例、入党年龄和学历结构等的变化，进行数据的汇总和分析，展示了新旧时代红色革命女性工作的变化。如今女性在国家建设中百花齐放，在各个方面为国家力量作出重大贡献，新时代女性群像熠熠生辉，红色革命精神在新时代也将被继续传承，让人看到革命女性精神的魅力。

　　杰出的头脑和灵魂没有性别之分，革命女性精神应当被更多人看到，值得我们去思考和致以敬意。

（点评人：刘雪梅）

革命转折点上的茂芝

——对潮州市茂芝村传承红色血脉、促就乡村振兴的考察

成于凡　张逸媛　伍珮仪　林　丹①

摘　要： 在建党百年之际，调研团队深入位于广东省潮州市饶平县上饶镇的茂芝村，追溯了一场近百年前的革命会议——茂芝会议。调研团队亲自踏上茂芝村这片红色土地，重走茂芝会议的历史路线，探寻沉淀百年的红色故事，采访深受茂芝会议精神影响的当地居民，发现振兴乡村的红色道路。报告以"拾红色记忆，追溯茂芝会议""探纪念馆，体味红色文化""访当地居民，见证乡村之变""明青年使命，传承红色血脉"四大板块，呈现出茂芝村的红色血脉正在延续，并与乡村振兴的历程相交织的现状。通过调研茂芝村的红色振兴之路，调研团队再现茂芝会议，并以实际行动让茂芝精神得以更好传播，也希望能为其他正在进行乡村振兴的老区、苏区带来启示。

关键词： 红色村落；红色文化；传承；乡村振兴

广东省潮州市是一片红色的土壤，蕴含着浓厚的红色文化。其中坐落于群山之间的饶平县上饶镇茂芝村，是一个古朴又宁静的小村落，但它的历史却充满血与汗、红色与执着。1927年，朱德同志就曾在茂芝村召开一次对我党我军具有重要转折意义的会议——茂芝会议，做出了"隐蔽北上，穿山西进，直奔湘南"的重要决策，为朱毛井冈山会师打下了坚实的基础。近百年来，这片土地上孕育的茂芝会议精神——不忘初心、饮水思源，不畏艰难、勇于开拓，在当地百姓中脉脉相传。

---

① 成于凡、张逸媛、伍珮仪、林丹，广州大学新闻与传播学院2020级广播电视学专业本科生。

2021 年，恰逢建党一百周年，调研团队于 2 月前往茂芝村进行实地考察。调研团队走过茂芝会议遗址，到达茂芝会议纪念馆，了解当地对红色文化的保护与传承。茂芝会议纪念馆馆长说，让全国人民都了解到茂芝会议，更好地把茂芝会议精神和革命精神传承下去是他的责任所在。重视红色血脉的传承，茂芝村紧紧地把握住其独特的红色财富。

近年来，茂芝村通过召开茂芝会议 90 周年纪念会议、修建 70 公里红色文化长廊等方式弘扬红色文化，传承茂芝会议精神。同时，茂芝村实施着以茂芝会议为基点发展红色旅游业，对第一、二产业产生辐射带动作用的策略，有力地践行着乡村振兴战略，大大促进了当地经济发展和人民生活水平的提升。将红色文化融入乡村振兴，茂芝村的佳绩对同样拥有红色基因、红色文化但还未成功振兴的乡村具有良好的示范作用。调研团队通过实地调研后归纳总结茂芝村的红色发展模式，希望其能够为正进行乡村振兴的老苏区带来启示。

作为当代青年，我们有责任继承好红色基因，也应当做好红色文化的传播者，让红色文化在每一片神圣的土地上熠熠生辉！

一、拾红色记忆，追溯茂芝会议

1927 年 8 月 1 日，由中国共产党领导的南昌起义打响了武装反抗国民党反动派的第一枪。起义胜利后，起义军按照原计划撤离南昌，南下广东。起义军途经赣南、闽西进入广东省梅州市的大埔境内，后分兵，主力部队进入潮汕。

1927 年 9 月 20 日发生三河坝战役后，朱德部队于 10 月 5 日撤退至广东省潮州市饶平县上饶镇茂芝村。驻扎茂芝村期间，朱德率领的军队面临着极大的危险。一方面，通讯困难，他们与中央、前敌委员会失去了联络；另一方面，他们获悉在潮汕的队伍连连失利，且周围的国民军密集。因此，军队士气低落、军心动荡，不少将士认为前途渺茫，想要离开。在此危急时刻，朱德于 10 月 7 日上午在茂芝村的全德学校主持召开了团以上干部军事会议，历史上称为"茂芝军事会议"。参加的有第二十五师师长周士第、党代表李硕勋，七十三团团长黄浩声、政治指导员陈毅，七十四团参谋长王尔琢，七十五团团长孙一中、参谋长张启图，以及第二十军第三师教导团参谋长周邦采等 20 多名干部。在会议上，朱德统一思想认识，鼓动士气，指出"起义军主力虽然失败了，但'八一'起义这面旗帜绝对不能丢，武装斗争的道路一定要走下去"，并提出了"隐蔽北上，穿山西进，直奔湘南"的军事决策……在会议上经过激烈的争论后，这支部队仍坚持朱德的领导，继续高举南昌起义的旗帜，并于 10 月 7 日下午撤离了饶平。而后，这支部队经历了"赣南三整"、湘南起义，最终与毛泽东领导的部队于井冈山上顺利会师。①

朱德部队撤离出茂芝村，但其顽强不屈、英勇无畏的革命火种却留在了这片土地上。党从十九大以来，提出了乡村振兴战略，为新时代乡村发展指明了方向。习近平总书记也指出："深入挖掘、继承创新优秀传统乡土文化，把保护传承和开发利用结合起来，赋予中华农耕文明新的时代内涵。"② 拥有红色基因的茂芝村同样抓住了当地的红色文化。2017 年 11 月，茂芝会议 90 周年学术研讨会在茂芝村举行，此次会议邀请了朱德将军等革命家的后辈和各地学者参与。会议中，与会学者完善了茂芝会议相关史料，并与先烈后辈共同缅怀先烈、探讨茂芝会议的历史

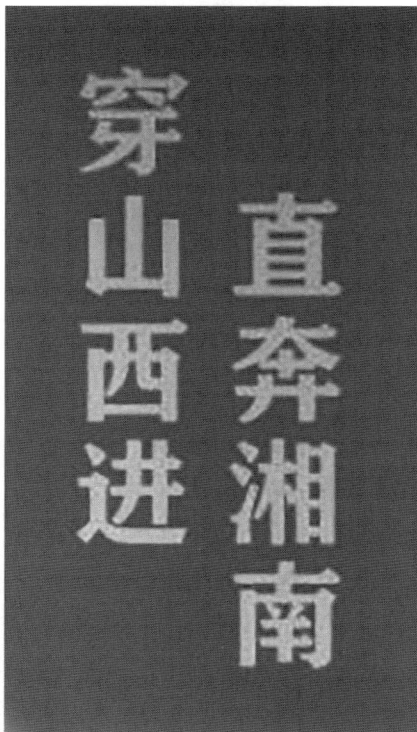

图 1 "穿山西进，直奔湘南"的口号
（来源：调研团队实地拍摄）

影响和精神内涵。③ 此外，饶平县抓住这一机会，积极筹办打造 70 公里红色文化长廊，并在茂芝村修建了茂芝会议纪念馆。此次会议结束后，茂芝会议的历史更加清晰，茂芝会议的精神更为凝练，并有茂芝会议纪念馆等载体协助茂芝会议这一历史事件进行传承。历经近百年的沧桑，茂芝会议没有流失在历史的洪流中，而是在茂芝村的乡村发展进程中被当地人民拾起、重视并且传承。

---

① 刘学民，刘克明.重温朱德与茂芝会议［J］.党的文献，2018（1）；刘龙飞.茂芝会议与一个县的红色振兴之路［EB/OL］.（2019−08−02）［2022−05−02］.https://news.southcn.com/node_5e7906bf0c/65a9a85911.shtml.

② 中共中央国务院关于全面推进乡村振兴加快农业农村现代化的意见［EB/OL］.（2021−01−04）［2022−05−02］.http://www.moe.gov.cn/s78/A01/s4561/jgfwzx_zcwj/202102/t20210225_514894.html.

③ 广东省扶贫办."茂芝会议"90 周年纪念活动在饶平举办［EB/OL］.（2017−11−30）［2022−05−02］.http://static.nfapp.southcn.com/content/201711/30/c819272.html.

二、探纪念馆，体味红色文化

在茂芝村的朱德广场上，一座于 2017 年 6 月落成并正式开馆的建筑——茂芝会议纪念馆坐落于广场中央。其占地 1 580 平方米，建筑面积 520 平方米，恢宏气派。自开馆以来，茂芝会议纪念馆已经接待了许多来自全国的党员、群众。

2021 年 2 月，我们游访了茂芝会议纪念馆。刚踏入茂芝会议纪念馆，我们的目光便被一片巨大的石刻壁画吸引。这幅壁画呈现的是朱德等将士召开茂芝会议的场景，壁画上方闪着红星，整个一楼大厅被暖色调的光笼罩。我们仅是站在门口，震撼感便油然而生。

图 2　茂芝会议纪念馆石刻壁画
（来源：调研团队实地拍摄）

走进一楼左侧展厅，我们看到了一位身穿淡紫色衬衫，外披黑色外套，下着深蓝牛仔裤的中年男子，他背着手游览着，时而挺直腰板，阅读墙上的文字；时而俯下身子，端详玻璃展柜里的展品。当他仔细参观完一楼展厅时，约莫半个小时过去了。

这位游客告诉我们："我不是本地人，我是潮州市区人，这次来茂芝自驾了两个多小时。"他是从电台和党员同事那了解到茂芝会议，知道茂芝会议纪念馆的存在。与他交谈正值上午 11 点多，他东睃西望周围的展览墙，脸上浮现着兴奋与喜悦，不见其跋涉而来的疲惫。而后，他谈道，"我印象最深刻的地方就是当时斗争失败之后，军队士气低落的时候，他们仍不放弃斗争，坚持斗争到底，革命到底。他们坚定的革命信念和革命信心使我感触颇深"。

正午过后，到馆的游客越来越多。几位手持气球的孩童跑了进来，看看这边的雕像，看看那边的图片；成群的青年结伴而来，他们边走边看，边看边拍；头发花白的老者也踱步而入，佝偻的腰背抵挡不住他上昂观看的头。本就不大的纪念馆瞬间人头攒动，正如茂芝会议纪念馆的讲解员所说，到馆参观的游客逐年增加，开放日的中午或下午会达到人流高峰。

当我们参观完茂芝会议纪念馆，馆长詹京才随之而到。他热烈地向我们表示欢迎，也同我们谈起他之前接待过许多像我们这样前来调研的学生。谈及茂芝会议时期的历史，詹馆长说："1927年发生了三大起义——南昌起义、秋收起义、广州起义，这些都是我们中国共产党领导的较早革命。茂芝会议也是在那个时候起到关键性作用，是一个重大的转折。假如说，我们中国的军队在茂芝就解散了，那中国以后的革命就会被改写。"可见，茂芝会议的意义与价值不容小觑。"茂芝会议的关键作用在于保存了八一南昌起义的革命火种，寻找到了正确的革命道路、方向，在我党我军中具有重要的意义与地位，在我们党史中是一个重要的转折点"。詹馆长补充道。

茂芝会议在我党我军发展史上的重要作用不可忽视，其蕴含的红色血脉应得到传承。作为共产党员的詹馆长，深受红色精神的熏陶，不忘党员的责任与使命。他讲道："从十八大以后，在习近平总书记的带领下，我们不忘初心，牢记使命。所谓的不忘初心就是不忘我们的先烈。我们的先烈打下了这片江山，我们不能忘记他们。牢记使命就是我们要更好地服务乡亲、人民。"而作为基层党员干部，詹馆长传承着红色基因，关心着茂芝村的振兴与发展。"我们从十八大以后，更加关注红色基因的传承。全国各地都不忘初心，牢记使命，守护着先烈打下的这片红色江山。相信党的领导，全国人民永远跟党走，听党指挥。我们茂芝村既要振兴我们农村的绿色产业，也要坚持着红色的道路。"

当问及对茂芝会议纪念馆的建设和发展、传承茂芝会议精神有何设想与期望时，詹馆长表示："作为茂芝会议纪念馆的馆长，我会做好每项工作，热情接待到茂芝会议纪念馆参观的各地人民，更好地把茂芝会议精神传承下去。同时我会让全国人民了解茂芝会议，并尊重和传承好茂芝会议精神乃至革命精神。"詹馆长以身作则，传承着茂芝会议的精神——不忘初心、饮水思源。"作为共产党员，一个基层的干部，我应该不忘初心，牢记使命，认认真真地为人民服务，做好每一件事，要对得起党，对得起人民。"

茂芝会议带来了宝贵的精神财富，在时代的长河中不朽，给予一代又一代人强劲的力量与强韧的民族自信。"参观完茂芝会议纪念馆，我学到了无论遇到什么困难或挫折，只要你有坚定的方向、坚定的目标，就要勇敢地去坚持，永不放弃。这是一种信念、信仰。"游客先生如是说道。参观完茂芝会议纪念馆的游客先生拍照留念后满意离开，而此时，二楼的3D行军路线图前，有一位母亲正教着她的孩子认地名……

图3　正在纪念馆参观的游客
（来源：调研团队实地拍摄）

茂芝会议纪念馆将茂芝会议铺开、细化，使每一位游览的人能更透彻地了解它的历史，更深入地体味它的文化，以及隐藏于背后却从未消失的红色基因。它是一个载体，承载着茂芝精神；更是一个见证者，见证着红色血脉在当代的传承。

三、访当地居民，见证乡村之变

朱德广场上，许多小吃店、特产店散落在茂芝会议纪念馆的周围。这些店铺见证着茂芝旅游业的发展并切身感受到其带来的经济利益。

沿着全德学校旧址旁的小路走，一家升着腾腾热气、人来人往的小吃店映入眼帘。店内混杂当地方言、普通话，三五人围在一桌夹着粿，吃着肉，嗦着粉。小吃店红火的生意，引来了更多游客。

借着一点空闲，我们采访了已经经营这家店十几年的店主。她说："自从茂芝会议纪念馆建成以后，到我们茂芝旅游的人越来越多。人流量变大了，我们店接待的食客中游客的占比也越来越大。"她见证着茂芝会议纪念馆的建成，也见证着自己生意越来越火热。她笑着说道："我的生活越来越好了！"采访结束，又一波食客光临，店主来不及和我们告别，便匆匆赶去招待了。

走在茂芝村的路上，迎面走来许多居民。他们或带着笑，与身边人攀谈；或走走逛逛，看着茂芝村的新面貌。我们走近其中一位居民，她腼腆地朝我们笑了笑，欢迎我们的到来。她道："我是本地人，在茂芝生活十多年了。"被问及生活近况，她说，近年来茂芝村的经济发展越来越好，她的生活水平提高了很多。

茂芝会议这一历史的独特性吸引着游客前来了解，茂芝村对这一红色历史的传承，为人们寻找红色的根、了解红色的故事、传承红色的基因提供了优越的选择。而这一红色文化更成了一张名片，吸引各方游客，助力茂芝村的振兴。

（一）茂芝村脱贫致富的发展路径

经过资料查找、实地考察以及对当地居民的采访，调研团队发现茂芝村脱贫致富的路径是以发展红色旅游业为主体，其他产业共同发展。具体体现在以下三个方面。

第一，在红色旅游业方面，上饶镇推动茂芝红色经济生态示范区发展，加快70公里的红色文化长廊与茂芝会议红色文化经典区的建设，打造好以茂芝会议纪念馆为主的爱国主义教育基地，将红色文化与当地的客家文化、商贸文化及宗教文化相结合，激活红色基因，传承苏区精神。不断打造饱含红色基因，独具茂芝特色的旅游胜地，源源不断地吸引游客前来。旅游业的蓬勃发展，带动了当地经济的增长，提高了居民的收入。

第二，在服务业方面，红色旅游业的发展为茂芝村带来了日益增长的客源，因此茂芝村正加快推进餐饮业等服务行业的发展。茂芝村统一规划和建设好沿街店铺，建造独具茂芝装修风格、店面卫生整洁的沿街摊档。茂芝村同时加大力度支持茂芝特色美食的传承与发展，使来到茂芝的游客都能品尝到独具茂芝魅力的正宗茂芝美食。

第三，在农业方面，上饶镇正在推进产业绿色发展，全面铺开农产品影响。茂芝村紧跟政策，因地制宜，种植好特色农产品，扩大三红蜜柚、上善茶叶的种植，打造好特色农产品牌，并适当发展好生态旅游业，用旅游增加到访客源，并积极推销、售卖本地农产品。①随着游客数量的增加，当地的特色农产品销量与日俱增，

---

① 上饶镇2020年度工作计划[EB/OL].（2020-01-13）[2022-05-02].http://www.raoping. gov.cn/zwgk/jhgh/content/post_3662693.html.

也因而反作用于农业的发展。收入提高后，当地人民的日子越过越红火。

（二）以茂芝村为例对正在进行乡村振兴的老苏区的启示

我们欣喜于当地人民生活的美好变化，也思考着如何借鉴茂芝村的振兴经验，将其推广到其他的红色乡村。由此总结了以下启示。

第一，拥有红色基因的乡村应自觉挖掘和整理好属于自己的独特红色文化，保护和修缮好作为红色基因、红色文化物质表现或物质载体的遗址、遗迹，努力传承好属于中华民族的红色文化、革命精神。

第二，作为拥有红色文化的乡村，独特的红色文化可以作为本地吸引外来参观者或产业的特色，是本地可以打造出来的一张重要的红色名片。本地可以利用已有红色文化，打造出一条属于自己、结合本地特色的红色旅游路线，发展红色旅游业，吸引游客，获得收益。

第三，作为拥有红色文化的乡村，可以定期邀请专业人士，举办与本地红色文化相关的研讨会或纪念活动等。一方面可以加深学术探讨与研究，挖掘该红色文化在当今时代的意义，并探究如何更好地将其熔铸于中华民族的伟大复兴之中；另一方面也可以提高该红色文化乃至该乡村的知名度，更好更大地扩大受众及服务群体。

第四，拥有红色文化的乡村在以红色旅游作为基点推动经济发展时应具有前瞻性。在做好相关决策的同时应考虑到本地交通是否通畅，本地的基础设施是否齐全，本地能容纳游客的最大限度是多少，应怎么提升本地的服务水平等问题。只有把可能出现的问题尽可能设想出来并做好相应准备，才能让游客不仅能全身心地感受到本地的红色文化、体味红色故事，还能收获优质的服务，在旅游后仍对本地的印象良好。这样才能更好地打出名声，赢得口碑，真正促进经济的可持续发展，实现乡村振兴。

四、明青年使命，传承红色血脉

一处处红色文化经典区，一家家座无虚席的特色美食店，一片片绿油油的上善茶叶地，我们看到了茂芝村摆脱了过去交通不便、经济落后的困境，到如今的活力四射、焕发生机的新面貌。茂芝村的巨大变化让我们深刻地感受到新时代红色文化成为为乡村振兴添砖加瓦、注入新活力的重要力量。我们感慨于茂芝村蜕变的同时，也在调研和实践的过程中获得了新的感悟。

（一）对家乡的新发现

潮州、汕头、中山和惠州，这四个地方分别是调研团队四位成员的家乡。在主题确认的过程中，每名成员都对自己的家乡进行了一次"摸底"。这一过程不仅让我们对自己的家乡有了全新、全面的认识，也让我们感悟到红色文化原来就在我们的身边。潮州市饶平县上饶镇茂芝村是茂芝会议的发生地，除此之外，汕头市潮阳区深洋村是南昌起义的军营旧址、中山市是国父孙中山先生的故乡、惠州市高潭县中洞村是全国最早的区级苏维埃政府所在地……在深入了解的过程中，我们逐渐意识到，原来先烈走过的路，正是我们脚下的土地。红色文化渗透在我们每一个人的身边，需要我们去发现，去挖掘，去利用好它。作为新时代的青年，我们更应该继承好红色基因，将自己故乡的红色血脉世世代代传承下去。

（二）对红色文化的重视

我们在惊叹于家乡的红色文化深厚之余，也深刻意识到了我们对红色文化的忽视。在呼吁传承红色血脉、发扬红色文化的当下，青年们更应拿出更多的注意力去关注和重视自己家乡的红色文化，了解家乡红色文化，品味先烈们为中华民族的独立和崛起做出的巨大努力与贡献。从自己的家乡开始了解，会发现红色文化不只是各种媒体上的宣传，还有故乡的红色遗址和鲜活的红色故事。而下一个旅游地，便可以选择从自己家乡的红色基地开始。

（三）实践获新知

青年应该亲自走过革命的道路，亲身体验红色文化带给当地百姓的影响，才能打破对红色文化枯燥无味的偏见，从而感悟其深厚的精神内涵。在深入调研茂芝村的同时，我们也不忘继续走进其他拥有红色文化的老区苏区，惠州高潭的中洞村便是我们的目的地之一。四面为山的中洞村广场上矗立起工农红军第二师的纪念碑，带来了视觉的震撼；特色小吃——咸茶的店铺前游客络绎不绝；跟随讲解员的步伐游览遗迹，了解革命的故事……脚踏在红色的土壤上，循着先烈的脚印前进，我们亲眼见证红色文化与乡村振兴在新时代的背景下相互融合。作为时代的青年，我们感慨于红色文化背后的鲜活故事，我们惊叹于先烈的不屈不挠、永不放弃的革命精神。走进红色文化，领悟红色基因，让我们对于红色的过往、属于我们的未来有了更深刻的认识。

凡是过往，皆为序章。2021年是建党100周年，回望波澜壮阔的党史，实地感受红色血脉的传承，缅怀革命先烈的事迹，我们感慨于红色火种源远流长，红色火苗不断燎原，红色火焰正在升腾。作为时代的新人，我们不仅要讲好红色故事，做好红色文章，擦亮红色招牌，更要脚踏这片红色土壤，展现责任与担当，为乡村的振兴，国家的蓬勃发展注入新生代的力量！

致　谢

感谢指导老师刘涛对我们认真的指导，感谢茂芝会议纪念馆馆长詹京才先生对我们小组的大力支持，感谢茂芝村党员服务中心对我们小组的热情帮助，感谢茂芝村村民对我们小组的真诚协助，感谢在我们小组调研期间传递给我们温暖的所有人！

（指导老师：刘涛，广州大学新闻与传播学院讲师）

点评

发扬红色精神，助力乡村振兴

2019年9月，习近平总书记在河南考察时指出，依托丰富的红色文化资源和绿色生态资源发展乡村旅游，搞活了乡村经济，是振兴乡村的好做法。红色文化资源作为乡村特色优势资源，挖掘好、利用好、传播好红色文化资源，不仅对继承红色血脉、弘扬红色精神具有重要意义，而且对乡村的振兴与发展具有不可替代的独特功能与价值。

该调研团队回应时代呼唤，走进红色村落，深入调研，意在发扬红色精神，并为其他红色村落的振兴提供有益借鉴。

调研团队综合运用文献分析法、访谈法、实地调研等研究方法，将潮州茂芝村作为典型研究对象，致力于挖掘、归纳茂芝村的红色文化以及乡村振兴的实践路径。团队凭借调研时的所见所闻和所悟所感，将报告分为"拾红色记忆，追溯茂芝会议""探纪念馆，体味红色文化""访当地居民，见证乡村之变""明青年使命，传承红色血脉"四大板块，展现出茂芝村发展红色文化、传承红色血脉、促进乡村振兴的历程。同时，调研团队系统翔实地将所思所想所悟融入作品中，关切时代命题，努力解决新时代下，红色文化如何为乡村振兴注入新的活力这一现实问题。

团队成员亲身走进乡村，热情呼吁同龄人脚踏红色土壤，传承红色血脉，积极承担历史使命与责任，努力实现个人价值。本报告也展现出青年大学生对社会问题的关心和对自身的审视。"用脚步丈量祖国大地，用眼睛发现中国精神，用耳朵倾听人民呼声，用内心感应时代脉搏。"朝气蓬勃的青年人就应扎根于大地，挥洒青春的汗水，去做富有意义、不负时代、不负青春的事。

（点评人：刘涛）

煤矿里的那盏明灯

——江西安源煤矿红色精神调研报告

田　徽　李　晨　李宇芊　曾兰斐　成　鑫[①]

摘　要： 工人阶级，曾是波澜壮阔的社会改革中的中流砥柱。中国工业的发展是中国社会主义改革中重要的一部分。本调研以安源煤矿为例，以小见大地重温中国工人运动的艰苦历程。此外，本调研旨在探索安源煤矿工人们艰苦卓绝的奋斗精神，以及为秋收起义奠定的群众基础，将他们的精神发扬光大，激励后世青年不断前行。最后，本调研采用实地人物采访，小组成员实地探访安源红领巾纪念馆，用一手资料最大程度地再现这段伟大的历史，为读者们提供更多思考的角度。

关键词： 工人运动；红色革命；安源煤矿；安源精神

2021年7月，我们迎来了建党一百周年纪念日。在这个值得举国同庆的日子里，回首这近一个世纪的风雨历程，中国共产党用一百年的时间，经历了无数血和火的洗礼，带领国人从腥风血雨中走出来，从枪林弹雨中走出来，使中国的发展由小到大，由弱变强；带领中华儿女实现一个又一个胜利，迈向一个又一个辉煌。人间正道是沧桑，百年风雨铸就百年辉煌。在这里，本研究小组想对逝去的所有英烈说：多亏有了你们，国家得以安定和谐，人民得以健康幸福。这个盛世，如您所愿，她会发展得越来越好。

---

① 田徽、成鑫，广州大学新闻与传播学院2020级播音与主持艺术专业本科生；李晨，广州大学新闻与传播学院2020级广播电视编导专业本科生；李宇芊，广州大学新闻与传播学院2020级网络与新媒体专业本科生；曾兰斐，广州大学新闻与传播学院2020级广播电视学专业本科生。

但是，战争的过去，生活的充裕，国家的富足，难免会让人们逐渐忘记历史，遗忘过去。为了不再重蹈历史的覆辙，只有不断回望过去，记住历史。以史为鉴，可以明得失，可以知兴替。因此，研究小组着力从共产党的主体力量工人阶级入手，从中发现历史，获得启示，感悟精神。

中国共产党建立于1921年，那个时候势单力薄，饱受欺压，能发展成中国执政党，得益于与工人阶级的伟大力量相结合。工人阶级在当时是传播社会主义思想和马克思理论的重要力量，没有他们坚定的信念，没有他们对马克思主义崇高的信仰，社会主义也许就不会在中国生根发芽，更不会成为带领中国人走出黑暗、走向光明的指向标。而现实也用时间告诉我们，中国共产党是对的，工人的选择是对的。

但是百年前的中国，工人阶级的处境是很不利的，在夹缝中生存的他们，只有通过一个又一个的斗争，通过一次又一次的牺牲，才能保护自己的权利，才能为自己取得社会地位。每一次的流血，工人阶级在社会的凝聚力就更强一点。每一次的罢工，工人们在社会的话语权就更多一点。这就是中国共产党的前身，也是铸就中国共产党的坚固后盾之一。因此，为了深入挖掘工人精神，传承工人精神，本文基于溯源萍乡煤矿开采历史，重回安源路矿工人大罢工这场中国共产党成立初期组织的大型罢工运动现场，旨在从百年前窥探历史，了解当年安源路矿工人大罢工的过程。以此感受国家发展力量，传承工人精神，同时烘托近代工业化的时代特色，从过去发掘和提炼新民主主义革命的历史价值。

一、绪论

（一）研究目的与意义

中国从农业社会过渡到工业社会，最终发展成世界工业强国，这其中少不了中国工人一代又一代的拼搏和奋斗。但是中国的工业是在社会主义的背景下发展的，融入了中国特色。本研究借中国共产党建党一百周年的机会，重温中国工人参与建立新中国的艰苦历程，学习他们艰苦卓绝的精神和爱国主义情怀，感受他们在困境中的无畏和致力强国的决心，向他们致以崇高的敬意。安源路矿工人运动的胜利，铸就了"义无反顾、团结奋斗、敢为人先"的安源精神。此次研究，也是对安源精神的弘扬与传承，通过报告和视频，将安源路矿工人们的精神传播下去，让更多人了解这段历史，了解中国工人运动的发展历程。让这种精神，永远激励着我们中华儿女不懈奋斗，砥砺前行。

（二）研究内容

从安源路矿工人大罢工的背景、目的、过程、结果、影响这几大角度，体会工人运动的品质和精神，挖掘近代文工团时代特色，感受不一样的革命文化。

（三）研究方法

调查开始前期，本研究小组成员先讨论选题，逐步缩小研究范围，最终以"探访安源路矿工人大罢工运动，找寻红色革命文化和精神"为主题开展调查研究。接下来首先进行文献调查，从中国知网、历史课本等途径对"安源路矿工人大罢工""萍乡煤矿"这些关键词进行搜索，初步厘清这段历史的概况和时间线。接着进行实地考察，通过走访当地博物馆和故地遗址，详细了解安源路矿工人大罢工的全过程，近距离观察文物，以直观的方式感受当年大罢工的情景，并将有价值的资料拍照记录且制作成视频，以此结合该报告来更具体地介绍和研究。在接下来的调查研究中，研究组还进行了访谈调查，对在当地有采矿经历的长辈以采访的方式，以工人的第一视角深入挖掘当年大罢工运动给他们带来的影响和他们真实的感受。

（四）调查及研究对象

采访萍乡煤矿、安源路矿工人大罢工运动中的工人及有采矿经历的长辈，实地考察安源红领巾纪念馆、参观安源路矿工人纪念馆。

二、安源铁路与萍乡煤矿

（一）背景介绍

萍乡煤矿开办于 1898 年，与株萍铁路合称为安源路矿，是德国和日本控制的汉冶萍公司的重要组成部分，是当时拥有先进设备、先进技术的中国近代工业的重要企业，共有工人 17 000 余人。安源路矿工人工作强度高、危险性大，但所得报酬极其微薄，生活困苦，"少年进炭棚，老来背竹筒，病了赶你走，死了不如狗"，正是工人悲惨生活的写照。路矿工人深受帝国主义、封建主义、官僚资本主义的三重压迫，故团结力充足，反抗力极强，早期斗争在全国产生过重大影响。

1921 年秋天，毛泽东领导的中国共产党湖南支部开始引导安源工人运动与马克思主义相结合，先后在安源成立了中国社会主义青年团支部、中国共产党支部和安源路矿工人俱乐部。从此，安源路矿工人阶级以独立而崭新的姿态走上革命历史舞台，工人革命运动方兴未艾。1922年9月初，毛泽东来安源主持召开党支部会议，决定立即发动罢工斗争。

在李立三、刘少奇的领导下，9月14日震惊中外的安源路矿工人大罢工爆发。经过五天斗争，迫使路矿当局签订了《十三条协议》。这次罢工，是中国工人运动史上的一次伟大壮举。罢工胜利后，安源党、团、工会组织进一步发展壮大，推动了湖南、湖北两省乃至全国工人团体之间的大联合。1923年京汉铁路"二七惨案"后，全国工人运动转入低潮。中共安源地委执行毛泽东制定的"弯弓待发"策略，领导工人立取守势，注意内部的训练与发展，安源党、团、工人俱乐部组织继续发展壮大，工人的教育、文化、经济事业全面兴盛。安源成为全国工人运动的一面光辉旗帜，被誉为"中国的小莫斯科""无产阶级的大本营"。1925年九月惨案后，安源党组织选派大批安源工人深入湘赣两省农村开展农民运动，并组织部分工人赴广东参加革命军，支援北伐战争，推动了以工农联盟为基础的统一战线大发展，为萍乡安源国民革命运动的兴起和发展做出了贡献。"萍乡安源党务及工农运动，极形发达，素称江西之冠。"1927年6月至7月，安源党组织领导工农武装，保卫革命，执行"招兵买马，积草屯粮"的策略，为秋收起义准备了条件。9月初，毛泽东来安源召集会议，部署湘赣边秋收起义。安源工人和萍乡工农群众参加了秋收起义，并向井冈山进军。1930年数千名安源工人参加红军，走上了农村包围城市、武装夺取革命政权的道路。

（二）中国共产党在运动中的指导工作与精神指引

1. 指导工作

中国共产党建党之初，一直致力于工人运动，从1921年开始，毛泽东、刘少奇、李立三等到安源开展工人运动。1922年2月，建立了中共安源支部；5月成立了安源路矿工人俱乐部，李立三任俱乐部主任；9月10日，路矿局勾结地方政府强硬封闭工人俱乐部，激起工人义愤，工人们提出罢工的要求，在安源党支部领导下成立了罢工指挥部，进行罢工前各项准备。14日凌晨，大罢工爆发，煤矿停工，火车停开，大街小巷都贴满了"从前是牛马，现在要做人"的标语。

2. 精神指引

工人俱乐部提出罢工宣言，提出改良待遇、增加工资、组织工会等十七项要求，罢工得到了全国各地工会和社会舆论的支持，安源路矿当局想方设法破坏罢工，不惜一切代价想刺杀李立三，工人们 24 小时警卫保护李立三，路矿当局的阴谋破产，数千工人包围了戒严司令部，放言谁敢动工人代表半根毫毛，就要打得路矿当局片甲不留，路矿当局不得不软下来被迫签订协议，答应了工人的大部分条件，罢工取得了胜利，安源工人俱乐部声望大增，会员由七百人一下发展到七万多人。安源工人运动不仅取得了罢工胜利，而且为此后的大革命以及秋收起义培养了骨干。

三、人物采访

本次红色之旅中，我们采访了安源煤矿工人——詹道峻先生。自 1972 年起，詹老先生已经采煤三十多年，如今，时代的发展让詹老先生感受到了许多新变化。

他说，在党的领导下，解决了不少问题。从前的采煤作业十分辛苦，员工在井内只能挨饿，而现在下井大家都能及时有饭吃，有专门的工作餐。从前的他们使用镐子、锄头挖矿，一天只能挖几吨煤，而现在，用机械（化）设备一个人就能挖几吨煤。

詹老先生的回忆带我们走进了那段激情燃烧的岁月，我们仿佛看到了那些打着赤膊、手拿铁镐的年轻工人，看到了他们身上迸发的比铁花还要耀眼的光芒。安源路矿工人运动的胜利，铸就了"义无反顾、团结奋斗、勇于开拓、敢为人先"的安源精神，它将永远激励着我们中华儿女不懈奋斗，砥砺前行。

结　语

初春时节的萍乡，满目锦绣。这座百年工矿城市，曾因 20 世纪 20 年代初的安源路矿工人运动而闻名中外，由此而提炼出的"义无反顾、团结奋斗、勇于开拓、敢为人先"的安源精神，更成为当地谋事创业的强劲精神动力。连日来，研究组行走在安源路矿工人运动的发生地，从一次次燃烧煤城百年激情的红色叙事中，深深感受到这片热土上的革命热情。每一次走进安源路矿工人运动纪念馆，就如同走进一条幽深的历史深巷，仿佛穿越了时空，见证了安源路矿工人运动中发生的一切，并切身感受到了革命者的担当、力量与从容。透过这场"未伤一人，未败一事，而得到完全胜利"的工人运动，每一位研究组成员都被其中所蕴含的精神深深折服。

安源路矿工人革命运动的历史，是无比辉煌的。既为马克思主义与中国工人运动初期结合提供了光辉范例，也为中国工运史和革命史谱写了重要篇章。安源路矿工人的斗争，是遵循刘少奇所说的"使无产阶级团结起来，养成无产阶级支配社会的潜伏势力；实行夺取政权，由政治的力量消除一切阶级的压迫——人的压迫；在产业公有制度底下以极大的速力发展实业，减少人类自然的压迫"发展的。安源工运经历的前两步中，在工人的组织与斗争方面，在党的建设、统一战线、武装斗争等方面，都取得了辉煌的成就，并且对全国的革命运动做出开创性的重大贡献，产生广泛而深远的影响。安源路矿工人罢工运动是全国青少年革命传统教育的一个重要典范，为加强革命传统教育、培养中国特色社会主义劳动者和接班人构筑了一个新的平台和载体。研究组之所以在万千史料中选择这一具有工人斗争特色的运动作为选题，目的在于让青少年一代进一步了解安源路矿工人运动的伟大意义，进一步引导广大青少年爱学习、爱劳动、爱党、爱国、爱人民，进一步培养青少年一代树立正确的世界观、人生观、价值观，为实现中华民族伟大复兴的中国梦而接续奋斗。2021年是中国共产党成立100周年，也是中国共产党领导安源路矿工人运动100周年。从1921年至1930年的安源路矿工人运动，横跨了从建党初期到中央苏区建立之间的一个重大革命节点，是党早期的重要革命重心，在新民主主义革命时期写下了辉煌篇章。回望安源工运百年，是为了更好地前行。安源是工运摇篮、红色热土，为了贯彻习近平总书记"推进红色基因传承"的重要指示精神，以纪念党的百年华诞为契机，凸显红色资源富集的地缘优势。重回历史故地，找寻时间起点。研究组做此报告，一是要唤醒安源红色记忆，使之成为唤醒广大干部群众红色记忆、学习革命精神、激发爱国热情的红色课堂。二是要讲好安源红色故事，围绕"谁来讲""讲什么""怎样讲"，生动化、对象化、通俗化讲好、讲清、讲透中国共产党在安源的初心使命以及安源历史辉煌的故事。三是要挖掘安源革命精神内涵，安源工人运动的历史主题是追求民族解放、国家独立、人民幸福，在安源路矿工人运动中所孕育形成的安源精神，与建党初期和新中国成立初期产生的种种红色革命精神谱系起着承上启下的连接传承作用。安源路矿工人运动，是中国工人运动史上的光辉一页，是人类奋斗史上的光辉一页，更是中国共产党建立初期的光辉一页。

一方水土下的个人命运，一个政党引领的家国情怀，"义无反顾，团结奋斗，勇于开拓，敢为人先"的安源精神已成为激励后人不懈前行的强大精神动力。我们有理由相信，安源精神将会永垂不朽，成为带领江西人民乃至全国人民铸就中国梦的不竭动力。

（指导老师：邹演枚，广州大学新闻与传播学院学工办主任、讲师）

点评

讲好安源红色故事，传承安源革命精神

2021 年是中国共产党成立 100 周年，也是中国共产党领导安源路矿工人运动 100 周年。从 1921 年至 1930 年的安源路矿工人运动，横跨了从建党初期到中央苏区建立之间的一个重大革命节点，是党早期的重要革命重心，在新民主主义革命时期写下了辉煌篇章。

调研小组做此报告，一方面，充分发挥专业优势，通过查阅文献资料和实地走访等形式，讲好安源红色故事，尤其是中国共产党在安源的初心使命以及安源历史辉煌的故事；另一方面，在调研的过程中，切身感受"义无反顾、团结奋斗、勇于开拓、敢为人先"的安源精神，是一节生动的唤醒红色记忆、学习革命精神、激发爱国热情的红色课堂。

安源路矿工人革命运动的历史，是无比辉煌的。既为马克思主义与中国工人运动初期结合提供了光辉范例，也为中国工运史和革命史谱写了重要篇章。新时代青年，是祖国未来的栋梁，是中国梦的弘扬者，更要加强革命传统教育，了解中国共产党早期工人运动的历史。安源路矿工人运动的历史意义和凸显出来的革命精神，可以更好地引导新时代青年爱党、爱国、爱人民，培养新时代青年树立正确的世界观、人生观、价值观，为实现中华民族伟大复兴的中国梦而持续奋斗。

（点评人：邹演枚）

硝烟已散　英雄不朽

杜仪梦　曾　馨　陈恺东　陈　瑶　郑钇熹　黄子晴①

摘　要： 探寻红色故事，感受红色精神，实践团队在河南省鹿邑县、广东省小塘镇进行了调研活动。实践团队通过文字、图片、视频的形式详细地记录了三位老兵的参军故事，后期对采访记录进行了整理，对采访视频进行了剪辑和整合，查阅了历史资料和相关史实，在此基础上完成了调研报告和制作视频。硝烟虽已散，英雄却不朽，老兵们的光荣事迹犹如所获得的奖章熠熠生辉，同时也启发着当代青年崇仰红色文化，把革命烈士的红色基因和红色精神传承下来，做到内化于心，外化于行。红色文化就像汇入滚滚历史汪洋中的一条条江流，在中华文化的脉络里生生不息，永不停歇。

关键词： 老兵；红色故事；红色精神

翻开历史的书页，距离抗日战争全面爆发已经过去了八十多年。在那个烽烟遮蔽天空的年代，国家处在存亡之际，有一群人挺身而出，与日本侵略者英勇战斗，保卫了破碎的祖国，夺取了伟大的胜利，书写了中华儿女抵抗侵略的壮丽史诗！他们就是——伟大的抗日老兵！

八十多年过去了，当年的英雄有的变成了风烛残年的老人，有的已经离我们远去。一个不记得自己来路的民族，是没有出路的民族。为了记录抗日历史，发扬抗日精神，我们去到河南鹿邑、广东小塘，深入三位老兵的生活，挖掘老兵们的故事，传承民族的记忆。

白鸽飞舞的年代你不会认识我，

---

① 杜仪梦、曾馨、陈恺东、陈瑶、郑钇熹、黄子晴，广州大学新闻与传播学院2020级网络与新媒体专业本科生。

硝烟散尽的日子你不会留心我。

假如一天风雨来，

风雨中会显出我军人的本色。

——《军人本色》

一、铁血老兵应犹在，前方寻路逐军魂

如果让国人数一数抗日战场上威名显赫的军人名字，彭德怀、朱德、杨靖宇……这些著名将领将会被反复提及，然而谁还记得在军功章的背后，隐藏着千千万万个默默无闻的无名战士，他们或许只是史料上一个个孤独的名字，又或许身死战场，连名字都无法查证。但正是这样一群人，在国家危急存亡之际挺身而出，以蜉蝣之力血肉之躯，凝聚成为最强大的钢铁长城，保卫着我们的祖国。

转眼间新中国已经走过了 70 多年的峥嵘岁月。在烽烟弥漫的年代，无数热血青年背井离乡，毅然决然地奔赴硝烟战场。多年后的今天，这些志士有些已经马革裹尸，有些已经脱下战袍，回归平凡人的生活。诚然，一个不记得自己来路的民族，是没有出路的民族。即便是最普通的抗日战士，也应当被国人铭记。由此，本次调研团队成员分别从自己的家乡启程，史海钩沉前去寻找我们身边的老兵的故事。

二、人生朝露峥嵘史，无悔戎营一老兵

在河南鹿邑这片血色土地上，有一位名叫何灿国的革命老前辈，他具体生卒年月已不可考，我们只能从其宗族前辈和亲人邻里的回忆中推测出老前辈大概是 1923—1927 年生人。何灿国老前辈这一生戎马倥偬，其历经抗日战争、解放战争和抗美援朝三大战役，革命战斗轨迹遍布祖国大江南北。最终，何灿国老前辈虽然能够在战争中幸免于难，但多年战乱奔波后落下一身疾病。

图 1　何灿国结婚照
（来源：调研团队于何灿国遗孀家中拍摄）

老兵虽死，但英雄不朽。经过一番充足的准备之后，团队成员决定走上这一程，去聆听何灿国老前辈的遗孀和

邻里口中的故事，去领略何灿国老前辈昔日的革命战士风采。

经过多方走访，我们终于如愿联系到了何灿国的儿媳妇。她亲切热情，在了解了我们的来意之后，立刻便和团队成员约定了和何灿国的遗孀见面的时间。

于是，在 2021 年 1 月 28 日这一天，我们如约来到了河南省周口市鹿邑县南边的何洼村，满怀敬意地走进革命老兵何灿国老前辈的家中。一块陈旧的"光荣之家"牌匾映入眼帘，旧物无言，却承载着老前辈光辉的革命故事，见证着老前辈光荣的历史功勋，感动着无数来访者。

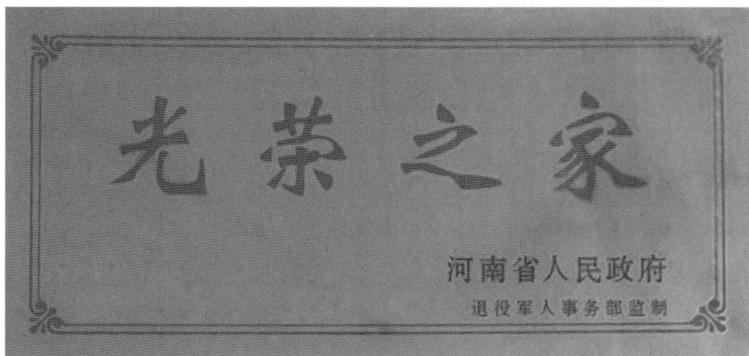

图 2 "光荣之家"牌匾
（来源：调研团队拍摄）

何灿国老前辈的遗孀王凤英，1935 年 3 月 2 日生，至今已有 80 多岁的高龄。尽管老人家腿脚不是很方便，闻知我们来访，仍是十分热情地出来招呼我们。

我们在她带领下走进老屋，屋里并没有什么特别华贵的物品，朴实无华的房间，房檐上偶尔会有猫咪跑过。老人家还有一只狗，尤其乖顺，在平淡的岁月里，它是老人弥足珍贵的陪伴。老人家慢慢和我们讲述起她丈夫当年的故事。

"他整天南征北战的，受了很多的苦啊！"提起何灿国，王凤英奶奶数度哽咽。老人家拿出当年两人在部队的结婚照，照片上的老前辈豪情万丈，一副钢铁革命军人的英姿。或许是老人家的记忆力于时间长河中逐渐衰退，又或许是历史的尘埃蒙住了前辈的光辉，从老人家的只言片语中，我们只能得到有限零碎的信息，但在只鳞片爪的叙述中，

图 3 何灿国遗孀王凤英
（来源：调研团队于何灿国遗孀家中拍摄）

我们仍然震撼于何灿国老前辈的英勇事迹，深受鼓舞。

　　奶奶沿着历史的航道回忆着自己的一生，聊着聊着禁不住落泪，道着从前的苦，与现在的平稳幸福。我想，那泪水中流淌的不仅是对丈夫的思念，更多的还有对现在的新生活的感激吧。奶奶年纪大了，一身小毛病，日常也要吃很多的药。但她现在子孙满堂，儿女孝顺，依然觉得很幸福。

　　听闻有人来了解何灿国老前辈的光荣事迹，热心的乡邻纷纷回忆起老前辈的经历。"老前辈说过，当时过长江的时候没有桥，只能从铁链上跑过去。"一位热心的阿姨回忆道，"情况非常凶险，当时的革命战士很多都葬身江底"。阿姨的叙述中，既有对当时战况的惊悸，也有对老前辈奋不顾身的崇高敬意。沉浸在阿姨的激情叙述中，我们更加为革命老前辈的抗日精神折服。

　　老兵虽死，但精神永不凋零。何灿国老前辈的抗日精神深深影响着他身边的人。在热心分享老前辈生平事迹的乡邻中，有一位退役军人——何振龙。他坦言，自己去参军正是受到了何灿国老前辈的鼓舞。"老前辈当时退役后荣耀凯旋，在我们整个镇都很光荣，很风采，骑着高头大马，很有排面，政府褒扬，百姓歌颂，所以我受到他的影响，也去参军，报效祖国。"何振龙如是说。他还热情地邀请我们去他家，向我们展示了他军旅生涯中的功勋和奖章。

　　值得一提的是，何灿国老前辈的两个儿子也受到父亲的革命精神影响，先后参军，传承了英雄的家风。可惜兄弟两人在外驻扎，我们未能采访到他们，这也成为调研团队本次采访最大的遗憾和美中不足。何灿国老前辈虽然已经逝世，但他的精神永远铭刻在国人心中，成为激励我们不断夺取新胜利的宝贵精神财富。

　　收获满满地走出何灿国老前辈的家，回首望去，那块"光荣之家"的牌匾依然端正高悬，这一次注视着这块牌匾，心里翻涌起的是更加崇高的敬意。正是无数像何灿国老前辈这样的先烈在中华民族面临生死存亡的危险时刻，义无反顾地与侵略者进行着拼搏，用自己的血肉之躯筑起了钢铁长城。他们倒下了，但成千上万不愿做奴隶的人们站起来了，高唱着义勇军进行曲，把对国家、对劳苦大众的爱化作同敌人拼杀的精神力量，不怕牺牲，勇往直前，才能建立起伟大的新中国，才能有今天的幸福生活，才能不断靠近实现中华民族伟大复兴的中国梦。

　　我们应该继承先烈们的遗志，沿着他们没有走完的路奋勇向前，让星星火炬代代相传。练好本领，增强素质，为祖国的富强和民族的强盛做出自己的贡献。

三、七十风雨历沧桑，铁道士兵战八方

　　在广东省佛山市南海区狮山镇小塘里，有一个宁静闲适的村庄，叫江湄村。

2021年1月31日，我们徒步前往江湄村寻访当地参加过战役的老兵。听村民们描述，江湄南二村开小卖部的老板曾经当过铁道兵。[①]

"铁道兵"的历史如今已鲜少有人知晓。1945年组建的东北民主联军护路军便是铁道兵的前身。铁道兵成立后，在解放战争、抗美援朝战争、抗美援越战争中，为抢建铁路、保障钢铁运输线畅通无阻立下了丰功伟绩。

跨过江湄南二村小卖部的门槛，一位头发斑白但精神焕发的老人便走入我们的视线。老人不愿告知姓名，只让我们称他为老黄。老黄今年已有71岁。在他17岁的青葱年纪，老黄便离开自己的家乡小塘前往参军，成为原中国人民解放军8695部队中的一员，由此开启了自己与众不同的参军生活。老黄告诉我们，铁道兵不仅要打仗，也要训练。修铁路听起来容易，实际上却是艰险异常。老黄在这四年内走过西安，去过陕西，到过河南。讲到这里，老黄激动而自豪地表示，襄渝铁路就是他们建成的。

1964年，为响应毛泽东主席关于"三线建设要抓紧"[②]的号召，铁道兵进驻襄渝线修建襄渝铁路，从湖北襄樊至四川重庆，这是当时中国地图上，不做标记的秘密国防铁路线。

铁道兵的生活条件刻苦艰难。老黄从广东北上，难以适应北方的饮食，而且当时军队里的伙食大多是馒头、稀饭，很少能够吃上肉。他们的工作都在绵延的大山中，粮食由卡车运输，物资少，老黄从来没有吃饱过。军队的住处是土房子，房顶由稻草搭建而成，即使简陋，但老黄认为能遮风挡雨就足够了，他对当时的条件已然很满足。

除了生活条件艰苦外，铁道兵还存在生命之险。他们要在崇山峻岭中开挖隧道，但是他们的工具十分简陋，几乎没有安全防护措施。老黄告诉我们，在一次修建过程中，山体塌方死了二三十个同志，此外同一队的铁道兵还有被水淹死的、生病死的。我问老黄："在这些时候，你怕吗？"他回答："我从来没怕过。"

老黄在四年征兵生涯结束后组建了新的家庭，开了一家小卖部。如今的老黄

---

① 1954年3月5日，铁道兵司令部正式在北京成立。战时担负战区的铁路抢修、抢建任务，保障军队的机动和作战物资的输送；和平年代主要参加国家铁路建设。1984年1月1日集体转业并入铁道部，原来铁道兵各师改为铁道部各工程局。

② "三线建设"是中共中央和毛泽东主席于20世纪60年代中期作出的一项重大战略决策，它是在当时国际局势日趋紧张的情况下，为加强战备，逐步改变我国生产力布局的一次由东向西转移的战略大调整。

依旧经营着当初的小本生意，清闲自在。他每年还会和当时的战友一起聚会，喝茶谈笑，回忆过去当兵生活的点滴。老黄拿出他们的合照：一副红木制成的相框，照片上赫然印着"中国人民解放军8695部队佛山地区战友入伍50周年纪念合影"，下边坐着百号军装整齐的战士。老黄侧身抱着近乎一米长的相框看向我们的镜头，表情平淡，眼中却含有泪光。

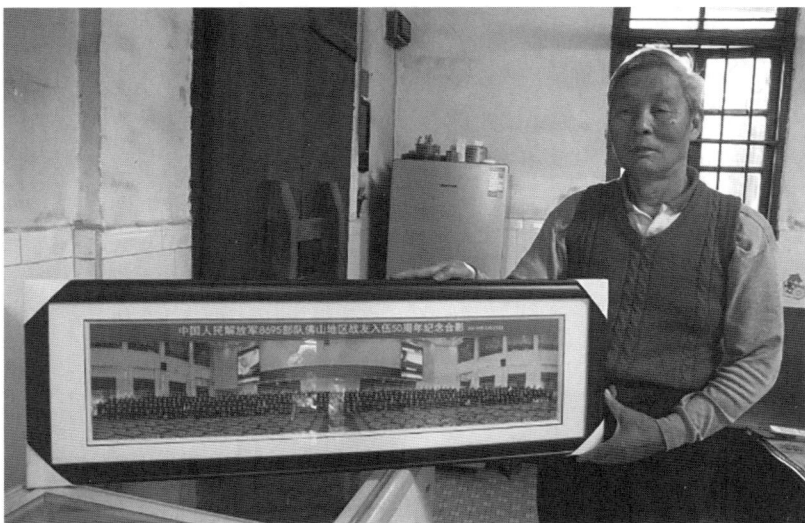

图4　老兵老黄及其部队纪念合照

（来源：调研团队拍摄）

老黄说，他不觉得曾经当军人有什么特别的地方，也不会因此过分骄傲。然而江湄村的大多数居民都知道，南二区开小卖部的老板曾经当过兵，提及他都纷纷竖起大拇指。

我们听完老黄的故事后，都不由得称赞他一声了不起。实际上，无论是做铁道兵的老黄，还是整个8695部队的军人，他们或许没有上过战场，却一心为祖国奉献，做着艰险的工作，始终做好国家后方的物质支援；他们从不高看自己军人的身份，淡泊内敛，退伍回乡后回归普通生活；他们吃苦耐劳，勇敢坚强，在国家需要时能挺身而出。他们曾经是平凡的军人，如今是一群平凡的普通人，但我们永远不会忘记他们曾经的辉煌时刻。

七十风雨历沧桑，铁道战士战八方。踏出门的那一刻，有关铁道兵的那首老歌在我们心中却有了不一样的意义。

同志呀！你要问我们哪里去呀，

我们要到祖国最需要的地方。

劈高山填大海，

锦绣山河织上那铁路网，

今天汗水下地，明朝（哪个）鲜花齐开放。

同志们那迈开大步呀朝前走呀，

铁道兵战士志在四方！

铁道兵战士志在四方！　①

四、军人奉命守南疆，浴血边关凯旋回

2021 年 2 月 1 日，距离对越自卫反击战 42 周年纪念日还剩 16 天。这一天，我们找到了参与过对越自卫反击战的老兵——梁子明。

图 5　老兵梁子明及其获得的"个人二等功"奖

（来源：调研团队拍摄）

梁子明，在对越自卫反击战中奋勇杀敌，荣立个人二等功。他所在的 55 军 165 师 493 团 3 营炮兵团无后坐力炮排荣获集体二等功。

---

① 歌曲《铁道兵战士志在四方》，歌词由黄荣森创作，韩志改词，郑志洁作曲。歌曲于 1962 年 4 月 21 日在《铁道兵报》第 932 期第四版（文艺版）发表。

　　我们穿过一条条充盈着老城区古韵的小塘镇街道，来到老梁的家。他已着好整齐的军装，佩戴上满身的军功章，虽时光流转，革命战士的英姿依旧勃发。

　　"我12月份去当兵，去了一个多月就打仗了。"老梁回忆起当年，"我们是真正的上战场呀，班长死了，排长死了，全班基本上都受伤了"。

　　据老梁所述，当时进军兵分两路：一路西线，从云南出发；一路东线，从广西出发。许世友就是他们东线的总指挥。

　　"炮弹把班长的肚子炸开，他还能讲话，他说：'小梁，你好样的，你一定要坚持到底！'说完他就被抬走了，后来我们班的人都去找他，医生说，他流血太多，半路就死了，没办法。"

　　说到这，老梁声音哽咽，眼中含有泪花。这位英勇牺牲的烈士是老梁的班长王有发，《广州文史》有过这样记载：

　　82无后坐力炮排9班班长王有发，一个战前刚从南京部队调派到三炮连任班长的共产党员，他以身作则，身先士卒，冲锋在前。在配合步兵9连的战斗中用无后坐力炮击毁敌人多个火力点和工事，为部队开辟前进的道路扫平障碍，为步兵9连攻占339高地左侧的阵地立下了汗马功劳，并在阵地上与步兵9连配合多次击退了敌人的进攻和反扑。在转移途中，王有发不幸中弹，倒在血泊之中。当同班战友梁子明、徐屋华等冒着枪林弹雨要把他背起来时，王有发一把推开他们，并大声命令着："不要管我，立即转移。"随即他忍着剧痛滚到对面的一个弹坑，用冲锋枪对着蜂拥而来的敌群猛烈地扫射。"执行命令！——撤！"，王有发依然大声命令着。接着王有发又换上了一个弹夹对着敌群再次猛烈地扫射。被击中的敌人像一个个滚动的皮球一样滚落到山路下。当王有发正要起身回撤时，不幸身上连中数弹，壮烈牺牲。

　　老梁说，像这样前后牺牲的有四五个班长，一个班长第一天倒下了，下了火线，让另外一个顶上；另外一个顶上，不久又被炮弹炸得整身都烂了，又下了火线；后来又调了一个班长过来，胸口中了两枪，也牺牲了。

　　后来没有班长调过来了，老梁就被临时选任成了班长，他感叹道："战场上就是这样。班长牺牲了，由副班长顶上；副班长牺牲了，由老兵顶上。没有老兵的，新兵也可以当班长，甚至当排长。没有班长的时候，排长也可以降职做班长。"

　　战场上，战士们不仅用生命和敌人拼搏，还要忍受常人难以想象的恶劣的生活条件。"我们第三天就喝牛尿，没有水。有水的地方越南军就看住，一去就打你，有的还会放毒。每人都备有消毒片，和着牛尿水就喝下去了。后来没有吃的，就吃越南甘蔗呐，山下的地瓜也去找来吃。一个多月我都没有吃过一顿饭。我们部队在最前面，煮饭有烟，而且我们每经过一个地方，过五分钟又要转移了，怎么煮呢？"

图6　老兵梁子明及其功勋章

（来源：调研团队拍摄）

时至今天，老梁回忆起打仗的生活都一度叹息："一身都是这样，鞋子那么高，厚厚的；衣服，干了又湿，一个月还没有洗过，那些衣服全都破了。"老梁摇摇头，"没办法，越南那个地方，也不是很大的雨，微微小小的。我们多是晚上行军。刚过去的山都是石头山，很多树林，有时候在这里，不用打，你掉下山去就死了，很深的。所以在越南，我们失踪的人也不少。我是二炮手，背着60斤的炮筒，在山上跑上跑下。打完仗回来脚全是血泡，走不动了"。

老梁给我们看了一张照片，上面是一位战士，胸口挂有一颗弹。"这个弹你知道什么意思吗？"老梁激动地说，"这个弹每个人都有一个的，叫光荣弹。在越南抓俘虏的时候，我们都不让他抓，宁愿炸死都不让他抓俘虏的！"

五、战争已去硝烟散，英雄不朽军魂存

敬爱的何灿国烈士，请您安息，今日的中国早已繁荣强盛，没有外敌侵辱。

敬爱的老黄同志，沐雨栉风，建成襄渝铁路造福一代又一代后人。

敬爱的梁子明战士，浴血奋战，保卫边疆凯旋归。

他们如今早已回归平凡人的生活，战士的铁血英骨依旧在他们身上留有痕迹。

他们都是平凡人，却用自己的平凡换来了中国的不平凡。

他们最辉煌的时代早已过去，却在我们心中留下最美的身影。

致　谢

在此向何灿国及其遗孀、老黄同志、梁子明同志以及所有为了建设新中国而拼搏奋斗的革命先辈们致以崇高的敬意和感谢！

（指导老师：曾丽红，广州大学新闻与传播学院教授、硕士生导师）

点评

传承红色基因，牢记初心使命

社会主义江山来之不易，靠的是无数革命先烈坚定共产主义理想信念，靠的是无数革命先烈对党的事业无比忠诚，靠的是无数先烈不怕流血牺牲，敢于斗争去争取胜利。我们要像革命先辈那样，对党的事业无比忠诚，在实践中把这一坚定的理想和信念落实到我们的行动实践中，落实到我们的工作岗位上，脚踏实地地把建设中国特色社会主义伟大事业不断推进向前，确保革命先辈用鲜血和生命打下的社会主义江山千秋万代不变颜色。

传承红色基因，牢记初心使命，既是当前的一项重要政治任务，也是开创新时代各项工作新局面的精神支柱和力量源泉。为了探寻红色故事，感受红色精神，延续红色血脉，我们的调研团队分别选择在河南省鹿邑县、广东省小塘镇进行了调研活动。调研团队通过文字、图片、视频的方式详细地记录了三位老兵的参军故事：2021 年 1 月 28 日，队员们前往河南鹿邑的何洼村，对革命老前辈何灿国的遗孀王凤英女士进行采访和拍摄，并且对热心乡邻进行采访。1 月 30 日，队员们又来到广东小塘的江湄村与小卖部老板老黄进行了交流。老黄深情回忆起他当铁道兵的那一段时光，还和队员们分享了他与战友的合照。2月1日，队员们采访了曾参与对越自卫反击战的梁子明，老梁生动地给队员们讲述了战争的激烈和战场生活条件的恶劣，他一度哽咽……通过重温历史，队员们的思想接受了先辈鲜血的洗礼，缅怀先烈，饮水思源，我们要发扬先辈们为了救国救民、不怕任何艰难险阻、不惜付出一切牺牲的红军长征精神，没有克服不了的困难，没有完成不了的任务。新时代新气象，深感今天幸福生活的来之不易，作为新时代的新青年，只有保持只争朝夕、奋发有为的奋斗姿态和越是艰险越向前的奋斗精神，才能为人民谋复兴，才能倍加珍惜今天的幸福生活，才能走好新时代的长征路，永葆共产党员先进性和纯洁性的本色。

山川无言，日月无声，但先辈永远被缅怀，历史永远被铭记。新闻传播学子必须学习革命先辈们艰苦奋斗的革命精神，牢固树立为党和人民艰苦奋斗的思想，进一步坚持先进文化的前进方向，弘扬民族优秀文化和时代精神，进一步贴近实际、贴近生活，牢牢掌握意识形态工作的领导权和主导权。少年兴，则国兴，少年强，则国强！新时代的青少年，更应该担起责任，传承红色基因，发扬红色精神！忆往昔峥嵘岁月稠，或许先辈们的浴血奋战、艰苦奋斗的日子已经离我们远去，但革命先烈们的故事，依旧在我们耳畔回旋！当年"为中华之崛起而读书"影响了一代又一代的中国人，而今新时代的大学生更应该为中华之富强而读书！

（点评人：曾丽红）

追忆钦州烽火　讲好革命故事

——追忆小董起义

黄琦超　曾威翔　宋碧璇 [1]

摘　要： 学习和开展红色革命教育无疑是我们坚持文化自信的道路上坚实的一步，如何讲好革命故事，让我们悠久生动而富有教育意义的红色精神代代相传，是我们需要深入思考的问题。要想讲好我们的红色革命故事，除了要求讲故事的人具备一定的底蕴之外，还需要运用与时俱进的方式方法促成红色革命故事的生产和传播。本文通过对钦州小董起义革命故事的回溯，分析了小董起义革命故事在本地青少年之间的传播情况，探讨新时代的我们应如何更好地讲好革命故事。

关键词： 钦州；小董起义；革命故事；红色教育

前　言

一九四五的农历正月初五，

在祖国西南边陲的一个滨海小县城里，

有一群满怀爱国热忱的共产主义青年，

在钦州人民的革命斗争史上写下了悲壮的一页……

一、纪念碑下的讲述

2021 年 2 月 4 日，一个格外晴朗的下午，在广西钦州市牛圩坡，一名中年

---

[1] 黄琦超，广州大学新闻与传播学院 2020 级广播电视学专业硕士生；曾威翔，上海大学力学与工程科学学院 2019 级土木工程专业硕士生；宋碧璇，武汉大学信息管理学院 2019 级管理科学与工程专业硕士生。

男子正抬头瞻仰一块纪念碑上的碑文，与此同时，一名孩童正试图攀爬纪念碑的底座。男子急声制止道："快下来！这是烈士纪念碑，要保持严肃庄重，是不能爬上去的。"小孩儿听从该男子的劝阻，放弃了攀爬，乖乖地站在这名男子的身边，似懂非懂地跟着抬头看着纪念碑上的文字。随后，男子缓缓绕着纪念碑继续瞻仰石碑上的图腾和文字，那位孩童的母亲则从不远处跟上前去，柔声地向孩子诉说着关于这座石碑的故事……

时光回到 1944 年，侵华日军为了打通大陆交通线，正沿湘桂铁路沿线集中火力发动战役，腐败无能的国民党军队在日军的入侵面前毫无还手之力，以至于日军短期之内就占领了南宁，并分兵沿邕钦线大举侵犯广西。沦陷区人民一面备受日军侵略者的蹂躏，一面还要忍受不但不抗日，反而集中力量反共反人民的国民党当局的迫害。为解救处在水深火热之中的人民，我党主动领导人民建立革命根据地开展抗日游击战争。

图 1　小董起义浮雕

（来源：调研团队实地拍摄）

中共广东南路特委作出于 1945 年春节前后发动抗日武装起义的决定。地下党人卢文听从决定后，于 1945 年 1 月，在钦县大板城六虾小学连夜组织党组织工作者和爱国青年，紧急召开了六虾会议，共同研究武装起义的有关准备工作。

你或许想象不到，在那个战火纷飞的年代，由于后勤供给不足，我党每一次大大小小的战役，大多是在父老乡亲们的支持下开展的，小董起义的筹备也不例外。在人员方面，由朱守刚和吴良康分别争取比较有战斗经验的那料办事处的自卫队和长滩新月塘的常备中队，由林国兴等人动员那料村、八甲村、六虾村的党员和群众支持，由王旭林、许琨等成员分头动员大寺、贵台等地的进步教师、学生和农民；在武器方面，组织一面动员进步同志陆植三、黄雄仕献出轻机枪，一面派人通过各种关系去借用枪支弹药，为起义队伍的战斗装备供给做好准备；在经费方面，主要是说服陆植三、钟超旺、凌德秀，把他们原计划用于经商的三万元捐献给起义事业，同时发动其他同志从家中带钱来捐献给队伍。

2月上旬，卢文在六虾小学汇报起义的准备工作。在这次会议中，起义部队定名为"钦县人民抗日解放军"，以"抗日、反贪污、反三征（征兵、征粮、征税）"作为起义的动员口号；起义目标是攻打驻小董三如堂不抗日反而压制群众的钦县国民兵团第二自卫大队；起义时间定于1945年2月17日的凌晨；起义成功后的行动计划是先占领小董，后进军长滩、板城，然后到十万山区或北上打游击。

2月17日凌晨4点，起义准备发起时，原计划参加起义的大寺队伍并未前来，小董派出的联系员也未与我方取得联系。在行动前，我方连续派人探察敌军军情。根据侦查人员的情报，钦县国民党第二自卫大队有80多人，有近一半人回家过年而没有驻队，队伍只剩下不到50人。于是卢文在与其他领导员商量后，决定靠小董的力量，按原计划行动。

彼时参加小董起义的有100多人，装备有2挺轻机枪、20多支手枪和60多支步枪，队伍分为突击队、掩护队和其他人员，由陈中任担任队长的突击队，其任务是寻找时机向自卫队发起突击收缴枪械；掩护队的任务是占据三如堂对面的山头，准备在突击队冲进后，继续前进；其他没有枪的人则留在那料村等候下一步指示行动。编好分队并明确任务后，起义正式发起！

朱守伦、黄以群等突击手走在突击队最前头，他们先以"有重要军事情报"为借口接近自卫队的守门卫兵，对方受惑放松警惕后，将其开枪打倒。但随后，突击队以为起义进展还算胜利，正准备向三如堂内冲进去时，屋内居然有人向外射击。惊愕之中的突击队以为敌军早已发觉我们的计划，犹豫之中未抓住机会乘胜冲进三如堂，给了自卫队组织还击的机会。最终，突击队不得不往后退，撤离三如堂。

与此同时，在山上的掩护队听见三如堂传来几声枪响后，发觉自卫队正从三如堂内追出攻击我突击队，掩护队果断开枪，掩护突击队撤出。卢文和朱守刚看局势不顺利，为了避免消耗战力，便指挥起义军撤出，而自卫队亦未追击。

据后来了解，当时只是一个中队长在凌晨找马回来时，正巧发现门卫事变，才朝门外开枪，但自卫队并未发觉我方行动。

小董起义失败后，由于敌众我寡，起义军决定转移到南宁边境地区继续开展抗日斗争，国民党反动派亦组织力量对共产党力量进行强力反扑。起义队伍向日军占据的南宁附近推进，国民党反动武装紧追不舍，包围袭击，队伍被迫分散撤退，先后有 13 名同志不幸被捕，在钦州牛圩坡、小董白坟岭英勇就义。

这位母亲的故事讲完，太阳的光线也柔和了许多，仿佛是在为英烈的事迹哀默。在煦阳的照抚下，纪念碑上的"革命烈士永垂不朽"八个红色大字间仿佛流涌着烈士们崇高的爱国热血。

图 2　小董起义革命烈士纪念碑
（来源：调研团队实地拍摄）

这一家三口游客离开后，我们站在刚才那名中年父亲制止小孩攀爬的地方抬头看去，只见在碑身的侧面写着多位烈士简介：

林国兴，原名林芳，广东省信宜县人，一九二零年生，一九四零年四月参加中国共产党。次年十二月，任中共钦县特别支部书记，一九四四年四月任中共钦县小董区特派员。小董起义时，任钦县人民抗日解放军政治处主任，后被捕，坚贞不屈，英勇就义。

陈浩，原名邓业懋，灵山县人，一九一六年生。一九三九年十一月参加中国共产党。一九四二年到钦县小董地区从事党的地下工作，小董起义时任钦县人民抗日解放军参谋长，后被捕，慷慨捐躯。

陈中任，原名陈国镜，广东南海县人，一九二四年生，一九四一年参加中国共产党。一九四三年到钦县小董镇教书，从事革命活动。小董起义时，担任突击队长，第一中队长，后被捕，壮烈牺牲。

陈家训，又名梁慧贞，钦县龙门人，一九二二年生，一九四一年参加中国共产党。一九四二年到小董任教，从事革命工作。小董起义时为政工队员，后被捕，壮烈牺牲。

冯东泰，原名冯训庠，合浦南康人，一九二三年生，一九四零年六月参加中国共产党。一九四四年秋来到钦县平吉替兰及板城大塘小学任教，从事地下工作。小董起义时为政工队员，后被捕，壮烈牺牲。

陈均苑，合浦县人，一九二五年生。一九四零年一月参加中国共产党。一九四二年，由党组织派来省立钦州师范读书，从事革命活动，小董起义时为政工队员，后被捕，英勇牺牲。

邱翠琼（女），钦县小董镇人，一九二五年生，一九四四年在小董镇教书，参加革命活动，小董起义时为政工队员，后被捕，英勇就义。

张创业，又名张西澜，钦县龙门人，一九二四年生，一九四二年到防城县教书，一九四四年春到小董镇任教，从事革命活动。小董起义执行任务时被捕，英勇就义。

许琨，钦县大寺人，一九二零年生。一九四一年参加共产党。参加小董起义后被捕遇害。

廖寿南，原名廖永和，钦县板城人，一九四一年参加共产党，参加小董起义后被捕遇害。

廖开邦，钦县小董人，一九一九年生，参加小董起义时为战士。被捕后在小董牺牲。

施帮珍，又名施琼忠，钦县小董人，一九二一年生，参加小董起义时为战士，被捕后在小董牺牲。

梁德卿，钦县那蒙人，一九一四年生，参加小董起义时为战士，被捕后在小董牺牲。

其实，在钦州市钦南区五马路与滨江南路交叉口西北 100 米处的牛圩坡烈士纪念碑底下，每天都会有许多像这一家三口一样前来瞻仰的游客。在大人们怀着沉重的心情和由衷的敬意来到英雄纪念碑前缅怀英雄时，少不更事的孩童往往只以为自己来到的是一个寻常的广场。

图3　小董起义革命烈士纪念碑广场正门

（来源：调研团队实地拍摄）

看着那一家三口离去的背影，我们的脑子里突然闪过一个问题——小董起义的故事在钦州流传得怎么样？如今的青少年可还记得先烈们的事迹？除了小董起义之外，对于钦州这座城市所蕴含的其他英雄事迹，钦州的下一代青少年又了解多少？我们应该如何向下一代人讲好英烈们的故事？

二、英烈的故事不该被遗忘

2021年2月8日，我们在钦州市第二中学门口对过往的行人进行随机采访，采访对象主要是在校学生以及少量的学生家长和路过的市民，采访的问题主要是大家对于钦州的历史英雄故事的得知途径和熟知程度。

在街头采访之后，我们集中梳理了受访者的回答，发现不论是学生还是年长的市民，大多数都知道与钦州有关的历史事迹或者英雄事迹，其中学生们对于刘永福和冯子材两名民族英雄的事迹较为熟知，但对于小董起义的故事则不如前者熟悉，有些学生仅仅只是知道钦州历史上有这起历史事件，有的学生则表示从没听说过小董起义。

大家得知钦州的历史事迹的途径主要有以下几个渠道：一，通过钦州市政府的官网、钦州 360 新闻网和钦州的报纸等官方途径得知；二，通过所在单位的宣传教育得知，如学生大多是由学校组织的讲座活动、春游或者秋游到红色基地学习相关历史文化或者校园宣传教育等途径得知，而工作的市民则是通过单位的党建活动等途径得知；三，通过家庭教育口口相传的方式得知。

通过本次街头采访调研，我们得出的阶段性结论是：学生群体平时对于小董起义的革命历史故事的学习不够，导致只是片面地了解相关事迹，却逐渐淡忘了革命事迹的具体内容。

面对这样令人遗憾的现状，我的脑海里浮现出小董起义烈士纪念碑的画面，十三名烈士的名字无言地刻在石碑上，"革命英雄永垂不朽"的字迹仍鲜红醒目，而我们的青少年，却好似即将在时代的更迭中逐渐忘却。

不，我们应该做点什么，来阻止这场忘却！

2021 年 2 月 16 日，我们邀请了钦州博物馆的馆长林卫峰进行了一场关于重温钦州英雄事迹、讲好钦州革命故事的对谈。

林卫峰馆长向我们介绍道，钦州就是一个英雄的城市，非常有底蕴。钦州这几年紧紧围绕习近平总书记提出的"尊敬英雄、崇敬英雄、学习英雄、争做英雄"，来落实开展红色革命教育和红色革命文化宣传。

钦州是一个英雄的城市，在中国近代史上出了两位民族英雄，一个是冯子材，一个是刘永福，都是中法战争期间的民族英雄。除此之外，钦州历史上还出了很多其他的英雄，比如黄明堂、戴路，还有岳飞的儿子岳霖等。

近几年，在钦州市委市政府的领导下，各个部门主要通过以下几个方面开展青少年的英雄文化教育：集中开展小学的革命传统教育、中学生英雄事迹学习，比如在 2019 年的 4 月，为了深切缅怀革命先烈，弘扬爱国主义精神，对学生进行革命传统教育，钦州市第三中学就利用"党员活动日"在小董起义烈士陵园举行了"缅怀先烈，砥砺前行"清明扫墓活动；对于大学生，主要通过在大学校园里举办知识讲座的方式进行红色教育的开展，例如 2019 年 11 月，在"不忘初心、牢记使命"主题教育"红色传奇"进高校系列活动北部湾大学分享会上，钦州党史研究专家、北部湾大学教授吴小玲就和现场的听众们一起分享了小董起义的革命故事。另外，钦州市现在有两个全国爱国主义教育示范基地，一个是刘永福故居，另一个是冯子材旧居；广西有四个县被列为红色旅游区，其中一个就是钦州市浦北县的柑子根。因此，钦州市还通过社会志愿者呼吁大家参与到相关的社会实践中来，积极地宣传钦州的历史文化。

对于在平时做红色文化宣传的时候遇到的一些问题，林卫峰馆长认为主要有三点：第一个是学生学习时间和课外活动的组织之间的协调问题；第二个是活动的组织和开展方面，特别是在疫情防控期间，要结合防疫要求开展工作，因此有些地方场所的开放、人员的配备等方面要加强高效的协调沟通；第三个需要改进的是钦州文化宣传体系的建立应该要更加明确部门的责任。

在谈话过程中，林馆长向我们表示，在学生间开展红色革命教育的过程中遇到的比较集中的问题，就是有些家长认为红色教育不在考试的考察范围内，因此在学校开展红色教育会占用学生的一些学习时间。

对于这种观点，林卫峰馆长叹然一笑："小时候我学过一篇文章，叫作《磨刀不误砍柴工》。在同学之中开展红色教育，感觉上是占用了一点时间，但红色文化本身就具有一些激励人心的因素在里面，学习红色文化的过程就是培养同学们顽强拼搏精神的过程。如果一个人仅仅接触课本上的知识，而没有一种精神上的支持，我相信他的学习成绩跟他以后的为人是不成正比的。同学们还是要多学习英雄的故事、革命的故事，在学习过程中振奋精神，懂得应该要对社会、对人民、对国家做一些什么样的事情，负起什么样的责任。"

最后，林卫峰馆长和我们感慨道，中国从新中国成立至今，已经经历了几十年的和平年代，中国共产党带领着勤劳勇敢的中国人民从外国列强的侵略中独立地"站起来"，继而"富起来"，现在正一步步向"强起来"的道路上蜕变。"有的人认为中国已经进入了和平时代，重温红色故事的意义不大，这种观点是错误的。今年（2021）是建党一百周年了，红色文化的基因在我们的心里面也传承了一百年，这个红色基因是我们中国共产党经过无数的革命先烈用鲜血传承下来的，体现了我们身为共产党员，为国家、为民族、为人民浴血奋战的精神，所以说，这个红色文化任何时候都不能丢。这就依赖于我们要不断致力于红色教育的开展和红色文化的宣传，我们要把红色故事讲好，让我们的后一辈接续奋战、继续努力。"

三、红色革命故事需要下一辈参与讲述

和林馆长的对谈结束后，我们认为，青少年是我们开展红色革命教育的重要主体，但是好的教育不是一场被动的灌输，如何更好地鼓励青少年自觉地接受红色教育，是我们应该重点思考的问题。如果我们把问题一直局限于如何"向青少年讲好红色革命故事"，倒不如换个角度去想，如何"发动青少年自主讲好红色革命故事"。

因此，我们有一个想法，那就是举办一场每年一度的"全国红色革命故事节"，广泛地发动全国范围内的学生群体参与到对红色革命故事的讲述中来。只有发动青少年们参与，才能进一步激发作为讲述者的青少年们在这场红色教育中的沉浸体验，使他们在以后的人生中时时回首思考英烈们的峥嵘岁月和进取精神，潜移默化地从中获取英烈们积极进取、奋勇拼搏的力量。

为了发起广大青少年学习红色故事，继而讲好红色故事，我们经过讨论和交流，做了一场针对学生群体的"全国红色革命故事节"活动策划，具体内容及说明如下：

（1）将每年的7月1—7日作为"全国红色革命故事节"的举办日期。7月1日是中国共产党的建党纪念日，将红色革命故事节的活动日期选在7月1日开始的第一周，有利于和建党节的活动联动，同时通过活动日期的延展为活动的丰富开展提供了足够的容量。

（2）在全国范围内发动各小学、中学、大学响应红色革命故事节。以学生为活动的主体，是因为青少年的人生观、价值观和世界观的可塑性较强，从小对青少年加强红色革命文化教育，有利于帮助他们更好地系好人生的第一粒扣子；此外，青少年的思维活跃、创造性强，以青少年为主体参与到红色革命故事的讲述中来，有利于以新时代新视角新方式新角度讲好我们的红色革命故事；传统的红色教育开展方式偏向于科普性质的展示，往往只注重"讲"，而忽略了"听"，以广大青少年为红色革命故事的讲述主体举办红色革命故事节，可以使得广大的青年们亲身加入红色革命故事的讲述中来，使他们的身份转化为主动的参与者，参与活动的过程就是他们主动学习、吸收到讲述红色革命故事的过程，这也是我们的下一代在参与中潜移默化地继承我们优秀的红色革命精神的过程。

（3）针对不同年龄段的学生，要依据其年龄特点和表达、吸收能力，以及其所在阶段的学习任务的繁重程度适当安排活动的内容，以下策划仅供参考：

表1　针对不同群体的红色活动方式

针对群体	活动方式
小学生	户外实践参观红色革命教育基地
初中生	征文比赛
高中生	朗诵比赛、歌唱比赛
大学生	演讲比赛、话剧表演比赛、纪录片创作比赛

①因为小学生的认知水平和能力比较低，因此对于小学生的红色教育应该侧重于围绕实地体验开展，选择以户外实践的形式带领小学生参观红色革命教育基地，使小学生们能够通过相关的活动了解、认识相应的红色革命教育基地即可。

②初中生阶段的语文写作要求是以记叙文为主，因此可以结合初中生的语文教学特点举办征文比赛，使得初中生同学们能够在参赛的过程中不仅仅了解、认识相关的红色革命故事，还能够以记叙的形式对其复述、表达。

③高中阶段的同学们学习任务较为繁重，因此可以采用举办朗诵比赛、歌唱比赛等文艺活动的方式鼓励其参与到红色教育中来，既能让同学们在紧张的学习中松弛大脑，又能使同学们潜移默化地吸收红色革命精神中振奋人心的因素，鼓励同学们在学习过程中迎难而上、勇攀高峰。

④大学生的认识水平和思考能力比较强，而且对于自我时间的安排也比较自主，因此可以在大学生中开展水平比较高的活动，例如演讲比赛，既需要思考好的表达方式，也考验现场发挥；话剧表演比赛的要求则比演讲比赛更高，这既需要剧本的编写合理、吸引人，也需要更多的同学们临场配合；而纪录片创作比赛，则给予在导演、摄影以及采编方面有兴趣的同学更多的发挥空间。总之，在大学生之中开展的故事节活动应该规模最大，力求办成一场全国高校联动的盛事，以丰厚的奖项鼓励全国大学生们纷纷参与到我们的红色革命故事的讲述中来，鼓励同学们以各种契合新时代新发展的方式讲好我们的革命故事，增强红色革命故事的传播效果。

（4）对于每年在故事节中获奖的作品，应该再次遴选优秀作品做成集锦，并广泛发动我们的媒体对优秀作品进行传播，如在报纸、新闻公众号等媒体上发表获奖征文，在视频平台上发表精彩的朗诵、歌唱、演讲等文艺作品，积极运用新媒体的优势，将好的讲述广泛地传播开来，让社会大众都能从好的作品中认识、学习我们的红色革命故事，从而传承我们的红色革命精神。

学习和开展红色革命教育无疑是我们坚持文化自信的道路上坚实的一步，而对于学习和开展红色革命教育来说，如何讲好革命故事，让我们悠久生动而富有教育意义的红色精神代代相传，则是我们需要深入思考的问题。要想讲好我们的红色革命故事，除了要求讲故事的人具备一定的底蕴之外，还需要运用与时俱进的方式方法促成红色革命故事的生产和传播。每一件红色革命故事都是已发生的、既定的，但是讲述故事的方式却是多种多样的。因此我们要思考的是，运用什么样的方式，才能将红色故事讲得生动、有趣、别开生面，才能将我们的红色精神通过故事的传播而实现传承。

前段时间，教育部答复"防止男性青年女性化"的提案引发全网热议，《央视新闻》在点评"阳刚之气"时说道，男性在风度、气概、体魄等方面表现出刚强之气，是一种美，但阳刚之气并不等于简单的"行为男性化"；教育不只是培养"男人""女人"，更应注重培养人的担当和责任感。文明其精神，野蛮其体魄，让身体和心智一并健康成长，才是最该被关注的。

我们认为，"阳刚之气"的培养，不应是刻意培养粗犷的说话方式、粗鲁的行为举止，将"阳刚"和"粗暴"片面地联系在一起，是对"阳刚之气"的污名化。培养青少年的阳刚之气，首先就应该在对中国优秀的红色革命精神的挖掘和学习中入手，因为红色革命精神的本质，就是面对家国危难的责任意识、行动意识和顽强的拼搏意识的结合，但这其中又蕴含着对陷入苦难的人民群众的慈悲与同情，因为"敢为天下先"的前提是"心有猛虎，细嗅蔷薇"，只有我们深刻地领会红色革命精神中的这点要义，才能从中既学习其自强不息的奋斗精神，又学习其精忠报国的爱国情怀；既学习其天下兴亡匹夫有责的担当意识，又学习其舍生取义舍我其谁的牺牲精神。

钦州是一个满载英雄气息的城市，红色革命文化深深蕴藏在钦州这座古老的城市之中。习近平总书记在建党100周年庆祝大会的重要讲话中曾说："一百年来，我们取得的一切成就，是中国共产党人、中国人民、中华民族团结奋斗的结果。我们深切怀念为中国革命、建设、改革，为中国共产党建立、巩固、发展作出重大贡献的老一辈革命家，深切怀念为建立、捍卫、建设新中国英勇牺牲的革命先烈，深切怀念为改革开放和社会主义现代化建设英勇献身的革命烈士，深切怀念近代以来为民族独立和人民解放顽强奋斗的所有仁人志士。他们为祖国和民族建立的丰功伟绩永载史册！他们的崇高精神永远铭记在人民心中！"一个国家的实力分为硬实力和软实力，单纯依靠经济和军事的冷兵器时代已经过去，面对当前复杂的国际形势，以文化软实力作为我们文化发展的母体，挖掘中国革命文化中所积淀的最深沉的精神追求，是我们践行文化自信的根本。只有坚持从历史走向未来，从延续民族红色革命文化血脉中开拓前进，我们才能做好今天的事业。没有文明的继承和发展，没有文化的弘扬和繁荣，就没有中国梦的实现。因此，在中国共产党建党一百周年之际，重温红色革命故事，重新学习红色革命文化，对我们坚持和发展文化自信具有极为重要的意义。

致　谢

感谢广州大学新闻与传播学院对本次实践调研活动的组织与支持。

感谢张爱凤教授、李彦老师对调研思路与报告写作方面的指导。

感谢钦州市博物馆馆长林卫峰同志在调研过程中的配合、帮助与支持。

（指导老师：张爱凤，广州大学新闻与传播学院副院长、教授、硕士生导师；李彦，广州大学新闻与传播学院讲师）

点评

挖掘沉默的历史记忆，每位英雄都有光芒

历史，指客观存在的史实，如实证主义历史学家认为，历史是"人类经历过的客观存在的过程"，客观如实是历史学的本分。但历史，也指经人书写而成的历史。任何一个历史的考察者、书写者、阅读者都不可能对历史事实保持完全客观、中立的态度，他（她）的世界观、价值观、视野、学识、修养、方法论等都会在潜意识中有意无意地影响他（她）对史料的获取、选择和判断，进而影响"史"的形成。

本报告的第一大价值，在于挖掘了一段沉默的历史记忆。在中国的党史上，小董起义是一个关注度不高的历史事件。一方面，这是一次失败的起义，相对于成功，失败总是更容易被遗忘；另一方面，牺牲的烈士们，如林国兴、陈浩、陈中任、陈家训等，知名度并不高。随着时间的流逝，小董起义日渐成为党史中沉默无声的一段记忆。

本调研团队通过走访、调研，把这一段历史记忆重新书写出来，让更多的当代青年听到了七十多年前另一群青年的呐喊，他们装备简陋，却英勇无畏；他们正值青春，却无惧流血牺牲。更重要的是，通过这个报告，作者和读者都触摸到了历史余温中一群热血青年滚烫赤诚的爱国心，就像《觉醒年代》中的陈延年的誓言："我是立志要为国家献身的。"

本报告的第二大价值，是强烈的问题意识。通过调研，团队发现钦州当地学生对于小董起义的历史学习的主动性和积极性都不够,群众甚至有逐渐淡忘这一段历史的倾向。面对此现状,团队成员油然而生一种责任感和使命感,旗帜鲜明地提出"红色革命故事需要下一辈参与讲述"。团队经过缜密的思考,提出了一份针对学生群体的翔实可行的"全国红色革命故事节"活动策划案,其中不乏亮点和创新点。团队成员用自己的智慧才情、专业精神,坚定了"青年有理想,国家有力量"的信仰!

习近平总书记说:"对中华民族的英雄,要心怀崇敬,浓墨重彩记录英雄、塑造英雄,让英雄在文艺作品中得到传扬,引导人民树立正确的历史观、民族观、国家观、文化观,绝不做亵渎祖先、亵渎经典、亵渎英雄的事情。"本团队成员在调研过程中完成了一次与英雄的深刻对话,也将在未来成为人生中真正的"英雄"!

（点评人:张爱凤）

农运摇篮焕新颜　乡村振兴慰英烈

——汕尾市新山村调研报告

卢嘉宝　肖　欣　虞镇霆　孙国山　王之彤　刘振涛　黄昊竣　商　力①

摘　要： 民间俗语谓"两水夹一龙，不出富贵出英雄"，汕尾新山村背靠鹿境山，前临丽江河，后绕黄江河，为海丰八景之一"丽江月色"所在地。身为传媒学子，我们渴望用镜头记录时代的故事，用语言传承精神。怀揣着未知与期待，我们踏上路途寻找这个坐拥"首批广东省旅游特色村"头衔的东方红城，探寻蕴藏在这片土地上的红色基因，追寻革命留下的足迹。

关键词： 乡村振兴；红旅文化；革命精神；传承

初遇新山村，映入眼帘的是平坦整洁的柏油马路和白墙黛瓦的村舍，走在由水泥、石砖、鹅卵石等铺设的整洁村道上，一旁白墙上粉刷着浓墨重彩的山水画幅，美得让人移不开眼。

"五六年前，这里什么都没有，到处都是一条条烂路，现在居然成网红村了！村子越来越美，我们的日子也越来越好了。"居民陈女士脸上洋溢着幸福与喜悦。络绎不绝的游客在红色广场乘凉休息，而村民们纷纷摆起小摊儿，售卖当地特色农产品和纪念品，叫卖声接连不断，生活气息萦绕整个村庄。

正是在这片红色热土上，革命精神代代相传，历久弥新。农民运动先驱彭湃曾在这里宣传发动农民运动，广大村民踊跃投身革命，涌现了"一门七英烈""父子三烈士"等广为传颂的感人事迹，我们不知不觉间加快了步伐，迫不及待了解这座红城尘封的故事。

---

① 卢嘉宝、肖欣、虞镇霆、孙国山、刘振涛、黄昊竣、商力，广州大学新闻与传播学院2018级播音与主持艺术专业本科生；王之彤，广州大学新闻与传播学院2019级广播电视编导专业本科生。

一、领略红旅文化，回忆光辉历史

在寻访红色遗址之前，我们决定了解关于新山村的故事，在村民伯伯的讲述中，我们打开尘封的大门。鹿境乡（今新山村）以前是一个岛屿，周遭河道纵横，溪流交错，水运四通八达。这里自古崇文尚武，英雄辈出，红色精神深深扎根在这座土地上，而提及新山的故事，都离不开一场运动，离不开一些人。

沿着历史的长河追溯而上，1921 年中国共产党成立后，在大力领导工人运动的同时，也开始发动和领导农民运动。在中共早期农民运动先驱彭湃的领导下，广东海丰成为全国农民运动最先兴起的地区之一。 1922 年 5 月，彭湃开始在他家乡汕尾市海丰地区开展农民运动。同年 7 月，彭湃发动五位青年农民和他一起，成立了仅有六个人的农会，是后人盛谈的"六人农会"。农会成立后，他们在贫苦农民中进行宣传发动工作。不但帮助会员解决日常生活中的困难，反对封建恶习，而且带领农民打击土豪恶霸的剥削，取消苛捐杂税，因此逐渐获得了农民的信任。在短短的三个多月时间里，农会会员就发展到 500 多人。

在彭湃同志领导下，赤山约农民协会成立。农协发表了宣言，制定了章程。至 1923 年 1 月 1 日汕尾市海丰县总农会成立的时候，会员已经有 10 万人之多。海丰总农会团结全县农民实行减租，与封建剥削制度进行了猛烈的斗争。为保护农民的利益，农会规定将农产品集市的权力归农会掌管；反对地主肆意加租、易佃剥削农民；创办农校，农民子弟免费入学；动员农民造林，山林收益按劳分配；成立仲裁部，为农民主持公道。这些措施深得农民拥护。当地的土豪劣绅十分惧怕农会，一时间，欺压农民的事几乎看不到了。海丰农民运动的声威，很快远播到东江地区和全省农村。随后，一场声势浩大的农运风暴席卷了广东。

民主革命时期，新山村涌现了吕培其、吕培壮等一大批顽强勇敢的无产阶级战士，为中国红色革命的发展和胜利作出了重要贡献，许多英雄为革命献出了年轻的生命，新山村是名副其实的红色村庄。

1. 为有牺牲多壮志——万维新 [①]

民主革命时期，新山村涌现了吕培其、吕培壮等一大批顽强勇敢的无产阶级战士，为中国红色革命的发展和胜利作出了重要贡献。其中，万维新同志原是五

---

① 革命记忆：汕尾海丰新山村革命纪念馆 2[EB/OL].（2019-09-28）.https://www.meipian.cn/2ezhlhaa.

华县长乐河口人，出生于 1870 年。因家境贫寒，年轻时迁居海丰。万维新自幼学武，武功高强，于民国初年被新山村的"永和馆"聘为拳师。万维新不仅一身武艺，更难得的是一身正气，他看到了当时统治者的黑暗与残暴，便积极投身彭湃领导的农民运动，并长时期以在乡村传授武术为掩护，发动农民起来闹革命。1922 年，万维新担任彭湃的贴身护卫，不幸的是，1928 年底，万维新在陆丰往海丰途中被敌人抓捕杀害。

图 1　红宫红场旧址纪念馆中陈列的农民运动史料

（来源：调研团队实地拍摄）

2. 彭湃夫人——蔡素屏烈士 [①]

1827 年，在鹿境新北村这样一个平凡的村落，诞生了一个不平凡的小姑娘，叫"哲妹"，15 岁嫁给彭湃，生下了三个儿子，最后为了革命而壮烈牺牲，年仅 31 岁，她就是巾帼英雄——蔡素屏烈士。

1926 年 2 月，蔡素屏光荣参加中国共产党，成为一名无产阶级先锋队的女战士。3 月，组织派她到海丰县城南丰、民生、华民三个布厂搞女工工作，蔡素

[①]　蔡惠进. 蔡素屏烈士简介 [EB/OL]. https://www.sohu.com/a/270125246_758184.

屏日夜与女工们在一起，教育女工组织起来进行自我解放。为了支持农运，组织发动村中妇女起来参加斗争，蔡素屏带领一部分女工——赖淑芳、王少芳、马如凤等到鹿境、赤山、北笏、汀洲、罗山、荣港、东笏等村向农妇宣传。

1928年9月19日，因叛徒告密，蔡素屏在公平平岗乡被反动民团围捕，即日解送海丰县城国民党县府狱中。敌人对她严刑拷打，但蔡素屏无所畏惧，坚贞不屈，敌人无奈，决定处以死刑。1928年9月21日，广东省海丰县城的街道上戒备森严，一队国民党反动派的武装人员，押着蔡素屏前往刑场。天，阴沉沉的，街上的群众都被推向路边，蔡素屏被大麻绳捆绑着，背上插着标签，上边写着几个大字："共匪苏维埃妇女主席"。蔡素屏神态自若，昂首挺胸，双目深情地扫视着道旁的群众，暗暗地鼓励他们要继续坚持斗争。刑场上，蔡素屏同志在敌人枪口面前大义凛然，视死如归，表现了一个共产党员的英雄气概。

蔡素屏烈士牺牲时仅31岁。这位年轻的女共产党员，为了广大妇女和劳苦大众的解放事业，流尽了最后一滴血，把宝贵的生命献给了伟大的共产主义事业。

二、寻访红色遗址，感受革命精神

了解了先辈的故事后，我们心存崇高的敬畏，也心存疑惑，究竟是什么样的一股力量、一种精神支撑着这些革命先辈？我们怀着期待前去寻访红色遗址——红宫红场旧址纪念馆。随着车辆缓缓停下，我们看见了一幢红色围墙的建筑物，气氛变得庄重，因为红，是革命的象征，是革命先辈浴血奋战的生命。

走进红宫红场大门，我们便看到了立在红场正中央的彭湃塑像。彭湃身着西装，两腿自然张开，两手叉腰，上身向右侧倾斜，面部神情坚定自若，显现了无产阶级革命家那种胸襟豁达、高瞻远瞩和对共产主义事业必胜信念的高大形象。

在讲解员罗晓梅声情并茂的讲述声中，我们逐步走进这片革命故土。在海丰苏维埃

图2　彭湃塑像
（来源：调研团队实地拍摄）

政权成立后，彭湃同志号召在此地兴建红场大门和主席台。大门门额上浮塑"红场"二个大字，是彭湃手书，红场从此得名，两边浮塑有"铲除封建势力，实行土地革命"的对联，红场中央设有传声台。

广场左侧为刻有革命烈士姓名的烈士纪念墙，沿着纪念墙左侧的小路往里走，首先出现的便是"土炮"遗址及平民医院遗址，之后便是大成殿。大成殿是红宫主体结构，墙上贴有"打倒军阀""工农兵团结起来""苏维埃政权万岁"等标语，室内摆着长凳，主席台居上首，上覆红布，都按大革命时期的原貌布置。这让人感叹我们今天的幸福生活与先烈们抛头颅洒热血密不可分，是先烈们流血牺牲换来的，确实来之不易。

图3　刻有烈士名字的烈士纪念墙

（来源：调研团队实地拍摄）

大殿两侧的附室现改为战争遗物纪念馆，内存有海丰县当年革命时所保存下来的弹壳、战士所穿的草鞋、所用的袋表等，还有彭湃临终时在狱中给中央所写书信的手迹。我们对彭湃同志的了解又更深了一层：自小发奋学习只为救国救民；烧掉田契，推动农民运动；志向远大，建立了中国第一个苏维埃政权；就算被捕，也宁死不屈，视死如归。

展馆中还存有农民自卫军作为军号用的海螺、海丰革命军用过的臂章、武装起义用过的粘着烈士血迹的"红领巾"、战士们穿的六耳鞋、山上红军医院里的伤病员用来送饭的小贝壳等。中国革命的历史，永远不该被忘记，因为那是先辈们用汗水打拼出来的，用血肉堆砌出来的。红宫红场和彭湃烈士故居都是先辈遗留给我们的宝贵精神财产，我们应好好珍惜保护，从中认真学习感悟革命先辈们所留下的精神品质，并将其发扬光大。

刹那间，眼前高大树影幻化成千面红旗飘扬，昔日革命烈士事迹如现眼前，我们停留在馆内良久，唯有用凝视表达我们崇高的敬畏。

之后，我们参观了1923年海丰总农会会印、会旗、农会斗、农会秤、"不劳动不得食、宜同心宜协力"的海丰总农会会员证、农运时期海丰共青团的纪念章，还有中共东江党校学员古鸿章烈士生前在党校培训班学习时使用过的笔记本等展品，我深深被那一份"敢为人先，无私奉献"的革命精神所震撼。

"彭湃"不仅是一个伟人，更是一种精神，而这种精神扎根在每一位革命家的心底。

图4　海丰红宫红场旧址纪念馆

（来源：中共海丰县委宣传部海丰县红色文化教育培训中心提供）

如今，当年彭湃领导海陆丰苏维埃政权活动的中心——海丰红宫红场旧址因其重要的历史事件和历史意义在1961年3月被国务院颁布为首批全国重点文物保护单位、全国爱国主义教育示范基地、全国红色旅游经典景区。有游客表示："看到这么好的村容村貌，非常干净，来这里参观，来接受红色教育，看到以前上一辈艰苦奋斗，还有干革命的精神，深受感动。"未来，新山村将把红色故事讲下去，把红色精神传扬下去。

初识这片红色遗址，追寻遗留的足迹，我们面前呈现出昔日革命先辈浴血奋战的故事，也让尘封的历史重现光辉，更深深地烙印在我们每个人的心底。

三、挖掘三农背景，助力乡村振兴

抱着对新山村短期变化的好奇，我们采访到了海丰县委宣传部黄部长和新山村党支部书记，了解村民口中那个曾经的新山村、新山村的建设历程，以及在扶贫攻坚下的新山村。

新山村党支部书记告诉我们，新山村的红色历史资源厚重："作为省定红色村，新山村红色基因厚重，大革命时期，在彭湃及其夫人蔡素屏的带领下，广大村民踊跃投身革命，涌现了许多革命英烈，仅民政部门登记在册的革命烈士就有18位。"新山村便抓住此机遇，以先辈传承的红色精神为依托，挖掘红色资源，振兴乡村。

在党的十九大精神感召下，新山村继承和发扬优良的革命传统和红色精神，积极挖掘红色文化资源，打造红色旅游产业。同时，结合社会主义新农村建设，充分利用该村丰富的人文资源，讲好新山红色故事，写好新山红色文章。并将农会旧址、队部旧址、烈士故居等红色遗址纳入新农村建设的规划，打造"红色一条街"，建设一个集旅游休闲和红色教育基地于一体的社会主义新农村示范村。

做好红色资源文章，推动红色旅游产业蓬勃发展。新山村深入贯彻落实习近平总书记关于"要把红色资源利用好、把红色传统发扬好、把红色基因传承好"的重要指示精神，依托作为省定红色村、拥有丰富红色旅游资源的优势，强化红色资源挖掘保护开发，充分发挥"红色名片"作用，着力做好做实"红色+"文章。

（1）深挖红色资源。大力开展红色史料、革命遗址普查工作，深入挖掘保护一大批红色资源。目前，新山村拥有农会旧址（义平社）、老灰町（农军训练场）等多处革命遗址和烈士故居等红色遗址，挖掘吕培其"一门七英烈"、吕乃荣"父子三烈士"等广为传颂的壮烈事迹。

（2）强化红色打造。近年来，先后修缮了农会旧址（义平社）、赤卫队队部旧址等红色历史旧址，建成一座两层、面积达1 000平方米的新山红色文化馆，串联起吕祖怡故居、吕焕量故居、农军井和农军赤卫队队部旧址等多处革命遗址和烈士故居；建成长达近1公里的红色文化街；以彭湃烈士宣传发动革命时的宣讲地"大榕树"为中心，建成面积达6 000平方米的红色广场。同时，建设了建筑面积2 300平方米的游客接待中心，大手笔打造红色主题突出、内涵丰富的红色基因传承和爱国主义教育基地。2018年，新山村成为全省粤东片实施乡村战略现场会、全省抓党建促乡村振兴暨红色村党建示范工程现场会参观点。

（3）开放"红色+旅游"效应。通过对红色资源的开发，结合市场需求，重点扶持培育一批民宿、农家庄、观光农业和特色商铺，完善红色旅游配套服务，最大限度释放红色产业经济效应。利用本村戏曲、麒麟舞、武术等民俗文化资源，举办海丰民乐演奏、咸茶会等文化活动，促进红色旅游、乡村生态休闲旅游、地方特色文化旅游等有机融合，打造集多种业态于一体的乡村文化旅游平台。

2015年起，在对口帮扶单位的支持下，新山村累计投入新农村建设资金1 500多万元，拆除破旧危房，依靠国家政策帮扶修建小楼房；拆除露天茅厕，进行厕所"革命"；清理垃圾及池塘淤泥，让村里的湖水清澈见底；规划绿化方案，种植小草树木，让这个依山傍水的山村的空气更加清新怡人。

2019年，新山村荣获首批广东省乡村旅游精品线路之汕尾地区"东方红城、农运摇篮"线路重要游览节点，2019年广东省"十大美丽乡村"，"广东省文化与旅游特色村"荣誉称号。在以"红色文化"为核心，以红色文化教育、非物质文化遗产传承、生态休闲体验为特色的海丰县湾区红色文化体验示范带中作为一个重要节点向外推广，成为海丰乃至汕尾市美丽乡村建设的"样板工程""精品工程"和"脱贫标杆"。红色即底色，新山村大力挖掘红色史迹，修缮农会旧址、农军赤卫队队部旧址和部分烈士旧居，建成了新山革命纪念馆、火炬广场和红色文化街，收集展示了相关革命文物并设置烈士形象蜡像，制作了彭湃及其夫人蔡素屏发动农民运动的浮雕墙。2018年被定为全省"红色"文化旅游现场会学习参观点。

中国是一个农业大国，农村人口有9亿，占全国人口70%；农业人口达7亿人，占产业总人口的50.1%。"三农"问题关系到国民素质、经济发展，关系到乡村振兴、社会稳定、国家富强，因此解决"三农"问题也就成为党和国家的大事。

实施乡村振兴战略就是要解决我国经济社会发展中最大的结构性问题，通过补短板、强底板，使我国发展能够持续健康、行稳致远、全面进步；就是要解决快速推进现代化进程中的"三农"问题，使农业农村同步现代化，防止出现农业衰落、农村凋敝；就是要贯彻以人民为中心的发展思想，发扬彭湃烈士的革命精神，使亿万农民共享现代化建设成果。而从新山村村民们真诚的笑颜和奋力的工作中，我们可以深刻感受到，中国梦成了每个人的梦，中华民族的伟大复兴背后有每一个中华儿女的努力，彭湃烈士的英灵也因此得以告慰。

四、传承革命基因，感悟红色精神

走出红色遗址，革命先烈的事迹一幕幕浮在我们眼前，想起在战火的硝烟中前仆后继的战士、在新中国建设中忘我工作的劳动者等，我的心灵在这次参观后受到深深的洗涤和震撼。那些名字被刻在纪念碑上的革命先烈的一生，是英雄的一生、光辉的一生，是他们给我们留下了宝贵的精神财富。纵观他们为国家的建立和繁荣强盛而奋斗的壮丽生涯，或许"抛头颅洒热血"已成过往，但在革命先烈的奉献精神的鼓舞下，我国几代优秀的中华儿女传承红色基因，奋力拼搏、无私奉献，为新中国的崛起、为中华民族的伟大复兴同样也发挥了巨大的作用。

而作为传媒学子，更多了一分传播的责任。习近平总书记在党的十九大报告中指出："高度重视传播手段建设和创新，提高新闻舆论传播力、引导力、影响力、公信力。"作为未来的新闻工作者，应当承担起党和人民的喉舌，讲好中国故事，传播好中国声音的重任，挖掘红色资源，传承红色基因，为传播红色精神尽绵薄之力。

再次望向这座村庄，平坦整洁的柏油马路、白墙黛瓦的村舍、明池旁民居依水而立，"探寻革命足迹，传承红色基因"，这里是农民运动的摇篮，这里留下了先辈浴血奋战的足迹，时过境迁，变的是容颜，不变的是扎根在这片土地的赤子情怀与红色精神，而传承便是让这种精神永存最好的方式。

致　谢

感谢汕尾市海丰县及新山村的各位领导、红宫红场旧址纪念馆讲解员同志给予我们的帮助，以及这一路上为我们伸出援助之手的前辈们，这趟旅程是一次探索，也是一次感悟，革命先烈的一幕幕事迹浮在我们眼前，这段回忆难忘而又珍贵。

在这里，也想感谢我们的各位指导老师，老师们的细心指导与领导实践，都让我们认识到作为一名传媒学子身上肩负的使命与责任，传承革命基因，我们一直在路上。

（指导老师：刘玉萍，广州大学新闻与传播学院副教授；王兵，广州大学新闻与传播学院党务秘书、组织员；王童辰，广州大学新闻与传播学院讲师）

点评

探寻山村红色基因，与国家发展共频振

作为"广东十大美丽乡村"之一，新山村位于汕尾市海丰县附城镇鹿境乡境内，背靠鹿境山，前临丽江河，后绕黄江河。民间俗语有谓"两水夹一龙，不

出富贵出英雄"，风光优美、景色宜人，是海丰八景之一"丽江月色"所在地。革命精神也在这片红色热土上代代相传、历久弥新。广东海陆丰农民运动，是党创建之初范围最广、影响最大的农民运动，开创者是被毛泽东誉为"农民运动大王"的彭湃，他和妻子蔡素屏曾在这里宣传和发动农民运动，广大村民踊跃投身革命，在大革命、抗日战争、解放战争时期，新山村都做出了很大的牺牲，许多英雄为革命献出生命和鲜血，涌现了"一门七英烈""父子三烈士"等广为传颂的感人事迹。

由于资源禀赋不佳、缺乏产业支撑，新山村在过去成为省定贫困村。近几年来，在红色革命精神的指引下，在各级政府的大力支持和帮扶下，村党委带领广大群众，充分挖掘乡村生态旅游和红色旅游潜在价值，着力打造集民宿、农家乐、红色教育于一体的特色旅游村庄。如今，新山村已然焕发出新的生机和活力，成了闻名省内外的"红色""绿色""古色"兼备的"广东十大美丽乡村"之一。

"三农"（农业、农村、农民）问题是关系国计民生的根本问题，是全党工作重中之重。习近平总书记在不同场合多次强调农业农村发展的重要性。他指出："中国要强，农村必须强；中国要美，农村必须美；中国要富，农民必须富。""任何时候都不能忽视农业，不能忘记农民，不能淡漠农村。"在党的十九大报告中习近平总书记进一步指明农业、农村发展的重要性："要坚持农业农村优先发展，按照产业兴旺、生态宜居、乡风文明、治理有效、生活富裕的总要求，建立健全城乡融合发展体制机制和政策体系，加快推进农业农村现代化。"

在振兴乡村、振兴中华民族的新时代征程中，传媒学子如果不了解"三农"，就等于不了解中国国情、不了解新发展理念。基于此，这支调研队伍选择了汕尾市海丰县新山村，不仅在农民运动的摇篮地追忆英烈们的革命事迹、学习他们先进的"农运"思想理念，探寻农村发展变革的红色基因，而且在寻访的过程中感受新农村发展变化的新成就。可以说，这是一次历史和现实教育意义并举的红色之旅。

同学们此次调研活动得到了海丰县委宣传部和新山村党支部的大力支持和热情接待，带领他们寻访红色遗址，介绍海丰县农民革命历史，参观美丽富饶的新山村风貌。面对如此厚重的革命文化历史和焕然一新的山村新貌，年轻的学子内心无比感慨，同时也提出了他们的疑问：是什么让新山村短短数年就发生了这样的蝶变？新山村党总支书记吕湖泳道出了其中的关键：唤醒红色记忆，传承红色基因，把党建基因融入发展血脉中！

同学们不仅用镜头记录着百年的红色印迹，更是用心灵去感知先烈们无惧牺牲的革命斗争精神、去感受新时代美丽乡村高质量发展带来的翻天覆地的变化。通过此次走访探寻，他们深刻意识到：走出校园，走进基层，才能更深入地了解革命历史、了解社会发展、了解国情变化，才能更好地把个人命运和国家的发展进步结合起来，才能真正融入中华民族伟大复兴的中国梦。

承继是为了有目标地前行！相信本次红色基因调研活动一定会成为他们人生道路上一个崭新的起点。

（点评人：刘玉萍）

跨越时空的交响

——冼星海音乐里的红色精神和历史传承

韩　智　王映骅　杨亚晨　吴嘉莹　张凯滢①

摘　要： 2021年春节，调研团队走进广州市南沙区榄核镇冼星海故居，探寻"星海精神"在这片土地上传承的动人故事。调研报告由"星光·由家到国""初心·民族使命""激流·革命火种"和"入海·时代记忆"四个部分组成，讲述冼星海的革命情怀与精神来源。调研报告结合时代背景，立足实践所得，以大学生的视角讲述"星海精神"穿越时空来到今天的"变"与"不变"。

关键词： 冼星海；红色歌曲；传承

"风在吼，马在叫，黄河在咆哮。黄河在咆哮。"

你是否还记得，自己曾在少年时代激情豪迈地唱着《黄河大合唱》；你是否能想起，那个在湛蓝星空下仰望天空的壮志少年誓要保家卫国。听到耳边响起的红色歌曲，我们眼前便浮现起一幅幅救亡图存画面，这是音乐的力量。流淌的乐曲承载着中华优秀文化，潜移默化地滋养着一代又一代中华儿女的心灵。这些红色歌曲见证了时代的发展，是持续鼓舞人心的精神财富，具有重要的社会历史意义。

《黄河大合唱》共含八个乐章，是一部大型合唱声乐套曲，由广东著名的爱国音乐家冼星海谱曲、诗人光未然作词。其中，《保卫黄河》是传唱度最高的一首。冼星海所创作的音乐根植于群众，根植于祖国大地，饱含时代风貌，深受大众喜爱。他在国家危难之际用音乐发出了民族的怒吼，开拓了中国现代革命音乐

---

① 韩智，广州大学新闻与传播学院2020级广播电视学专业硕士研究生；王映骅，广州大学新闻与传播学院2019级广播电视学专业本科生；杨亚晨、吴嘉莹、张凯滢，广州大学新闻与传播学院2018级广播电视学专业本科生。

的新局面。

红色歌曲所承载的民族精神并未因时间久远而消逝在历史长河之中。如今，冼星海的红色歌曲已经化为星海精神，在广州这片土地上传承着。2020 年，新型冠状病毒在人们毫无防备之下肆虐中华大地，带走了一个个鲜活的生命。在国家危难之时，无数"最美逆行者"迎着激流挺身而出，勇敢地踏上未知的征途，广东援鄂医疗队成员黄汝梁就是其中的一员。我们将跟随着黄汝梁的故事，走近"星海精神"，去探寻冼星海音乐里的红色精神和历史传承。

一、星光·由家到国

图 1　深情一吻

（来源：涔湄村星海文化艺术创作中心）

这幅油画名为《深情一吻》。画中的主人公，是广州医科大学附属肿瘤医院 ICU 主管护师黄汝梁和他的妻子钟柳芬。

2020 年春节，新冠肺炎疫情暴发，在这场没有硝烟的战争中，广大医护人员扛起战斗的大旗，主动请缨，一张张炙热的请战书，一个个鲜红的手印，都是"逆行者"们对爱与奉献的最美诠释，而有 10 年重症医学护理经验的黄汝梁也不例外。得知自己被选派为广东援鄂医疗队钟南山院士团队的一员时，黄汝梁既激动又自豪，在调研团队电话采访中，黄汝梁坦言，"当时没有考虑这么多，只想着要积极报名，奔赴前线，不敢告诉年迈的父母，孩子也太小了还不能理解……"

2020 年 2 月 7 日，正值元宵佳节，广东援鄂医疗队下达紧急出发指令，家住榄核镇的黄汝梁急忙整理行装，赶往 40 公里外的医院集合。妻子钟柳芬立刻从衣柜取出几件黄汝梁常穿的衣物，将年幼的孩子交代给信任的亲戚，便与丈夫一同踏上了前往医院的送行之路。

黄汝梁坐上了前往机场的接驳车，临别之际，他摇下车窗，探出身子，挽着妻子的脸庞温柔打量，咫尺之间，丈夫轻轻地吻了妻子的额头，这一吻，炙热而深沉，热烈而隐忍，胜过千言万语。

"吾充吾爱汝之心，助天下人爱其所爱"，大难当前，将一己之爱扩展到普天下人之爱，这又何尝不是一种告白。待胜此疫，定与子偕老。

口罩隔离了病毒，但没有隔离相爱之人心与心的距离，黄汝梁的同事将这感人的一幕记录下来，而后由一名新冠肺炎患者手绘成油画作品，现展于广州市榄核镇湴湄村的文化艺术创作中心。

这里是黄汝梁生活的地方，也是"人民音乐家"冼星海先生的故里。

图 2　广州市南沙区榄核镇湴湄村冼星海故里

（来源：调研团队实地拍摄）

湴湄村的远方是海，周围是湖、河与珠江，广州人把有水的江河湖统称为海，珠江汇入大海，入海口的珠江与大海浑然一体。村连着星星片片的"海"，星片的"海"连着大海，村落便成了星"海"相拥的一块绿翡翠。出身疍家的冼星海家境并不富裕，谁也没有想到，这位来自小渔村的音乐家谱写出了中华民族的最高音阶。

如今，湴湄村建有占地 9.6 亩的星海党建公园，为党建活动阵地与群众休闲去处提供新选择。"星海精神"已经不仅成为榄核镇的一张红色旅游名片，也带动了乡村振兴发展的新局面。

近年来，湴湄村致力于盘活红色资源，打响星海品牌，传承"星海精神"，围绕冼星海的人物特质和成长经历推出了一系列优质文化活动。2020 年 1 月，冼星海文化艺术创作中心揭牌成立，为各类文艺作品展览、非遗文化活动提供场所。据统计，2020 年创作中心协办大型活动 10 余场次，接待 45 个参观团体，参观人员 1 729 人。此外，涠湄村还对星海路两旁的民房进行特色主题彩绘改造，将冼星海的人物形象与《黄河大合唱》搬上了墙面，让星海文化瞬间鲜活起来。

黄汝梁说："我们在这里住了这么久，星海的精神从小就耳濡目染，当国家需要我们的时候，就应该忠贞不渝，这既是身为党员的觉悟，也是身为星海同乡人的觉悟。""星海精神"驱使着黄汝梁走向抗疫一线，鞭策着他不惧征途，不畏艰苦。

那一片海，没有变，那些山峦，没有变，那位遥望远方的青年人，也没有变，百年后的今天，他的初心与使命依旧在时过境迁中葆有无尽的光辉。

二、初心·民族使命

"南国箫手早闻名，文化名都苦追寻。救国军歌感肺腑，黄河合唱荡激情。高亢战歌发怒吼，大众救亡谱呼声。崭新音乐拓历史，领袖题词慰生平。"

冼星海 1905 年出生在一个贫苦的疍民之家。他跟随外祖父在渔船上长大，伴随他的是壮美的自然风光和朴实的疍渔民歌，这样的生活体验为冼星海埋下了音乐的种子，而外祖父也是他音乐生涯中的一位引路人。

在学习短箫的过程中，冼星海曾经问外祖父什么样的歌曲才是好的歌曲。外祖父坦言，真正好的歌并不是来自宫廷和梨园，而是来自江湖、来自民间，因为它们反映的是劳苦大众的心声。此时虽然未满七岁的冼星海还不能深入理解这句话，但是这个智慧的老人在潜移默化中悄悄地为他植入了为劳苦大众创作音乐的思想萌芽。

往后的日子里，冼星海先后去往新加坡、广州、北京、上海和巴黎学习音乐。那些年间，中国一直处于半殖民地半封建社会状态，深受"三座大山"的压迫。在法国留学期间，祖国遭受日军侵略的消息传来，"在困苦的生活的时日，祖国的消息和对祖国的怀念也催迫着我努力"[①]。他深深挂念饱受战火摧残的祖国，"我把我对于祖国的那些感触用音乐写下来，像我把生活中的痛楚用音乐写下来一样"，他拿起了笔，谱写成悲愤激越的三重奏《风》，且获得了很高的评价。

1931 年，日军占领了东北三省，华北地区岌岌可危。他心心念念着的祖国

---

① 冼星海．我学习音乐的经过［M］．北京：人民音乐出版社，1980:6.

正遭受敌人的蚕食，立志救国的冼星海舍弃在法国的声誉，毅然回到祖国，投身抗日救亡运动，以音乐为武器，鼓舞人民齐心抗战。他在上海，参加上海歌曲创作者协会，创作出许多优秀的作品。

然而，在上海舒适的环境下，他对革命的热忱并未停歇，他渴望去到延安。

延安的革命精神深深振奋着有爱国热忱的冼星海，他在一封家书中向母亲祖露他的深思。"我是一个音乐工作者，我愿意担起音乐在抗战中伟大的任务，希望把洪亮的歌声震动那被压迫的民族，慰藉那负伤的英勇战士，团结起那一切苦难的人们。"

当中华民族到了最危险的时候，音乐成了冼星海战斗的武器。

国难当头，虽不能在战场拼杀，但他把知识分子的气节和血性全部融入了救亡歌曲的创作和宣传中。冼星海从人民群众的角度出发，为人民而发声，这份无私奉献爱国的精神，指引他在音乐的道路上不断前行。

图 3　番禺博物馆内冼星海指挥《黄河大合唱》雕塑
（来源：调研团队实地拍摄）

身处延安，冼星海在培养音乐人才的同时，创作了一批歌颂中华民族坚强不屈斗争精神的音乐作品，《黄河大合唱》无疑是其中最突出、影响最广泛的一部代表作。冼星海放弃舒适的生活环境，选择到祖国最需要他的地方去，这种对祖国忠贞不渝的爱以及不畏艰难、自我奉献的精神，感召着他的学生们追随他的步伐艰苦奋斗。

三、激流·革命火种

抗日战争到了最为艰难的时刻，全国同胞心急如焚，中国共产党为了继续坚持抗日，提出巩固国共合作反对妥协投降的抗战方针，这首经典的《黄河大合唱》就是诞生于此时。

1938 年 10 月， 武汉沦陷后， 诗人光未然带领抗敌演剧队第三队从陕西宜川县东渡黄河， 转入吕梁山抗日根据地。乘舟渡过黄河之时， 光未然遥望前路茫茫， 偶闻黄河船夫迎着激流颂唱着朗朗上口的旋律， 当地人为了与狂风和湍急的水流搏斗， 鼓舞人心， 时常传唱着自发创作的船工号子， 而正是这些旋律予他以创作的灵感。

1939 年 1 月，光未然抵达延安后，创作了一首朗诵诗《黄河吟》，并在除夕联欢会上朗诵，冼星海听后非常兴奋，决定为演剧队创作《黄河大合唱》。到了 3 月，在延安一座简陋的土窑里，冼星海抱病连续写作六天，于 3 月 31 日完成了《黄河大合唱》的作曲。根据冼星海的日记记载，该年 5 月，曲子在延安表演，获得了极大的成功，"毛主席都跳了起来，很感动地说了几声'好！'"。

歌曲以黄河作为背景， 气势磅礴， 具有鲜明的民族风格，全曲包括序曲和八个乐章，并由配乐诗朗诵和乐队演奏将各个乐章连成一个整体。各个乐章从内容到音乐形象又具有相对的独立性， 乐章之间形成了鲜明的对比。作品以抗日和爱国两个主题为中心。从深厚的情感和感人的艺术形象上一步步展开， 直至宏伟的终曲，激荡的感情浪潮发展到了最高点。热情地歌颂了中华民族源远流长的历史以及中国人民坚强不屈的斗争精神，痛诉侵略者的残暴和人民遭受的深重灾难，给大家展现出了坚定的抗日决心，并向世界传达了抗战的信号，无形中塑造了中华民族的英雄形象，对当时的抗日战争起了巨大的鼓舞作用。

时至今日，在家国平安的环境下，红色歌曲该如何焕发出新的光芒，继续在当代发挥精神引领作用，而当代创作者又该如何传承这些经典，才能使年青一代更愿意去聆听并传承下去，这些问题引人深思。

对此， 调研团队采访到了音乐剧《烽火·冼星海》的总导演谭颖先生， 他从一位现代创作者的角度出发，将"星海精神"和红色歌曲如何在当代更好地向大众展现的个人体悟娓娓道来。

谭颖导演认为， "星海精神"在当代仍是不变的。积极正向的核心精神永远不会在时间的长河里发生改变，艺术步伐的前进，改变的只是形式，如果真正要去了解冼星海和他的革命歌曲，我们还是应该要回到他所处的时代，了解那个时代里特别的标签和故事。谭颖导演在音乐剧创作中，注重在宏大的历史背景下挖掘细节故事。例如冼星海一生保留着嗜甜的岭南口味、音乐创作没有灵感的时候也会脾气急躁等，这些生动的生活化描绘一方面能够展现出当时的时代风貌，另一方面也能够让人物更加立体丰满。站在观众面前的不是传统塑造的扁平形象，而是一个饱满立体的人。另外，谭颖导演也表示，当代创作中要有形式上的创新，旧酒要装新瓶。

以音乐剧这样的艺术形式为例，他在《烽火·冼星海》的舞台呈现上善用了灯光舞美这些条件进行创意设计，包括运用前沿的全息投影艺术，将影像艺术和戏剧完全融合在一起。谭颖导演认为，在歌舞编排上这是影视人的创新，"曾经有人担心我把舞台布满 LED，这是对电视人的刻板印象，我不仅没有用 LED，在影像上也做出了新尝试"。他还用南方歌舞团进行编舞，用独特的年轻的视角将当代人对冼星海的作品以及其本人的理解有活力地、年轻化地进行呈现。在故事编排里，运用多样化、时尚化的艺术呈现形式，层层递进，更加强烈地将歌曲打在观众心里。

谭颖导演所做的，就是紧紧将"星海精神"结合到当代的背景故事里，完整、立体地向大家展现冼星海的故事和作品，在传承中变新，让革命歌曲更加易接受地传递给大众，将"星海精神"带到大众眼前。在和平年代里，革命艺术的陶冶将会点燃青年人心中的使命感与责任感。

四、入海·时代记忆

经过对 35 岁以下青年人的问卷调查，调研小组发现在冼星海先生众多的革命歌曲作品中，《黄河大合唱》的影响度与传唱度位居榜首，96.71% 的被调查者都表示听过这首传世名作，《黄河大合唱》似乎在潜移默化中早已成为大家对那个遥远的革命年代的共同记忆。

小时候，我们跟随音乐老师，一句句地唱着"风在吼、马在叫、黄河在咆哮"。那时虽懵懂不知事，但冼星海与他的音乐作品已经像一颗种子般，埋入了我们的记忆深处。

上了中学，即使没有透彻明晰冼星海与其作品的意义与价值，但在各个文艺会演、活动比赛中，我们仍最频繁地选择去诠释冼星海的作品。无需过多的言语，我们也能感受到同学、老师们对冼星海深深的崇敬。

在学习、排练以《黄河大合唱》为主的冼星海音乐作品时，我们更能感受到黄河里的惊涛骇浪，听到了黄河上坚韧的船夫曲，也就听到了中华民族的精神，听到了每一个中国人在抗日革命中的象征与表达。

在倾听、合唱、演奏《黄河大合唱》时，每一个人都能融入民族大生命共同体，个人的记忆与想象在融入中与"祖国""民族"共振。张爱玲曾说，大型交响乐的力量在于其"浩浩荡荡、不可阻挡"，"每一个人的声音都变成了自己的声音"，"人一开口就震惊于自己的声音的深宏远大"。《黄河大合唱》鼓舞了革命时期的延安青年，在百年后仍然在滋养着新时代的我们。经历数年沧桑巨变，冼星海的音乐作品也早已融入了中华民族记忆之中，滋养着一代又一代中华儿女。

无数的事实证明，自《黄河大合唱》诞生以来，无论是中华民族的关键时刻，还是和平年代的日常生活中，熟悉的旋律始终伴随着一代又一代人。

1975 年 10 月，冼星海逝世三十年，《黄河大合唱》在北京复排。座无虚席，人流涌动，观众听到久违的旋律后激动得泪如泉涌，冰封数年的热情在瞬间解冻，在群众的强烈要求下加演数场。即使当时排演仓促、条件简陋，但歌曲背后传达的精神，慰藉着、滋养着他们，成为一种时代记忆。

2005 年，正值冼星海诞辰 100 周年，抗日战争胜利 60 周年。"星海之声"万众歌会开幕式暨冼星海作品大型音乐会在星海故里拉开帷幕。广东历史上首次以 4 大交响乐团、100 架钢琴演奏冼星海名作《黄河》协奏曲，并从全省 1 万多支群众合唱队中挑选出近 2 000 人与来自北京、上海的专业合唱队共 2 005 名演员共同演唱《黄河大合唱》这首划时代的巨作。整场音乐会掌声长久不衰。[①]

2017 年 5 月，电视节目《奔跑吧》排演了《黄河大合唱》，"兄弟团"与嘉宾们来到了历史文化名城延安，在黄河边与西安交响乐团以及 80 名合唱团员等一同上演了一场前所未见的"黄河大合唱"，年轻网友们被这充满豪情的演唱所震撼，年幼的观众即使不清楚音乐背后的革命故事，也会被音乐旋律传达的情感触动，肃然起敬。

《黄河大合唱》与中华儿女们的故事还未完待续……

作为当代的大学生，除了学习颂唱歌曲外，我们需要更为主动地去参观冼星海博物馆、故居，去听一场演奏冼星海作品的音乐会，在网络上搜索观看冼星

---

① 南粤万众共怀星海，2005 人合唱"黄河"［N］.大洋网－广州日报，2005-06-05.

海相关的影视资料……我们不该错过每一个更了解他的机会。

　　且看冼星海纪念馆内，宏伟人物雕像傲然挺立，毛主席亲笔书写的"人民音乐家"五个大字金光闪闪，全新视听技术将音乐作品演绎得动人心魄，身临其境之感油然而生，星海旧物复刻品种类多样，历史与现实在展柜间实现联动；再看麓湖星海园中，威严肃穆的冼星海墓，矗立着呈自然形态的黄蜡石纪念碑，70米长的墓道宣传栏和300平方米的陈列馆，都在为身为当代人的我们认识一位热血革命者搭建了桥梁。

　　通过实地调研，冼星海的形象变得丰富而生动。通过参观纪念馆，我们了解到他在异国他乡求学和每首作品背后的故事。他不再仅仅是革命时期满腔热血、一往无前的战士，同时也是那个成为优秀毕业生时向学校请求索要饭票的潦倒学生，那个因参加了反对上海音乐学院滥加宿费运动而被学院除名的无畏勇者……冼星海的形象愈发鲜活，我们与他的距离似乎也更近了。跨越时空流传下来的《黄河大合唱》，不仅仅是学生时代歌咏比赛的一首合唱曲目，还成为中华儿女血脉里的珍藏，在我们的精神世界留下了清冽而鲜活的痕迹。

　　追随时代的步伐，回到脚踏的热土，我们发现"星海精神"早已随着时间的积淀融入了广州的城市精神之中，培育着一代又一代具有家国情怀的英雄，疫情期间奔赴最前线的钟南山院士便是其中之一，在疫情面前不畏艰难险阻，在国家最需要他的时刻挺身而出。

　　在广州的城市建设中，许多与冼星海息息相关，大家最熟悉的便是以冼星海命名的星海音乐学院，学校建设中处处融入星海元素。位于二沙岛的星海音乐厅设计感十足，常年有交响乐团进驻演出，在馆内也特设星海展板供青少年观看学习。

　　1985年，在冼星海逝世四十周年之际，广东省音乐家协会和广州市人民政府在麓湖公园合建了星海园，该年12月，冼星海的部分骨灰被迁葬于此。墓园正门石碑刻有毛泽东在冼星海逝世时的题词"为人民音乐家冼星海致哀"，内设有冼星海塑像、纪念碑和陵墓，以及冼星海生平陈列室。

　　除此之外，还有位于番禺区市桥的星海公园。休闲时刻，周围的居民常来公园走动，公园内的设施处处以星海命名，星海的"足迹"遍布园内。城市在伟大精神的传承中充当的角色是包容接纳，培育着不同人在不同的领域将这样的精神表现得淋漓尽致。

图 4　番禺市桥星海公园雕塑

（来源：调研团队实地拍摄）

2020 年 4 月 8 日，伴随着武汉解封，黄汝梁也结束了他在华中科技大学协和医院 61 天的战斗，平安度过 14 天隔离期后，他回到了广州与家人团聚。与此同时，冼星海的代表作《黄河大合唱》入选文化和旅游部"庆祝中国共产党成立 100 周年舞台艺术精品创作工程"重点扶持作品，列入"百年百部"传统精品复排计划。①

在这片热土上，人们不会忘记冼星海传递的"星海精神"，它将永远陪伴着无数中华儿女度过艰难的时刻，如同永不幻灭的烟火，生生不息。

致　谢

感谢广州市南沙区榄核镇湴湄村冼星海文化艺术创作中心在寒假期间给予团队这次格外珍贵的实地调研机会，感谢广州医科大学附属肿瘤医院的黄汝梁先生和音乐剧《烽火·冼星海》的总导演谭颖先生在忙碌中抽出时间接受访谈，并耐心指导。感谢所有帮助过我们的人，本次实践将会成为调研团队成员们珍贵的回忆。

（指导老师：朱雅婧，广州大学新闻与传播学院讲师；方建平，广州大学新闻与传播学院党委副书记、讲师；田秋生，广州大学新闻与传播学院院长、教授）

---

① 人民日报（海外版）［N］．2021-09-10．

> **点评**

让青年成为时代精神的讲述者和守护者

2020 年 8 月 25 日，中国交响乐团在北京音乐厅举行"英雄礼赞"音乐会，向英勇抗击疫情的医务工作者和在疫情防控常态化之下不懈努力的公众致敬，《黄河大合唱》再一次响起，《黄河船夫曲》《黄河颂》《黄水谣》《河边对口曲》《黄河怨》《保卫黄河》《怒吼吧，黄河》，一曲曲时而沉郁、时而激昂的歌唱和咏叹令人心潮起伏，触发了观众关于抗疫的思考和回忆。

这组诞生在 1939 年中华民族黑暗时刻的旋律后来一次又一次在国家民族困难时刻响起，贯穿大半个中国近现代奋斗史，成为公众民族精神和爱国记忆的重要组成部分。它的创作者是被誉为"人民音乐家"的冼星海，可能少有人知道，这位音乐家的家乡是广州市番禺区榄核镇湴湄村，这里位于珠江入海口，有着典型的南中国田园景色，但是一望无际的星空和大海又赋予了这里壮阔的气象，这也正是这位伟大音乐家名字的由来，调研小组成员就从这里出发，探寻"星海精神"在广州这座城市里的起源、记忆、传承和实践。

文化记忆被看作一个在个体和社会之间不断循环、相互构建的过程，它既是私人的，又是公共的；既包括历史事件的，又隐藏在日常生活的实践中；既是一个被筛选、被揭示、被建构的结果，又是一个被保存、被延续、被重新发现的过程。新的时代应该如何讲述"星海精神"？新一代的青年如何传承红色记忆，带着这样的疑问和使命感，调研小组从冼星海的家乡出发，探寻属于不同时代的家国故事。

本报告的亮点之一在于对鲜活事件的挖掘。故事从位于湴湄村的星海文化艺术创作中心里保存的一幅油画开始，画中的两位年轻的主人公在依依惜别，背景是一架正待起飞的飞机，这幅画为什么会保存在这里？画中人是谁？将要去做什么？这个故事的来龙去脉将在调研报告中为读者具体揭开。

本报告的亮点之二在于对"星海精神"的跨时代讲述。调研小组运用了蒙太奇手法，使用历史和当代两条线交错的方式讲述了两个"离家为国"的故事，"坚忍不拔、志存高远、求真务实、爱国奉献"是对星海精神的最好阐释，而这样的精神数十年来不仅凝结在广州的街道、街心公园、纪念碑等众多实物载体上，更加成为城市精神和日常生活的一部分。

调研完成后，通过对这位伟大音乐家的生平了解，小组成员的普遍感受是震撼和感动，冼星海这个名字不再仅仅是代表爱国者和音乐家的文化符号，更是一个生动立体的人，他有青春迷茫，有热血反抗，也有艰难求索……从这个角度来说，青年理应是时代精神最好的讲述者，因为他们有着相同的特质——敏感而聪慧、求知若渴又正直勇敢！

（点评人：朱雅婧）

关于红色革命历史景区开展红色教育现状的调研报告

——以德庆"二二八"武装起义革命历史为例

冯子澎　　梁展博　　黄亦骏①

摘　要：用好红色资源，传承好红色基因，把红色江山世世代代传下去。②红色革命是红色资源的产生源泉，红色资源是红色基因的附着所在，红色基因是先进思想文化的高度凝练和升华，传承好红色基因对凝聚人心、鼓舞斗志、加快推进现代化建设有着十分重要的引导和推动作用，具有伟大而现实的意义。本文分析了目前红色革命历史景区发展现状以及建设红色基因传承基地的意义，同时分析了当下红色教育和传承红色基因的重要性以及不足，并提出了改善意见。

关键词：传承、红色基因、红色旅游景点、红色教育

随着我国社会主义现代化建设进程的推进，共产党人红色基因的传承经历了自发传承、自觉探索和拓展创新三个阶段。新时代以来，是红色基因的拓展创新传承阶段。

党的十九大以来，党中央就红色基因的传承作出一系列新的重要部署。习近平总书记强调，红色基因就是要传承。多年来，从中央到地方，在传承和弘扬红色基因方面做了许多卓有成效的努力。

全国各地对于新中国成立前的各类红色遗址、遗迹的保护利用意识有所提升，党史部门组织了全国范围内的红色遗址调查，加大保护利用力度；各地挖掘和提炼重大事件、重要人物的红色事迹和精神，逐步弘扬红色基因；全国各地红色旅

---

①　冯子澎、梁展博、黄亦骏，广州大学新闻与传播学院2020级广播电视编导专业本科生。

②　习近平.用好红色资源，传承好红色基因，把红色江山世世代代传下去[J].求是，2021（10）.

游方兴未艾，红色基因的传承和弘扬正越来越引起关注，引起重视，引起共鸣。

从全国范围看，红色基因传承和弘扬的地域差异十分明显。革命老区、苏区等，传统革命斗争地的红色资源保护和利用较为充分，而其他地区则相对薄弱，或没有得到保护利用，甚至有一些红色革命历史景点得到了维护和翻新却没有得到利用。

红色基因的传承和弘扬的范围较窄，有的仅限于在党员和在校学生中进行，尚未对社会各阶层开展传承和弘扬工作。由于过去人们意识不足，红色遗址和纪念设施的保护不足，历史"欠账"较多，损毁严重。对红色遗址和纪念设施的规划和监管尚属新课题，缺乏监管。红色遗址和纪念设施所有权多种多样，权属不清。红色遗址和纪念设施周边交通连线不畅，配套滞后，导致开发利用普遍存在突出问题。投入不足，制约了红色遗址和纪念设施的软件和硬件建设等，传承和弘扬红色基因，仍然任重道远。

一、调研对象的介绍

（一）德庆"二二八"武装起义革命历程

解放战争时期，在中共德庆地方组织主要负责人陈家志的领导下，在"为建立人民民主共和国而奋斗"的伟大旗帜的指引下，在山虾村陈瑞华家召开三河觉文部会议，传达了部队党领导的决定。会后，即分头检查落实各项准备工作，对高良、都洪、旺埠、罗阳等敌人据点的动态尤其密切关注。接着，陈家志赶到指挥部马圩斌山中学，与徐儒华对各项部署进一步研究落实。时机成熟，在中国人民解放军粤桂湘边纵队广德怀部队的支援下，1948 年 2 月 28 日，成功发动震撼西江中游的德庆"二二八"武装起义，[1] 实现了不少的战例典型：四进怀南、智取据点、战略后撤、扎根三河、挺进马圩、跃马悦河、挥师九龙、饮马西江等。这次起义共夺取三个据点。一是智取旺埠据点；二是攻占罗阳光裕堂据点；三是巧取高良乡公所据点。

攻打罗阳地主武装光裕堂据点时，由中国人民解放军粤桂湘边纵队绥贺支队派出的挺进队援助部队的军事指挥吴腾芳和分队长林安带领，星夜进发。罗阳光裕堂四周筑有大围墙，两侧有深水塘作堑，后面有两座炮楼居高临下对峙护卫，

---

① 朱灼林. 德庆人民的光辉业绩：德庆革命斗争史 [M]. 中共德庆县委党史研究室，1991.

戒备森严，是个易守难攻之地。由于地形复杂，敌人防守严密，挺进队派出爆破手用炸药包炸开光裕堂围墙。在机枪火力的掩护下，从围墙洞冲进光裕堂内，以迅雷不及掩耳之势，占领整个据点，缴获枪支弹药一批。①

这次武装起义，仅用4个多小时，便摧毁了国民党的旺埠、高良、罗阳3个反动据点，挺进队及起义部队无一伤亡，起义一举成功。2月29日上午，起义部队乘胜在高良破仓分粮，各乡村农民高高兴兴地赶来担谷回家。起义部队在圩内张贴布告、标语，打出广德怀人民抗暴义勇总队的旗号，在河滩上召开群众大会庆祝胜利，徐儒华副总队长代表起义部队在会上讲了话，向各阶层人民宣传人民解放战争发展的形势，申明共产党和解放军的政策，揭露蒋介石集团的反动本质，动员广大青年前来参军，发动群众共同打倒国民党反动派。德庆人民"二二八"武装起义的声威，大大地震惊了敌人。

新中国成立，当地政府将光裕堂划为村委会集体所有。党的十一届三中全会后，落实侨房政策，把光裕堂退还给原主人李宝霖家属所有。1985年，光裕堂被定为县爱国主义教育基地。2011年，光裕堂被定为县级文物保护单位文物。②

（二）革命的红色资源

德庆县是革命老区，德庆"二二八"武装起义革命是关键性存在，对整个西江流域的解放有着重大影响，遗存的革命历史遗址有罗阳光裕堂、斌山中学武装起义指挥部旧址、高良广德怀挺进队集结旧址、德庆"二二八"武装起义纪念亭及侧边石刻等，其中斌山中学武装起义指挥部旧址与光裕堂被评为"肇庆红十景"之一。此外，经普查登记的红色革命遗址就有36处之多，并且这些革命遗址得到修缮和投入使用，成为爱国主义教育的重要基地，可谓红色资源丰富，革命遗址遍布。

---

① 董瑞基.中共德庆县党史·民主革命时期[M].肇庆党史资料，1998.
② 广州工商学院工学院党总支.工学院党总支开展"二二八武装起义战斗旧址"参观活动[EB/OL].（2021-10-18）［2022-04-25］.https://www.gzgs.edu.cn/gxy/info/1122/2593.htm.

图 1 德庆"二二八"武装起义战斗旧址——光裕堂修复中
（来源：由德庆县党史研究办公室梁桂清主任提供）

二、红色基因的传承

（一）当前红色革命历史景区及红色教育现状

丰富的红色、生态以及独特的民俗文化资源是德庆县的天然优势，这为德庆发展红色、生态旅游创造了有利条件。长期以来，德庆县委、县政府通过因势利导，发挥天然优势，大力发展红色与生态旅游相结合的特色旅游业，德庆红色、生态旅游业得到了一定发展，德庆红色旅游知名度在不断提升，生态旅游业也得到了进一步有效挖掘。然而因德庆属于老、少、边、山地区，基础设施等薄弱，包括这些客观因素在内的各种因素导致德庆在发展红色、生态旅游业上面临着多重困境，总体来说，德庆的红色、生态旅游业还未得到真正意义上的有效发展。

目前，大部分景区的修缮基本已经完成，但配套设施不完善，红色教育基本局限于学校及各个政府部门，对外影响力较小。总体而言，目前的使用情况利用率低下。德庆整个旅游环境，是非常有利于红色革命历史景区的发展的，德庆具有非常丰富的自然和人文的休闲旅游资源——金林水乡、大顶山风力发电景区、盘龙峡 4A 景区、三元塔景区、香山森林公园、龙母庙等，先后被评为广东省历史文化名城、全国文化先进县、中国旅游百强县、全国柑橘产业十强县等。并且在隆重庆祝党成立 100 周年的背景下，随着《长津湖》《觉醒年代》《八佰》等红色题材影视的热播，越来越多的人愿意去主动学习党史、了解历史人物的生平故事、到剧中重现的红色景点打卡，在场景中沉浸式体验成为红色旅行的新潮流，红色旅游业正在高速发展。所以，在红色旅游资源设施完善的条件下，它们的发展应该能够很好地带动红色旅游。

（二）关于红色革命历史景区及红色教育的政策支持

（1）坚持发掘保护、开发利用、传承弘扬并举，全力推动红色革命遗址保护利用工作迈上新台阶；协调联动，发挥各部门职能和优势，形成齐抓共管的良好工作格局；以高度的政治责任感和历史使命感，把红色遗址、红色资源保护好、利用好、传承好，努力让德庆的红色资源宝藏焕发出新的时代魅力。①

（2）红色旅游景区、革命纪念馆、爱国主义教育示范基地串珠成线，充分依托红色资源丰富优势，打造党员群众"家门口的红色学堂"；推动党史学习教育，深入群众、深入基层、深入人心。②

（3）开展主题教育实践活动，政府各部门带领全体党员在红色革命历史景点重温入党誓词，铿锵有力的誓词激励着党员们做好本职工作，争做新时代合格党员，时刻不忘初心，牢记使命，走深走实学史路，推动红色文化学习，传承红色基因。

（4）为了盘活利用红色文化遗址，2019年，肇庆市委宣传部创造性提出打造"肇庆千里红色革命遗址走廊"。2020年，该项工作被列入全市宣传思想工作十大重点工作项目之一，实行挂牌督战，持续发力抓建，力争"一年一变化、三年见成效、五年大提升"。制订了《肇庆市红色革命遗址保护利用行动实施方案》，按照"抢救一批、保护一批、提升一批"的工作思路，实施红色遗址登记标示、红色历史挖掘整理、红色遗址保护建设等"九大行动"。③

（三）发展红色革命历史景区及开展红色教育的意义

发展红色革命历史旅游景点，开展红色教育的意义远不止于表面所看的那么简单，它同时具备历史继承意义、精神教育意义、发展经济意义以及综合效益意义，是一项利党利国利民的重大举措。对于加强全国人民爱国情感、弘扬民族精

---

① 德庆县融媒体中心.德庆人民"二·二八"武装起义指挥部旧址今日揭牌［EB/OL］.（2021-07-02）［2020-04-25］.http://www.zqfdc.net/info/d6c8632b-c924-4440-a16a-3971661281b2/detail.

② 肇庆文明网.肇庆：多措并举用活用好"红色文化"　让红色基因代代传［EB/OL］.（2021-07-26）［2022-04-25］.http://www.wenming.gd.cn/wap/article.php?classid=1&id=119356.

③ 肇庆市人民政府.肇庆加强红色革命遗址保护［EB/OL］.（2021-06-29）［2020-04-25］.http://www.zhaoqing.gov.cn/xwzx/zqyw/content/mpost_2538616.html.

神、实现民族伟大复兴具有重要的现实意义和深远的历史意义。

（1）不忘历史，不忘先烈，不忘初心，继承革命传统。中华民族一直以来都有尊重历史、以史为鉴的传统，发展红色革命景点，就是一种尊重和继承，能让民众对党在长期艰苦奋斗中所锻造的革命精神有更深层次的体会，对于广大民众特别是对像德庆这样边远地区的人民继承和发扬革命优秀传统，具有很强的促进意义。

（2）红色旅游本身就是一种实践性的学习，在旅游中学习，在旅游中接受教育，武装自己的头脑，强化自己的理论修养，亲身感受党的优良传统和作风是如何锻造的，又是如何体现的，从而牢记革命传统，自觉发扬优良作风，在全面建设德庆的进程中始终保持坚定的革命意志和坚韧的革命品格，保持蓬勃朝气。

（3）红色旅游的发展，在社会主义市场经济条件下实现社会效益同经济效益的有机结合，是一条将精神财富转化为社会财富，最终造福于社会的良性循环之路。有利于德庆的产业结构优化、经济发展，能够给景区附近村民居民带来额外的经济收入，符合我党以人民为中心的发展道路。

（4）开展红色教育可在全球化的发展下，在互联网信息数据眼花缭乱的形势下，在世界各国的不同文化观念的输入下，传承红色基因，涵养人格品行，让人民构建正确的人生观、世界观和价值观。保持人民大众的凝聚力，团结起亿万人民追逐中华民族伟大复兴的中国梦并给予我们深厚的动力。

三、调研采访结果

（一）景点建设及红色教育的实际举措及资金投入

（1）德庆县人民检察院根据全省检察机关开展红色革命资源保护诉讼专项监督行动的统一部署，结合党史学习教育要求，做好革命文物等红色资源保护检察公益诉讼工作，继续践行法律监督职责，在革命文物的保护工作中充分发挥公益诉讼职能，把红色资源利用好，将红色传统发扬好，让红色基因代代相传。[①]

（2）2020年底德庆县召开红色革命遗址保护利用工作推进会，进一步讨论如何把红色遗址、红色资源保护好利用好传承好。会议通报了德庆县红色革命遗

---

① 广东省德庆县人民检察院.追寻革命烈士遗址，保护红色资源，践行公益诉讼使命 [EB/OL].（2021-04-29）[2022-04-25].http://www.gddeqing.jcy.gov.cn/djdt/202104/t20210429_3226440.shtml.

址普查情况、遗址争取资金和建设情况以及遗址保护利用工作情况，并部署相关工作，努力让德庆的红色资源宝藏焕发出新的时代魅力。[①]

（3）为整合红色资源，发挥红色文化资政育人、鼓舞精神、凝聚力量的重要作用，进一步提高肇庆市红色旅游知名度和美誉度，市委党史研究室、市文广旅体局主办，市委组织部、市委宣传部协办"肇庆红十景"评选活动；德庆"二二八"武装起义打响了解放德庆的第一枪，为南下野战军解放肇庆创造了关键条件，光裕堂作为此次武装起义的战斗旧址同样具有厚重的红色文化底蕴。所以专家组经综合评定，将"德庆薪火"景点初选为"肇庆红十景"之一。[②]

（4）疫情期间，德庆广旅体局要求各文旅体经营单位务必认识再提高、措施再加强，毫不放松抓好常态化疫情防控工作。对旅游景区，要求进一步落实测温、验码、戴口罩等常态化防控措施，切实做好安全防范和应急处置工作。以疫情防控"1对2"监管责任人形式，进一步加大疫情防控期间监督管理力度。当然，旅游景区人员密集，不可控因素很多，全县及时采取各项防疫措施，让前来游玩的游客拥有更好更安全的旅游体验。比如落实消杀措施、严格要求佩戴口罩、限制游览时间、游客数量等。

（5）为了满足更多人的旅游需求，结合当今网络和影视的发展，"端午打卡'德庆红'"的红色革命历史景点线上打卡活动发布，游客可通过扫描二维码，实现远程"游览"。这是旅游形式的一个巨大突破。线上旅游的模式，为想来参观学习的游客提供了一种既新颖又安全的旅游模式，是工作人员的新突破，同时体现了党和政府对红色基因的重视。

（6）2021年对外开放期间共接待各社会团体、中小学师生、游客等1万多人次，红色文化特色讲解200余场。作为广大党员、干部以及社会群众接受党史教育，缅怀革命先烈，传承红色基因的教育阵地，发挥了德庆县级爱国主义教育基地的作用。

（7）2021年，全面推进生态宜居美丽乡村建设，所有村庄达到美丽宜居村标准，打造"官马美丽乡村示范带"和德庆柑香画廊、德庆红色文化遗址等4条

---

① 德庆发布.德庆县大力推进红色革命遗址保护利用工作［EB/OL］.（2021-04-29）［2020-04-25］. http://www.gddq.gov.cn/xwzx/dqyw/content/mpost_2187632.html.

② 肇庆市旅游局.肇庆红十景：德庆革命的星星之火从这里燃［EB/OL］.（2022-03-01）［2020-04-25］. https://mp.weixin.qq.com/s/bNA13TZCSKfliYV44tfgrg.

乡村旅游精品线路。

（8）2022年，继续大力促进旅游振兴。深入对接市旅游振兴新三年行动计划，做好"旅游+"文章，大力创建国家全域旅游示范区。全面升级改造盘龙峡景区，推动悦城龙母文化旅游项目建设，加快巢顶山、古蓬古村落、锦石山等旅游资源开发，力争引进1个旅游新业态项目，丰富文旅产品供给。积极发展乡村旅游，培育生态农业、休闲观光、农耕体验等农旅融合新业态，争创星级民宿2家以上。用好红色革命资源，继续打造更多精品旅游线路，推动原有市级精品旅游线路提级提标。优化旅游基础设施，抓好景区创A评星。

（9）德庆"二二八"武装起义战斗旧址——罗阳李光裕堂（一期）修缮项目投资270万元，中共德庆地下党小组驻地旧址——斌山中学修缮项目投资393万元，中共肇庆师范党小组驻地旧址——鹿鸣书院修缮项目投资326万元。截至目前共投入资金1 500多万元，对红色资源进行修复保护，过半数红色革命遗址获得资金支持，进行修复保护工作。

图2　县委书记陈元、县长凌云为德庆人民"二二八"武装起义指挥部旧址揭牌

（来源：德庆发布）

（二）当下年轻人该如何传承红色基因

1.年轻人本身要贴切理解什么是红色基因

认真了解革命战争年代党领导人民进行革命斗争的历史，了解他们为民族独立所作出的巨大努力、付出的巨大牺牲、承受的巨大灾难，谨记历史，不畏艰辛，努力奋斗，好好学习，勇于创新。以接班人的姿态，谦卑学习革命精神。

2. 在思想政治课上仔细听讲认真思考

学校里有思修、马原、毛概等思想政治课程，能够使我们牢记历史，提高我们的思想觉悟，树立正确的人生观、价值观和世界观。它们对传承红色基因有着重要意义，让我们可以做到理性爱国，以积极的心态投身到社会主义建设中去，肩负起历史使命，用青春谱写属于我们年青一代的历史诗篇，走好我们的长征路。

3. 到社会中去，到实践中去

多参观革命纪念馆，回望历史。不能纸上谈兵，光用演讲讲述这种精神，是不够明确的。要去革命纪念馆参观，切身体会，回顾历史，仔细感受老一辈人的伟大精神。习近平总书记到沂蒙观展时也曾深情地说："我一来到这里就想起了革命战争年代可歌可泣的峥嵘岁月。"实践可以增加我们的具体认知，增强我们的历史认同感，有助于我们更好地传承红色基因。

4. 尽己之力，宣传红色文化

可以利用自己所学知识、所掌握的技能来好好宣传我们的红色精神。例如可以参加制作红色文化内容、组织观看红色革命电影、开展或参加红色文化宣传活动，让更多人了解红色基因。

四、目前红色革命历史景区建设与开展红色教育的不足以及改进意见

（1）对景区的开放宣传不够，局限于对学校学生进行景区宣传，导致景区知名度不高，民众对红色革命历史文化的理解度较低。应该加大景区的全社会范围的宣传力度，提高大众对"二二八"武装起义革命的了解。

（2）景区内缺乏基本的景区设施，基础设施不完善，交通不便。应该完善如垃圾桶、洗手间、商店和导游等基础设施和服务人员，增加景区专门的公共交通站点。

（3）红色文化氛围不强，红色因素较少且比较单一。可充分发掘红色文化元素，从视听五感方面增加互动性项目，避免单一乏味的板报景观呈现，增强景点的红色氛围，吸引更多游客。

（4）景区对游客的红色教育缺乏主动性，处于被动地位。可以招募志愿者在景区中主动向前询问游客是否需要解说帮助了解红色革命历史，从而实现主动性。

（5）景区开发程度较低，空间利用不彻底，仍然有近一半面积未开发。加

快景区的开发建设，尽快实现整个景区可参观游览学习，如此也可增加游客们的愿往程度。

（6）对红色革命历史景区的红色教育意义和目的考虑不周全，红色景区很重要的一个部分是学习精神、感受氛围，部分景区内的设施布局和建设构造不合理，如将可阅资料错误地放置在可活动的门上、一些资料放置位置过低等。可以重新设计重新布局，来维持一个较好的红色氛围，保证游客在瞻仰时不受影响，更尊重革命历史，增强教育效果。

（7）各景区，甚至同一革命历史事件的红色景点的所有权多种多样，还有监管权权属不清。大部分旅游景点都由文化部门与旅游部门一起管理，因为各自职责的不同往往产生冲突。旅游部门有开发景点的积极性，却要受到文化部门的限制。而文化部门为事业单位，缺乏发展红色旅游的内在动力，即便有开发的想法，但经验和能力又有限。同时，文化部门出于对文物资源保护的考虑，也不愿放手让旅游部门来开发。这种管理体制造成了部门间的利益冲突，使其难以形成合力，对我国红色旅游发展极为不利。应当认真梳理所属和监管单位，形成清晰层级领导，创新质量管理方式，提升管理水平。

结　语

"红色基因是一种革命精神的传承。"瑞金、井冈山、遵义、延安、西柏坡，无一例外因为"红色"而书写了历史。"红色基因"是中国共产党人的精神内核，是中华民族的精神纽带。[1] 德庆"二二八"武装起义打响了解放德庆的第一枪，也为配合南下大军解放肇庆起到了关键作用。我们坚信它始终会在历史的长河中熠熠生辉，时刻提醒当下青年奋发图强、艰苦奋斗，肩负起复兴中华民族的光荣使命。发展红色革命历史景区、开展红色教育传承红色基因，把红色江山世世代代传承下去。

致　谢

感谢席红老师给予的意见和建议，给我们提供了巨大的帮助。无论是研究思路和方法还是篇章结构的安排，直到最后的定稿，都凝聚着指导老师的辛勤劳动。受学识和能力所限，本报告难免有粗陋之处，还请读者斧正，以便我们在今后的

---

[1]　习近平. 论中国共产党历史［M］. 北京：中央文献出版社，2021：107-111.

学习工作中做进一步的研究。

感谢广州大学新闻与传播学院的张爱凤老师、王子健老师和方建平老师给予的支持鼓励和关注，让我们得以专心调研、静心写作。

还有在调查过程中，有幸得到德庆县委党史研究办公室、德庆县文化馆、德庆县退伍军人事务局、德城镇退伍军人服务中心、高良镇党委、罗阳村村委会这些单位的支持和帮助，在此一并致以诚挚的谢意！

（指导老师：席红，广州大学新闻与传播学院讲师）

点评

用实际行动助力家乡红色资源再开发

习近平总书记曾说，"共和国是红色的，不能淡化这个颜色"，"要保证革命先辈们用鲜血和生命打下的红色江山代代相传，党的事业血脉永续，必须传承红色基因"。党的十八大以来，习近平总书记在地方考察时遍访革命故地、红色热土，反复强调要用好红色资源、传承红色基因。红色资源的价值，不仅在于它的历史光辉，更在于它在当下依然能带给我们精神的滋养，能让我们从中汲取不断奋进的力量。

冯子澎的调研团队做了一件很有意义的事。他们利用假期去考察家乡革命老区德庆县的红色资源，拂去岁月的尘埃，把儿时经常听祖辈和老师说的"那些打仗的事儿"梳理清楚，找到当下对应的旧址，到现场去接受生动的红色教育。走在先辈曾走过的路，倚在先辈曾攻打过的墙，听密集的弹孔讲述先烈们视死如归的英勇，看简陋的桌椅展示先辈们筚路蓝缕的艰辛，渐渐地，"革命老区"不再只是一个称号，"红色基因"不再只是一个词汇，那些遥远的革命历史穿越时空带给人强大的感染力量。团队希望把在调研中收获的感动与敬畏带给更多的人，希望家乡的红色资源能得到更有效的保护和开发，因此摸查了德庆县目前各级红色景区、革命旧址的数量、规模、运营和资政育人的现状，提出改进意见，用实际行动助力家乡红色资源再开发。

当然，由于时间、精力、能力等条件限制，调研报告还有很大的提升空间。比如红色资源应是多样的，包括物质的，如革命旧址、遗迹、文物等；也包括信息的和精神的，但调研报告只关注到了物质层面的红色资源，应该既要注重有形遗产的保护，也要注重无形遗产的传承。另外要更全面地了解红色资源资政育人的现状、了解人们对于红色资源保护的看法和建议，还需扎扎实实深入各个红色景区，走访民众，采访讲解员，或进行网上问卷调查，全面摸查统计，获取相关数据，才能提出更切实可行的改进措施。

"用脚步丈量祖国大地，用眼睛发现中国精神，用耳朵倾听人民呼声，用内心感应时代脉搏，把对祖国血浓于水、与人民同呼吸共命运的情感贯穿学业全过程、融汇在事业追求中"，这是习近平总书记对广大青年提出的希望。身处这个伟大的时代，愿每一位青年都能在用脚步丈量祖国大地的过程中认识红色、传承红色、发扬红色，不忘初心，奋发图强，把红色江山世世代代传承下去！

（点评人：席红）

后　记

习近平总书记说"要把理想信念的火种、红色传统的基因一代代传下去，让革命事业薪火相传、血脉永续"。2021 年，欣逢中国共产党成立 100 周年。在这个重要的历史关节点，引领青年学生感受党的百年光辉历程、百年伟大成就和宝贵红色经验，感受党的十八大以来党和国家事业取得的历史性成就和历史性变革，风华正茂的新闻传媒学子应该成为时代的参与者、见证者和书写者。2021年 1 月，广州大学新闻与传播学院党委依托团中央"挑战杯"大学生课外学术科技作品竞赛红色专项活动，在全院师生中组织开展了以"传承红色基因，践行初心使命；传承文化记忆，厚植家国情怀"为主题的寒假社会实践活动，鼓励学生利用春节与寒假返乡时间，通过参观当地历史博物馆、英雄纪念馆、烈士陵园等，寻访家乡的红色足迹，追溯红色记忆，访谈红色人物，挖掘红色故事；走向基层开展社区服务，深入新农村看"乡村振兴"成果，探访乡亲感受浓浓乡情，记录改革开放以来我国城乡快速发展的新面貌。短短 1 个半月时间，同学们共组成 65 个团队，350 多名师生踊跃参与，足迹遍布全国。活动中，学生们纷纷走进家乡的红色教育基地，深度挖掘红色故事、红色人物。青年学子在社会实践中受到教育、坚定信念，用心用情形成了一批既有经验总结，又有理性思考，既有情感温度，又有思想深度，并且易传播的音视频、图片、心得体会及调研报告等优秀实践成果。

本书收录了本次社会实践团队通过深入采访创作的图文并茂、文笔生动的"红色专项"作品共 43 篇，从中充分展现了当代大学生对家国情怀、红色精神、乡情乡愁的深刻感受与体验，对中华民族共同体的精神力量的情感认同。希望本书作品能引发更多同龄人的共鸣、教育、思考和成长，从而激励青年学子用历史督促自己，不断奋进、砥砺前行，做到知史爱党，成为新时代的奋斗者、创新者、担当者。

李　雁